KB187313

동식물로 읽는 일본문화

동식물로 읽는 일본문화

초 판 인 쇄	2018년 02월 20일
초 판 발 행	2018년 02월 28일

편 자	한국외국어대학교 일본고전독회
발 행 인	윤 석 현
발 행 처	제이앤씨
책 임 편 집	최 인 노
등 록 번 호	제7-220호

우 편 주 소	서울시 도봉구 우이천로 353 성주빌딩 3층
대 표 전 화	02) 992 / 3253
전 송	02) 991 / 1285
홈 페 이 지	http://www.jncbms.co.kr
전 자 우 편	jncbook@hanmail.net

ⓒ 한국외국어대학교 일본고전독회 2017 Printed in KOREA.

ISBN 979-11-5917-098-0   03830   정가 35,000원

동식물로 읽는
일본문화

한국외국어대학교 일본고전독회 편

제이앤씨
Publishing Company

머리말

한국외국어대학교 일본고전독회는 2000년부터 2016년까지 17년간 매달 1회, 학교의 연구지원에 힘입어 일본 문학 및 문화 연구회를 이어 왔다. 일본고전독회는 주로 한국외국어대학교 대학원생과 한국 내 전문 연구자들을 중심으로 발표와 토론 형식으로 이루어졌으며 때때로 저명한 일본 학자의 초청 강연을 통하여 연구 지평을 넓히고자 애써왔다. 이러한 일본고전독회의 꾸준한 노력은 2013년 『키워드로 읽는 겐지 이야기』, 『공간으로 읽는 일본고전문학』, 『에로티시즘으로 읽는 일본문화』(제이앤씨, 한국외국어대학교 일본고전독회 편)라는 세 권의 출간으로 결실을 거두었다. 이는 각 분야의 전문 연구자들이 일반 독자를 염두에 두고 일본 문화에 대하여 깊이는 있되 어렵지 않게 풀어 쓴 교양서로, 출간 이후 줄곧 일본 문화 분야의 스테디셀러로 자리매김 되어 있다. 그중에서 『키워드로 읽는 겐지 이야기』는 2014년 대한민국학술원 우수도서로 선정되어 학술적 가치도 인정받았다.

이번에 선보이는 세 권 역시 일반인을 위한 교양 도서로 엮어내었다. 이들 책의 공통된 특징은 한마디로 일본 문학 및 문화의 친근한 스토리텔링이라고 할 수 있다. 즉 주제가 되는 키워드를 씨실로 삼고 역사 또는 사회의 배경과 변화, 신화·전설과 설화 등을 날실로 삼아 알록달록한 '일본 이야기'를 일반 독자들에게 펼쳐보이고자 한 것이 이번 연구 도서 출판의 목적인 것이다.

5

동물과 식물은 사계절의 미의식과 함께 일상생활 문화의 한 부분을 차지하고 있다는 점에서 통시적·공시적 고찰이 필요하다고 생각된다. 『동식물로 읽는 일본문화』는 내용에 따라 포유류와 신화전설 속의 동물, 조류 및 곤충, 봄, 여름 그리고 가을 겨울 등 크게 네 단락으로 나누어 실었다.

제1장 포유류와 신화전설 속의 동물에서는 신화나 전설 속에 등장하는 동물의 이미지를 규명하였다. 「설화 속 소의 이미지」는 설화 속 소 이야기를 소개하고 일본인의 소에 대한 전형적 이미지 형성 배경을 더듬는다.

「이웃나라 고양이 연대기」는 주요 문학에 등장하는 고양이의 성격과 이미지를 조명하고 일본인에게 고양이는 어떠한 존재인지, 또한 어떠한 시대적 변천을 거치는지 가늠해본다.

「토끼야 토끼야 달 속의 토끼야!」는 신화전설과 창가 등에 나타난 토끼에 관한 글이다. 특히 토끼를 주제로 한 전래 동요가 현대 생활문화에 녹아 있는 양상을 살피고 이미지 변천을 파악한다.

「신성함과 친근함의 경계」는 약 이천 년의 역사를 갖는 일본의 개 문화사를 다양한 관점에서 조망한 글이다. 개의 일본 열도 전파 경로와 지역별 특징, 시대별 문화적 위상과 반려 동물로서의 자리매김 과정을 좇는다.

「같은 이름 다른 동물, 사슴과 멧돼지」는 신화와 문학 속 사슴과 멧돼지의 이미지에 관한 글이다. 신화 속에서 신성한 동물로 인식된 사슴이 오늘날은 어떠한 위상을 지니는지 동화나 애니메이션, 종교 문화 등 다양한 관점에서 기술한다.

「여자가 되고픈 여우 이야기」는 고대로부터 현대에 이르기까지 문학과 문화 속에 살아 숨쉬는 친근하면서도 매력적인 여우 이야기를 알아본다. 특히 신의 사자로 대우받아 신사에 모셔지게 된 유래와 역사 이야기가 흥미롭다.

「용왕의 사자, 거북이의 판타지 이야기」는 일본인에게 거북이는 어떠한 존재인지 조망한 글이다. 중국의 영향을 받아 상서로운 동물로 인식되는 일본 거북이의 역사와 문학 작품 속 위상을 설명한다.

「신의 사자에서 익살꾼으로」는 원숭이의 다양한 성격과 모습을 불교설화집과 일본 우화, 민간신앙 속에서 찾아낸다. 지혜, 잔꾀, 신의 사자에서 일본 온천문화의 마스코트에 이르기까지 원숭이의 이미지 변천을 소개한다.

제2장 조류 및 곤충에서는 주로 조류와 곤충이 문학 작품 속 등장인물의 상징이나 형상이 되어가는 과정을 밝히는 글이 중심이다. 먼저 「인물의 상징이 되는 동물」에서는 『겐지 이야기』에 나타난 동물이 등장인물의 이름으로 쓰이거나 상징이 되는 과정을 살펴본다. 동물과 인물 조형의 상관관계, 모노가타리 주제와의 연결 접점 등을 주제로 이야기를 풀어나간다.

「휘파람새와 기다림의 미학」에서는 봄을 알리는 전령사인 휘파람새를 둘러싼 문학과 문화 이야기이다. 예로부터 가집이나 일기, 모노가타리의 단골 소재가 되어온 휘파람새의 이미지와 기표를 실제 작품 안에서 살피며 소개한다.

「벌레를 좋아하는 아가씨와 일탈의 꿈」은 헤이안 시대 후기의 『쓰쓰미추나곤 이야기』 속에 수록된 「벌레를 좋아하는 아가씨」의 이야기이다. 당시 일반적인 귀족 여성과는 달리 벌레를 수집하고 귀여워하는 엽기적 취미를 지닌 여주인공을 통하여 새로운 시대 분위기를 가늠한다.

「목숨을 걸고 새벽을 알리다」는 닭에 관한 이야기이다. 근대 이전 시각의 바로미터로 인식되던 닭의 기능적 역할을 살피고 현대로 이어지는 닭의 상징과 이미지에 대해 다각도로 접근한다.

「반딧불이 연가」는 문학 속 반딧불이의 이미지 변천을 중심으로 서술한다. 중국 한시의 영향에서 벗어나 일본 고유의 서정을 담게 된 반딧불이의 위상 변화를 밝히고 문학 안의 다채로운 반딧불이의 미의식을 살핀다.

제3장 봄에서는 주로 문학 속 등장인물의 조형과 봄 식물과의 상관관계를 중심으로 이야기를 풀어간다. 먼저 「한중일의 봄나물」은 정월 초, 봄나물을 먹는 한중일의 음식문화의 기원과 영향관계를 살펴본 글이다. 세 나라의 비슷한 듯 다른 음식 문화의 전통을 비교 규명하고자 하였다.

「매화 향에 취해 임을 그리며」는 일찍이 중국에서 비롯된 매화에 대한 일본인의 애정을 주제로 다룬다. 매화꽃이 일본인의 삶과 문학 속에서 어떻게 스며들어 이어지는지 살핌으로써 일본 문화의 단면을 엿본다.

「벚꽃, 그 아름다움 너머」는 헤이안 시대의 문학작품을 중심으로 일본인의 벚꽃에 대한 감수성과 정서를 조명한다. 더불어 고대에서 현대에 이르기까지 정서와 사상 면에서 중층적인 상징성을 지니는 벚꽃의 문화사를 풀어간다.

「시대에 따라 바뀌는 황매화의 이미지」에서는 늦봄에 친숙히 접할 수 있는 황매화의 시대적 이미지 변천을 설명하고 문학작품 속 자연 배경으로서 황매화의 기능을 살핀다.

「단오절 창포물에 머을 감고」는 중국에서 전해진 일본의 단오절 풍습에 관한 글이다. 흔히 창포라 불리는 식물의 구체적 형태를 알아보고 한국과 달리 현대에도 이어오는 일본의 단오 행사와 의미를 찾아본다.

제4장 여름 그리고 가을·겨울에서는 문학에 등장하는 식물의 이미지와 정형화 양상에 대한 글을 모았다. 우선 「꽃처럼 아름다운 그녀들의 사랑」은 한국인에게도 친근한 오동꽃, 등꽃, 접시꽃 등을 다룬다. 특히 옛 일본인들의 미의식이 녹아 있는 『겐지 이야기』를 중심으로 이들 꽃의 이미지와 연동된 등장인물의 성격 묘사를 살핀다.

「잇꽃으로 물들인 전통의 색」에서는 문학 속에 드러난 잇꽃의 이미지를 자세히 들여다본다. 덧붙여 염료와 화장품으로 사용된 역사와 시대적 변천 과정을 더듬어 생활 문화사 측면에서 잇꽃을 이야기한다.

「눈물을 머금은 가을 들꽃」은 일본의 가을 정서를 대표하는 아름다운 일곱 가지 들꽃에 관한 이야기이다. 일곱 가지 들꽃의 종류와 특징을 알아보고 각각의 들꽃이 지니는 이미지 표상을 살핌으로써 일본의 가을풍경과 자연관에 대한 이해를 넓힌다.

「초록빛 그리움의 향기와 풍경」은 귤꽃과 버드나무의 풍경과 의미를 살펴본 글이다. 소박한 향기와 평범한 외양의 식물인 귤꽃과 버드나무를 두고 일본인이 느끼는 감성과 문학적 이미지 조형을 소개한다.

「아침저녁 아름다운 얼굴로 피어나다」에서는 붉은 나팔꽃과 흰 박꽃의 이미지가 문학작품 속의 인물 조형과 연동되는 과정을 설명한다. 비슷한 생김새를 갖지만 각각 아침과 저녁이라는 상반된 개화 시간을 보이는 나팔꽃과 박꽃의 대비가 『겐지 이야기』속 여성의 이미지 창조에 어떻게 반영되는지를 살핀다.

「철쭉을 노래하다」는 소박하고 익숙한 철쭉의 이미지와 풍경을 분석한 글이다. 남북으로 긴 일본의 지리적 환경에서 지역별 철쭉의 이미지와 재배 양상을 밝히고 문학에 묘사된 철쭉의 상징에 대해 이야기한다.

이 책은 2000년부터 한국외국어대학교 연구산학협력단의 독회 콜로키움 지원으로 매달 한 번씩 개최한 일본고전독회에서 발표된 원고를 바탕으로 출판하게 되었다. 먼저 17년이라는 긴 세월 동안 변함없이 일본고전독회를 지원해준 한국외국어대학교 연구산학협력단 측에 깊은 감사의 말씀을 드리고자 한다.

더불어 일본 문학 및 문화에 관심을 지닌 일반 독자들을 위하여 알차고 이해하기 쉬운 인문 도서를 만들겠다는 한마음으로 바쁜 시간을 쪼개어 귀중한 원고와 편집의 수고를 맡아준 일본고전독회 선생님들의 노고에 진심으로 감사드린다. 끝으로 이 책의 출판을 흔쾌히 승낙해준 제이앤씨 윤석현 사장님 이하 편집부 여러분께도 감사의 말씀을 전한다.

2018년 2월
한국외국어대학교 일본어대학 김종덕

목 차

11

조류 및 곤충

봄

여름 그리고 가을·겨울

동식물로 읽는
일 본 문 화

포유류와
신화전설 속의
동물

猫

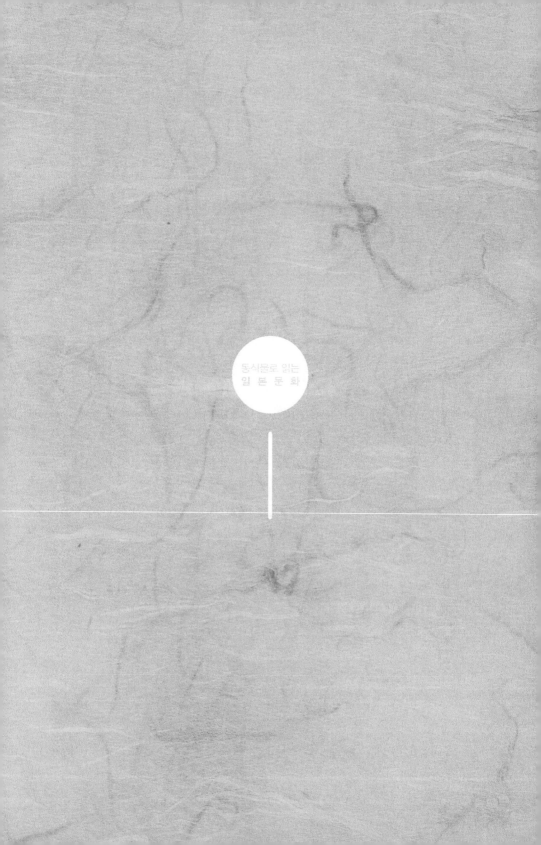

동식물로 읽는
일 본 문 화

설화 속 소의 이미지

김 영 호

● ● ● ●

들어가며

현대인들은 소에 대해 어떤 이미지를 가지고 있을까? 젖소로부터 짠 우유를 마시거나 불고기 등으로부터 낙농과 축산의 이미지를 가질 것이다. 또한 소가죽은 다른 가죽보다 섬유조직이 치밀하고 매우 튼튼해서 가방이나 구두, 허리띠, 악기, 방한용 등으로 널리 이용되고 있다. 이처럼 우리들의 도시생활 속에서는 비록 소를 볼 수 있는 일이 많지 않지만, 소를 통해 생산된 먹을거리와 가공된 제품은 일상생활 속에서 가장 친숙한 것 중 하나이다. 뿐만 아니라 일제 강점기 때만 해도 시골에

17

서는 직접 소에 올라타서 이동하기도 하고 우차牛車를 끌도록 하거나 짐을 지도록 하는 등의 운반의 목적으로 이용되기도 하였으며, 농사일에도 이용되는 등 현대와는 비교될 수 없을 정도로 인간의 생활과 밀접한 관계에 있었다.

그렇다면 옛날 일본에서는 소에 대해 어떤 이미지를 가졌을까. 이 글에서는 일본의 설화문학에 나타난 소와 관련된 이야기를 소개하는 것을 통하여 소가 어떻게 그려져 있는지 그리고 인간은 어떻게 인식하고 있었는지 살펴보도록 한다. 이를 통하여 소에 대해 일본인이 가져온 전통적인 이미지를 소개하고 이러한 이미지를 가지게 된 배경에 대해 살펴보기로 한다. 이 중에는 우리들이 잘 알고 있는 내용도 있을 것이며, 한국과 공통적이지만 근본적인 배경에 대해서는 잘 알려져 있지 않았던 내용도 있을 것이고, 한국과 전혀 다른 내용도 있을 것이다. 이를 통해 우리들이 일본문화를 이해하는 계기가 되었으면 한다.

중노동에 대한 죄책감

인간들에게 소는 경제적으로 매우 가치가 높은 동물이었기 때문에 집안과 마을, 절 나아가 국가적인 차원에서도 소중하게 다루어졌다. 그리고 군사적인 목적으로도 이용되는 경우도 있었기 때문에 함부로 훔치거나 죽이면 벌을 받게 되었으며, 심지어는 무거운 짐을 싣는 이른바 '과적재'도 처벌을 받을 정도였다. 그렇기 때문에 소는 돼지나 개, 닭과 같은 다른 동물에 비해 경제적으로 가장 가치가 높은 가축 중 하나였으며 소중한 대접을 받았다.

그렇지만 이와 같은 사례는 거꾸로 생각해보면 인간이 얼마나 소에게 많은 일을 시켜왔는지 나타내기도 한다. 이와 관련하여 가마쿠라鎌倉시대의 불교설화집인 『간쿄노토모閑居友』에서 말과 소가 대화를 나누는 장면을 잠깐 소개해보기로 한다.

> 중국의 어떤 사람이 이야기를 들려주었다. 옛날에 이 지방에 부자에다가 지체 높은 이가 살고 있었다. 가을밤에 집안의 높은 곳에 올라 달을 바라보고 있노라니 밤은 깊고 사람들은 잠들어 아무런 소리도 들리지 않았다. 그때 저쪽에서 말과 소가 이야기를 나누는 소리가 들렸다. 말이 말했다. "아 슬프도다. 괴롭도다. 전생에 무슨 죄를 지었기에 사람에게 부림을 당하여, 하루종일 이렇게 심하게 일을 시키는가. 밤에도 마음 편하게 쉬어야 하는데 채찍으로 맞은 곳이 아프고 매우 괴로워서 마음 편하게 쉬지도 못하는구나. 내일은 또 어떻게 일을 시킬까. 이것을 생각하면 편안하게 쉴 수 없구나." 그러자 소가 대답했다. "맞는 말이로구려. 아아, 슬프도다. 내가 이와 같은 소의 몸으로 태어났기 때문에 각오는 하고 있었으나 그래도 주인이 한없이 원망스럽구나."

이 이야기의 주제는 중국의 어떤 이가 소와 말이 한탄하는 말을 듣고 불교에 귀의했다는 것이다. 그러나 말이 슬퍼하면서 전생에 무슨 죄를 지었기에 밤낮으로 사람들에게 혹사당하며 쉴 틈조차 없다는 것을 한탄하자 소도 자신이 소의 모습으로 태어나 인간에게 부림을 당하는 것을 원망한다는 대목으로부터, 인간이 편안한 생활을 누리기 위해 소에게 중노동을 시키고 있다는 것을 인간 스스로가 잘 알고 있다는 점이

【그림 1】 지옥에서 우두마두에게 고통 받는 장면(일본 와세다대학교 소장)

나타나 있다.

　그런데 흥미로운 점은 인간이 죽어 지옥으로 떨어지게 되면 이번에는 인간과 소와의 관계가 역전되어 우두마두牛頭馬頭, 즉 몸은 사람의 형상을 하고 있지만 소머리와 말머리를 하고 있는 옥졸들에게 고통을 당한다. 이들은 손에는 철로 된 창을 쥐고 죄인을 찌르기도 하며 불에 태우기도 하는 등 죄인에게 직접 벌을 가하여 고통을 주는데, 아비지옥阿鼻地獄에서는 머리가 여덟 개인 우두마두를 옥졸의 두목으로 삼고 있다고도 한다.

　위에 소개한 삽화는 『오토기보코伽婢子』 권3의 제3화 「귀신계곡에 떨어져 귀신이 되다鬼谷に落て鬼となる」에서 하치야 마고타로蜂谷孫太郎라는 교만한 유학자가 귀신계곡에 떨어져 도깨비들에게 고통을 당하고 있는

장면이다. 중앙에 목칼을 차고 서 있는 이가 마고타로이며 몸을 길게 늘어뜨리는 형벌을 받고 있다. 마고타로의 옷은 벗겨져 있고, 소머리를 한 옥졸이 마고타로의 손을 뒤로 묶어 밧줄로 끌고 있다. 오른쪽 아랫 부분의 말머리를 한 옥졸은 쇠방망이를 들고 있다.

소머리와 말머리를 한 요괴들은 지옥에서만 인간에게 고통을 주는 것이 아니다. 아래 『쇼코쿠햐쿠 이야기諸国百物語』 권5의 제2화 「두 가지 되를 사용한 죄로 화차에 태워 잡혀간 이야기二桝をつかいて火車にとられし事」의 줄거리를 잠깐 소개해보기로 한다.

어느 수행자가 교토京都 세이간지誓願寺로 찾아가 참배하였다. 그때 마당에 소머리와 말머리를 한 요괴가 나타나더니 나이는 사십여 세쯤 되는 여자를 불타는 수레로부터 끌어내리는 것을 보았다. 그리고는 갖가지 방법으로 꾸짖으며 고통을 주더니 다시 수레에 태우고 서쪽을 향해 데리고 가버리는 것이었다. 수행자는 이를 이상히 여겨 뒤를 따라가보자 수레는 시조四条 호리카와堀川 근처에 있는 쌀집으로 들어가버렸다. 수행자는 이상하게 생각하고 쌀집으로 들어가 방금 본 것을 이야기하였다. 그러자 집주인이 놀라며 자신의 아내는 욕심이 많은 사람으로서 항상 물건을 받을 때와 돌려줄 때 두 가지 되를 사용하였는데 그 죄로 산 채로 지옥으로 떨어진 것 같다는 이야기를 하였다.

이 이야기는 두 가지 되를 사용한 죄를 지은 여인이 산 채로 지옥으로 떨어진 이야기로서, 이처럼 이승에서 죄를 지은 사람이 산 채로 지옥으로 끌려갈 때 이를 끌고 가는 것은 어김없이 소머리와 말머리를 한 지옥의 옥졸이다. 그리고 이들은 화차火車라는 불타는 수레에 죄인을

21

【그림 2】 소머리와 말머리를 한 지옥의 옥졸이 죄인을 화차에 태워 잡아가는 장면(高田衛 외 2인 편(2007)『西鶴と浮世草子研究』2号, 笠間書院)

태워 잡아간다.

　【그림 2】의 왼쪽은『신오토기보코新御伽婢子』(1683년 간행) 권1의 제6화「화차를 묶은 벚나무火車桜」의 삽화이다. 이 삽화는 아래쪽에 그려져 있는 두 딸이 동시에 본 꿈속의 장면으로서, 소와 말의 머리를 한 지옥의 옥졸들이 화차를 끌고 와서 노모를 태워 죄를 추궁하면서 끌고 가고 있다. 가운데 삽화는『다마쿠시게玉櫛笥』(1695년 간행) 권3의 제3화「마쓰나가 단조가 지옥에 떨어진 이야기松永弾正堕地獄」로서 나카시마 부에몬中嶋武右衛門이라는 장사꾼이 전생에 자신의 주군이었던 마쓰나가 히사히데松永久秀를 만나는 장면이다. 히사히데는 모반을 저질러 주군을 죽인 죄로 지옥으로 끌려가 있으며, 삽화를 보면 소머리를 한 옥졸이 화차를 끌고 있고 말머리를 한 옥졸은 뒤에서 밀고 있으며 히사히데는 목에 족쇄가 채워진 채 화차에 타고 있다. 오른쪽의 삽화는『긴다이햐쿠이야기近代百物語』(1770년 간행) 권5의 제1화「되돌아온 응보의 바퀴巡るむくひの車の轍」로서 소머리를 한 옥졸이 여인을 화차에 태워 끌고 있고 말

머리를 한 옥졸은 뒤에서 밀고 있다.

그렇다면 어째서 죄인을 화차에 태워 가는 이는 하필이면 소머리와 말머리를 한 옥졸들일까. 그리고 지옥에서 인간에게 고통을 주는 이도 소머리와 말머리를 한 옥졸들일까. 그 이유는 소는 물론이거니와 말까지도 인간이 얼마나 다방면으로 이용하고 있는지, 그리고 그 노동이 얼마나 가혹한지 인간 자신도 그것을 잠재적으로 인식하고 있으며, 이에 대해 무의식적으로 죄책감을 가지고 있었다는 것을 말한다. 그렇기 때문에 지옥에서는 현실세계와는 반대로 소머리와 말머리를 한 옥졸들에게 고통을 받는다는 사고방식이 생겨난 것이다.

스가와라 미치자네와 소

일본의 유명한 신사에는 그 신사를 상징하는 사자使者가 있다. 예를 들면, 히요시 타이샤日吉大社는 원숭이, 기이気比 신사는 백로, 이나리稲荷 신사는 여우, 가스가春日 신사는 사슴, 구마노熊野 신사는 까마귀가 이에 해당한다. 그리고 전국 각지에는 덴만구天満宮, 덴만 신사天満神社, 덴진사天神社 등의 이름으로 약 12,000여 군데의 스가와라 미치자네菅原道真 (845~903년)를 모시는 신사가 있는데 이를 상징하는 동물은 바로 소이다.

미치자네는 헤이안平安 시대의 귀족이자 정치가, 학자로서 지금은 학문의 신으로 추앙받고 있다. 특히 입시철이 되면 미치자네를 모신 전국의 덴만구에는 합격을 기원하는 수험생들의 발길이 끊이지 않는 것으로

유명하다. 그렇다면 어째서 미치자네를 모신 신사가 소와 관련이 깊은
것일까.

먼저 미치자네가 어떤 인물인지 헤이안 시대 말기에 성립된 『기타노
텐진 연기北野天神緣起』의 내용을 바탕으로 소개해보고자 한다. 이 책은
미치자네가 교토의 기타노텐만구北野天滿宮에서 신으로 모셔지게 된 과
정을 중심으로 기술된 것으로서 미치자네의 일생, 죽은 후에 원령이 되
는 과정과 사람들이 피해를 입는 내용, 덴만구의 창건, 덴만구의 영험
이라는 네 가지의 기본적인 구성을 축으로 각종 일화가 연대순으로 서
술되어 있다. 아래 소개하는 내용은 연기물緣起物이기 때문에 역사적인
사실史實과는 다르다는 점을 일러둔다.

어느 날 스가와라 고레요시是善가 자택의 남쪽 마당에서 용모가 범상치 않
은 5~6세쯤 되는 아이를 발견하였다. 이 아이는 집도 없는데다가 부모도 없
었는데 고레요시를 보더니 아버지로 모시고 싶다고 하였다. 고레요시는 이
를 승낙하고 소중하게 키우자 이 아이는 문무 양쪽에서 뛰어난 재능이 나타
나기 시작했다. 이 아이가 바로 스가와라 미치자네이다.

미치자네가 13, 14세 때 지은 시는 아버지는 물론 천하의 학자들까지 능가
하는 뛰어난 경지에 이르렀으며, 25세 때인 869년에는 중국 궁술의 명인을
방불케 할 정도로 뛰어난 활솜씨를 발휘하였다. 그 후 미치자네는 897년에
대납언大納言이라는 벼슬에 오르며, 다이고醍醐 천황이 즉위한 898년에는 우
대신右大臣에 오른다(역사적으로는 899년). 다이고 천황은 미치자네에게 천
하의 정치를 일임하고자 하지만, 이에 대해 좌대신左大臣 후지와라 도키히라
藤原時平는 불편한 심기를 드러낸다. 이에 도키히라는 반 미치자네파인 귀족
들과 공모하여 미치자네를 중상모략하고, 미치자네는 끝내 현재의 후쿠오카

현福岡県 다자이 부太宰府로 쫓겨 가게 되어 대재권수大宰權帥라는 벼슬로 좌천을 당하게 된다. 미치자네는 이곳에서 누명이 벗겨지기만을 기다리고 있었으나 결국 그 바람은 이루어지지 못한 채 903년에 다자이 부에서 죽게 된다.

그런데 그 후 교토에서는 미치자네의 원령怨靈이 나타나기도 하고 천둥, 번개, 지진, 홍수, 화재 등 재난과 재해가 끊이지 않는다. 그리고 도키히라의 자손들은 모두 40세가 되기 전에 죽는 등 미치자네의 좌천과 관련된 이들이 번개에 맞거나 병으로 죽는 기이한 일들이 속출하게 되었다. 사람들은 이것을 미치자네의 원령이 일으킨 것이라 생각하고, 다자이 부에 신사를 세워 미치자네의 영혼을 진정시키고 교토의 기타노北野에도 신사를 세워 덴만구라 하였다. 그리고 이치조一条 천황 때인 993년에 태정대신太政大臣의 관직으로 추증追贈을 받았다.(竹居明男(2008)『北野天神縁起を読む』吉川弘文館)

여기까지가 미치자네의 일생과 기타노텐만구와의 관계에 대해 서술된 부분이며, 다음에는 도둑으로 의심을 받은 여인이 덴만구에 참배한 후에 누명을 벗게 된 일, 닌나지仁和寺의 승려가 우차를 탄 채 덴만구를 지나려 하자 소가 갑자기 죽은 일, 닌나지의 승려가 백 일간 참배를 한 후 극락왕생을 한 일, 계모에게 학대를 받던 두 딸이 덴만구에서 참배를 한 후 한 명은 지체 높은 집안의 아들과 결혼하고 한 명은 궁중에서 귀인 밑에서 일을 하게 되어 번영하게 되었다는 등 덴만구의 영험에 관한 각종 일화가 서술되어 있다.

후세에는 미치자네가 17세인 862년에 문장생文章生이 되고 870년에는 대책対策에 급제하였으며 32세인 877년에는 학문의 최고위라 할 수 있는 문장박사文章博士가 되어 대학료大学寮에서 시문을 가르쳤다는 학문

【그림 3】 좌:덴만구의 소 석상(저자 촬영), 우:합격을 기원하며 에마를 거는 장면(Dale K. Andrews 촬영 및 제공)

에 정통한 인물이었다는 것이 강조되어 원령이라는 이미지보다는 '학문의 신'으로 추앙받게 되었으며, 나아가 농업의 신, 정직의 신, 지성의 신 등으로도 추앙받고 있다.

덴만구에는 미치자네가 소와 관련이 깊다는 점으로 인해 소의 동상이나 석상을 자주 볼 수 있다. 특히 총본산인 다자이 부 덴만구에는 총 11개의 동상과 석상이 있으며 소를 찾기 위한 최단 루트가 안내되어 있는 등 관광명소로도 유명하다. 【그림 3】의 왼쪽 사진은 센다이仙台의 쓰쓰지가오카榴岡 덴만구로서 이곳에도 어김없이 소 석상이 있으며 소의 머리를 어루만지며 합격을 기원하기도 한다. 오른쪽 사진은 도쿄의 유시마湯島 덴만구에서 합격을 기원하며 에마絵馬를 거는 장면이다. 이처럼 미치자네는 학문의 신으로 추앙받고 있기 때문에 현대에는 각종 시험의 합격과 연결되어 입시철뿐만 아니라 자격증 시험에서도 합격을 기원하는 이들의 발길이 끊이지 않고 있다는 점은 흥미로운 점이다.

그렇다면 미치자네는 무슨 이유로 일본 역사상 소와 가장 관련이 깊은 인물 중 한 명이 된 것일까. 그 이유에 대해서는 여러 가지 설이 있는다. 첫째로 미치자네가 태어난 845년이 12지간으로는 소띠 해이기 때문이라는 설, 둘째로 다자이 부 덴만구가 건립된 905년이 소의 해이기 때문이라는 설, 셋째로 미치자네가 죽은 후 유해를 장사지내기 위해 소가 끄는 수레에 태웠는데 도중에 소가 아무리 끌어도 움직이지 않았기 때문에 그대로 장사를 지낸 곳이 다자이 부 덴만구가 되었다는 설, 넷째로 미치자네는 '천만대자재천신天滿大自在天神'이라고도 불리는데 불교에서는 소를 타는 것으로 되어 있기 때문이라는 설, 다섯째로 미치자네가 다자이 부로 이동하던 중 누군가가 목숨을 노렸으나 흰 소가 구해주었기 때문이라는 설 등이 있다. 물론 어느 이유가 맞는지 알수는 없지만, 미치자네가 그만큼 소와 관련이 깊은 인물이라는 것은 분명하다.

덴만구에는 입시철만 되면 수많은 참배자들로 북적인다. 【그림 3】의 유시마 덴만구는 일본의 덴만구들 중에서 특히 영험이 높기로 유명해서 엄청난 양의 에마가 걸려 있는 것을 알 수 있는데 모두 에마를 걸고 합격을 기원하는 데 열중할 뿐 미치자네가 어떤 인물인지, 그리고 사람들이 어떤 계기로 미치자네에 대해 존경과 공포의 이미지를 가지게 되었는지, 덴만구가 조성된 배경과 어째서 소의 석상과 목상이 많이 안치되어 있는지에 대해서는 잘 알려져 있지 않은 듯하다. 『기타노텐진 엔기』는 비록 일본 고전문학 중에서는 그다지 알려져 있지 않은 작품이기는 하지만, 덴만구와 관련된 일본문화의 한 측면을 이해하는 데는 중요한 작품이라 할 수 있다.

『니혼료이키』로 보는 소 환생담의 세계

소가 등장하는 문학작품 중 가장 흥미를 끄는 것이라면 단연 『니혼
료이키日本靈異記』에 실려 있는 소 환생담을 들 수 있을 것이다. 이 작품
은 9세기 초인 헤이안 시대에 야쿠시지藥師寺의 승려 교카이景戒가 지은
일본에서 가장 오래된 불교설화집으로서 총 118개의 인과응보를 주제
로 하는 설화가 실려 있다. 그중에서 인간이 죽은 후 소로 환생하는 이
야기는 총 6화나 되는데, 흥미를 끄는 이야기 두 개를 소개해보고자
한다.

> 옛날에 구라 이에기미椋家長라는 사람이 있었다. 12월이 되어 『방광경方廣經』
> 에 귀의하여 전생의 죄업을 참회하고자 한 스님을 초청하여 집으로 데려왔
> 다. 그날 밤 법요法要와 독경이 이미 끝나고 스님이 잠자리에 들려고 했을 때,
> 스님은 마음속으로 내일 보시를 받는 것보다 지금 이 이불을 훔쳐 가는 것이
> 나을 것이라 생각하였다. 그런데 어디선가 그 이불을 훔치지 말라는 소리가
> 들렸다. 스님은 매우 놀라며 집안을 살펴보았더니 소 한 마리가 창고 처마
> 밑에 서 있었다. 승려가 소 근처로 다가갔더니 소가 말하기를 "나는 이 집 주
> 인의 아버지입니다. 전생에 내가 다른 사람에게 주려고 자식에게는 말하지
> 않고 벼를 열 다발 훔쳤습니다. 그래서 지금 소의 몸을 받아 태어나서 전생
> 의 빚을 갚고 있는 것입니다"라는 말을 하였다. 다음날 법요가 모두 끝난 후
> 승려는 어젯밤에 있었던 일을 집주인에게 자세히 이야기했다. 집주인은 슬
> 퍼하며 소 근처로 가서 짚을 깔고 "정말로 저의 아버지라면 이 자리에 올라
> 와 앉으십시오"라고 말하자 소가 무릎을 꿇고 자리 위에 앉았다. 집주인은
> 소에게 엎드려 절하면서 "전생에 쓴 것은 이제 그 빚이 모두 없어졌습니다"

라고 말하자 소는 눈물을 흘리며 탄식을 하고는 그날 오후에 죽었다.(상권 제10화「자식의 물건을 훔쳐 쓰고 소가 되어 부림을 당하는 기이한 일이 일어난 이야기偸用子物作牛役之示異表緣」)

위 이야기는 물건을 훔친 채 죽은 이가 소로 환생하여 생전의 빚을 갚는다는 내용으로서 아무리 자식의 것이라 하더라도 남의 물건을 훔쳐서는 안 된다는 교훈을 제시하고 있다. 그렇지만 본 이야기의 이면에는 이 글의 주제인 '소'와 관련하여 매우 흥미로운 점 두 가지를 발견할 수 있다.

첫 번째로 본 이야기 외에 『니혼료이키』의 중권 제9화와 제32화는 절의 물건을 빌리고 갚지 않았기 때문에, 상권 제20화는 승려의 것을 빌리고 갚지 않았기 때문에, 상권 10화와 중권 15화는 남의 물건을 빌리고 갚지 않았기 때문에 소로 환생해서 갚는다는 내용으로 되어 있어, 남으로부터 빌린 물건을 갚지 않았기 때문에 소로 환생하는 이야기가 6화나 된다. 『니혼료이키』가 지어진 것이 9세기 초라는 시대적인 배경을 생각해보았을 때 그들이 지은 죄가 남의 물건을 빌린 채 갚지 않은 것, 그리고 갚더라도 소로 환생해서 갚는다는 '교환'의 행위, 즉 일종의 '경제활동'과 관련되어 있다는 점은 현대인들의 관점에서 보면 놀라운 점이다. 뿐만 아니라 상권 제20화, 중권 제9화와 제32화에서는 절이 소를 소유하고 있었다는 내용이 등장하는데, 당시의 절에서는 논이나 밭을 소유할 수 있었고, 소를 이용한 농경이 이루어지고 있었다는 것을 이해하면 절이 소를 소유하고 있었다는 내용이 어째서 『니혼료이키』에 자연스럽게 배치되어 있는지 알 수 있을 것이다. 그렇기 때문에 소가 당시의 절에서는 정말로 중요하고 가치 있는 동물이었기 때문에 하권 제26화의 경우처럼 도다이지東大寺에 소 70마리를 바쳤다는 대목이 서술되어 있는 것이다. 그리고 당시의 절과 신사에서는 수확한 곡물이나 술, 돈을 서민들에게 빌려주기도 하였으며, 절의 시주들이 곡물을 횡령하기도 했다는 것으로부터 생각해보면 이와 같은 종교적인 설화에 경제활동이 엮여 있는 이야기가 많은 것은 당연하다고 생각할 수 있다.

두 번째로 6화 모두 죽은 이가 소로 환생한다는 점도 주목할 만하다. 물론 옛날에는 그만큼 소가 인간에게 얼마나 가까운 존재였는지 알 수 있다고 풀이할 수 있지만, 인간의 생활과 가까운 동물이라면 소뿐만 아니라 말, 닭, 개, 고양이와 같은 동물들이 있으며 따라서 환생해서 노동력을 통해 빚을 갚는다면 말이나 다른 동물로 환생해서 갚을 수도 있을 것이다. 그러나 6화 전부 환생한다는 대상이 소로 되어 있다. 어째서 『니혼료이키』에서 빚을 진 사람은 소로 환생하는 이야기밖에 없는 것일까.

먼저 일본의 문헌에서는 빚을 진 이가 소로 환생하여 갚는다는 내용이 서술되어 있는 것은 『니혼료이키』가 처음이다. 그렇지만 중국의 문헌의 경우 소 외에도 말, 양, 새, 토끼, 개, 돼지 등으로 환생하여 전생에서의 빚을 갚는다는 설화가 많이 있으며, 『니혼료이키』의 성립에 커다란 영향을 미친 『명보기冥報記』의 경우를 보더라도 양이나 당나귀로 환생하는 이야기가 있어 소로 한정되지는 않는다. 따라서 환생하여 노동을 통해 그 빚을 갚을 때, 환생의 대상이 소밖에 없다는 『니혼료이키』의 내용은 매우 독특하다고 볼 수 있다.

그 이유로서 앞서 언급한 것처럼 일본의 절에서는 다른 가축들보다 소가 가장 필요했기 때문에 소로 환생하여 그 노동력으로 빚을 갚는 이야기가 많이 만들어진 것이다. 뿐만 아니라 고미네 가즈아키小峯和明 (2009)씨가 지적한 것처럼 "가축 중에서 가장 노역에 시달려야 했던 것 은 바로 소이기 때문"이라는 견해도 일리가 있는 의견이라 생각된다. 농사를 지을 때 힘을 많이 필요로 하는 노동에 소가 동원되었으며, 에 마키絵巻를 보더라도 수레를 끄는 동물은 언제나 소이며 말이나 다른 동물이 그려져 있는 경우는 거의 없기 때문에 앞서 언급한 것처럼 소를 혹사시킨다는 인간의 잠재적인 죄의식이 저승에서의 우두마두와 같은 존재를 상정시키기도 하고, 죽은 이가 소로 다시 태어나 노동을 통해 전생의 빚을 갚는다는 이야기가 생성된 것이다.

다음으로 소와 관련된 다른 이야기를 하나 더 소개해보기로 한다.

다나카노마히토히로무시메田中真人広虫女라는 여인은 불도를 믿지 않고 탐욕 스러우며 남에게 베푸는 일이 없었다. 그녀는 병에 걸려 자리에 누워 있다가 어느 날 남편과 아들들을 불러 모아 꿈에서 본 모습을 이야기하였는데, 염라 대왕으로부터 첫 번째는 절의 물건을 많이 사용하였으나 돌려주지 않은 죄, 두 번째는 술을 팔 때 물을 섞어 양을 부풀려 많은 이익을 얻은 죄, 세 번째는 곡식을 담을 때 두 가지 되와 저울을 사용하여 다른 이에게 빌려줄 때와 받 아낼 때 다른 되와 저울로 돌려받아냈다는 죄를 지적받았다고 하였다. 히로 무시메가 병으로 죽은 후 7일째 되는 날에 다시 살아났다. 관 뚜껑을 열어 그 모습을 보니 허리부터 위쪽은 소로 바뀌어 있었고 이마에는 뿔이 자라 있었 다. 그리고 허리부터 아래쪽은 사람의 모습을 하고 있었으며, 밥을 싫어하고 풀을 먹었고 되새김질을 하였다. 벌거벗고 옷은 입지 않았으며, 똥으로 범벅 이 된 흙 위에 누웠다. 가족들은 히로무시메의 죄에 대한 업보를 갚기 위해 미키데라三木寺와 도다이지에 소 70마리를 비롯한 많은 재산을 바치고, 남에게 빌려준 것은 모두 받지 않기로 하자 그 소는 죽어버렸다. (하권 제26화 「빌려준 것을 부당하게 징수하고 많은 이자를 받아 현세에서 비참한 죽음의 업보를 당한 이야기強非理以徵債取多倍而現得惡死報緣」)

위에서 소개한 이야기에서 가장 먼저 주목해야 할 것은 인간이 소로 변하는 과정이 생생하게 나타나 있다는 점으로서 이는 충격적이며 그로테스크하기까지 하다. 관 뚜껑을 열어 보았더니 하반신은 인간의 모습을 하고 있지만 상반신은 이미 소가 되어 있으며, 이마에는 뿔이 나 있고 되새김질까지 하는 모습은 마치 그리스 신화를 연상시키기까지 한다. 이와 같이 충격적이고 생생한 모습의 묘사는 당시의 교카이가 민중들에게 불교적인 교리, 즉 사람이 죽으면 축생도畜生道로 태어나는 경우도 있다는 내용을 믿도록 하는 데 충분히 설득력이 있었던 것으로 생각된다. 왜냐면 히로무시메가 다시 태어난다는 것이 한 개인의 환상적인 체험이나 거짓으로 지어낸 이야기가 아니라 다시 태어나는 과정을 많은 사람들이 직접 목격하고 확인하여 신빙성 있는 사실이었다는 것을 증명하는 형식을 취하고 있기 때문이다. 히로무시메가 다시 태어났다는 사실이 신빙성이 있으면 있을수록 교카이의 설법을 듣는 청중들은 이 이야기가 정말로 있었던 이야기로 생각하게 되며, 그로 인해 교카이가 제시하고 있는 불교적인 교훈성이 더욱더 설득력을 가지게 되는 것이다. 뿐만 아니라 히로무시메가 절반 정도 변화된 모습으로부터 인과응보의 원리가 먼 미래에 일어나는 것이 아니라 현실세계에서 가까운 시일 내에 일어난다는 『니혼료이키』 전체를 관통하는 주제를 제시하는 데도 효과적이었다고 볼수 있다.

나가며

옛날에 나라奈良에 사는 어떤 이가 소를 들판에 풀어놓고 키웠다. 그런데 그날 깜빡하고 어미 소와 송아지를 외양간에 데려와 넣는 것을 잊어버렸다. 그날 밤 커다란 늑대가 나타나 송아지를 잡아먹으려 하자 어미 소가 머리로 늑대의 배를 받아 있는 힘을 다해 벽에 밀치고 움직이지 못하게 하였다. 결국 늑대는 죽어버렸으나 어미 소는 늑대가 죽었다는 사실을 알지도 못한 채 아침이 될 때까지 계속 늑대를 벽에 밀치면서 송아지를 구해냈다. 이 이야기는 『곤자쿠 이야기집今昔物語集』에 실린 이야기로서 아무리 동물이라 하더라도 마음가짐은 인간과 마찬가지라는 교훈성을 나타내는 것이 주제이다. 그런데 여기에서 어미 소가 머리로 늑대를 벽에 밀친 채 밤새도록 버틸 수 있었다는 발상은 그만큼 소에 대해 힘센 이미지를 가지고 있었기 때문이다. 이처럼 일본문학에 나타난 소에 대한 이미지는 대체적으로 힘센 이미지가 주류를 이루고 있으며, 지금까지 검토해왔던 소에 대한 다양한 이미지는 알고 보면 힘센 이미지를 가지고 있었다는 점이 근본적인 배경이 되어 이것이 직접적으로 혹은 간접적으로 연결되어 있다는 것을 알 수 있다.

한편 '소'에 대한 다양한 이미지는 언어생활과도 밀접하게 관련되어 있다. 예를 들면, '주도권을 잡고 지배하다', '좌지우지하다'라는 의미를 가진 말로 '소의 귀를 잡다牛耳る'라는 말이 있는데, 이것은 고대 중국에서 제후들이 모여 하늘에 제사를 지낼 때 맹세의 의미로 맹주가 소의 귀를 잡고 제후는 그 피를 마셨다는 데서 유래된 말이다.

아무리 가르치고 일러주어도 알아듣지 못하는 경우 '소귀에 경 읽기'라 하는데, 일본에서도 1754년에 지어진 조루리浄瑠璃 『오노노도후

33

아오야기노스즈리小野道風青柳硯』를 보면 "너희들에게 말하는 것은 소귀에 경 읽기이다"라 하여 한국과 일본이 공통적으로 소를 연상시킨다는 사고방식을 가지고 있었다는 것을 알 수 있다. 뿐만 아니라 한국에는 밥 먹고 곧바로 누우면 소가 된다는 말이 있는데 일본에서도 1801년에 지어진 『히요쿠노무라사키比翼紫』라는 책에 "밥을 먹고 곧바로 누우면 소가 될 것이다"라는 구절이 있으며, 1830년에 성립된 수필집인 『기유쇼란嬉遊笑覧』에도 "배부를 때까지 먹고 누우면 소가 된다고 아이에게 가르친다"는 말이 있는 것으로 보아 한국과 일본 모두 밥을 먹고 곧바로 누운 모습에서 소가 여물을 먹은 후 누워서 되새김질하는 모습을 공통적으로 연상하고 있다는 것을 알 수 있다. 물론 이와 같은 가치관 또는 사고방식이 한반도에서 일본으로 건너간 것인지, 일제 강점기 때 일본에서 한반도로 건너온 것인지, 아니면 동일한 가치관이 양국에서 자연스럽게 생겨난 것인지 분명하지 않으나 한국과 일본에서 전통적으로 소에 대해 동일한 이미지를 공유하고 있다는 점은 흥미로운 것임에 틀림없다.

소는 인간과 가장 가까운 동물 중의 하나로서 탈것이나 농경에 이용되어왔으며, 소를 통해 가공된 것은 인간의 생활을 윤택하게 해주었다. 또한 가치 있는 재산으로서 종교적인 의식에서 여러 문학작품에 등장하고 있으며, 에도 시대에는 우육환牛肉丸 또는 우황청심원牛黃清心円이라는 만병통치약으로서 조선의 것이 원조로 인식되기도 하였다. 이처럼 일본문화의 한 부분에 흥미를 가지고 살펴보면 의외로 역사나 문학, 사상과 커다란 관련성이 있으며, 한국과 관계된 점도 크다는 점을 알 수 있다.

참고문헌

교카이 저, 문명재·김경희·김영호 역주(2013)『일본국현보선악영이기』(한국연구재단 학술명저번역총서 동양편 529, 세창출판사)

작자미상, 김영호 역주(2013)『쇼코쿠 햐쿠모노가타리諸国百物語』인문사

金時德(2013)「朝鮮牛肉丸、江戸時代の万能薬」(アジア遊学163『日本近世文学と朝鮮』, 勉誠出版)

작자미상, 박연숙 역주(2012)『신오토기보코新御伽婢子』인문사

金賢旭(2010)「牛の説話と渡来文化」(『漢文文化圏の説話世界』, 竹林舎)

小峯和明(2009)「牛になる人―『日本靈異記』と法会唱導―」(『中世法会文芸論』, 笠間書院)

竹居明男(2008)『北野天神縁起を読む』吉川弘文館

飯倉洋一(2007)「怪異と寓言―浮世草子·談義本·初期読本」(『西鶴と浮世草子研究』2号, 笠間書院)

渋沢敬三·神奈川大学日本常民文化研究所編(1984)『新版 絵巻物による日本常民生活絵引』平凡社

作者未詳·美濃部重克校注(1982)『閑居友』(『中世の文学』第一期·第五回配本, 三弥井書房)

동식물로 읽는
일 본 문 화

이웃나라 고양이 연대기

이 용 미

● ⦿ ● ⦿

작은 고양이는 모두 신이 만들어낸 걸작이다

고양이는 언제부터 인간과 함께 생활한 것일까? 역사적 고증에 의하면 야생 고양이의 가축화는 신석기 시대로 거슬러 올라간다고 한다. 농경 생활이 시작되고 여유분의 식량을 비축하는 과정에서, 사람들은 쥐를 비롯한 설치류나 독사 등의 피해를 막기 위하여 야생 고양이를 집고양이로 길들이기 시작한 것이다. 구석기 시대, 사냥을 위해 길들여진 개에 비하면 고양이의 인간 사회 진입은 뒤늦게 이루어졌으나 이후, 가축에서 애완동물로의 급격한 위상 변화는 고양이를 따라올 만한 것이 없을 만큼 고양이에 대한 인간의 사랑은 각별하다고 할 수 있다. 예를 들어 레오나르도 다 빈치는 '작은 고양이는 모두 신이 만들어낸 걸작'이라 하였고, 알버트 슈바이처 역시 '불행한 삶에서 벗어날 수 있는 방법은 두 가지, 음악과 고양이'라는 찬사를 남겼다. 이렇듯 야생동물에서 애완동물을 지나 반려동물의 반열에 오른 고양이의 역사는 곧 인류의 문화사와 맥을 같이한다고 해도 과언이 아닐 것이다.

이 글의 관심사는 이웃나라 일본 고양이의 삶과 위상이다. 여기서는 문학에 나타난 고양이 연대기를 살펴봄으로써 일본인에게 고양이는 어떠한 존재인지, 또한 그 이미지는 어떠한 변천을 거치는지 가늠해보고자 한다.

숭배에서 동경으로

알려진 바에 의하면 오늘날 집고양이의 직계 조상은 이스라엘 사막과 사우디아라비아에 서식하던 근동 들고양이fells silvestris lybica로, 이후 이집트를 거쳐 유럽으로 전파되면서 애완동물이 된다. 특히 고대 이집트인들의 고양이 사랑은 유명하다. 그들은 함께 살던 고양이가 죽으면 미라로 만들고 애도의 표시로 눈썹을 밀었다. 고양이는 신성한 존재이며 고양이의 현신現身인 바스테트Bastet 여신은 풍요와 자비, 모성의 상징으로 숭배되었다.

한편, 5천여 년 전, 중국의 신석기 주거지에서 고양이 뼈가 출토된 것으로 보아 서양과 거의 동시에 동양에서도 고양이의 가축화가 이루어진 것으로 보인다. 여러 문물이 그러하듯, 고양이 역시 중국대륙에서 일본으로 전래되었다. 일본 최초로 고양이의 모습을 기록으로 남긴 이는 59대 우다宇多 천황(재위: 887~897년)이다. 그는 일기에 자신의 고양이에 대하여 다음과 같이 밝힌다.

> 조금 여유가 생겼기에 내 고양이에 대하여 적는다. 다자이 부太宰府의 차관인 미나모토 구와시源精가 선제先帝께 고양이 한 마리를 헌상하였다. 선제께서는 아름답기 그지없는 귀한 털을 지닌 이 고양이를 사랑하셨다. …… 잘 때는 동그란 모양이 되어 발이나 꼬리가 보이지 않는다. 걸을 때면 전혀 발소리를 내지 않으니 마치 구름 위의 흑룡과도 같다. …… 선제께서는 며칠 이 고양이를 곁에 두신 후, 내게 하사하셨다. 어느덧 총애 한지 5년이 지났다. 매일 우유죽을 먹인다.
> (『간표고키寬平御記』 889)

이 기록에 등장하는 고양이를 둘러싸고, 다음과 같이 추측해볼 수 있을 것이다. 우선 지방 관리가 천황에게 헌상할 정도라면 무척 귀한 품종일 것이라는 점. 실제로 이 고양이는 당시 '중국 고양이唐猫'로 불린 중국산 고급 수입 고양이였다. 그렇기에 선왕의 하사품이 되었고 황실에서도 귀하기 그지없는 우유죽만을 먹이며 애지중지한 것이리라. 당시 중국 고양이는 천황가나 귀족조차 좀처럼 손에 넣기 힘든 귀한 동물이었다. 그렇기에 가잔花山 천황(재위: 984~986년) 역시 중국 고양이를 소원하는 어머니인 황태후에게 '일본에는 없는 중국 고양이, 임을 위해서라면 백방으로 구해보리'라는 시를 보냈을 정도이다.

이처럼 극진한 대접을 받는 중국 고양이의 생김새는 어떠했을까? 비슷한 시기에 성립된 일본 수필문학의 백미인 『마쿠라노소시枕草子』

에 그 단서가 보인다. 지은이 세이쇼나곤淸少納言은 다음과 같이 적고 있다.

> 고양이는 몸 전체가 검은색이고 배 부분만 하얀 것이 으뜸이다.
>
> (『마쿠라노소시』 49단)

섬세한 감수성으로 당시 상류층 여성의 트렌드를 이끌었던 그녀가 이 같이 예찬하는 것에서도 짐작할 수 있듯이, 중국 고양이는 검은 고양이 혹은 검은 점박이 고양이였다. 윤기 흐르는 새까만 털의 중국 고양이 목에 붉은 비단 줄을 묶어 끌며 우아한 자태로 회랑을 걸어 다니는 것, 이야말로 당시 귀족 여성들의 로망이었던 것이다.

사랑의 전령이 되어

문학에 등장하는 고양이 가운데 가장 유명한 녀석을 꼽으라면 단연 고전문학의 진수인 『겐지 이야기源氏物語』(1008년 무렵) 속, 젊은 귀공자와 황녀의 사랑 이야기에 등장하는 어린 고양이가 될 것이다. 벚꽃이 흐드러진 삼월의 어느 해질녘, 겐지 저택의 아름다운 뜰에서는 겐지의 아들 유기리夕霧를 비롯하여 젊은 귀공자들의 축국이 한창이었다. 집안 여인네들은 아련한 봄기운 속에서 남녀 간의 엄격한 내외의 법도도 잊고 주렴 가까이 옹기종기 모여들어서는 귀공자들의 늠름한 모습에 온통 마음을 빼앗겼다. 그런데 귀공자 중 한 명인 가시와기柏木만은 이 저택 어딘가에 있을 온나산노미야女三宮에 대한 상념으로 축국에 전념하지 못했다.

> "꽃이 하염없이 지는군요. 바람도 꽃만큼은 비껴가면 좋으련만." 이렇게 말하며 가시와기는 온나산노미야의 처소 쪽을 곁눈질했다. …… 휘장은 모두 한쪽으로 밀어놓고 발 근처에 모여 있는 시녀들의 조심성 없는 기척이 느껴졌다. 마침 그때 조그맣고 귀여운 중국 고양이 한 마리가 저보다 덩치가 큰 고양이에게 쫓겨 갑자기 주렴 끝에서 달려 나왔다. 놀라 허둥대는 시녀들의 모습이나 옷자락 스치는 소리가 제법 크게 들렸다. 도망치려고 버둥거리는 고양이 목줄에 주렴 자락이 덩달아 걷어 올라가자, 그 틈 사이로 여인들이 있던 안쪽이 훤히 들여났다. …… 소례복 차림의 여인 하나가 서 있었다. …… 가시와기는 울어대는 고양이를 뒤돌아보는 천진난만한 표정과 귀여운 모습에 직감적으로 그녀가 온나산노미야라는 것을 알아차렸다.
>
> (『겐지 이야기』「와카나 상若菜上」)

당시 귀족의 연애가 그렇듯, 일찍이 가시와기는 바람결에 천황의 셋째 딸인 온나산노미야의 이야기를 전해 듣고 연모의 마음이 일어 청혼한 적이 있었다. 그러나 결국 그녀는 당대의 권력자인 겐지의 정처가 되고 말아, 가시와기의 간절한 바람은 한낱 물거품이 되고 말았다. 하지만 꽃잎 휘날리는 이 날, 뜻밖에 안채에서 일어난 고양이들의 추격전이 계기가 되어 가시와기는 또다시 온나산노미야를 향한 연정을 불태우게 된다. 하지만 비밀스러운 만남도 잠시, 끝내 두 사람의 사랑은 죽음과 출가라는 파국으로 끝맺음하고 만다.

비련도 사랑이라 부를 수 있다면, 거침없이 주렴 밖으로 뛰쳐나와 가

시와기의 간절한 열정의 물꼬를 터준 이 아기 고양이 역시 사랑의 전령
이라 할 수 있지 않을까.

괴물 고양이

중세 시대(13~17세기 초)로 접어들면 지금까지 상류층의 마스코트
로 사랑받던 귀여운 고양이는 온 데 간 데 없이 사라지고, 대신 그 자리
에 흉악한 괴물의 이미지가 자리잡기 시작한다. 예를 들어 귀족인 후지
와라 사다이에藤原定家(1162~1241년)는 자신의 일기에 다음과 같이 괴
물 고양이의 출현을 알린다.

> 8월 2일. 저녁나절, 나라奈良에서 심부름꾼 아이가 찾아와서는 "얼마 전, 나
> 라에는 네코마타猫又라고 하는 괴물이 나타나 하룻밤 사이에 일여덟 명을 덮
> 쳤습니다. 죽은 이가 많았기에 이 괴물을 때려잡아 죽여버렸는데, 눈은 고양
> 이 같고 몸집은 큰 개만했습니다"라고 말했다.   (『메이게쓰기明月記』 1233)

위 구절은 중세 이후, 줄곧 괴물 혹은 요괴로 종횡무진 활약하는 '네
코마타猫又'의 존재를 알리는 첫 기록이라 할 수 있다. 이와 비슷한 이야
기는 유명한 스님의 수필집인 『쓰레즈레구사徒然草』(1331년경 성립)에
도 보인다. 지은이인 겐코 법사兼好法師는 어느 날, 사람들로부터 깊은 산
속에 사는 네코마타라는 괴물이 사람들을 잡아먹거나, 마을의 늙은 고
양이가 네코마타로 둔갑하여 사람을 해치는 일이 있다는 이야기를 전

【그림 1】 네코마타(幽霊·妖怪画大全集実行委員会(2012)『幽霊·妖怪画大全集』福岡市博物館)

해 듣는다(『쓰레즈레구사』 89단). 그러나 이 시기의 네코마타는 아직 괴물이나 요괴로 단정짓기에는 그 정체가 불분명한 구석이 있다. 무엇보다 고작 이 정도의 인상착의만으로 괴물의 누명을 뒤집어쓴다면 고양이는 무척 억울해 하지 않을까? 날카로운 눈매에 몸집이 제법 크고 사람을 덮치는 짐승이라면 고양이보다 더 의심이 가는 동물이 여럿 있을 수 있기 때문이다.

어찌되었든 이 시기 고양이가 괴물의 이미지를 갖게 된 데에는 무엇보다 불교 교의가 상당한 몫을 했으리라 추측된다. 고양이는 불교에 그다지 좋은 이미지를 주지 못했던 듯하다. 예를 들어 '세상을 속이고 기만한 승려는 다음 생에 고양이로 태어난다'거나, '사악하고 한없이 탐욕스러워 친구를 배반한 자는 고양이로 환생한다' 등 당시 불교 경전이나 설법은 악업의 업보로 고양이의 존재를 폄하하고 있다.

43

또한 늙은 고양이가 둔갑하여 악행을 저지른다는 이야기는 당시 민간에 널리 퍼져 있던 쓰쿠모가미付喪神 신앙의 영향으로도 볼 수 있다. 중세 일본인들은 집안의 물건이나 도구가 오래 묵으면 쓰쿠모가미라는 요괴로 둔갑하여 사람을 해코지한다고 믿어, 백년이 되기 전에 물건들을 내다 버리곤 했다. 실제로 그림 두루마리인『백귀야행도百鬼夜行図』에는 사람들에게 버려진 다양한 물건들이 쓰쿠모가미가 되어 밤마다 거리를 활보하는 모습이 생동감 있게 묘사되어 있다. 만물에는 각각 정령이 깃들어 있다는 일본 전통의 정령신앙animism이 쓰쿠모가미의 배경이며 그 연장선상에 네코마타가 자리하게 된 것임을 짐작할 수 있다.

고양이의 웅변

근세(16~19세기)는 도시를 중심으로 상업화가 이루어진 시기이다. 사람들은 종교에 귀의하기보다 현세 이익에 더 많은 가치를 두고 실리를 추구하기 시작하였다. 근세가 막 시작될 무렵, 이러한 도시의 가치관을 배경으로『고양이 이야기猫の草子』의 주인공이 등장한다. 서민들 사이에 인기를 모은 단편 소설인『고양이 이야기』는 태평성대이던 1602년, 막부幕府가 교토의 저잣거리에 다음과 같은 방榜을 내거는 장면으로 시작된다.

- 앞으로 장안의 모든 고양이는 목줄을 풀어주고 놓아기를 것.
- 더불어 고양이의 매매는 금지함. 이를 어길 경우, 반드시 그 죄를 물어 처벌할 것임.

특이한 포고령의 배경에 대해서는 잠시 뒤로 미루고 이야기의 줄거리를 좀 더 살펴보자. 사람들은 하는 수없이 자신이 기르는 고양이 목에 이름표를 달고 풀어주니, 그동안 묶여 지내던 고양이들은 제 세상을 만난 듯 활보하였다. 도가 깊은 큰스님의 꿈에 쥐가 나타난 것도 그 즈음이었다. 노인 쥐는 큰스님 앞에 절을 하고는 장안에 고양이가 넘쳐나는 바람에 일문일족의 목숨이 경각에 달렸다고 읍소하였다. 큰스님은 사람들의 먹을 것을 훔치고 물건을 갉아먹는 악행을 그만두라고 충고하니, 쥐는 자신의 업보를 참회하며 사라졌다. 다음날, 이번에는 큰스님의 꿈에 호랑이 무늬를 한 고양이가 나타나 이번에는 자신의 이야기를 들어달라며 다음과 같이 말한다.

> 우리 고양이는 인도와 중국에서 용맹을 떨치는 호랑이의 자손입니다. 일본은 소국이기에 그 규모에 걸맞게 호랑이보다 작은 저희가 건너온 것입니다. 이런 연유로 일본에는 애초부터 호랑이가 살지 않습니다. 일찍이 천황 가문에서 온갖 총애를 받으며 지냈고 …… 우리는 인도에서 건너왔기에 범어梵語밖에는 할 줄 몰라서, 일본 사람들은 우리의 이야기를 이해하지 못합니다. 이번에 목줄이 풀리고 그간의 고통에서 벗어나니 참으로 고마울 따름입니다. 이 성군의 시대가 세세만년 이어지기를 아침 해를 향해 일심으로 가릉거리며 기도하고 있습니다.

큰스님은 고양이에게 밥이나 채소, 다랑어나 청어 정도로 식단을 바꾸어보기를 권하였다. 쥐를 잡아먹는 살생은 그만두라는 충고였던 셈이다. 그러나 쥐와는 달리 고양이는 스님의 말에 발끈하며 "사람이 밥을 먹고 살 듯이 우리는 하늘에서 쥐를 식량으로 내려 받았습니다. 그

45

렇기에 쥐를 먹어야 기운이 납니다. 낮잠을 자는 것도 쥐를 잡기 위해 서입니다. 그런데 이제 와서 식성을 바꾸라는 터무니없는 말씀은 받아 들일 수 없습니다"라는 말을 남기고 유유히 사라져버린다.

근세 초, 교토는 인구 과밀과 더불어 도시화에 따른 여러 문제에 직면하게 되었다. 그 가운데 하나가 바로 잉여 물산의 보관이었는데 『고양이 이야기』에서 막부가 고양이 방목의 포고령을 내린 것 역시 고양이를 써서 식량이나 물산을 축내는 골칫덩어리인 쥐를 퇴치하려는 의도였던 것이다. 이야기 속 고양이는 냉철하고 당당하다. 현실주의자로서 자신의 소용 가치를 잘 알고 있는 그는 내세를 위해 살생을 피하라는 큰스님의 설법에도 아랑곳하지 않는다. 이러한 그의 당당함 뒤에는 대륙 호랑이의 피를 이어받았다는 자긍심, 소국 일본에서 천황 가와 상대한 상류층이라는 우월감이 자리 잡고 있다. 참으로 도시가 낳은 미니 호랑이다운 현실감각이 아닐 수 없다.

괴담의 여주인공

근세, 도시 발달에 힘입어 성장을 거듭한 또 하나의 고양이가 바로 네코마타이다. 중세에 등장한 네코마타는 근세에 접어들어 보다 다양한 형태로 그 존재감을 세간에 널리 알린다. 곧 갖가지 둔갑과 묘술로 사람을 홀림으로써 명실상부한 요괴의 반열에 오른 것이다. 잠시 네코마타의 활약상을 감상해보자.

금슬 좋은 부부가 있었다. 어느 날 병이 도져 부인이 세상을 떠나자, 남편 겐로쿠는 식음을 전폐하고 슬픔에 잠겨 살았다. 겐로쿠를 위로하기 위해 들른 친구 요헤이에게 겐로쿠의 부모는 밤마다 그의 방에서 두런두런 남녀의 이야기 소리가 들린다고 알렸다. 심상치 않은 사태임을 직감한 요헤이는 적당히 둘러대어 겐로쿠를 방에서 나가게 한 후, 겐로쿠인 것처럼 이불을 뒤집어쓰고 누워있었다. 이윽고 한 여인이 다가와 "오늘은 왜 아무 말씀이 없으세요? 사정이 있어 조금 늦었습니다. 늦어서 화 나셨어요?"라며 살갑게 말을 붙이고는 이불 안으로 들어오려고 하였다. 요헤이가 곁눈질로 살펴보니 입은 귀까지 찢어지고 이마에 뿔이 돋은 모양은 귀신이었으나, 짙은 눈썹과 붉은 입술, 하얀 분칠에 앞머리 모양이나 옷매무새로 보아 여인은 영락없는 겐로쿠의 죽은 부인이었다. 요헤이는 재빨리 숨겨온 칼을 들어 사정없이 여인을 내리쳤다. 죽은 여인의 모습을 자세히 살펴보니 겐로쿠네 집에서 오랫동안 기르던 늙은 고양이였다.　　　　　(『쇼코쿠햐쿠 이야기諸国百物語』 권4-15)

늙은 고양이가 여인으로 둔갑하여 남자를 홀리는 것은 네코마타의 전형적인 수법이다. 또한 네코마타는 대개 꼬리가 둘, 혹은 셋으로 갈라져 있다. 한국에 구미호가 있다면 일본에는 네코마타가 있는 셈이다.

왜 유독 근세 시대에 네코마타가 유행하였을까. 이는 앞서도 언급한 도시 문화의 발달과 관련이 깊다. 에도江戸(지금의 도쿄) 등 도시를 중심으로 괴담이 선풍적인 인기를 끌고, 이와 더불어 다양한 요괴나 유령이 생겨나 바야흐로 요괴의 춘추전국시대를 맞이한다. 이처럼 괴담이나 요괴가 유행하게 된 원인은 역설적이게도 사람들이 더 이상 이들의 존재를 믿지 않게 되었기 때문이라고 할 수 있다. 달리 말하면 비현실적이고 초자연적 감성보다는 합리적인 이성이 우위에 선 도시 문화 안에서 괴

파

담이나 요괴는 일종의 판타지나 놀이에 지나지 않게 된 것이다. 이는 마치 오늘날 사람들이 놀이공원에서 일부러 '도깨비 집'을 찾아 공포를 즐기는 것과 같은 이치이다. 그만큼 괴기로 인한 공포의 요소가 일상에서 멀어지고 낯선 감각이 되었기 때문인데, 네코마타가 근세에 접어들어 다양한 버전과 모습으로 확대되고 재생산되는 이유도 바로 여기에 있다.

유녀와 고양이

흥미로운 사실은 늙은 고양이는 십중팔구 여인으로 둔갑하며, 시간이 지남에 따라 여인 중에서도 유녀遊女로 둔갑하여 상대 남성을 홀리는 유형이 고정화된다는 점이다. 실제로 서민 대상의 가벼운 소설이나 그림, 가부키 등에는 유녀로 둔갑한 네코마타 이야기가 단골 소재로 사용되었다. 따라서 사람들은 네코마타 하면 자연히 유녀로 둔갑한 고양이를 떠올리곤 하였다.

【그림 2】는 근세 후기, 이야기책의 삽화에 등장한 네코마타이다. 어느 유곽, 손님이 잠들자 유녀는 본래 모습인 고양이가 되어 돌아앉아 새우를 씹어 먹고 있다. 이 광경을 엿본 손님은 혼비백산. 알고 보니 이 네코마타는 사냥꾼에게 죽임을 당한 부모를 대신하여 집안을 잇고자 둔갑술 수행 중인 기특한 효녀였다. 이 이야기는 에도의 시나가와品川 유곽을 중심으로 떠돌던 도시전설을 소재로 삼은 것이다. 그런데 왜 하필이면 유녀일까? 이쯤 되면 유녀와 고양이의 접점이 궁금해지지 않을 수 없다.

몇 가지 가설을 정리하면 다음과 같다. 먼저 당시 유녀는 흔히 '네코

【그림 2】 유녀로 둔갑한 고양이(アダム カバット(2000)
『大江戸化物細見』 小学館)

寝子'라는 별칭으로 불렸다는 점이다. 즉 잠자리를 같이하는 여인이라
는 의미의 '네코寝子'와 고양이의 '네코猫'가 오버랩된 것으로 보는 것이
다. 다음으로 주위와 격리된 유곽 안의 신비로운 유녀 이미지에서 어딘
가 몽환적인 고양이의 자태가 연상된다는 점이다. 실제로 유녀들 중에
는 고양이를 키우는 사람들이 많았다고 한다. 어쩌면 이 모든 것을 떠
나 폐쇄된 공간에 갇혀 자아는 부정당한 채, 타인의 욕망을 위하여 살
아갈 수밖에 없는 유녀의 음울한 기운이 축적되어 요괴로 둔갑하는 네
코마타를 만들어내었을지도 모를 일이다.

나는 고양이로소이다

근대에 접어들어 또 한 마리의 멋진 고양이가 탄생하니, 바로『나는

49

고양이로소이다我輩は猫である(1905)』의 고양이이다. 이 작품은 근대문학의 거장으로 한때 천 엔 지폐의 모델이기도 하였던 나쓰메 소세키夏目漱石(1867~1916년)의 데뷔작이다. 주인공인 고양이는 제 주인이나 주변 인간들에 대하여 신랄한 평가를 서슴지 않는 까칠한, 그러나 허술한 구석도 많은 귀여운 독설가이다.

> 이렇게 더워서는 고양이라도 살 수가 없다. 살가죽을 벗어던지고 살집도 벗어버리고 뼈만 있는 상태로 시원한 바람을 쐬고 싶다고 영국의 시드니 스미스라나 뭐라나 하는 사람이 힘들어했다는 이야기도 있지만, 뼈만이 아니라도 좋으니 하다못해 이 연회색의 점박이 털옷만이라도 좀 빨아 널기라도 하든지, 아니면 당분간 전당포에라도 잡혀두었으면 하는 마음이 굴뚝같다. …… 생각해보면 인간은 사치스럽기 이를 데 없다. 날로 먹어도 될 것을 일부러 삶기도 하고 구워도 보고 식초절임도 해보다가 된장도 발라보고, 애써 쓸 데 없는 수고를 해가며 서로들 희희낙락한다. …… 무엇보다 네 발이 있는데도 두 발만 쓰는 것부터가 사치이다. 네 발을 쓰면 그만큼 빠를 텐데, 굳이 두 발만 쓰고 나머지 두 발은 선물로 들어온 말린 대구포처럼 하릴없이 늘어뜨리고 다니니, 멍청하기 이를 데 없다.

이쯤 되면 고양이 눈으로 본 '인간 생태 관찰기'라고 해도 무방할 것 같다. 작품은 고금동서의 해박한 지식과 철학적 사색을 겸비한 고양이 입을 빌려 당시 일본 지식인의 허위와 이중적인 모습을 풍자하고 있다. "나는 고양이로소이다, 아직 이름은 없다"라는 첫 구절에서부터 고양이의 위풍당당한 자존감이 엿보인다. 이웃집 여자 고양이인 미케코ミケ子를 짝사랑하여 가슴앓이를 하고 고양이답게 살 권리를 부르짖으며

비분강개도 하지만, 결국 사람들이 남긴 맥주를 마시고는 취해서 물 항아리에 빠져 생을 마감한 고양이, 가히 고양이 세계의 모던보이라 할수 있지 않을까? 나쓰메 소세키는 어느 날, 홀연히 자신의 집에 들어와 눌러 살기 시작한 검은 고양이를 모델로 이 소설을 썼다고 한다. 그는이 고양이를 무척 사랑했던 듯, 고양이가 죽었을 때는 가까운 지인들에게 고양이의 부음을 알리고 해마다 고양이의 기일도 챙겼다. 이쯤 되면고양이가 나쓰메 소세키를 택한 것이라 볼 수도 있으리라.

손짓하는 고양이

손짓하는 고양이, 일명 마네키네코招き猫는 이미 일본을 대표하는 마스코트가 된 지 오래이다. 고양이가 앞발을 들어 제 얼굴을 닦는 시늉이 마치 행운을 부르는 상징으로 여겨진 것이다. 마네키네코의 탄생을둘러싸고는 몇 가지 설이 있으나, 대표적인 것은 다음 두 가지. 먼저 주인 할머니 꿈속에 고양이가 나타나 자신의 모습을 본뜬 인형을 만들어내다팔도록 일러 할머니를 부자로 만들어주었다는 설, 두 번째는 소나기를 피하고 있던 무사가 고양이의 거듭되는 손짓으로 자리를 옮긴 덕분에 간발의 차이로 번개를 모면할 수 있었다는 설. 두 이야기 모두 근세 에도를 배경으로 생겨났다고 하니, 과연 상업 번창과 개운開運을 염원하는 상인들의 인기를 얻을 만한 스토리텔링이 아닐 수 없다.

오른발을 들고 있으면 금전 운, 왼발을 들고 있으면 사람을 부른다는 전형을 넘어 현대에도 마네키네코의 프레임은 계속 변화와 확대를 꾀하고 있다. 예를 들어 색깔별 역할 분장을 보면, 처음에는 평범한 얼룩무늬 일색이었던 마네키네코였으나 어느덧 학업 향상이나 교통안전은 푸른 색 마네키네코가 전담하고 연애 관련은 핑크색이 담당하게 되었다. 또한 검은 마네키네코는 액막이, 붉은 색은 병을 물리치는 힘을 지닌다는 등 색깔별 혹은 지역별로 다양한 스토리가 생겨난다. 단순히 행운의 상징만으로는 살아남기 힘든 현대 산업시장에 대처하는 마네키네코만의 차별화 전략인 것이다.

헬로, 키티!

현대 산업시장의 프린세스 고양이, 바로 키티Kitty이다. 1974년, 캐릭터 상품 전문 회사인 산리오sanrio가 어린이를 겨냥하여 선보인 아기고양이 키티는 지금도 전 세계 수많은 사람들의 사랑을 한 몸에 받고 있다. 디즈니의 미키마우스와 더불어 불멸의 반열에 오른 캐릭터라 해도 과언이 아닐 것이다. 오늘날 세계 약 70여 개 국에서 주류 및 담배, 살상용 제품을 제외하고 연간 5만 종류 이상의 제품에 키티 로고가 사용된다. 연간 4천억 엔 이상의 수입을 거둔 산리오는 2014년, 마침내 부채 없는 기업 선언을 하기에 이르니 이 모두 키티라는 효녀 덕분이다.

스타에게는 이미지에 걸맞은 라이프 스토리가 필수이듯, 월드 스타 키티 역시 어엿한 프로필을 갖고 있다. 1975년 11월 1일, 런던 교외에서 태어난 키티는 사과 다섯 개 높이의 키에 사과 세 개 분량의 체중을 지닌다. 혈액형은 A형이고 조부모, 부모, 쌍둥이 여동생 미미까지 모두 여섯 명의 가족이 함께 산다. 취미는 과자 굽기이고 애플파이를 무척 좋아한다. 이웃에는 다니엘이란 이름의 남자친구가 살고 있다. 키티에게 쌍둥이 동생이 있다는 사실을 알고 계셨는가? 엄마는 쌍둥이 자매를 구별하기 위하여 키티의 왼쪽 귀에 빨간 리본을, 미미의 오른쪽 귀에 노란 리본을 달아둔다고 한다. 이 리본의 용도가 쌍둥이 구별용인지 미미라는 또 하나의 캐릭터 탄생용인지 알 길은 없지만 1999년 키티의 남자친구 다니엘이 '디어 다니엘'이라는 독자 브랜드로 첫걸음을 떼고, 키티의 주변 친구들도 하나둘 캐릭터에 맞게 상품화되어가는 것을 보면 문화 콘텐츠로서 키티의 외연이 당분간 확장되어갈 것이라는 점만은 확실하다.

고양이는 인터넷을 타고

2014년, 워싱턴 포스트 웹사이트가 전세계 사람들을 대상으로 '강아지와 고양이 중 어느 쪽을 좋아하나요?'라는 설문을 실시한 적이 있다. 이에 따르면 아시아, 남미, 오스트레일리아는 고양이보다 강아지를 더 많이 키우며 유럽 여러 나라(스페인, 포르투갈, 아이슬란드 제외), 러시아, 북미, 일부 이슬람권은 고양이가 더 많다는 사실이 알려졌다.

이번에는 일본인을 대상으로 동일한 질문을 던졌다. 인터넷 포털 사이트인 J타운넷에서 2014년 8월 8일~9월 2일 동안 일본 전국 2005명을 대상으로 '당신은 고양이와 강아지 중 어느 쪽을 좋아합니까?'라는 설문으로, 둘 다 좋다는 답변은 받지 않았다. 그 결과, 고양이 60.3%, 강아지 39.7%로 역시 일본은 고양이가 대세임이 확인된 셈이다. 흥미로운 점은 인구밀도 상위 10위 지역에서는 효고 현兵庫県을 제외하고 모두 고양이를 좋아한다는 답변이 많았다는 사실. 고양이의 치명적인 매력에 빠져 이른바 '고양이 집사'를 자처하는 도시인들이 그만큼 많다는 반증이기도 하리라.

인터넷 세상에서도 강아지보다는 고양이가 대세이다. 2016년 8월 25∼26일, 대구에서 열린 대한민국 IT융합 박람회의 '인터넷 고양이 이론-고양이 인터넷 정복 시나리오'라는 제목의 컨퍼런스에 의하면, 인터넷 안에서 고양이 이미지는 2010년 13억 장에서 2015년 65억 장으로 4배 증가했다고 한다. 또한 유튜브 동영상 조회 수 250억 회, 영상당 평균 1만 2천 회를 기록. 인터넷 트래픽의 약 15%가 고양이와 관련 있는 것으로 드러났다. 이쯤 되면 고양이가 실생활을 넘어 인터넷마저 평정했음을 인정하지 않을 수 없다. 물론 애완동물에 관한 이야기는 인터넷 안에서 사람들의 관심과 공감대를 형성하기에 안성맞춤인 주제인 것만은 틀림없다. 그렇다면 왜 강아지가 아니라 고양이인 걸까? 과연 인터넷과 고양이의 연결 고리는 무엇일까? 어쩌면 이 둘의 태생적 속성에 그 답이 숨어 있을지도 모를 일이다. 즉 본인 중심, 자기주도의 관계 맺기, 적당한 거리감 유지, 유대보다는 독립 행동 선호, 선택적 소통 등 이러한 행동양식이 바로 양자를 이어주는 키워드라 할 수 있다. 혼밥, 혼술이라는 신조어를 만들어낸 한국의 신세대 사이에 고양이 애호가가 늘어나는 이유도 바로 그 연장선에서 설명될 수 있지 않을까.

참고문헌

진중권(2017) 『고로 나는 존재하는 고양이』 천년의 상상
田中貴子(2014) 『猫の古典文学誌』 講談社
鳥山石燕(2005) 『画図百鬼夜行全画集』 角川ソフィア文庫
アダム・カバット(2000) 『大江戸化物細見』 小学館
『我輩は猫である』 青空文庫 www.aozora.gr.jp

동식물로 읽는
일본 문화

동식물로 읽는
일 본 문 화
토끼

토끼야 토끼야 달 속의 토끼야!

고 선 윤

● ● ● ●

고향을 생각하면 어떤 노래가 떠오르냐는 질문에 "엄마하고 나하고
만든 꽃밭에~"를 흥얼거리는 친구가 있었고 다들 따라 불렀다. 그런데
어린 시절 일본에서 자란 나는 혼자서 이런 노래를 기억했다.

토끼 쫓던 그 산, 물고기 잡던 그 강, 지금도 꿈에 나타나는 잊지 못할 고향

2011년 3월 11일 동일본대지진 이후 해외 스타의 도일 거부로 예정
되었던 공연이 잇따라 취소되거나 연기되었다. 이 가운데 변함없는 모
습으로 무대에 오른 아티스트들이 몇 있었는데, 그중 한 사람이 에스파

냐의 테너 가수 플라시도 도밍고였다. 4월 10일 예정대로 도쿄 콘서트를 개최하고 "특별히 의미 있는 무대라고 생각합니다. 저도 멕시코 지진으로 많은 친인척을 잃었습니다. 여러분의 마음을 잘 압니다." 이런 말을 하고 서툰 일본어로 노래를 하나 불렀는데, 그게 문부성 창가를 대표하는 '후루사토故郷'다.

2014년에는 발표 100년을 기념해서, 세이지오자와 마쓰모토 페스티벌에서 오케스트라 연주로 아이들이 합창하는 장면이 전국에 중계되었다. 1998년 나가노 동계올림픽 개막식에서는 모두가 함께 합창했다. 한때 신칸센의 출발 멜로디, 차내 안내용 멜로디로 사용된 적도 있다. 이렇게 사랑받는 노래의 첫 구절에 등장하는 것이 '토끼'이다. 일본 사람들에게 토끼는 어떤 존재일까.

신화 속의 토끼

712년에 완성된 『고지키古事記』는 고대 신화 전설을 지극히 인간적이고 사실적으로 묘사해서 고대인의 상상력을 엿볼 수 있다. 여기에 실린 '이나바의 흰 토끼稻羽の白兎' 이야기는 일본 초등학교 국어 교과서에도 실린 유명한 이야기다.

오키노시마隱岐島 섬에 사는 토끼가 바다를 건너 육지로 가고 싶었다. 토끼는 바다에 사는 악어에게 "너랑 나랑 누구의 종족이 더 많은가 비교해보자. 먼저 네 종족을 다 데리고 와서 여기서 저 건너편 해변까지 일렬로 엎드리면 내가 그 수를 세겠다"고 속이고, 악어의 등을 밟고 수를 세면서 바다를 건넜다. 그런데 한 발 남기고 "너네는 속았지롱"이라는 바람에 화가 난 악어는 토끼의 가죽을 홀라당 벗겨버렸다.

이와 비슷한 이야기가 인도네시아에도 있다. 홍수로 강을 건너지 못하게 된 토끼가 악어를 속여서 강을 건너는 이야기인데, 다른 점이 있다면 끝까지 잘 건너가서 토끼의 영리함을 높이 평가하고 더 나아가 육지에 사는 동물의 우월성을 드러낸다.

이 이야기를 보다보면 우리나라 판소리 '수궁가'가 떠오른다. 토끼가 꾀를 내어 용왕에게 간을 뺏기지 않고 살아서 돌아왔다는 줄거리는 1145년에 편찬된 『삼국사기』 제41권 「열전」 김유신 상편에서 처음으로 그 기록을 찾을 수 있다. 김춘추가 백제를 치기 위해서 고구려에 군사를 청하는 사신으로 갔을 때, 고구려는 그의 비범함을 보고 옥에 가두어 돌아가지 못하게 했다. 이때 김춘추가 고구려의 대신 선도해에게 의논하니 그는 '토끼의 간' 이야기를 해준다. 이 이야기를 듣고 깨달은 바가 있어서, 김춘추는 "귀국해서 신라왕에게 고구려가 원하는 두 곳의 땅을 돌려주도록 청하겠다"고 속이고 풀려난다. 그러니 이 시대에 이미 이런 류의 이야기가 전해져 있었음을 알 수 있다.

이것도 인도의 본생설화本生說話에서 전승되는 이야기가 중국의 『육도집경六度集經』과 같은 불경을 거쳐 우리나라에 들어온 것이다. 이렇게 토끼에 관한 이야기는 어느 한 나라의 이야기가 아니라 해외로부터 전파된 것임을 확인할 수 있다. 이 이야기는 토끼가 일본에서만, 한국에서만 아니라 넓은 지역에서 친근한 이야기의 주인공으로 등장하는 존재임을 말한다.

『고지키』에서 '이나바의 흰 토끼'는 이것으로 끝나는 것이 아니다. 바닷가에서 알몸이 되어 쓰러져 있는데, 야소가미八十神라는 많은 신들이 그 앞을 지나갔다. 이들은 이나바에 사는 야가미히메八上比売에게 구혼을 하러 가는 길이었는데, 토끼를 보고 골탕을 먹이려고 일부로 "바닷물로 목욕하고 바람을 쐬면서 누워 있어라"고 가르쳐 주었다. 토끼는 그들의 말을 따라 누워 있으니, 바닷물이 마르면서 살갗이 갈라져서 그 고통은 이루 말할 수 없었다. 그 뒤에 나타난 사람이 오쿠니누시大国主다. 오쿠니누시는 야소가미의 동생인데, 심술궂은 형들이 그에게만 짐을 지게 하고 길을 떠났던 것이다. 바닷가에 다다라 토끼를 만난 그는 안타까운 이야기를 듣고, "강가에서 깨끗한 물로 몸을 씻고 창포 꽃가루를 뿌린 다음 누워 있어라"고 했다. 이번에도 따라했더니 완전히 회복되었다. 토끼는 오쿠니누시에게 "야가미히메는 당신과 결혼을 할 것이다"는 예언을 했다. 이후 정말 야가미히메는 다른 신들의 청혼을 거절하고 오쿠니누시와 결혼을 했다.

조금 더 이야기하면, 오쿠니누시는 형들의 분노를 사서 죽임을 당하는데 어머니의 도움으로 소생하고 조상신 스사노오노미코토建速須佐之男命가 있는 지하세계로 도망간다. 여기서 스사노오노미코토의 딸을 만나 결혼하고 스사노오노미코토로부터 국토를 개척하는 일을 맡는다. 이렇게 해피앤드.

일본의 신화는 신화로 끝나는 것이 아니라 21세기 현실 속에서도 살아 움직이는 것이 재미나다. 돗토리 현鳥取県에는 토끼를 신으로 모시는 하쿠토 신사白兎神社가 있다. 여기서 토끼는 바로 신화 속의 이나바의 흰 토끼다. 그러니 피부병에 영험이 있는 신이자 남녀의 연분을 맺게 하는 신으로 모셔져 있다. 사랑하는 연인들은 두 손을 잡고 이곳을 찾아 소원을 빈다. "우리 사랑 이루어지게 해주소서."

【그림 1】 신사의 토끼

달에 사는 토끼

12세기 전반에 불교설화와 세속설화를 집대성한 『곤자쿠 이야기집今昔物語集』은 인도·중국·일본 3편으로 나누어서 약 1100여 가지의 이야기를 담고 있다. '지금은 이미 옛날이야기이지만'으로 시작해서 '~라고 전해진다'는 글로 끝나는 형식으로 통일되어 있다. 여기서 소개하고자 하는 토끼 이야기는 '세 마리의 짐승이 보살의 도를 닦으면서 토끼가 몸을 태우는 이야기'다. 이 이야기는 일본이 아니라 인도 편에 실린 설화다.

옛날 인도에 토끼, 여우, 원숭이가 있었다. 모두 열심히 불교 수행을 하고 있었는데, 하루는 지금이라도 쓰러질 것 같은 초라한 노인이 나타나 배가 고파서 죽을 것 같다고 했다. 그래서 원숭이는 나무에 올라 열매를 따고 마을에 내려가 과실과 채소를 훔쳐 왔고, 여우는 무덤 앞에 놓아둔 떡이랑 밥을 훔치고 강으로 가서 물고기를 낚아 왔다. 원숭이는 마른 잎을 모으고 여우는 불을 피워서 식사 준비를 했다. 그런데 토끼는 산속을 아무리 헤매도 노인에게 줄 무엇 하나 구하지 못했다. '산과 들을 돌아다니다가 다른 짐승에게 잡혀 먹힐 수도 있겠다. 그렇다면 차라리 이 몸을 던져 노인에게 먹게 해서 영원히 지금의 짐승의 몸으로부터 벗어나도록 해야겠다.' 이런 생각을 하고 빈손으로 돌아왔다. 원숭이도 여우도 노인도 비웃었다. 그러자 토끼가 "나는 먹을 것을 찾아 올 능력이 없습니다. 부디 이 몸을 구워 드십시오"라면서 불속으로 뛰어들어갔다. 이것을 본 노인은 바로 제석천의 모습으로 변하고, 불속으로 뛰어드는 토끼의 모습을 달 속으로 옮겼다. 모든 중생들에게 토끼의 선행을 보여주기 위해서이다. 원숭이와 여우처럼 훔쳐서 가지고 오는 것은 보살의 도가 아니다. 진정한 자비는 스스로 목숨을 바쳐서라도 하는 것이라는 가르침이 있다. 달 속의 토끼는 바로 이 토끼다. 구름처럼 보이는 것은 토끼가 불에 탈 때 나는 연기이다. 그래서 지금도 달에는 토끼가 살고 있다고 한다.

남산 위의 보름달을 보면서 계수나무 옆에서 토끼가 방아를 찧고 있다고 한 것은 우리만의 이야기가 아니었던 것이다. 도입 부분에서 '옛날 인도에'라는 것을 봐서도 알 수 있듯이, 위의 살신성인 토끼 이야기는 『곤자쿠 이야기집』에 수록되어 있다고 하나 일본만의 이야기가 아니다. 『잡보장경雜寶藏經』, 『생경生經』, 『육도집경六度集經』, 『경률이상經律異相』, 『대당서역기大唐西域記』 등 여러 불교경전과 관련 서적에 실려 있다.

『대당서역기』에는 "이것은 석가여래가 수행을 할 때 몸을 태운 것이다"는 구절이 있고, 『경률이상』에는 "부처가 이르기를, 그때의 토끼가 바로 나다"는 구절이 더해져 있다. 그렇다면 달 속의 토끼는 석가여래가 해탈하기 전, 이른바 부처의 전생담이라고도 할 수 있다. 이렇게 불교 전파를 통해서 인도, 중국, 일본 그리고 우리나라는 달 속에 토끼가 있다는 공통의 생각을 가지고 있다.

노能의 요쿄쿠謠曲『치쿠부시마竹生島』에 토끼가 등장하는 소절이 있어서 소개하겠다. 요쿄쿠는 전해오는 전설이나 설화를 가지고 무대에 올리는 노의 사장詞章, 이른바 연극으로 말하면 각본에 해당하는 것이다. 다이고 천황醍醐天皇의 신하가 치쿠부시마 섬에 모신 변재천弁才天을 참배하기 위해서 비와 호琵琶湖에 왔다. 신하는 여기서 만난 늙은 어부와 젊은 여자가 탄 배를 얻어 타고 호수에 떠 있는 치쿠부시마를 향했다. 봄날 잔잔한 호수의 아름다운 경치를 바라보면서 섬으로 가는데, 여기서 한 소절 읊는다.

> 섬의 우거진 초록 나무의 그림자가 호반에 비치니 마치 물고기가 나무를 오르고 있는 것 같다. 달도 호수 위에 비치니, 달에 사는 토끼가 파도 위를 뛰어 다니는 것 같다. 정말 멋진 섬 풍경이다.

이들은 무사히 섬에 도착한다. 그런데 여자는 "나는 사람이 아니다"라면서 신사의 어전으로 들어가고, 노인은 호수의 주인이라고 밝힌 후 물속으로 사라진다. 신하가 신사의 보물을 구경하면서 시간을 보내고 있는데, 갑자기 어전이 흔들리고 변재천이 빛을 발하면서 나타난다. 변재천은 아름다운 천녀의 모습으로 춤을 춘다. 이윽고 달이 호수 위를 비추고 호수 안에서는 용신이 나타난다. 용신은 금은주옥을 신하에게 바치고 모습을 드러낸다. "어느 때는 천녀가 되어서 중생의 소원을 들어주고 어느 때는 하계의 용신이 되어서 국토를 다스린다"고 한 다음, 천녀는 사전社殿으로 들어가고 용신은 호수에 파도를 일으키면서 용궁으로 뛰어 들어간다.

63

여기 등장하는 변재천은 인도에서 중국을 거쳐 불교와 함께 일본에 들어온 여신이다. 물과 지혜, 예능, 재복의 수호신으로 비파를 들고 있는 아름다운 모습으로 기억된다. 아름다운 여인의 상징이기도 한 변재천은 일반 대중들에게 가장 친근한 여신이 되었다. 특히 물이 풍부한 지역에서는 이 여신을 모시는 풍습이 있다. '토끼'라고 하면 '달'이다. 그런데 간혹 토끼와 파도를 짝지어서 그린 그림이 있다. 변재천을 만나러 가는『치쿠부시마』이야기에서 유래된 것 같다. 여하튼 이것도 달에 토끼가 산다는 전제 하에 나온 발상이다.

지금도 일본에서는 집에서 기르는 토끼가 죽기라도 하면 '죽었다'는 말 대신 '달나라에 갔다'고 하는 것은 다 이 때문이다. 일본에도 우리의 '달 달 무슨 달 쟁반같이 둥근 달'만큼이나 누구나가 다 아는 달과 관련된 동요가 있는데 여기에도 어김없이 토끼가 등장한다.

토끼야 토끼야 어딜 보고 뛰느냐. 한가윗날 보름달을 보고 뛰지

달님과 해님, 토끼와 삼족오

헤이안 시대(794~1192년) 중기에 편찬한 법령집『엔기시키延喜式』에 "삼족오는 해의 상징이고, 토끼는 달의 상징이다三本足の烏, 日之精也. 白兎, 月之精也"는 글이 있다.『쇼쿠니혼기続日本紀』701년 정월조에는 다음과 같은 글이 있다.

몬무 천황은 하례인사를 받았다. 이 행사에서는 정문에 새 모양을 한 동제 장식이 있는 긴 막대기를 세우고, 그 왼쪽에 태양을 상징하는 둥근 판에 삼족오 그림을 붙인 긴 막대기, 청룡 그림을 단 막대기, 주작 그림을 단 막대기 세 개를 세웠다. 그 오른쪽에는 달을 상징하는 둥근 판에 토끼를 그린 그림을 붙인 막대기, 현무 그림을 단 막대기, 백호 그림을 단 막대기 모두 일곱 개의 막대기를 세웠다.

조선시대 궁궐의 어좌御座 뒤에 설치하는 '일월도'와 같은 의미로 보인다. 해와 달은 임금의 존재를 상징하는 동시에 보호하는 역할을 하는 것이 아닐까. 그리고 732년 정월조에는 "정월에 쇼무 천황聖武天皇이 하례인사를 받는데, 곤면袞冕이라는 정복을 입은 것은 이때가 처음이다"는 기록이 있다. 곤면은 빨간색이고 왼쪽 어깨 부분에 검은 새가 그려진 금색 원, 오른쪽 어깨부분에 토끼와 두꺼비 그림이 담긴 은색 원이 수놓아져 있다.

'삼족오'에 대한 기록은 『고지키』 진무 천황神武天皇 동쪽 지방 정벌 이야기에 있다. 진무 천황이 우다宇陀 지역에 도달해서 이 지방을 다스리고 있는 형제 에우카시兄宇迦斯와 오토우카시弟宇迦斯에게 삼족오 야아타가라스八咫烏를 보내 "나를 따르겠느냐"고 물었다. 그 마음이 없었던 형은 소리 나는 활인 나리카부라鳴鏑를 쏘아 야아타가라스를 쫓아버렸다. 이것이 떨어진 땅을 '가부라사키라訶夫羅前'라고 한다. 이후 형제는 편이 나뉘어서 다른 운명의 길을 걷게 된다. 여기서 삼족오는 천황을 인도하는, 천황을 모시는 것으로 등장한다.

헤이안 시대의 음양사 아베 세이메이安倍晴明가 편찬한 것으로 알려진 점술전문집의 제목이 『삼국상전음양관할보궤내전금오옥토집三国相伝陰陽

輨轄簹簹内伝金烏玉兎集』이다. 이것을 줄여서 『금조옥토집金烏玉兎集』이라고 하는데, 여기서 금조는 태양에 사는 태양의 화신이라고도 하는 금빛으로 빛나는 까마귀 '삼족오'이고, 태양을 상징하는 영험한 새이다. 옥토는 달에 사는 옥토끼인데 달을 상징한다. 즉 이것은 일월의 운행을 가지고 점을 친다는 음양사의 비전서이다. 여하튼 일본에서는 '금조옥토'라는 단어를 심심찮게 볼 수 있고, 토끼는 달을 상징하는 것으로 인식되었다.

중국에 전해지는 이야기 중에 '사일 신화射日神話'라는 것이 있다. 중국 요임금 때의 이야기다. 천제天帝 준俊은 열 개의 태양을 낳고 매일 교대로 천상에 올렸다. 그런데 하루는 열 개의 태양이 장난 삼아 한꺼번에 천상에 올랐다. 그래서 지상에서는 곡식이 타 죽고 초목은 시들었으며 하천의 물은 모두 말라버렸다. 요임금은 천제인 준에게 호소하여 종전대로 태양 하나만 떠오르게 해달라고 간청했다. 천제는 활의 명수인 후예后羿를 불러서 사태를 수습하라고 이르면서 태양들에게 보냈다. 그런데 워낙 활쏘기를 잘하는 후예는 태양들을 만나러 가지 않고 언덕 위에 올라 태양을 향해 활을 당겼다. 활을 쏠 때마다 태양을 명중했다. 마침 화살이 아홉 개라 하나의 태양만 남았다. 사랑하는 자식 태양을 잃은 천제는 몹시 노해서, 후예를 벌주어 지상으로 추방해버렸다.

이 이야기 역시 중국만이 아니라 인도, 동남아시아, 아메리카대륙까지 널리 퍼져 있다. 일본에서는 어떻게 전개되고 있는지 딱 부러진 것을 찾지는 못했는데, 가토 마사하루加藤政晴의 『도네가와 귀신이야기利根川おばけばなし』에 '갓파河童와 괴물 까마귀'가 있다. 이상하게 두 개의 태양이 있어서 땅은 가물고 힘들었다. 그런데 표주박 모양의 호수에 사는 갓파의 대장은 두 번째 태양이 무엇인지 알고 있었다. 그것은 까마귀 괴물이다. 이것을 퇴치하기 위해서 활쏘기 명수를 찾아 나섰다. 여기서 만난 사람이 오카베 로쿠야타岡部六弥太이다. 그는 가마쿠라 시대(1192~1333년)의 무사다. 이치노타니의 전투一ノ谷の戦い에서 다이라 다다노리平忠度를 쓰러뜨린 역사적 인물이다. 갓파의 대장은 오카베 로쿠야타에게 철로 된 활을 주어서 '머리는 원숭이 몸은 호랑이 꼬리는 뱀 그리고 세 개의 다리를 가진 까마귀 괴물'을 퇴치하게 한다. 이후 비가 내렸다.

이 이야기는 사이타마 현埼玉県에 전해지는 전설에서 가지고 온 이야기라고 한다. 옛날 어느 여름에 태양이 둘 있어서 수행자에게 해결해달라고 부탁했다. 수행자는 기도를 했지만 효과가 없어서 결국 활로 태양을 쏘았더니 검은 구름과 함께 세 개의 다리를 가진 흰 새가 언덕에 떨어졌다는 이야기다. 그래서일까. 지금도 사이타마 현을 중심으로 그 일대의 신사에서는 정월에 활쏘기 행사를 하는 곳이 많다. 여기에는 삼족오의 그림이 그려진 과녁과 토끼 그림이 그려진 과녁이 준비된다. 국립역사민속박물관에서 발행하는 「이계만화경도록異界万華鏡図録」에 "새해에 원시 세계로 돌아가 여분의 해와 달을 떨어뜨려서 하나의 해 하나의 달로 천체 운행이 바르게 이루어지도록 기도하는 행사이다. 이른바 좋은 날씨의 날이 이어지도록 기도하는 행사이다"라는 설명이 있다. 고대에는 태양과 달이 여러 개 있다고 생각했으며 이런 소박한 신앙을 따르는 풍속이다. 여기서도 삼족오는 태양을 상징하고 토끼는 달을 상징한다.

재미있게도 미에 현三重県 야쓰시로 신사八代神社에서도 연말 연초 이와 관련된 축제가 열린다. 태양을 상징하는 지름 2미터나 되는 고리를 만들고 흰옷을 입은 남자들이 긴 장대 끝에 종이로 만든 창을 달아서 이것을 찌르고 하늘 높이 올린다. '하늘에 두 개의 태양이 있으면 땅에 재앙이 일어나니 하늘에게 빌어 하나는 없애야 한다'는 유래를 가지고 악을 물리치고 어업이 잘 되도록 비는 행사다. 무형민속문화재로 지정된 것이다.

67

【그림 2】 이야기 속에 등장하는 토끼(東
京國立博物館 編(2009)『御即
位20年記念特別展平 皇室の名
宝』)

토끼가 새라고?

이번에는 민화를 하나 보겠다. 무로마치 시대(1336~1573년) 말기에
지금의 이야기로 완성되었다고 생각되는 것으로 『가치카치 산かちかち山』
이 있다.

옛날에 농사를 짓고 사는 노부부가 있었다. 노부부의 밭에 매일 나쁜
너구리가 나타나서 어렵게 가꾼 농작물을 먹었다. 할아버지는 너구리
를 잡아서 할머니에게 너구리탕을 끓이라고 하고 다시 밭으로 나갔다.
그러자 너구리는 할머니께 다시는 그러지 않겠다고 빌고 풀려나는데,
풀려나자마자 할머니를 죽이고 솥에 넣어서 '할망구탕'을 만들었다.
그리고 할머니로 변신한 다음 할아버지에게 '너구리탕'이라면서 할망
구탕을 먹이고 난 다음 비웃으면서 산으로 돌아갔다.

너무 화가 난 할아버지는 사이좋게 지내는 토끼에게 상담을 했다. 토

끼는 이 이야기를 듣고 너구리한테 갔다. 먼저 토끼는 돈을 벌 수 있다고 너구리를 속여서 산으로 나무하러 갔다. 그리고 돌아오는 길에 토끼는 너구리 뒤를 따라 오면서 너구리가 지고 오는 땔감에 부싯돌로 불을 붙였다. '가치카치' 부싯돌 소리가 나니 이상하게 생각한 너구리가 무엇이냐고 묻자, 토끼는 "여기가 가치카치 산이라 가치카치 새가 울고 있다"고 답한다. 결국 너구리는 화상을 입었다. 토기는 여기에 매운 고추가 든 된장을 주었고, 이것을 바른 너구리는 아파서 견딜 수가 없었다. 어렵게 화상이 치유되자 이번에는 배를 타고 낚시를 가자고 꾀었다. 토끼는 나무배에, 욕심 많은 너구리는 나무배보다 큰 진흙으로 만든 배를 탔다. 바다에 나가자 진흙이 녹아 가라앉았다. 이렇게 너구리는 익사하고 토끼는 훌륭하게 복수를 했다는 이야기다.

에도 시대(1603~1867년)에는 『원숭이와 게さるかに』, 『꽃을 피우는 할아버지花咲爺』, 『혀가 잘린 참새舌切雀』, 『모모타로桃太郎』와 더불어 5대 옛날이야기로 분류했다. 모두 근검절약, 권선징악에 관한 이야기다. 도쿠가와를 정점으로 하는 권력질서 구조를 안전하게 유지하기 위해서는 잔인할 정도의 권선징악의 이야기가 필요했는지도 모른다. 여하튼 여기서 너구리는 사람을 속이고 사람으로 변신하는 나쁜 동물로 등장하는 데 비해 토끼는 지혜를 가지고 사람을 돕는 동물로 그려져 있다. 너구리는 『분부쿠차가마分福茶釜』와 같은 일본 옛날이야기 속에서도 사람이나 지장보살로 변신해서 사람을 속이는 모습으로 곧잘 등장한다.

이 이야기를 『인간실격』 『사양』 등으로 우리나라에도 잘 알려진 메이지 시대의 소설가 다자이 오사무太宰治가 새롭게 해석해서 『오토기조시お伽草紙』라는 단편 소설집에 담았다. 토끼를 10대 후반의 순수한 소녀로, 너구리를 우둔한 중년남자로 그리고 있다. 남자는 너무 순수해서

냉혹한 소녀를 사랑한 나머지 익사해서 죽는 것으로 끝난다.

　재미있는 것은 훗날, 에도 시대 중기의 희극작가 호세이도 긴산지朋誠堂喜三二가 『부모의 원수를 갚다親敵討腹鞁』라는 그림이 들어간 책黃表紙을 출판했다. 『가치카치 산』에 나오는 너구리의 아들이 토끼의 원수를 갚는 이야기다. 너구리에게 잡힌 토끼는 배를 가르고 자살한다. 여기서 토끼는 'ウサギ=ウ鵜+サ鷺', 이른바 가마우지와 백로 두 마리의 새로 나뉘었다는 말장난이 만들어졌고, 이것은 토끼를 새라고 간주하는 하나의 이유가 되기도 했다. "토끼가 새라고?" 뭔 이상한 소리를 한다고 하겠는데, 일본에서는 토끼를 포유류가 아닌 조류로 분류하는 경우도 있다.

　사람을 셀 때 우리는 '~마리'라고 하지 않는다. 일본도 마찬가지다. 아리카와 히로有川浩의 『세 마리의 아저씨三匹のおっさん』와 같은 제목의 소설이 있기도 하지만, 이것은 일부러 그 캐릭터를 살리기 위한 것이지 사실상 이렇게 쓰는 경우는 없다. '마리'에 해당하는 '~히키匹'는 동물을 셀 때 쓰는 말이다. 어떤 대상을 셀 때는 그것이 무엇이냐에 따라서 다르게 표현한다. 일본에서는 이것을 '조수사助數辭'라고 하는데, 일본어에는 그 종류가 무려 500개나 된다고 하니 외국인으로 일본어를 공부하는 입장에서는 결코 쉽지 않은 부분이다. 하지만 실생활에서 사용하는 것은 그리 많지 않다.

　우리가 동물을 셀 때 특별히 마소를 셀 때는 '~필'이나 '~두'라는 단위를 쓰기도 하지만 대개는 '~마리'라는 단위를 쓴다. 일본에서도 일반적으로 '~마리'에 해당하는 '~히키'를 사용한다. 그런데 날개가 있는 새는 '~와羽'라는 단위를 쓴다. 그렇다면 토끼는 '~히키'라고 세는 것이 당연하겠지만, 토끼는 새처럼 '~와'라고도 셀 수 있다.

　그 이유는 명확하지 않은데, 위에서 제시한 언어유희로 토끼를 두 마리의 새로 나뉠 수 있다는 것이 그 하나의 이유다. 두 발로 서고, 크고 긴 귀가 마치 날개처럼 보인다는 것도 또 하나의 이유라고 본다. 산에서 망을 치고 토끼를 잡는 방법이 새를 잡는 방법과 같았기 때문이라는 주장도 있다. 사냥꾼이 토끼를 잡아서 운반할 때는 두 귀를 한꺼번에 잡아서 한 다발, 두 다발이라고 했던 모양인데, 여기서 '다발'에 해당하는 조수사가 '와把'이다. '와羽'와 '와把'는 같은 발음이라 이렇게 되었다는 설도 있다. 그래서 어떻다는 건가? 그래서 먹을 수 있다는 거다.

불교에는 '짐승을 잡아서 먹어서는 안 된다'는 가르침이 있다. 따라서 일본에 불교가 전해지자 불자들은 짐승의 고기를 먹지 못하게 되었다. 여기서 짐승이란 네발 달린 것만을 의미한 모양이다. 중국 서안의 대자은사에는 '대안탑'이라는 유명한 탑이 있다. 그 명칭의 유래는 여럿 있는데 소승불교의 '삼정육三淨肉'과 관련된 이야기가 『대당서역기』에 있다. 삼정육이란 병든 비구에게 먹을 것을 허락한 세 가지 고기라는 의미다. 하루는 공양주 보살이 병든 노승께 드릴 고기를 구하지 못해서 고민하고 있었다. 그러자 갑자기 기러기 한 떼가 날아와서 땅에 머리를 박고 죽었다는 내용이다. 그 뒷이야기는 접어두고, 여기서 '새는 먹었다'는 하나의 사실을 확인한다.

이런 이야기도 있다. 도쿠가와 막부가 시작되면서 전란의 시대는 끝났지만 오랫동안 사람들의 마음에는 생명에 대한 존엄성이 없어서 대낮에도 칼을 꺼내는 일이 적지 않았다. 이런 시기에 독실한 불교신자인 5대 쇼군 쓰나요시綱吉는 후사가 없어서 고민을 하고 있었다. 이때 살생을 금하는 것으로 소원을 이룰 수 있다는 말에 현혹된다. 그래서 발포한 것이 '겐로쿠 살생금지령生類憐れみの令'이다. 밀고자에게는 상금이 지불되었다. "아빠 오늘은 몇 마리 잡았어?" "3마리." 이런 대화가 밀고자

의 귀에 들어간다면 큰일이다. 그래서 사람들은 산에서 잡아온 토끼를 새처럼 '~히키'가 아닌 '~와'라고 큰소리로 세었을 것이다. 사실 '살생 금지령'은 쓰나요시가 병술년생이라 개를 보호하자는 의도로 시작된 것이지만, 점차 모기나 벼룩도 죽이지 못하게 하고 조류와 어류 심지어 계란까지도 먹지 못하게 했다. 그렇다면 '토끼=새'라고 해도 이 이야기 는 성립되지 않는다. 그래도 재미난 발상임에는 틀림없다.

토끼를 조류로 보는 건 서양에도 있는 이야기다. 부활절이 되면 토끼 와 달걀을 함께 담은 그림을 자주 보게 되는데, 다산의 여신이자 봄의 여신 에오스토레의 상징이 토끼이다. 여신의 화신이라고도 하고 여신 의 사자라고도 한다. 달걀은 기독교적 해석으로, 예수님이 달걀을 깨고 나오듯 부활했다는 것으로 부활의 상징이다. 그러니 이 두 개는 같은 이야기 속에 있을 수 있는 듯한데, 결정적으로 하나의 범주에 들어가게 되는 것은 여신이 겨울에 날개가 얼어붙은 새를 토끼로 바꾸어서 알을 낳았다. 이런 이야기의 전개가 있기 때문이다.

이런저런 다양한 이야기 조각들이 모여서 토끼를 새라고 간주하기 도 하는 것 같다. 단 새를 반드시 '~와'라고 세어야 하는 것은 아니다. '~히키'라고 해도 전혀 문제가 없다. 아니, 문학이나 식용 이외의 살아 있는 토끼는 '~히키'가 더 바람직하다는 주장도 있다.

나가며

꼭 그렇지만은 않은 것 같은데, 특별히 발정기가 없는 동물로 번식력이 강하다는 이미지가 있어서 토끼는 다산의 상징, 더 나아가 성적 어필을 하는 캐릭터가 되기도 한다. 버니걸이 그 하나가 아니겠는가. 여하튼 작고 예쁘고 활동적 모습의 토끼는 특히 여자아이들에게 사랑받는 동물이다.

3월 3일은 여자아이의 명절 '히나마쓰리ひな祭り'다. 헤이안 시대 딸아이의 무병장수를 기원하는 것에서 비롯된 것이니 천년의 역사를 간직하고 있다. 후쿠오카 남부에 위치한 야나가와柳川는 옛 성읍을 가로지르는 수로로 유명한 도시다. 여행자를 실은 쪽배는 잔잔한 물결을 일으키면서 시간을 역행하고 낭만을 선사한다. 1738년 야나가와 번주藩主 다치바나 사다요시立花貞俶는 가족을 위한 쉼터를 이곳에 마련하는데 사람들은 이것을 '오하나御花'라고 불렀다.

봄이면 야나가와 번주 다치바나의 저택 '오하나'는 온통 히나마쓰리의 인형들로 가득하다. 들어가는 입구에서부터 구석진 방 하나하나에 다양한 모양의 히나 인형들이 화려하게 장식된다. 야나가와 히나마쓰리에는 다른 곳에서는 좀처럼 볼 수 없는 특별한 것이 있다. '사게몬さげもん'이라는 것인데, 굳이 말한다면 모빌이다. 여자아이가 태어나면 이 아이의 행복과 건강, 무병무탈, 좋은 혼처 등을 기원하면서 친가에서는 히나 인형, 외가에서는 사게몬을 보내는 풍습이 있다. 사게몬은 할머니와 친척들이 손으로 직접 만들어서 선물하는데, 히나 인형을 장식하는 단의 좌우에 걸어둔다. 부잣집에서는 화려하게 만들어서 손님들을 초빙해 보여주기도 하고, 그렇지 못한 집에서는 히나 단 대신 이것만 장식하기도 하는 모양이다. 대나무로 원을 만들고 거기에 붉은색과 흰색의 천을 두른다. 그리고 7개의 줄을 늘어뜨린 다음 다양한 모양의 '행운을 부르는 장식품縁起物'을 단다. 하나의 줄에 7개의 장식품을 단다고

[그림 3] 히나마쓰리 장식품 사게몬.

하니 모두 49개의 장식품을 다는 셈이다. 중앙에는 커다란 장식 공을 2개. 그러면 모두 51개가 된다. '인생 50년'이라는 시대에 한 살이라도 더 오래 살기를 바라는 숫자라고 해서 놀라웠다. 이렇게 행운을 부르는 장식품 중에는 당연히 토끼가 빠지지 않는다.

설산을 건강하게 뛰어다니는 토끼는 건강, 다산, 안산, 풍요 더 나아가 헌신, 이런 것들을 기도하는 마음을 담고 있다. 토끼는 신화 속에서도 동화, 동요 속에서도 사랑받는 존재다.

참고문헌

小池光(2011)『うたの動物記』日本經濟新聞出版社
문명재(2004)『일본설화문학연구』보고사
岡登貞治(1998)『日本文樣圖鑑』東京堂出版
加藤政晴(1991)『利根川おばけ話』崙書房出版
田辺聖子(1986)『田辺聖子の古事記』集英社
松淸弘道(1974)『續佛教のわかる本』廣濟堂

동식물로 읽는
일 본 문 화
개

신성함과 친근함의 경계

김 미 진

● ● ● ●

　인류의 가장 오래된 가축동물인 개가 일본에서 사육된 것은 지금으로부터 약 9500년 전인 조몬縄文시대라 전해지고 있다. 늑대를 가축으로 사육한 것이 조몬 견縄文犬의 근원이라는 설이 있지만, 일본의 토종 늑대와 조몬 견의 유전학적 요소가 일치하지 않는 것으로 밝혀짐에 따라 조몬 견은 처음부터 가축의 개념으로 외국에서 일본열도에 들어왔다는 설이 유력해졌다.

　일본의 개는 남방계통과 북방계통으로 나눌 수 있다. 먼저 귀가 길고 뾰족하며 꼬리가 머리 쪽으로 뻗은 남방계통의 개가 남중국과 대만을 통해 유입되어 오키나와沖縄에서 북쪽으로 퍼져나갔다. 그 후에 귀가 짧고 뭉뚝하며 꼬리가 둥글게 말린 북방계통의 개가 한반도를 경유해 홋카이도北海道와 동북지역으로 들어와 남쪽으로 전파된 것이다. 이와 같은 루트를 통해 혼슈本州, 규슈九州, 시코쿠四国 지역에서는 남방계통과 북방계통 개의 특성이 섞인 잡종이 생겨나게 되었지만, 오키나와의 류큐 견琉球犬과 혼슈 북부지역의 아키타 견秋田犬과 같은 남방계통과 북방계통의 순수혈통의 명맥도 유지되고 있다. 이와 같이 개는 일찍이 가축 동물로 유입되어 일본열도 전역으로 전파되어 수렵, 애완, 식용, 제사 의례 등의 목적으로 사육되었다.

그렇다면 일본의 개는 시대에 따라 어떠한 문화적 위상을 갖고 있었을까? 이 글에서는 고대부터 근대까지 약 2000년의 일본의 개 문화사를 다양한 관점에서 살펴보고자 한다.

한반도에서 건너간 개

고대 일본의 역사서인 『니혼쇼키日本書紀』에는 한반도에서 건너온 개에 관한 기사가 다수 존재한다. 예를 들어 덴무天武 8년(679년) 10월 17일 조條에는 다음과 같은 기술이 있다.

> 갑자일(17일) 신라는 아찬阿湌 김항나金項那와 사찬沙湌 살류생薩虆生을 파견하여 조공을 바쳤다. 조공물은 금, 은, 철, 세발 솥, 비단, 명주, 포목, 가죽, 말, 개狗, 노새, 낙타 등 10여 종이었다.   (『니혼쇼키』덴무 8년 10월)

아찬과 사찬은 신라의 관등명으로 신라가 일본에 파견한 사신 김항나와 살류생이 갖고 온 조공물에 '개'가 포함되어 있었음을 알 수 있다. 그리고 덴무 14년(685년) 5월 26일 조는 다음과 같다.

> 신미일(26일)에는 다카무코노아소미마로高向朝臣麻呂, 쓰노노아소미우시카이都努朝臣牛飼 등이 신라에서 돌아왔다. 학문승려 관상觀常, 영관靈觀이 따라왔다. 신라왕의 헌물은 말 두 필, <u>개狗 세 마리</u>, 앵무새 두 마리, 까치 두 마리 및 각종 물건이 있었다. (『니혼쇼키』덴무 14년 5월)

신라에 파견되었던 일본 사신이 귀국하면서 갖고 온 신라왕의 헌물에 개 세 마리가 포함되어 있었음을 확인할 수 있다. 이러한 신라의 조공물로 건너온 '개'는 인용문의 밑줄 부분처럼 작은 개의 의미를 갖는 '구狗'라는 한자로 표기되어 있다. 즉 고대 신라에서 건너온 개는 수렵용이 아닌 작은 애완용 개였던 것이다. 이와 같이 한반도에서 건너간 개는 조공물로 유입된 것이기 때문에 개체수도 많지 않았을 것이며, 천황가라는 한정된 계층에서 키워졌기 때문에 일본의 재래종 개에 영향을 주지는 않았을 것으로 추정된다.

한반도에서 건너간 개 중 현대 일본인의 삶과 가장 가까운 곳에 존재하는 것은 '고마이누狛犬'일 것이다. '고마이누'는 신사나 사원의 본전·본당 입구에 서 있는 상상속의 동물 조각상으로 잡귀와 악마를 쫓아내는 역할을 한다. '고마狛'는 '고마高麗'라고 표기하기도 하는데 이는 고려에서 건너간 것을 의미한다. '고마'라는 표현이 사용된 예로는 '고마이누' 외에 고려에서 건너간 비단을 뜻하는 '고마니시키狛錦', 고려에서 건너간 음악을 뜻하는 '고마가쿠狛樂' 등이 있다.

【그림 1】 유시마 덴진湯島天神의 고마이누狛犬(필자 촬영)

'고마이누'는 두 마리의 사자가 한 쌍을 이루는데 각각의 모습이 조금 다르다. 【그림 1】의 왼쪽 사진은 입을 벌리고 있으며, 오른쪽 사진은 입을 다물고 있다. 전자를 범자梵字 '아阿'가 입을 벌리고 발음하는 첫음이기 때문에 '아형阿形', 후자를 '훔吽'이 입을 다물고 발음하는 마지막음이기 때문에 '훔형吽形'이라고 하며 이를 통틀어서 '아훔의 호흡阿吽の呼吸'이라고 부른다.

그렇다면 왜 사자 상을 '고마이누'라 부르게 된 것인지 궁금하지 않을 수 없다. 이에 대해서는 불교의 전래와 관련 깊다는 설이 유력하다. 인도의 불교는 중국과 한반도를 거쳐 6세기에 일본에 전래되었는데, 그때 불상 앞에 놓인 두 마리의 사자 상도 함께 건너왔다고 전해지고 있다. 사자 상을 처음 본 당시 일본인은 불교가 한반도를 통해 건너왔기 때문에 이것을 '고마이누(고려 개)'라고 칭하게 된 것이다.

지금 우리가 보는 '고마이누'는 실외에 있는 것이 보통인데, 헤이안平安 시대에는 실내의 장신품으로 사용되기도 했다. 예를 들어 일본 최고最古의 장편소설인 『우쓰호 이야기宇津保物語』에는 화로에 은백색의 커다란 네 마리의 고마이누가 장식되어 있다는 묘사가 있다. 뿐만 아니라 고전수필의 백미인 세이쇼나곤淸少納言의 『마쿠라노소시枕草子』 263단에는 사자와 고마이누를 휘장几帳과 발御簾을 누르는 용도로 사용했다는 기술이 있으며, 이는 역사소설인 『에이가 이야기栄花物語』에서도 확인할 수 있다. 실제로 지금도 교토京都 고쇼御所의 청량전淸涼殿에 가면 발이 바람에 날리는 것을 막기 위해 사용된 한 쌍의 고마이누를 볼 수 있다.

이상과 같이 신라에서 일본으로 보내온 헌물에 '개'가 포함되어 있었다는 점과 불교의 전래와 더불어 유입된 불상 앞에 두는 사자 상을 '고마이누'라고 불렀다는 점을 통해서 고대 일본사회에서 한반도의 개가 신성하고 귀한 존재로 여겨졌음을 알 수 있다.

눈치 없는 개

귀족문화가 꽃을 피운 헤이안 시대의 개는 어떠한 위상을 갖고 있었을까? 먼저 『마쿠라노소시』에 그려진 개를 살펴보겠다. 『마쿠라노소시』 9단은 오키나마루翁丸라는 궁궐에 사는 개의 이야기이다. 먼저 간단히 줄거리를 소개해보겠다.

이치조一条 천황(재위: 986~1011년)의 총애를 받아 높은 벼슬에 올라 기고만장해진 묘부노오토도命婦のおとど라는 고양이가 있었다. 어느 날 묘부노오토도가 따뜻한 햇살을 받으며 문지방에 누워서 잠을 자고 있었는데, 그 모습이

눈에 거슬린 유모乳母 우마노묘부馬命婦는 오키나마루라는 개에게 농담으로
"저 버릇없는 고양이를 물어버려"라고 했다. 오키나마루는 이를 진담으로
받아들여 고양이에게 달려들었고 고양이는 이에 놀라 도망을 갔다. 이 모습
을 지켜본 천황은 오키나마루를 때려서 이누시마犬島(당시 들개를 수용하던
곳)로 보내라 명했다. 오키나마루는 너무 억울한 나머지 3~4일 후 다시 궁궐
로 돌아왔지만, 형체를 알아볼 수 없을 만큼 매를 맞고 궁궐 밖으로 버려졌
다. 다음 날 아침 중궁 데이시定子(이치조 천황의 황후)가 기둥 밑의 개를 보
며 오키나마루라는 개가 죽어서 너무 불쌍하다며 이야기하자, 개는 뚝뚝 눈
물을 흘렸다. 데이시는 이 개가 죽은 줄 알았던 오키나마루라는 것을 알아차
리고 이치조 천황에게 선처를 구해 오키나마루는 다시 궁궐로 돌아올 수 있
었다.

이 이야기의 마지막 부분에서 작자인 세이쇼나곤은 "사람에게 동정
을 받아 우는 것은 인간뿐이라고 생각했는데, 안타까움의 말을 건네자
몸을 부르르 떨며 우는 오키나마루의 모습은 애처롭고 감동적이다"라
고 결론 맺고 있다. 이와 같이 오키나마루의 진정성 담긴 눈물이 감동
을 줬다는 것이 작자가 독자에게 전하고 싶은 이 이야기의 핵심이지만,
고양이와 대비되는 개의 위상도 주목해야 할 것이다. 천황의 총애와 높
은 벼슬이라는 강력한 힘을 갖고 있는 고양이와 억울한 누명으로 궁궐
에서 쫓겨나고 몰매를 맞는 개. 이것이 헤이안 시대의 고양이와 개의
위상이라 말할 수 있지 않을까?

『마쿠라노소시』에는 이 외에도 개가 자주 등장한다. 예를 들어 흥이
깨지는 것들을 나열하고 있는 22단의 첫 구절에 '대낮에 짖는 개'가, 얄
미운 것을 나열하는 25단에는 '얼굴을 알지만 짖어대는 개'가 등장한

【그림 2】『삽화 겐지 이야기絵本源氏物語』「우키후네浮舟」권
(와세다대 학도서관 소장본)

다. 즉『마쿠라노소시』의 개는 사랑스러운 존재라기보다 눈치 없는, 그
래서 미움과 홀대를 받는 이미지로 그려져 있음을 알 수 있다.

세이쇼나곤과 동시대를 산 무라사키시키부紫式部의『겐지 이야기源氏
物語』에는 고양이의 우아한 모습은 자주 묘사되나 개는 「우키후네浮舟」
권에서 단 한 번 등장한다. 니오노미야匂宮가 우키후네를 연모하고 있
다는 것을 알게 된 가오루薫는 하인들에게 우키후네의 우지宇治 집을 감
시하게 한다. 하지만 니오노미야는 마음을 접지 못하고 깜깜한 밤길을
헤쳐 우키후네를 만나러 간다. 이 장면에서 니오노미야를 향해 큰 소리
로 짖어대는 개가 등장한다.

에도江戸 시대(1603~1868년)가 되면 삽화를 중간에 삽입한 다이제스트
판『겐지 이야기』가 간행되는데, 가장 대표적인 작품이 1650년에 완성
된 야마모토 슌쇼山本春正의『삽화 겐지 이야기絵入源氏物語』이다.【그림 2】

는 「우키후네」권의 개가 등장하는 장면의 삽화로 왼쪽 페이지에는 우
지의 우키후네 집 주변을 감시하는 가오루의 하인들이 보인다. 그리고
오른쪽 페이지에는 니오노미야와 우키후네가 몰래 만나는 모습과 동
그라미 표시를 한 부분에 이 둘을 향해 짖어대는 개가 그려져 있다. 『겐
지 이야기』의 개는 니오노미야와 우키후네의 한밤중의 밀회를 방해하
는 존재로 묘사되어 있으며, 이는 『마쿠라노소시』의 정취를 깨는 눈치
없는 역할을 하는 개와 비슷하다고 할 수 있다.

　위의 두 가지 예시가 헤이안 시대의 궁중과 귀족들의 세계라고 하면
가마쿠라鎌倉 시대(1192~1333년)의 일반 서민들에게 개는 어떠한 존재
였을까. 요시다 겐코吉田兼好의 수필집 『쓰레즈레구사徒然草』를 살펴보겠
다. 『쓰레즈레구사』121단의 주제는 가축인데, 그중 개에 대해서 다음
과 같이 기술하고 있다.

　　개는 집을 지키고 도둑을 막는 용도로는 사람보다 나으니 꼭 있어야 한다.
　　하지만 집집마다 이미 많이 기르고 있어 일부러 구해서 기를 것까지야 없다.

　　　　　　　　　　　　　　　　　　　　　　　　　(『쓰레즈레구사』121단)

　14세기 정도가 되면 개는 애완용이라기보다 집을 지키는 번견番犬으
로 일반화될 정도로 개체수가 증가했음을 유추할 수 있다. 이렇게 거리
에서 자주 볼 수 있는 존재가 된 개는 때로는 사람의 배설물을 먹는 거
리의 청소부이기도 했다. 설화집 『우지슈이 이야기宇治拾遺物語』에는 주
인仲胤 승려가 설법을 하는 이야기가 있다. 어느 승려가 주인 승려에게
"당신의 설법과 같은 내용을 이야기하는 승려가 있다고 들었다"고 하
자 그가 "내 설법은 내가 쓴 것이다. 요즘 설법은 개똥 설법이다"라고

하며, "개는 모름지기 사람의 배변을 먹고 나서 변을 본다. 내가 말한 설법을 따라서 설법을 하는 것은 개똥 설법이지 않고 무엇이겠느냐"라고 맞받아쳤다는 이야기이다. 본인의 설법을 그대로 따라하는 것을 개가 인변을 먹고 변을 보는 것에 빗대어 비판하고 있는 것이다.

이와 같이 헤이안 중기, 가마쿠라 시대가 되면 개의 개체수가 증가하여 일반 서민 가정에까지 보급되게 된다. 그에 따라 개는 고대의 신성한 이미지에서 벗어나 정취를 깨는 눈치 없는 개, 또는 집을 지키는 개, 심지어 길가의 인변을 먹기도 하는 개로 그려지게 된다.

개 쇼군 도쿠가와 쓰나요시

에도江戸 막부의 제5대 쇼군將軍인 도쿠가와 쓰나요시德川綱吉(재위 기간: 1680~1709년)는 '개 쇼군'이라는 별명을 얻었을 정도로 개에 대한 사랑이 남달랐다. 쓰나요시는 1685년 7월 14일에 개·고양이·말·새·생선·곤충 등 생명을 가진 모든 것의 살생을 금지하는 '살생금지령生類憐み の令'을 반포하였다. 쓰나요시가 이러한 법령을 제정한 데는 아들의 죽음이 계기가 되었다는 설이 있다. 쓰나요시는 1683년 5월 28일에 5살 된 아들 도쿠마쓰德松를 잃게 된다. 그 후로도 적자嫡子가 태어나지 않아 실의에 빠져 있던 쓰나요시는 어머니인 게쇼인桂昌院의 총애를 받던 승려 류코隆光에게서 이러한 근심의 원인은 전세前世에 살생을 많이 저질렀기 때문이라는 이야기를 듣게 된다. 더불어 이번 생에는 살생을 극도로 금하는 것이 중요하며, 특히 개를 소중히 여길 것을 조언한다. 쓰나요시는 이를 즉시 받아들여 법령화했고 그것이 바로 '살생금지령'인 것이다. 이 법령은 135차례에 걸쳐 내용이 추가되었는데 그 일부를 아래에 제시하겠다.

> 1685년 7월: 선조 대대의 위패를 모신 절이나 무사의 저택으로 가는 길에 개나 고양이를 풀어두어도 상관없다.
>
> 1687년 2월: 살아 있는 생선이나 조류를 식용으로 판매하는 것을 금지한다.
>
> 1688년 10월: 새집이 있는 나무를 자른 무사시노武蔵 지방 닛파新羽 마을의 농민을 처벌한다.
>
> 1689년 2월: 병든 말을 버린 가신과 농민 39명을 고즈神津 섬으로 유배를 보낸다.
>
> 1691년 10월: 개·고양이·쥐에게 재주를 가르쳐서 그것을 구경거리로 돈을 버는 것을 금지한다.

그리고 사육에도 많은 제한을 두었다. 조류의 경우에는 닭·오리·기러기를 제외한 다른 것은 사육을 금지했다. 관상을 위해 곤충을 채집하는 것, 생선을 잡는 행위도 모두 금기시되었다. 특히 개에 대한 법령은 상당히 상세하며 엄격하게 적용했다. 마른 개가 많이 보인다며 양육에 각별히 힘쓸 것을 명하고, 여러 마리의 개가 싸움을 할 때는 강압적으로 말려서 상처를 주지 말고 물을 뿌려서 싸움을 말리라는 지시를 하기도 했다. 뿐만 아니라 아픈 개가 있으면 치료를 받을 수 있게 의사에게 데려가야 하며, 수레바퀴로 개를 치면 엄중한 처벌을 받게 되었다. 이러한 법령으로 인해 개를 키우는 것에 부담을 느낀 사람들이 개를 거리에 몰래 풀어버리는 사태에 이르게 되었다. 그 결과 에도 거리는 사람보다 개가 더 많이 활보하는 기묘한 상황에 이르게 되었다. 결국 쓰나요시는 에도의 오쿠보大久保에 약 2만 5천 평, 요쓰야四谷에 약 2만 평의 공간을 마련하여 1695년부터 떠도는 개를 수용하기 시작했다. 하지만 이것으로도 부족하여 결국 나카노中野에 10만 마리의 개를 수용할 수 있는 16만 평의 거대한 수용 공간을 만들었다고 한다. 16만 평은 국제 규격 축구장 74개를 합친 크기로 정말 어마어마한 면적이지 않을 수 없다. 이러한 수용 공간에서 사는 개에게는 매일 흰 쌀밥과 된장국, 멸치가 제공되었다고 하니 사람보다 더 나은 삶을 살았다고 해도 과언이 아닐 것이다. 이와 같이 쓰나요시의 '살생금지령'은 에도를 '개 님'의 세상으로 만든 유례없는 법령이었다.

쓰나요시는 1709년 1월 10일에 죽음을 맞이하게 되는데, 죽기 직전에 자신의 후계자인 도쿠가와 이에노부德川家宣(재위 기간: 1709~1712년)에게 '살생금지령'을 계속해서 유지시키라는 지시를 내렸다고 한다. 하지만 '살생금지령'에 많은 불만을 갖고 있던 서민들을 고려하여 이 제도의 철폐를 결심한다. 쓰나요시의 죽음으로부터 10일 후인 1월 20일, 이에노부는 '살생금지령'의 폐지를 선언한다. 이로써 나카노에 있던 거대한 개 수용소도 그곳에 살았던 '개 님'의 세상도 끝나게 된다. 고대부터 근대까지 일본의 개 문화사에 있어서 쓰나요시가 '살생금지령'을 포고했던 1685년부터 1709년까지의 약 25년간이 가장 개가 대우받는 세상이었음에 틀림없을 것이다.

에도 시대 일본인은 개를 먹었다?

일본은 불교의 전래와 함께 역사적으로 오랫동안 육식이 금기시되었다. 이러한 육식문화에 변화가 생긴 것은 메이지明治 시대(1868~1912년)에 접어들어 쇠고기를 먹는 것이 문명개화의 상징이라고 여겨지게 되고 나서이다. 하지만 일본인이 전혀 고기를 먹지 않았던 것은 아니다. 예를 들어 조몬 시대의 여러 유적에서 사슴이나 멧돼지의 뼈가 다수 발굴되었으며, 『니혼쇼키』 덴무 4년(675) 4월 17일 조에는 농경기간인 4월 1일부터 9월 30일까지 소·말·개·원숭이·닭 먹는 것을 금지한다는 기술이 있다. 이는 바꿔 말하면 다른 기간에는 식용을 허락했다는 의미이기도 하다. 특히 에도 시대에는 개를 요리의 재료로 사용했음을 알 수 있는 자료가 다수 존재한다.

1712년에 완성된 에도 시대 최대의 백과사전인 『와칸산사이즈에和漢三才図会』를 살펴보겠다. 『와칸산사이즈에』는 개를 그 용도에 따라 ① 입이 길고 수렵에 능한 전견田犬, ② 입이 짧고 호위에 능한 폐견吠犬, ③ 전체적으로 살이 찐 식견食犬으로 구분 짓고 있다. 그리고 "개를 먹을 때는 피를 제거하면 안 된다. 피를 제거하면 정력이 줄어들어 사람에게 도움이 안 된다(단 불결한 것을 먹는 것이기 때문에 먹지 않는 사람도 있다)"라는 말도 덧붙이고 있다. 이렇게 개를 용도별로 세 종류로 나누었는데 그중 식용 개라는 분류가 포함되어 있는 것으로 미루어 개를 식재료로 이용하는 것이 일반화되어 있었음을 유추해볼 수 있다.

그리고 자세한 조리법까지 기술하고 있는 자료도 다수 보인다. 먼저 『와칸산사이즈에』보다 44년 앞서 간행된 에도 시대 전기의 대표 요리책인 『요리 이야기料理物語』이다. 『요리 이야기』에는 생선부터 요리 술까지 다양한 식재료와 그에 맞는 적절한 조리법이 소개되어 있다. 그 중 '짐승의 부獸の部'에 사슴·너구리·멧돼지·토끼·말·개의 조리법이 적 혀 있는데, 개의 경우는 맑은 국이나 조개껍데기 위에 올려놓고 굽는 요리법을 추천하고 있다. 또한 1820년에 성립된 에도 시대 후기의 수 필집인 오타 난포大田南畝의 『이치와이치겐 보유一話一言補遺』는 사쓰마 지방 薩摩国(현 가고시마鹿児島)의 개 요리법을 다음과 같이 소상히 기록하고 있다.

> 사쓰마에서는 어린 강아지를 잡아 배를 째서 내장을 꺼낸 뒤 그 속에 쌀을 넣고 바늘로 잘 꿰매서 그대로 가마솥의 아궁이에 넣어서 굽는다. 뱃속의 쌀 이 황적색으로 잘 익으면 밥이 된다. 그것(밥)에 소바 요리처럼 국물을 부어 서 먹는다. 맛이 굉장히 좋다. 이것을 방언으로 '에노코로 밥ゑのころ飯'이라 고 한다.　　　　　　　　　(『이치와이치겐 보유』 '사쓰마에서 개를 먹는 것')

어린 강아지를 잡아 마치 삼계탕을 만들듯이(단, '에노코로 밥'은 삶 는 게 아니고 굽는 조리법을 취했다) 내장을 뺀 배에 밥을 넣어 조리해 먹었다니 놀랍기 그지없지만, 당시 사쓰마에서는 진미珍味로 쳐주는 요 리였다고 한다. 단 현재 가고시마에는 『이치와이치겐 보유』에 소개된 '에노코로 밥'이라는 향토요리는 존재하지 않는다고 한다.

위에서 살펴본 『요리 이야기』, 『와칸산사이즈에』, 『이치와이치겐 보 유』는 도쿠가와 쓰나요시의 '살생금지령'이 내려졌던 기간(1685~1709 년) 이전 혹은 이후에 성립·간행된 것이다. 쓰나요시의 재위 기간 중에 는 개를 비롯한 살아 있는 동물을 먹는 것이 엄격히 금지되었지만, 그 전후로는 개를 식재료로 사용했음을 알 수 있다.

개의 화신 이야기, 『난소사토미핫켄덴』

에도 시대 후기인 1814년부터 1842년까지 24년에 걸쳐 개를 모티프로 한 유명한 장편소설이 간행되었다. 그것은 교쿠테이 바킨曲亭馬琴의 『난소사토미핫켄덴南総里見八犬伝』이다. 『핫켄덴』은 인仁·의義·예礼·지智·충忠·신信·효孝·제悌의 8개의 구슬을 갖고 태어난 8명의 개의 화신化身들을 주인공으로 한 권선징악과 인과응보의 사상을 담은 역사소설로 당시 서민들에게 큰 사랑을 받았다.

『핫켄덴』은 작품의 곳곳에 개가 등장하는데, 예를 들어 각 권의 표지에 【그림 3】과 같이 여러 마리의 개가 뒤엉켜 장난을 하고 있는 모습을 그려 넣었다. 그리고 【그림 4】와 같이 본문의 중요 장면을 그린 삽화에도 개가 종종 등장한다.

바킨은 『핫켄덴』을 창작하면서 중국의 '반호槃瓠설화'를 이용하였다. 반호 설화를 간략히 설명하면 다음과 같다. 고대 중국 궁중에 살고 있는 어느 노부인의 귀에 누에고치가 생겨서 이를 잡아 소쿠리에 넣었더니 이것이 갑자기 개로 변신해 '반호'라는 이름으로 궁중에서 생활하게 된다. 어느 날 왕이 국경을 침입하는 적장의 목숨을 바치는 자에게 자신의 딸을 주겠다고 하자, 그 이야기를 들은 '반호'는 적을 무찌르고 돌아왔지만, 왕은 개에게 자신의 딸을 줄 수 없다고 말을 바꾼다. 그러나 공주는 왕이 약속을 지키지 않으면 나라에 재앙이 일어날 수 있다며 '반호'와 함께 산에 들어갔다는 전설이다. 이는 인간과 개의 이류혼인담異類婚姻譚으로 『핫켄덴』에서는 인간인 후세히메伏姬와 개인 야쓰후사八房가 산으로 들어가는 이야기로 다음과 같이 그려져 있다.

수년간 기근에 시달리던 아와노 지방安房国(현 지바 현千葉県 남부)은

【그림 3】『핫켄덴八犬伝』제6집 권1의 표지(와세다대학 도서관 소장본)

【그림 4】『핫켄덴八犬伝』제1집 권5·9회,12表·13裏 (와세다대학 도서관 소장본)

설상가상으로 옆 나라의 군주인 안자이 가게쓰라安西景連의 공격을 받고 함락 직전에 몰리게 된다. 이에 사토미 요시자네里見義実는 가게쓰라의 목을 베어 오는 자에게 딸인 후세히메伏姫와의 결혼을 허락하겠다고 하자, 사토미 집안에서 기르던 개 야쓰후사八房는 가게쓰라의 목을 베어 물고 돌아온다. 요시자네는 개에게 딸을 내줄 수 없다며 거부하지만, 후세히메는 약속을 지켜야 한다며 야쓰후사와 산속 동굴에서 생활하기로 한다. 【그림 4】는 야쓰후사가 후세히메의 소매를 입으로 물고 같이 산으로 들어가려고 하자 사토미 요시자네가 이를 저지하는 장면이다.

이처럼 『핫켄덴』은 반호설화의 내용을 거의 그대로 모방하고 있으나, 물론 바킨의 창작이 가미된 부분도 있다. 예를 들어 야쓰후사에게는 이미 요시자네를 원망하는 다마즈사玉梓라는 여성의 원혼이 씌어 있었다는 점, 배가 불러온 후세히메가 죽고 나자 배에서 여덟 개의 구슬이 튀어나와 훗날 그 구슬이 개의 화신인 '핫켄시八犬士'의 등장으로 이

89

어진다는 점 등이 바킨의 창작이라고 할 수 있다.

　이와 같이 바킨은 『핫켄덴』의 내용 구상에 '개'를 모티프로 이용하고 있는데, 이는 작자가 '개'를 좋아했다는 점과도 관련성이 깊다. 그의 개에 대한 관심은 『핫켄덴』 제7집 권5·70회의 서문에 적혀 있는 다음과 같은 개의 종류에 대한 고증으로도 느낄 수 있다.

> 　요즘 키우는 개를 보면 정말 작은 종種은 매우 드물다. 요즘 개는 8종이 있다. …… 8종은 '쓰마리つまり', '찬파게ちゃんぱげ', '가부리かぶり', '고카시라小かしら', '시카바네しかばね', '류큐りうきう', '사쓰마타네さつまたね', '마지리まじり'가 그것이다. '쓰마리'는 털이 많고 길지 않다. '찬파게'는 참파국占城国(베트남 남부의 작은 부족 국가) 사람들의 머리카락 색의 털. '가부리'는 머리털을 길게 늘어뜨려 얼굴을 덮고 있는 개이다. '고카시라'는 머리가 작고 눈이 큰 개로 이 종이 상품上品의 개이다. '시카바네'는 사슴의 뼈처럼 마르고 다리는 긴 가장 하품下品의 종이다. '류큐'는 류큐琉球(지금의 오키나와沖縄)에서 건너온 작은 개이다. '사쓰마타네'는 류큐 견과 그 지역의 다른 작은 개의 교배로 태어난 개이다. 그 때문에 귀는 쫑긋 서고 얼굴이 둥글다. '마지리'는 작은 개와 재래종 개의 교배로 태어난 개이다. 또는 네덜란드 개와의 교배로 태어난 것이기도 하다. 네덜란드 개는 재래종보다 작고 곡물을 먹지 않고 생선·조류·고구마를 사료로 먹여 키운다. 　　　　　(『핫켄덴』 제7집 권5·70회)

　이를 통해 바킨이 『핫켄덴』을 쓴 19세기 초반 에도에는 8종의 개가 있었고 그중 머리가 작고 눈이 큰 '고카시라'가 가장 귀하게 여겨졌으며, 마르고 다리가 긴 종인 '시카바네'는 천하게 여겨졌음을 알 수 있다. 그리고 네덜란드 개와의 교배로 태어난 '마지리'라는 종이 있었다는 점도 흥미롭다.

일본은 1641년에서 1859년까지 네덜란드와의 무역을 허락하고 나가사키長崎의 데지마出島라는 인공 섬을 개항하여 서양 문화와 문물을 받아들였다. 그들이 갖고 온 서양 문물 중에 '서양 개'도 포함되어 있었던 것이다. 이와 같은 '서양 개'는 외래의 의미를 갖고 있는 '당唐'을 붙여 '당견唐犬'이라고 불렀으며, 이 중 대형 개는 다이묘大名들에게 헌상되어 수렵에 이용되었다.

충견 '하치코'

일본에서 가장 유명한 개는 도쿄東京 시부야渋谷 역 앞에 있는 '하치코ハチ公' 동상의 '하치'일 것이다. '하치코' 동상이 왜 시부야 역에 세워지게 됐는지 그 연유를 간략히 소개해 보겠다.

'하치'는 귀가 짧고 뭉뚝하며 꼬리가 둥글게 말리는 아키타 견으로 도쿄대학 농학부 교수였던 우에노 히데사부로上野英三郎가 1924년부터 키운 애완견이다. '하치'는 우에노 교수가 출퇴근할 때 항상 시부야 역까지 동행했다고 한다. '하치'를 키운 지 약 1년 후인 1925년 5월 21일 우에노 교수는 뇌출혈로 갑작스럽게 죽음을 맞이하게 된다. 이후 '하치'는 우에노 교수의 친척집이 있는 니혼바시日本橋와 아사쿠사浅草에서 살게 되었다. 그런데 사람들에게 자주 덤벼들고 말썽을 피워 결국 1927년에 우에노 교수 집의 정원사였던 고바야시 기쿠사부로小林菊三郎의 집이 있는 요요기代々木에서 지내게 된다. '하치'는 예전에 우에노 교

수를 마중 갔듯이 주인의 귀가 시간이 되면 시부야 역 주변에 나타나곤 했다고 한다. 이러한 죽은 주인을 기다리는 충견의 이야기가 1933년 〈도쿄아사히신문東京朝日新聞〉에 '가여운 노견 이야기いとしや老犬物語'라는 제목으로 소개되면서 '하치'는 유명해졌다. 이러한 '하치'의 충심을 기리기 위해 1934년 4월에 동상이 세워졌고, 8년 넘게 주인의 귀가를 기다린 '하치'는 1935년 3월 8일에 시부야 역 근처에서 죽음을 맞이하였다. '하치'는 충견의 상징이 되었고 이러한 에피소드를 바탕으로 한 영화와 드라마가 다수 제작되었다.

이와 같은 충견담忠犬譚은 예로부터 존재했다. 예컨대 앞서 인용한 에도 시대 백과사전인 『와칸산사이즈에』 권 69에는 다음과 같은 일화가 적혀 있다.

> 미카와 지방参河国(현 아이치 현愛知県 동부)의 영주 우쓰사에몬고로 다다시게宇津左衛門五郎忠茂가 하얀 개를 데리고 산에 수렵을 하러 나가 산속의 한 그루 나무 밑에서 잠들어버렸다. 그러자 개가 그의 소매를 입에 물고 잡아당기며 짖어대기 시작했다. 다다시게는 수면에 방해가 된다며 화를 내며 칼을 뽑아 개의 목을 내려쳤는데 그 목이 나무의 가지 끝으로 날아가 (다다시게를 노리고 있던-필자 주) 큰 뱀의 목을 물었다. 다다시게는 그것을 보고 놀라 뱀을 죽이고 집으로 돌아가 개의 충성심에 탄복하며 개의 머리와 꼬리를 각각 두 와다 마을和田村(가미와다 마을上和田村과 시모와다마을下和田村-필자 주)에 묻고 사당을 세워서 기렸다. (『와칸산사이즈에』 권69)

이것은 주인의 목숨을 구하기 위해 자신의 목숨을 버린 충견 이야기이다. 개의 머리와 꼬리를 묻었다는 곳은 지금의 아이치 현 오카자키시岡崎市 가미와다 마을에 있는 '겐토犬頭 신사'와 시모와다 마을에 있는 '겐피犬尾 신사'로 위의 충견담은 두 신사가 세워진 유래담인 것이다. 이 이야기는 12세기 초에 편찬된 설화집『곤자쿠 이야기집今昔物語集』권29의 32화 '무쓰 지방陸奥国(현 아오모리 현青森県과 이와테 현岩手県)의 개가 큰 뱀을 죽인 이야기'와 유사하며 이와 같은 선행 설화의 영향을 받았을 것으로 추정되고 있다.

이와 같이 개는 인간과 가장 가까운 곳에 있는 동물로 때로는 충견 이야기와 같이 민간 신앙적인 존재로 일본의 역사 속에 존재하고 있는 것이다.

참고문헌

정순분 역(2015)『베갯머리 서책』지만지
홍성목(2015)「古代日本における犬のイメージと信仰について」(『日語日文学研究』93집, 한국일어일문학회)
谷口研語(2012)『犬の日本史』吉川弘文館
김충영, 엄인경 공역(2010)『쓰레즈레구사』문
中澤克昭(2009)『人と動物の日本史』2 吉川弘文館
犬藤九郎佐宏(2008)『図解里見八犬伝』新紀元社
小池藤五郎校訂・曲亭馬琴作(2006)『南総里見八犬伝』4 岩波書店
寺島良安(1988)『和漢三才図会』東洋文庫
坂本太郎 外 校注(1965)『日本書紀』下(日本古典文学大系 68, 岩波書店)

동식물로 읽는
일 본 문 화

같은 이름 다른 동물, 사슴과 멧돼지

문 인 숙

● ● ● ●

　사슴과 멧돼지는 조몬 시대(BC 13,000~BC 4)부터 일본인들의 주된 사냥감이었는데, 두 동물은 고기라는 의미로 '시시'라고 불렸기 때문에 종종 혼동되는 경우가 있었다. 『만요슈万葉集』에서는 "나라를 편안하게 다스리는 우리 왕은 요시노의 아키즈 들판에 동물의 발자국 찾는 자를 배치하고 산에는 숨어서 활 쏠 곳을 마련하여, 아침사냥에는 시시鹿猪를 뒤쫓고, 저녁사냥에는 새를 쫓아 말 나란히 하며 사냥을 하시네요. 봄 풀 무성한 들에서(926번)"라고 노래하고 있다. 이 외 많은 노래에서 왕이 사냥을 하며 시시를 잡았다고 묘사하고 있는데, 이 '시시'를 사슴과 멧돼지 혹은 짐승 등으로 현대 일본어로 번역하고 있다는 점에서 두 동물은 전혀 다른 동물이지만 고대에서는 '시시'라는 이름으로 함께 불렸다는 것을 알 수 있다. 실제로『만요슈』에 사슴의 털가죽부터 내장까지 모두 먹거리와 다양한 일상 생활용품으로 활용되는 노래가 있는 것으로 보아, 고대인이 사슴을 의식衣食의 중요한 공급원으로 여겼다는 것을 짐작할 수 있다.

그러나 두 동물은 시시의 '시'와 털가죽을 의미하는 '카'가 합쳐지며 사슴은 '시카(しか)'가 되었고, 멧돼지를 뜻하는 '이(ゐ)'는 시시와 합쳐지면서 '이노시시(いのしし)'가 되었다. 한편 지금은 농작물에 피해를 주는 동물을 쫓는 도구를 '시시오도시鹿威し', 사슴 춤을 '시시오도리鹿踊り'라고 부르면서 '시시'만으로 사슴을 지칭하기도 한다.

현대인에게 가장 친근한 사슴의 이미지는 썰매를 끌어 착한 이들에게 선물을 배달해 주는 루돌프이겠지만, 사슴은 지역과 종교에 따라 다양한 상징성을 지닌 동물로 전세계 신화에 출현한다. 일본의 고대 신화 속에도 사슴은 신의 사자로 등장하며, 이러한 신성한 동물의 이미지는 지금도 시대를 뛰어넘어 각종 동화와 애니메이션을 통해 아이들에게 이어지고 있다. 그래서 나라奈良 지방에 있는 가스가 대사春日大社의 사슴은 천연기념물로 지정되어 신성시되고 있다.

사슴 춤을 추다

일본 신화에 처음 등장하는 사슴은 사슴 뼈의 형태로『고지키古事記』에서 볼 수 있다. 아마테라스가 스사노오의 난폭한 행동을 피해 동굴로

숨자, 세상은 암흑세계로 변해 밤만 계속되었다. 그래서 많은 신들이
모여 길게 우는 닭을 울게 하고, 거울을 만들게 하고, 많은 곡옥勾玉을
긴 줄에 꿰게 한 다음 수사슴의 어깨뼈로 친 복점에 따라서 제사를 지
내는 내용이다. 고대 중국에서 거북이 등껍질로 점을 치듯이 고대 일본
에서는 사슴 뼈를 태워서 그 균열의 형태나 크기 등으로 길흉을 점쳤기
때문에 사슴을 신성한 동물로 여겼다. 또 일본 신화에서 아마테라스의
사자로 등장하는 다케미카즈치武甕槌가 나라에 있는 가스가 대사로 올
때 흰 사슴을 타고 바다를 건너온 것에 연유해서 사슴을 모시며 신성시
하고 있다. 이처럼 일본인들은 사슴을 신앙의 대상으로 여겼기 때문에
사냥꾼들조차 사슴의 재앙을 두려워해서 사슴 잡는 것을 두려워했다
고 한다.

　그런데 일본인들은 고대부터 지금까지 특이하게도 사슴 춤 시시오
도리鹿踊를 추는 풍습이 있다.

　　이야히코 산기슭에 오늘도 사슴은 자고 있으려나
　　가죽옷 입고 사슴뿔 붙인 채

『만요슈』의 이 노래는 사슴 춤 '시시오도리'에 관해 읊고 있는데, 시
시오도리란 사슴 머리를 본뜬 탈을 써서 상반신을 가리고, 큰북을 멘
춤꾼이 사슴의 움직임을 표현하듯이 상체를 크게 앞뒤로 흔들며 격렬
하게 껑충껑충 뛰면서 추는 춤이다. 고대 일본인들이 시시오도리를 춘
이유는 곡식을 망치는 사슴을 진압하는 모습을 연출해서 풍년을 기원
했다는 설과 사냥에서 죽은 사슴을 공양하기 위해서 춘다는 설, 가시마
신궁의 사슴으로 분장해서 가스가 대사에 바친 춤이라는 설 등 다양한

97

【그림 1】 금동으로 만든 가스가春日의 신성한 사슴(中村
禎里(1996)『動物たちの靈力』筑摩書房)

의견이 분분하다.

『니혼쇼키』의 오진應神 천황(270~312년)기에는 천황이 사냥을 나
갔을 때, 서쪽에서 수십 마리의 사슴이 바다에 떠오는 것을 유심히
살펴보니, "모두 사람이었는데 뿔 달린 사슴 가죽옷을 입고 있을 뿐
이었다"는 내용이 있다. 이것은 지금의 규슈九州인 휴가日向의 수장이
나이가 들어 더 이상 조정을 섬기지 못해 딸을 바치겠다며 규슈에서
바다를 건너오는 모습을 묘사한 장면이다. 당시는 일본 내에 야마토
정권의 영향력이 미치지 않는 곳이 많았기 때문에, 휴가 지역의 수장
이 천황에게 복속하겠다는 뜻으로 사슴뿔이 달린 사슴 가죽옷을 입
고 와서 딸과의 혼인을 통해 화친을 맺고 있는 것이다. 이 외에도『하
리마노쿠니후도키播磨国風土記』의 하리마 지방에서는 커다란 암사슴이
바다를 헤엄쳐 섬에 닿기도 하고, 통발에 물고기는 안 잡히고 사슴이
걸렸다는 이야기를 통해서 일본의 사슴은 바다와 밀접한 관계가 있

다는 것을 알 수 있다.

또 『니혼쇼키』의 겐조顯宗 천황(485~487년)기에는, 유랴쿠雄略 천황(457~479년)에 의해 아버지를 잃고 하리마 지방에서 신분을 숨기며 사는 두 왕자가 등장한다. 어느 날 연회에서 자신들의 신분을 밝히기로 하고 동생 오케노미코弘計王가 의관을 가지런히 하고, "이 산 수사슴의 뿔을 달고 내가 사슴 춤을 추면, 이 맛있는 술은 에카 시장에서도 살 수 없다네"라며 가무를 했다. 그런데 자신들이 천황의 자손이라는 것을 암시하며 부른 노래에 사슴 춤 시시오도리를 선보인다는 점에서 사슴은 왕권을 상징한다고 볼 수 있다.

미야자와 겐지宮沢賢治가 1924년에 발표한 『사슴 춤의 기원鹿踊りのはじまり』이라는 동화에서는 나무에서 떨어져 다리를 다친 가주嘉十가 치료를 위해 온천이 샘솟는 곳으로 가던 중, 경단을 먹다가 사슴 몫으로 조금 남기고 출발했다. 잠시 후 깜박했던 수건을 되찾으러 온 가주는 여섯 마리의 사슴을 목격한다. 수건을 처음 본 사슴들은 신기해하더니 빙글빙글 춤을 추며 뭐라 말을 한다. 수건의 용도에 대해 갑론을박을 벌이는 사슴들의 말을 나무 뒤에서 지켜보던 가주가 갑자기 알아듣게 된 것이다. 한 마리씩 노래를 부르며 다 같이 손을 잡고 둥근 원을 그리며 춤을 추는 모습에, 가주는 자기도 모르게 사슴이 된 듯 흥을 참지 못하고 뛰어나가자 사슴들이 도망을 갔다는 이야기다.

이 동화는 일본 동북 지방 이와테 현岩手県에 전해 내려오는 시시오도리를 모티프로 한 이야기로, 사람과 사슴이 융화되고 교류를 하면서 하나가 되어가는 모습을 보여준다. 이 시시오도리는 일본 동북 지방의 전통무용으로 지금도 이들 지역의 축제에서 자주 볼 수 있다.

사슴 울음소리로 사랑을 호소하다

중국의 『시경詩經』에서 사슴 울음소리를 노래한 '녹명가鹿鳴歌'는 어질고 선한 이들을 초대해 잔치를 베푸는 내용으로, 천자가 군신간의 정을 돈독히 하기 위해 잔치에서 부르던 노래이다. 이것은 사슴이 먹이를 발견하면 혼자 먹지 않고 특유의 울음소리로 무리를 불러 모아 같이 먹는 모습에서 유래되었다고 하는데, 일본에서는 중국과는 다른 의미로 사슴 울음소리에 많은 시적 감흥을 자극 받았다.

• 언덕에 수사슴 와서 우네 첫 싸리 꽃을

　　아내로 맞으려고 우는 수사슴　　　　　　　　　　　（『만요슈』 1541)

• 수사슴이 가슴으로 헤쳤나 가을 싸리가

　　져버렸네 한창 때가 지난 건가　　　　　　　　　　　（『만요슈』 1599)

이처럼 당시의 일본인들은 사슴 울음소리를 들으면 수사슴이 짝을 향해 애절하게 구애한다고 이해했다. 그래서 남성들은 사랑하는 여인을 향해 구애하는 자신의 모습을 수사슴에 투영해서 자신의 애절한 사랑을 사슴 울음소리에 비유해서 호소하곤 했다.

그런데 일본인들은 수사슴의 짝을 암사슴이 아니라 특이하게도 싸리나무로 설정하고 있다. 계절에 따라 화초나 동물이 들어 있는 화투에서는 멧돼지는 싸리나무, 수사슴은 단풍나무와 짝을 이뤄서 각각 7월과 10월의 상징 동물로 등장한다. 하지만 『만요슈』에서는 많은 사슴 노래 중 수사슴이 싸리나무를 향해 구애하는 모습으로 노래되고 있다. 그이유는 싸리의 개화기간에 발정기에 들어가는 수사슴이 암사슴을 찾아 울기 때문에 그 모습이 고대 일본인에게는 마치 사슴이 싸리를 아내로 보고 구혼하는 것처럼 보였기 때문이다. 게다가 싸리꽃이 지는 계절이 벼의 수확기와도 맞물리기 때문에 동물과 식물의 결혼을 통해서 대지의 풍요와 풍년을 기원하는 고대 일본인의 신화적 발상을 엿볼 수 있다.

- 깊은 산속에 단풍 헤치면서 우는
  사슴 소리 들을 때 가을 더욱 슬퍼라   (『고킨와카슈』 215)
- 가을싸리 이제 꽃 피웠네 다카사고
  꼭대기의 사슴도 지금쯤 울 터인데   (『고킨와카슈』 218)
- 날이 새어 들에서 산으로 돌아가는 사슴 뒤를 쫓듯이
  싸리를 나부껴서 바람으로 배웅하네   (『신코킨와카슈』 351)

사슴이 들에 내려와 싸리나무에 파묻혀 밤을 보내고 아침에 산으로 올라간다는 관념과 싸리꽃을 향해 구애하는 사슴의 이미지는 『신코킨와카슈』에도 이어지고 있다. 하지만 『만요슈』와는 달리 쓸쓸한 가을의 적막감과 슬픈 감성이 더해지며 사슴은 구애의 아이콘임과 동시에 가을의 시어, 가을 경치를 대표하는 상징어로 자리매김한다.

이러한 정서는 『겐지 이야기』의 「유기리夕霧」 권에서도 볼 수 있는데, 유기리가 어머니를 여읜 오치바노미야를 위로하기 위해 오노小野의 산장을 찾았을 때 사슴이 누렇게 익은 벼 속에서 울고 있는 모습을 보고 마치 사랑을 호소하고 있는 것 같다고 표현하고 있다. 또 그곳에서 유기리는 사슴이 매우 애절하게 우는 소리를 듣고는, 임 그리워하는 마음은 나도 사슴에게 지지 않을 텐데라며 이렇게 노래한다.

101

인적도 먼 오노의 조릿대 벌판을 헤치고 와서

나 사슴처럼 목 놓아 우네

자신의 구애를 받아주지 않는 오치바노미야에 대한 사랑을 사슴에 감정이입시킴으로써 유기리의 사무치는 애절함을 더해주고 있다.

또 『야마토 이야기大和物語』의 158단과 『곤자쿠 이야기집今昔物語集』 제 30권 12화에서는 사슴 울음소리의 풍류를 이해해서 남편의 사랑을 되 찾은 이야기가 있다.

야마토의 두 남녀가 오랜 세월 더할 나위 없이 금슬 좋게 지냈는데, 남편이 갑자기 다른 여자를 집에 들여 벽 하나를 사이에 두고 지내는 처지가 되었다. 본처는 자신을 찾지 않는 남편에게 아무런 내색과 원망 도 하지 않았다. 본처는 깊은 가을밤에 사슴이 울고 있는 소리를 잠자 코 듣고 있었다. 그때 벽을 사이에 두고 있던 남자가 "듣고 계시오? 당 신. 좀 전에 사슴 우는 소리를 들었소?"라고 묻자 본처는 들었다고 대 답했다. 그러자 "어떻게 들렸소?"라고 재차 묻자 본처는 "나도 예전엔 저 사슴 울듯이 당신이 사랑해줬는데 지금은 당신 목소리 딴 곳에서만 듣네요"라는 노래로 대답을 대신했다. 남편은 매우 감동받아 함께 지 내던 여인을 돌려보내고 이전처럼 본처와 행복하게 살았다고 한다. 사 슴 울음소리의 풍류를 이해함으로써 첩에게 빼앗겼던 남편의 사랑을 되찾았다는 점에서 풍류를 이해하고 교감하는 것이 사랑을 확인하는 한 방법이라는 것도 재미있다.

이와 같이 일본인들은 사슴의 울음소리를 들으면 적막한 가을에 외 로이 홀로 있는 자신의 처지를 생각하며 사모하는 여인을 향해 사랑을 호소하는 애절한 사슴이 되었다.

멧돼지, 신에서 짐승으로 격하되다

사람이 앞뒤를 가리지 않고 막무가내로 덤비거나 부딪히는 모습을, 멧돼지猪가 사납게 나가는 것 같다고 해서 저돌猪突적이라고 하는데, 이 말이 멧돼지의 성격을 가장 잘 표현한 말인 듯싶다. 일본 신화에도 이런 멧돼지에게 속수무책으로 당하는 인물들이 등장한다.

『고지키』의 주아이仲哀 천황(192~200년)기에 진구神功 황후가 어린 황태자를 데리고 야마토로 돌아올 때 반역을 꿈꾸며 이들을 기다리는 황태자의 이복형제가 있었다. 이를 알아챈 황후는 황태자가 죽었다고 거짓 소문을 냈지만 진구 황후의 목숨마저 노리던 두 이복형제는 거사의 성사 여부를 알기 위해 수렵을 해서 점을 치기로 했다. 두 이복형제가 수렵에 나갔을 때 갑자기 광분한 멧돼지가 어디선가 나타나 형이 올라가 있던 도토리나무로 돌진해 오더니 나무를 쓰러뜨려서 형을 잡아먹고 말았다.

당시는 일의 성사 여부와 길흉을 사냥에서 잡은 사냥감으로 점을 치는 수렵을 했는데, 형이 멧돼지에게 잡아먹히는 나쁜 점괘가 나왔음에도 동생은 역모를 멈추지 않아 끝내 목숨을 잃게 된다. 즉 황위를 노린 역모가 성공할 것인지에 관해 신의 뜻을 알고자 점을 쳤는데, 그 신의를 멧돼지가 나타나서 대변해준다는 점은 주목할 만하다.

그런데 멧돼지가 신의를 대변하는 수준에 머물지 않고 신으로 그려지며 일본 고대사의 전설적 영웅 야마토타케루를 죽이는 무서운 면모를 보이는 일화가 『고지키』에 있다.

야마토타케루는 동국 정벌을 마치고 오와리 지방에 도착해서 미야즈히메와 결혼을 했다. 그는 신검인 구사나기 검을 아내에게 맡기고 이부키 산의 산신을 맨손으로 무찌르겠다며 길을 나섰다. 한참 산을 오르고 있는데 소만한 흰 멧돼지가 나타나자, 야마토타케루는 "흰 멧돼지 모습을 하고 있는 건 산신의 사자일 거야. 지금 죽이지 말고 산신을 먼저 죽인 후 나중에 죽여야겠군"이라며 흰 멧돼지를 무시하고 더 높이 산을 올랐다. 그때 많은 비가 갑자기 우박으로 바뀌자 야마토타케루는 당황해서 어쩔 줄을 몰랐다. 흰 멧돼지가 신의 사자가 아니라 산신이었다는 것을 그제야 깨닫고 당황했던 것이다. 산을 내려온 그는 겨우 정신을 차리지만 몸은 이미 쇠약해질 대로 쇠약해져 있었다. 아픈 몸을 이끌고 야마토를 향해 나갔지만 그는 이윽고 죽어 백조가 되어 날아갔다.

고대 일본인들은 멧돼지를 산신이라고 여겼는데, 이것은 산이 깊고 호랑이가 없는 일본열도에서 최고의 포식자인 멧돼지를 신성시하는 일본의 토착 민간신앙이 존재했음을 보여준다. 고대인들에게 거대한 멧돼지는 공포 그 자체이고, 그 공포심은 결국 외경의 단계에서 숭배의 대상인 신적 존재로 발전했으리라는 추측은 어렵지 않다. 그리고 일본 신화와 설화에는 흰 멧돼지 신처럼 흰 동물이 많이 출현하는데, 야마토타케루도 죽어 백조가 된다는 점에서 흰색을 신성시하는 사상이 있었다. 일본의 요로養老 율령의 의복령에는 흰색은 최고의 색이므로 조정에서 흰옷을 입을 신분은 없다고 규정하고 있다. 즉 율령의 규율에서 예외인 천황만이 흰색 옷을 입을 수 있다는 의미로, 흰색은 천황을 상징하는 색이라고 할 수 있다. 이런 연유로 일본신화 속의 많은 신들이 흰 동물로 등장하며, 또 흰 동물이 잡히면 상서로운 징조로 여겨 연호를 바꾸는 등 나라의 경사로 받아들였다.

이와 더불어 『고지키』에는 멧돼지가 신에게 박해를 가하는 무서운 존재로 등장하는 이야기도 있다. 야가미히메에게 구혼하러 온 오쿠니누시의 이복형제 신들은 "저는 오쿠니누시와 결혼하겠어요"라는 대답을 듣자, 몹시 화가 나서 오쿠니누시를 죽이려고 계략을 꾸민다. 이복형제 신들은 "이 산에 붉은 멧돼지가 사는데 우리가 그것을 몰아 떨어트릴 테니 너는 여기서 기다리다가 잡거라. 만약 잡지 못하면 너를 죽이겠다"고 협박했다. 그리고는 멧돼지를 닮은 커다란 돌을 불에 구워 떨어트렸는데, 큰 돌을 붉은 멧돼지로 알고 잡은 오쿠니누시는 그만 죽고 말았다.

그러나 이처럼 신의 사자나 신 혹은 신에게 박해를 가하는 무서운 존재로 그려졌던 멧돼지는 어느 순간부터 더 이상 신의 모습이 아닌 농사를 방해하는 동물, 단순히 힘세고 무서운 짐승으로 변화한다. 그래서 『고지키』에서 일본 신화의 영웅 야마토타케루를 죽였던 흰 멧돼지 산신은 『니혼쇼키』에서는 이 멧돼지가 큰 뱀으로 대체되었다. 이에 대해 멧돼지가 신이라는 것에 대한 편찬자들의 부정적 견해가 개입되었을 가능성에 무게를 둔다는 점에서 멧돼지에 대한 당시의 의식 변화를 엿볼 수 있는 대목이다.

『만요슈』 3848번 노래에서는 "새로 개간한 논의, 멧돼지가 망쳐놓은 논의 벼를 베어 곳간에 넣어두면 말라가듯 내 사랑도 그렇다오"처럼 농작물을 파헤치거나 망치는 해수害獸의 성격이 점점 강해져간다. 이런 변화가 시작되는 야요이 시대(BC 10~AD 3)는 벼농사가 시작되어 인간들이 더 많은 영토를 필요로 했는데, 결국 인간의 개간이 산신 멧돼지의 영역인 숲을 침범하면서 충돌했기 때문이라고 생각한다.

애니메이션 『모노노케히메』에서도 흰 털에 네 개의 엄니를 가진 거대한 멧돼지 신 옷코토누시가 규슈의 산에서 멧돼지 일족을 이끌고 온다. 그는 인간들이 산을 개간하면서 숲이 줄어들자, 자신들의 몸집도 작아지고 말하는 법도 차츰 잊게 되면서 쇠락해가고 있다고 토로한다.

멧돼지 신은 인간들의 총기 앞에서 무력감을 느끼지만 싸우지 않으면 말 못하는 짐승으로 전락하여 인간들의 사냥감이 될 거라는 암담한 미래 때문에 인간에게 대항하다 몰살당한다. 이와 같이 인간이 벼농사를 시작하면서 인간과 멧돼지가 양립할 수 없는 환경이 가속화되면서 대립관계가 형성되어 더 이상 멧돼지에게서 신의 위상은 찾아볼 수 없게 된다.

『하리마노쿠니후도키』의 하리마 지방에서 오진 천황이 산에서 사냥을 할 때 활로 달리는 멧돼지를 쏘자 홀연히 활이 부러지기도 하고, 오진 천황의 사냥개가 멧돼지를 쫓는 것을 보고 천황이 쏘라고 명했지만 결국 개가 멧돼지와 싸우다 죽었다는 이야기가 지명 유래담에 등장한다. 또 『고지키』에서는 유랴쿠 천황이 큰 멧돼지를 보고 우는 화살鳴鏑로 맞히자, 화가 난 멧돼지가 신음소리를 내며 달려들어서 천황이 오리나무 위로 도망치고는, "천하를 다스리는 우리 대군이 쏜 멧돼지의, 상처 입은 멧돼지의 신음소리 두려워 올랐던 높은 봉우리의 오리나무 가지여"라고 노래했다는 기록이 남아 있지만 이전처럼 많은 황자를 죽이던 강렬한 산신 멧돼지의 인상은 아니다. 하지만 여전히 저항적인 모습을 보이며 천황을 위시한 질서체계에 편입되지 못함으로써 신의 지위를 잃어갔다고 본다.

너희들 이름은 무엇이니?

조몬 시대 유적에서 출토한 짐승의 뼈 중에 사슴과 멧돼지 뼈가 많다는 것은 이 두 동물이 일본인들의 정신세계나 관념상에서 특별한 역할을 담당했다는 방증이기도 하다. 또한 포획의 기회가 많았다는 점과 동시에 고기가 맛있었다는 것도 하나의 이유로 생각할 수 있을 것이다. 그렇지만 거듭되는 육식 금지령은 귀족계급이나 일반 서민 사이에서도 육식은 부정을 탄다는 믿음을 갖게 하면서 육식을 죄악시하며 기피하게 만들었다. 이러한 육식기피 현상은 더욱 심화되어 고기 끓이는 냄새조차 '역겹다'고 말할 정도로 육식을 혐오하게 만들었다.

지금은 일상적으로 고기를 먹을 수 있지만 종교 등의 이유로 육식을 먹지 못하는 승려나 육식금지령으로 고기를 먹을 수 없었던 당시의 시대 분위기를 잘 반영하는 이야기가 있다.

어느 산사의 수행승이 폭설에 갇혀서 며칠 동안 아무것도 먹지 못해 빈사 상태에 빠지자, 관음보살께 오늘 하루만이라도 무엇이든 먹을 수 있게 해달라고 간절히 기도를 드렸다. 때마침 찢어진 문틈으로 늑대에게 잡힌 멧돼지가 눈에 들어왔다. 수행승은 관음보살이 내려주신 것이라고 먹으려 했지만, 오랜 동안 육식을 금하며 성불을 위해 열심히 수행한 것을 생각하며 단념했다. 하지만 아사 직전의 고통을 참지 못한 수행승은 칼로 멧돼지의 좌우 넓적다리를 떼어내 솥에 넣고 끓여 먹었다. 그 맛은 뭐라 말 할 수 없을 만큼 맛있었지만 허기진 배를 채운 수행승은 그제야 중죄를 깨닫고 후회하며 하염없이 울고만 있었다. 눈이 녹아 산사를 찾은 사람들에게 멧돼지 고기가 남아 있는 솥을 미처 치우지 못하고 그만 들켜버렸다. 그런데 솥에 남아 있는 음식을 본 사람들이 "스님은 아무리 먹을 것이 없어도 어찌 나무를 끓여 먹고 지내셨습니까?"라며 신기해했다. 수행승은 본전에 모신 부처의 좌우 넓적다리가 떼어져 있는 것을 발견하고 그제야 자신이 먹은 멧돼지 고기가 관음보살의 화신이었다는 것을 깨달았다.

107

   이 이야기는 『곤자쿠 이야기집』 16권 4화의 내용으로 불심 깊은 수
행승을 위해 멧돼지로 변신한 관음보살의 영험함을 잘 묘사하고 있지
만 죽음에 직면해서야 육식을 하고도 그 죄책감에 시달려야 하는 사회
분위기와 죽기 직전의 사람도 살려내는 멧돼지 고기의 보양식으로서
의 효험을 짐작할 수 있다.

   그러나 거듭되는 육식 금지령에도 불구하고 오랜 시간이 흐르면서
에도 시대(1603~1868년)의 일본인들은 좀 더 몸에 좋은 것을 먹고 싶
어 하고, 좀 더 맛있는 것을 먹고 싶어 하는 인간의 본능에 이끌려 다양
한 방법으로 육식을 시도한다. 그중 가장 눈에 띄는 것이 짐승의 이름
을 은어로 부르는 것이다. 멧돼지 고기가 고래 고기와 식감이 비슷하다
고 해서 '야마쿠지라山鯨'라고 부르며 물고기 취급을 하는 눈속임으로
법망을 벗어나려고 했던 것이다. 지금은 고래가 포유동물이라는 것을
알고 있지만 당시는 물속에 사는 물고기로 알고 있었기 때문에 가능했
던 일이다. 산에 사는 고래 고기라는 의미의 '야마쿠지라'는 단속을 피
하기에도 좋았지만 육식에 익숙하지 않은 사람에게도 육식에 대한 거
부감을 한층 완화시켜주는 효과가 있었다.

   이 외에도 동물을 식물 이름으로 바꿔 불렀는데, 멧돼지는 모란꽃이
라는 의미의 '보탄니쿠牡丹肉'라고 불렀다. 멧돼지 고기를 보탄이라고
부른 이유는 멧돼지 고기의 빛깔이 모란꽃처럼 붉다고 해서 그렇다는
설과, 둘이 아주 잘 어울리는 것을 일본어에서는 '시시니 보탄獅子に牡丹
(사자에 모란)'이라고 표현하는데, 이 사자를 뜻하는 발음 '시시'가 멧
돼지의 '이노시시'와 같아서 멧돼지 고기를 보탄이라고 부른다고도 한
다. 그리고 멧돼지 고기를 접시에 담을 때 모란꽃 모양으로 담아낸다고
해서 보탄이라고 한다는 설도 있는데, 지금도 멧돼지 고기를 보양식으

【그림 2】 화투에 나오는 사슴과 멧돼지 모습

로 먹는 일본의 일부 지역에서는 멧돼지 전골 같은 시시나베(보탄나
베)를 먹을 때는 멧돼지 고기를 모란꽃 모양으로 접시에 담아낸다고
한다. 또 사슴은 단풍이라는 의미로 '모미지紅葉'라고 부르는데, 화투의
10월 패에 사슴과 단풍이 함께 나오는 것에서 연유한다. 이 밖에도 말
고기는 잡아서 막 잘랐을 때의 빛깔이 벚꽃과 같아서 '사쿠라櫻'라고 부
르고, 닭고기는 닭털이 떡갈나무의 갈색과 비슷하다고 해서 '가시와柏'
라는 은어로 불렀다.

　은어란 어떤 집단이나 사회 계층에서 남이 모르게 자기들끼리만 쓰
는 말로, 육식 금지령 하에서의 자구책으로 동물의 고기와 식물의 특징
을 관련지어 만들어낸 이름을 은밀하게 유통시키며 비밀리에 고기를
먹었던 것이다. 이러한 식물 이름은 감시자의 눈을 피하는 동시에 육식
을 하는 사람들의 죄의식을 희석시키는 면죄부 역할과 육식에 대한 거
부감을 반감시키는 효과를 일정 부분 담당했다고 보인다.

　그리고 겨울철 몸보신을 위해 멧돼지 고기를 먹는 것을 약식薬喰이라
고 하는데, 추울 때 먹으면 감기 같은 잔병을 없애주고 혈액순환을 좋
게 해준다고 해서 약을 먹는 것과 같다는 의미이다. 즉 동물의 고기를
먹지 않았던 일본인들이었기 때문에 아픈 사람이 먹으면 약이 된다는

109

구실로 먹은 것이 차츰 일반인도 그 맛을 들이게 된 것이다. 그래서 에도 시대 하이쿠의 명인 부손無村은 고기를 먹고 잠든 가족의 모습을 보고 "처자식의 자는 얼굴도 만족스럽게 만드는 약식"이라고 노래했지만 한편으로는 육식 금지령을 의식하며 "약식한 사실을 다른 사람에게 말하면 안 된다"는 노래도 읊고 있다. 이처럼 약식이란 어휘는 고기를 먹기 위해 암암리에 은어로 사용되며 당시 겨울을 노래하는 시어가 되었다. 또 인간의 삶 전반을 소재로 해서 풍자와 해학이 넘치는 짧은 시로 노래하는 센류川柳에 "푸줏간이 돌팔이 의사만큼은 효과가 있다"는 구절이 있다. 즉 육식을 하는 것이 웬만한 돌팔이의 처방보다 낫다고 풍자하며 육식의 가치를 높이 평가하고 있다. 이처럼 육식에 익숙하지 않았던 일본인에게 멧돼지 같은 들짐승 고기는 자양강장의 식재료로써 환자의 원기회복을 위한 약식이라는 개념으로 차츰 입에 대기 시작한 것이다. 하지만 약식은 서민뿐만이 아니라 에도 막부의 장군들도 즐기게 되면서 일본의 식습관으로 자리 잡게 되어 멧돼지 같은 짐승 고기를 팔기도 하고, 요리를 해서 음식으로 파는 식당도 등장했는데 이러한 가게를 '모몬지야'라고 한다.

이처럼 육식을 은폐하기 위해 동물을 식물의 이름으로 바꿔 부르는 등의 다양한 방법이 시도되는 와중에서도 유독 신의 사자라는 이름으로 상상을 초월하는 보호를 받는 동물이 있었는데 그것이 바로 사슴이다. 사슴은 지금도 나라 지역의 명물로 유명하지만 신의 사자라는 이름에 걸맞게 잡아먹는 것은 고사하고 잡는 것만으로도 형벌을 받을 만큼 신성시했다. 예를 들면 사슴을 툭 치는 것만으로도 벌금형이 내려졌고 만약 실수로라도 사슴을 죽이게 되면 남자는 사형에 처해지고 여자들은 죄인을 산 채로 구덩이에 넣고 돌을 채워 죽이는 당시의 최고형이

기다리고 있었다. 이런 사슴의 엄벌과 관련된 유명한 우스갯소리가 『시카세이단鹿政談』에 기록되어 있다.

나라 지방에 두부가게를 하는 노부부가 살고 있었다. 어느 날 커다란 붉은 개 한 마리가 비지를 먹고 있는 것을 본 주인은 장작을 던져 명중시켰는데 다가가 보니 개가 아니라 사슴이었다. 놀란 주인은 다친 사슴을 열심히 보살폈지만 그만 죽고 말았다. 이 사실을 알게 된 지방관은 두부가게 주인이 재판을 받도록 청원했다. 이를 불쌍히 여긴 재판관은 노인을 처형할 수 없어서 어떻게든 도와줄 심산으로 "이건 사슴이 아니고 개구나. 사슴은 뿔이 있어야 하는데 이건 뿔이 없잖은가. 개라면 재판할 필요가 없으니 이 청원서는 반려하겠네"라고 말하자 그 자리의 모든 사람들은 기뻐했다. 그런데 그때 청원서를 제출했던 사슴을 관리하는 지방관이 "사슴은 매년 봄 뿔 갈이를 해서 봄에는 뿔이 떨어져 없습니다"라고 이의를 제기하고 나섰다. 재판관은 잠시 생각에 잠기더니 "그렇다면 사슴 이전에 다른 사건을 먼저 조사해야겠군. 요즘 신성한 사슴의 먹이를 착복하는 괘씸한 놈이 있다고 합니다. 매년 막부에서는 사슴먹이 값으로 3천 냥이나 하사하는데도 사슴이 배가 고파 먹이를 찾아 마을로 내려와 배회하고 있는 지경입니다. 만약 이 재판을 계속해야 한다면 우선 사슴의 먹이 값을 횡령한 자부터 재판을 해야 되겠습니다"라며 재차 그 지방관에게 사체를 내밀며 사슴인지 개인지를 물었더니 뒤가 켕기던 지방관은 "제가 나이가 들어 개와 사슴을 착각한 모양입니다"라고 대답해서 두부가게 주인은 죽지 않고 무사히 살아서 돌아갔다는 이야기다.

이와 같이 사슴을 개로 둔갑시켜 겨우 살아날 정도로 사슴을 신성시하는 정서는 그 이후에도 계속 이어져서 지금도 일본에서 사슴을 죽이는 것은 조례 등으로 형벌의 대상으로 규정하고 있다.

111

참고문헌

洪聖牧 (2014) 「日本古典文學における鹿」(『日本言語文化』28, 일본언어문화학회)
平林章仁(2011) 『鹿と鳥の文化史－古代日本の儀礼と呪術』白水社
山口佳紀 外 校注(1997) 『古事記』(新編日本古典文學全集 1, 小學館)
植垣節也 校注(1997) 『風土記』(新編日本古典文學全集 5, 小學館)
阿部秋生 外 校注(1996) 『源氏物語①~⑤』(新編日本古典文學全集 20~25, 小學館)
小島憲之 外 校注(1994) 『日本書紀①~③』(新編日本古典文學全集 2~4, 小學館)
小島憲之 外 校注(1994) 『万葉集①~④』(新編日本古典文學全集 6~9, 小學館)

동식물로 읽는
일 본 문 화
여우

여자가 되고픈 여우 이야기

김 경 희

● ● ● ●

　인간에게 동물은 가장 가까운 존재 중의 하나이다. 인간은 동물이라는 대상을 통해 사람이라는 존재에 대해 깨닫게 되고 인간과 다른 점으로 인하여 동물에 대한 두려움과 공포를 느낀다. 한편 인간은 동물을 기르고 보호하는 사랑의 대상으로 삼으면서 무한한 상상의 나래를 펼치기도 하는데, 문학 작품에는 이러한 인간과 동물과의 관련 이야기가 자주 소재로 등장해왔다. 동물은 사람으로 둔갑하여 남자나 여자에게 나타나 인간을 이롭게도 하고 또는 해를 입히기도 하면서 인간의 역사와 함께 존재해왔음을 알 수 있다. 그중 여우는 인간과 관계하면서 때로는 조력자로서 등장하며 고대로부터 지금까지 인간과 함께 생활해

온 가장 친숙한 동물 중의 하나일 것이다. 이와 대조적으로 한국의 여우 이미지는 영리하면서도 한편으로는 교활한 짓을 하는 동물로 인식되어왔다. 우리에게는 대중 매체를 통해 널리 알려진 꼬리가 아홉 개달린 '구미호'의 이미지로부터 남자를 홀리는 요염하고 음탕한 여자로둔갑하는 여우의 모습이 익숙하다고 할 수 있다. 이러한 이유로 한국에서 사람이 여우에 비유될 때는 그리 좋지 못한 이미지를 갖게 되는 것도 사실이다. 그런데 가까운 이웃나라인 일본에서는 여우를 떠받들기까지하면서 한마디로 좋은 대접을 하고 있는 듯하다. 일본에서 여우를가장 많이 볼 수 있는 곳이 뜻밖에도 신들을 모신다는 신사이기 때문이다. 한국에도 '여우 신사'로 잘 알려져 있는 바로 이나리 신사稲荷神社이다. 그렇다면 여우는 왜 신사에 있는 것일까? 정말로 일본에서는 여우를 신으로 모신 것인지 궁금하다. 고대로부터 지금까지 일본문화 속에살아 숨 쉬는 친근하면서도 매력적인 여우 이야기 안으로 들어가보자.

이나리 신사와 여우

일본 교토 시京都市에 위치한 후시미이나리 대사伏見稲荷大社는 전국의 4만여 개에 달하는 이나리 신사의 총본산으로 널리 알려져 있다. 이나리 신사는 일본의 신사 가운데 가장 많은 수를 자랑하는 신사로서, 건물 옥상이나 일반 집 등에서 모시는 이나리 신稲荷神과 해외에 진출한 일본 기업이 현지에서 모시는 이나리 신까지 합한다면 그 수를 훨씬 크게 웃돌 것이다. 이 신사에는 붉은 색의 기둥 문이 길게 이어져 마치 붉은 터

[그림 1] 백화점 옥상에 모셔진 이나리 신과 여우 석상(杉田博明 (2003) 『週間神社紀行 伏見稲荷大社』学習研究社)

널을 이룬 것 같은 장관을 연출하는 '센본토리이千本鳥居'가 있어 방문객들에게 매우 인기가 있는 곳이기도 하다. 이렇게 일본 국내외로 널리 분포되어 있는 이나리 신사에 들어가게 되면 경내에서 가장 눈에 많이 띄는 것이 바로 여우 석상이다. 이곳 저곳에 여우의 모습을 하고 있는 석상이 설치되어 있는 것이 마치 여우를 모시는 신사로 여겨질 정도이다. 흔히 신사에서 소원을 빌면서 봉납하는 에마繪馬까지도 여우 모양을 하고 있으니 이곳이 여우 신사라고 불릴 만도 하다.

그렇다면 이나리 신사와 여우는 무슨 관련성이 있는 것인지, 여우를 신사 곳곳에 배치한 이유는 무엇인지에 대하여 살펴보기로 하자. 이나리 신사는 신라에서 일본으로 건너간 하타 씨秦氏 일족에 의해 711년에 세워졌다고 전해진다. 그들은 누에를 쳐서 견직물을 생산해내는 기술을 가진 사람들이었는데 교토 서쪽 지역에 정착하면서 점차 세력을 키워나가기 시작했다. 나라 시대奈良時代(710~794년)에 기록된 지리서인『야마시로노쿠니후도키山城国風土記』에는 후시미이나리 신사에 대한 다음과 같은 전승 기록이 남아 있다. 옛날에 하타 씨 호족 중에 이로구伊呂具라 불리는 재산가가 있었는데, 자신의 부유함을 뽐내기라도 하듯 어느 날 떡을 만들어서는 과녁으로 삼아 활쏘기 놀이를 벌였다. 그러자 화살이

떡에 꽂히는 순간 떡은 백조가 되어서 이나리 산의 봉우리로 날아갔다. 이로구가 따라가 보니 백조가 멈춘 곳에 벼가 자라고 있었다. 그래서 그곳에 신사를 세웠는데, 그 이름을 벼가 자란다는 '이네나리稲生り'라는 말에서 '이나리稲荷'로 바꾸어 부르게 된 것이다. 그 후 하타 씨의 후손들은 선조의 우쭐대고 방자했던 잘못을 빌고는 신사의 나무를 가져다가 자신의 집에 심어 뿌리를 잘 내리면 복을 얻고 말라버리면 복을 얻지 못한다고 여겼다고 한다. 어쨌든 이러한 기록을 통해 이나리 신사를 건립하여 이나리 신앙을 갖게 된 데에는 대륙으로부터 건너온 도래인들이 관여했다는 것을 확인할 수 있겠다. 그렇다면 오늘날까지도 일본인들이 이나리 신사나 이나리 신앙을 생각할 때 여우를 떠올리는 것은 무슨 관련성이 있는지 이나리 신사에서 모시는 신에 대해 알아보기로 하자.

이나리 신사의 제신祭神은 우카노미타마노카미宇迦之御魂神라고 불리는 오곡 풍작을 관장하는 농경의 신이다. 벼에 깃들어 있는 정령이라 불리는 우카노미타마 신의 다른 이름은 미케쓰카미御饌津神라고 하여 마찬가지로 음식물을 주재하는 신으로 받들어진다. 일본에서 가장 오래된 문헌인 『고지키古事記』에는 우카노미타마 신이 스사노오須佐之男 신과 오이치히메大市比売 신 사이에서 태어난 신으로 등장하지만 어떠한 신인지 그에 대한 구체적인 기술은 없다. 한편 가장 오래된 역사서인 『니혼쇼키日本書紀』에는 이자나기伊邪那岐 신과 이자나미伊邪那美 신이 오야시마大八洲를 만든 후에 허기를 느끼고 우카노미타마노미코토倉稲魂命를 낳았다는 기술이 보인다. 한자의 표기는 다르지만 음식과의 관련성이 있는 것은 확실한 것 같다. 학자들에 의하면 이 신의 이름으로부터 미케쓰카미三狐神를 연상하게 되어 여우를 가리키는 '기쓰네'로부터 '미키쓰네

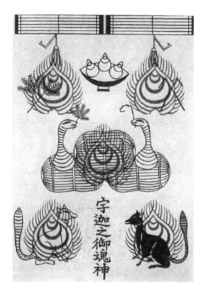

【그림 2】후시미이나리 신사 부적(吉野裕子
(1993) 『狐』法政大学出版局)

御狐', '미키쓰네三狐'를 떠올리며 이나리 신사는 여우와 관련을 갖게 되었다는 것이다. 곡식을 갉아 먹는 들쥐 등을 잡아먹는 습성으로부터도 여우를 자연스럽게 곡물의 보호신으로 생각하게 되었다고 하니 농경 문화에서 여우가 중요하게 여겨졌음을 짐작해볼 수 있을 것이다.

신사의 권속이 되어 세상을 이롭게 하고자 함이니

고대로부터 이나리 산稲荷山은 신이 진좌鎭坐하는 신성한 산으로 여겨져 사람들에게 경외의 대상으로 인식되어왔다. 이나리 신 또한 처음에는 농경의 신이었다가 시대가 흐름에 따라 점차 상업 번창의 신, 집

을 지켜주는 신으로서 서민들 속에 신앙의 대상으로 자리 잡게 되었다. 오이나리산お稲荷さん 혹은 오이나리사마お稲荷さま라는 친근한 호칭으로 불리며 서민들에게 사랑받아온 것이다. 가스가 대사春日大社의 사슴이나 히요시 대사日吉大社의 원숭이, 하치만구八幡宮의 비둘기, 이세 신궁伊勢神宮의 닭 등 각각의 동물들이 신의 사자로서 대중들에게 귀하게 여겨졌듯이 이나리 신사에서는 여우가 이나리 신의 사자使者로 여겨지게 되었다. 그 유래에는 몇 가지 설이 있는데, 후시미이나리 신사에 전해 내려오는 여우 부부 이야기를 통해 살펴보기로 하자.

구카이空海의 제자인 소조僧正가 기록한 『이나리류키稲荷流記』에 다음과 같은 이야기가 보인다. 헤이안 시대平安時代 초기에 헤이안 경平安京 북쪽 후나오카 산船岡山 기슭에 나이 든 여우 부부가 살고 있었다. 전신에 은빛 바늘을 세운 것 같은 백여우였다. 이 여우 부부는 심성이 선량하여 늘 세상과 인간들에게 도움이 되기를 바라고 있었지만 짐승의 몸으로서는 도저히 그 소원하는 바를 이룰 수가 없었다. 어느 날 결심을 한 여우 부부는 다섯 마리의 여우 자식을 데리고 이나리 산으로 가서 신사에 참배하며 "오늘부터 이 신사의 권속眷屬이 되어 신위를 빌려 저희의 뜻을 이루고자 합니다"라고 신을 향해 기도를 올렸다. 그러자 금세 신단이 소리를 내며 움직이더니 이나리 신의 엄숙한 신탁이 내려졌다. "너희 부부의 소원을 들어주겠다. 지금부터 오래 오래 이 신사의 사자가 되어 참배객과 신앙을 가진 사람들을 돕도록 하거라." 이리하여 여우 부부는 이나리 산으로 옮겨 살며 이나리 신의 자비와 부탁에 응할 수 있도록 주야로 정진하게 되었다고 한다. 신은 남자 여우에게는 오스스키小薄, 여자 여우에게는 아코마치阿古町라는 이름을 내렸다. 시대가 흐름에 따라 이나리 신사의 여우에게 5품 이상의 외명부에게 주어지는

【그림 3】 이나리 신사를 지키는 여우 부부(杉田博明(2003)『週刊 神社紀行 伏見稲荷大社』学習 研究社)

'명부命婦'가 내려지고 신격화된 여우는 '명부 신命婦神'으로 신사에 모셔졌다.

이러한 이나리 신의 사자로서 신사를 지키고 있는 여우 석상들은 네가지 종류의 물건을 입에 물고 있다. 구슬과 열쇠, 벼이삭, 두루마리 등의 물건으로 제각기 행운과 복을 상징한다. 구슬은 이나리 신의 영덕을 나타내고 열쇠는 그 신령한 덕을 얻고자 하는 바람, 벼이삭은 오곡 풍성을 기원하고, 두루마리는 이나리 신의 말씀과 지혜를 상징하는데, 이중 가장 많이 볼 수 있는 것은 구슬과 열쇠를 물고 있는 여우의 모습이라고 한다. 이를 반영하듯 후시미이나리 신사에는 구슬과 열쇠가 각기 양陽과 음陰, 하늘天과 땅地을 나타내는 것으로 만물이 이 두 가지의 움직임으로 생육하고 번성하는 것을 의미하는 옥건신앙玉鍵信仰이 뿌리내리면서 많은 사람들의 신앙의 대상이 되기도 한다.

119

여우의 이름은 '기쓰네', 언제든지 와서 자고 가시오

일본인들이 여우를 좋게 여기고 받들어 모시는 것은 만복을 내려주
는 이나리 신과의 결합 때문만은 아닌 것 같다. 일본의 여우는 고대로
부터 문학 작품 속에 등장하면서 '사랑에 헌신적인 아름다운 여인'의
이미지를 보여주고 있기 때문이다. 일본 최초의 불교 설화집인 『니혼
료이키日本靈異記』에는 여우가 '기쓰네'라는 이름으로 불리게 된 어원 설
화가 전해진다. 아름다운 여자로 둔갑한 여우가 남자를 만나 자식을 낳
게 되는 이야기로 동물과 인간이 혼인하여 자식을 출산하는 이야기를
모티프로 하는 대표적인 이류혼인담異類婚姻譚이다.

옛날 긴메이 천황欽明天皇 시대(509~571년)에 미노 지방美濃國에 사는
사람이 아내로 삼을 만한 좋은 여자를 찾아 말을 타고 떠났다가 도중에
아리따운 여자를 만났다. 좋은 인연을 찾던 중이라는 여자의 말을 듣고
남자는 바로 여인을 집으로 데리고 와서 부부가 되어 함께 살았다. 다
음의 내용을 좀 더 살펴보자.

> 이윽고 여자는 아이를 갖게 되어 사내아이를 낳았다. 그리고 이 집에서 키우
> 던 개도 12월 15일에 새끼를 낳았는데 이 강아지는 아내를 볼 때마다 으르렁
> 대고 노려보며 이빨을 드러낸 채 짖어댔다. 아내는 두려워 떨면서 남편에게
> "저 개를 죽여주세요" 하고 부탁했다. 하지만 남편은 불쌍하다고 하면서 죽
> 이지 않았다. 그러던 중 2, 3월경이 되어 전부터 준비해두었던 조세로 바칠
> 벼를 찧고 있을 때 아내가 벼 찧는 하녀들에게 간식을 내기 위해서 디딜방앗
> 간으로 들어서는데 그만 강아지가 물어뜯으려고 짖으며 달려들었다. 놀라고
> 두려움을 느낀 아내는 여우의 모습으로 변하여 지붕 위로 올라가 앉았다. 이

것을 본 남편을 "당신과 나는 서로 자식까지 낳은 사이이니 당신을 절대 잊지 않을 것이오. 그러니 언제든지 와서 함께 자구료" 하고 말했다. 그래서 여우는 남편의 말을 기억하고 와서 자곤 했다. 이런 연유로 '기쓰네来つ寝=狐'라고 이름붙인 것이다. 그러던 어느 날 아내는 옷자락을 붉게 물들인 치마를 입고는 기품 있고 우아한 모습으로 치맛자락을 끌면서 사라져갔다. 남편은 떠나가는 아내의 모습을 보고 그리워하면서 노래를 지어 불렀다.

> 이 세상 사랑을 모두 이 한 몸에 받은 듯하구나
> 하지만 잠깐 보이고 가버린 당신 때문에 안타까운 마음이여

이리하여 두 사람 사이에 태어난 아이의 이름을 '기쓰네'라고 짓고 그 아이의 성을 '기쓰네노아타에'라고 붙였다. 아이는 힘이 매우 셌고 달리는 것도 빨라서 마치 새가 나는 것 같았다. 미노 지방의 기쓰네노아타에라는 성姓이 생기게 된 유래가 바로 이것이다.   (상권, 2화)

우선 이 이야기를 보면 우리가 알고 있는 여우의 이미지와는 사뭇 다른 여우를 떠올리게 된다. 한국에서는 흔히 '여우 같다'라는 표현이 수식어로 붙여질 때 좋은 이미지를 갖지 못한다. 그런데 일본 설화에 등장하는 여우의 이야기는 우리에게 익숙한 여우 같은 여인의 이미지를 완전히 바꿔놓았다. 우선 이야기에 등장하는 여우는 아름다운 여성의 모습으로 둔갑하여 나타나서는 남자의 구애에 적극적이면서도 순수하게 응한다. 남자를 따라가서 인연을 맺고 자식까지 낳고 살게 되지만 여우라는 자신의 정체성을 들키게 되자 더 이상은 인간의 세상에서 살 수가 없다는 사실을 받아들인다. 설화문학에 자주 등장하는 금기가 여

121

【그림 4】후쿠토쿠이나리 신사의 여우 축제(시집가는 날)(杉田博明(2003)『週間神社紀行 伏
見稻荷大社』学習研究社)

기서도 작동하는 것이다. 고대로부터 인간의 세계와 동물의 세계는 서
로 다른 규칙을 가진 구별된 영역으로 인식되었다. 금기는 신성함의 징
표가 되고 신적인 존재의 능력을 상징하기도 하지만, 그것이 노출되어
서는 안 되는 것이다. 동시에 그것은 인간과 동물을 구분짓는 것이자
인간세계를 유지하는 것이기 때문에 금기를 깰 수는 없다. 그러나 이야
기 속의 남자는 아내가 인간이 아닌 여우인 것을 알게 된 이후에도 정
을 떨쳐버리지 못한다. '언제든지 나를 찾아와서 함께 자자'는 말로 남
자의 사랑이 여전함을 보여주고 있다. 여기서 '와서 자고 가는来つ寢' 여
우의 이름이 '기쓰네狐'가 되었다.

여우 아내는 남편의 말을 듣고는 가끔씩 찾아와서 자고 간다. 여우 아내
가 찾아오는 시각은 어두운 밤이고, 어두움은 비일상적인 시공간이다. 비록

여우인 정체가 드러나긴 했지만, 못다 한 부부로서 나눈 정을 떼지 못한 남자는 밤이라는 비일상의 시간을 통해 못 다한 사랑을 나누려고 한다. 그러한 남자에게 대응하는 여우의 이미지는 참으로 어리석게 보일 정도로 순수하고 헌신적인 여자의 모습이다. 남자가 오라고 한다고 해서 오고, 자고 가라고 해서 자고 가는 여성은 결코 영리하거나 교활한 여성일 수가 없다. 사랑에는 순수하고 막힘이 없는 솔직한 태도를 보여주고 있는 것이다. 물론 오늘날에 이런 일본의 '여우 같은' 여성이 있다면 매력 없고 바보같이 느껴질지도 모른다. 그러나 어쩌면 이 이야기에 나오는 '여우 같은' 여성을, 아니 여성뿐만 아니라 남자라도 그런 헌신적이면서 순애보적인 상대를 만나고 싶은 건 아닐까. 그러한 오랜 인간들의 욕망이 문학 작품의 여우를 통해 그려지면서 일본의 여우는 가장 친밀한 존재로 사랑받고 있는 듯하다.

여우 아내 '구즈노하'는 능력자

여자로 둔갑한 여우가 인간의 아내가 되는 이야기로는 '구즈노하葛の葉' 전설이 가장 잘 알려져 있다. 앞서 『니혼료이키』에서 살펴본 여우 아내 이야기의 기본적인 모티브에 여우가 낳은 자식이 그 유명한 음양사陰陽師 아베 세이메이安倍晴明가 된다는 이야기가 결합하여 발전된 형태이다. 여우 구즈노하는 여자로 둔갑하여 인간과 부부가 되어 자식까지 낳고 살지만 여우라는 자신의 정체가 발각되자 어쩔 수 없이 자식을 두고 숲으로 돌아가야 하는 어미의 슬픔을 보여준다. 이것은 중세 시대 셋쿄부시説教節로 유행한 구즈노하 이야기 「시노다즈마信太妻」가 바탕이

되어 『호키쇼簠簋抄』(1629), 『아베노세이메이 이야기安倍晴明物語』(1662), 『시노다즈마しのだづま』(1674), 『아시야도만오우치카가미蘆屋道満大内鑑』(1734) 등의 여러 작품을 거치면서 후일담이 추가되어 조금씩 다른 형태로 전해지고 있다. 여기서는 이야기의 무대가 되는 시노다 숲信太の森의 시노다이나리 신사信太森稲荷神社의 유래를 기록한 연기緣起에 보이는 내용을 소개하고자 한다.

옛날에 아베 야스나安倍保名라는 사람이 있었는데 명예를 회복하고 집안을 다시 일으키고자 시노다 숲의 이나리 신사에 참배하고 돌아가는 길에 사냥꾼에게 쫓기던 흰 여우를 숨겨주게 된다. 그 일로 여우를 쫓던 자들과의 싸움에서 상처입고 의식을 잃었던 야스나는 구즈노하라고 하는 아름다운 여인의 간호로 몸을 회복하게 된다. 두 사람은 서로에게 끌려 부부의 연을 맺게 되고 사이에 아들 도지마루童子丸가 태어난다. 그러던 어느 날 구즈노하는 여우라는 자신의 정체를 아들에게 들키게 되고, 더 이상은 함께 살 수 없다는 것을 깨닫고는 남편과 자식을 두고 떠나기로 마음먹는다. 자식과 생이별을 하는 슬픈 마음을 노래 한 수에 담아 남기며 숲으로 돌아간다. 남편인 야스나는 아들을 데리고 아내 구즈노하가 떠나버린 시노다 숲으로 가서 다시 만나게 되는데 이때 수정 구슬과 황금 상자를 받고 헤어진다. 몇 년 후 도지마루는 세이메이로 개명하고 천문학을 익혀서 모친이 남긴 구슬의 힘으로 천황의 병을 퇴치한 후에 음양사로 임명받아 출세한다는 이야기이다.

이렇듯 매력적인 구즈노하 여우 아내 이야기는 앞에서 언급한 바와 같이 전국 각지로 퍼지면서 조금씩 다른 형태로 전승되어갔다. 그것은 그만큼 구즈노하 이야기가 민중들에게 크게 인기를 얻으면서 이나리 신앙과 결합되어 확장되어갔음을 보여주는 것이다. 연구자들은 이러한 구즈노하 이야기를 통해 나타나는 여우 아내 전승의 주요 핵심적인 요소를 다음의 다섯 단계로 나눈다. 첫 번째 단계에서 여우는 위험에 빠진 남자를 돕는 조력자로 나타난다. 두 번째 단계에서 아름다운 여성으로 둔갑한 여우는 남자와 인연을 맺고 자식을 낳는다. 세 번째 단계에서는 자식에게 자신의 정체를 들키게 되고, 다음 네 번째 단계에서는 더 이상 함께할 수가 없음을 알고는 남편과 자식을 두고 떠나게 된다. 마지막 단계에서는 여우 어미가 남긴 진귀한 물건으로 인하여 아들은 출세하게 되고 부귀영화를 누리게 된다는 전개로 이야기는 끝난다.

　이러한 점을 보았을 때 여우 아내 구즈노하 이야기는 누구나가 흠모하고 부러워할 만한 결말로 인하여 더욱더 민중들 속에 확대되어가면서 환영받았던 것 같다. 더욱이 아베 세이메이의 아버지인 야스나가 처음에 집안의 실추된 명예를 회복하고자 찾아갔던 곳이 바로 시나노모리이나리 신사였으니 결과적으로는 이나리 신에 의해 모든 바람을 이룬 셈이 된다. 구즈노하 이야기가 민중들에게 이나리 신앙의 대상으로 여겨졌을 것은 쉽게 짐작이 간다. 이러한 이야기는 또한 전통 예능의 주요 소재로 다뤄지면서 더욱 대중들의 인기를 끌게 된다.

그리우면 만나러 와요, 시노다 숲으로

　실제로 구즈노하 이야기가 세간에 널리 퍼지게 된 데에는 1734년 오사카大阪에서 처음 올려진 『아시야도만오우치카가미』의 조루리浄瑠璃 공연이 이루어진 이후이다. 이 작품은 이후 1737년 3월에 지금의 도쿄東京

【그림 5】 구즈노하 가부키 제4단(本
田欽三(1980)『歌舞伎観賞
入門』淡交社)

인 에도江戸의 나카무라 좌中村座에서 가부키歌舞伎로 상연이 되면서 후에
는『구즈노하』로 알려지며 대중의 큰 인기를 얻게 된다.

전체 이야기의 구성은 5단으로 이루어지는데, 그중 제4단이 가장 주
목을 받아 나중에는 제4단만을 따로 떼어 작품으로 올리기도 했다. 제4
단은 '자식과의 이별단子別れの段'으로 주요한 장면의 내용은 다음과 같다.

구즈노하는 자신의 정체가 알려지자 남편과 자식을 두고 떠나기로
결심하고 슬픈 마음을 와카和歌 한 수에 담아 노래한다.

　　　그리우면 시노다 숲으로 찾아오세요

　　　슬픔 안고 떠나는 구즈노하를

붓을 들고 와카 한 수를 장지문에 한 글자 한 글자 써 내려가는 구즈노
하 역의 가부키 배우 연기는 과연 압권이라 할 수 있다. 와카 한 수의 윗구
上の句에 해당하는 제1구, 제2구, 제3구를 적을 때는 우는 아들을 한 팔로

【그림 6】 구즈노하이나리 신사의 노래
비(本田欽三(1980) 『歌舞
伎観賞入門』淡交社)

안고 달래면서 오른손으로 붓을 잡고 써 내려가다가 아랫구下の句인 제4구
를 쓸 때는 팔을 바꿔 오른팔로 아들을 안은 채 이번에는 왼손으로 붓을
잡고 글씨를 써 내려간다. 그리고는 마지막 제5구인 '구즈노하'를 적을 때
는 우는 아들을 달래면서 붓을 입에다 물고는 글자를 써서 완성하는 것이
다. 그야말로 어미 인간으로서 느끼는 슬픔을 보여줌과 동시에 여우의 본
성을 드러내는 듯 신기에 가까운 연기를 보이는 장면에서는 관객들로부
터 박수갈채가 터져 나오게 된다. 이렇듯 구즈노하 여우 이야기는 대중문
화를 통해서도 오늘날까지 사랑받으며 이어져오는 것을 알 수 있다.

문화 속에 살아 숨쉬는 여우 이야기

여우 아내 구즈노하 이야기와 함께 이나리 신사에 대한 민중의 신앙도
점점 확대되어져갔다. 에도 시대에 대중들에게 인기가 있던 풍자시 센류川
柳 중에 다음과 같은 시가 보인다. '동네에는 이세야伊勢家 가게, 이나리, 개
의 똥'. 일명 에도의 명물이라 불리는 것들을 열거하고 있다. 당시에 오사

카 상인, 오미近I 상인과 함께 3대 상인이라 불리던 이세 상인이 에도에서 가게를 내며 크게 성공했던 것을 알 수 있다. 그리고 그런 상업이 크게 번창하도록 전국에 걸쳐 이나리 신사의 권청勸請이 이루어진 덕분에 이곳 저곳에 이나리 신사의 붉은 도리이가 세워지고 여우 석상이 배치된다. 또한 1687년 5대 장군 도쿠가와 쓰나요시德川綱吉에 의한 '생물 애호령生類憐みの令'이 내려져 특별히 개가 보호를 받게 되면서부터 거리에 늘어난 개의 배설물이 여기저기 남은 것을 빗대어 이야기하고 있다. 당시 에도 시대의 다양한 민중들의 모습을 풍자시를 통해 엿볼 수 있겠다.

고대로부터 지금까지 일본의 여우 이야기는 전통 예능 작품과 대중문화 속에서 여전히 인간과 친밀하고 밀접한 관계를 가진 존재로서 다양하게 그려지고 있다. 문학 작품을 통해 살펴본 일본의 여우는 아름다운 여성으로 변신하여 인간의 세계로 찾아오고 인간을 돕는 조력자의 역할을 다하며 헌신적인 사랑으로 보은하려는 이미지가 형성되어 있음을 살펴볼 수 있었다. 현재 일본의 미야기 현宮城県에는 '자오 여우 마을蔵王キツネ村'이라는 곳이 있다. 약 100여 마리에 가까운 여우들이 우리에 갇혀 있지 않고 자유롭게 길러지고 있는 마을로 많은 관광객들의 방문이 줄을 잇고 있다고 한다. 애완용으로 길러지는 여우의 모습이 귀엽기도 하겠지만 여우를 좋아하고 사랑하는 일본인들의 마음이 함께 느껴지는 듯하다.

참고문헌

교카이 저, 문명재·김경희·김영호 역주(2013) 『일본국현보선악영이기』 세창출판사
戸部民夫(2006) 『日本の神様がわかる本』 PHP研究所
杉田博明(2003) 『週間神社紀行 伏見稲荷大社』 学習研究社
吉野裕子(1993) 『狐』(ものと人間の文化史 39, 法政大学出版局)
本田欽三(1980) 『歌舞伎観賞入門』 淡交社

동식물로 읽는
일본문화
거북이

용왕의 사자, 거북이의 판타지 이야기

류 정 선

● ● ● ●

신화 속 신들의 '노리모노' 거북이

일반적으로 거북이는 해신이나 용왕과 밀접한 상서로운 동물, 즉 서수瑞獸로 인식되었고 수명 또한 매우 길기 때문에 예로부터 용, 기린, 봉황과 함께 사령四靈으로 여겨졌다. 뿐만 아니라 중국 갑골문자의 탄생을 비롯하여 고대왕실에서 국가의 존망과 국가 행사의 길흉을 예견하는 것 또한 거북이의 등 문양에 의해 해석되곤 했다.

한편 거북이는 네 곳의 방향을 지키는 사신四神 가운데 '현무玄武'로 불리는 북방의 신으로 받들어졌고 그 형상이 날카로운 이를 가진 뱀의 얼굴과 딱딱한 등껍질을 가진 거북이의 모습을 하고 있어, 갑옷을 입은 무장으로서 이미지화되었다. 이러한 '무武'를 상징하는 거북이의 이미지는 대중들에게 익숙한 닌자 거북이를 연상시키기도 한다.

한편 장수와 상서로운 동물로서 이미지를 지닌 거북이는 동아시아 고대문학 속에서도 투영되어 나타난다. 우선 고대중국의 경우 여와女媧가 거북의 네 다리를 잘라 하늘을 떠받치게 했다는 여와보천女媧補天 신화가 있다. 한국의 경우도 고구려의 주몽이 남쪽으로 도망칠 때 다리를 놓아 도와준 것이 거북이였으며『삼국유사』「가락국기」의 구지가처럼 신성한 군주의 출현을 요구하고 백성의 뜻을 신들에게 전달하는 매개자의 역할을 했던 것도 거북이었다.

일본의 경우도 마찬가지로 국가의 존망과 길흉을 예견하는 '신귀神龜'의 등장은 먼저『만요슈万葉集』권1 50번 노래에서 살펴볼 수 있다. 후지와라藤原 궁으로의 천도(694~710년)를 찬양하는 이 노래는 "이 나라가 도코요常世가 될 것이라는 상서로운 등 문양을 한 신비한 거북이도 새 시대를 축복한다"는 내용을 담고 있다. 뿐만 아니라 신화에서 등장하는 거북이는 신선사상을 배경으로 큰 대지나 산, 즉 선계인 봉래산을 등에 짊어진 모습으로, 그리고 거북이 등에 타서 이세계異世界로 가는 소위 이동수단인 탈것의 '노리모노乗り物'의 양상을 나타내고 있다.

그 대표적인 원류가『니혼쇼키日本書記』에 기록된 우미사치 야마사치海幸山幸의 이향 방문담, 즉 해신궁유행 설화海神宮遊行說話이다.『니혼쇼키』에서 야마사치히코山幸彦가 형인 우미사치히코海幸彦의 소중한 낚싯바늘을 잃어버리고 낙심하자 갑자기 노인이 나타나 형의 낚싯바늘을 찾을 수 있도록 바구니를 만들어 바다로 내보낸다. 해신 궁에 도착하게 된 야마사치히코는 그곳에서 해신의 도움으로 입에 상처가 나서 고생하던 물고기 입에서 낚싯바늘을 찾게 되고 아름다운 해신의 딸인 도요타마히메豊玉姫와 인연을 맺게 된다. 이렇게 해신의 궁전에서 3년 동안 지내던 야마사치히코는 어느 날 고향이 그리워 다시 지상으로 가고자 하는데, 때마침 임신 중이었던 도요타마히메는 야마사치히코에게 바닷가 근처에 산실을 지어달라고 부탁한다. 이윽고 출산이 다가오자 도요타마히메는 커다란 거북이를 타고 여동생 다마요리히메玉依姫와 함께 바다 저편에서 빛을 내 비추며 지상으로 올라와 출산을 하게 된다. 이때 "산실을 엿보지 말라"는 아내의 금기사항을 어긴 야마사치히코가 도요타마히메와 헤어지게 된다는 내용은 고대 우라시마 전설의 구상에 기초가 되고 있다. 여기서 거북이는 신의 이동수단으로 기능을 하고 있듯이 '신의 사자使者'로서, 그리고 바다와 관련된 '수령적水靈的 존재'로서 기능을 하고 있다.

한편 『고지키』 중권의 간무神武 천황의 동정東征 신화에서는 간무 천황에게 바닷길을 인도하는 구니쓰카미国つ神가 거북이 등에 타고 낚싯대를 들고 소매를 흔들며 등장한다. 이 모습 또한 18세기 중반 이후 『우라시마타로』 이야기에서 거북이 등에 타고 우라시마타로가 용궁으로 들어가는 장면에 재생된다. 물론 고대 우라시마 전설의 우라시마코나 중세 『오토기조시』의 우라시마타로는 배를 통해 봉래산으로 혹은 용궁으로 이동할 뿐 거북이의 등에 타지는 않는다.

일반적으로 우라시마타로가 거북이를 탄 시기를 18세기 중반으로 추정하고 있고 19세기 초 주로 에도 시대의 우라시마타로 이야기에서 거북이 등에 타고 낚싯대를 잡은 우라시마타로의 모습은 우라시마타로 이야기를 대표하는 삽화로 정착된다. 그리고 그 삽화는 일본인들의 의식 속에 잠재된 거북이의 모습을 연상시키는 작용을 하게 된다.

131

【그림 1】 우라시마타로와 거북이(別冊太陽編集部
編(2004)『カタリの世界、昔話と伝奇
伝承』平凡社)

거북이 여인과 결혼하는 이류혼인담異類婚姻譚

　　일본 고전문학 속에 나타난 거북이의 양상이라 한다면 우선 일본인들
은 우라시마 전설을 떠올릴 것이고, 거북이의 이미지 또한 그 이야기 속
에서부터 연상되었다고 할 수 있다. 특히 우라시마 전설은 시대별, 장르
별 다양한 구성의 이본異本을 접할 수 있고, 거북이의 유형 또한 변용된
모습으로 나타난다. 일반적으로 일본인들에게 연상되는 우라시마 전설
은 무로마치室町 시대(1336~1573년) 단편소설인『오토기조시御伽草子』의
「우라시마타로浦島太郎」 이야기로 주로 방생과 보은이 주제를 이루고 있
다. 하지만 그 근간인 고대 우라시마 전설의 원형은 여자로 변한 거북이
와 우라시마코浦嶋子가 인연을 맺는다는 이류혼인담異類婚姻譚의 구성이다.
　　고대 우라시마 전설의 유형적 흐름은 먼저 7세기경 나라奈良 시대에
성립된『만요슈』,『니혼쇼키』,『단고노쿠니후도키丹後國風土記』의 일문逸

文. 그리고 헤이안平安 시대에 성립된 최초의 한문소설로 추측되는 「우라시마코 전浦島子伝」을 통해 파악할 수 있다. 이러한 우라시마 전설의 다양한 유형 속에서 거북이의 양상 또한 각각의 작품마다 다른 형태로 나타나고 있지만, 그 공통적인 특징은 여자로 변한 거북이와 우라시마코가 인연을 맺는다는 이류혼인담의 구성이다.

고대 우라시마 전설에 등장하는 거북이는 '큰 거북이' '영험의 거북이' '오색 거북이'로, 그 가운데 '영험의 거북이'와 '오색 거북이'의 등장은 거북이를 성스러운 존재, 중국의 신선·음양오행 사상의 영향을 받았다고 할 수 있다.

먼저 『만요슈』 권9 「미즈에노 우라시마코를 읊는 노래」에서는 우라시마코가 해신의 딸과 만나게 되지만 다른 전승과는 달리 봉래산이나 거북이는 등장하지 않는다. 단지 백발 노인이 되어 죽어가는 결말, 그리고 전설을 제재로 한 장편 서사시의 형식으로 주인공의 행동에 대한 주관적인 비평이 언급된 것이 하나의 특징이다.

이와는 달리 『니혼쇼키』(유랴쿠雄略 천황 478년 7월조)의 우라시마 전설에서는 큰 거북이가 등장한다. 어느 7월의 가을 단고 지방 요사 군 쓰쓰 강에 사는 미즈에노우라시마코가 배를 타고 낚시를 하다가 큰 거북이를 잡게 된다. 그런데 갑자기 그 거북이가 여자로 변신하게 되고 우라시마코는 그 여인과 부부의 인연을 맺어 바다 저편의 이상향인 '도코요노쿠니常世の国', 즉 봉래산으로 향한다는 내용이다.

여기서 거북이가 선경의 여자라는 점, 그리고 변신하는 힘을 가진 신이 동물로 변해 인간에게 접근하고, 혹은 남자나 아름다운 여자로 변해 인간과 인연을 맺는다는 설정은 일본설화에 있어 중요한 요소라 할 수 있다. 특히 거북이와의 이류혼인담의 설정은 일본의 다른 설화에서는

133

【그림 2】 용궁에서 주연의 환대를 받는 우라시마타로(別冊太陽編集部 編(2004)
『カタリの世界、昔話と伝奇伝承』平凡社)

거의 보이지 않는 우라시마 전설만의 특징이라 할 수 있다.

한편 『단고노쿠니후도키』의 우라시마 전설에서는 오색 거북이가 등장한다. 어느 날 우라시마코가 작은 배를 타고 낚시하러 바다로 나가지만 3일 낮밤 동안 물고기 한 마리도 잡지 못하던 중 오색 거북이를 잡게된다. 그리고 우라시마코는 잠시 잠이 들게 되는데, 그때 갑자기 잡은 거북이가 너무나도 아름다운 여인으로 변한다는 내용이다.

여기서도 아름다운 여인으로 변한 오색 거북이의 존재 또한 천상의 선인으로 등장한다. 특히 오색 거북이 여인이 우라시마코에게 자신의 사랑을 받아달라고 고백하는 적극적인 행동에는 유혹하는 듯한 발상도 농후하다. 이렇게 오색 거북이 여인을 따라 봉래산에 도착하게 된 우라시마코는 그곳에서 오색 거북이 여인의 실체가 가메히메龜比売라는 것을 알게 되고 궁전에서 환영 연회 후 가메히메와 부부의 연을 맺게 된다.

【그림 3】 용궁에서 옥갑을 받는 우라시마타로(別冊太陽編集部 編(2004)『カタリ の世界、昔話と伝奇伝承』平凡社)

　　그리고 가메히메와 함께 봉래산에서 3년간 행복한 시간을 보내던 우 라시마코는 어느 날 고향이 그리워 귀향을 결심한다. 이에 가메히메는 우라시마코에게 옥갑玉匣을 건네면서 "다시 이곳으로 돌아오고 싶으면 절대로 열지 말라"고 당부하며 이별한다. 하지만 고향으로 돌아와 가 족의 흔적조차 찾을 수 없었던 우라시마코는 가메히메와의 약속도 저 버린 채 그 상자를 열게 된다. 바로 그 순간 다시는 봉래산으로 돌아갈 수 없는 몸이 된 우라시마코는 가메히메와의 이별을 후회하며 봉래산 을 향해 울며 배회한다. 『단고노쿠니후도키』의 결말에서는 이렇게 우 라시마코의 늙음과 죽음을 배제하고 있는데, 이것은 신선사상을 배경 으로 불로불사의 주제를 내재적으로 표현한 장치라 할 수 있다.

　　한편 『고지단古事談』의 「우라시마코 전」에서는 영험이 있는 거북이, 즉 영귀靈亀가 등장한다. 여기서도 우라시마코가 잠든 사이 낚시해 잡

135

은 거북이가 눈 깜짝할 사이에 여인으로 변신한다는 구성이다. 단지 이 작품에서는 거북이 여인의 미모에 대해 "옥 같은 얼굴의 요염함은 (진나라) 남위의 소맷자락에 홀린 듯 정신을 잃을 듯하고, 하얀 살결의 아름다움은 (초나라) 서시의 얼굴과는 비할 바가 못 된다"와 같이 중국 고사에 등장하는 절세미인들과 비유하며 상세히 묘사하고 있는 것이 특징이라 할 수 있다.

구성적인 측면에서 『우라시마코 전』이 거북이의 변신과 결론에서 우라시마코가 금기를 파기해도 백발노인이 되지 않는다는 내용은 『단고노쿠니후도키』의 패러디의 모습을 지니고 있다. 하지만 『우라시마코 전』에서는 우라시마코를 지선地仙으로, 거북이 여인을 천선天仙으로 등장시킴으로써 『단고쿠니후도키』보다 좀 더 신선 사상의 영향을 강하게 나타내고 있다. 이것은 선인에 대한 귀족들의 동경을 수용한 『우라시마코 전』의 특징적 요소로, 헤이안 시대의 우라시마 전설은 불로불사의 선경의 묘사, 선녀와의 사랑, 이경異境의 무시간성 등 신선 사상의 공통적인 요소가 중국 고대전기소설과 많은 관련성을 나타내고 있다.

특히 우라시마코가 봉래산에 사는 가메히메와 인연을 맺는다는 이류혼인담은 거북이와 봉래산 전설을 융합시킨 한 형태라 할 수 있다. 하지만 거북이가 여자로 변하는 모티프는 중세 이후 『오토기조시』의 「우라시마타로」 전승을 전환점으로 점차 사라지게 되고, 우라시마 전설은 거북이와의 이류혼인담에서 거북이 보은담으로 변용되어 전개되어간다.

거북이의 방생과 보은담

고대 우라시마 전설에서는 우라시마코와 거북이와의 이류혼인담이
그 중심이었다면 『오토기조시』의 「우라시마타로」에서는 거북이의 방
생과 보은이 그 주제의 중심이다.

> 단고 지방의 어부 우라시마타로는 어느 날 커다란 거북이를 잡자 불쌍한 마
> 음에 "거북이는 만 년을 산다는데 살려줄 테니 그 은혜를 잊지 말아라"라며
> 바다로 다시 방생하여 살려준다. 그 다음 날 낚시하기 위해 다시 바다로 나
> 간 우라시마타로는 여인이 홀로 탄 배 한 척을 발견하게 되고 그녀의 부탁에
> 따라 함께 배를 타고 황금빛 바다에 도착, 사방사계의 용궁정토로 안내받는
> 다. 그러자 여인은 자신의 존재가 어제 우라시마타로가 살려준 거북이였고,
> "은혜를 갚기 위해 찾아왔으니 보잘것없는 몸이지만 아내로 맞이해달라"고
> 청해 부부의 인연을 맺는다.

이처럼 『오토기조시』의 「우라시마타로」에는 고대 우라시마 전설과
같이 거북이가 갑자기 여자로 변신하는 구조는 없다. 하지만 살려준 거
북이가 이후 여자의 모습으로 찾아와 인연을 맺는다는 변용된 이류혼
인담이 존재하고 있으며, 더불어 거북이의 방생과 그에 따른 보은담이
융합되어 이야기가 전개되고 있다. 즉 『오토기조시』의 「우라시마타
로」의 탄생은 기존의 고대 우라시마 전설에 거북이 보은 설화가 결합
한 구성이 그 토대가 되었다고 할 수 있다.

일반적으로 거북이 보은담은 거북이의 목숨을 구하고 바다로 방생
한 구원자가 거북이의 보은으로 복이나 재물을 얻거나, 용궁으로 초대

받거나, 목숨을 구해준 사람을 위기에서 구해주는 형태, 그리고 다소 드물지만 목숨을 구해준 사람의 가족을 위난危難에서 구해주는 형태로 전개되는 것이 그 특징이라 할 수 있다. 일본에서 이러한 거북이 보은 설화는 『니혼료이키日本靈異記』를 시작으로, 그 이후 많은 설화집에도 실리게 되는데, 특히 『곤자쿠 이야기집今昔物語集』에 실린 다섯 편의 거북이 보은담은 중세시대 보은담의 특징을 나타내고 있다.

먼저 『곤자쿠 이야기집』권5 제19화 「천축의 거북이, 인간에게 보은하는 이야기」에서 은혜를 입은 거북이는 예언자로서의 역할을 하여 생명의 은인을 위급한 상황에서 구해주고 있다.

어느 날 천축天竺의 도심자道心者는 낚시꾼으로부터 죽음에 처한 거북이를 사서 방생한다. 몇 년 후 방생한 거북이가 꿈에 나타나 곧 홍수가 날 거라고 예언하자 천축의 도심자는 수난水難을 피할 배를 준비한다. 이윽고 예언대로 커다란 홍수가 나자 천축의 도심자는 거북이와 함께 물에 떠내려가던 뱀, 여우를 배에 태워 목숨을 구해준다. 그리고 그 뒤를 이어 한 남자가 살려달라고 하자 거북이는 "짐승은 은혜를 알지만, 사람은 은혜를 모른다"며 배에 태우기를 거절한다. 하지만 천축의 도심자는 거북이의 충고를 듣지 않고 불쌍한 마음에 남자를 배에 태워 목숨을 구해준다.

그 이후 천축의 도심자는 목숨을 구해준 뱀의 보은으로 묘지에 숨겨진 보물을 찾게 되지만 그 재물을 탐한 은혜를 입은 남자는 보은은커녕 오히려 국왕에게 간계를 꾸며 도심자를 곤경에 빠뜨린다. 이에 은혜를 입은 거북이, 뱀, 여우는 함께 국왕에게 여러 가지 묘책을 부려 천축의 도심자를 구해 보은하고 은혜를 모르는 자를 벌하게 한다는 이야기다. 이 일화에서는 거북이가 예언자로, 그리고 동물과는 달리 욕심 많은 인간을 은혜도 모르는 존재로 언급하고 있는 것이 특징이라 할 수 있다.

한편 『곤자쿠 이야기집』 권9 제13화 「어느 남자가 아버지 장사 돈으로 거북이를 사서 강에 놓아준 이야기」는 『우지슈이 이야기宇治拾遺物語』 권13 제4화 「거북이를 사서 놓아준 일」의 내용과도 동일하다.

어느 날 천축의 한 남자가 뱃사람에게 장사한 자금 오천 냥을 주고 다섯 마리의 거북이를 사서 방생한다. 거북이를 방생한 대가로 빈털터리가 되어 귀향한 주인공은 아버지께 죄송스런 마음으로 장사 돈을 다 써버린 사정이야기를 한다. 한데 그 이야기를 듣던 아버지는 의아해하며 그 장사 돈은 이미 다섯 명의 검은 옷차림을 한 사람들이 주고 갔다고 말한다. 그 자초지종을 알아보니, 거북이를 팔아넘긴 뱃사람은 배가 뒤집혀 물에 빠져 죽고, 그때 강바닥에 떨어진 돈을 다섯 마리의 거북이가 사람으로 변해 주인공의 집으로 가져다준 것이다. 즉 여기서 검은 옷을 입은 다섯 명은 주인공이 목숨을 구해준 다섯 마리의 거북이 화신이었다.

다음으로 『곤자쿠 이야기집』 권17 제26화 「거북이를 사서 놓아준 남자, 지장보살의 도움으로 다시 살아나는 이야기」는 목숨을 구해 방생해준 거북이가 지장보살의 화신이었다는 이야기다.

어느 가난한 남자가 아내가 준 옷감을 팔러 가다가 곧 죽임을 당할 처지에 놓인 거북이를 보고 불쌍한 마음에 거북이를 옷감과 바꾸고 바다에 방생한다. 여기서 주인공이 방생한 이유에는 "거북이는 장수하는 동물이다. 생명이 있는 것은 무엇보다 목숨이 보배인 것이다"라는 생명 존중의 의식이 내재되어 있다. 하지만 주인공은 얼마 안 되어 병에 걸려 죽게 되고, 사후에 염라청에 가게 되는데 그때 지장보살이 나타나 주인공을 다시 명토冥土에서 소생시킨다. 여기서 주인공의 소생은 거북이가 지장보살의 화신으로 나타나 거북이가 보은을 한 것이었다. 이 일화에서는 거북이의 보은이 현세의 이익으로 나타나는 것이 아니라 사후세계로부터의 환생으로 전개되는 것이 그 특징이라 할 수 있다. 또한 이 일화는 불교사상을 배경으로 헤이안 시대 중기부터 지장신앙의 융성과 함께 지장보살의 영험담과 거북이의 보은담이 결합된 구성이라 할 수 있다.

이와 같이 불교적 색채를 띤 거북이 보은담의 양상은 『곤자쿠 이야기집』권19 제30화「거북이, 백제 구사이 스님에게 은혜를 갚는 이야기」의 일화에서도 강하게 나타나 있다. 이 이야기는 『니혼료이키』상권 제7화「거북이의 목숨을 사서 방생하여 현보를 얻고 거북이에게 도움을 받는 인연」의 이야기를 재생한 것이다.

어느 날 구사이弘済라는 스님이 빈고 지방備後国으로 돌아가던 중 나니하難破 포구에서 목숨이 위태로운 거북이 네 마리를 사서 방생하고 배를 타게 된다. 그런데 욕심 많은 배 주인이 먼저 스님과 함께 탄 동자를 바다에 던지고 스님 또한 떠밀어 바다에 빠뜨린다. 이때 은혜를 입은 거북이가 물에 빠진 스님의 목숨을 구하고 자신의 등에 태워 스님의 목적지인 빈고 지방의 포구로 보내주었다는 이야기이다.

이 일화의 결말에는 "거북이가 사람에게 보은을 하는 것은 이 이야기가 처음은 아니다. 인도나 중국을 비롯하여 우리 일본에서도 이와 같이 전해지고 있다"와 같이 거북이 보은담의 전승 양상을 언급하고 있는 것이 특징이라 할 수 있다. 즉 이 기술은 거북이 보은담이 인도, 중국, 일본 등 동아시아 전설의 한 유형이라는 것을 의미한다.

한편 거북이 보은담의 구성에 있어 『곤자쿠 이야기집』권19 제29화「거북이가 야마카게 중납언山陰中納言에게 보은한 이야기」는 거북이의 보은의 형태가 생명의 은인에게 직접 행해지는 것이 아니라 그의 자식한테 부여되는 이야기다.

어느 날 야마카게 중납언이 스미요시住吉로 참배하러 가던 중 죽음에 처한 큰 거북이를 한 남자에게 기모노를 주고 사서 바다에 방생한다. 그리고 세월이 흘러 야마카게 중납언은 가족과 함께 배를 타고 이동하게 되는데, 그때를 틈타 계모가 그의 아들을 죽이려고 아무도 모르게 사고로 위장하여 바다에 빠뜨린다.

하지만 야마카게 중납언은 이러한 계모의 계략도 모른 채 바다에 빠진 아들을 찾으려고 이곳 저곳을 찾아 헤매는데, 기이하게도 그때 마침 한 마리의 거북이가 나타나 바다에 빠진 아들을 등에 태우고 배로 데려다준다. 이렇게 아들은 다시 살아오고 아들 걱정으로 지쳐 있던 중납언은 잠시 잠에 들게 된다. 그때 꿈속에서 아들을 구해준 큰 거북이가 나타나 자신은 예전에 중납언이 구해준 거북이라는 것을 밝히고 아들이 바다에 빠진 것은 계모의 짓이며 은혜를 갚기 위해 바다에 빠진 아들을 등에 태워서 목숨을 구하게 되었다는 자초지종을 전한다. 결국 아들을 죽이려고 한 계모의 계략은 꿈을 통한 거북이의 진언에 의해 밝혀지게 된다. 여기서 거북이의 보은은 목숨을 구해준 사람의 자식을 위난危難에서 구해주는 형태로 전개되고 있음을 알 수 있다.

이 이야기에서는 보은하는 거북이에 대해 "거북이는 은혜를 갚을 뿐만 아니라 사람의 목숨도 구하고, 꿈에도 나타나는 부처와 보살의 화신이라 할 수 있다"고 기술하고 있듯이 거북이가 부처와 보살의 화신으로서의 역할을 하고 있다는 것을 알 수 있다.

한편 이 일화는 거북이 보은담에 계모의 학대담이 혼합되어 있는데, 일반적인 계모의 학대담과 다른 것은 의붓자식을 학대한 계모가 벌을

받는 것이 아니라 자신의 잘못을 뉘우친 계모를 의붓자식이 봉양한다
는 결말이 특징이라 할 수 있다.

이상과 같이 『곤자쿠 이야기집』을 중심으로 살펴본 거북이 보은담
의 특징은 방생의 보은으로 돈이나 재물을 받는 실리적인 양상을 비롯
하여 다시 죽음에서 소생시키는 불교적 윤회의 재생의 논리, 그리고 바
다에 빠지거나 홍수에서 구해주는 양상으로 나타나고 있다. 이와 같이
우라시마 전설이 시대의 흐름에 따라 점차 거북이 보은담의 형태를 취
하게 된 것은 헤이안 시대를 시작으로 하여 중세의 불교설화의 영향 하
에 새로운 우라시마 전설이 생성된 양상이라 할 수 있다. 따라서 무로
마치 시대에 성립한 단편이야기집인 『오토기조시』의 출현은 우라시마
이야기에 있어서 커다란 전환점이었고, 그 이후 옛이야기 '무카시바나
시昔話' 형태로, 그리고 에마키絵巻·노能·교겐狂言 등의 여러 가지 매개체
로 유통하게 된다.

봉래산을 짊어진 거북이, 학과 노닐다

우라시마 전설의 결말 부분은 대체적으로 조금씩 다르다. 『오토기조
시』의 「우라시마타로」의 경우 금기의 상자를 열어 백발 노인이 된 우
라시마타로는 이후 학鶴으로 환생하여 거북이와 함께 노니는 모습으로
여운을 남긴 채 결말을 맺는다.

이처럼 학으로 환생한 우라시마타로가 거북이와 함께 노닐었다는
여운은 우라시마타로를 연상하는 기능적 역할을 하고 있으며 와카和歌

에서도 연동되어 학구鶴龜가 주는 영원성, 즉 장수를 상징하는 장치로 설정되어 있다고 할 수 있다. 이것은『속 우라시마코 전기』의 결말 부분에서 옥갑을 열게 된 우라시마코가 "학과 같이 서서 길게 목을 빼고 저 멀리 거북이가 등에 짊어진 봉래산을 바라보며" 바다 저편으로 사라져버리자 아무도 모르게 된 그의 행방에 대해 후대 사람들은 그를 지선地仙으로 부르게 되었다는 전승과도 관련성이 있다. 이렇듯 우라시마코의 마지막 장면을 거북이와 학으로 비유하면서 선인의 모습으로 승화시켜 기술하고 있는 것과도 그 상관관계를 살펴볼 수 있다.

우라시마코가 천선과 사랑을 나누고 봉래산에 가서 불로장생을 얻어 지선이 되고 더 나아가『신선전神仙伝』에서처럼 선인으로 승화되어 장수를 상징하는 인물로, 그리고 불로장생을 염원하기 위해 우라시마 명신浦嶋明神으로 섬기게 된 것은 우라시마 전설이 불로장생에 대한 동경을 만족시키는 도구로 기능했기 때문이다. 더불어 이러한 우라시마코의 영원성은 거북이와 학으로 상징화되었다고 볼 수 있다.

또한 장수를 상징하는 '학구'의 소재는 고대 모노가타리物語 장르에 있어서도 그 상관관계를 살펴볼 수 있다.『우쓰호 이야기宇津保物語』의 「구니유즈리国譲」권에서 후지쓰보藤壺의 세 번째 황자의 탄생 축하연인 '우부야시나이産養'가 행해지고 여러 곳에서 진귀한 축하 선물들이 헌상되는 가운데 주인공 나카타다仲忠 또한 바다의 경치를 담은 모형의 특별한 선물을 준비한다.

그 해형海形의 선물 안을 살펴보니 봉래산 등에 짊어진 거북이 배에는 진귀한 향이 담겨져 왔고, 혹은 은백색의 학들의 배에는 세상에서 구하기 힘든 불로불사의 약이 담겨져 있었다. 즉 거북이와 학의 모형을 통해 황태자의 장수를 기원하는 선물이었다.

143

이처럼 거북이와 학은 장수를 상징하는 한 쌍의 동물로서 인식되었고, 그러한 상관관계는 『곤자쿠 이야기집』 권5 제24화 「거북이, 학의 말을 믿지 않고 땅에 떨어져 등이 부서진 이야기」에서도 거북이와 학과의 밀접한 관계가 나타나고 있다.

어느 날 천축에 가뭄이 일어나자 연못에 있는 거북이는 곧 죽음에 처할 위기를 맞이한다. 그때 마침 연못으로 학이 날아오자 거북이는 "너와 나는 전생의 인연으로, 학과 거북이는 한 쌍이라는 이름을 얻게 되었다"는 부처님 말씀을 언급하면서 자신을 구해달라고 청한다.

결국 학은 거북이와의 전생의 인연으로 인해 거북이를 입에 물고 물이 많은 신천지로 향한다. 하지만 비행 중에는 절대 "말을 걸지 말라"는 학의 경고를 따르지 않고 극락정토의 경치에 감탄한 거북이는 학에게 말을 걸어 땅에 떨어져 죽게 된다. 이 일화는 거북이의 어리석음을 내용으로 담고 있지만, 거북이와 학과의 밀접한 전생의 인연이 부각되어 나타나 있다.

이처럼 학과 거북이는 전생의 인연으로 인해 '학구'라는 동반된 표현으로 축하의 장면에서나 신선세계를 그대로 체현하는 기능을 하고 있다. 특히 선경의 봉래산과 거북이, 그리고 학이 함께 하는 풍경은 밀접한 관련성을 지니고 있다.

당시 유행가요인 '이마요今様'에서도 만겁의 거북이가 등에 짊어진 봉래산을 읊은 노래, 그리고 그 봉래산의 다른 명칭인 거북이 산, 즉 '가메야마龜山'를 읊은 노래를 통해 거북이와 봉래산의 밀접한 관계를 나타내고 있다.

이처럼 학과 거북이가 함께 등장하는 풍경에는 신선사상을 배경으로 한 장수, 영원성의 축원뿐만 아니라 "학과 거북이가 노닐다"라는 학구의 표현 기층의 일면에는 예악사상을 근간으로 천황이나 왕권에 대한 축원이 내재되어 있다고 할 수 있다. 이러한 대중적 인식은 연극 노能의 「학구鶴亀」에서 "거북이는 만 년, 학은 천 년"과 같이 장수를 표상하는 거북이와 학이 함께 춤을 추는 연기를 통해 천황의 장수를 축원하는 예술로도 정착해갔다.

동화로 리메이크된 거북이 이야기

사실 거북이 이야기라 한다면 토끼와 거북이의 경주를 떠올릴 것이고, 동아시아적인 입장에서는 『별주부전』을 언급할 것이다. 『별주부전』은 거북이가 토끼의 간을 구하려고 육지로 올라가 토끼를 꾀어 용궁으로 데리고 간 이야기로 이 이야기가 일본에서도 유통된 것은 『곤자쿠 이야기집』 권5 제25화에서 「거북이, 원숭이에게 속는 이야기」에서도 알 수 있다. 그 내용을 살펴보자.

어느 거북이가 힘들게 아이를 갖게 된 아내의 병 때문에 출산이 어려워지자, 그 병의 특효약인 원숭이 간을 구하기 위해 지상으로 올라간다. 그리고 거북이는 굶주린 원숭이에게 용궁에는 여러 가지 먹을 것이 많다고 속이고, 자신의 등에 태워 바다로 향한다. 하지만 그 속은 사실을 눈치 챈 원숭이는 자신의 간을 육지에서 가지고 오지 못했다고 재치 있게 거북이를 속이고 목숨을 구하게 된다는 이야기다.

이 이야기가 『별주부전』과 다른 점은 거북이 등에 타고 용궁으로 가는 주체가 토끼가 아니라 원숭이라는 점, 그리고 『곤자쿠 이야기집』에

나타난 거북이와 관련된 이야기는 주로 보은담의 형식을 갖추고 있지
만 이 일화는 거북이의 어리석음이 강조된 우화寓話라는 특징을 가지고
있다.

　이러한 거북이와 관련된 이야기, 즉 우라시마 전설, 거북이의 보은
담, 그리고 원숭이 생간 구하기 등의 소재는 지카마쓰 몬자에몬近松門左
衛門의 조루리浄瑠璃의 작품인『우라시마 연대기浦島年代記』에서 총합되어
새롭게 각색된다.

　『우라시마 연대기』는 중전의 회임약으로서 천년 거북이의 생피를
필요로 하자 거북이는 죽음에 처하게 되고, 우라시마 가문이 3대에 걸
쳐 거북이를 구해줘 보은을 받았다는 이야기이다. 이러한 개작, 리메이
크는 우라시마 전설이 독자나 혹은 관객을 갖게 됨으로써 대중화되었
다는 것을 의미한다.

　그 이후 우라시마타로는 메이지明治 시대에 들어와 하세가와 다게지
로長谷川武次郎가『니혼무카시바나시日本昔噺』의 한편으로서　정리하였다.
그리고 1896년 이와야 사자나미巖谷小波가 전시대 이야기를 보은담에 주
안을 두고 아이들을 대상으로 하는 책으로 개작하여 1910년부터 35년
간 국정교과서의 교재로 사용되었다. 이 이야기는 메이지明治 시대의
「우라시마타로」 이야기 속에서 우라시마타로가 아이들에게 잡혀 괴롭
힘을 당하는 거북이를 돈을 주고 사서 바다에 놓아주자 그 보은으로 거
북이는 우라시마타로를 등에 태워 용궁을 구경시켜준다는 구성으로
정형화된다. 하지만 이 이야기에서는『오토기조시』의 우라시마타로가
학으로 환생하는 장면은 삭제하고 약속을 꼭 지켜야 한다는 교훈을 제
시하고 있다.

　한편 다자이 오사무太宰治는 일본이나 중국 민화民話의 소재를 독자의

시점에서 「어른들의 풍」으로 재탄생시키는데, 그 가운데 『오토기조시』에 수록된 「우라시마상浦島さん」은 어른들이 현실과 마주하기 위한 유머가 담겨져 있는 작품이다. 이 작품에서는 기존의 거북이 보은담의 틀에서 벗어나 보은은커녕 오히려 거북이는 어른들의 계산적이고 현실적인 시각으로 자신을 구해준 우라시마상의 행동을 비난하고 있다. 그 이유인즉, 단지 5푼이라는 적은 돈으로 구해준 것이 자신의 몸값이 되어버린 것에 대한 처참함, 더구나 그 돈을 깎으려고 했던 구두쇠 우라시마상에 대한 실망 등 거북이의 의식 속에는 현실에서 자주 볼 수 있는 어른들의 세태가 표현되어 있다고 할 수 있다.

　이렇듯 일본문학 속 거북이 이야기는 여러 장르가 융합, 변용되어 새롭게 재생되어갔다. 특히 우라시마타로 이야기는 지금도 꾸준히 각색되어 일본인들의 대표적인 옛이야기로 정착되었고, 이러한 대중성은 현재 여러 가지 게임의 판타지 콘텐츠의 소재로도 생산되고 있다.

▌이 글은 류정선 「일본고전문학에 나타난 거북이의 양상–우라시마(浦島)전설을 중심으로」(『일본연구』 제72호, 2017)를 참고하여 풀어쓴 것이다.

참고문헌

류정선(2014) 「『우라시마 전설(浦島伝説)』의 생성과 대중화-나라(奈良)헤이안시
　　대의 전승과정을 중심으로-」(『日本研究』 61-9, 한국외국어대학교 일본연
　　구소)
三舟陸之(2009)『浦島太郎の日本史』吉川弘文館
瀧音能之(2008)「浦島子伝承の変容」『駒沢史学』50-8
大島建彦·渡浩一(2002)『室町物語草子集』(新編日本古典文学全集, 小学館)
項青(1999)「亀が女になる話-浦島伝説の源流」(『アジア遊学』2-3, 勉誠出版)
林晃平(1995)「浦島乗亀譚の周辺―浦島伝説と亀·その一」(『駒沢大学苫小牧短期大学
　　紀要』27, 駒沢大学)
篠原進(1994)「古典文学動物誌」(『国文学』39-12, 學燈社)
堅田修(1988)「亀報恩説話の展開」(『大谷学報』68-2, 大谷学会)
下出積與(1986)『古代神仙思想研究』吉川弘文館
水野祐(1975)『古代社会と浦島伝説 上』雄山閣出版

신의 사자에서 익살꾼으로

신 미 진

● ● ● ●

일본의 원숭이 하면 언젠가 텔레비전에서 본 온천욕을 즐기는 원숭이의 영상이 떠오른다. 사람처럼 노천탕에서 얼굴만 내밀고 있는 원숭이라니, 참으로 신기했던 기억이 있다. 열둘의 수호신 즉 십이지 동물 중 하나인 원숭이는 홋카이도를 제외한 일본열도 전역에 서식하고 있어 예로부터 일본인에게 아주 친숙한 동물이다.

하지만 고대 문학 작품 속 원숭이 관련 이야기는 의외로 많지 않다. 상대가요집『만요슈万葉集』에는 술의 즐거움을 모르고 마시지 않는 사람을 비난하듯 원숭이에 비유하는 시 한 수가 있을 뿐이다. 하지만 설화와 민화 전승담에는 원숭이를 주인공이나 주인공의 보좌역으로 설

149

정해 전개하고 있는 이야기가 많이 보인다. 불교설화집과 일본 우화, 민간신앙 속에서 원숭이의 위기를 모면하는 지혜로운 모습, 잔꾀를 부리다 크게 혼나는 모습, 신의 사자로서의 모습 등 다양한 모습을 살펴볼 수 있다.

원숭이의 간이 만병통치약

먼저 원숭이가 등장하는 이야기 중에 우리나라에 있는 전승담과 비슷한 스토리라서 친숙하지만 등장 동물이 다른 우화 '거북이와 원숭이의 간' 이야기가 있다. 이 이야기는 우리나라에서는 원숭이가 서식하지 않는 환경으로, 원숭이가 토끼로 바뀌어 '거북이와 토끼의 간' 이야기로 전승되었다. 인도를 발상지로 한 이야기로, 동유럽, 남아메리카 및 아프리카 등에도 비슷한 이야기가 있다고 한다.

불교의『열반경涅槃經』'살생계殺生戒'에 식용을 금하는 다섯 종의 동물이 나오는데 덴무天武 천황 시대 675년에 포고된 '금수 식금령禽獸食禁令'의 "소, 말, 개, 원숭이, 닭의 고기를 먹으면 안 된다. 이외의 동물은 이 금지에서 제한다"라는 기사 속 언급되는 동물과 일치하고 있다. 이를 통해 살생을 금하는 불교의 영향에 의해 일본인이 식용 목적으로 가축을 사육하지 않았던 것을 알 수 있다. 하지만 그 이전 늦어도 6세기, 아마 그보다 더 이전부터 원숭이 신체의 거의 모든 부분이 널리 의료 목적으로 사용되어졌다. 원숭이는 약으로 중히 여겨져 간을 비롯해 내장, 살, 뼈 등이 임산부의 안산이나 고혈압, 두통 등 다양한 병에 효험이 있다고 믿어졌던 것으로 보인다.

먼저 '원숭이의 간' 이야기의 원전이라고 할 수 있는 12세기 불교설화집인 『곤자쿠 이야기집今昔物語集』권5의 25화에 거북이가 아내의 치료를 위해 원숭이의 간을 구하는 이야기가 소개되고 있다.

> 인도의 해안가에 산이 있었다. 한 마리의 원숭이가 과일을 따 먹으며 살고 있었다. 그 근처 바다에 두 마리의 거북이 부부가 살았다. 아내 거북이, 남편 거북이에게 "제가 당신의 아이를 가졌습니다. 그런데 복통이 심해서 아이 낳기가 어려울 것 같습니다. 약을 먹으면 당신의 아이를 무사히 낳을 수 있을 텐데요"라고 말했다. 남편이 "어떤 약을 먹어야 하는가"라고 답해 물으니 아내가 "듣건데 원숭이 간이 복통에 제일이라고 합니다"라고 한다. 남편 거북이, 해안가에 가 원숭이를 만나 "내가 사는 곳 가까이에 사계절의 과일과 열매들이 가득 열려 있는 넓은 숲이 있는데, 거기에 데려가 질릴 때까지 먹게 해 주지"라고 하자 원숭이 속는 줄도 모르고 기뻐하며 "어서 가요"라고 한다. 거북이 등에 원숭이를 태우고 가며 "아내가 임신을 했는데 복통이 아주 심하네. 원숭이 간이 그 약이라는 말을 듣고 자네의 간을 얻기 위해 속여 데려왔네"라고 말한다. 이에 원숭이가 …… "우리 동족들은 원래 몸속에 간이 없어요. 오늘도 근처 나무에 걸어놓았는데 ……"라고 하자 거북이는 원숭이의 말을 믿고 …… 아까처럼 등에 태워 원래 장소로 돌아갔다. 내려주자 원숭이는 바로 나무 위로 올라가 내려다보며 거북이에게 "거북아, 어리석구나. 몸 밖으로 꺼내놓을 수 있는 간이 있을 리 있나"라고 한다.

이 이야기는 불교설화에서 일본의 옛이야기로 변용을 거쳐 '용궁의 공주가 중병에 걸렸는데 원숭이의 생간을 먹으면 낫는다고 하자 거북

151

이가 용왕의 명령을 받고 원숭이를 속여 데려오는데, 문지기 해파리가 생간을 뺏으려는 거라고 원숭이에게 알려준다. 이에 원숭이는 간은 나무에 널어놓은 채 두고 왔으니 가져오겠다고 말하며 빠져나온다. 해파리는 쓸데없는 말을 한 벌로 뼈가 다 빠진 흐물흐물한 상태가 된다'라는 이야기와 같이 동물 형태의 유래 등 다양한 버전으로 전승되었다.

그리고 같은 불교설화집 안에 일본의 해안가에서 조개를 잡다 손을 물린 원숭이가 꼼짝을 못 하고 있는 것을 보고 잡아먹으려고 하는 여인의 이야기가 보인다. 이를 통해 당시의 식용 금지 율령과는 상관없이 민간에서는 원숭이를 약용으로 식용했다는 것을 알 수 있다.

잔꾀를 부리다 게에게 복수당하는 이야기

앞서 소개한 '거북이와 원숭이의 간' 이야기 속 원숭이는 자신을 속여 간을 빼앗아 가려고 한 거북이를 따돌려 난을 면하는 지혜로운 모습을 보이고 있다. 이와 달리 무로마치室町 말기 성립된 민화『원숭이와 게의 전투猿蟹合戰』에서 원숭이는 냉혹하고 무정한 캐릭터의 모습으로 등장한다.

현대에도 인기 있는 이 민화民話는 17세기 초두에 서민 사이에 널리 퍼졌는데, 선량한 게를 속여 난폭한 짓을 행하는 탐욕스러운 원숭이가 결국 마지막에는 혹독한 응징을 당한다는 인과응보의 전개담이 주를 이루었다.

에도 시대의 어린이용 그림 이야기책 아카혼赤本에 이 이야기의 초기

유형으로 볼 수 있는 『원숭이와 게의 전투』가 소개되고 있다.

큰 원숭이는 용궁에서 돌아오는 길에 물속에서 예기치 않게 옻이 올라 외과를 찾아갔다. (의사) "이 통증에는 고약도 괜찮지만 게 내장만큼 좋은 게 없습니다"라고 진단한다. …… 아들 원숭이 원평猿平, 부친의 통증에 바르려고 게 내장을 구하러 가는데, 마침 계곡 가에서 감나무에 오르려고 애쓰는 가니조蟹蔵 게를 만난다. 뜻대로 되지 않는 것을 보고 원평이 자신이 따다 주겠다며 나무에 오른다. 감을 배부르게 따 먹고 떫은 감을 가니조 등에 던진다. 가니조 몹시 아파하며 괴로워하는데 원평은 맘껏 가니조의 게 내장을 빼내 돌아간다. …… 가니조 통증을 참다못해, 친한 절구통, 칼, 해파리 등을 불러 "이 상태로는 길지 않을 것 같네. 나 죽고 나면 내 아들을 도와 원수를 갚아주시게"라는 유언을 남기고 생을 마감한다. …… 아들 가니하치蟹八, 해파리의 도움을 받아 아버지의 원수를 덮친다. …… 해파리는 있어도 별 소용없는 조력자로, 달려들자 원숭이들이 그 자리에서 해파리를 잡아 넘어뜨리고 연골을 빼버린다. …… 가니하치 이렇게는 원숭이를 이길 수 없다 깨닫고 갑자기 생각난 게 있어, 서국으로 가 하타秦 족인 게 다케분武文에게 도움을 청한다. …… 원숭이와 게, 큰 전투를 치르는데 또다시 게 쪽이 완패한다. …… 가니하치, 수단을 강구하며 원숭이에게 항복하고 "앞으로 선생님으로 모시겠습니다"라며 조만간 초대할 것을 약속한다. …… 가니하치에게 초대받아 간 큰 원숭이, 가니하치의 아내가 연주하는 소리에 미혹되어 비위를 맞추며 구애한다. …… 원숭이가 화로 뒤쪽으로 가자, 때가 왔다며 계란이 멋지게 튀어올라 원숭이의 음낭을 맞춘다. 아파 하며 쌀겨된장 통에 이르자 칼과 긴 젓가락이 푹 찌른다. 여기저기서 말벌이 쏘고 뱀이 휘감는다. 급히 도망쳐 나가려고 하는데 절굿공이가 원숭이의 머리를 세게 내려친다. 바닷말에 미끄러

【그림 1】『원수이와 게의 전투』의 마지막 장면. 부친의 원수인 원숭이를 응징하는 게와 그 동료들(鈴木重三 外(1985)『近世子どもの絵本集 江戸篇』岩波書店)

져 넘어지는데 절구통이 눌러 내린다. 드디어 게, 원수를 갚는다. …… 문어는 원숭이에게 일족을 붙잡혀 마른 문어가 된 원한을, 이때다 하며 우엉을 구워 원숭이 엉덩이에 들이밀어 마지막 일격을 가했다. …… 원숭이는 이길 수 없다고 생각하고 화해한다.

이야기의 처음이 앞서 소개한 '거북이와 원숭이의 간' 이야기의 후일담 형식으로 시작되고 있는 점이 재미있다. 하지만 이야기의 내용이 잔혹하고 아이의 교육상 문제가 있다는 의견 때문에 현대에는 부드럽게 순화된 이야기가 주를 이룬다.

그 대강의 스토리는 '원숭이가 떡을 가진 게에게 자신의 감 씨와 바꾸자 하여 떡을 다 먹어버린 후 게가 애써 키운 감나무의 감을 원숭이가 대신 따주겠다며 올라가 자신이 다 먹고 떫은 감을 게에게 던져 부상을 입힌다. 이 이야기를 듣고 게의 친구들이 같이 합심해 원숭이를 혼내주자 원숭이가 잘못을 빌고 화해한다'는 식의 해피엔딩이다.

원숭이 신 퇴치담

원숭이는 동물 가운데서 가장 인간과 비슷하다고 여겨져 그 유사성으로 인해 일본사 초기에는 신들과 인간계의 중개자로 숭앙되었다고 한다.

이렇게 신들의 사자로서의 역할을 원숭이가 담당하게 된 배경에는 산왕山王의 역할이 봄이 되면 산에서 마을로 내려와 논의 신이 되고, 가을 수확을 끝내고 다시 산으로 돌아가는 것에 기인하고 있다. 산에 사는 원숭이가 마을에 내려오는 모습을 산왕으로 믿고 신봉한 것이다.

산왕 신앙山王信仰은 히에 산比叡山의 산기슭에 위치한 히요시日吉 신사에 대한 신앙으로, 산왕은 영산靈山을 수호하는 신령을 가리킨다.

『곤자쿠 이야기집』권26의 7화에 원숭이 신에게 산 제물을 바치는 이야기가 소개되고 있다.

> 미마사카美作 지방에 …… 주잔中參 신이 …… 진좌하고 있었다. 그 신체는 …… 원숭이였다. …… 일년에 한 번 행하는 제사에 산 제물로 그 지방의 미혼 처녀를 바치는 풍습이 있었다. …… 산 제물은 그해 제사 당일 지목되면 한 해 동안 잘 먹여 살찌워 다음 해 제삿날에 바쳐졌다. 딸이 지명당한 후 부모는 한없이 슬퍼하며 한탄했다. …… 마침 그 무렵 동국東國에서 그 지방에 한 사내가 들렀다. …… 겁이 없고 상당히 용감한 사내였다. …… 동국에서 온

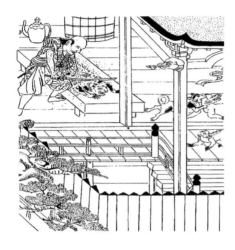

【그림 2】 원숭이 신을 퇴치하는 사내와
사냥개(馬淵和夫 外(2001)
『今昔物語集 ③』 新編日本
古典文学全集 37, 小学館)

사내는 "딸을 저에게 주십시오. 대신 제가 제물이 되지요"라고 하자 …… 부모
는 남몰래 그 사내와 딸을 짝지어주었다. …… 산에서 몰래 원숭이를 산 채로
잡아와 개에게 오로지 원숭이를 물어 죽이는 연습을 시켰다. …… 개를 잘 길
들여놓고 자신은 칼을 잘 갈아 지니고 …… 사내는 웃옷 가리기누와 속바지
하카마만을 입고 칼을 몸에 바싹 당겨 장궤에 들어가서는 두 마리 개를 좌우
옆에 엎드리게 했다. …… 산 제물(장궤)은 신사로 옮겨졌다. …… 사내가 장
궤를 아주 조금 열어 밖을 보니 신장 칠팔 척 정도의 원숭이가 앉아 있었다.
…… 양 옆으로 백 마리 정도의 원숭이가 앉아 있었다. …… 도마 위에 큰 칼
이 놓여 있고 소금, 맛술 등이 갖춰져 있었다. 마치 사람이 사슴을 요리해 먹
는 것과 같았다. 잠시 후 큰 원숭이가 일어서서 장궤를 열었다. …… 두 마리
의 개가 달려나와 큰 원숭이를 물어 넘어뜨렸다. 사내가 칼을 뽑아 우두머리
원숭이를 붙잡아 도마 위에 엎어놓고 목에 칼을 겨누자 …… 눈물을 흘리면
서 두 손을 싹싹 빌었다. …… 신관에게 빙의해 "오늘 이후 영원히 산 제물을
요구하지 않고 생명을 죽이지 않겠다. …… 나를 살려만 다오" …… 용서해주

자 원숭이는 산으로 도망쳐 달아났다. 사내는 집으로 돌아가 그 여자와 부부로 오래오래 살았다.

산왕 신앙에서는 산이 가장 신성한 장소이며, 산에 산다고 믿어지는 산왕신은 신자들에게는 절대적인 존재였다. 이때 원숭이는 확실히 원숭이 신으로 외경의 대상이었다.

하지만 동물신의 힘이 쇠락한 후에는 요괴화 경향이 생겨 원숭이는 점차 경멸시되는 동물로 취급받게 된다. 원숭이 신이 사람들로부터 바보 취급당하기 시작하는 이야기가 '원숭이 사위되기' 이야기로, 무로마치 시대 오토기조시お伽草子『후지부쿠로노소시藤袋草子』에 소개되고 있다. 밭일을 돕고 노인의 딸을 아내로 맞은 원숭이 사위에게서 사냥꾼이 여인을 구하고 개와 함께 원숭이 숨통을 끊어 죽인 이야기로, 『곤자쿠 이야기집』의 경우와 달리 산신으로서의 위험이 많이 퇴색되었다. 이 오토기조시의 교훈은 분수도 모르고 분에 넘치는 소망을 바라면 험한 꼴을 당할 뿐이다라는 것이다. 즉 인간 사회에서 분수에 맞지 않는 소망을 바라는 원숭이의 어리석음을 표상하고 있다. 또한 근세 이전, 즉 이행기에 나타난 『사루겐지 이야기猿源氏物語』는 영주를 가장해 유녀를 유혹하려고 한 보잘 것 없는 생선 장사치가 분수도 모르고 왕조 모노가타리物語의 최고봉인 『겐지 이야기源氏物語』에 나오는 주인공인 최고의 이상적인 남성 히카루겐지光源氏인 척하는 이야기인데 타이틀에 붙여진 사루猿 즉 원숭이를 통해 당시 신분에 어울리지 않는 분에 넘치는 소망을 바라 겉모습만 그럴듯하게 행동하는 어리석은 자를 원숭이에 비유하는 일이 일반적이었던 것을 알 수 있다.

[그림 3] 닛코 도쇼구의 신큐사 건물에 새겨진 세 원숭이 상(필자 촬영)

보지 않고 듣지 않고 말하지 않는 세 원숭이 상

세 원숭이 상은 일본의 고유문화가 아니라 아프리카, 이집트, 인도, 중국 등 널리 세계적으로 퍼져 있는 문화로, 그 의미는 각 나라마다 시대마다 비슷하면서도 다르다.

그중 일본의 세 원숭이 상은 일본어로 산자루三猿라고 하는데, 양손으로 각각 눈, 귀, 입을 가리고 있는 모습을 하고 있다. 중국에서 들어온 유교적인 사상이 유입되어 '옳은 일이 아니면 보지 말고(미자루見ざる) 듣지 말고(기카자루聞かざる) 말하지 말라(이와자루言わざる)'는 훈계를 일본어의 부정의 의미인 '자루ざる'와 같은 발음인 산자루의 자루猿, 즉 원숭이를 빌려 표현하고 있는 것이다.

또한 이러한 세 원숭이 상이 무로마치 시대 이후 경신庚申 신앙과 결합해 새로운 민간신앙의 모습으로 변모한다. 먼저 경신 신앙에 대해 살펴보자.

원래 경신 신앙은 십이간지의 경신에 해당하는 날의 금기 행사를

중심으로 하는 신앙으로, 중국 도교의 제사의식이 도입된 것이다. 그 내용을 살펴보면 사람의 뱃속에 삼시충三尸蟲이라는 나쁜 벌레가 살고 있어 간지가 경신에 해당하는 날 밤, 하늘에 올라가 천제에게 그 사람의 죄과를 일러바쳐 생명을 단축시키는데, 이날 밤 자지 않으면 벌레가 하늘에 올라가지 못해 수명이 줄지 않게 되므로 조용히 밤을 새우며 수행을 해야 한다는 신앙이다. 헤이안 시대에 경신 날 밤 근신하며 잠을 자지 않고 밤을 지새우는 수경신守庚申 풍습이 존재했다. 하지만 도교의 조용히 수행하며 지내는 모습은 퇴색되고, 경신 날 밤에 연회를 열어 식사 등을 준비하고, 바둑·주사위 놀이·와카 경합歌合せ 등 다양한 놀이를 하며 밤을 새는 것이 당시 귀족의 풍습이었다. 이에 관한 내용이 헤이안 시대의 여성 작가 세이쇼나곤淸少納言의 수필집 『마쿠라노소시枕草子』 95단 「5월 불교 정진의 날五月の御精進のほど」에 "중궁 마마가 경신의 날을 보내신다고 하여 중궁의 오라버니인 내대신 고레치카가 마음을 다해 준비를 하셨다. 밤이 깊어지자 제목을 출제해 뇨보들에게도 노래를 짓게 하신다"라는 기사로 소개되고 있다. 우리나라에도 중국을 통해 들어온 경신 신앙이 있었지만 조용히 학문을 수행하며 밤을 지새우는 것이 아니라 연회를 벌이는 등의 오락적 성격이 강해지자 조선 영조시대에 폐단으로 여겨 폐지되었다고 한다.

  이러한 경신 신앙에 산왕 신앙의 신의 사자로 추앙받던 원숭이가 경신의 신申이라는 글자와의 연관으로 그 경신 신앙에 깊게 관여하게 된다. 그리고 무로마치 시대 이후, 그 원숭이는 세 원숭이 상으로 발전해 경신 신앙과 결합하게 된다. 그래서 경신 신앙의, 사람 몸속에서 살며 나쁜 언행을 기억했다가 신에게 고하는 삼시충이라는 세 마리 벌레를 물리치는 역으로 원숭이 세 마리를 그려 신에게 고하는 것을 방해해, 단명하는 일이 없도록 인간을 수호하게 하였다고 한다. 이 산왕 신앙과 경신 신앙이 결합해 만들어진 세 원숭이와 불교의 악귀를 물리치는 청면금강青面金剛 신은 에도 시대에 나라를 지키는 수호신으로 받들어져 신사와 절에 많이 장식되었다. 도쿠가와 이에야스德川家康가 산왕 신앙의 본거지인 히에日枝 신사를 에도에 권청勸請해서 원숭이 신을 국가 안녕의 수호신으로 삼았다는 사실을 통해서도 당시 민간신앙에서 원숭이가 가지는 위상을 살펴볼 수 있다.

또한 마을 경계선에 세 원숭이 또는 청면금강 신, 아니면 청면금강의 신상 아래 세 마리 원숭이를 새긴 경신탑庚申塔과 비碑를 세워 장수와 복을 바라는 연명초복延命招福을 기원했다.

마구간의 신 원숭이

일본에서 가장 유명한 세 원숭이는 1634년에 건립된 도쿠가와 이에야스를 신으로 모시는 신사인 닛코日光 도쇼구東照宮의 마구간 신큐샤神厩舍의 처마 아래에 조각된 조각상이다. 이 세 원숭이를 포함한 팔면에 조각된 총 열여섯 마리의 원숭이는 각각 인생의 어느 시기를 나타내고 있어 연속해 보면 일생의 이야기가 펼쳐진다.

그런데 마구간의 처마 아래에 왜 원숭이 상이 조각되어 있는 것일까?

고대 농가에서 말은 소와 마찬가지로 중요한 노동력으로, 가족과 마찬가지로 소중히 여겨졌다고 한다. 인간을 지키는 신처럼 소중한

【그림 4】 마구간에 매어 있는 원숭이(渋沢敬三(1984)『一遍聖絵』『新版 絵巻物による日本常
民生活絵引 第2巻』平凡社)

말을 지키는 존재로서 마구간 신 신앙이 자연스레 생겨난 것으로 보
인다.

　마구간 신을 모시는 많은 지역에서 원숭이가 말의 수호신으로 받
들어졌으며, 마구간 기둥 위에 마구간 신의 사당을 마련하고 원숭이
의 두개골이나 손발의 뼈를 신체神體로서 안치했다. 간단하게는 원숭
이 그림을 그린 에마絵馬나 부적을 마귀불제魔除け로서 붙여놓거나
했다.

　이와 같은 마구간과 원숭이에 관한 역사는 거슬러 올라가면, 원숭이
가 말의 수호신이라는 인도의 신앙에서 출발한다. 일본에는 실크로드
를 통해, 중국을 경유해 들어온 것으로 보인다. 12세기 후반 고시라카
와後白川 법황에 의해 편찬된 가요집 『료진히쇼梁塵秘抄』에 "마구간 구석

에서 길러지는 원숭이가 끈에서 풀려나 춤을 추고 있네 나무에도 오르고……"라는 마구간과 원숭이의 관계를 시사하는 기술이 처음으로 등장한다. 원숭이가 말의 무병식재를 기원해 신들에게 춤을 봉납하는 샤면적 역할을 담당한 것으로 보인다. 그리고 13세기에 그려진 회화 작품 『잇펜히지리에―遍聖絵』를 통해서도 마구간에 사육되던 원숭이의 존재를 확인할 수 있다.

이러한 말과 원숭이의 관계를 민속학자인 요시노 유코吉野裕子 씨는 음양오행설을 근거로 말은 주술적인 불火의 성질, 원숭이는 주술적인 물水로 파악해 원숭이의 주술에 의해 불을 방어하는 방화설防火說을 제시하고 있다. 그리고 이와 같은 주술적인 관점에 의해 원숭이를 마구간에 묶어놨더니 의외로 원숭이와 말의 궁합이 좋았던 점이 이 풍습을 지속시키게 된 계기가 되지 않았을까 하는 견해도 타당하게 생각된다.

에도 시대가 되면 마구간에 원숭이를 사육하는 풍습은 사라지고, 그 풍습의 역할을 원숭이 공연인 사루마와시猿回し가 맡아 원숭이의 춤 공연을 통해 무병식재를 기원하며 마구간을 불제祓除했다. 이 사루마와시는 정월에 집집마다 다니며 복을 주는 연중행사로 오랫동안 무가와 상류 가문에 의해 보호되었다고 한다.

지금의 일본인에게 친숙한 사루마와시라고 하면 유흥을 목적으로 조련된 원숭이가 노래나 샤미센三味線, 북에 맞춰 춤추며 재주부리는 모습을 생각할 테지만 원래는 말의 수호 역인 원숭이에게 병든 말의 치유와 무병식재를 기원해 마구간에서 춤을 추게 한 것이 그 시작이었다는 것을 알 수 있다.

나가며

인도 신화의 대서사시인 『라마야나』에 나오는 원숭이의 왕인 하누만과 같이 신격화된 이미지의 원숭이나, 중국의 『서유기』에 나오는 손오공의 초인화된 원숭이 이미지와 같이, 일본에서도 신의 사자로서의 모습도 보이지만 후대에 가면서 풍자적으로 희화화된 원숭이의 이미지도 보인다. 원숭이의 동작, 모습이 사람과 닮았기에 옛이야기나 전설의 주인공으로 인기가 있어 원숭이 신 퇴치담, 원숭이 사위되기, 원숭이와 게의 전투 등 구승전승의 주역으로 활약하고 있는 것을 살펴볼 수 있었다.

또한 일상생활 속에서는 민간신앙의 전승으로 무병식재와 복을 불러오는 상징적인 동물로서의 원숭이의 이미지도 있다는 것을 알 수 있었다. 이러한 원숭이를 일본의 북알프스라고 하는 나가노長野 지역의 지옥계곡이라는 온천지에서 보호하고 있다 하니 야생 원숭이 가족이 온천하는 모습을 직접 보러 가는 것도 재미있을 것 같다.   .

참고문헌

薮内紫音(2012) 「厩猿信仰の歴史的変遷と祭祀形態の転換期における頭骨の意味」
　　　(『人間文化学部学生論集』, 京都学園大学人間文化学会)
大貫恵美子(1995) 『日本文化と猿』 平凡社
中村禎里(1989) 『動物たちの霊力』 筑摩書房
広瀬鎮(1979) 『猿』(ものと人間の文化史34, 法政大学出版局)
下中弥三郎(1956) 『世界大百科事典』 平凡社

동식물로 읽는
일 본 문 화

조류 및 곤충

동식물로 읽는
일 본 문 화

인물의 상징이 되는 동물

김 종 덕

● ● ● ●

 『겐지 이야기源氏物語』에는 의식주나 악기, 동식물 등이 등장인물의 상징이 되고, 주제와 인간관계를 형성하는 것을 볼 수 있다. 상대의 신화 전설에 등장하는 동물은 그 지방에 군림하는 악령이나 신의 전령으로 묘사되기도 한다. 그리고 헤이안平安 시대(794~1192년)의 시가 문학에 등장하는 각종 동물들은 단순히 사계절의 자연경물인 경우가 많지만, 『겐지 이야기』와 같은 모노가타리 문학에서는 동물이 등장인물의 상징이 되거나 인간관계에 있어 중요한 매개가 된다.

 이 글에서는 『겐지 이야기』에 나타난 동물이 등장인물의 인명에 쓰이거나 상징이 되는 경우를 살펴보았다. 매미의 허물은 우쓰세미空蟬가

히카루겐지光源氏(이하 겐지)를 피하기 위해 겉옷을 벗어 놓고 간 것에
연유한다. 그리고 구모이노카리雲居雁는 스스로 구름 속의 기러기가 자
신을 상징한다고 읊었다. 다마카즈라玉鬘는 반딧불이에 의해 조명되는
미모이고, 온나산노미야女三宮는 방울벌레와 고양이를 상징하는 이미
지를 띠고 있다. 즉 동물의 특징이나 등장인물과의 관계에 의해 인간
관계가 형성되며 모노가타리를 전개하는 주제로 발전한다는 것을 확
인할 수 있다. 이 글에서는 이러한 동물들이 어떻게 등장인물의 상징
이 되는가를 살펴보고 동물과 인물의 표상, 모노가타리의 주제를 살펴
보고자 한다.

일본문학에 나타난 동물

헤이안 시대의 사전인 『왜명류취초倭名類聚鈔』제18~19에는 동물을 날
개, 털, 비늘, 벌레 등으로 대분류하고 360여 개의 항목으로 나누어 해
설하고 있다. 『겐지 이야기』에는 짐승, 조류, 곤충류, 어패류 등 50여
종에 달하는 동물이 묘사되고 있다. 우선 짐승으로는 고양이, 여우, 사
슴, 소, 개, 호랑이, 양, 용, 코끼리 등이 있고 조류는 꾀꼬리, 기러기, 두
견새, 물떼새, 학, 물새, 원앙, 뜸부기, 올빼미, 매, 산비둘기, 꿩, 참새,
까치, 까마귀, 뻐꾸기 등이 있고 곤충류로는 반디, 나비, 매미, 쓰르라
미, 방울벌레, 귀뚜라미, 거미, 누에 등이 있으며 어패류로는 은어, 붕
어, 밀어, 우렁이 등이 등장한다. 『겐지 이야기』에 등장하는 동물들은
단순한 자연경물인 경우도 있지만 다수의 동물이 등장인물의 상징으

로 묘사되어 인간관계와 주제에 중요한 역할을 한다.

상대의『고지키』등에는 동물이 지방에 군림하는 악령이나 신의 전령 등으로 묘사되는 경우가 많다. 예를 들면『고지키』상권 다카마가하라高天原에서 추방당한 스사노오노미코토는 이즈모出雲로 내려가 지역신의 딸을 잡아먹는 여덟 개 발이 달린 큰 뱀을 퇴치한다. 그리하여 스사노오노미코토는 지역신의 딸 구시나다히메와 결혼하여 스가須賀에 궁전을 짓고 살게 된다. 또 오쿠니누시노카미는 이나바稻羽의 흰 토끼를 살려주고 야카미히메와 결혼한다. 일본 초대의 진무神武 천황 대에는 야타카라스라는 삼족오三足烏가 구마노熊野에서 야마토大和까지 동쪽을 정벌하려는 천황의 길안내를 한다. 스진崇神 천황 대에는 가와치河內의 이쿠타마요리비메라는 여성이 밤마다 찾아오는 정체불명의 남자 옷자락에 실을 꿰어 실체를 파악한다는 이야기가 있다. 다음 날 아침에 일어나 보니 문구멍을 빠져나간 실이 미와 산三輪山 신사에서 멈추어 있었다. 이에 이쿠타마요리비메가 낳은 아들 오타타네코가 미와 신사의 신격인 뱀 신의 아들이라는 것을 알게 된다는 이야기이다.

『다케토리 이야기』에는 다섯 명의 구혼자가 난제를 해결하는 과정에서 용의 여의주나 제비가 안산을 한다는 조개를 구하려 하지만 모두 실패한다는 이야기가 나온다.『우쓰호 이야기』에는 도시카게俊蔭의 딸이 부모가 죽은 후 생계가 어려워져 기타야마北山로 들어갔는데 곰이 아들 나카타다仲忠의 효심에 감동하여 자신이 살던 삼나무 동굴을 양보해주어 산속에서 살게 된다는 것이다.『마쿠라노소시』39단「새는」, 41단「벌레는」, 48단「말은」, 49단「소는」, 50단「고양이는」등의 유취적 장단에는 많은 동물의 이름이 열거되어 있다. 그리고 헤이안 시대 말기의『쓰쓰미추나곤 이야기』「벌레를 좋아하는 아가씨」단은 귀족의 여성

169

으로 보이는 아가씨가 송충이, 사마귀, 달팽이 등의 벌레를 상자에 넣어 만지며 감상한다는 이야기 등 다양한 동물 이야기가 나온다. 애니메이션 감독 미야자키 하야오宮崎駿는 『바람계곡의 나우시카風の谷のナウシカ』를 헤이안 시대의 「벌레를 좋아하는 아가씨」에서 영감을 받아 제작했다고 지적한 바 있다.

우쓰세미와 매미

　헤이안 시대 문학에 나타난 '우쓰세미空蟬'(매미 허물)의 의미는 무상, 허무, 덧없음 등과 함께 '현세現せみ'라는 뜻으로도 사용된다. 『만요슈万葉集』권1 13번에서 나카노오에中大兄(덴지天智 천황)는 세 산을 삼각관계로 의인화하여 읊은 가요에서 '우쓰세미'를 현세의 의미로 읊었다. 또한 『고킨와카슈古今和歌集』73번, 716번, 833번에는 각각 우쓰세미는 현세를 수식하는 '덧없다'는 뜻으로 사용되고 있다. 한편 『고킨와카슈』448번에는 '덧없는 허물'이 나무에 가득 붙어 있다고 읊었고 831번의 '덧없는 허물'은 혼이 빠진 시신이라는 뜻으로 읊었다.

　『우쓰호 이야기』의 다다코소忠こそ는 '덧없는空蟬' 자신을 읊었고 나카타다仲忠는 아테미야あて宮에게 '당신의 말을 언제까지나 이슬처럼 기다리고 있는 자신이 얼마나 허망한 것인지를 알면 쓸쓸합니다'라는 와카를 '매미의 허물'에 적어 보냈다고 한다. 『에이가 이야기』권9에도 이치조一條 천황이 죽은 후 후지와라 요리미치藤原頼道의 부인이 내대신의 부인에게 보낸 장가에서 '무상한 세상의 덧없음도 잊어버리고'와 같이

'우쓰세미'를 무상하고 덧없다는 의미로 읊었다. 또한 권35에서 요리미치의 부인은 아들이 갑자기 병으로 죽어 장례를 치르는 날 밤에 혼백이 없는 시신의 허망함으로 비유하고 있다.

『겐지 이야기』에 등장하는 매미蟬는 6회 등장하는데 「하하키기」권에는 히카루겐지光源氏가 비 오는 날 밤의 여성 품평회에서 화제가 되었던 중류계층의 여성인 우쓰세미와 관계를 맺게 된다. 이후 겐지는 우쓰세미를 잊지 못하고 있다가 그녀의 남동생인 고기미小君의 인도로 기이수령紀伊守의 저택에서 우쓰세미와 의붓딸 노키바노오기가 바둑 두는 것을 엿보게 된다. 우쓰세미는 겐지에게 끌리면서도 유부녀라는 자신의 입장과 신분 차이를 고민하며 상념에 사로잡혀 잠들지 못하고 있었다. 우쓰세미는 노키바노오기가 잠든 후 겐지가 숨어 들어왔다는 것을 알아차리고 순간적으로 '비단 홑겹 하나만 입고' 잠자리를 빠져나가 버렸다.

이에 겐지는 우쓰세미가 벗어두고 간 겉옷空蟬을 들고 니조인二條院으로 돌아가 아쉬움을 와카和歌로 읊는다. 한편 우쓰세미는 홀로 매미 허물에 내린 이슬처럼 자신의 옷소매가 아직도 눈물에 젖는다고 읊었다. 두 와카는 증답한 노래가 아니지만 겐지와 우쓰세미가 서로를 그리워하는 심정이 잘 나타나 있다. 겐지는 우쓰세미를 그리워하는 와카를 품속에 넣고 다닐 정도였는데, 우쓰세미는 자신의 신분과 유부녀인 처지를 한탄하면서 눈물을 흘린다. 즉 우쓰세미는 겐지를 피하기 위해 매미가 허물을 벗는 것처럼 겉옷을 벗고 달아나고 겐지는 매미의 허물에 해당되는 겉옷을 들고 대리만족을 한다는 것이다. 두 사람의 와카에서 매미의 허물은 우쓰세미의 인물과 인격을 상징하는 것이라 볼 수 있다. 즉 겐지를 피해 겉옷을 벗어 놓은 채 피해버린 우쓰세미에게 매미 허물

171

과 같은 이미지가 남게 된 것이다.

　이후 겐지는 비 오는 밤의 여성 품평회에서 들은 중류여성에 대한 호기심으로 관계를 맺은 또 다른 여성 스에쓰무하나末摘花(잇꽃)를 불쌍히 여겨, 연애관계와는 별개로 갖가지 경제적 지원을 아끼지 않는다. 그리고 이전에 만난 우쓰세미도 미모는 별로였지만 스에쓰무하나와 비교하면서 여성의 좋고 나쁨은 신분의 문제가 아니라고 생각한다. 겐지는 우쓰세미의 올곧은 성품에 자신이 진 것이라고 반성한다. 즉 우쓰세미는 겉옷을 벗어두고 겐지를 피한 이래로 매미 허물로 비유되고, 등장인물의 인명으로 불리며 인격체를 상징하는 표현으로 사용된다는 것을 확인할 수 있다.

구모이노카리와 기러기

　『겐지 이야기』에 등장하는 기러기雁의 용례는 17회로 동물 중에서 말馬(58회), 꾀꼬리鶯(22회), 고양이猫(19회)에 이어 네 번째로 많이 나오는 동물이다. 『고지키』하권에는 닌토쿠仁德 천황이 히메시마에 갔을 때 겨울 철새인 '기러기가 알을 낳았다'고 했다. 이에 천황이 신기해하며 신하인 다케치노스쿠네建内宿祢에게 "야마토에서 기러기가 알을 낳았다는 이야기를 들은 적이 있는가"라고 물었다. 이에 다케치노스쿠네는 아직 들은 적이 없다고 하며 야마토에서 기러기가 알을 낳은 것은 천황의 자손이 번창할 징조라고 대답한다. 『만요슈』권8의 1618번에서 사쿠라이桜井 왕자는 쇼무聖武 천황에게 "9월의 첫 기러기 편에"라고 자신의 심정을 기러기에 비유하여 진심이 들리지 않느냐고 호소했다.

　『고킨와카슈』권1의 31번에서 이세伊勢는 봄에 돌아가는 기러기를 보고, '봄 안개가 자욱한 것을 못 보고 돌아가는 기러기는 꽃이 없는 마을에 사는 것이 익숙한가보네'라고 읊어 기러기를 겨울 철새로 인식하고 있다.『고킨와카슈』권4의 206번에서 아리와라 모토카타在原元方가 '별로 기다리지는 않았지만 오늘 아침에 들리는 첫 기러기 소리는 정말 청신한 울림이로다'라고 읊은 것처럼 첫 기러기의 울음소리를 읊은 와카가 많다. 그러나『마쿠라노소시』1단에서 '기러기 등이 열을 지은 것이' 아주 작게 보인다고 하는 것은 기러기가 V자형으로 열 지어 나는 것을 시각적으로 기술한 표현이다. 즉 일본의 시가문학에서 기러기는 울음소리나 시각적으로 나는 모양, 부부의 사랑, 가을의 전령, 이별, 고독함 등의 이미지로 묘사됐다.

　『겐지 이야기』「유가오」권에서 겐지는 유가오夕顔의 집에서 하루 밤을 지내면서 디딜방아 소리, 각종 벌레 소리, 다듬이질 소리 등과 함께 '하늘을 나는 기러기 소리' 등을 참을 수 없는 소음으로 생각한다.「마보로시」권에서 겐지는 무라사키노우에의 죽음을 북쪽으로 돌아가는 기러기에 비유하여 아카시노키미와 와카를 증답한다. 아카시노키미는 '기러기가 내려와 있던' 못자리의 물이 마르니 꽃도 볼 수 없게 되었다고 읊었다.

　「스마」권에는 겐지가 스마須磨로 퇴거하여 가을의 무료한 하루를 지내며 혼자 눈물지으며 기러기가 떼 지어 우는 소리를 배의 노 젓는 소리와 뒤섞여 들리자 함께 간 부하들과 와카를 창화唱和한다. 네 명의 주종은 각기 자신의 심정을 기러기에 비유하여 창화하는 와카를 읊었다. 겐지는 기러기의 소리를 듣고 도읍에서 헤어진 여성들을 생각하고 요

【그림 1】 구모이노카리와 기러기
(田口栄一 監修(1998)『豪
華 [源氏絵]の世界 源氏物語』
学習研究社)

시키요는 옛날의 추억을, 민부 대보는 고향을 떠나보니 비로소 혼자 기
러기에 대한 생각을 하게 되었다고 하고, 전 우근 장감은 기러기를 보
며 헤어진 가족을 생각한다는 노래를 읊었다. 여기서 기러기의 울음소
리에는 멀리서 날아온 전령과 가족, 이별의 이미지가 담겨 있다는 것을
알 수 있다.

　유기리夕霧의 부인 구모이노카리雲居雁는 기러기를 상징하는 인물이
다. 「아오이」권에서 태어난 유기리는 두중장의 딸 구모이노카리와 어
린 시절부터 같은 저택에서 외조모의 훈육을 받으며 성장한다. 유기리
는 12세에 성인식을 올리고 겐지의 교육방침에 따라 귀족으로는 낮은
신분인 6위로 대학에서 학문을 연마하게 된다. 유기리와 구모이노카리
는 『이세 이야기』 23단의 남녀처럼 자라서 점차 사랑하는 사이가 되지
만 두중장은 구모이노카리를 천황에게 입궐시킬 야심이 있었기에 두

사람을 장지문을 사이에 두고 갈라놓는다. 이에 구모이노카리는 밤중에 잠들지 못하고 잠겨 있는 장지문에 기대어 있을 때 기러기가 울며 지나가는 소리가 들리자 "구름 속의 기러기도 나와 같구나"라고 혼잣말을 하며 자신을 기러기에 비유한다.

유기리는 이 말을 듣고 장지문을 열어달라고 애원하지만 뜻을 이루지 못하고 '한밤중에 서로 친구를 부르며 날아가는 기러기 소리도 쓸쓸히 들리는데 싸리 잎을 스치는 바람소리 처량하다'라고 읊는다. 이 와카에서 기러기는 구모이노카리를 뜻하고, 이후 유기리와 구모이노카리는 내대신(두중장)이 결혼을 허락할 때까지 헤어지게 됨을 안타까워하며 인내하는 삶을 살아간다. 유기리는 구모이노카리가 가을에 기러기가 북으로 돌아가는 것처럼 아버지 내대신의 저택으로 가게 되고, 자신을 폄하하는 유모의 말을 듣자 크게 실망한다. 그러나 「후지노우라바」 권에서 내대신은 유기리를 등나무 축제에 초청하고 두 사람은 오랜 인고 끝에 결혼에 골인하게 된다.

「요코부에」권에서 유기리는 달밤에 이치조노미야의 오치바노미야落葉宮를 방문한다. 이때 오치바노미야가 달이 떠서 맑게 갠 하늘에 날개를 나란히 하여 날아가는 기러기가 무리와 헤어지지 않는 것을 부럽게 생각하자 유기리는 비파를 끌어당겨 정말 아름다운 곡조로 상부련의 곡을 연주한다. 이 대목은 백낙천의 『장한가長恨歌』에서 당나라의 현종 황제와 양귀비가 '하늘에 태어난다면 비익조比翼鳥가 되고', '땅에 태어난다면 연리지連理枝가 되자'라는 구를 인용한 것이다. 즉 비익조란 암수가 하나의 몸인데 각각의 날개로 하늘을 날고, 연리지란 뿌리가 다른 나무가 한 나무처럼 자란다는 뜻으로 남녀의 영원한 사랑을 의미한다. 『장한가』에서 비익조가 기러기라고 지칭하지는 않았지만 암수 기러기의 사이가 좋다고 하여 결혼식에서도 목안木雁을 전하는 등의 풍습이 전하고 있다. 그래서 오치바노미야는 하늘을 나는 기러기를 보고 유기리와 구모이노카리의 사랑이 비익조와 같아 자신이 끼어들 여지가 없다고 생각한다.

즉 기러기는 남녀의 영원한 사랑과 가족, 가을의 전령, 이별과 고독 등으로 비유되는 경우를 볼 수 있다. 특히 『겐지 이야기』「오토메」권의 기러기는 구모이노카리를 상징하고 「요코부에」권에서는 유기리와 구모이노카리의 사랑을 비익조로 비유한 것으로 볼 수 있다.

다마카즈라와 반딧불이

『겐지 이야기』에 나오는 '반딧불이螢'의 용례는 9회로 나비(9회), 쓰르라미(8회), 방울벌레(6회)와 함께 빈도가 높은 벌레이다. 『마쿠라노소시』 제41단에는 벌레의 종류로 '방울벌레, 쓰르라미, 나비, 청귀뚜라미, 귀뚜라미, 여치, 해조 벌레, 하루살이, 반딧불이, 도롱이벌레' 등을 들고 있다. 그리고 제1단에서 여름밤의 운치는 아름다운 달밤과 어두울 때 '반딧불이가 많이 날아다니는 것'을 가장 운치가 있다고 하여, 여름밤의 대표적인 자연경물로 반딧불이를 지적하고 있다.

헤이안 시대의 정열적인 여성가인인 이즈미시키부和泉式部는 남자에게 바람맞고 기후네貴船 신사에 은둔한다. 이즈미시키부는 가까운 미타라시 강御手洗川의 어두운 밤을 밝혀주는 반딧불을 보며 '수심에 잠겨 있으면 계곡의 반딧불도 내 몸에서 빠져나간 혼령인 듯 본다'라고 읊었다. 『고단쇼江談抄』제4에는 '반딧불이 마구 날아다니니 벌써 가을이 가까워졌구나'라는 원진元稹의 시구를 인용하여 반딧불이가 음력 6월 여름의 경물이라는 점을 지적하고 있다.

『이세 이야기』39단 「미나모토 이타루」는 서원西院(준나淳和 천황, 786~840년)의 딸 다카이코가 죽어 장례를 치르는 날 밤의 이야기이다. 옛날 남자가 여자들과 함께 가마를 타고 있었는데, 천하의 이로고노미色好み(풍류인)라고 하는 미나모토 이타루源至가 가마 속으로 반딧불이를 잡아넣어 여자들의 얼굴을 보려 한다는 것이다. 즉 황녀의 장송이 진행되는 날 밤에 여자 가마에 반딧불이를 풀어놓고 가마 밖으로 비치는 여자의 얼굴을 보고자 했지만 가마 안의 남자는 여자의 얼굴이 반딧불에 비치지 않게 하고 와카를 증답한다는 것이다. 두 사람의 와카에서 반딧불은 다카이코 황녀의 죽은 혼으로 비유되어 있다. 이때 가마 안에 있던 남자는 이타루와 와카를 증답하지만 그 유명한 미나모토 이타루의 와카로서는 의외로 평범해서 실망한다는 평가를 한다.

『겐지 이야기』「하하키기」권에서 겐지는 집으로 가는 방위가 불길하다고 하여 기이紀伊 수령의 집에 묵게 되었을 때 벌레 소리와 함께 개울에 '반딧불이가 많이' 날아다니는 것을 보고 정취 있다고 생각한다. 「유가오」권에서는 겐지가 유가오의 집으로 가는 길목에 어떤 집에서 새어나오는 등불이 반딧불보다 더 희미하고 운치가 있다고 생각한다. 「우스구모」권에는 겐지가 아카시노키미明石君를 만나러 가는 길에 울창한 나무 사이로 보이는 횃불이 개울의 반딧불처럼 보이는 것이 정취 있다고 여긴다. 「오토메」권에는 겐지가 유기리의 성인식을 치르고 아들의 교육 방침을 밝힌 뒤, 문장박사들과 한시를 증답하며 형설지공의 고사를 인용한다. 유기리는 '창가의 반딧불을 친구로 하고, 나뭇가지의

【그림 2】 다마카즈라를 비추는 반딧불이
(鈴木日出男 監修(2006)『王
朝の雅 源氏物語の世界』別冊
太陽)

눈과 친숙해지고자' 하는 굳은 결심으로 학문에 임한다는 것이다. 이는
중국 진나라의 차윤車胤이 가난하여 반딧불에 책을 읽고, 역시 후진의
손강孫康이 눈빛에 책을 읽어 높은 관직에 올라 형설지공螢雪之功이라고
한 고사를 인용한 대목이다.

　「호타루」권이라는 권명에 반딧불이가 들어가 있는데, 이는 유가오夕
顔의 딸 다마카즈라玉鬘와 깊은 관련이 있다. 겐지는 성인으로 성장한 다
마카즈라를 양녀로서 로쿠조인으로 맞이하여 호타루 병부경궁螢兵部卿宮
등 많은 구혼자들을 불러 모았다. 겐지는 특히 호타루 병부경궁을 로쿠
조인으로 불러 다마카즈라의 방에 반딧불이를 많이 잡아넣고 은은한
불빛에 호타루 병부경궁이 엿보게 하여 와카를 증답하게 한다. 호타루
병부경궁은 자신을 꺼지지 않는 반딧불이에 비유하며 다마카즈라에게

자신의 연정을 호소한다. 한편 다마카즈라는 소리도 내지 않고 자신의 몸을 태우는 반딧불이가 병부경궁 당신보다 더 마음이 깊을 것이라며 가볍게 반발한다.

이는 『이세 이야기』 39단을 상기하게 하는 대목인데, 겐지는 호타루 병부경이 생각지도 못한 반딧불이를 풀어놓아 다마카즈라의 아름다운 모습을 우아한 방법으로 엿보게 하고 감동하여 와카를 증답하게 한 것이다. 겐지는 이러한 장면을 연출하고 몰래 두 사람의 증답과 행동을 엿보고 있었다. 다마카즈라는 그때까지 쓰쿠시筑紫에 살면서 연애의 경험이 없었기에 이러한 상황에 놀라고 당황해한다. 한편 시녀들은 겐지의 본심이 부모와 연인 어느 쪽인지 몰라 고맙게도 생각하고 황송하게도 생각한다. 이후 다마카즈라와 호타루 병부경궁과의 관계는 더 이상 진전되지 않고, 다마카즈라는 겐지의 연모에 괴로워한다. 다마카즈라가 로쿠조인에 들어가 겐지의 양육을 받은 지 2년이 되는 해, 겐지는 친부인 내대신에게 다마카즈라의 존재를 밝히는데, 다마카즈라가 갑자기 히게쿠로鬚黒와 결혼함으로써 구혼담은 종결된다. 이 에피소드는 반딧불이를 매개로 한 겐지와 호타루 병부병궁, 다마카즈라의 인간관계를 이야기하고 있다.

온나산노미야와 방울벌레·고양이

『겐지 이야기』에서 온나산노미야女三宮를 상징하는 동물은 방울벌레鈴虫와 고양이猫이다. 헤이안 시대에는 오늘날의 청귀뚜라미松虫와 방울벌레鈴虫를 서로 거꾸로 불렀다는 설이 있지만 단정하기는 어렵다.『겐지 이야기』에는 방울벌레가 6회, 청귀뚜라미는 4회 등장하는데, 특히「스즈무시」권에서 방울벌레는 온나산노미야를 상징하고,「와카나」하권에서 온나산노미야가 애완하던 당나라 고양이를 가시와기柏木가 입수하여 품고 잔다는 점에서, 고양이 또한 온나산노미야의 상징이라 할 수 있다.

우선 방울벌레는 청귀뚜라미와 함께 가을밤에 우는 벌레로서 기다림과 향수, 아름다운 소리 등의 이미지가 있다.「기리쓰보」권에서 기리쓰보 갱의의 친정에 천황의 칙사로 간 채부 명부는 '방울벌레처럼 소리 내어 울어도 긴 가을밤이 모자랄 정도로 흐르는 눈물이여'라고 읊었다.「가가리비」권에서는 두중장의 아들인 변소장弁少将이 부르는 노랫소리가 '방울벌레 우는 소리와 혼돈될 정도'로 아름다운 목소리라고 지적했다.

「스즈무시」권, 중추의 보름날에 로쿠조인 온나산노미야의 정원에서는 벌레 소리가 정취 있게 합창을 하는 가운데 관현 음악회가 열린다.

> (온나산노미야)
> 가을이란 슬픈 것이라고 알고 있었는데
> 방울벌레 소리를 들으니 가을도 버리기 어렵군요

라고 작은 목소리로 말하자, 정말로 우아하고 기품이 있었다. 겐지는 "무슨 말씀을 하십니까. 생각지도 못한 말씀이네요"라고 하시고,

> (겐지)
> 당신은 스스로 출가하셨지만 방울벌레 같은

　　당신은 여전히 아름다워요

라고 말씀하시고, 칠현금을 끌어당겨 오랜만에 연주를 하신다. 온나산노미
야는 염주를 헤는 손을 멈추시고 칠현금의 소리에 귀를 기울이셨다.

　　로쿠조인의 온나산노미야는 아카시 중궁이 벌판에서 잡아오게 하여
정원에 풀어놓은 청귀뚜라미와 방울벌레의 합창을 들으며 염송에 전
념하고 있었다. 이 대목은 국보 「겐지 이야기 에마키」에도 그려진 유명
한 장면이다. 와카의 증답에서 온나산노미야는 출가한 자신을 방울벌
레로 비유하여 읊었고, 겐지는 여전히 아름다운 온나산노미야에게 끌
리는 마음을 읊었다. 이 대목을 『겐지 이야기』의 고주석서에도 "방울
벌레는 온나산노미야를 비유한 것이다"라고 지적했다.
　　「스즈무시」권에서 아카시 중궁이 방울벌레와 청귀뚜라미를 잡아 정
원에 풀어놓는 대목은 「호타루」권에서 겐지가 다마카즈라의 방에 반
딧불이를 풀어놓은 것과 벌레는 다르지만 유사한 장면 설정이라 생각
된다. 이는 겐지와 아카시 중궁이 인위적으로 자연을 집안으로 들여와
감상하고, 반딧불에 얼굴을 비추어 보거나 벌레 소리와 음악의 연주를
대비한다는 공통점이 있다. 겐지는 두 가지 벌레 소리 중에서 "청귀뚜
라미가 으뜸이야"라고 칭찬하고 로쿠조인에 모인 귀족들과 함께 벌레
소리에 대한 품평회를 개최한다. 그렇지만 겐지는 "오늘 밤은 방울벌
레의 향연으로 밤새워 놀아요"라고 하며 온나산노미야를 상징하는 '방
울벌레'의 향연을 개최한다.
　　한편 온나산노미야는 당나라 고양이와도 밀접한 관계가 있다. 헤이안
시대의 궁중이나 귀족들이 개나 고양이를 애완동물로 키웠다는 것은 여

【그림 3】 가시와기와 고양이(鈴木日出男 監
修(2006)『王朝の雅 源氏物語の
世界』別冊太陽)

러 문헌에 기술되어 있다. 『마쿠라노소시』제7단 「주상 곁의 고양이」에
서는 천황이 고양이를 귀여워하여 명부命婦라는 여관의 관직을 내렸다.
그런데 졸고 있는 고양이를 놀라게 하려고 궁중에서 기르던 오키나마로
라는 개에게 "명부를 물어"라고 하자, 고양이는 천황이 식사하는 방의
발 안으로 들어가버린다는 것이다. 『사라시나 일기』에는 작자인 스가와
라 다카스에菅原孝標의 딸들이 어디선가 들어온 고양이를 몰래 키운다는
기술이 나온다. 이후 언니는 병이 들어 꿈에서 이 고양이가 시종侍從 대납
언의 딸이 환생한 것이라는 꿈을 꾼 후 더욱 극진하게 키운다는 것이다.

「와카나 상」권 로쿠조인에서 유기리와 가시와기 등이 공차기 놀이蹴
鞠를 하고 있었는데, 온나산노미야와 뇨보들이 휘장 뒤에서 이를 구경
하고 있었다. 그런데 온나산노미야가 키우는 작은 고양이를 큰 고양이

가 쫓아가면서 발이 줄에 걸려 올라가자 안에 있던 여성들의 모습이 밖에서 다 보이게 된다. 특히 온나산노미야를 연모하고 있던 가시와기는 마음이 동요하여 당황한다. 흔히 『겐지 이야기』의 그림으로도 그려지는 유명한 장면으로, 이로 인해 발생한 가시와기와 온나산노미야의 밀통으로 로쿠조인의 균형과 영화가 조락하는 계기가 된다. 이 때 온나산노미야는 속옷 차림으로 기둥 사이에 기품 있게 서서 귀족 남성들의 공차기를 구경하고 있었는데, 고양이가 우는 소리를 듣고 돌아보는 모습이 가시와기의 눈에는 젊고 귀여운 모습으로 보여 마음을 사로잡게 된다.

가시와기는 온나산노미야가 겐지와 혼인하기 이전부터 연정을 품고 있었던 터라 벅차오르는 감정을 억누르지 못한다. 이로 인해 가시와기는 더욱 온나산노미야에게 몰입하여 연정을 불태우게 되는데, 시녀인 고지주小侍従를 통해 와카를 증답했다. 그리고 가시와기는 미칠 듯한 기분에 '그때의 고양이라도 갖고 싶다'라고 생각한다. 그리고 고양이를 좋아하는 동궁전을 통해 온나산노미야의 고양이를 입수하여 온나산노미야의 대신으로 안고 온갖 정성을 다해 키운다는 것이다. 그리고 가시와기는 고양이와 대화하면서 온나산노미야에 대한 연정을 점점 증폭시킨다. 이러한 가시와기의 모습을 본 집안의 나이든 뇨보들은 지금까지 동물을 좋아하지도 않았는데 갑자기 웬 고양이를 저렇게 귀여워하나 하고 이상하게 생각한다. 가시와기는 동궁전에서 고양이를 돌려달라고 해도 돌려주지 않고 귀여워하는 등 집착하는 모습을 보인다. 가시와기는 겐지의 정처인 온나산노미야에게 다가갈 수가 없었기 때문에, 그녀가 키우는 고양이를 입수하여 안고 자는 등 대리만족을 하는 패티시즘적인 행동을 한 것이다.

이때 무라사키노우에가 갑자기 발병하여 니조인으로 옮기자 가시와기는 고지주의 안내로 로쿠조인에 숨어들어 결국 온나산노미야와 밀통을 하게 된다. 그리고 가시와기는 고양이의 꿈을 꾸는데, 이는 온나산노미야가 회임을 하게 된다는 태몽이 된다. 즉 겐지는 온나산노미야를 방울벌레로 비유하고, 가시와기는 고양이의 이미지로 보았던 것이다.

나가며

이 글에서는 『겐지 이야기』에서 등장인물의 상징이 되는 동물과 인간관계를 살펴보았다. 상대의 신화 전설에 나타난 동물은 그 지방에 군림하는 악령이나 신의 전령 등으로 묘사되기도 했다. 헤이안 시대의 시가, 수필 문학에 등장하는 각종 동물들은 단순히 사계절의 자연경물인 경우가 많았다. 그런데 『겐지 이야기』와 같은 모노가타리 문학에서는 동식물이 등장인물의 상징이 되거나 인간관계에 비유되는 것을 확인할 수 있었다.

『겐지 이야기』 「하하키기」권에서 매미의 허물은 우쓰세미가 겐지를 피하기 위해 겉옷을 벗어 놓고 간 것을 상징하는데, 겐지는 매미의 허물에 해당되는 우쓰세미의 겉옷을 갖고 대리만족을 한다는 것이다. 이에 매미의 허물은 우쓰세미라는 이름이 되고 겉옷을 벗어놓고 겐지를 회피한 인물이라는 이미지가 있다. 「오토메」권에서 구모이노카리는 밤중에 기러기의 울음소리를 듣고, 구름 속의 기러기와 자신을 동일시한다는 점에서 기러기를 상징하고 있다.

「다마카즈라」권에서 겐지는 유가오의 딸 다마카즈라를 로쿠조인으로 불러들여 양녀로 삼고 다마카즈라의 방에 반딧불이를 잡아넣고 은은한 불빛에 호타루 병부경궁의 연심을 불러일으킨다. 이에 다마카즈라는 반딧불이에 의해 조명되는 인물로 비유된다. 「스즈무시」권에서 온나산노미야는 스스로를 방울벌레에 비유하고 있다. 그리고 「와카나 상」권에서는 온나산노미야가 애완하던 고양이를 가시와기가 입수하여 품고 잔다는 점에서 고양이 또한 온나산노미야의 상징이라 할 수 있다.

이와 같이 『겐지 이야기』에서는 동물에 비유하여 등장인물의 인명이 만들어지거나 캐릭터의 상징이 된다는 것을 알 수 있었다. 그리고 동물의 특징이나 등장인물과의 관계에 따라 인간관계가 형성되며 모노가타리의 주제로 전개된다는 것을 확인할 수 있다.

> ┃ 이 글은 김종덕 「『源氏物語』에 나타난 동물의 상징과 인간관계」(『외국문학연구』 제61호, 한국외대 외국문학연구소, 2016)를 참고하여 풀어쓴 것이다.

참고문헌

上原作和(2004)「動物」『源氏物語を読むための基礎百科』学燈社
阿部秋生 他 校注(1994~1998)『源氏物語』①~⑥(新編日本古典文学全集 20~25, 小学館)
松尾聰 他 校注(1999)『枕草子』(新編日本古典文学全集 18, 小学館)
葛綿正一(1991)「源氏物語の動物」(『源氏物語講座』第五巻, 勉誠社)
喜多義勇(1981)「源氏物語と動物」『日本文学研究資料叢書』有精堂

휘파람새와 기다림의 미학

이 미 숙

● ● ● ●

매화에는 휘파람새? 동박새?

전국 방방곡곡 경로당 어르신들의 소일거리인 화투가 일본에서 들어온 놀이문화라는 것은 잘 알려진 사실이다. 아이러니하게도 정작 오늘날 일본에서는 그다지 즐기지 않지만, 우리나라에서는 손쉽게 즐길 수 있는 일상적인 오락으로 뿌리를 내렸다. 일본어로 화투는 하나후다花札라고 한다. 일본 최초의 가집인 『고킨와카슈古今和歌集』(905)의 편집이 춘하추동의 사계절로 나뉘어 이루어져 있는 데서도 알 수 있듯이, 일본은 예로부터 다방면에 걸쳐 사계절의식에 바탕을 둔 문화의식을

187

선보였다. 와카和歌란 5·7·5·7·7조의 일본 고유의 운문 양식이다. 하나후다 역시 일 년 열두 달 순으로 각각의 달을 대표하는 경물의 그림을 그려넣은 화투장이 네 장씩 배치되어 총 마흔여덟 장으로 이루어져 있다. 1월은 송학松鶴, 2월은 매조梅鳥, 3월은 벚꽃, 4월은 흑싸리(사실은 등꽃), 5월은 난초(붓꽃), 6월은 모란, 7월은 홍싸리, 8월은 공산空山, 9월은 국준菊俊, 10월은 단풍, 11월은 오동, 12월은 비를 소재로 한다. 이 가운데 봄의 도래를 읊은 2월은 매조, 즉 매화꽃에 앉은 새를 대표적인 상징물로 내세우고 있다. 매화 꽃가지에 앉아 있는 새는 봄을 알려주는 휘파람새로 많이 알려져왔다. 하지만 등이 녹색이고 날개와 꼬리는 녹갈색인 이 새의 정체는 동박새라고 한다. 휘파람새는 몸 색깔이 잿빛을 띤 갈색이며 부리 기부와 발이 황갈색이기 때문이다.

그런데도 일본에서도 매화 꽃가지에 앉은 새를 휘파람새로 잘못 인식한 것은 매화와 휘파람새가 예로부터 봄을 노래하는 시에서 함께 음영吟詠되어왔기 때문이었다. 8세기 초 일본 최초의 운문집인 『만요슈万葉集』만 살펴보아도 휘파람새를 소재로 읊은 시는 50여 수에 이른다. 휘파람새는 봄철 초엽에 울면서 봄이 왔다는 것을 알려주는 새로서 두견새에 이어 두 번째로 많이 읊어졌다. 그중에서 매화꽃과 함께 읊고 있는 것이 가장 많은데, 초봄에 우는 휘파람새가 봄철 초입에 피는 매화와 함께 음영되는 것은 당연하다고도 할 수 있다. 헤이안 시대平安時代(794~1192년)에 들어와서도 이러한 작시 풍습은 이어져왔다. 헤이안 시대에 편찬된 『고킨와카슈』에서는 "휘파람새가 우짖는 들판마다 와서 보자니 시들어가는 꽃에 바람 불어대누나"(권2·105번가)와 같이 봄을 읊은 와카 중에서 휘파람새와 같이 등장하는 꽃은 당연히 매화로 인식되었다. 꽃이라고 하면 바로 벚꽃을 떠올렸던 이 시대에 휘파람새와 같이 등장하는 꽃이 매화라는 사

【그림 1】 2월 매조를 이미지화한 화투장 4매
(https://blogs.yahoo.co.jp/ikariya_chosuke 2005/37916036.html에서)

실에서 두 경물이 와카 속에서 세트로 인식되고 있었음을 알 수 있다. 이러한 와카 영법詠法의 전통 속에서 하나후다의 매조 또한 매화와 동박새가 아닌 매화와 휘파람새로 잘못 인식되어온 것으로 볼 수 있다. 이는 달리 말해 매화와 휘파람새라는 결합이 『만요슈』 이래 떼려야 뗄 수 없을 정도로 일본인의 의식 속에서 공고화되어 있었다는 것을 의미한다.

　그런데 이와 같이 운문 속에서 봄을 기다리거나 봄이 가는 것을 아쉬워하는 데 제재로 쓰인 휘파람새는 헤이안 시대의 대표적인 여성일기 문학인 『가게로 일기蜻蛉日記』에 이르러서는 남성을 기다리는 여성의 기다림을 형상화하는 제재로 쓰이게 되었다.

기다리는 여자, 미치쓰나의 어머니

『가게로 일기』는 10세기 후반 가나 문자仮名文字로 여성이 쓴 일기문학으로 현존하는 일본 최초의 여성 산문문학이다. '일기문학'이란, 남성들이 하루하루의 공적인 사실을 한문으로 기록한 '일기'와는 달리 여성 또는 여성으로 가장한 남성이 가나 문자로 자신의 삶을 회상하여 풀어쓴 작품을 이른다. 귀족문화의 그늘 속에서 중류귀족 출신인 궁정 나인이나 가정부인인 여성들이 자신들의 불안정한 삶 속에서 생성된 삶에 대한 불안과 고뇌 등을 문학적으로 형상화할 수 있었던 것은 자기 내면을 있는 그대로 표현할 수 있는 가나 문자가 있었기에 가능하였다. 『가게로 일기』는 미치쓰나의 어머니道綱母라는 중류귀족 출신의 여성이 집필하였다. 그녀는 지방관 출신인 후지와라 도모야스藤原倫寧의 딸로서 뒷날 섭정 태정대신으로 최고 권력자가 되는 상류귀족 후지와라 가네이에藤原兼家와 결혼하여 미치쓰나라는 외아들을 두어 보통 미치쓰나의 어머니로 일컬어진다. '가게로'라는 서명은 상권 발문에 나오는 "있는지 없는지도 모를, 아지랑이처럼 허무한 여자의 처지를 기록한 일기"라는 표현에서 비롯된 것으로, 허무하게만 느껴지는 자신의 삶을 '아지랑이'에 비유한 것이다.

이 작품은 법제적으로는 일부일처제가 규정되어 있었지만 실질적으로는 일부다처제 사회였던 헤이안 시대의 혼인제도를 배경으로 하여, 20여 년간에 걸친 결혼생활 속에서 생성된 미치쓰나의 어머니의 고뇌와 그 전개과정을 기록한 것이다. 10세기 후반 헤이안 시대는 법제적으로는 일부일처제가 규정되어 있었지만 실질적으로는 일부다처제 사회였다. 당시의 결혼풍습은 남성이 여성의 집을 방문하는 방처혼訪妻婚 또는 초서혼招婿婚이었다. 궁중 나인으로 출사하지도 않고 높디높은 담장 안에서 한 남자와의 결혼생활에 인생 전부를 걸었던 귀족여성들은 이제나저제나 남편이 찾아오기만을 기다리는 '기다리는 여자待つ女'의 입장에 처해질 수밖에 없었다.

　미치쓰나의 어머니를 고통스럽게 하였던 고뇌의 원인으로는 남편인 가네이에와 결혼생활을 영위하면서 이루고 싶었던 기대가 좌절된 점을 들 수 있다. 그녀가 결혼생활에서 꿈꾸었던 기대는 남편인 가네이에의 사랑을 독차지하고 정처가 되고자 하였던 신분 상승 욕구였다. 그러나 실질적인 일부다처제였던 당시의 혼인제도 속에서 오로지 자기 집에서 남편이 자기를 찾아와주기만을 기다리며 결혼생활을 영위할 수밖에 없었던 기다리는 여자였던 그 시대 여성들에게 이것은 도저히 실현될 수 없는 이상이었다. 따라서 남편과 늘 한집에서 지내기를 바라는 기대는 몹시 실현되기 어려운 꿈이었다. 『가게로 일기』에는 미치쓰나의 어머니를 제외하고 작품 속에 언급된 가네이에와 관계를 맺고 있는 여성은 다섯 명인데 실제로 가네이에에게는 세 명의 여성이 더 있었다. 따라서 그녀가 가네이에를 독점한다는 것은 당초부터 불가능한 일이었다. 정처가 되고 싶다는 꿈 또한 자신보다 먼저 남편과 결혼한 3남 2녀의 자식을 두었던 도키히메時姫가 가네이에가 개축한 신저新邸로 입주하면서 그녀가 정실부인이 됨으로써 좌절되었다. 이렇듯 자신의 꿈이 하나씩 좌절되어가면서 미치쓰나의 어머니의 고뇌는 생성되었고, 뛰어난 미모와 시적 재능에서 배태된 강한 자의식은 그녀의 고뇌를 더욱더 심화시키는 요소로 작용하였다.

　결국 『가게로 일기』는 954년 남편인 가네이에와 결혼한 뒤 날마다 그가 찾아와주기를 기다리던 미치쓰나의 어머니의 내면의 심정과 반평생을 기록한 텍스트, 천 년 전 일본 헤이안 시대라는 한 시대를 살다 간 한 여성의 삶과 그 마음풍경이 기록된 자기서사自己敍事라고 할 수 있다.

【그림 2】 『가게로 일기』 단간斷簡. 13세기 세손지 쓰네토모
世尊寺経朝의 글씨로 전해진다.
이케다 가즈오미池田和臣 교수 소장.

　　남편이 찾아오기를 기다리는, 기다리는 여자로서의 미치쓰나의 어
머니의 삶을 상징적으로 드러내는 기사는 결혼한 뒤 해마다 정초만 되
면 무슨 일이 있어도 방문해오던 남편이 본인의 집 앞을 그냥 지나쳐
가버린 971년 정월의 기록이다.

　　초나흗날도 신시 무렵, 초하룻날보다도 더욱 요란스럽게 행차를 알리며 오
　는데, "오십니다, 오십니다"라고 아랫것들이 계속 말하는데도, 초하루 같은
　일이 또 벌어지면 어쩌나, 민망할 텐데라고 생각하며 그래도 가슴 졸이며 기
　다리고 있었다. 그런데 행차가 가까워져 우리 집 하인들이 중문을 활짝 열고
　무릎 꿇고 기다리고 있는데도, 아니나 다를까 그대로 또 스쳐 지나갔다. 오늘
　내가 어떤 마음이었는지 상상에 맡기겠다.　　　　　　　　　　　(중권·971년)

집 앞을 지나가는 남편의 수레 소리를 들으며 남편을 기다렸건만 미치쓰나의 어머니의 집 앞을 그냥 지나쳐 가는 가네이에의 우차牛車 소리로 상징되는 두 사람의 마음의 거리, 그로 인한 미치쓰나의 어머니의 마음에 각인된 상처는 971년 정초에 최고조에 이르게 된다. 결혼한 뒤 한 번도 거르지 않고 새해 첫날이면 꼭 찾아주던 가네이에가 자기 집 앞을 그냥 스쳐 지나갈 때 미치쓰나의 어머니는 아랫사람에 대한 민망함과 쌀쌀맞은 가네이에에 대한 섭섭함으로 몸 둘 바를 모르게 된다. 남성의 이 같은 행동은 실질적인 일부다처제 속에서 여성이 가장 굴욕감을 느낄 만한 행위였다.

이러한 가네이에의 행동으로 미치쓰나의 어머니의 고뇌는 절정에 이르게 되고, 미치쓰나의 어머니는 친정아버지 집에서 기나긴 정진기간을 보내고 가네이에가 자신의 집 앞을 그냥 지나쳐 가지 않는 세계를 찾아서 나루타키鳴滝의 한냐지般若寺로 참배여행을 떠나 그곳에 칩거하게 된다. 조용한 산사에 머물며 미치쓰나의 어머니는 자연과 깊이 교감하면서 자신의 내면을 응시하는 시간을 갖는다. 비록 3주 만에 가네이에에게 이끌려 산사를 내려오면서 한냐지 칩거는 막을 내리고 미치쓰나의 어머니와 가네이에의 결혼생활에 바로 변화를 가져오지 못하였지만, 이를 계기로 미치쓰나의 어머니는 두 사람의 관계에 집착하던 자신의 마음을 내려놓고 가네이에와의 결혼생활을 있는 그대로 받아들이려는 체념의 심경에 어느 정도 다다르게 되었다. 971년은 미치쓰나의 어머니의 고뇌가 최고점에 이르러 표출된 해로서 『가게로 일기』 작품 전체의 클라이맥스에 해당된다고 할 수 있다.

고뇌의 상징, 두견새 울음소리

『가게로 일기』에는 이런저런 새들이 등장한다. 권말 가집을 제외하고 상·중·하권 본문만을 대상으로 삼았을 때 두견새가 18회로 가장 많이 등장하며 휘파람새 13회, 물떼새 7회, 학 5회, 흰눈썹뜸부기 1회 순으로 찾아볼 수 있다. 이들 새들은 경물의 일부분으로서 자연을 묘사하는 데 별다른 의미 없이 등장하기도 하지만, 대부분 미치쓰나의 어머니의 와카에 쓰이거나 지문에 쓰일 때에도 미치쓰나의 어머니의 마음속 풍경을 드러내는 계기로 작용한다.

예를 들어, 두견새의 쓰임을 살펴보면 크게 두 가지로 나눌 수 있다. 첫 번째는 사랑하는 사람을 갈구하는 마음을 울음소리를 통해 드러내고 있고, 두 번째는 사랑하는 사람을 생각하는 작중 화자의 고뇌의 유무를 드러내는 데 쓰이고 있다.

두견새는 『가게로 일기』에 가장 먼저 기술된 새로서, 가네이에의 구혼가와 미치쓰나의 어머니의 답가에 처음 등장한다.

> 그 사람은 친정아버지에 해당되는 사람에게 직접 농담인지 진담인지도 모를 정도로 넌지시 비추었기에 말도 안 되는 일이라고 하였는데도, 짐짓 모르는 척 말에 탄 사자使者를 우리 집으로 보내 문을 두드리게 하였다. 보낸 사람이 누구인지 물어보라고 하기에는 너무나 빤히 드러나게 소란을 피우기에, 처치곤란해하다 보내온 편지를 받고는 야단법석이 났다. …… 편지에는 다음과 같이 와카가 적혀 있다.
>
> 두견새 울음 듣고만 있자 하니 안타깝구려

직접 마주 앉아서 소회나 풀고 지고

"어찌해야 하나. 답장을 꼭 보내야 하는 건지" 등등 의견이 분분한데, 예스러운 사람이 있어 "당연히 보내야지"라며 송구스러워하며 시녀에게 답장을 대필하게 하여, 이와 같이 와카를 보냈다.

이야기 나눌 사람 없는 마을의 우는 두견새
아무런 소용없는 울음은 이제 그만   (상권·954년)

954년 가네이에가 보낸 구혼가에 쓰인 두견새는 이때가 초여름이라는 계절을 알려줌과 동시에 두견새의 울음소리가 짝을 찾는다는 데서 미치쓰나의 어머니를 향한 가네이에의 마음을 드러내는 상징으로도 쓰이고 있다. 이에 대해 미치쓰나의 어머니는 가네이에의 와카에 쓰인 두견새를 받아서 당신의 구애를 허락할 마음이 없으니 소용없는 구혼을 멈추라고 답가를 보내고 있다. 물론 남녀의 증답가가 남성은 구애하고 여성은 적어도 한 번은 거절하는 패턴을 보인다는 점에서 이들의 증답가 또한 그러한 형식에 충실한 와카 영법을 따르고 있다고 할 수 있다.

그런데 세월이 흘러 두 사람의 부부관계가 거의 파탄에 이른 972년 초여름에는 "이러면서 그믐이 되었지만, 그 사람은 댕강목 꽃그늘에 숨어 두견새가 지저귀는 계절이 와도 모습을 보이지 않고, 소식조차 없이 그 달도 지나갔다"(하권·972년)라는 기술에서 확인할 수 있듯이, 이제 두견새는 가네이에의 부재를 한탄하는 미치쓰나의 어머니의 의식 속에서 반추되고 있다. 댕강목 꽃그늘과 두견새가 함께 언급된 것은 "울음소리를 어찌 죽일 수 있나 두견새 우네 맨 처음 핀 댕강목 꽃그늘

에 숨어서"(『신코킨와카슈新古今和歌集』·여름·히토마로人麿)를 염두에 둔
표현으로 보인다. 이 같은 바탕이 된 와카에 주목하였을 때, 972년의
기술은 가네이에가 맨 처음 자신에게 보냈던 구혼가와 같은 발상으로
이제는 미치쓰나의 어머니가 남편을 그리워하며 기다리는 마음을 드
러내는 데 쓰이고 있음을 알 수 있다.

이처럼 사랑하는 사람을 갈구하거나 기다리는 마음을 울음소리를
통해 드러내는 것 말고도 두견새는 『가게로 일기』에서 사랑하는 사람
에 대한 고뇌의 유무를 드러내는 데도 쓰이고 있다.

> 서울 집에 있을 때 그 옛날 그다지 깊은 시름에 잠기지 않았을 무렵, '그 울음
> 소리 두 번 듣지 못하는'이라며 애달아하던 두견새도 여기서는 맘껏 울고 있
> 다. 흰눈썹뜸부기는 바로 옆에 있는 듯 여겨질 만큼 가까이에서 물건을 두드
> 리듯 딱딱거리며 운다. 참으로 더욱더 가슴이 미어지는 듯 시름만 깊어가는
> 처소다.   (중권·971년)

971년 6월 자신의 집 앞을 그냥 스쳐 지나가는 남편과의 관계에 절망
하여 들어온 한냐지에서 미치쓰나의 어머니는 깊은 잠을 이루지 못한
탓에 이슥한 깊은 밤에 두견새 우는 소리에 잠에서 깨어나 시름에 잠겨
있다. 결국 한밤중에 깨어나 듣는 두견새 울음소리는 미치쓰나의 어머
니의 시름과 고뇌를 드러내는 경물로 그려져 있다는 것을 알 수 있다.

이와 반대로 "올해는 아무리 미운 사람이 있어도 한탄하지 않으리"
라고 마음을 다잡으며 시작된 972년에 미치쓰나의 어머니는 깊이 잠들
어 두견새 울음소리도 듣지 못한 5월 어느 날의 심정을 이렇게 읊고
있다.

요 근래 구름의 움직임이 안정되지 않고 변화가 많아, 자칫하면 모내기하는 아낙네들의 옷자락이 비에 젖을까 염려가 될 정도이다. 두견새 울음소리도 들리지를 않는다. 이런저런 생각이 많은 사람은 잠을 잘 못 잔다고 하는데, 별나게도 나는 마음 편히 잠을 잘 자기 때문인 듯하다. 주위에서는 다들 "요전날 밤에 들었습니다", "오늘 새벽에도 울었답니다"라고 말하는 것을 듣고 있자니, 다른 사람도 아니고 시름 많은 내가 아직 듣지 못했다고 하는 것도 무척이나 부끄러운 일이기에, 아무 말도 하지 않고 마음속에 떠오르는 생각을 이렇게 남몰래 중얼거렸다.

> 내가 참으로 마음 편히 잠이나 잘 수 있으랴
> 깊은 내 시름 두견 울음이 되었구나   (하권·972년)

두견새 울음소리도 듣지 못한 채 푹 잠든 자신이 부끄럽다며 자신의 시름이 두견새의 울음이 되었다고 와카를 읊고는 있지만, 이 시점에서 미치쓰나의 어머니의 마음속 깊은 곳에서는 남편인 가네이에에 대한 집착은 전보다 엷어져 있다는 것을 짐작할 수 있다.

이처럼 두견새 울음소리는 고뇌와 시름에 젖은 상태인지 아니면 그 상태에서 일정 정도 벗어나 있는지를 드러내는 하나의 척도로서 『가게로 일기』에 형상화되어 있다는 것을 알 수 있다. 그리고 두견새 울음소리보다도 더 한층 기다리는 여자의 자기서사인 『가게로 일기』의 본질을 가장 잘 드러내주는 경물은 초봄의 도래를 알려주는 휘파람새 울음소리이다.

197

【그림 3】 휘파람새(왼쪽)와 두견새(오른쪽)
(秋山虔·小町谷照彦 編(1997)『源氏物語図典』小学館)

기다림의 상징, 휘파람새 울음소리

기다리는 여자로서 자신의 집에서 남편을 기다리며 겪는 미치쓰나의 어머니의 고뇌는 여러 제재를 통해 형상화되어 있다. 그중 하나가 휘파람새 울음소리를 들으며 남편의 소식과 방문을 기다리는 작중 화자 미치쓰나의 어머니의 모습이다.

『가게로 일기』에는 권말 가집에 쓰인 2회의 용례를 제외하고 본문에서 13회의 휘파람새의 용례를 찾아볼 수 있다. 이 중 지문에 쓰인 용례가 7회, 와카에 쓰인 용례가 6회이다. 용례의 분석에서 흥미로운 점은 13회 중 9회의 용례가 남편을 기다리는 미치쓰나의 어머니를 형상화하는 데 쓰이고 있다는 사실이다. 다시 말해 『가게로 일기』에서 휘파람새는 기다림의 상징으로 쓰이고 있다고 할 수 있다. 앞선 와카 집에서 고정화된 이미지로 쓰이던 봄소식을 전해주는 매화와 휘파람새의 결합은 1회밖에 쓰이고 있지 않다. "요 근래 날씨가 좋아지기 시작하여 화장하니 맑았다. 따뜻하지도 차지도 않은 바람이 매화 향기를 날라 와서 휘파람새를 꾀어낸다"(하권·972년)라는 기술에서 봄을 전하는 경물로서 매화와 휘파람새가 결합된 묘사를 볼 수 있을 뿐이고 대부분의 용례는 남편을 기다리는 미치쓰나의 어머니의 모습을 형상화하는 데 쓰이고 있어 『가게로 일기』 나름의 독자적인 표현 세계를 구축하고 있다.

기다림을 묘사하는 휘파람새의 용례 중 가장 전형적인 예는 다음 대목이다.

> 그러면서 유월이 되었다. 손을 꼽아 헤어보니, 밤에 본 것은 서른여 날, 낮에 본 것은 마흔여 날이나 되었다. 너무나 갑작스레 변한지라 이상하다는 말로도 부족할 따름이다. 내 마음에 흡족하게 여겨지는 부부 사이는 아니었지만, 아직 이처럼 심한 경우는 처음인지라, 주위에서 지켜보는 사람들도 이상하다, 결코 있을 수 없는 일이라고 생각하고 있다. 나는 너무 기가 막혀 아무것도 생각할 수 없기에, 단지 멍하니 앉아 시름에만 잠겨 있을 뿐이다. 다른 사람이 어찌 생각할까 수치스럽기에, 흘러내리는 눈물을 억지로 참으면서 누워 듣자니, 휘파람새가 제철이 지났는데도 울고 있다. 그 울음소리를 들으며, 떠오르는 대로 이렇게 읊었다.
>
>> 휘파람새도 기약 없는 시름에 젖어 있는가
>> 유월인데 끝 모를 울음만 토해내네　　　　　　(중권·970년)

한 달여나 밤에 찾아오지 않고 낮에 얼굴조차 비치지 않은 날이 마흔여 날이 지났다는 것은 방처혼인 혼인제도 하에서는 여성에 대한 남성의 애정이 식었다는 징표이다. 이때 초봄을 알리는 휘파람새가 제철도 아닌 6월에 우는 울음소리를 들으며 미치쓰나의 어머니는 남편을 기다리며 울음을 토해내는 자신의 목소리와 다름없다고 여기고 있다.

이렇듯 휘파람새에 오지 않는 남편을 기다리는 자신의 감정을 이입하는 양상은 "연락이 끊긴 채 스무날째가 되었다. '새로워져가는데'라고 와카에서 자주 읊기도 하는 봄날의 기운, 휘파람새 울음소리 등을 느끼고 들을 때마다 눈물이 맺히지 않은 적이 없다"(중권·971년), "발을 감아 올려놓고 있자니, 철 지난 휘파람새가 끊임없이 울어댄다. 말라 죽은 나무 위에서 '히토쿠, 히토쿠'라고만 날카롭게 울어대니, 발을 내려야만 할 것 같은 마음이 든다"(중권·971년)라는 기술에서 단적으로 확인할 수 있다. 특히 휘파람새 울음소리가 사람이 온다는 뜻인 '히토쿠人來'로 들린다는 기술은 가네이에의 방문이나 그의 편지를 기다리는, 기다리는 여자로서의 미치쓰나의 어머니의 내면이 반영된 것으로 볼 수 있다.

휘파람새 울음소리에 의탁된 가네이에의 부재와 미치쓰나의 어머니의 기다림은 두 사람의 부부관계가 해소된 뒤에도 이어진다.

> 팔월부터 발길을 끊은 그 사람에게서 그 뒤 아무런 연락도 없이 이리도 허무하게 정월이 되어버렸구나라고 생각하니, 생각하면 할수록 눈물이 흐느낌처럼 흘러나온다. 그래서 이렇게 내 마음을 읊었다.
>
> 나하고 함께 소리 맞춰 울어줄 휘파람새여
> 정월이 된 걸 여태 모르고 있는 겐가   (하권·974년)

『가게로 일기』의 마지막 해인 974년 정월, 그 전해인 973년 8월부터 발길을 끊어버린 남편을 그리며 읊은 와카 속의 휘파람새는 찾아주지 않는 가네이에의 비유이자 미치쓰나의 어머니의 마음속 설움을 대신 울음소리로 토해내주는 존재였다. 그러나 이후 남편인 가네이에는 미치쓰나의 어머니를 두 번 다시 찾지 않아 두 사람의 파탄된 결혼생활이 다시 이어지는 일은 없었다.

새소리도 끊긴 교토 변두리에서 맞는 그믐날

『가게로 일기』에 마지막으로 기술된 휘파람새의 용례는 미치쓰나의 어머니가 시름을 달래고자 찾아들어간 산사의 묘사에 나온다.

> 아주 깊은 산에서는 새 울음소리도 들리지 않는 법이기에 휘파람새 울음소리조차 들리지 않는다. …… 너무 힘들어 괴로워하며, 이런 괴로움을 맛보지 않는 사람도 있을 텐데 이렇게 괴롭기만 한 몸뚱이조차 제대로 건사하지도 못하고 쩔쩔매고 있구나 생각하면서, 저녁종 칠 무렵에야 겨우 절에 도착하였다.
> (하권·974년)

휘파람새 울음소리조차 들리지 않는 깊은 산속 풍경은 가네이에와 헤어지며 이사 간 교토京都 변두리인 히로하타나카가와広幡中川에서 쓸쓸히 974년 섣달 그믐날을 보내며 작품의 막을 내리는 『가게로 일기』 하권의 말미로 이어지고 있다.

> 올해는 날씨가 심하게 거칠지도 않고 조금씩 흩날리는 눈이 두어 번 내렸을 뿐이다. 우마조가 초하룻날 입궐할 때 입을 의복과 백마절 때 입고 갈 의복

을 정돈하고 있던 중에 한 해 마지막 그믐날이 되어버렸다. 내일 설날 때 답
례품으로 쓸 옷 등을 접고 말고 하며 손질하는 일을 시녀들에게 맡기거나 하
며, 생각에 잠긴다. 생각해보니, 이렇게 오랫동안 목숨을 부지하며 오늘까지
살아온 일이 참으로 기가 막힐 뿐이다. 혼제魂祭 등을 보는데도 언제나처럼
끝없는 시름에 잠기게 되니, 그러는 동안 한 해가 다 저물어갔다. 내 집은 서
울 변두리인지라, 밤이 이슥하게 깊어서야 구나驅儺하는 사람들이 문을 두드
리며 다가오는 소리가 들린다.   (하권·974년)

한 해가 다 저물어가는 날, 교토 변두리에서 "언제나처럼 끝없는 시름"
에 잠겨 있는 작중 화자 미치쓰나의 어머니라는 구도는 기다리는 여자로
서의 미치쓰나의 어머니의 자기서사인『가게로 일기』작품 전체의 틀을
생각할 때 무척 상징적이다. 남편인 가네이에와 함께하였던 교토 중심부
에서의 결혼생활이 끝난 뒤 교토 외곽으로 물러나와, 한 해의 마지막 날,
교토 변두리인 히로하타나카가와의 강변 집에서 혼제 등을 지켜보며 이
제까지 살아온 자신의 인생을 되돌아보면서, 생각대로 이루어지지 않았
던 20여 년 간에 걸친 가네이에와의 결혼생활을 곰곰이 생각하고 있는 미
치쓰나의 어머니의 모습은 한 해가 저물어가듯 자신의 인생도 시간의 흐
름과 함께 저물어가는 것을 지긋이 주시하는 쓸쓸함으로 가득 차 있다.
미치쓰나의 어머니가 홀로 살고 있는 교토 변두리의 처소에 휘파람새는
더 이상 찾아들지 않았고, 남편을 기다리는 미치쓰나의 어머니의 심경을
대변하였던 휘파람새 울음소리도 더 이상 들리는 일은 없었다.

▌이 글은 이미숙「일본 헤이안 시대의 여성문학과 일상 정경의 남녀관계학」(『문
학치료연구』제44집, 한국문학치료학회, 2017)을 참고하여 풀어쓴 것이다.

참고문헌

이미숙 지음(2016)『나는 뭐란 말인가:『가게로 일기』의 세계』(문명지평 5, 서울
　　대학교출판문화원)
미치쓰나의 어머니 지음, 이미숙 주해(2011)『가게로 일기』(문명텍스트 3, 한길사)
片桐洋一(1999)『歌枕 歌ことば辞典』笠間書院
秋山虔・小町谷照彦 編(1997)『源氏物語図典』小学館
渡辺秀夫(1995)『詩歌の森─日本語のイメージ』大修館書店

동식물로 읽는
일 본 문 화

벌레를 좋아하는 아가씨와 일탈의 꿈

김 정 희

● ● ● ●

헤이안 시대가 만들어낸 '아름다운 여성상'

아름다움은 문화에 따라 그 기준이 다르고 시대에 따라 변화하기 마련이다. 헤이안 시대는 일본 문화의 발판이 만들어진 시기로, 중국의 문화를 바탕으로 한 일본의 독자적인 문화를 꽃피운다. 이러한 일본 고유의 문화는 궁정을 중심으로 한 귀족 안에서 성장하였는데, 특히 외부와의 접촉이 단절된 생활을 했던 귀족계급의 여성들에게는 외모의 아름다움은 물론, 몸가짐, 그리고 배우고 익혀야 할 교양이 남성들의 마음을 사로잡는 중요한 요소였다.

【그림 1】 헤이안 시대 미인의 얼굴(源氏物語絵巻 夕霧 중)(榊原悟(2015)『す ぐわかる絵巻の見かた』東京美術)

　먼저 헤이안 시대 미인이라고 할 만한 여성들의 외모를 살펴보면, 머리카락은 자르지 않고 직모로 길고 찰랑거려야 하며, 볼이 통통하고 오므라진 작은 입과 작은 코, 가는 눈매를 가져야 했다. 또한 성인이 되면 이를 검게 물들여야 하며 눈썹을 전부 뽑는 의식을 치러야 했다. 이러한 과정을 거쳐야만 비로소 진정한 헤이안 시대의 여성으로 거듭나는 것이다. 이 시대에 여성들이 즐겨 읽었던 이야기 속에는 귀공자와 사랑에 빠진 다수의 여성들이 등장하고 있는데, 이 여성들의 매력은 남성들과 직접 대면할 수 없었기 때문에 발을 사이에 두고 전해지는 교양과 몸가짐에 의해 판가름되었다. 당시의 귀족 여성들은 거의 외출을 하지 않아서, 이야기 속에 등장하는 그녀들의 모습은 대체로 앉아 있고, 서 있거나 걷거나 달리는 모습은 찾아보기 어렵다. 또한 몸에 익혀야 할 교양으로는 와카和歌, 음악, 서도 등이 있었는데, 특히 남성과의 대화는 와카를 중심으로 편지의 형태를 띠고 있었기 때문에 필수

【그림 2】 헤이안 시대 여성의 머리와 복장(源氏物語絵巻 東屋一복원모사)(NHK名古屋「よみ
がえる源氏物語絵巻」取材班(2006)『よみがえる源氏物語絵巻』日本放送出版協会)

교양이었다. 당시 여성들은 남성들의 문자인 한자가 아닌 히라가나(가
타카나는 승려들이 경전에 읽는 법을 표시할 때 사용함)를 사용하였고
와카를 담은 편지의 히라가나 필체는 남자의 관심을 끄는 데 중요한
역할을 했다.

이 31자로 된 와카에서는 사계절을 상징하는 식물과 곤충이 주된 소
재가 되었고, 이러한 계절을 상징하는 소재를 빌려 자신의 마음을 표현
하였다. 자주 등장하는 곤충은 매미, 귀뚜라미, 반딧불이, 방울벌레, 나
비 등으로, 특히 벌레의 울음소리는 슬픔에 잠겨 우는 자신의 울음소리
에 비유하는 경우가 많았다. 이 시대를 대표하는 수필집인『마쿠라노
소시枕草子』는 벌레의 대표적인 예를 들고 있는데, 여기에 나열되어 있
는 것은 방울벌레, 저녁매미, 나비, 귀뚜라미, 매미, 모기 등이다. 그러
나 헤이안 시대 후기에 탄생한 이야기『쓰쓰미추나곤 이야기堤中納言物語』
속에 수록된「벌레를 좋아하는 아가씨」에는 나비의 유충인 모충, 사마귀, 달팽이 등 이색적인 대상과 그것을 귀여워하는 귀족 아가씨가 등장한다. 이 여성은 헤이안 시대 왕조미를 대표하는 기존의 여성 등장인물들과는 일선을 긋는 캐릭터이다. 벌레를 수집하고 애무하는 엽기적인 취미를 가진 여성 캐릭터의 탄생은 당시의 시대 변화와도 관련이 있다. 헤이안 시대 후기는 천황의 자리에서 물러났음에도 불구하고 정치적 실권을 가진 상황上皇이 통치하는 시대였다. 기존의 귀족계급의 지위가 흔들리고 무사계급이 중앙에 진출하는 변혁기였던 것이다. 이 정치적 변혁은 사회 질서의 혼란을 야기시켜 남녀의 성적인 문란, 종교계의 부패 현상을 초래한다. 이러한 사회적 배경을 바탕으로 독자의 취미도 다양해져, 옛이야기에서는 상상도 할 수 없었던 '벌레를 아끼는' 엽기 취미의 아가씨가 등장한 것이다.

엽기적인 취미, 불교, 젠더의 거부

이 작품의 첫머리에는 여자 주인공이 파격적인 인물이라는 것을 다음과 같이 대비되는 표현을 통해서 예고하고 있다.

> 나비를 좋아하는 아가씨가 살고 계시는 근처에 아제치 대납언按察使の大納言의 딸이 살고 계시는데, 부모님은 이 딸을 아주 각별하고 소중하게 키우고 계신다. 이 아가씨가 하시는 말씀이 "사람들이 꽃이요, 나비요라고 하면서 아끼는 것이야말로 천박하고 바보 같은 짓이다. 인간은 성실한 마음으로 사물의 본질을 추구해야 하며 그것이야말로 훌륭한 것이다"라고 하여 다양한

벌레, 무서워 보이는 벌레들을 채집하여 "이것이 성장하는 것을 봐야겠다"고 하고 여러 곤충 상자에 넣게 하셨다. 그 가운데에서도 "모충이 사려 깊은 모습을 하고 있는 것이 훌륭하다"라고 하면서 아침저녁으로 머리를 귀 뒤로 넘기고 손바닥에 놓고 애무하면서 지켜보고 계신다.

여기에서는 나비를 좋아하는 아가씨가 사는 곳 근처에 벌레를 모으는 아가씨가 살고 있다는 것을 대조적으로 그리고 있다. 나비를 좋아하는 아가씨가 귀족이 선호하는 일반적인 여성이라면 벌레를 좋아하는 아가씨는 그 취미뿐만 아니라 습관, 취향 등에서도 독특한 면모를 드러내고 있다. 벌레 중에서도 특히 나비의 유충인 모충을 아끼고,

"인간은 모두 꾸밈이 있는 것은 좋지 않다"라고 하여 눈썹을 뽑는 일은 절대 하지 않으신다. 이를 검게 물들이는 것은 "정말이지 번잡하고 지저분하다"라고 하여 하지 않으신다. 하얀 이를 드러내고 웃으면서 이 벌레들을 아침저녁으로 귀여워하고 계신다.

매우 뻣뻣하고 풍류가 없는 종이에 답가를 쓰셨다. 히라가나는 아직 쓰시지 않으셨고, 가타카나로,

인연이 있다면 최고의 극락정토에서 만납시다
곁에 있기 힘들군요 그런 뱀의 모습으로는

행복한 동산에서 만납시다라고 되어 있다.

라고 하는 예문에서 알 수 있듯이 자연스러운 인간의 모습이 좋다는 이
유로 헤이안 시대 여성의 관습인 눈썹을 뽑지도 않고 이를 검게 물들이
는 화장도 하지 않은 채 오로지 벌레에만 애착을 보이고 있다. 뿐만 아
니라 이 아가씨에 대한 소문을 듣고 흥미를 느낀 남성 우마 左右馬佐가
편지를 보내자 그에 대한 답장을 멋없는 종이에, 게다가 히라가나가 아
닌 가타카나로 쓰면서 극락정토에서 만나자고 한다. 이 벌레를 좋아하
는 아가씨의 행동은 이 시대의 문화적 관점에서 봤을 때에는 기괴하기
짝이 없지만, 반대로 이 기괴한 행동이 기존의 귀족사회가 강력한 문화
적 젠더를 만들어내어 여성들을 틀에 얽매고 있다는 것을 드러낸다. 그
러한 측면에서 보면 여성은 반드시 히라가나를 사용해야 하고 눈썹을
뽑고 이를 검게 물들여야 하며 나비를 귀여워해야 한다는 당시 귀족사
회의 젠더에 대항하는 기제가 바로 벌레에 대한 애착을 비롯한 인위적
인 것 일체를 거부하는 아가씨의 행위라는 것을 짐작할 수 있다.

　뿐만 아니라 벌레를 좋아하는 아가씨의 또 하나의 특징은 사회와 다
른 이질성을 드러내는 그녀의 주장이 불교의 교리를 통해서 이루어지
고 있다는 점이다. 그녀는 사람들이 꽃과 나비를 좋아하는 것은 허무하
고 이해할 수 없는 행동으로, '사물의 본체本地'를 파악하는 것이야말로
중요하다고 말한다. 여기에서 말하는 '사물의 본체'라는 것은, 불교에
서는 부처님이 중생을 구제하기 위해서 여러 모습으로 변신하여 나타
난다고 하는데, 그 변신한 모습이 아닌 부처님의 본래의 모습을 가리킨
다. 그렇다면 아가씨가 말하는 사물의 본체란 나비의 유충이 모충이므
로, 나비만을 예쁘다고 하고 그 유충인 모충을 기피하는 것은 이해할
수 없다. 본모습인 모충이야말로 예뻐해야 한다는 것이다. 딸의 이상한
모습에 세상의 눈과 소문을 의식하는 부모님에게도 아가씨는 철저하

게 항변하는데, 이 역시도 불교의 논리를 가지고 자신의 주장을 관철시키고 있다. '"상관없어요. 모든 현상을 추구하여 그 결과를 보는 것이야말로 현상은 의미를 가지는 것입니다. 정말이지 유치하군요. 모충이 나비가 되는 것이에요"라고 그 모습이 되는 것을 꺼내셔서 보여주셨다' 라는 부분도 사물의 본체를 중요시해야 한다는 아가씨의 주장과 일맥상통하고 있다. 이와 같이 불교의 교리로 고정 관념에 저항하는 아가씨의 태도는 자신에게 관심을 보이는 남성에 대한 거부를 나타낼 때에도 드러난다. 우마 좌는 아가씨에게 와카를, 허리띠로 뱀 모양을 만들어놓은 것과 함께 보낸다. 주머니를 열어 본 뇨보女房들은 소스라치게 놀라서 소란을 피우지만 아가씨만은 다른 반응을 보인다.

> 아가씨는 전혀 아무렇지도 않게 "나무아미타불, 나무아미타불"이라고 하면서 "전생의 부모일 거예요. 소란피우지 마세요"라고 하지만 목소리는 떨리고 얼굴은 딴 데로 돌린 채 "우아한 모습일 동안에만 소중하게 여기는 것은 좋지 않은 마음이다"라고 중얼거리시면서 뱀을 가까이에 가지고 오시면서도 역시 두려워서 섰다가 앉았다가 하는 모습이 나비와 같고, 매미 같은 목소리로 말씀하시는 것이 너무나 우스꽝스러워서 뇨보들이 도망쳐 나와 포복절도하고 있는데 이것을 나이가 많은 뇨보가 아버지께 말씀드렸다.

아가씨는 뱀을 무서워하면서도 염불을 외우고 뱀이 전생의 부모일 거라고 하면서 소란을 피우는 사람들에게 아름답고 우아한 것만 귀엽다고 여기는 태도는 옳지 않다고 한다. '뱀이 전생의 부모'라는 것은 불교 경전인 『범망경梵網經』에 나오는 '모든 남자들은 나의 아버지이고, 모든 여자들은 나의 어머니다. …… 따라서 육도 중생 모두 나의 부모

211

다. …… 모든 땅과 물은 나의 전생의 몸이고 모든 불과 바람은 나의 본체이며 따라서 항상 방생을 해야 한다'라는 구절에 근거하는 것으로, 육도 중생이 나의 부모이기 때문에 뱀도 나의 부모였을 것이라는 의미다.

나비를 좋아하는 아가씨가 귀족문화의 젠더를 상징하는 존재라면 벌레를 좋아하는 아가씨는 이에 저항하는 여성상을 제시하고 있다. 그러나 이 이야기가 단지 두 아가씨로 대표되는 귀족 문화가 만들어낸 젠더와 그에 대한 안티테제로서 벌레를 좋아하는 아가씨를 제시하고 있는 것만은 아니다. 이 벌레를 좋아하는 아가씨가 자신의 특이성과 귀족문화에서 형성된 젠더에 대한 위화감을 불교의 교리를 통해서 주장하고 있는 것은 그녀가 불교의 영향력에 놓여 있는 귀족사회의 틀에서 완전히 벗어나지는 않는 존재라는 것을 암시하기도 한다. 다시 말해서 불교의 세계관이 당시의 젠더에서 벗어난 아가씨를 귀족사회 내부에서 그래도 안주할 수 있게 하고 있는 것이다. 따라서 이상한 행동과 이치를 따지는 태도에도 불구하고 주위 사람들은 다음과 같은 반응을 보이고 있다.

> 부모님은 '정말이지 특이하고, 다른 아이들과는 다르다'고 생각하시지만 '분명히 깨닫는 바가 있는 것이겠지. 보통 일은 아니다. 생각해서 드리는 말씀에 대해서는 그렇게 깨달은 바가 있는 것처럼 말씀하시기 때문에 정말이지 어쩔 수가 없다'라고 하여 그에 대응하는 것도 매우 힘들게 여기신다.

> 그렇다고 또한 모충을 나란히 두고 나비라고 하는 사람이 있겠습니까? 단지 그것이 탈피하여 나비가 되는 거예요. 그 과정을 조사하시는 것입니다. 이 탐구심이야말로 사려가 매우 깊다고 할 수 있어요.

자신의 딸을 걱정하는 부모는 불교 교리를 통해서 무언가 깨달은 것
이 있기 때문에 특이한 행동을 하는 것이라고 이해하려는 자세를 보이
고 있으며, 나이가 든 아가씨를 시중드는 뇨보는 모충이 탈피해서 나비
가 된다는 불교적 교리에 충실한 발언과 탐구심이 왕성한 점을 들어서
아가씨를 옹호하고 있다.

이와 같이 이 작품 속에는 헤이안 시대에 만들어진 인위적, 제도적
여성상에 저항하는 수단으로, 자연 그대로의 모습을 지향하고, 모충에
대한 애정과 불교 교리를 설파하는 새로운 아가씨상이 제시되고 있다.
그러나 이러한 아가씨의 이상한 취미와 언동은 주위 사람들로부터 불
교의 가르침에 의한 깨달음이라고 이해되고 있어 귀족세계의 외부로
벗어나는 것이 아니라 어디까지나 그 내부에 존재하는 여성으로 그려
지고 있는 것을 알 수 있다.

이야기를 패러디하다

헤이안 시대 여성에게 결혼생활의 좌절과 불교는 매우 밀접한 관계
가 있다. 이 시대의 대표적인 작품인 『겐지 이야기源氏物語』안에서도 남
성과의 관계의 실패로 인해 자연스럽게 불교로 귀의하는 여성들이 많
이 등장한다. 특히 중류계급의 여성, 또는 부모를 일찍 여읜 경우, 경제
적으로 남성에게 의지할 수밖에 없는 여성들은 특히 남성과의 결혼이
인생을 좌우하는 결정적인 작용을 하게 된다.

예를 들어 『겐지 이야기』의 등장인물인 우쓰세미空蟬의 경우, 그녀의

213

아버지는 딸이 입궁하기를 원했지만 뜻을 이루지 못한 채 죽어버린다. 후견인을 잃은 그녀는 노령의 지방관의 후처가 된다. 그러나 우연히 귀공자인 히카루겐지光源氏와 만나서 하룻밤을 보낸 우쓰세미는 그에게 마음이 끌리면서도 상류귀족인 그와 수령의 후처인 자신과는 전혀 어울리지 않는다고 생각하여 그와의 관계를 거부하고 남편과 함께 지방으로 떠난다. 10여 년이 지난 후, 이시야마데라石山寺에서 우연히 겐지와 재회한 우쓰세미는 감회에 젖지만 역시 이 사랑을 이루지는 못한다. 노령인 남편이 죽자 의붓아들은 젊은 어머니인 우쓰세미를 유혹하고 그녀는 결국 그 유혹을 피하기 위해 출가를 감행한다.

우쓰세미의 예에서 알 수 있듯이 여성의 결혼, 또는 남성과의 성관계는 여성의 일생을 좌우한다. 우쓰세미의 경우를 살펴보면, 그녀의 출가가 불교의 교리를 습득하고 깨달음을 얻어 이루어진 것이 아니라 남성으로부터의 도피라는 점에 주목해야 할 것이다. 이것은 종교적인 면에서는 비난받아 마땅한 행위라고도 할 수 있다. 그러나 이 시대 이야기에서 여성이 불교라는 종교와 결부되는 전형적인 방법은 바로 남성과의 관계를 통해서이다. 『겐지 이야기』에 등장하는 또 다른 여성인 우키후네浮舟도 두 명의 귀공자 사이에서 고민한 끝에 정신착란 상태가 되고, 결국 남성들의 끈질긴 구애를 피하기 위해서 출가해버린다.

남성과의 결혼, 성관계가 불교라는 종교를 여성과 가장 직접적으로 이어주는 매개라는 것이 이 시대 문학의 전형적인 이야기 수법이라고 할 수 있다. 그렇다면 이 「벌레를 좋아하는 아가씨」의 경우는 어떠한가?

앞에서 살펴본 대로 아가씨는 주위 사람들에게 자신의 주장을 펼칠 때 불교의 교리를 입에 담고 있다. 모충을 귀여워하는 행위를 불교의 교리인 '사물의 본체'의 중요성을 강조하는 것으로 정당화하고 있는 것이다. 또한 이 '사물의 본체'에 집착하는 마음은 아가씨가 여성의 인공적인 화장과 행위를 일체 거부하는 것과도 일맥상통한다. 남성이 보낸 편지에 극락에서 만나자는 전대미문의 답장을 쓰고, 아가씨에 대한 호기심으로 남성이 편지와 가짜 뱀을 보낸 것을 보고도 모든 것은 유전流轉하는 것이므로 아름다운 것만 예뻐하는 것은 옳지 않다고 훈계한다. 뿐만 아니라 나뭇가지에 붙어 있는 모충을 보려고 몸을 밖으로 내밀고, 심지어 이것을 훔쳐본 우마 조가 그 사실을 편지로 알리자 아가씨는 오히려 여자는 행실을 주의해야 한다고 말하는 뇨보를 책망한다. 아가씨는 "무언가를 깨닫게 되면 무슨 일이라도 창피하지 않다. 허무한 이 세상에 누군가가 살아남아서 나쁘다, 좋다고 판단할 수 있겠는가"라고 반발하는 것이다. 이것은 『장자莊子』를 인용한 말로 13, 14세 정도의 나이로 결혼을 염두에 두어야 할 아가씨가 불교, 노장사상의 원리를 자기 행동의 근거로 삼는 것은 오히려 그 사상을 제대로 깨닫고 있다는 인상을 주지 않는다. 오히려 자기 행동에 대한 일종의 구실과 방편으로서 불교와 노장사상을 이용하고 있다고 할 수 있다. 실제로 이 이야기 속에서는 이러한 아가씨의 언동에 대해서 '똑똑한 척 한다', '세상 사람들과 다르다' 등 보편성에서 벗어나 있다는 부정적인 표현이 주변 사람들의 목소리를 통해서 드러난다.

　이와 같이 진정한 종교적 깨달음에 다다른 것이 아닌, 단순히 불교의 교리를 자신의 방편으로 삼고자 하는 아가씨의 종교에 대한 태도는 『겐지 이야기』의 여성들이 남성들과의 관계 속에서 좌절하여 출가한 것과 마찬가지라고 할 수 있다. 즉 양쪽 다 여성들은 종교적인 성찰에 이르러 불교의 교리를 이야기하거나 출가하는 것은 아니라는 점이다.

그러나 『겐지 이야기』의 여성들이 인생의 우여곡절 끝에 깨달은 삶의 허무함 때문에 출가를 선택한 것과 벌레를 좋아하는 아가씨의 경우와는 무게가 전혀 다르다고 할 수 있다. 벌레를 좋아하는 아가씨의 경우는 '사물의 본체'와 세상의 무상함을 자주 언급하지만, 그것이 자신의 경험을 기반으로 한 것이 아닌 입으로만 역설하는 형태를 띠고 있다는 점은 이전의 이야기의 희극화, 패러디라고 할 수 있다. 특히 이러한 면은 이 작품 첫머리의 "나비를 좋아하는 아가씨가 살고 계시는 근처에 아제치 대납언의 딸이 살고 계시는데, 부모님은 이 딸을 아주 각별하고 소중하게 키우고 계신다"에서 확인되는 것처럼, 아가씨가 지체높은 든든한 부모를 가진, 어떠한 삶의 고난도 경험한 적이 없는 인물로 그려지고 있다는 점에서도 알 수 있다.

불교의 교리를 일상생활의 행동지침으로 비약시키고 있는 아가씨의 특이성은 그녀가 남녀관계의 경험이 없다는 점에서도 기존의 이야기 틀을 깨고 있다. 앞에서 확인했듯이 남녀관계의 성립과 좌절이 여성을 불교사상의 실천으로 이끈다는 점에서 비추어볼 때 이 이야기는 파격적이라고 할 수 있다. 처음부터 불교사상을 주장하고 오히려 그것을 근거로 젠더를 거부하고, 남녀관계를 거부하며, 오로지 벌레에만 치중하는 여성. 이야기 안에서는 아가씨가 체제 밖으로까지 영향을 미쳐 당시 여성의 젠더를 깨뜨리는 사회현상을 초래하지는 않지만, 제도화된 헤이안 시대의 여성상뿐만 아니라 이야기에 의해 전형화된 여성의 모습을 뛰어넘고 있다. 또한 나아가 기존의 이야기를 패러디하여 불교와 여성을 그려내는 스토리텔링의 방식을 전복시켰다는 점에서도 그 의의를 찾을 수 있을 것이다.

여성독자가 꿈꾸는 '일탈'

헤이안 시대는 여성들에게 여성성의 극치를 요구하였다. 그 전형성에서 일탈한 사람은 주위의 눈총과 억압을 받게 되는데, 벌레를 좋아하는 아가씨의 취향과 행위는 그 전형성에서 확실히 벗어나 있다. 즉 「벌레를 좋아하는 아가씨」는 헤이안 시대가 만들어낸 전형적인 여성상에 속하지 않는 여성을 창조하고 있는 것이다.

또한 이 아가씨는 헤이안 시대 여성상에서 일탈하고 있을 뿐만 아니라 그 행위와 취향은 남성적이라고 할 수 있다. 벌레는 원래 남성들이 좋아하는 것으로 분류되며, 아가씨는 여성인 뇨보들이 아닌 벌레를 좋아하는 어린 동자들과 어울린다.

> 이 벌레들을 잡는 동자들에게는 좋은 것, 그들이 원하는 것을 주시기 때문에 다양한 무서운 벌레들을 모아서 아가씨에게 가져다드린다. "모충은 털 등이 재미있지만, 고사故事를 떠올리는 실마리는 되지 않기 때문에 부족하다"라고 하고 사마귀, 달팽이 등을 모아서 이에 대한 시詩를 큰 소리로 읊게 하여 들으시고, 아가씨 스스로도 남자를 능가할 정도로 목청을 높여서 "달팽이의, 촉수의, 싸우는구나. 무엇인가"라는 구를 읊으신다.

위 인용문에서 아가씨가 읊고 있는 '사마귀, 달팽이 등을 모아서 이에 대한 시가를 큰 소리로 읊게 하여 들으시고'라는 것은 중국 시인 백거이白居易의 '달팽이의 촉수 위에서 다툰다고 한다. 그들은 도대체 무엇 때문에 싸우는 것인가? 돌을 칠 때 나오는 찰나의 빛 속에 몸을 기댄다고 한다. 인생이란 그렇게 짧은 시간 동안에 살아가는 것과 마찬가지

217

다'라는 무상을 주제로 한 한시를 의식한 것이다. 이와 같이 한시를 인용하는 것은 여성의 문화가 아닌 남성 문화를 향유하는 행위인 것이다.

이와 같은 아가씨의 젠더의 초월성은 무엇을 의미하는가? 벌레를 좋아하는 것, 한시, 가타카나를 사용하는 것은 단지 귀족문화가 만들어낸 여성의 젠더를 일탈했을 뿐만 아니라 남성문화도 향유하는 양성적 특징을 공유하고 있는 것을 의미한다. 물론 이 아가씨에게는 앞서 말했던 것처럼 상류귀족인 부모의 보호를 받고 있기 때문에 귀족사회에서 용인되고 있다는 한계도 존재한다. 그럼에도 불구하고 이 작품을 읽는 독자, 특히 여성 독자에게는 기존의 이상적인 여성상에서 벗어나 문화적 젠더에서 자유로운, 체제 안에 있지만 이단적인 이 아가씨라는 인물이 그들을 구속하는 틀로부터 일시적이지만 자유를 맛보게 하는 일탈을 꿈꾸게 하는 대상이라고 할 수 있는 것이다.

개성적인 소녀들이 창조한 세계, 『바람계곡의 나우시카』로

일본 애니메이션계의 거장인 미야자키 하야오宮崎駿 감독은 1984년에 장편 애니메이션인 『바람계곡의 나우시카風の谷のナウシカ』를 공개한다. 이 작품은 원래 미야자키 하야오 감독이 잡지 『아니메쥬アニメージュ』에 연재하고 있었던 동명의 만화를 애니메이션화한 것으로, 따라서 미야자키 하야오 감독 자신이 극본도 담당하고 있다.

『바람계곡의 나우시카』의 내용은 대략 다음과 같다. 이 작품의 시점은 '불의 7일간'이라는 전쟁이 일어난 지 천 년이 지난 시기로, 세상은 맹독을 뿜는 부해腐海라는 숲으로 뒤덮여 있고, 인간은 그곳에 사는 벌레의 위협에 떨고 있다. 바람계곡이라는 곳의 족장 딸인 나우시카는 이

부해의 벌레들과 소통할 수 있는 유일한 소녀이다. 어느 날 바람계곡이 토르메키아 군에게 점령되어 나우시카의 아버지는 살해되고 대항하던 그녀는 포로가 된다. 포로가 된 나우시카는 토르메키아의 여자 사령관인 크샤나와 바람계곡을 떠나게 된다. 토르메키아 군과 크샤나와 함께 비행하던 나우시카는 페지테의 왕자 아스벨이 탄 전투기의 공격을 받는다. 크샤나와 바람계곡에서 함께 온 일행과 겨우 탈출한 나우시카는 부해로 떨어진 그들을 먼저 탈출시킨다. 그 후 토르메키아 군의 공격을 받고 격추된 아스벨은 부해에 떨어지고 그곳에서 마주친 벌레를 공격한다. 부해로 추락한 나우시카는 아스벨이 벌레를 공격하는 총소리를 듣고 그곳으로 가서 그를 돕는데, 그 과정에서 그와 함께 부해의 하층부로 떨어진다. 그곳은 청정한 공기와 물, 흙이 있는 곳으로, 나우시카는 부해라는 숲이 사실은 전쟁으로 오염된 대지의 독을 빨아들이고 세계를 재생시키는 역할을 하고 있다는 사실을 알게 된다. 그러나 부해에 사는 거대한 벌레에 대해서 인간들은 그 벌레가 사람을 공격하는 위협적인 존재라고 생각한다. 부해의 하층부로 떨어져 정신을 잃은 나우시카는 어렸을 때 있었던 사건에 대해서 꿈을 꾼다. 그것은 나무에 숨겨둔 벌레를 아버지와 사람들이 빼앗아 가려고 하는 것으로, 아버지는 "인간과 곤충은 공존할 수 없다"고 단언한다. 벌레를 두려워하는 인간들도 그들을 없애야 할 생물로만 인식하고 있는 것과는 달리 나우시카만이 벌레의 공격성은 인간들이 그들을 헤치려고 하는 분노에서 비롯된 것이라는 점을 이해한다.

이야기의 클라이맥스인 후반부에 이르러 페지테 일당은 토르메키아 군에게 빼앗긴 거신병巨神兵을 되찾고자 벌레의 유생을 인질로 잡는다. 이에 화가 난 벌레의 무리는 이 유생을 구하고자 쫓아가는데, 페지테

219

【그림 3】 부해의 식물이 자라고 있는 나우시카의 비밀의 방(スタジオジブリ, 文春文
庫編(2013)「立花隆が選ぶ　キャラクター名場面」『ジブリの教科書1　風の
谷のナウシカ』文芸春秋)

　일당은 이 벌레를 바람계곡으로 보내어 그곳에 있는 거신병을 되찾고
자 한다. 나우시카는 바람계곡을 지키기 위해서 유생을 구하고 벌레의
무리 앞에 서서 그들을 가로막아 바람계곡을 구하려다가 목숨을 잃는
다. 그러나 바로 직후 벌레를 아끼는 나우시카의 진심을 안 벌레들은
화를 잠재우고 촉수로 나우시카의 몸을 감싼다. 이로 인해 나우시카는
부활하고 벌레의 피로 물들어 푸른색이 된 옷을 입고, 벌레의 금색 촉
수로 된 융단 위를 걸어간다. 그 모습은 바로 오래전부터 전해지는 예
언 속에 등장하는 구세주의 모습이었다.
　　미야자키 하야오 감독은 『바람계곡의 나우시카』의 주인공을 구상할
때 「벌레를 좋아하는 아가씨」를 떠올렸다고 한다. 헤이안 시대의 풍습
에 반하는 행위를 하고 독특한 취향을 가지고 있으며, 세상으로부터 특
이한 사람이라는 취급을 받고 있는 '벌레를 좋아하는 아가씨'가 감독

의 마음을 사로잡았다. 다시 말해서 사회의 속박에 굴하지 않고 자연스러운 자신의 감성대로 살아가는 아가씨의 개성이 주인공 나우시카를 만들어낸 된 계기가 된 것이다.

애니메이션의 주인공인 나우시카는 숲이 뿜는 맹독으로 인해 병을 앓고 있는 아버지를 대신해서 바람계곡을 책임지는 촌장의 딸이다. 16세인 나우시카는 강한 책임감과 시민들에 대한 애정으로 사람들의 신뢰를 얻고 있지만, 그녀가 어린시절을 떠올리는 장면에서 사람들은 나우시카를 벌레에 홀렸다고 하고 그녀에게서 벌레를 빼앗아버린다. 나우시카 역시 특이한 아이로 인식되고 있었던 것이다. 그러나 인간이 만들어낸 오염으로 인해 맹독을 뿜어내고 있는 숲이 사실은 맹독을 흡수하여 대지를 살리는 역할을 하고 있었으며, 인간을 공격하는 벌레도 원래는 인간과 공존할 수 있는 존재라는 사물의 본질을 오직 나우시카만이 깨닫고 있다. 이것은 보통 사람들은 가지지 못한 나우시카의 통찰력과 감수성, 그리고 관찰력을 나타내고 있는 것이다. 그리고 이러한 나우시카의 통찰력으로 인해 바람계곡의 사람들은 구원을 받고 그녀는 그들을 이끌어가는 리더의 역할을 하게 된다.

앞서 언급한 것처럼 「벌레를 좋아하는 아가씨」의 인물상에는 분명히 한계가 존재한다. 귀족의 딸이기 때문에 그녀의 특이성이 보호를 받을 수 있으며, 불교의 교리를 자신의 엽기적인 취미의 구실로 삼고 있다는 인상도 지울 수 없다. 그러나 아름다운 나비의 본모습이 모충이라는 것은 틀림없는 사실이고, 그것이 아가씨가 벌레에 집중하는 변명일지라고 해도 사물의 본질을 간파하고 있다는 점에서는 헤이안 시대에서는 유례를 볼 수 없는 여성이라는 점은 분명하다. 그것은 아름다운 나비가 사실은 사람들이 꺼려하는 벌레라는 흉한 것에서 탄생한 것이라는 사물의 본질을 간파하는 통찰력에서 기인한다.

　이와 같이 두 작품의 주인공인 '벌레를 좋아하는 아가씨'와 '나우시카'는 당시의 문화적 속박, 고정 관념에서 일탈한 소녀들이라는 점에서 공통점을 찾아볼 수 있다. 그리고 이러한 독특한 개성이 전자는 헤이안 시대 여성독자들에게 규범으로부터 일탈하는 것을 꿈꾸게 하고, 후자는 자신이 아끼는 사람들을 구하는 구원자의 역할을 가능하게 하는 것이다.

> ▌ 이 글은 김정희 「『벌레를 좋아하는 아가씨(虫愛づる姫君)』에서 『바람계곡의 나우시카(風の谷のナウシカ)』로－흔들리는 젠더와 구원」(『일본사상』제29호, 한국일본사상사학회, 2015)을 참고하여 풀어쓴 것이다.

참고문헌

宮崎駿(2002)『風の帰る場所 ナウシカから千尋までの軌跡』ロッキングオン

阿部秋生, 秋山虔外 校注(1995)『源氏物語 ②』(新編日本古典文学全集 21, 小学館)

三角洋一(1986)「堤中納言物語―『虫めづる姫君』の読みをめぐって―」(『国文学』 31-13, 学燈社)

関根賢司(1980)「虫めづる姫君二題」『物語文学論』桜楓社

神田龍身(1979)「『虫めづる姫君』幻譚―虫化した花嫁―」(『物語研究』1, 物語研究会)

동식물로 읽는
일본문화
닭

목숨을 걸고 새벽을 알리다

노 선 숙

● ● ● ●

　새벽을 알리는 것은 닭의 오랜 숙명 가운데 하나다. 시계가 발명되기
이전 우리는 여명을 알리는 닭의 울음소리를 통해 잠에서 깨어나 일해
야 할 시각임을 지각했다. 다시 말해 닭은 오늘날의 알람 구실을 담당
한 일종의 시계였던 셈이다. 하지만 휴대폰이 나오면서 시계 또한 휴대
폰에게 그 자리를 내어주고 이제는 일종의 패션 아이템으로 밀려나고
말았다. 인간을 포함하여 모든 것이 영원히 자기 자리를 지키기는 어려
운 세상이 되었다. 이제 다시 닭이 자신의 역할을 오롯이 담당할 수 있
었던 일본 고대로 시간여행을 떠날까 한다.

【그림 1】 군계도(伊藤若仲. 1788)
(林屋辰三朗編集(1975)
『江戸時代図誌』筑摩書房)

닭의 또 다른 이름

기원전 2,000년경 인도와 동남아시아에서 가축화된 닭이 일본에 들어온 시기는 6세기 말로 추정되며 그 무렵부터 사육된 것으로 보인다. 닭은 일본어로 '니와토리庭鳥'인데, 문자 그대로 '앞마당에 풀어 키우는 새'라는 뜻이다. 일본에서 가장 오래된 역사서이자 문학서인 『고지키古事記』(7세기)에 '앞마당 새/ 꼬꼬닭 운다'는 기록이 보인다. 당시 닭은 '계鷄'라 적고 오늘날과는 달리 '가케'라 읽었는데 이는 닭 울음소리와 관련된 호칭이다. '가케' 앞에 '앞마당에 있는 새'라는 수식이 따라붙고 있는데 이것이 오늘날 닭이라는 '니와토리'의 어원으로 알려져 있다.

일본 내 현존하는 가장 오래된 가집으로 8세기 후반에 편집된 『만요슈
万葉集』에도 '집에 있는 새/ 닭마저 운다'와 같이 '집에 있는 새'라는 수
식이 닭이라는 어휘 앞에 선행되는 걸 확인할 수 있다. 이 같은 명칭은
닭의 서식 장소에 따른 호칭이라 할 수 있다.

> 앞마당 꼬꼬닭(니와쓰 가케)
> 헝클어진 길고 긴
> 꼬리처럼
> 오래도록 느긋한
> 마음 들지 않아라   (『만요슈』 1413)

배우자를 잃은 사별의 슬픔을 닭 울음소리와 긴 꼬리로 형상화한 노
래다. 일상에서 자주 접하는 친근한 닭의 모습에 자신의 슬픈 심경을
빗대어 노래에 담고 있다는 점에서 흥미롭다. 니와토리는 여성 가인인
이세伊勢(872?~939년)의 가집에도 등장한다.

> 새벽 알리는
> 닭(니와토리) 울음소리와
> 내 울음소리
> 들었으리 동틀 녘
> 이별 서러워 나도 울었기에   (『이세와카슈』166)

하룻밤의 사랑을 나누고 돌아간 남자가 이세에게 지어 보낸 노래다.
사랑하는 연인들이 헤어지는 시각임을 알리는 새벽닭이 울자 이별이

아쉬워 자신도 울었다며 자신의 사랑과 그리움을 호소한다. 여기서 '니와토리'라 불린 닭은 사랑하는 연인들에게 이별의 시각을 고하는 무심한 존재로 각인된다.

닭의 또 다른 이름에 '아케쓰게도리明告鳥'가 있다. 이는 말 그대로 '날이 밝았음을 알리는 새'라는 뜻이다. 이외에 '유쓰케도리木棉府鳥'라는 별칭도 보인다. '유쓰케도리'는 도읍지인 교토에 소란이 발생하지 않도록 사방에 설치한 관문에서 지낸 사경제四境祭에서 유래한다. 사경제는 닥나무 껍질로 만든 흰 천을 닭에 매달아 재앙을 물리치려 제사지내던 불제祓除다. 이후 '유쓰케도리'는 단순히 닭을 부르는 명칭으로 사용되었으며『고킨와카슈古今和歌集』(905)에도 여러 수 보인다. 『고킨와카슈』는 천황의 명령을 받은 네 명의 편자가 당시 빼어나다고 평가되는 와카 1100수를 선정하여 편찬한 일본 최초의 칙찬 가집이다.

> 오사카 관문
> 닥나무 흰 천 매단
> 닭(유쓰케도리)마저 운다
> 그 사람 그리며
> 서럽게 우는 나처럼   (『고킨와카슈』 536)

> 오사카 관문
> 닥나무 흰 천 매단
> 닭(유쓰케도리)이었다면
> 관문 오가는 당신모습이나마
> 슬피 울며 보련만   (『고킨와카슈』 740)

닭과 관련된 명칭은 시대마다 제각각이지만 사랑하는 연인들에게 쓰라린 이별을 고하는 동물로 등장한다는 점에서는 변함이 없다. 다만 740번 노래는 헤어진 연인의 모습을 조금이나마 오래도록 눈에 담고픈 남겨진 자의 애절한 바람을 담았다는 점에서 색다르다.

이후 에도江戸 시대(1603~1868년) 사람들은 닭 울음소리에 주목했다. 그들은 닭 울음소리를 '도텐코'라는 의성어로 표현하고 이와 동음이의어인 '동천홍東天紅'이라는 한자를 차용하였다. 한자 그대로 동쪽하늘이 진홍빛으로 물든 새벽녘 닭 울음소리라는 뜻이다. 앞에서 언급한 '가케'도 '도텐코'와 마찬가지로 닭 울음소리와 관련된 이름으로, 고대 일본인은 닭의 서식 장소와 울음소리에 주목한 듯하다. 이 밖에도『만요슈』에는 '오래 우는 새'라는 뜻의 '나가나키도리長鳴鳥'라는 별칭도 보인다. 태양신인 아마테라스오미카미天照大神 신이 바위 속에 칩거하여 암흑천지로 변해버렸을 때 태양신을 끌어내기 위해 울게 했던 것이 바로 '나가나키도리'다. 이렇듯 캄캄한 어둠 속에서 여명을 알리는 닭은 상서롭고 신통력을 지닌 서조瑞鳥로도 여겨졌다.

사투를 벌이는 수탉, 하지만 승부는 사람 손에

한편 고대 일본에서는 투계鬪鷄 또는 계합鷄合이라 적고 '도리아와세'라 부르는 오락이 유행했다. 이 놀이는 편을 갈라 수탉끼리 싸움을 시켜 승부를 가리는 닭싸움이다. 귀족은 물론 서민들 사이에서도 유행했는데 이를 지켜보며 흥겨워하는 모습이『연중행사 그림 두루마리年中行

227

事繪卷』에 고스란히 남아 있다. 이런 닭싸움에 얽힌 일화를 소개해보도
록 한다. 먼저 일본에서 가장 오래된 역사서인『니혼쇼키日本書紀』(8세
기) 유랴쿠雄略 천황 7년(462) 8월에 수록된 내용이다.

유랴쿠 천황 시절 기비吉備 지방 군주인 사키쓰야前津屋는 반역을 꿈꾼
다. 그리하여 천황을 저주하는 주술을 행하게 되는데 그게 바로 닭싸움
을 통한 저주다. 사키쓰야는 왜소한 수탉을 골라 천황 닭이라 정하고
그 닭의 털을 모조리 뽑고 날개를 잘라버린다. 그와는 반대로 튼실한
수탉을 골라 자기 닭으로 삼아 닭싸움을 시킨다. 결국 천황 쪽 왜소한
닭이 수세에 몰리자 사키쓰야는 칼을 뽑아 그 수탉을 죽이고 만다. 하
지만 이런 주술로 자신을 저주한 사실을 알아버린 유랴쿠 천황은 그와
그의 일족 70여 명을 죽였다고 한다. 주술과 관련된 닭싸움에 관한 기
록이다.

또 다른 역사물에 실린 닭싸움에 관한 이야기도 있다.

> 3월경, 가잔인花山院은 다섯째와 여섯째 황자를 즐겁게 해주시고자 투계를
> 벌여 보여주셨다. 가잔인은 나카쓰카사中務가 낳은 다섯째를 매우 맘에 들어
> 하시고, 딸이 낳은 여섯째는 별로라 생각하셨다. …… 드디어 투계가 시작되
> 었는데 다섯째 쪽 닭이 계속해서 지고 여섯째 쪽 닭만 연승했으므로 가잔인
> 은 매우 언짢아하셨다. 이에 구경하는 신료들은 마음속으로 이상하다 여기
> 며 구경했다. 시합 내내 언짢아하시며 즐거워하시지 않으셨다. 정말로 재미
> 난 광경이다.   (『에이가 이야기』권8 19단. 가잔인의 투계)

『에이가 이야기榮花物語』(11세기)는 헤이안 시대 역사적인 사실을 토
대로 만들어진 역사물이다. 그 가운데 1006년 3월에 실린 이야기다. 천

【그림 2】 궁중에서 개최된 투계(年中行事繪卷)
　　　(坪田五雄 編輯(1977)『日本女性の歴史3 宮廷を彩る才女』曉教育圖書株式会社)

황 자리에서 물러난 가잔인(재위 984~986년)은 여러 명의 황자들 가운
데 다섯째와 여섯째 황자를 즐겁게 해주려 투계를 주최한다. 황자를 좌
우 두 편으로 나눈 뒤 자신의 저택에 드나드는 귀공자들을 각각 배치시
켜 대대적인 규모의 닭싸움을 벌인다. 유독 다섯째를 어여삐 여긴 가잔
인은 그쪽 수탉들이 계속해서 패하자 역정을 누르지 못했던 모양이다.
불편한 심기를 드러내는 천황을 지켜보던 귀족들은 좌불안석이었을
것이다. 흥미롭게 지켜보던 놀이판에서 수런수런 흔들렸을 좌중의 긴
장감이 느껴지는 일화다.

　중세 시대(1192~1603년)에도 궁중 내 닭싸움에 관한 일화가 소개된
작품이 있다. 『벤노나이시 일기弁內侍日記』라는 작품이다. 일기의 내용은
대략 스물일곱 살의 고사가後嵯峨 천황이 불과 네 살의 고후카쿠사後深草
천황에게 양위한 시점에서 시작해서 이후 6여 년 동안 궁정에서 일어
난 공적인 행사와 여관의 일상을 '벤'이라는 내시가 기록한 작품이다.
내시는 천황을 모시는 여관女官으로 이를테면 상궁을 말한다. 벤 내시
는 하루에 한 사건씩 기록한다는 원칙하에 100자에서 200자 정도 분량

의 글을 적은 뒤 마지막 부분에 작자 자신, 또는 작자의 여동생이 지은 와카로 마무리하는 형식을 취한 일기다. 이 가운데 1249년 3월 3일자 기록이다.

> 3월 3일 투계가 벌어지는 올해는 뇨보女房도 투계에 참가시킨다는 말을 들었기에 젊은 뇨보들은 열심히 훈련시킨 뛰어난 닭을 고르는 데 혈안이 되었다. …… 천황이 앉으신 곳에 처진 발 안쪽에서 천황이 몸소 공들여 키운 닭을 내놓으시자 사이온지 긴모토西園寺公基 대납언이 받들어 다른 닭과 투계를 벌인 모습은 실로 대단히 유명하다. 병아리일 적부터 천황이 어여삐 여기며 소중하게 키우셨다는 점은 대단하지만 그 닭 자체는 약하고 왜소하였다. 하지만 그 닭이 이기도록 하려고 그보다 연약한 닭을 골라 싸움시키느라 대납언이 애쓰셨다는 점도 감동적이다. (『벤노나이시 일기』 85단. 투계)

투계는 본래 남자들의 놀이다. 하지만 천황이 7세로 아직 어렸기 때문에 잔치 분위기를 돋우기 위해 평소 천황을 모시는 여관들을 참가시켰던 모양이다. 흥이 어느 정도 무르익자 천황이 몸소 병아리 때부터 키운 닭과, 다른 신료가 공들인 닭이 투계를 벌이게 된다. 하지만 천황이 직접 키운 닭은 몸의 골격이나 모습이 너무 초라하고 나약했다. 이에 이번 행사를 주관한 대납언은 천황 쪽 닭이 이길 수 있도록 천황의 닭보다 훨씬 나약한 닭을 고르느라 부심하였다는 것이다. 이를 목격한 작가는 감동적이라는 소감을 남기고 있다. 어린 천황을 실망시키지 않으려는 배려였겠지만 다른 한편으로는 씁쓸한 이야기임에 분명하다.

수탉과 연인들

어둠속에서 새벽이 오기만을 기다리는 이에게 닭 울음소리는 희망찬 순간이다. 하지만 밤이 지나 아침이 오면 이별해야만 하는 사람들에게 닭 울음소리는 그 무엇보다 잔인한 것이리라. 한국 민요인 심청가에는 '닭아, 닭아, 울지 마라/ 네가 울면 날이 새고/ 날이 새면 나 죽는다/ 나 죽기는 섧지 않으나/ 의지 없는 우리 부친/ 어찌 잊고 가잔 말이냐' 는 대목이 있다. 날이 새면 뱃사공에게 팔려 가는 심청에게 닭 울음소리는 죽음의 소리이자 부친과의 영원한 이별을 고하는 소리다. 부친과의 생이별을 재촉하는 새벽닭이 울지 않기를 바라는 간절함과 설움이 오롯이 담겨 있다.

일본 고전 작품에도 닭은 사랑하는 이와의 작별을 재촉하는 무심한 동물로 등장한다. 사랑하는 사람과의 만남은 언제나 너무 짧기만 하다. 『이세 이야기伊勢物語』에는 유달리 닭 울음소리를 소재로 한 이야기가 눈에 띈다. 『이세 이야기』는 헤이안 시대 소설의 한 형태인 우타모노가타리歌物語, 즉 와카에 얽힌 이야기를 엮은 작품이다. 이 가운데 사랑하는 여인과의 작별을 아쉬워하며 읊은 남자의 노래에 닭이 등장한다.

어찌하여
닭은 울어댈까
남모르는
내 마음속 사랑 깊듯
아직 밤도 깊거늘   (『이세 이야기』 53단)

좀처럼 만날 수 없는 여인과의 하룻밤 사랑은 눈 깜짝할 사이에 지나가 버린다. 남자의 마음을 알 길 없는 닭은 어김없이 연인과 헤어져야 할 시각임을 알린다. 서글픈 이별을 알리는 닭 울음소리에 남자는 밤보다 깊은 자신의 애틋한 사랑을 절절히 호소한 것이다. 이번에는 새벽을 알리는 닭 울음소리에 통곡하는 여인의 애절한 노래다.

> 새벽녘, 임과의
> 헤어짐이 아쉬워
> 내가 먼저
> 아침 닭보다 먼저
> 울고 말았어라
>
> (『고킨와카슈』640)

사랑하는 사람과의 작별은 언제나 가슴 절절하다. 더욱이 이제 헤어지면 남자가 언제 찾아와줄지 알 수 없는 당시의 상황에서 헤어짐은 영원한 이별일 수도 있기에 가슴이 미어진다. 그러하기에 헤어질 시각임을 알리는 닭보다 자신이 먼저 목놓아 통곡한다. 이 노래에 새벽을 알리는 닭에 대한 원망은 보이지 않는다. 다만 시간의 흐름 앞에 무력한 연인의 통곡만이 구슬프게 흐를 뿐이다.

당시 남자는 다른 사람의 눈을 피해 해 질 녘 어스름한 시각에 사랑하는 여인의 처소를 찾아가 하룻밤을 보내는데 각자가 벗은 서로의 옷을 겹쳐 침구로 삼았다. 서로의 사랑을 확인하는 짧은 시간이 지나 새벽녘 닭 울음소리가 들리면 두 사람은 다시 각자의 옷을 챙겨 입고 이별을 고하게 된다.

새벽녘 하늘

훤하게 밝아오면

포개진 옷을

각기 차려입는

이별이 서러워라   (『고킨와카슈』 637)

밤사이 포개진 옷은 두 사람의 만남을 상징하는 반면 새벽녘 포개진 옷을 주섬주섬 찾아 각자 차려입는 옷은 이별의 시각을 의미한다. 서로 포개진 옷이 다시 각자의 몸에 걸쳐지듯 각자의 위치로 돌아가야 하는 안타까운 순간을 포착한 노래다. 사랑하는 사람과의 금쪽같은 순간을 조금이나마 연장하고픈 소망과는 달리 어김없이 작별의 시각을 알리는 닭 울음소리는 사랑하는 사람들에게 있어 언제나 너무나도 가혹하다. 물론 닭의 입장에서는 자기의 소임을 다했을 뿐이니 억울할 따름이다.

이번에는 무심한 닭 울음소리와 관련된 애달픈 사연과는 동떨어진 색다른 이야기를 소개해보기로 한다. 앞서 나온 『이세 이야기』에 담긴 이야기다. 무대는 미치노쿠陸奧, 지금의 동북 지방이다. 도읍지인 교토를 떠나 정처 없이 떠돌다 동북 지방에 이른 어느 지체 높은 집안의 남자와 시골에 사는 순박한 여인이 주인공이다. 벽촌에 살던 여인은 도읍지에서 온 남자에게 흥미를 느끼고는 자신의 연정을 숨김없이 당당하게 노래에 담아 보낸다. 우아함을 최고의 가치로 여긴 귀족 남자로서 순박한 여인을 보는 시선은 대단히 냉랭하다. 그녀가 연정을 담아 남자에게 보낸 첫 번째 노래에 대해 작자는 남자의 마음을 반영한 듯 '노래조차도 촌스럽다'며 신랄하게 평가하고 있다. 이는 성격이나 행동거지

233

뿐만 아니라 사랑을 고백한 내용을 담은 노래조차도 촌스럽다는 뉘앙
스다. 과연 어떤 노래였을까.

> 어설프게
> 상사병으로 죽느니
> 금실이 좋은
> 누에가 되고파라
> 짧은 동안이라도 　　　　　　　　　　　　　　(『이세 이야기』 14단)

이 노래는 '섣불리 사랑에 괴로워하다 죽기보단 누에가 되는 편이
낫다, 실로 꿴 목걸이의 구슬과 구슬 사이가 극히 짧은 것처럼 단명인
누에지만 목숨이 붙어 있는 짧은 동안일지언정 사이좋게 지낼 수 있으
니'라는 의미다. 누에는 고치 안에 암수가 함께 들어 있어 금실 좋은 부
부 사이에 비유되곤 한다. 의미 없는 사이로 연명하기보다는 짧은 순간
일지언정 서로를 아끼는 진정한 사랑을 추구한다는 의미 있는 노래다.

시골에서 생활하는 여인에게 누에는 굉장히 중요한 자산이며 자신
의 환경과 밀접한 누에를 노래에 담아 마음을 전한 셈이다. 하지만 고
상함과 우아함을 미적 가치로 여긴 교토 사람으로서는 감당하기 어려
운 그로테스크한 노래로 받아들여졌음에 분명하다. '누에'라는 말 자체
에 경악을 금치 못했을 것이다. 그럼에도 단도직입적인 나름 참신한 노
래에 마음이 동했는지, 아니면 객지에서의 외로움을 달래기 위해서였는
지 알 수 없으나 남자는 그날 밤 여자 집으로 가서 하룻밤을 보낸다.

그런데 사랑을 나눈 뒤 남자는 날이 채 새기도 전에 여자 집을 떠나
버린다. 홀로 남겨진 여자는 날이 밝기도 전에 떠나버린 남자에게 편지

를 보낸다. 참고로 당시 연애에서는 대개의 경우 남녀가 하룻밤을 보낸 뒤 귀가한 남자 쪽에서 여자에게 연서를 보내는 것이 일반적이었다. 이런 일반적인 경향에서 벗어나 여자는 자기 쪽에서 먼저 노래를 지어 보낸다. 게다가 그 노래가 많이 거칠다.

> 날이 밝으면
> 물통에 처박으리
> 밉살스런 닭
> 한밤중인데 울어대
> 당신 돌려보내니   (『이세 이야기』 14단)

작품 내에 닭이 울었다는 묘사는 그 어디에도 없다. 그럼에도 남자가 돌아간 것을 보면 닭이 정말 울었던지 아니면 일말의 기대를 안고 간 남자가 실망하고는 여자와 새벽녘까지 함께 있고픈 마음이 없어 울지도 않은 닭 울음소리를 핑계로 돌아갔는지 자세한 내용은 적혀 있지 않다. 다만 여자는 날이 새기도 전에 남자가 자기 곁을 떠나간 것이 닭 울음소리 때문이라 여긴 듯하다. 어찌 되었든 이 노래를 받은 남자는 더더욱 여자에게 질려서 결국 미련 없이 교토로 돌아가버렸다는 내용이다. 이 이야기의 제목은 닭의 옛 명칭인 '가케' 앞에 '구타'를 붙인 '구타카케'인데 욕설이 담긴 닭을 의미한다. 교토라는 한정된 공간 안에서 형성된 미의식에 빠진 지체 높은 남자에게 두메산골 여인의 촌스럽고 투박한 말투는 통용되지 않았던 모양이다.

이번에는 천황의 아들인 친왕이 연인과의 밀회를 방해하는 닭을 향해 거친 어투로 항의하는 이야기다. 레이제이冷泉 천황(재위 967~969

235

년)의 넷째아들인 소치노미야帥宮와 일개 지방 수령의 딸인 이즈미시키
부和泉式部라 불린 여인의 대략 십 개월에 걸친 사랑 이야기를 담은『이
즈미시키부 일기和泉式部日記』라는 작품이다.

신분을 초월한 두 사람의 사랑이 여러 가지 우여곡절을 거쳐 여물어
갈 무렵인 6월, 친왕은 여자를 가마에 태워서는 은밀한 장소에서 농밀
한 밤을 보낸다. 시간이 어떻게 지나갔는지도 모를 만큼 달콤한 시간을
보내는 사이 새벽닭이 울자 친왕은 사람들 눈에 띄지 않게 서둘러 여자
를 집까지 바래다준다. 귀가하자마자 친왕은 곧바로 닭의 깃털을 곁들
여 여자에게 다음과 같은 노래를 지어 보낸다.

> 죽여버려도
> 직성이 풀리지 않네
> 밉살스런 닭
> 울 때 알지 못하는
> 오늘 아침 닭소리   (『이즈미시키부 일기』)

연서에 담기에는 다소 과격한 내용이다. 친왕은 오늘 아침 닭 울음소
리에 달콤한 잠을 깨니 너무 밉살스러워 죽여버렸다는 것이다. 울어야
할 때를 모르고 울기에 마음이 상해 죽였다지만 실제로 죽이지는 않았
을 것이다. 여자를 향한 애정의 깊이를 효과적으로 강조해 각인시키
려 한 친왕의 과장된 표현으로 보인다. 닭으로서는 기가 찰 노릇이
다. 새벽을 알리기 위해 닭은 죽음을 각오해야 할지도 모른다.

이런 친왕의 노래에 여자는 다음과 같은 노래로 답한다.

당신 모르리

오시지 않는 당신

기다리다가

지샌 다음 날 듣는

무심한 첫닭 소리

노래를 알기 쉽게 옮기면, '얼마나 괴로운지 저야말로 잘 알고 있습니다. 매일 아침 당신이 오시지 않아 하얗게 밤을 지새우노라면 새벽이 왔음을 알리며 처량한 나를 한층 더 서글프게 했던 닭의 무심함을'이다. 친왕이 오늘 단 하루 여자와의 이별을 재촉한 아침 닭의 밉살스러움을 강조한 데 반해, 여자는 오지 않는 친왕을 속절없이 기다리다 맞이하는 매일 아침 닭의 무심함을 호소한다. 결국 친왕을 향한 자신의 사랑을 강조한 이면에 그의 뜸한 방문에 대한 원망의 마음을 내비친 것이다. 여자의 재치가 돋보이는 대목이다. 닭을 소재로 사랑하는 두 사람의 화답가가 꽤나 흥미롭다.

여기서 시대와 장르는 다르지만 닭을 소재로 작품 활동을 이어간 마르크 사갈Marc Chagll(1887~1985년)을 주목해본다. 주지하는 바와 같이, 샤갈은 20세기를 대표하는 러시아 태생의 화가이자 판화가다. 색채의 마술사라는 별칭을 지닌 샤갈은 인간의 원초적 향수와 동경, 그리움과 슬픔, 사랑과 환희 등을 눈부신 색채로 묘사한 작가로 알려져 있다. 그는 자신의 모습은 물론 부모님을 비롯한 가족 등 인물화도 많이 남겼지만 자기 주변의 친숙한 동물을 대상으로 왕성한 작품 활동을 이어갔다. 예를 들면 염소와 당나귀, 암소, 물고기, 닭 등 그 종류가 매우 다양하다. 더욱이 동물을 소재로 한 작품은 유화와 조각, 테라코타나 대리석

237

왼쪽 【그림 3】 붉은 수탉(샤갈. 1975~78. 유화)
(東日本鉄道文化財団(2017) 『シャガールー三次元の世界』東京ステーションギャラリー)
오른쪽 【그림 4】 수탉(샤갈. 1952. 석고)
(東日本鉄道文化財団(2017) 『シャガールー三次元の世界』東京ステーショ
ンギャラリー)

을 이용한 입체 작품 등 서로 다른 형태로 형상화했다. 그 가운데 수탉
은 그 상징성과 존재감이 남다르다. 닭은 단독으로 작품의 주연이 되기
도 하고, 때로는 인간과 함께 등장하기도 한다. 또한 때로는 사랑하는
남녀와 바싹 달라붙어 있기도 하고 혹은 그들을 등에 태운 형상도 보인
다. 심지어는 닭의 신체 내부에 연인들이 들어가 있는 작품도 있다. 이
렇듯 샤갈 작품에 등장하는 닭은 샤갈 자신을 상징하기도 하지만 때로
는 닭이 사랑하는 여인과 샤갈을 태우고 어디론가 향하는 경우도 종종
있다.

특히 '붉은 수탉(1975~1978. 유화)'이라는 작품은 퍽이나 이색적이
다. 붉은 수탉은 새벽녘이 아닌, 세상이 온통 파란색으로 물든 저녁 무
렵을 배경으로 등장한다. 노란 보름달 아래 서로 감싸 안은 연인들을
수탉은 따뜻한 눈길로 응시한다. 여기서 수탉은 마치 어린 병아리를 품

고 다정한 눈빛으로 바라보는 어미닭과도 같다. 동시에 사랑하는 남녀의 앞날을 따뜻한 시선으로 응시하는 든든한 후원자와도 같아 앞서 등장했던 일본의 그것과는 사뭇 다르다.

또 다른 작품에서는 서로 포옹하는 한 쌍의 커플을 등에 태운 커다란 수탉이 등장한다. '수탉(1952. 석고상)'이라는 입체작품이다. 자세히 들여다보면 여성의 품에는 어린아이가 보인다. 아이를 가슴에 품은 여인과 그들을 뒤에서 포옹하는 남자를 등에 태운 수탉이 고개를 꼿꼿이 치켜들고 전진하는 형상이다. 그런데 이 수탉의 모습이 너무도 당당해서 도저히 범접할 수 없는 위엄마저 느껴진다. 이 작품은 이집트로 피난 가는 성가족을 모티프로 한 작품으로 알려져 있다. 다만 당나귀를 수탉으로 바꿈으로써 성서의 내용을 연인들, 혹은 부모자식을 결부시켜 보다 보편적인 사랑이야기로 변용한 작품이다. 이처럼 샤갈에게 있어 수탉은 연인들에게 든든한 버팀목과도 같은 존재로 상징된다.

샤갈은 말한다. 인생에서도 예술에서도 영원히 변하지 않는 것 따위는 없다고. 또 우리가 스스럼없이 사랑이라는 말을 한다면 모든 것은 변할 수 있으며 진정한 예술은 사랑에 있다고 힘주어 말한다. 오직 사랑만이 자신의 예술적 기법이며 자신의 종교, 오랜 옛날부터 자신에게 전해진 낡고도 새로운 종교라고도 했다. 1958년 2월 시카고에서 자신의 예술적 영감이 어디에 뿌리를 내리고 있는지에 관한 인터뷰에서 전한 말이다. 샤갈의 작품과 일본 문학에 보이는 닭은 많이 다르다. 시간과 공간, 그리고 장르와 작가에 따라 수탉의 상징성이 상이한 것은 너무나도 당연하다. 그러나 샤갈의 말처럼 그 근저에 공통적으로 사랑이라는 예술적 영감을 담고 있음에 변함은 없는 듯하다.

조류 및 곤충

참고문헌

東日本鉄道文化財団(2017)『シャガ―ル―三次元の世界』東京ステ―ションギャラリ―
ダニエル・マルシェッソ―著, 田辺希久子・村上尚子訳(2015)『シャガ―ル 色彩の詩人』
　　　創元社
한영 지음, 임동석 옮김(2009)『한시외전』동서문화사
青木周平編(2001)『万葉ことば事典』大和書房
鈴木日出男(1994)「古典文学動物誌」(『国文学 解釈と教材の研究』10月臨時増刊号,
　　　學燈社)
鈴木一雄・平田喜信(1992)「社交・遊戯と文学」(『平安時代の信仰と生活』至文堂)
近藤信義(1988)「影と霊―古代和歌における霊的なるもの―」(『国文学 解釈と鑑賞』
　　　第53巻9号, 至文堂)
池田龜鑑(1986)『平安朝の生活と文学』角川書店
有精堂編輯部編(1986)『平安貴族の生活』有精堂

반딧불이 연가

김 유 천

● ● ● ●

들어가며

헤이안平安 시대(794~1192년)의 수필집『마쿠라노소시枕草子』에서는 한여름 밤의 어둠 속을 반딧불이가 환상적으로 날아다니는 모습을 여름의 가장 정취 있는 풍경이라고 극찬하고 있다. 여기에서 볼 수 있듯이 반딧불이는 오래전부터 일본의 여름을 대표하는 경물景物이다. 그러한 이미지는 헤이안 시대보다 훨씬 이전부터 있어왔을 것이라 생각하기 쉽지만 의외로 그렇지 않다. 나라奈良 시대(710~794년) 이전의 상대上代 문학 속에는 반딧불이가 거의 등장하지 않는다. 더군다나 반딧불이는 여름의 경물도 아니고 미적 찬사의 대상도 아니었다.

실은 반딧불이는 헤이안 시대에 이르러 일본의 전통시인 와카和歌 속에서 읊어지게 되면서 여름의 전형적인 경물로서의 지위를 차지하게 되었다. 그 시작은 중국 한시漢詩의 영향에 의한 것이었지만 점차 일본적인 발상과 표현에 의해 헤이안 시대의 서정과 미의식을 담아낸 고유의 이미지를 문학의 세계에 형성해간다. 정취 넘치는 여름의 경물, 그리고 타오르는 사랑의 표상이라는 이미지가 그 중심이지만, 그러한 이미지들이 각각의 작품 고유의 논리에 의해서 다양한 표현적 특성과 기능을 발휘하면서 작품세계를 풍요롭게 만드는 역할을 하고 있다.

이 글에서는 그러한 반딧불이의 표현성이 헤이안 시대에서 중세에 걸쳐서 일본고전문학 속에서 어떻게 다채롭게 나타나고 있는가에 주목해보고자 한다. 특히 『겐지 이야기源氏物語』와 그 전후의 와카 및 고전소설 작품들을 중심으로 문학 속의 반딧불이에 대해 살펴보기로 하겠다.

헤이안 시대 와카 속의 반딧불이

일본에서 반딧불이는 시詩의 소재로서는 와카 이전에 한시에 먼저 등장하고 있다. 헤이안 초기의 『게이코쿠슈経国集』나 『간케분소菅家文草』 등 일본 한시집을 보면 반딧불이가 가을의 경물로 되어 있다. 또 별이나 등불이 반딧불이에 비유되는 경우가 많다. 이러한 한시 속의 반딧불이의 모습은 바로 중국 한시의 영향이라고 할 수 있다. 그리고 헤이안 초까지 성행한 일본 한시의 영향을 받아 반딧불이가 와카의 중요한 소재로 등장하게 되었다. 와카에서 반딧불이는 한시와 마찬가지로 별이나 등불의 비유로 나오기도 하지만, 한시와는 달리 여름의 경물로서 읊어지게 되고 무엇보다 불타는 사랑의 비유로 읊은 것이 대부분을 차지하게 된다.

예를 들어 다음과 같은 와카들이 있다.

밤이 되니 그대 향한 마음은 반딧불이보다 더 뜨겁게 타오르지만

눈에 보이지 않은 탓에 그대는 냉담한가   (『고킨와카슈古今和歌集』)

읊은 이는 남자로 자기가 사랑하는 마음을 내색하지 않아 상대 여자가 자신의 마음을 알아주지 않고 냉담한 것이라고 한탄하고 있다. 와카에서는 상대방에 대한 사랑을 몰래 마음속에 간직하고 드러내지 않는 유형의 사랑을 '시노부코이忍ぶ恋'라 하여 남녀의 사랑의 초기 단계의 전형적인 형태로 보고 와카의 소재로 즐겨 읊었다. 여기에서도 뜨겁게 타오르지만 상대에게 드러나지 않는 은밀한 사랑을 반딧불이와의 비교를 통해서 재치 있고 인상적으로 표현하고 있는 것이다.

소리도 없이 불길로 몸을 태우는 반딧불이야말로

소리 내어 우는 벌레보다 가련하구나   (『고센와카슈後撰和歌集』)

여기에서 불길이란 반딧불이가 발하는 불빛과 사랑의 열정 두 가지 의미가 담겨져 있다. 이것은 '가케코토바掛詞'라고 하는 동음이의어를 활용한 와카 특유의 표현기법에서 나온 것이다. 불길이 사랑의 열정을 연상시킨다는 것은 시대와 나라를 막론하고 세계 공통의 보편적인 이

243

미지일 것이다. 그러나 여기에서는 그러한 불길의 형상적 특성도 특성이지만, 연정戀情을 뜻하는 '오모히おもひ(思ひ)'라는 말과 불을 뜻하는 '히ひ(火)'가 '히'라는 공통의 소리를 가지고 있다는 것이 중요하다. 전혀 관계없는 두 단어가 발음의 공통성, 유사성으로 인해 결합되어 두 가지 의미를 동시에 갖게 되는 것이 '가케코토바'라는 기법이다. 이렇게 연정이라는 단어가 나오면 자동적으로 불의 뜻까지도 내포하게 된다는 약속이 생겨났다. 와카의 '가케코토바'라는 일본어의 표현 논리에 의해서 반딧불이는 한시의 세계와는 다른 고유의 표현성을 갖기에 이른 것이다. 이 한 수의 의미는 환상적인 불빛을 발하는 반딧불이가 소리 내어 우는 다른 벌레들보다 더 정취가 있다는 뜻이지만, 그 속뜻은 상대에게 말 한마디 건네지도 못하고 속앓이를 하고 있는 사랑의 괴로움을 한탄하고 있는 것이다. 그러한 속뜻을 담을 수 있는 것은 바로 '가케코토바'라는 기법 때문이다.

> 깊은 시름에 잠기니 개울을 나는 반딧불이도
> 이내 몸에서 빠져나온 혼이라 여겨지네   (『고슈이와카슈後拾遺和歌集』)

이 와카는 잘 알려진 이즈미시키부和泉式部의 와카이다. 명멸하는 반딧불이의 불빛을 사랑의 고뇌 때문에 자신의 몸에서 빠져나와 떠도는 영혼이라고 비유하고 있다. 반딧불이에 사랑의 열정이나 괴로움을 비유하는 발상에 유리혼遊離魂이라는 고대적인 발상이 더해져 읊어진 와카이다. 이 와카에서 반딧불이는 사랑의 정념이나 집착의 상징으로서 인간의 마음속의 어둠까지도 상기시키는 표현이 되고 있다.

헤이안 시대 고전소설 속의 반딧불이

다음으로 헤이안 시대의 '모노가타리物語'라고 불리는 고전소설 속에 보이는 반딧불이에 대해 살펴보기로 하자.

『이세 이야기伊勢物語』에는 다음과 같은 이야기가 나온다. 다카코崇子라는 공주의 장례식이 거행되던 날 밤의 일이다. '천하의 연애의 달인'이라 불리던 미나모토 이타루源至가 한 우차牛車에 타고 있었던 여자의 얼굴을 보려고 우차 안에 반딧불이를 풀어놓자 동승한 남자가 이를 타이르며 와카를 읊고 이타루도 이에 와카로 답했다는 일화이다. 여기에서는 반딧불이의 불빛으로 여성의 모습을 비추어내려고 한다는 행위가 이채롭다. 이것은 반딧불이가 등불과의 연상관계에서 대상을 비추어내는 조명으로서 자연스럽게 발상된 것이라고도 할 수 있는데, 실은 『진서晉書』차윤전車胤傳의 '형설螢雪'의 고사故事에서 착안한 것으로 보인다. 이 고사란 차윤은 집이 너무 가난해서 등불 기름을 살 수 없어서 여름에는 반딧불이를 잡아다 그 불빛으로 책을 읽으며 열심히 공부하여 결국 훌륭한 관리가 되었다는 내용이다. 『이세 이야기』속에서는 두 사람이 주고받은 와카에서 '반딧불이의 불빛을 끄다'라는 표현이 『법화경法華經』의 부처의 열반을 비유하는 '장작이 다 타 불이 꺼지다'라는 표현을 끌어내고 이것이 공주의 '생명의 불이 꺼지다'라는 죽음의 비유로 연결되어 공주에 대한 애도哀悼의 심경이 부각되도록 되어 있다. 여기에는 앞서 이즈미시키부의 와카에서 언급했듯이 반딧불이를 죽은 자의 영혼으로 보는 고대적인 발상도 관련이 있어 보인다. 이와 같이 이 이야기에서 반딧불이는 다양한 의미를 연쇄적으로 생성하면서 이야기를 흥미롭게 만드는 효과를 발휘하고 있다.

245

한편『이세 이야기』에는 주인공인 남자가 애처롭게 죽은 한 여자를 애도하는 장면에서 깊은 밤 반딧불이가 높이 날아오르는 것을 보고 다음과 같은 와카를 읊었다는 이야기가 실려 있다.

> 하늘을 나는 반딧불이여 구름 위까지 갈 수 있다면 그곳의 기러기에게
>
> 이제 가을바람 불고 있으니 어서 내려가라 전해다오

이 와카는 반딧불이를 남자의 영혼으로, 기러기를 죽은 여자의 영혼으로 비유하여 지상에서 이룰 수 없었던 사랑을 천상의 사랑으로 승화시키려 했다고 해석되고 있다. 다른 한편으로는 반딧불이를 죽은 여자의 영혼의 비유로 보는 해석도 있는데, 어느 해석이든 간에 반딧불이를 사람의 영혼으로 보는 고대적 발상을 엿볼 수 있는 이야기라 하겠다.

또 다른 작품『야마토 이야기大和物語』에는 어떤 나이 어린 시녀가 몰래 좋아하던 귀한 신분의 남자에게 옷소매로 싼 반딧불이를 보여주면서 사랑을 고백했다는 이야기가 나온다. '아무리 싸서 감추려 해도 숨길 수 없는 것은 이 반딧불이의 불빛처럼 저절로 드러나는 애달픈 마음입니다'라는 와카이다. 앞서 보았듯이 반딧불이가 마음속에 간직한 뜨거운 연정의 상징으로 읊어지고 있는 것이다.

또『우쓰호 이야기宇津保物語』에는 한 왕이 여관女官의 모습을 보려고 『진서』차윤전의 고사에 착안하여 얇은 옷소매로 싼 반딧불이의 불빛으로 그녀를 비추어보고 그 아름다움에 감동했다는 이야기가 나온다. 여기에서 반딧불이는 어둠 속에서 여자의 모습을 비추어주는 것, 그러기에 더욱더 여자를 아름답고 신비롭게 보여주는 조명장치로써 효과적으로 쓰이고 있다. 그리고 반딧불이가 타오르는 연정의 표상으로 많

이 등장하듯이 여기에서도 여자를 비추는 반딧불이의 불빛은 왕의 남자로서의 정념 그 자체를 상징하고 있다고도 볼 수 있을 것이다.

『겐지 이야기』 속의 반딧불이

헤이안 시대의 고전소설의 대표작 『겐지 이야기』에도 여러 반딧불이가 등장한다. 그 특징은 남녀의 사랑과 관련하여 특히 주인공인 겐지源氏의 사랑을 그리는 장면에서 반딧불이가 등장하고 있다는 점이다.

「하하키기帚木」권에는 어느 날 밤 겐지가 잠시 머물게 된 어떤 저택에서 반딧불이가 날아다니는 아름다운 광경을 보게 된다는 장면이 나온다. 그리고 겐지가 그곳에 사는 여자와 하룻밤을 지내게 된다는 이야기가 이어지게 된다. 반딧불이는 종종 불타오르는 사랑의 표상의 이미지를 갖게 되는데 그러한 정취가 겐지의 호기심을 자극하는 역할을 하여 여자와의 관계로까지 발전하게 된 것이다. 여기에서 반딧불이는 겐지의 사랑의 모험을 암시하듯 그려지고 있다.

「유가오夕顔」권에서는 겐지가 정체를 알 수 없는 어떤 여자의 모습을 엿본 뒤 그 여자로부터 와카를 받아 더욱 흥미를 갖게 된다는 장면에서 반딧불이가 나온다. 허름한 여자의 집에서 새어나오는 등불의 불빛이 반딧불이보다 은은하여 몹시 마음이 끌린다는 것이다. 이 장면은 앞에서 본 『고킨와카슈』의 '밤이 되니 그대 향한 마음은 반딧불이보다 더 뜨겁게 타오르지만 눈에 보이지 않은 탓에 그대는 냉담한가'라는 와카를 상기시킨다. 「유가오」권의 장면에서는 『고킨와카슈』의 '반딧불이

보다 더 뜨겁게 타오르는 나'에 대해 '반딧불이보다 더 은은한 등불의 불빛'이라는 반전을 통해서 그녀를 엿본 겐지의 은근한 호기심을 인상적으로 그려내고 있다.

「우스구모薄雲」권에는 겐지가 옛 연인 아카시노키미明石の君와 재회하여 강물에 떠 있는 고기잡이배의 횃불을 보고는 반딧불이를 연상한다는 장면이 보인다. 등불이나 횃불을 반딧불이에 비유하는 발상이다. 여기에서는 강물에 흔들거리는 횃불이 그녀와 만나 사랑을 나누었던 아카시明石 바닷가의 고기잡이배의 횃불을 상기시켜, 겐지를 과거로 향하게 하고 있다. 그리고 그것이 반딧불이로 비유되어 있다는 점에 그녀에 대한 사랑의 감정이 상징적으로 그려져 있는 것이다.

이와 같이 반딧불이는 은은한 사랑의 정취를 상징하고 사랑의 진전을 암시하는 역할을 하고 있는데, 특히 「호타루蛍」권에서는 반딧불이가 이야기의 구성과 전개에 있어 매우 중요한 역할을 하고 있다. 겐지가 어둠 속에 반딧불이를 풀어놓고 양녀인 다마카즈라玉鬘의 모습을 자신의 동생 호타루노미야蛍宮에게 엿보게 한다는 장면이다. '호타루'란 반딧불이라는 뜻으로 「호타루」라는 권의 명칭과 겐지의 동생 '호타루노미야'의 호칭은 바로 이 장면에서 붙여진 것이다. 겐지는 호타루노미야의 마음을 사로잡기 위해 엿보기 장면을 연출했지만, 실은 반딧불이 불빛으로 비추어진 어둠 속의 다마카즈라를 바라보는 겐지 자신의 시선에도 굴절된 정념이 숨겨져 있었다.

다마카즈라의 어머니는 겐지가 젊은 날 뜨거운 사랑을 나누었던 여자였다. 그녀는 겐지와 같이 간 별장에서 갑작스러운 죽음을 맞게 되어 겐지에게 큰 충격을 주었다. 그 후 겐지는 그녀에게 딸이 있다는 것을 알게 된다. 그리고 한참 세월이 흘러 겐지는 그 딸을 찾아 양녀로 삼게

【그림 1】 다마카즈라와 호타루노미
야를 엿보는 겐지의 모습
〈源氏物語絵色紙帖, 京都
国立博物館蔵〉(円地文子
(2005)『ビジュアル版
日本の古典に親しむ① 源
氏物語』世界文化社)

되는데 그녀에게서 어머니의 모습을 보고는 마음이 끌리게 된다. 겐지
는 다마카즈라에게 양부로서 있어서는 안 될 어두운 정념을 품게 되고
그녀 또한 그러한 겐지의 행동에 당혹해한다.

반딧불이로 여성의 모습을 비추어낸다는 발상은 앞서 본 『이세 이야
기』와 『우쓰호 이야기』의 선례가 있지만, 겐지의 경우 그것이 제3자에
게 엿보게 하기 위한 연출이었다는 점이 크게 다르다. 그러나 겐지 자
신 또한 다마카즈라를 엿보고 있으며 양부라는 입장과 굴절된 정념 사
이에서 흔들리는 겐지의 모습이 매우 리얼하게 그려져 있다. 반딧불이
는 사랑의 열정의 표상이며 그 빛으로 여성의 모습을 비추어낸다는 행
위는 사랑의 정념을 매우 극적으로 보여주는 상징적인 의미를 갖는다.
이 장면은 반딧불이를 통해 다마카즈라에 대한 정념에 고심하는 겐지
의 모습을 매우 인상적으로 그려내고 있는 것이다.

반딧불이에 의한 엿보기 장면에 이어 다마카즈라와 호타루노미야

사이에 반딧불이를 읊은 와카가 오고간다.

> (호타루노미야)
> 울음소리도 들을 수 없는 반딧불이 그 불빛조차 끄려 해도 끌 수 있는 것이
> 아닌데 어찌 나의 불타오르는 사랑의 불꽃을 끌 수 있으랴
>
> (다마카즈라)
> 소리도 없이 자기 몸만을 불태우고 있는 반딧불이가 목소리를 내어
> 말씀하시는 호타루노미야님보다 훨씬 더 깊은 마음이라 여겨집니다.

호타루노미야의 와카는 타오르는 사랑의 표상인 반딧불이의 이미지를 효과적으로 구사하고 있어 열정적인 구애의 노래라 할 수 있다. 한편 다마카즈라는 소리 내어 우는 벌레와 울지 않는 반딧불이를 대비시켜 반딧불이의 깊은 마음을 부각시키고 있다. 이것은 바로 능숙한 화술로 사랑을 호소하는 호타루노미야의 구애에 대한 거부의 표현이다. 그리고 울지 않는 반딧불이에는 아무에게도 말 못 할 겐지와의 관계에 괴로워하는 그녀 자신의 깊은 고뇌가 암시되어 있다. 이와 같이 「호타루」권의 반딧불이는 다마카즈라에게 어두운 정념을 내보이는 겐지와 그에 괴로워하는 다마카즈라의 모습을 그려내는데 기법으로 구사되어 있음을 알 수 있다.

한편 『겐지 이야기』에서 반딧불이는 앞서 『이세 이야기』에서 나왔듯이 사랑하는 여성을 잃고 슬픔에 젖어 있는 애상哀傷의 장면에도 등장한다. 「마보로시幻」권에서는 평생의 반려자인 무라사키노우에紫の上와 사별한 겐지가 반딧불이를 보고 백거이白居易의 『장한가長恨歌』의 '저

녁 궁궐에 반딧불이 날고 마음이 처량하여 외로운 등불 심지 다 타도록 잠을 못 이루네夕殿螢飛思悄然 孤燈挑尽未成眠'라는 시의 한 구절을 읊조리는 장면이 보인다. 겐지는 반딧불이를 보고 문득 양귀비를 잃은 현종 황제의 슬픔을 떠올린다. 그리고는 다음과 같은 와카를 읊는다.

> 밤임을 아는 반딧불이를 보고 슬프게만 느껴지는 것은 세상을 떠난
>
> 그 사람에 대한 그리움이 밤낮으로 불타고 있었기 때문이었네

반딧불이는 바로 무라사키노우에를 잃은 겐지의 슬픔과 그녀에 대한 집착의 표상이 되고 있는 것이다. 지금까지 살펴보았듯이 『겐지 이야기』에 등장하는 반딧불이는 거의 대부분 주인공 겐지의 사랑의 정념이나 집착을 상징하는 표현이라고 할 수 있다.

그런 가운데 「유메노우키하시夢浮橋」권에서 제3부 이야기의 여주인공 우키후네浮舟의 내면을 그리는 데 반딧불이가 효과적으로 쓰이고 있는 점이 주목된다. 앞서 본 다마카즈라의 고뇌의 내면이 반딧불이로 상징되어 있었고, '깊은 시름에 잠기니 개울을 나는 반딧불이도 이내 몸에서 빠져나온 혼이라 여겨지네'라고 읊은 것도 다름 아닌 고뇌의 여인 이즈미시키부였다.

우키후네는 가오루薫와 니오노미야匂宮 두 남자와의 애정관계로 고뇌하다 결국 스스로 목숨을 끊으려다 살아남은 비극의 여인이다. 지금은 출가하여 산속의 고을에서 속세의 번뇌에서 벗어나 지내고 있다. 그녀는 반딧불이를 보며 과거를 회상한다. 그것은 다름 아닌 가오루, 니오노미야와 사랑을 나누었던 과거이다. 반딧불이는 그녀가 쉽게 떨쳐버리지 못하는 속세에 대한 집착을 보여주고 있다고 할 수 있다. 『겐지

이야기』에 있어서 반딧불이는 주인공들의 정념과 집착의 내면을 매우 인상적으로 그려내는 역할을 하고 있는 것이다.

『겐지 이야기』 이후 중세문학 속의 반딧불이

『겐지 이야기』에서 보여주었던 인상적인 반딧불이의 표현성은 이후 헤이안 시대 후기에서 중세에 걸쳐 어떻게 나타나고 있는지 살펴보기로 하자. 『사고로모 이야기狹衣物語』, 『하마마쓰추나곤 이야기浜松中納言物語』를 비롯한 헤이안 후기의 이야기 작품들은 『겐지 이야기』의 압도적인 영향하에 쓰인 것들이 많다. 그런데 이들 작품에서는 의외라고 할 정도로 반딧불이가 등장하지 않는다. 그 이유에 대해서는 분명치 않아 좀 더 연구해볼 여지가 있다. 한편 와카에 보이는 반딧불이는 불타는 사랑의 열정과 고뇌를 비유하는 것들을 중심으로 횃불의 비유, 반딧불이로 책을 읽었다는 차윤의 고사, 소리 내어 우는 벌레와 울지 않는 반딧불이의 대비 등, 이미 형성된 표현 유형에 따른 것들이 많다.

그럼 중세(1192~1603년)의 작품 속에서 반딧불이는 어떻게 등장하고 있을까. 중세를 대표하는 가집 『신코킨와카슈新古今和歌集』에는 6수의 반딧불이를 읊은 와카가 수록되어 있다. 그 특징을 보자면 반딧불이가 횃불이나 별과 비유관계로 표현되거나, 불타는 사랑의 열정의 비유로 읊어지거나 하는 헤이안 시대 이래의 유형적인 와카가 보이지만 사랑을 읊는 와카는 1수에 불과하며 더 이상 반딧불이의 이미지의 중심이 아니다.

어디에 가고자 밤에 반딧불이는 날아오르는가
갈 곳 모르고 헤매이며 풀을 베개 삼고 있구나

　이 와카에서는 반딧불이의 덧없는 방황의 모습이 깊은 슬픔을 자아
낸다. 또 다른 와카에서는 반딧불이가 여름과 가을의 미묘한 계절감의
교차를 표현하고 있다. 이러한 반딧불이에 담겨진 미의식은 새로운 성
향의 것이라 하겠다. 또 불교가 성행했던 시대상을 반영해서 경전에 있
는 '보살의 깨달음이 일광日光이라고 한다면 성문聲聞, 연각緣覺의 깨달음
은 반딧불이의 불빛과 같다'라는 문구를 와카로 읊은 것도 있다. 이와
같이 『신코킨와카슈』의 와카에 보이는 반딧불이는 새로운 중세적인
성격을 보여주고 있다.
　한편 중세의 산문문학 작품에서는 반딧불이가 그다지 등장하지 않
는다. 반딧불이가 나오는 몇몇 작품을 살펴보면 중세의 수필 『호조키方
丈記』에는 수풀 속을 날아다니는 반딧불이의 불빛이 멀리 보이는 섬의
햇불과 착각할 정도라고 나와 있다. 또한 무사들의 이야기를 다룬 군기
물 『헤이케 이야기平家物語』에서는 겐지源氏와 헤이시平氏의 양군이 멀리
서 지핀 햇불의 모습을 각각 산마루에 떠오른 달빛과 맑은 밤하늘의 별
빛으로 비유하면서 『이세 이야기』에 나오는 어부가 지핀 햇불이 밤하
늘의 별빛과 강가의 반딧불이로 보인다는 와카를 언급하고 있다.
　한편 중세 설화집인 『우지슈이 이야기宇治拾遺物語』에는 동쪽 지방의
촌사람이 반딧불이 꽁무니에 불이 붙어 있는 것이 마치 도깨비불처럼
보인다는 와카를 읊었는데, 실은 그것은 당대 최고의 와카의 대가 기
쓰라유키紀貫之가 일부러 촌사람인양 읊은 것이라는 일화가 실려 있다.
반딧불이의 불빛을 사람 몸에서 빠져나온 영혼이라고 보는 고대적인

발상에 착안하여 도읍과 멀리 떨어져 있는 동쪽 변방지방의 비귀족적
인 세계를 배경으로 반딧불이가 읊어지고 있다. 설화집다운 흥미를 반
영한 이야기라고 하겠다.

　설화집『짓킨쇼+訓抄』에서는 헤이안 시대의 반딧불이를 읊은 유명한
와카들을 설화적인 흥미에 의해 재미있는 에피소드로 재구성하여 소
개하고 있다. 황태후의 저택에서 교양 있는 시녀들이 유명한 반딧불이
의 와카나 한시를 속속 읊어내는 모습에 감탄했다는 일화, 기후네貴船
신사의 신에게 사랑의 고뇌를 토로하는 이즈미시키부의 반딧불이의
노래와 이에 답하는 신의 노래를 소개한 일화, 반딧불이를 읊은 유명한
와카의 작가를 둘러싼 논쟁을 소개한 일화들이 보인다. 이와 같이 중세
의 산문작품 속의 반딧불이는 헤이안 시대에 형성되고 정착한 발상이
나 미의식을 그대로 반영한 것이라 할 수 있으며,『신코킨와카슈』에 보
이는 새로운 이미지가 뚜렷하게 나타나지는 않는다. 반딧불이는 헤이
안 시대의 와카에서 정착된 이미지를 바탕으로 특히 와카의 세계에서
새로운 표현성을 획득해나갔다고 할 수 있을 것 같다.

나가며

　헤이안 시대를 중심으로 반딧불이가 일본 고전문학 속에서 고유의
이미지를 형성하면서 다채로운 표현과 기능을 발휘하는 양상을 살펴
보았다. 반딧불이는 한시의 시어에서 와카 고유의 표현의 논리에 의해
불타는 사랑의 열정과 고뇌를 인상지우는 시어로 정착하여『겐지 이야

기』로 대표되는 문학작품 속에서 풍요로운 서정성과 스토리성을 제공하는 역할을 하였다. 그러나 『겐지 이야기』 이후 헤이안 시대 후기의 와카 속 반딧불이는 기존의 이미지를 답습한 차원에 머물렀고, 산문문학에서는 반딧불이가 활발히 등장하는 일은 적어졌다. 한편 중세에 들어와 반딧불이는 불타는 사랑의 표상이라는 전형적인 이미지에 변화를 보이게 된다. 중세 와카의 세계에서는 반딧불이가 무상함이나 계절의 변화 등을 담은 새로운 이미지를 보이고 있다. 그렇지만 산문작품에서는 여전히 사랑이야기로서 등장하는 일이 적고 헤이안 시대의 와카를 소개하는 범위에 그치고 있다. 그 원인에 대해서는 이 글에서 제대로 밝힐 수는 없었지만 앞으로 연구해볼 만한 흥미로운 주제가 될 것 같다.

▌ 이 글은 金裕千 「日本古典文学における＜蛍＞—平安時代を中心に—」(『日本言語文化』37輯, 韓国日本言語文化学会, 2016)를 참고하여 풀어쓴 것이다.

참고문헌

金裕千(2016)「日本古典文学における＜蛍＞—平安時代を中心に—」(『日本言語文化』37輯, 일본언어문화학회)
金裕千(2005)「『源氏物語』の場面性—蛍巻のかいまみ場面をめぐって—」(『日本言語文化』7輯, 일본언어문화학회)
原岡文子(2000)「ほたる」『王朝語辞典』東京大学出版会
斎藤正昭(1995)「王朝人と蛍」『源氏物語 展開の方法』笠間書院
丹羽博之(1992)「平安朝和歌に詠まれた蛍」(『大手前女子大学論集』26号, 大手前女子大学)
鈴木日出男(1989)「蛍」『源氏物語歳時記』筑摩書房
山崎みどり(1984)「蛍のイメージ」『中国詩文論叢』3集

봄

동식물로 읽는
일 본 문 화

동식물로 읽는
일 본 문 화
봄나물

한중일의 봄나물

김 정 희

● ● ● ●

　사람에게 형벌을 가하지 않는다는 인일人日인 1월 7일에 일곱 가지 채소(신채)를 넣은 맑은 장국을 먹는 중국의 풍습은 8세기경 일본에 전해져 1월 7일 일본에서도 귀족들과 궁녀들이 무병장수를 기원하며 봄나물을 뜯어 장국으로 먹었다고 한다. 한국에도 대보름에 9가지 나물을 먹는 풍습이 있지만 중국이나 일본과는 달리 1월 15일에 묵은 나물을 먹는다는 차이가 있다. 또한 한중일 모두 그날 이루어지는 풍속에도 다소 차이가 보인다. 그럼 이 글에서는 한중일의 차이에 주목해서 7일 또는 15일(대보름)에 채소를 먹는 한중일의 풍습을 비교 검토해보도록 하겠다.

무병장수 기원 – 나나쿠사가유

중국의 당唐 시대(618~907년)에는 1월 7일에 '칠종채갱七種菜羹'이라 하여 일곱 종류의 채소를 넣은 국을 먹고 무병장수를 기원했다고 한다. 일찍이 일본에서도 연초에 새잎을 따 먹는 풍습이 있었지만, 이것이 1월 7일 일곱 가지 채소 '나나쿠사七草'를 다져 넣은 죽 '나나쿠사가유七草粥'를 먹는 습관으로 정착한 것은 무로마치 시대(1338~1573년) 이후라고 전해진다.

그 전에는 나나쿠사가유라고 하면 천황이 즉위하고 신에 대한 제사를 마친 후 먹던 죽으로, 그 재료는 채소가 아닌 쌀, 조, 수수, 피, 벼, 깨, 팥의 일곱 가지 곡물이었고(『엔기시키延喜式』40), 이 죽을 먹으면 액을 막는다고 하였다. 현재 알려진 일곱 가지 채소의 원형은, 1362년 쓰인 『가카이쇼河海抄』에 '미나리(세리), 냉이(나즈나), 떡쑥(오교), 별꽃(하코베라), 광대나물(호토케노자), 순무(스즈나), 무(스즈시로) 이것이 일곱 종류'라는 기록에서 엿볼 수 있다. 이후, 에도 시대(1603~1868년)에는 막부의 공식행사로서 장군 이하의 모든 무사가 나나쿠사가유를 먹는 의례를 행했다고 한다. 그럼, 우선 이 일곱 채소에 대해 구체적으로 하나씩 소개해 보도록 하자.

① 미나리(세리芹)

미나리는 『니혼쇼키日本書紀』(720년)에 '세리制理'라는 이름으로, 『만요슈萬葉集』 4455번에는 '세리芹子', 4456번에는 '세리世理'라고 각기 다른 한자로 표기되고 있으며, 『엔기시키』(927년)에는 이미 미나리 재배 기사가 보인다.

	명칭	현재명칭	영어	과
	세리 芹	미나리(세리)	Water dropwort	미나리과
	나즈나 薺	냉이(펜펜구사)	Shepherd's Purse	유채과
	오교, 고교 御形	떡쑥 (母子草, 하하코구사)	Cudweed	국화과
	하코베라 繁縷	별꽃 (小蘩蔞, 고하코베)	Chickweed	패랭이과
	호토케노자 仏の座	광대나물(小鬼田平子, 고오니다비라코)	Nipplewort	국화과
	스즈나 菘	순무(蕪, 가부)	Turnip	유채과
	스즈시로 蘿蔔	무(大根, 다이콘)	Radish	유채과

[그림] 일곱 가지 봄나물(사진 출처: 워드 클립 아트)

미나리는 뱀이 즐겨 먹는 풀이고, 특히 도마뱀, 살모사 종류는 봄여름의 번식 기간에 여기에 정액을 남기기 때문에 이 때 미나리를 먹으면 안 된다고 한다. 또한, 식초에 무쳐 먹으면 이를 상하게 만들기 때문에 이 또한 주의해야 한다. 현재 미나리는 봄의 일곱 가지 풀 중 하나로서 죽에 넣어 먹기도 하지만, 위나 간 기능을 보호하고 혈액 중의 노폐물이나 콜레스테롤을 배출해서 정화시키는 효과가 있기 때문에 약용으로 쓰인다.

② 냉이(나즈나薺, 별명:펜펜구사)

냉이는 나즈나薺, 아마나즈나甘奈豆名라는 이름으로 『신센지쿄新撰字鏡』(901년경)에 처음 보인다. 냉이는 봄에 줄기 끝에 십자형의 하얀 작은 꽃을 피우는데, 나즈나의 별명인 펜펜구사는 냉이의 열매가 샤미센의 채와 비슷하게 생겼기 때문에 샤미센을 켜는 소리인 '펜펜'과 풀이라는 뜻의 '구사'가 합쳐져 생긴 말이다.

냉이가 '일곱 가지 봄나물' 중 하나로 꼽히게 된 것은 헤이안 시대(794~1192년) 말부터이며 식용 또는 민간약(간 보호, 해열, 설사, 변비, 고혈압, 지혈, 생리불순, 복통, 눈의 피로에 효과적)으로 이용되어 왔고 에도 시대에는 음력 4월 8일에 등燈에 실로 냉이를 매달아 벌레를 피하는 습속이 널리 퍼지기도 하였다고 한다.

③ 떡쑥(오교·고교御行, 하하코구사母子草)

떡쑥은 오교, 고교御行라고도 불리지만 정식명칭은 하하코구사母子草인데, 『몬토쿠지쓰로쿠文德実録』(879년)에 "밭과 들에 풀이 있는데 보통 하하코구사라고 한다. 2월에 나오기 시작하고, 줄기와 잎이 하얗고 연하다. 3월 3일마다 부녀가 이를 채취했다"고 전한다.

다년초이며 4~6월에 담황색의 작은 꽃이 공 모양으로 동그랗게 핀다. 새로 난 줄기와 잎을 약용(기침, 내장에 효과적), 식용한다. 일찍이는 떡을 만드는데 쓰였으나, "어머니母와 자식子을 절구에서 찧는 것이 좋지 않다" 하여 헤이안 시대부터 쑥으로 대체했다고 하는데, 지방에서는 19세기에도 떡의 재료로 쓰였다고 한다.

④ 별꽃(하코베라, 고하코베小蘩蔞, 하코베繁縷, 蘩蔞)

들판, 논두렁 등지에서 자생한다. 줄기 아래 부분이 바닥에 뻗어나가고, 줄기 한쪽 편에 털이 있다. 3~6월 줄기 끝에 직경 5밀리미터 정도의 흰 작은 꽃이 핀다. 새로 나온 잎을 식용으로 하는 것 외에 이뇨, 치통, 소염, 위장약 등에 쓰이고, 새와 토끼의 먹이로 이용되기도 한다. 『고혼슈교쿠슈広本拾玉集』(1346년)에서 일곱 가지 봄나물 중 하나로 꼽히고 있다.

⑤광대나물(호토케노자佛の座, 고오니다비라코小鬼田平子, 다비라코田平子)

습지를 좋아하여 논두렁 등지에 자생하는 국화과의 2년초이다. 논에 잎이 날개 모양으로 벌어져 있다고 해서 다비라코田平子라고 불리며 표준 명칭은 고오니다비라코小鬼田平子이다. 일찍이 호토케노자라고도 불려왔지만 현재 호토케노자라고 하면 보라색 꽃을 피우는 지치과 식물을 가리키고 있기 때문에 주의를 요한다(식용불가). 광대나물은 4~5월경 7밀리미터 정도의 작은 노란 꽃을 피우며 아침에 피고 저녁에 오그라든다. 꽃이 지면 열매가 아래를 향해 맺는다. 자르면 하얀 유액이 나온다. 새로 나온 잎을 따서 삶아 식용하면 위를 건강하게 하고 식욕 증진, 치통에 효과가 있다고 한다.

263

⑥ 순무(아오나青菜·蕪菁, 스즈나菁·鈴菜·菘, 가부나蕪菜, 가부蕪)

순무는 아오나蕪菁, 스즈나菁·鈴菜·菘, 가부蕪 등으로 불리며 척박한 땅에서도 잘 자란다. 고대 중국에서는 제갈량이 행군하는 곳마다 군량을 위해 순무를 재배했다고 하여 이를 '제갈채諸葛菜'라 불렀다.

대개 7월 초에 심은 것은 뿌리, 잎 모두 좋다. 뿌리는 길고 하얗다. 종에 따라서는 붉은 것도 있다. 줄기는 굵고 잎은 크고 두껍고 넓다. 초여름에 대가 나와 노란 꽃을 피운다. 잎이 자라면 데쳐 먹을 수 있다. 일곱 가지 봄나물로 판매할 때도 잎이 붙은 채로 판매되고 있다. 소화촉진, 동상에 효과적이다.

⑦ 무(오호네大根, 스즈시로須々代·蘿蔔·清白, 다이콘大根)

무는 오호네於保根, 스즈시로清白, 다이콘大根이라 부른다. 그 중 뿌리가 크다는 의미의 대근大根을 사용하는 경우 고대에서는 '오호네'로, 중세시대 『세쓰요슈節用集』(15세기) 이후는 현재의 한자음 그대로인 '다이콘'이라 읽는다. 일곱 가지 봄나물 중 하나로서의 무는 '스즈시로'라고 읽는데 이는 무가 하얗다는 데서 기인한 이름이다.

현대에서 '무'라고 하면 아무래도 부정적 이미지를 떠올리기 쉽다. 한국에서도 일본에서도 통용되는 두꺼운 다리로서의 '무다리', 일본에서 쓰이는 '무 배우(다이콘야쿠샤大根役者)' '무 타자'(다이콘 밧타大根バッタ-)가 그러하다. 일본에서는 무가 아무리 먹어도 체하지 않기 때문에 무슨 수를 써도 연기가 늘지 않는 배우를 '무 배우'라 하고, 마찬가지로 아무리 해도 잘 못 치는 타자를 무 타자라고 한다.

한편, 고전에서의 '무'는 긍정적인 이미지로 쓰인다. 예컨대 『고지키古事記』(712년)에서 닌토쿠 천황이 황후에게 화해를 청하는 노래에서 나오는 무는 황후의 아름다운 하얀 팔을 비유하고 있다. 또한 무의 효능에 대한 믿음은 신을 부르기도 한다. 『쓰레즈레구사徒然草』 68단에는 무를 만병통치약으로 믿고 매일 아침 두 개씩 구워 먹던 한 관리의 집에 적이 쳐들어 왔는데, 무가 두 명의 무사로 변해 적을 물리쳤다는 일화가 있다. 무의 효능에 대한 깊은 믿음이 공덕을 쌓는 결과를 낳았으므로, 이 또한 무에 대한 긍정적인 이미지를 담고 있는 이야기라고 할 수 있겠다.

액 쫓는 방법 – 일본의 나나쿠사바야시, 중국의 인승, 한국의 추령

중국의 야채국(1월 7일), 한국의 나물 무침(1월 15일), 일본의 야채죽(1월 7일) 섭취는 모두 무병장수를 기원하는 의미가 있지만, 일본의 풍습에는 일곱 가지 채소를 다지며 나나쿠사바야시七草囃子라는 노래를 부른다는 특색이 있다.

일본에서는 1월 6일 밤부터 7일 새벽녘까지 부엌에 있는 장작, 식칼, 부젓가락, 나무공이, 주걱, 국자, 긴 젓가락의 일곱 가지 도구를 사용해 일곱 야채를 잘게 다지게 되는데, 이 때, "일곱 풀 냉이, 당나라 새가 일본 땅으로 건너오기 전에 함께 털썩 털썩"이라는 나나쿠사바야시를 부른다. 여기서 당나라 새란 귀차조鬼車鳥, 은비조隱飛鳥 등 여러 이름으로 불리는 흉조이다. 즉 이 노래는 바깥 세상에서 오는 것을 '철새'라고 생각하고, 그 새가 역병을 갖고 온다고 하여, 도마를 두드리는 소리로 해를 끼치는 철새나 재앙을 물리치고, 농작과 건강을 바란다는 주술적인 의미를 담고 있는 것이다.

물론 중국의 경우도 이러한 액막이는 존재한다. 6세기경 중국의 세시 풍속 이야기를 담은 『형초세시기』에 의하면 1월 7일에는 사람의 형상을 한 인승人勝을 병풍에 장식하거나 머리에 꽂는다고 하는데, 이 인승은 단순한 장식이 아니라 종이나 헝겊에 도가적 주문을 적어 악귀나 액을 쫓는 역할을 하였다고 한다.

한국의 경우에도 이와 유사한 동인승銅人勝이 있지만 이는 액막이가 아니라 복을 기원하는 의미가 담겨 있다. 조선 후기 세시풍속지인 『동국세시기』에 의하면 1월 7일에 신하들에게 자루가 달린 작고 둥근 거울 모양의 구리 머리 장식을 나누어 주었다고 하는데, 이 뒤에는 신선이 새겨져 있어 신선의 여유와 건강, 장수를 기원하였다고 한다.

한국에서 아홉 가지 나물을 7일이 아닌 15일에 먹듯이, 액을 쫓는 풍습도 7일이 아닌 1월 15일 대보름에 행해진다. 사람의 운세는 직성直星이라 부르는 아홉 가지 별자리를 통해 보게 되는데, 나후직성, 토직성, 수직성, 금직성, 일직성, 화직성, 계도직성, 월직성, 목직성 중 흉한 별자리인 나후직성에 해당하는 나이의 남녀는 추령(방언으로는 처용)이라는 짚으로 만든 인형을 만들어 보름 전 날 밤 길에 버려 액운을 없애는데 이는 조선 후기 세시풍속지인 『경도잡지』에 의하면 신라 헌강왕 때의 처용설화에서 유래한다고 한다. 또한, 수직성에 해당하는 사람은 종이에 싼 밥을 밤중에 우물에 던져 액운을 없앤다. 여기서 나후직성의 경우, 남자는 열 살, 여자는 열한 살에 처음 들며 구 년에 한 번씩 돌아오고, 수직성은 남자는 열두 살, 여자는 열세 살에 처음 들며 구 년에 한 번씩 돌아온다.

한국 대보름의 액막이는 무언가를 버리는 것에 집중한다. 추령을 버리고, 밥을 버린다. 일본의 나나쿠사바야시나 중국의 인승에서 보이는 것처럼 외부의 액을 막는 것이 아니라, 자신의 액을 배출하는 데 중심을 둔다는 것이다.

인일과 대보름

그럼, 한국만 인일이 아닌 대보름에 신채가 아닌 묵은 나물을 먹게 된 것은 무슨 연유에서일까? 여기서 잠시 인일과 대보름에 대해 짚고 넘어가 보자. 인일에 대한 인식은 한중일 모두에서 보인다.

먼저 중국의 『형초세시기』에 의하면 정월 1일은 닭의 날, 2일은 개의 날, 3일은 양의 날, 4일은 돼지의 날, 5일은 소의 날, 6일은 말의 날, 7일은 사람의 날이라 하여 7일의 날씨가 맑고 흐림에 따라 그 해의 풍작과 흉작을 점쳤다고 한다. 1월 7일을 '사람의 한 해의 시작'으로 보았으니, 묵은 나물보다 그 해 새로 나온 신채를 먹는 것이 어쩌면 더 적절한 풍습으로 보이기도 한다. 또한, 이 날에는 화승과 인승을 장식하고 일곱 가지 야채국을 먹으며 시를 주고 받았다고 한다. 그에 비해 중국의 대보름인 원소절은 콩죽을 쑤어 신에게 제사 지내고 신을 맞아 여러 가지 일을 점친다는 기록은 있어도 여기에 한 해의 시작이라는 의미가 부여되고 있지는 않다.

일본의 경우에도 인일은 나나쿠사가유를 먹는 날, 그 해 처음으로 손톱을 깎는 날이라 여겼다고 한다. 또한 나나쿠사를 담근 물에 손톱을 넣어 부드럽게 만들었다가 자르면 그 해 감기에 걸리지 않는다는 속설이 있다고 한다. 이에 반해 15일에는 문 앞에 세우는 그 해의 신을 맞이하는 소나무인 '가도마쓰門松'를 철거하는 날로 기록된다.

한국의 경우 인일은 관리에게는 휴가 받는 날이며, 적어도 조선 시대 중반까지는 『형초세시기』에서 보이는 인일의 세 가지 풍습인, 화승을 꽂고 나물을 먹으며 시를 지어 나누는 습관을 모두 행하고 있었다. 특이한 것은 인일에 외박도 금기, 손님이 와서 묵고 가는 것도 금기시되었다는 점이다. 이에 반해 15일은 새해 농사의 시작 날로 보고, 높은 곳에 올라 달의 형태와 빛을 보고 그 해의 농사의 풍흉을 점쳤다. 또한 이 날 달밤에 많은 사람들이 모여 줄다리기, 차전놀이, 답교, 윈노름, 기세배, 달집태우기, 지신밟기, 놋다리밟기 등 여러 놀이를 즐겼다고 한다.

요컨대 한국의 경우, 일본과 중국에서 보이는 한 해의 '시작'이라는 의미는 인일이 아닌 대보름이 되어서야 보인다는 것이다. 게다가 상기의 민속놀이들의 공통점은 개별적 놀이가 아닌 농사 짓는 데 있어서의 단합과 협동, 상생을 도모하는 공동체적 놀이이다. 농사의 길흉을 점치는 것도 중국에서는 7일에 날씨로 농사를 점친 것과 달리, 조선에서는 15일 대보름에 높은 곳에 올라 달빛과 달 모양으로 농사를 점쳤다는 것인데, 이는 달의 움직임을 표준으로 삼는 음력을 쓰고, 농사의 시작을 대보름으로 보는 농경사회에 있어서 첫 보름달이 뜨는 대보름날을 중시하는 인식의 반영일 것이다.

한편, 조선 후기 『동국세시기』(1849년)에서는 중국 『형초세시기』와 비교하며 7일이 아닌 15일에 신채가 아닌 묵은 나물을 먹는 풍습으로 바뀌어졌음을 이야기하고 있다.

박, 오이, 버섯 등을 말린 것과 콩나물, 무 등을 보관해 둔 것을 묵은 나물이라 하는데, 반드시 이 날 나물을 무쳐 먹는다. 오이꼭지, 가지 껍질, 무청도 모두 버리지 않고 말렸다가 삶아 먹는데, 더위를 먹지 않는다고 한다. 채소 잎이나 김으로 밥을 싸서 먹는데 복쌈이라고 한다.『형초세시기』에 "인일에는 일곱 가지 채소를 캐서 국을 만든다" 하였는데, 지금 풍속에는 보름으로 바뀐 것이다. 이 또한『시경』 2권에 있는 '패풍'에 "좋은 채소를 모아 저장하는 것은 겨울철에 먹을 채소가 없을 때를 대비하는 것이다"라고 한 대목과 통한다.

여기서 다른 기사가 아닌『시경』'패풍(곡풍)'에 있는 내용을 인용하고 있다는 점이 주의를 끈다.『시경』'패풍(곡풍)'의 시는 버림받은 부인이 새로운 아내를 맞이한 남편을 원망하는 내용으로, 먹을 것이 부족한 겨울에 채소를 절여 저장해둔 자신을 기억해달라고 말하고 있다. 즉, 여기서는 전처를 묵은 야채 절임으로 비유하는『시경』의 노래를 인용함으로써 신채가 아닌 묵은 나물을 먹어야 되는 정당성을 확보하고 있는 것이다.

어쨌든 현재 대보름에 묵은 나물을 먹는 이유에 대해서는, 햇볕에 오래 두고 말린 나물이 영양소도 많고 몸속 노폐물을 제거하는데 효과적이기 때문이라고 일컬어진다. 이는 외부의 액을 막기보다 자신의 액을 배출하고자 하는 한국 대보름의 액막이 풍속과도 일맥상통하는 듯이 보인다.

인일에 일곱 가지 채소(신채)를 넣은 맑은 장국을 먹는 중국의 풍습은 한국과 일본에서 비슷하지만 다른 양상으로 발현되었다. 일본은 '자신들의 한 해의 시작'으로서 인일에 무병장수를 기원하며 나나쿠사가유를 먹었고, 외부(중국)에 대한 액을 쫓았다. 한국은 '농사 공동체 우리들 한 해의 시작'을 알리는 보름날에 아홉 가지 묵은 나물을 먹었고,

269

스스로의 액을 배출하고 모두와 함께 하는 놀이를 즐겼다. 이를 표로
정리하면 다음과 같다.

	중국	한국	일본
날짜	1월 7일(인일)	1월 7일(인일)→1월 15일 대보름(조선 후기 이후)	1월 7일(인일)
채소	무병장수 위해 신채 (7가지 그 해 새로 나온 채소)로 만든 국을 먹음	무병장수 또는 더위를 먹지 않기 위해 묵은 나물(9가지 나물, 지역마다 다름) 무침 또는 삶은 것을 먹음	무병장수 위해 신채(7가지 그 해 새로 나온 채소)로 만든 죽(나나쿠사가유)을 먹음
점	높은 곳에 올라 날씨로 농사의 길흉을 점침	높은 곳에 올라 달로 농사의 길흉을 점침	
액 쫓기	인승을 만들어 장식하여 악귀나 액을 쫓음	풀로 사람의 형상(추령)을 만들어 자신의 액을 버림	나나쿠사바야시 노래로 외부의 액을 쫓음
놀이	연등 놀이	공동체 놀이	

참고문헌

홍석모 저, 정승모 주(2009) 『동국세시기』 도서출판 풀빛
국립민속박물관 편(2006) 『중국대세시기 I』 국립민속박물관
국립민속박물관 편(2004) 『한국세시풍속자료집성-조선 전기 문집편』 국립민속박물관
虎尾俊哉 編(2000) 『延喜式 上』 集英社
小島憲之 外(1998) 『日本書紀③』(新編日本古典文学全集, 小学館)
山口佳紀・神野志隆光 訳注(1997) 『古事記』 小学館
小島憲之 外(1996) 『万葉集④』(新編日本古典文学全集, 小学館)
島田勇雄 外(1991) 『和漢三才図絵17-寺島良安』 平凡社
中田祝夫 編(1978) 『倭名類聚抄』 勉誠社
吉川幸次郎 注(1958) 『詩経』 岩波書店

동식물로 읽는
일 본 문 화
매화

매화 향에 취해 임을 그리며

윤 승 민

● ● ● ●

    사계절이 뚜렷한 한국과 일본에서는 각 계절마다 정취 있고 특색 있는 여러 꽃들이 저마다의 자태를 뽐내며 아름다움을 드러낸다. 특히 봄은 계절의 여왕이라는 명성에 맞게 온 주위를 형형색색의 꽃들로 물들인다. 매서운 바람이 불던 추운 겨울이 지나고 살포시 불어오는 바람 내음에 봄을 느끼고 문득 고개를 들어 주위를 살펴보면 어느덧 저 건너편에 알록달록 꽃들이 피어 있는 것을 보고는 "아! 드디어 봄이 왔구나"라며 봄의 도래를 실감하는 건 비단 나 혼자 만은 아니리라.

    저마다 좋아하는 꽃이 있고 제각각 봄이 옴을 느끼는 꽃은 다르겠지만 그중 매화는 간간이 눈이 흩날리는 매서움 속에, 아직은 봄이라고

271

느끼기엔 좀 이른 시기에도 새하얀 눈송이와 견줄 만큼 흰 꽃잎을 펼쳐 보이며 좋은 향기로 주위를 물들인다. 우리나라에서도 추운 날씨 속에 굳은 기개로 하얗게 피는 매화를 '설중매雪中梅'라 부르며 애호했으며 선비들은 그 자태를 높이 샀다. 이런 백매화보다 조금 늦게 이번에는 홍매화가 그 아름다운 모습을 만방에 선보인다.

　일본인들 역시 매화에 대한 애정이 남달랐다. 봄에 피는 꽃은 많이 있지만 어디를 가더라도 매화꽃은 존재한다. 시골 논두렁 한 구석에, 아니면 농가 뒤쪽으로 보이는 조그마한 언덕에도, 집 앞 정원에도 매화 꽃이 피어 있다. 도시로 나와도 마찬가지다. 집 정원이나 신사 혹은 절 경내, 공원 등 눈을 돌리면 어디든 매화꽃이 그 자태를 드러내고 일찍 부터 봄이 곧 올 거라는, 아니 이미 봄이 이만큼 성큼 다가왔다는 설레 는 소식을 알려준다.

　매화의 원산지는 중국 양쯔 강 지역인데 일본 전래 시기에 대해서는 여러 설이 있다. 중국 위진남북조 시대(220~589년)에 쓰인 『위지왜인 전魏志倭人傳』이란 서적에 "나무에는 매화, 자두, 녹나무가 있다"라는 기 록이 있다는 점을 들어 일찍부터 일본에 전래되었다고 주장하는 학자 도 있고, 한편 일본에서 가장 오래된 문헌인 『고지키古事記』, 『니혼쇼키 日本書紀』에 매화에 관한 기술이 없다는 점을 들어 나라奈良 시대(710~ 794년), 혹은 그 직전에 전파되었다는 설도 있다. 하지만 전래 시기가 언제가 됐든 고대 일본인들에게 매화는 아름다운 꽃을 피우고 향기로 운 향내를 흩뿌리면서 겨울이 끝나고 봄이 왔음을 알리는 봄의 전령사 로서 인식되었고 그 옛날 정확한 달력이 없었던 시기 매화꽃 개화를 1 년 농사의 시작 신호로 여길 정도였다.

　원래 일본에 매화가 전래된 것은 과실, 즉 여름에 노랗게 영그는 매실이 주된 목적이었던 것 같다. 식품, 조미료, 의약품의 재료 등에 매실이 사용되었다. 하지만 이른 봄 아직 서리나 눈마저 내리는 일이 종종 있는 시기에 주위 가득 향긋한 내음으로 가득 채우는, 소박하지만 야무진 그 모습에 일본인들이 열광하기 시작했다. 단지 그 모습을 감상만 한 것이 아니었다. 중국에서는 일찍부터 매화꽃에 심취하여 시의 소재로도 애용하였는데 일본 역시 그 영향을 받아 한시나 와카和歌에서 매화를 빈번히 읊었고 그 외 다양한 장르의 문학 작품에도 자주 등장한다.

이 글에서는 일본인이 사랑한 매화꽃이 일본인의 삶과 일본문학 속에서 어떻게 향유되고 또 계승되어 왔는지 자세히 살펴봄으로써 일본문화의 본질에 한걸음 더 가까이 다가가는 것을 목적으로 한다. 자 그럼 다들 매화꽃 향기에 취할 준비는 되었는지.

후각을 통해 전해지는 매화꽃의 진가

현재 일본을 대표하는 꽃이라고 하면 누구나 벚꽃을 떠올릴 것이다. 매년 봄 흩날리는 벚꽃 아래서 온 일본이 떠들썩하게 꽃놀이를 즐기며 그 아름다움을 찬미하면서 봄이 왔다는 사실을 온 몸 가득히 느끼지만, 실은 지금으로부터 천여 년 전에는 벚꽃보다 매화가 봄을 대표하는 경물景物로 인식되었다. 벚꽃이 일본 고유 수종으로 당시 고대 일본인들 눈에는 산들녘 어디에나 피어 있는 흔한 꽃이었던데 비해 매화는 중국에서 건너 온 진기한 꽃이라는 이미지와 그 어떤 꽃보다 한발 먼저, 막

바지 추위에도 굴복하지 않는 강인함으로 청초한 꽃을 피우고 일대를 가득 메우는 은은한 꽃향기로 봄이 왔음을 알리는 매력이 일본인들의 마음을 단숨에 사로잡았다.

옛 일본인들은 자연에 대한 감상과 사랑, 번뇌, 그리고 이별 등 자신의 감정을 솔직히 표현했는데 특히 와카라 불리는 일본 고유의 노래 형태로 이러한 감정들을 호소력 있게 전달했다. 일본에서 가장 오래된 노래집은 『만요슈萬葉集』라는 작품인데 8세기 후반 만들어진 이 노래집에는 약 4500여 수의 방대한 와카가 수록되어 있다. 이 중 매화에 대한 노래는 약 120여 수. 한편 벚꽃에 관한 노래가 약 40여 수인 점을 감안하면 당시 일본인들이 벚꽃보다 매화를 훨씬 더 애호했다는 사실이 이렇게 숫자로도 증명된다. 『만요슈』에 실린 매화 관련 노래들을 보면 들놀이 등 대자연 속에서 매화를 감상하고 사랑한 모습이 보인다. 인생의 고뇌를 주로 읊은 야마토우에 오쿠라山上憶良가 노래한 "새봄이 되면 제일 먼저 피는 저 매화꽃을 어찌 나 홀로 보며 봄날을 보내리오"나, 술과 여행의 가인歌人으로 평가받는 오토모 다비토大伴旅人의 "정원에 폈던 매화꽃 져버리네 저 먼 하늘서 새하얀 눈 흩날려 떨어진 것 같구나" 등이 『만요슈』에 보이는 대표적인 매화 노래라 할 수 있다. 봄을 부르는 꽃으로 계절이 변하는 기쁨을 매화를 통해 표현하거나 눈과 헷갈릴 정도로 새하얀 매화꽃잎이 지는 것을 감탄하며 매화를 찬미하는데 주로 눈에 보이는 매화의 모습, 즉 시각적인 면을 중시하여 매화를 읊은 점이 특징이다.

간무 천황桓武天皇이 나라에서 수도를 현재의 교토京都로 옮기면서 일본 역사상 헤이안平安 시대가 시작되었다. 헤이안 시대는 귀족 중심의 시대로 우아하고 세련된 귀족 문화가 정점을 이루었다. 귀족들은 다양한 문화를 향유하면서 특히 와카를 즐겨 읊었고 이 시기 와카에 대한 깊은 애정으로 905년 최초의 칙찬가집, 즉 천황의 명에 의해 만들어진 노래집인 『고킨와카슈古今和歌集』가 만들어졌다. 『고킨와카슈』는 이후 만들어지는 가집의 규범이 될 정도로 일본 문학사상 아주 중요한 작품인데, 이 작품에서도 매화는 전체 1100여 수 중 28수가 수록되어 있어 여전히 선호되고 있었음을 알 수 있다. 단 노래 스타일은 『만요슈』와 다른 경향을 보이고 있는 점이 흥미롭다.

> 당신 이외에 누구에게 보이리 이 매화꽃을
> 그 빛깔도 향기도 아는 사람만 알지　　　　　　　　　(기 토모노리紀友則)
> 색깔보다도 향기가 뛰어나다 생각이 드네
> 누구 소매 닿았던 뜨락의 매화일까　　　　　　　　　　　(작자미상)
> 봄날 저녁의 어둠은 덧없어라 활짝 핀 매화
> 모습 안보인다고 향기마저 감추랴　　　　　(오시코우치 미쓰네凡河内躬恒)
> 다 져버려도 향기만은 남겨다오 매화꽃이여
> 보고파 그리울 때 추억으로 삼을테니　　　　　　　　　　(작자미상)

『고킨와카슈』에 실려 있는 매화꽃 노래를 몇 수 소개하였다. 이 노래들을 한 수 한 수 음미해보면 어떤 특징을 발견할 수 있을 것이다. 이는 다름 아닌 매화꽃을 읊고 있으면서도 그 모습, 즉 시각적인 아름다움보다 매화향을 더 중시한다는 점이다. 어둠 속에 피어있는 매화는 비록 눈에는 보이지 않지만 감출 수 없는 향기 때문에 거기에 있음을 알 수 있다는 미쓰네의 노래처럼, 이렇듯 헤이안 시대 와카에서 매화는 이전 시대와는 달리 청초한 그 모습이 아닌 향기를 중시하는 방향으로 전환되었다. 이는 당시 귀족들의 취향과 깊은 관계가 있다. 헤이안 귀족들은 다양한 향에 심취해 있었다. 인도에서 당, 신라를 거쳐 일본으로 전래된 이국적인 향료 문화의 영향으로 헤이안 시대 귀족들은 남녀 할 것 없이 여러 가지 향을 조합하여 새로운 향을 만들어내고 이를 즐겼다. 예를 들면 저택 내에서는 향목香木을 태워 실내에 좋은 향내가 감돌게 했고 자신이 선호하는 향을 몸에 지니고 다니며 자신의 고유한 향을 자연스럽게 상대방에게 인식시켰다. 또한 다양한 향을 조제하여 '향 겨루기薫物合'와 같은 놀이를 즐기는 등 일상생활에서 향은 당시 귀족들과 떼려야 뗄 수 없는 중요한 것이었다. 이렇듯 헤이안 시대 귀족들이 향에 민감했던 것은 현재와 달리 조명기구가 발달하지 못한 것과도 깊은 관계가 있다. 오늘날에는 전기 덕분에 밤늦은 시간에도 환히 불을 밝힐 수 있지만 헤이안 시대에는 해가 저물면 그야말로 어두움의 시간이었다. 등불이 있기는 했지만 기본적으로 빛이 부족했던 탓에 자연적으로 시각적인 감각을 보완하고자 후각이 더욱 예민해졌다. 이와 더불어 당시 결혼제도도 향을 중시하는 귀족 문화 형성에 일조했다. 헤이안 시대는 결혼 후 남녀가 같이 사는 형태가 아니라 남성이 여성의 집을 방문하는 방처혼訪妻婚 형태였다. 늦은 밤 부인의 집을 방문해서 두 사람은 사랑을 나누고 남자는 동트기 전 다시 자신의 집으로 귀가하는 식이었다. 사방에 어두움이 깔린 아무도 없는 공간에서 향은 상대방을 확인하는 수단이면서 또한 상대와 헤어진 후 보고 싶은 그 사람을 기억하는 매개체이기도 하였다. '옷깃 향'으로 대표되는 상대방의 방향芳香으로 헤이안 시대 귀족들은 그리운 님을 떠올렸다. 오늘날 길을 걷다가 어디선가 익숙한 향기가 나면 나도 모르게 떠오르는 사람이 있어 주위를 둘러보며 그 향 주인공을 찾아보는 것과 같은 연유일 것이다.

아련하고 은은한 향을 풍기는 매화 향은 당시 각종 향을 조제할 때
가장 원점이 되는 향료이기도 했으며 또한 남녀 사이를 더욱 돈독히 하
는 분위기 메이커 역할도 했다. 저택 앞 정원에 매화를 심고 꽃과 더불
어 그 향을 감상하면서, 특히 어둠 속에 진동하는 매화 향기에서 사랑
하는 연인에 대한 사모의 감정을 이입한 로맨티스트 헤이안 귀족의 모
습을 앞서 인용한 와카를 통해 자연스레 상상할 수 있을 것이다.

헤이안 시대에는 백매화 외에 홍매화도 노래에서 많이 읊었다. 단 백
매화에 비해 향이 덜한 탓에 지금까지 살펴본 향을 중시한 의미의 노래
는 적지만 그 색이 벚꽃과 비슷하다는 이유로 많은 사람들에게 사랑받
았다. 이렇게 봄을 상징하는 매화였지만 시간이 흐름에 따라 그 지위를
점차 벚꽃에게 양보하게 된다. 헤이안 시대 초기 100여 년은 당나라 문
화를 적극적으로 섭취한 시기였다. 동아시아 변방국인 일본 입장에서
는 세계의 중심이 당연히 중국, 당나라였기에 견당사遣唐使라는 사신을
파견하여 적극적으로 당나라 문물을 수용하였다. 그러나 그로부터 약
100여 년의 시간이 흐른 후 일본은 자국 문화에 자부심을 갖게 되었다.
소위 말하는 국풍 중심 문화로의 변환기에 들어선 것이다. 이에 중국
문화에 우위를 두던 인식에도 변화가 생겼는데 중국에서 전래된 이유
로 당초 많은 귀족들에게 사랑을 받았던 매화 역시 일본에서 자생한 벚
꽃에게 그 상징성을 넘겨주게 된다. 하지만 매화꽃을 보며 설레는 마음
으로 봄이 온다는 사실을 느낀 점에는 변함이 없으며 매화꽃 향기에서
그리운 님을 떠올리는 등 헤이안 귀족들은 여전히 매화를 탐닉했고 그
진가에 매료되었다.

스가와라 미치자네가 사랑한 매화

요즘 유행하는 일본식 음식점에 가서 접시나 물컵 등을 주목해서 본 적이 있는지? 실로 다양한 모양의 그릇이나 소품이 존재한다. 다들 즐겁게 환담을 나누며 맛있는 음식에 매료되어 소품에는 관심을 두지 않았을지 모르나 일본어가 적혀 있는 소품을 발견하는 것은 그다지 어렵지 않다. 그중 일반적으로 많이 사용되는 소품에 다음과 같은 일본어가 쓰여 있는 것이 있다. "東風吹かば 匂ひをこせよ 梅の花 主なしとて 春な忘れそ"라는 글자와 함께 홍매화 그림이 프린트되어 있는데, 실은 이 일본어가 매화꽃을 읊은 와카 한 수이다.

그 의미는 "동풍이 불면 향기를 뿜어다오 매화꽃이여 주인이 없다 하여 봄을 잊지는 마라"이며, 작가는 스가와라 미치자네菅原道眞(845~903년)라는 사람이다. 스가와라 미치자네(이하, 미치자네라 칭함)는 헤이안 시대를 대표하는 학자이자 정치가이며 현재는 학문의 신으로 추앙받는 인물이다. 18세에 관료 시험에 합격한 뒤 황족과 귀족들이 그의 재능을 인정하여 가까이 두었다. 특히 우다 천황宇多天皇이 미치자네를 총애하여 높은 관직까지 오르게 되고 그의 딸이 황자의 부인이 되는 등 최고의 권세를 누린다. 그러나 이를 시기한 정적 후지와라 도키히라藤原時平가 그가 모반을 꾀했다는 누명을 씌우게 되고 미치자네는 결국 901년 다자이 부太宰府로 좌천되고 만다. 좌천된 지 2년 후인 903년 미치자네는 그곳에서 죽음을 맞게 되는데 이후 수도 교토에는 불가사의한 재난이 빈발하였다. 당시 사람들은 이를 미치자네의 억울한 죽음 때문이라 믿고 그를 천신 그리고 학문의 신으로 추앙하여 신격화했으며 이 신앙이 오늘날까지 이르고 있다.

【그림 1】 스가와라 미치자네 와카가 새겨진 소품

　위 노래는 미치자네가 다자이 부로 좌천되는 당일 자신의 저택에 있던 매화나무를 바라보며 부른 노래이다. 미치자네는 어릴 때부터 매화를 좋아했다고 한다. 그가 다섯 살 때 "매화꽃 색은 잇꽃색 색깔과도 닮아 있구나 내 뺨 어딘가에도 붙여보고 싶구나"라고 매화에 관한 와카를 읊었다고 전해지기도 한다. 또한 11살 때 '달밤에 매화를 보다'라는 주제로 한시까지 지었다고 하니 미치자네의 매화 사랑이 얼마나 각별한지 짐작할 수 있다.

　교토에 있는 미치자네 저택은 '홍매전紅梅殿'이라는 별칭으로 불렸다. 더할 나위 없이 빼어난 자태를 뽐내는 홍매화가 정원에 있었기에 그런 이름이 지어졌다고 한다. 이런 훌륭한 저택에서 미치자네도 여느 헤이안 귀족처럼 정원에 핀 매화꽃을 감상하고 또 그 향을 즐기며 매년 봄을 경축했으리라. 그런데 지금 억울한 누명을 쓰고 다자이 부, 현재의 규슈九州 지역 후쿠오카福岡 부근으로 유배를 떠나면 다시 교토로 돌아온다는 보장도 없다. 그 길은 너무나 멀고 험난한 길이다. 그렇다면 내 생애 다시 이 매화꽃을 이 자리에서 음미할 수 있는 날이 있을까 하는

279

【그림 2】 매화와의 이별을 아쉬워하는 스
가와라 미치자네(東京国立博物
館 他(2001)「天神さまの美術」
NHK)

불안감이 몰려드는 것은 너무나 당연한 일일 것이다. 그러니 제발 봄이
와 동풍이 불면 교토에서 자신이 머무를 다자이 부까지 그 바람에 매화
향을 실어 보내줄 것을, 행여 주인인 자신이 떠난 슬픔에 꽃을 피우지
않는 일이 없도록, 머나먼 타향에서 바람결에나마 매화 향에 위안을 받
고 싶다는 미치자네의 애절하고 비통에 찬 심정을 다시 볼 기약도 없이
매화와 이별을 고하며 읊는 이 노래를 통해 유추해 볼 수 있을 것이다.
　　그런데 이 매화에는 재미있는 후일담이 있다. 주인과 헤어짐을 슬퍼
한 바로 그 매화가 미치자네가 유배지로 먼 여정을 떠나자 죽을힘을 다
해 수천 리나 떨어진 주인이 있는 다자이 부로 날아가 하룻밤 사이에
뿌리를 내리고 미치자네를 맞이했다는 전설이 전해진다. 중세에 편찬
된 설화집『짓킨쇼+訓抄』,『호부쓰슈寶物集』등 다수 서적에 이러한 미치
자네와 매화에 관련된 전설이 기록되어 있다. 이 매화는 다자이 부 덴

만구天滿宮 뜰에 현재 '도비우메飛梅', 즉 '날아온 매화'라는 이름으로 신목神木으로 보존되어 매년 봄이면 미치자네가 보았을 그 꽃을 우리들에게도 보여주고 있다. 그리고 놀랍게도 지금까지 화재로 두 번이나 불에 타 소실될 위기에 처했지만 그 때마다 뿌리에서 다시 새순이 돋아 현재에 이르고 있다고 한다. 과연 미치자네가 사랑한 매화답게 끈질긴 생명력을 보여주고 있다. 혹시 기회가 되어 다자이 부 덴마구를 여행한다면 미치자네를 잊지 못해 교토에서 그 먼 거리를 날아온 이 매화나무 매력에 깊이 빠져보는 시간을 가지는 것은 어떨까.

매화의 상징성과 문학

정월을 맞이하여 화창한 봄 태양 아래 신록이 싹트는 기운과 봄이 왔음을 알리는 매화 향기 가득한 헤이안 시대 저택의 모습을 『겐지 이야기源氏物語』「하쓰네初音」권에서는 다음과 같이 묘사하고 있다.

> 이듬해 설날 아침, 하늘은 한 점 구름도 없이 화창하여, 어떠한 신분의 집에도 눈 사이로 새싹이 파릇파릇하고, 벌써 봄기운으로 안개가 자욱하고, 나무싹이 어렴풋이 돋아나 자연히 사람의 기분도 평온해지는 느낌이 든다. ……
> 봄 저택의 정원은 특별히 매화 향기도 발 안에서 피우는 향과 어울려 바람에 풍겨오는 것이 이 세상의 극락정토라 생각된다.

태양력을 사용하는 현재와 달리 태음력으로 시간을 계산했던 헤이안 시대는 원칙적으로 신년과 입춘이 같다. 1월부터 3월까지를 봄으로 간주했으므로 신년 첫 날은 봄의 시작이기도 했다. 이 이야기의 주인공 히카루겐지光源氏가 로쿠조인六條院이라 불리는 대저택을 새로 조영하고 처음으로 맞이하는 신년 첫날. 마치 지상의 극락정토와도 같이 눈부시게 아름다운 로쿠조인에 추운 겨울이 가고 새롭게 봄날이 왔음을 알리는 대표적 상징물로, 작가 무라사키시키부紫式部는 바로 매화를 꼽고 있다. 『겐지 이야기』가 쓰여진 시기는 헤이안 중기로 당시에는 이미 벚꽃을 봄의 상징으로 인식하는 경향이 강했으나 작가는 이 장면에서 벚꽃이 아닌 매화를 봄의 경물로 그리고 있는 것이다.

이뿐 아니라 이 작품 속에는 매화와 관련된 많은 에피소드가 등장한다. 『겐지 이야기』는 전체 54권으로 구성된 장편 이야기인데 그 중 권 이름에 '매화'라는 단어가 사용된 것이 두 개나 된다. 「우메가에梅枝」권과 「고바이紅梅」권이 바로 그것인데 각각 '매화가지'와 '홍매화'라는 의미를 가진다. 특히 「우메가에」권은 한 권 전체를 통틀어 매화와 관련된 이야기를 하고 있다. 딸 아카시노히메기미明石の姫君를 동궁비로 입궐시키기 위한 성인식 준비에 여념이 없던 정월 말, 겐지는 향 겨루기 시합을 개최할 생각으로 로쿠조인의 부인들과 아사가오朝顔에게 향 조제를 부탁한다. 공사다망했던 일도 한 숨 돌릴 만한 여유가 생긴 2월 어느 날. 로쿠조인 저택 정원에는 홍매화가 더할 나위 없는 그윽한 향을 발하고, 더욱이 조용히 비까지 내려 운치를 더하는데 이 날 각 여인들은 향 겨루기를 실시한다. 각자 자신의 스타일에 맞게 여러 향을 조합하여 기품과 센스를 뽐냈는데 이 중 겐지의 정부인격으로 로쿠조인 봄 저택에 거처하면서 봄을 상징하는 여성인 무라사키노우에紫の上는 여러 향 중 화려하고 현대적인 느낌으로 진귀한 향이 감도는 '매화 향'을 조제하여 가장

호평을 받게 된다. 또한 향 조제 시합의 판정이 끝난 후 벌어진 주연酒宴에서 겐지와 호타루 병부경궁螢兵部卿宮, 가시와기柏木, 유기리夕霧 등이 관현 음악을 연주하고 변소장弁少将이 '매화가지'라는 곡을 읊어 흥을 북돋았다. 이렇듯 「우메가에」권에서는 특히 매화를 강조하여 이를 소재로 이야기를 전개하고 있다. 이 외에도 『겐지 이야기』 전체 54권 중 16권에 걸쳐 매화와 관련된 이야기가 나온다. 이는 당시 귀족 사회에서 긴 겨울이 끝나고 만물이 소생함을 알리는 매화라는 사물에 대해 얼마나 높은 관심을 가지고 있었나 하는 사실을 방증하는 자료이기도 하다.

헤이안 시대 천황이 거주했던 궁궐에는 수많은 전각이 존재했다. 궁중의 공적 의식을 거행하던 자신전紫宸殿, 정무를 시행한 어전 역할을 한 청량전과 같은 집무 공간 이외에 황후를 비롯한 천황의 부인 및 황족이 거주하던 사적 생활공간인 전각들도 다수 있었다. 흔히 '칠전오사七殿五舍'라 불리는 전각이 이에 해당하는데 이들 건물은 홍휘전弘徽殿, 상녕전常寧殿, 비향사飛香舍, 숙경사淑景舍 등의 정식 명칭이 있었으나 이 명칭 외에 별칭으로도 불렸다. 실은 이들 전각 앞 정원에 각각 오동나무, 등나무, 배나무 등의 나무를 심었는데 그 식물들 이름을 따 전각의 별칭으로 삼은 것이다. 응화사凝花舍라는 전각 앞에는 매화나무가 심어져 있어 이 건물을 '우메쓰보梅壷' 즉 '매화의 방'이라 불렀다. 역사상 이 전각은 엔유 천황円融天皇 이전에는 주로 황태자가 거주했으나 이후 '나시쓰보梨壷'를 동궁의 거처 공간으로 삼으면서 후궁들이 이곳을 이용하게 되었다. 헤이안 시대를 통틀어 가장 높은 영화와 권세를 누린 후지와라 미치나가藤原道長의 누나로 엔유 천황의 부인이었던 센시詮子, 그리고 이치조 천황一条天皇의 부인으로 당시 최고 권력자 후지와라 미치타카藤原道隆의 딸인 중궁 데이시定子 등이 '우메쓰보'를 주 거처로 삼았던 주요 인물들이다. 로쿠조미야스도코로六條御息所의 딸로 겐지의 양녀가 된 인물을 『겐지 이야기』
에서 아키코노무 중궁秋好中宮이라 부른다. 이 인물이 레이제이 천황에게
입궁하고 배당받은 전각이 바로 여기 '우메쓰보'이다. 또한 「니오효부쿄
匂兵部卿」권에는 천황의 둘째 아들 니노미야二の宮 황자가 궁중에 용무가
있을 때 '우메쓰보'를 임시 거처로 이용했다는 기술이 있는 등 '우메쓰
보'를 사용한 이들은 모두 신분이 높은 인물들이었다. 이러한 점으로 볼
때 매화는 고귀한 신분의 인물들과 잘 어울리는, 수준 높은 꽃으로 당시
사람들도 생각하고 있었다는 점을 짐작해볼 수 있다.

　『겐지 이야기』에는 백매화 뿐 아니라 홍매화에 관한 기술도 자주 보인
다. 「오토메少女」권에는 히카루겐지가 로쿠조인을 조영했을 당시의 정원
의 모습이 묘사되어 있는데, 정원 남동쪽에 해당되는 부분에는 동산을 높
이 만들고, "오엽, 홍매화, 벚꽃, 등나무, 황매화, 바위철쭉" 등과 같이 봄
에 어울리는 갖가지 꽃나무 등을 심었다고 되어 있다. 여기서도 봄을 대
표하는 식물로 홍매화가 당당히 그 이름을 뽐내고 있다. 일본 고전 수필
인 『마쿠라노소시枕草子』「나무의 꽃은木の花は」단을 보면 "꽃은 그 색이 진
하든 연하든 홍매화가 좋다"고 가장 먼저 홍매화에 대해 기술하고 있다.
벚꽃은 홍매화 다음으로 언급된다. 작자 세이쇼나곤清少納言의 꽃에 대한
생각이 잘 드러나 있으며 홍매화의 위상을 잘 보여준다고 하겠다.

　매화 향은 그리운 사람을 연상하는 매개체로 자주 사용되었다고 앞
에서 언급했는데 『겐지 이야기』「사와라비早蕨」권에는 가오루薫와 나카
노키미中君가 홍매화를 보면서 죽은 오이기미大君를 추억하는 장면이 나
온다. 오이기미는 나카노키미의 언니로 가오루가 사랑했던 인물이다.
서로 사랑하면서도 끝내 이루어지지 못한 가오루와 오이기미의 비운
의 러브스토리가 전편에 걸쳐 애절하게 그려져 있는데 "앞뜰에 핀 홍

매화의 색도 향도 그리운데, …… 꽃향기도 손님(가오루) 방향도 옛 추억을 회상하게 하는구나"라는 기술처럼, 정원에 핀 홍매화 향을 맡으며 가오루가 나카노키미와 함께 오이기미를 추억하고 있다. 또한 「데나라이手習」권에는 누구나 흠모하던 당대 최고의 귀공자였던 가오루, 니오노미야句宮와 동시에 사랑을 나눈 우키후네浮舟가 더 이상 사랑의 고뇌로 괴로워하지 않으리라 굳게 결심하며 출가를 선택한 후 맞이한 어느 봄날, 정원에 핀 홍매화의 향에 자신도 모르게 지나간 옛 추억의 님을 떠올리는 장면이 그려져 있다.

> 머무르는 거처 처마 근처에 핀 홍매화가 색도 향도 예전과 변함없이 피어 향기를 발하는 것을 보고, 다른 어떤 꽃보다 특히 이 꽃에 마음이 끌리는 것은 언제 만나도 싫증나지 않던 그 님의 향기가 잊혀지지 않기 때문일까 ……

> 옷깃을 스친 님은 비록 없지만 꽃향기 속에
> 님의 향이 떠도는 어느 봄날 동틀녘

우키후네가 여기서 회상하고 있는 '옷깃을 스친 사람'이 가오루와 니오노미야 중 과연 누구를 의미하는가에 대해 작품 완성 천여 년이 지난 지금까지도 논쟁의 대상이 되고 있다. 아마 자신이 응원하는 사람이 그 대상이길 바라는 독자의 심정이 반영된 결과일 것이다. 하지만 그 대상이 비록 누구건 여기서 홍매화는 그 향기에 이끌려 아련한 동경의 대상을 회상하게 하는 매개체 역할을 하고 있다. 매화 향을 중시하고 그 향에서 추억을 떠올리던 헤이안 시대 귀족들의 취향이 이 장면에도 고스란히 드러나 있다고 하겠다.

일본인의 삶 속의 매화

무사 중심의 중세 시대에도, 서민 중심의 에도 시대에도 일본인의 매화 사랑은 변함이 없다. 문학작품뿐 아니라 다양한 장르에서 이를 발견할 수 있는데 특히 회화 부분에서 매화는 많은 화가들이 선호하는 소재였고 대중들은 그 그림에 열광했다. 매화는 이른 봄을 대표하는 경물이지만 사시사철 변화무쌍한 특성으로 화가들이 즐겨 그렸다. 또한 경축을 의미하는 꽃으로 인식되어 신이나 부처님에게 바치는 경우가 많았으므로 신사나 절에서는 장식을 위해 매화 그림을 많이 그렸다.

식물학자 기타무라 시로北村四郎는 일본 화조花鳥畵 중 가장 많이 그려진 꽃이 매화이며 698건의 그림을 조사한 결과 매화는 113건에 이르고 벚꽃은 60건으로 매화가 압도적으로 높은 비중을 차지한다고 밝히고 있다. 헤이안 시대 초기 병풍에 이미 매화를 그린 그림이 존재하며, 매화를 그린 유명한 작품으로 『겐지 이야기 에마키源氏物語絵巻』, 『기타노텐진 연기北野天神縁起』, 『사이교 이야기 에마키西行物語絵巻』 등이 있다. 전국시대戦国時代를 대표하는 일본 3대 영웅의 한 명, 넘치는 카리스마로 일본 통일의 기틀을 다졌던 오다 노부나가織田信長가 거점으로 삼았던 아즈치 성安土城 천수각 방에 수묵화로 된 매화나무 그림이 있었다는 기록이 남아있다. 에도 시대 화가 오가타 고린尾形光琳이 그린 '홍백매도병풍紅白梅圖屏風'은 일본 회화 최고 걸작으로 꼽히는데 강물의 흐름을 사이에 두고 홍백매화 두 그루가 각각 그 아름다움을 뽐내고 있는 그림이다. 이 작품은 일본 국보로도 지정되어 있다. 비슷한 시기 우타가와 히로시게歌川広重가 그린 '에도 명소 백경 가메이도 매화 정원名所江戸百景亀戸梅屋敷'도 매우 유명하다. 대담한 구도와 절묘한 화면 배분이 인상적인

【그림 3】 가메이도 매화 정원(좌)과 고흐의 꽃피는 매화나무(우)(이자벨 쿨 지음, 권영진 옮김(2007) 『I, Van Gogh 반 고흐가 말하는 반 고흐의 삶과 예술』 도서출판 예경)

이 그림은 특히 빈센트 반 고흐가 유화로 모사하면서 더욱 유명해졌다.

고흐가 일본 그림에 많은 영감을 받았고 자신의 작품 모티브로 자주 이용했다는 이야기는 잘 알려져 있는데, 고흐가 영향을 받은 일본 그림 장르는 에도 시대 유행한 서민적 느낌의 '우키요에浮世繪'라는 장르이다. 이 우키요에 역시 매화를 소재한 한 작품이 많다. 단 이전과는 달리 매화를 중심으로 풍경을 그린 화조화가 아닌 남녀의 불타오르는 사랑을 그린 풍속의 정취를 한층 실감나게 살리기 위한 배경으로 매화를 그렸다. 이렇듯 회화 부분에서도 매화는 시대를 초월하여 많은 사랑을 받았다는 사실을 알 수 있다.

그림만이 아니다. 현재 사용하고 있는 일상용어 및 속담 등에도 매화와 관련된 말이 많이 등장한다. 그 중 대표적인 몇 가지를 살펴보면 다음과 같다. 장마를 일본어로 '쓰유つゆ'라고 한다. 이 '쓰유'에 해당되는

한자를 보면 '매화 매梅'에 '비 우雨'를 써서 '梅雨'로 표기한다. 옛 일본어에서 장마를 나타내는 말은 '사미다레五月雨'라 하여 음력 5월경에 내리는 비라는 의미로 사용했다. 헤이안 시대의 노래집 『고킨와카슈』를 보면 장마를 읊은 노래에 '사미다레'라는 표현을 사용하고 있다. 이를 현재의 '쓰유梅雨'로 부른 것은 『일본세시기日本歲時記』 기록에 의하면 에도 시대부터라고 전해지고 있는데, 그렇다면 어떤 이유로 장마를 의미하는 일본어에 매화 비라는 의미의 한자 '梅雨'를 사용하게 되었을까? 중국에서 사용하던 한자가 일본에 전래된 후 장마가 내리는 시기가 매실이 익어가는 시기라 하여 이 표현을 사용했다는 설이 있다. 물론 이 어원의 유래에 대해서는 아직 명확하게 밝혀지지 않았지만 기존에 있던 일본 고유어에서 매화가 들어간 한자를 장마의 의미로 사용했다는 것은 매화와 일본인의 친밀도를 함축하고 있다고 할 수 있지 않을는지. 매년 일기예보를 통해 전해지는 '장마 시작梅雨入り'과 '장마 끝梅雨明け' 안내를 통해 많은 일본인이 시간의 추이와 계절의 변화를 실감하는 등 장마 표현은 일본인의 삶과 밀접하게 관련되어 있다.

　소나무·대나무·매화나무는 예로부터 '세한삼우歲寒三友'라 하여 시나 그림의 소재로 많이 삼았다. 이를 한자로 쓴 '송죽매松竹梅'는 원래 중국에서 유래한 표현이기는 하지만 우리나라에서도 자주 쓰고 있으며 일본도 마찬가지다. 일본에서 '송죽매'라고 할 때는 경축의 의미로 사용되기도 하고, 물건의 등급을 나눌 때 각각 '송죽매' 순으로 구분하기도 한다. 이외에도 매화와 관련된 속담 등도 많이 있는데 '매화나무에서 우는 꾀꼬리梅に鶯'라는 말은 서로 잘 어울리는 것, 혹은 사이가 좋은 것의 비유로 사용되고 있다. 매화에 꾀꼬리가 와서 우는 묘사는 앞서 살펴본 『겐지 이야기』에도 많이 나온다. 매화와 꾀꼬리의 결합은 『만요

슈』에도 보이지만 『겐지 이야기』가 쓰여진 헤이안 시대부터 매화나무
가 꾀꼬리의 둥지라는 발상이 정착되었다. 봄이 되어 그 꽃을 피워 정
취를 발하는 매화나무에 꾀꼬리가 날아와 자리 잡고 있는 모습이 너무
나 운치가 있어 이런 표현이 만들어진 것으로 보여진다.

'매화꽃은 봉오리부터 좋은 향이 난다梅は蕾より香あり'는 표현도 많이
쓰이는데 이는 우리말의 '될성부른 나무는 떡잎부터 알아본다'와 유사
한 뜻으로 재능이 있는 사람이나 성공할 사람은 어려서부터 그 소질이
드러난다는 의미를 가진 비유다. 좋은 향의 대명사인 매화꽃인 만큼 분
명 꽃을 피우기 위한 첫 단계인 꽃봉오리도 좋은 향을 발하는 것은 당
연하다는 의미로, 우리 속담이 나무라는 좀 더 포괄적인 단어를 사용했
다면 일본 속담에서는 매화라는 특정 사물을 사용한 발상의 차이가 보
이는데 이 역시 매화향을 애호한 일본인의 특성과 관련지어 생각해볼
수 있을 것이다.

이외에도 일본어에는 매화와 관련된 단어 및 속담 등이 많이 있는데
이렇듯 매화관련 표현이 많다는 것은 일본인의 실생활 속에 매화가 오
랜 기간 친숙한 존재로 자리 잡고 있었다는 점, 즉 일본인의 삶과 매화
의 밀접한 관련성을 이야기하고 있다고 하겠다.

글을 맺으며

추운 겨울이 다 지나고 만물이 소생하는 봄의 기쁨을 제일 먼저 알려
주는 봄의 전령사로 일본인의 기억 속에 오랫동안 각인된 매화. 이 글

에서는 매화와 관련된 일련의 에피소드와 문학 작품을 비롯한 다양한 예술 세계, 그리고 일반인의 삶 속에 존재하는 매화의 예 등을 통해 일본인들이 매화에 대해 어떠한 이미지를 가지고 있으며 현재까지 어떻게 계승되어 일본 문화 속에 자리 잡고 있는지에 대해 살펴보았다. 매화는 봄의 도래를 알림과 동시에 헤이안 시대 귀족들에게는 그리운 상대를 떠올리는 매개체로서 그 향이 매우 중시되었다. 이 글에서 소개한 『고킨와카슈』 등에 수록된 와카, 그리고 『겐지 이야기』와 같은 산문작품을 통해 매화의 시각적인 아름다움과 함께 후각적인 향의 정취를 더욱 소중히 여기는 헤이안 귀족들의 일상생활을 발견할 수 있었으리라 생각된다.

헤이안 시대 중기 이후 일본인의 인식 속에 봄을 대표하는 꽃으로 벚꽃을 떠올리게 되었지만 여전히 매화는 그 청초한 자태와 은은한 향으로 오늘날까지 일본인들을 사로잡고 있다. 매화 향에 취해 봄을 맞아 님을 그렸던 헤이안 귀족처럼 다가오는 봄에는 매화꽃 향을 맡으며 그리운 누군가를 떠올리는 아름다운 시간을 가져보길 바라며 이 글을 맺는다.

참고문헌

윤승민(2014)「『源氏物語』手習卷の「袖ふれし人」歌考察―多義性という觀点に着目して―」(『日本研究』60, 한국외국어대학교 외국학종합연구센터 일본연구소)
栗本賀世子(2014)『平安朝物語の後宮空間』武蔵野書院
藤原克己(2002)『菅原道真 詩人の運命』ウェッジ
増田繁夫(2002)「梅」(『国文学 解釈と鑑賞』47-3, 學燈社)
有岡利幸(1999)『梅』Ⅰ·Ⅱ 法政大学出版局

벚꽃, 그 아름다움 너머

김 병 숙

● ● ● ●

일본인의 원풍경

여러 일들을 떠올리게 하는 벚꽃이로다

비단 벚꽃이 에도 시대의 하이카이俳諧 가인인 마쓰오 바쇼松尾芭蕉에게만 추억을 떠올리게 하는 것은 아니리라. 부모님의 손을 잡고 간 초등학교 입학식, 이별의 아쉬움과 새로운 시작의 두근거림이 공존하던 졸업식, 사회인으로서의 첫발을 내딛던 날. 그 기억 속 풍경에는 봄날의 태양 아래 벚꽃이 활짝 피어 있다. 일본인에게 벚꽃은 새로운 시작

291

을 내딛는 삶의 마디에 피어 있는 지극히 개인적인 풍경인 동시에 서로
가 교감하는 회상의 원풍경을 구성하는 경물이다.

일본인의 벚꽃 사랑은 유별나다. 벚꽃이 필 무렵이면 일본 열도는 벚
꽃의 열기에 휩싸인다. 개화 기간이 짧기에 혹여 보지 못할까 하는 조
바심은 사람들의 마음을 더욱 부추긴다. 일본인들은 날씨를 확인하며
꽃의 아름다움을 즐길 수 있는 곳으로 벚꽃구경을 나선다. "벚나무 아
래에서 술 마시며 노래하고 큰 가지를 꺾어 드는 사람들." 흔히 볼 수
있는 벚꽃놀이 행락객의 모습인데, 이는 14세기 전반기에 쓰인 수필
『쓰레즈레구사徒然草』에 나오는 기술이다. 예나 지금이나 변치 않는 모
습이다. 이러한 벚꽃놀이도 일본인이 떠올리는 벚꽃의 원풍경 중 하나
일 것이다.

벚꽃놀이는 언제부터 시작된 것일까. 민속학자 오리쿠치 시노부折口
信夫의 설명에 의하면 고대에 벚꽃은 가을에 수확되는 쌀과 상징적으로
동일시되었다. 이른 봄에 내린 눈과 산벚꽃은 가을 쌀의 수확 정도를
미리 알려주는 것이었다. 꽃이 빨리 지면 안 되니 조금이라도 꽃이 오
래 피어 있기를 기원하는 방법으로 벚꽃놀이가 시작되었다고 한다. 현
대인의 감각으로 그 자취를 찾을 수는 없지만 벚꽃놀이는 신성한 산에
올라 벚나무 아래에서 꽃이 오래 피어 있기를 기원하며 열린 종교적 의
례에서 시작된 것이다.

벼농사 중심의 농경사회에서는 쌀알에 신의 혼이 깃들어있다고 인
식되었다. 쌀은 일본 역사상 가장 신성한 작물이며 생산 에너지를 표상
하는 것이었다. 고대 사회에서 쌀과 벚꽃의 결합은 8세기에 쓰인 『고지
키古事記』와 『니혼쇼키日本書紀』에 등장한다. 일본 천황가의 시조신인 아
마테라스 신天照大神의 손자인 니니기 신瓊瓊杵尊은 지상으로 강림하여 아

름다운 고노하나노사쿠야비메木花開耶姬를 아내로 맞이한다. 니니기 신의 이름은 벼이삭의 풍요를 의미하며, 많은 학자들은 고노하나노사쿠야비메의 이름에 쓰인 '사쿠야'를 벚꽃인 '사쿠라'로 해석하고 이 여성을 벚꽃과 동일시한다. 즉 니니기 신의 결혼은 도작 우주관의 중심인 천손과 벚꽃을 체현하는 여성의 결합으로도 읽을 수 있다. 이처럼 벚꽃은 벼농사 문화의 기반 위에서 쌀과 동등한 근원적인 에너지를 상징하였다.

한편 벚꽃은 여러 문예 작품을 통해 선명한 이미지를 각인시킨다. 예를 들면 가부키歌舞技 작품인 『가나데혼 주신구라假名手本忠臣藏』(1748년)에서 주인공 엔야 판관鹽冶判官이 할복을 하는 장면, 19세기 말 무사들이 메이지 정부를 상대로 일으킨 반란인 세이난 전쟁西南戰爭을 소재로 하여 제작된 영화 〈라스트 사무라이〉(2004년)에는 벚꽃을 배경으로 무사의 할복 장면이 장엄하게 연출되어 있다. 만발한 벚꽃을 배경으로 흩날리는 꽃잎과 같은 할복. 이러한 장면은 니토베 이나조新渡戸稲造의 『무사도Bushido:The Soul of Japan』에 나오는 "무사도는 일본의 상징인 벚꽃과 더불어 일본을 대표하는 고유의 정신이다"라는 언설을 환기시키며, 순결하게 지는 벚꽃의 아름다움으로 치환된 무사의 죽음을 시각적으로 보여준다.

또한 가지이 모토지로梶井基次郎의 소설에 나오는 "벚꽃 나무 아래에는 시체가 묻혀 있다"라는 구절은 벚꽃의 아름다움을 그로테스크하게 표현하고 있다. 벚꽃이 아름다울 수 있는 것은 그 뿌리가 시체에서 모든 진액을 흡수하였기에 가능하다는 말은 극상의 아름다움과 동시에 죽음을 떠올리게 한다.

고대로부터 현대에 이르기까지 벚꽃은 단순히 아름다운 식물에 머무르지 않았다. 일본인은 오랜 시간에 걸쳐 벚꽃에 감각적, 정서적, 사상적으로 복잡한 상징체계를 부여하였다. 이 글에서는 벚꽃 문화가 정립되는 헤이안 시대의 문학작품을 중심으로 시대의 변화에 따라 일본인들이 벚꽃에 어떠한 의미를 부여하고 공유해왔는지를 알아보겠다.

헤이안 귀족이 창조한 벚꽃 문화

종교적, 민속적 의미를 갖는 벚꽃에서 감각적인 미를 발견한 이는 8세기 중반 궁정사회가 형성되어가는 과정에서 등장한 귀족관료 계층이었다. 대륙에서 도래한 매화를 통해 식물의 미적 가치와 문학에서 이를 다루는 방법을 익힌 고대의 귀족관료들은 벚꽃을 생활에 밀착한 꽃에서 바라보는 꽃으로 시선의 방향을 전환시켰다. 문학의 핵으로 사랑받게 된 벚꽃은 산과 들에 피는 꽃에서 귀족의 저택 정원에 피는 꽃이 되기 시작하였고, 헤이안 시대에 이르면 이러한 경향은 정착된다.

헤이안 귀족들은 자신의 저택 안에 자연을 재현하였다. 교토京都의 풍부한 강물을 집 안으로 끌어들여 연못을 만들고 정원에는 산야에 피는 꽃과 나무를 심었다. 이는 자연이 멀어진 것이 아니라 자연의 일부를 그들의 미의식에 맞게 재구성한 것으로, 생활공간이 급속하게 도시화된 것을 나타낸다. 이 시대의 벚꽃은 그 실용성이 소거되고 오로지 궁극적인 미로 헤이안 경平安京의 꽃이 되고 일본문학의 주제가 된다.

본래 벚꽃은 "아호 산에 핀 벚꽃은 오늘도 흩날리겠지 보는 이도 없는데"라는 『만요슈萬葉集』의 노래에서처럼 산야에 피는 것이었다. 이를 즐기기 위해 헤이안 귀족들은 산과 들로 행차하기도 했지만 동시에 저택 안의 벚꽃을 즐기는 문화도 생겨났다. 그 중 가장 권위 있고 화려한 연회가 궁중에서 열린 벚꽃 연회이다.

문헌으로 확인할 수 있는 궁중 벚꽃 연회의 효시는 사가 천황嵯峨天皇 (809~823년) 때의 행사이다. 『니혼고키日本後紀』에 "신축년(812년)에 신천원神泉苑으로 거둥하시어 벚나무를 친람하셨다. 문인들에게 시부를 지으라 명하셨다. 차등을 두고 비단을 하사하셨다. 벚꽃 연회가 이것으로부터 시작되었다"는 기술이 있다. 이러한 궁중 벚꽃 연회를 문학적 오브제로 이용한 것이 헤이안 귀족 문화의 최전성기를 그려낸 『겐지 이야기源氏物語』이다.

『겐지 이야기』의 벚꽃 연회는 궁궐의 자신전紫宸殿 남정南庭에 있는 벚나무 개화에 맞춰 열린다. 연회 당일은 구름 한 점 없는 쾌청한 날이었다. 넓은 자신전 앞뜰에는 흰모래가 햇빛을 받아 반짝인다. 천황의 좌우에 동궁과 후지쓰보 중궁藤壺中宮의 자리가 마련되었다. 동궁을 비롯해 한시문에 뛰어난 사람들이 한데 모여 있다. 이 장면은 율령제 하에서 '문장경국文章經國'을 기치로 내걸고 이를 이루고자 했던 고대의 정치 이상을 연상하게 하며 작중 기리쓰보 천황桐壺帝의 치세가 성세盛世임을 내비친다. 주인공 히카루겐지光源氏가 한시의 한 구절을 말할 때마다 감탄의 소리가 터져 나올 정도였으며, 그 빼어남에 박사들도 마음속으로 탄복한다. 이어 무악이 울려 퍼지는 가운데 동궁이 관모에 꽂는 벚나무 가지를 건네며 춤을 청하자 차마 거절하지 못하고 춘앵무春鶯舞를 추는 히카루겐지의 모습은 아름다움 그 자체였다.

작가 미시마 유키오三島由紀夫는 이 장면에 대해 미와 관능과 사치의 삼위일체를 이 세상의 한 시점에 구현하여 청춘의 최전성기의 하룻밤

295

을 작품에 아로새겨 넣었다고 평하였다. 그러나 벚꽃 연회 장면이 유미적 화려함만으로 시종하는 것은 아니다.

주인공 히카루겐지는 기리쓰보 천황의 둘째 황자이다. 어머니 기리쓰보 갱의桐壺更衣는 천황의 극진한 사랑을 받지만 뒷바라지를 할 친정도 변변치 않은 데다가 다른 후궁들의 질시를 받아 히카루겐지가 세 살 때 세상을 뜬다. 어머니를 여읜 가련한 황자를 향한 애틋함에 천황은 둘째 황자를 더욱 귀애하였다. 그러나 이를 탐탁지 않게 여기는 이가 있었으니 바로 동궁의 생모인 고키덴 여어弘徽殿女御이다. 고키덴 여어의 히카루겐지를 향한 미움은 자신이 낳은 동궁의 장래를 걱정하는 정치적 배려에 기인한 것이다.

기리쓰보 갱의 사후 천황은 그녀를 닮은 황녀 후지쓰보를 후궁으로 맞이하였다. 후지쓰보는 다른 후궁들보다 입궁이 늦었음에도 천황의 총애를 받아 중궁으로 책봉되었다. 지난 해 가을 단풍 연회가 열렸을 때 후지쓰보와 고키덴 여어는 후궁으로 동렬에 자리하였다. 그러나 벚꽃 연회는 후지쓰보가 중궁에 책봉된 후에 열렸기에 고키덴 여어보다 상석인 천황의 옆에 자리하게 된 것이다. 고키덴 여어는 권세가 내대신內大臣의 딸로 동궁의 생모이다. 누구보다 앞서 입궐한 그녀는 중궁으로 책립된다면 그것은 자신일 것이라고 내심 자부해왔다. 게다가 강퍅한 성정에 질투심도 강하다. 후지쓰보에게 원망을 품지 않을 수 없다. 화려하게 전개되는 벚꽃 연회의 찬란함 이면에는 고키덴 여어가 품은 원망이 흐르고 있다.

이뿐만이 아니다. 히카루겐지와 후지쓰보 중궁의 관계는 작품의 심연에 연회의 화려함보다 몇 겹이나 진한 그림자를 드리운다. 기리쓰보 갱의와 닮은 후지쓰보에게서 어머니의 모습을 좇던 히카루겐지의 동경은 어느덧 연모의 정으로 변한다. 두 사람은 밀통을 저지르고 아들을 낳게 된다. 두 사람 사이에 태어난 아이는 히카루겐지를 꼭 닮았다. 이전 히카루겐지를 동궁으로 책봉하고자 했으나 뜻을 이루지 못한 기리쓰보 천황은 그 아쉬움을 새로 태어난 황자를 통해 달래려고 하였다. 그 사전 작업으로 후지쓰보를 중궁으로 책봉하였다. 중궁 책립이 필수적인 것은 아니다. 역사적으로도 중궁이 부재한 천황이 많이 존재하였다. 그러나 중궁의 책립은 후궁 간 권력다툼에 종지부를 찍는 것으로 중대한 국가행사이다. 입후되는 여어女御의 서열과 자질을 따져 책봉되는 만큼 중궁의 입후는 안정된 치세의 증명이기도 하다. 기리쓰보 천황 치세의 안태를 증명하는 중궁 책봉, 그리고 어린 황자의 동궁 책봉 과정에서 후지쓰보와 히카루겐지의 밀통은 은폐된다.

후지쓰보가 회임 중이던 지난해 가을 궁중에서 단풍 연회가 열렸었다. 히카루겐지의 아름다운 모습을 보면서도 금기의 사랑으로 인한 회임에 두려운 나머지 후지쓰보는 감동조차 할 수 없었다. 그러나 벚꽃 연회에서 그녀는 '빛光'으로 찬미되는 히카루겐지를 바라보며 이렇게 아름다운 사람을 고키덴 여어가 미워하는 것을 '이상하다'고 생각한다. 후지쓰보는 자신전 앞뜰에 핀 벚꽃에 히카루겐지를 비유한 "남들만큼만 벚꽃 같은 당신을 바라본다면 이슬만큼도 내 맘 쓰이지 않았을 걸"이라는 와카和歌를 마음속으로 읊는다. 여기서 벚꽃은 연모의 대상이면서 금기의 사랑에 대한 죄의식을 불러일으키는 존재라는 중층의 의미를 갖는다. 이 노래를 끝으로 후지쓰보는 히카루겐지를 거부하고 동궁의 모후로서의 삶을 산다. 즉 벚꽃 연회 장면에서 읊은 와카는 히카루겐지를 향한 후지쓰보의 심정 토로인 동시에 남녀 관계의 종언을 선언하는 것이기도 하다. 이후 후지쓰보와 히카루겐지 두 사람은 정치적으로 협력하는 관계가 된다.

한편 히카루겐지는 벚꽃 연회가 끝난 후 후지쓰보 중궁의 주변을 배회하며 그녀와 만날 기회를 엿보지만 여의치 않다. 그 때 들려오는 고귀한 젊은 아가씨의 목소리에 끌려 그녀와 연을 맺는다. 『겐지 이야기』에 등장하는 여주인공 중에서도 매력적인 오보로즈키요朧月夜이다. 그녀와의 관계는 히카루겐지를 스마須磨 유배라는 시련으로 이끈다.

이처럼 태평성대의 아름다움의 극치를 보여주는 벚꽃 연회 장면에는 외적인 화려함보다 농밀한 인물들의 굴절된 의식이 착종하고 있다. 명암의 대조가 모노가타리 세계에 한층 깊이를 더한다.

사랑하는 여성의 정령

벚꽃의 감각적인 미적 가치는 아름다운 여성, 사랑하는 여성을 표상하기도 한다. 『니혼쇼키』에는 벚꽃과 관련해 다음의 이야기가 전해진다. 인교 천황允恭天皇은 황후인 오시사카노오나카쓰히메忍坂大中姫의 여동생인 소토리히메衣通姫를 연모하여 비로 맞아들이고자 한다. 그러나 소토리히메는 언니를 생각하여 천황의 명에 따르지 않는다. 천황은 단념하지 못하고 후지와라 경藤原京(현재 나라 현 가시하라 시)에 그녀를 살게 한다. 황후의 질투로 자주 찾지 못하던 인교 천황이 어느 날 은밀히 후지와라 경에 거동하여 소토리히메를 지켜보니 그녀는 천황을 그리워하고 있다. 다음날 새벽 천황은 우물가에 피어 있는 벚꽃을 보고 짙어지는 연정을 참지 못해 "조그만 꽃잎 아름다운 벚꽃이여 사랑할 거

면 좀 더 일찍 만날 것을 사랑스러운 그대여"라고 와카를 읊는다. 벚꽃
에 사랑하는 여성을 중첩시킨 최초의 와카이다. 이로 인해 아름다운 여
성, 사랑하는 여성을 벚꽃의 정령으로 보는 전통이 수립된다.

또한『만요슈』에는 벚꽃을 이름으로 하는 어여쁜 소녀가 등장한다.
어느 날 사쿠라코櫻兒라는 이름의 소녀에게 두 명의 청년이 사랑을 고
백한다. 두 사람은 사쿠라코를 얻기 위해 목숨을 걸고 다투었다. 아가
씨는 자신을 원하는 두 남자의 다툼을 슬퍼하며 "옛이야기에도 한 여
자가 두 남자에게 시집간다는 것은 들어본 적이 없습니다. 두 분은 다
툼을 그칠 것 같지 않으니 제가 죽어서 이 싸움을 말리겠습니다"라 말
하고 숲에 들어가 나무에 목을 맨다. 남겨진 두 청년은 슬픔에 피눈물
을 흘리며 "봄이 오면 머리에 꽂으려 했던 벚꽃이 지고 말았구나", "당
신의 이름과 같은 벚꽃이 피면 해마다 계속해 그리워하겠지"라는 노래
를 읊으며 사쿠라코의 죽음을 한탄한다. 벚꽃이 지듯 허무하게 이 세상
을 떠난 사쿠라코이다.

여인을 벚꽃의 정령으로 표현하는 사랑 이야기가 비극적인 경향을
나타내는 것은 무슨 연유에서일까. 아름답지만 곧 떨어질 벚꽃의 허무
함에 기인하는 것은 아닐까.

연모하는 여성을 벚꽃으로 그려내는 이야기의 전통은『겐지 이야기』
로도 이어진다.『겐지 이야기』의 작자는 식물의 이미지를 차용하여 여
성등장인물을 조형하였는데, 등장부터 죽음 그리고 그 이후까지 일관
되게 벚꽃으로 상징되는 인물을 무라사키노우에紫の上이다.

학질에 걸린 히카루겐지는 고승을 찾아 교토 북쪽 외곽 산에 칩거하
고 있는 승려를 찾아간다. 삼월 말 무렵으로 도읍에 핀 벚꽃은 얼마 남
지 않았지만 산벚꽃은 아직 한창이다. 봄 안개가 자욱한 산속, 벚꽃이

299

【그림 1】 히카루겐지가 어린 무라사키노우에를 처음 보는 장면(田辺聖子(2003)『光源氏が見た京都』学習研究社)

만발한 곳에서 히카루겐지는 어린 무라사키노우에와 조우한다. 어린 소녀에게서 자신이 연모하는 후지쓰보의 모습을 발견한 히카루겐지는 그녀의 외조모에게 소녀를 거두어 돌보고 싶다는 내용의 편지를 보낸다. 후지쓰보와의 이루어질 수 없는 사랑을 대신하는 존재로 참신한 생명력과 사랑스러움을 지닌 무라사키노우에는 산벚꽃과 함께 등장하였다. 그리고 히카루겐지에 의해 산벚꽃으로 비유되며 그에게 가장 사랑받는 여성이 된다.

벚꽃의 정령인 그녀가 후에 히카루겐지가 계절의 순환을 형상하여 조성한 저택인 로쿠조인六條院에서도 봄 저택에 기거하는 것은 당연한 일이리라. 봄 저택의 침전은 히카루겐지가 거처하는 곳이다. 이곳에서 그녀는 로쿠조인의 안주인으로, 가을을 상징하는 여성인 아키코노무 중궁秋好中宮과 춘추 우열 경쟁을 펼치며 명실상부 봄을 대표하는 여성이 된다.

어느 가을 날 거센 태풍이 불어와 봄 저택을 휩쓸고 지나간다. 아름다운 정원이 상하지는 않았는지 시녀들에게 정원에 있는 초목의 손질을 지시한 무라사키노우에는 툇마루 근처에 나와 있었다. 때마침 문안차 유기리夕霧가 찾아온다. 보통 때라면 다른 사람에게 보이는 것을 꺼려해 아들인 유기리조차도 아버지 히카루겐지가 사랑하는 무라사키노우에의 모습을 제대로 본 적이 없다. 그러나 태풍이 지나간 후의 뒤처리로 어수선한 때이다. 유기리는 여닫이문을 통해 처음으로 그녀의 모습을 엿보게 된다. 때는 가을이지만 무라사키노우에의 아름다움은 계절을 초월하여 '봄날 새벽녘 안개 사이로 흐드러지게 핀 산벚꽃'으로 묘사된다.

무라사키노우에의 지고의 아름다움은 히카루겐지와 친족의 시선을 통해서만이 아니라 실제로 그녀를 보지 못한 세간 사람들에게도 벚꽃으로 인식된다. 히카루겐지와 온나산노미야女三の宮의 혼인으로 인해 괴로워하던 무라사키노우에는 로쿠조미야스도코로六條御息所의 원령으로 인해 가사 상태에 빠진다. 세상 사람들은 무라사키노우에가 죽었다고 생각하고 그녀가 벚꽃처럼 단명했다며 아쉬워한다.

그녀가 죽음을 맞이하는 과정과 이후의 이야기에서 무라사키노우에의 벚꽃의 이미지는 더욱 강해진다. 임종이 머지않음을 느낀 무라사키노우에는 어린 손자 니오노미야匂宮에게 니조인二條院에 벚꽃이 필 때마다 마음을 쓰라는 유언을 남긴다. 니조인의 벚나무에 꽃이 피자 니오노미야는 나무 주변에 장막을 두르고 휘장을 쳐놓으면 바람이 불어도 끄떡 없을 것이라며 어린아이의 천진난만함으로 무라사키노우에의 유산을 지키며 그녀를 추억한다. 무라사키노우에의 사후 그녀를 추도하며 생활하는 히카루겐지의 1년 동안을 그린 「마보로시幻」권에서도 유독

301

【그림 2】로쿠조인에서 열린 공차기 놀이(田辺聖子(2003)『光源氏が見た京都』学習研究社)

봄, 벚꽃의 기술이 많은 부분을 차지하는 것은 당연한 일이리라.

무라사키노우에는 그녀를 사랑하는 히카루겐지뿐만 아니라 모든 이에게 벚꽃으로 인식되며 외적 아름다움과 더불어 내면의 미질을 갖춘 이상적인 여성으로 자리하고 있다.

반면 오로지 단 한 사람에게만 벚꽃으로 각인된 여성도 있다. 늦봄 어느 날 로쿠조인에 모인 젊은 귀공자들은 봄 저택 내 벚꽃 아래에서 공차기 놀이에 한창이다. 봄 저택의 침전 서쪽 전각에는 히카루겐지의 정처가 된 온나산노미야가 로쿠조인의 안주인이 되어 거처하고 있다. 침전의 동쪽에는 아카시 여어明石女御가 출산을 위해 기거하고 있었는데, 그 앞뜰에서 공차기 놀이가 시작되었다.

봄 안개에 싸인 벚나무가 끈을 풀어헤친 듯 봉우리를 틔우고 꽃그늘을 만들어냈다. 공차기에 열중하던 유기리가 옷매무새가 풀어진 느른

한 모습으로 꽃송이 가득한 가지를 꺾어 침전 중앙계단에 걸터앉았다. 그를 따라 가시와기柏木도 곁에 와 앉는다. 평소 단정하고 아름다운 귀공자들의 흐트러진 모습에다가 벚꽃이 눈처럼 흩날리니 몽환적인 분위기마저 느껴진다. 그 때 큰 고양이에 쫓기던 작은 고양이가 급하게 발 아래로 도망쳐 나오고, 고양이 목에 건 줄에 의해 발이 올라가 실내가 보이게 된다. 때마침 그곳에 한 여성이 서 있었다. 가시와기는 그녀가 자신이 사모하던 온나산노미야임을 직감한다. 벚꽃 빛깔 겉옷을 입은 온나산노미야의 모습은 가시와기에게는 봄 자체였으며, 형용할 수 없을 정도로 기품 있고 사랑스러웠다.

그러나 유기리는 발 근처에 서 있다가 모습을 보인 온나산노미야를 경솔하다고 평가한다. 이 시대의 귀족 여성은 서지 않고 무릎걸음으로 움직이는 것이 보통이었다. 더구나 내친왕內親王인 최고 신분의 여성이 외부인의 눈에 띄기 쉬운 발 근처에 있었다는 것은 당시로서는 상상하기 어려운 몸가짐이었다. 아무리 아름다운 벚꽃의 향기와 젊은 귀공자들의 열기에 취했더라도 말이다. 유기리는 비로소 아버지 히카루겐지가 그녀를 소중히 여기지 않는 이유를 납득한다.

한 여성을 보는 두 남성의 엇갈린 평가는 이 이야기가 비극적으로 끝날 것임을 예고하는 듯하다.

가시와기는 스자쿠인朱雀院이 딸 온나산노미야의 배필을 정할 때 거론된 사윗감 중의 하나였다. 후지와라藤原 가문의 차세대 동량으로 주목받는 가시와기는 가문의 영달을 위해 자신의 배필로는 온나산노미야가 적합하다고 여기고 사모의 정을 키워왔다. 그러나 그는 미숙한 황녀를 잘 후원하며 양육할 수 있는 사윗감을 원하던 스자쿠인의 기대에 미치지 못하였다. 결국 온나산노미야는 당대의 권력자 히카루겐지의 부인이 된다. 그럼에도 가시와기는 그녀를 단념하지 못한 채 남몰래 사랑하고 있었다. 그러던 차에 만발한 벚꽃 아래에서 본 온나산노미야의 사랑스러운 모습은 가시와기의 마음속에 잠재하던 히카루겐지를 향한 열패감과 그녀를 향한 연모를 폭발시키는 계기가 된다.

온나산노미야는 귀엽지만 유치하고 미숙한 인물로 평가되는데, 동시에 천황과 상황의 강력한 후원을 받는 황녀로 히카루겐지조차도 그 존재에 구속되어버리는 고귀한 격식을 갖춘 인물이기도 하다. 본래 가시와기에게 있어 온나산노미야는 고귀한 황녀라는 명목이 강한 존재였다. 가문의 정치적 영달과 온나산노미야를 향한 사랑이 일체를 이루고 있었다. 그런데 벚꽃 잎 사이로 온나산노미야를 본 순간, 순연한 사랑으로 변한 것이다. 이는 온나산노미야를 귀히 여기지 않는 히카루겐지에 대한 불만으로까지 이어진다. "어찌하여 이 꽃 저 꽃 옮겨 다니는 휘파람새는 벚꽃을 특별하다 여기지 않을까요"라는 와카를 읊는데, 여기서 벚꽃은 온나산노미야를 가리킨다. 온나산노미야는 가시와기에게 벚꽃으로 각인되었고, 그에게는 가장 이상적인 여성으로 평가된다. 가시와기는 히카루겐지를 두려워하면서도 연모의 정을 이기지 못하고 온나산노미야와 밀통을 저지르고 만다. 온나산노미야는 가시와기의 아들을 회임하고, 가시와기는 밀통 사실을 안 히카루겐지에 대한 죄의식과 두려움에 자멸해간다. 그런 와중에도 온나산노미야와의 공감을 원하는 가시와기는 그녀에게 자신을 가엾게 여긴다는 말 한마디를 해달라며 애원하지만 죽음에 이를 때까지 끝내 듣지 못한다.

그런 연유에서일까, 12세기에 제작된 국보 《겐지 이야기 에마키源氏物語繪卷》에 그려진 가시와기의 임종 장면에는 벚꽃이 그려져 있다. 문병

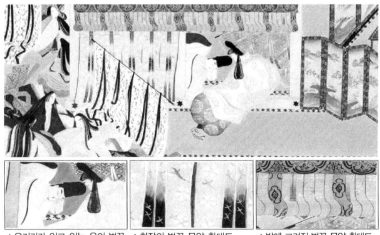

♦유기리가 입고 있는 옷의 벚꽃 ♦휘장의 벚꽃 문양 확대도 ♦발에 그려진 벚꽃 문양 확대도
문양 확대도

【그림 3】 복원모사 「가시와기柏木二」(NHK名古屋 「よみがえる源氏物語絵巻」取材班(2006)
『よみがえる源氏物語絵巻』, 日本放送出版協会)

차 온 유기리가 입고 있는 옷을 비롯해 가시와기를 감싸듯 그려진 휘
장, 발 안쪽의 문양까지 벚꽃이다.

> 저 멀리에서 바라볼 뿐 꺾지도 못하는 슬픔
> 저녁놀에 보았던 벚꽃 그늘 그리워

마치 위의 와카에 담긴 온나산노미야를 향한 그리움을 그려낸 듯한
그림에는 그녀를 본 그날처럼 죽어가는 가시와기에게 벚꽃이 쏟아져
내리고 있다.

죽음으로도 이루지 못한 사랑. 가시와기를 파멸로 이끈 계기는 바로
공차기 날 안개 낀 풍경 사이로 흩날리는 벚꽃과 함께 보았던 온나산노

미야의 모습이다. 다만 벚꽃으로 상징되는 온나산노미야의 이상성이 가시와기라는 한 남성의 시점에 의해서만 전개된다는 점은 만인에 의해 벚꽃의 미질을 획득한 인물로 평가되는 무라사키노우에와는 대조적이다.

지는 벚꽃에 담긴 이데올로기

고대에는 만개한 벚꽃의 생명력을 노래한 것이 많다면, 헤이안 시대 이후에는 계층을 초월해 '지는 벚꽃'이 일본인에게 침투해간다. 일본 문학에서 벚꽃에 절대적인 미적 가치를 부여한 것은 『고킨와카슈古今和歌集』(905년)로, 이 노래집에는 지는 벚꽃을 읊은 노래가 다수 실려 있다. 오히려 수적인 면에서 보면 개화에서 만개한 벚꽃을 노래한 것(20수)보다 만개에서 질 때까지의 벚꽃을 노래한 것(50수)이 더 많다. 지는 벚꽃은 시각적 이미지에서 연상할 수 있듯이 쇠락과 그에 따른 덧없음, 죽음 등을 상징한다.

> 눈이 부시게 햇살 쏟아지는 화창한 봄날에
> 어찌하여 벚꽃은 부산하게 지는가
>
> 벚꽃 빛깔이 변해버렸구나 허무하게도
> 이 내 몸 세상에서 탄식하는 사이에

두 수의 와카 모두 지는 벚꽃을 노래하고 있다. 전자는 기 도모노리紀友則라는 남성이, 후자는 오노 고마치小野小町라는 여성이 읊은 것이다. 도모노리의 와카는 지는 벚꽃에 대한 일반적인 아쉬움을 표현하고 있다. 반면 고마치의 와카는 표면적으로는 벚꽃을 노래하고 있지만 그 이면에는 작자 자신의 쇠락한 아름다움에 대한 한탄이 들어 있다. 벚꽃도 내 아름다움도 이미 빛바랜 것이라는 탄식에는 여성의 삶이 투사되어 있다. 실질적으로 일부다처제의 남성 중심 사회에서 헤이안 귀족 여성들은 남편이 찾아오기만을 기다리는, 이른바 '기다리는 여자'였다. 귀족 여성들에게 '이 세상'이란 곧 '남녀 관계'를 의미했고 외모의 쇠락은 곧 삶의 쇠락이었다. 여성 가인이 바라본 지는 벚꽃에는 이러한 제한적이고 불안정한 삶 속에 배태된 고뇌가 깃들어 있는 것이다. 지는 벚꽃을 바라보는 성차에 따라 내실의 차이가 드러난다.

중세가 되면 지는 벚꽃을 향한 시선은 무상관無常觀에 기반하여 더욱 농밀해지고, 나아가 "벚꽃이 진 후 수심에 젖은 채로 하늘 바라보니 텅 빈 듯한 하늘에 봄비가 내리누나"처럼 꽃이 진 후의 공허함까지도 노래한다.

근세가 되면 도쿠가와 막부德川幕府의 명에 따라 에도江戸(현재의 도쿄) 각지에 벚나무가 심어지고, 에도는 벚꽃의 도시가 된다. 막부가 정한 참근교대參勤交代 제도는 지방 영주들의 세력을 약화시키려는 의도였지만, 그 부산물로 에도는 전국 각지에서 옮겨진 벚나무로 가득하게 된다. 에도 서민들은 벚꽃놀이를 즐기고 벚꽃 명소를 그린 그림첩을 사며 만개한 벚꽃을 만끽하였다. 만개한 벚꽃에 끌리는 것은 거기에 생명의 반짝임이 있기 때문이다. 에도 서민들은 즐긴 벚꽃은 긍정적인 삶의 에너지를 상징한다고 보아도 될 것이다.

　이러한 생활감각과는 달리 문예에서는 지는 벚꽃의 연출이 두드러진다. 그중 가장 강렬한 이미지를 남기는 것이 가부키『가나데혼 주신구라』이다. 주인공 엔야 판관은 아시카가 다카우지足利尊氏의 대표로 가마쿠라 쓰루오카 하치만구鎌倉鶴岡八幡宮에 참배하는 아시카가 나오요시足利直義의 향응을 책임지는 역할을 부여받는다. 그러나 지도역할인 다카모로나오高師直로부터 까닭모를 모욕을 받자 이를 참지 못하고 검을 빼어든다. 그 결과 판관은 할복을 명 받고 가문은 멸문지화를 당한다. 바로 엔야 판관의 할복 장면에 대량의 벚꽃 잎이 흩날리도록 하였다.

　이러한 연출방식은 벚꽃이 죽음, 특히 무사의 죽음을 상징하는 데 결정적 계기를 제공하였다. 중세 무사들이 임종을 앞두고 읊은 와카에도 벚꽃을 대상으로 한 노래는 있다. 그러나 그것이 사상적으로 벚꽃이 무사의 꽃이라는 관념에 의한 것은 아니라고 생각된다. 벚꽃은 당시 에도 서민 계층에 회자되며 이 작품의 대사로도 쓰인 "꽃은 벚꽃, 사람은 무사"라는 표현과 맞물려 비로소 충忠의 구현자로서 죽음을 맞이하는 무사의 고결함과 연결된다.

　이후 벚꽃과 무사도의 공고한 결합은 니토베 이나조에 의해 이루어진다. 니토베 이나조는 미국 체류 중인 1899년에 저술한『무사도』에에도 막부 말기부터 메이지明治 시대(1868~1912년)에 걸쳐 원래 무사 계급의 도덕이었던 무사도가 점차 국민 전체의 일본 정신을 상징하게 되었다고 설명한다. 또한 아래의 와카를 인용하며 벚꽃이 일본인이 사랑해온 꽃이자 일본 국민성의 상징이라고 기술하고 있다.

　시키시마의 야마토 정신이 뭐냐 물으면
　아침 해에 빛나는 산벚꽃이라 답하리

근세의 국학자 모토오리 노리나가本居宣長가 지은 위 와카는 『신코킨
와카슈新古今和歌集』(1205년경 성립)에 실린 후지와라 아리이에藤原有家의
'아침햇살에 빛나는 산벚꽃이 무정하게도 녹지 않은 눈처럼 하얗게 보
이누나'를 전거로 삼은 것이다. 노리나가의 와카는 확대 재생산되며 문
화적 내셔널리즘을 형성해간다. 메이지 시대 노리나가의 노래는 무사
도의 재구축과 더불어 단순한 벚꽃 예찬이 아니라 벚꽃 중의 벚꽃, 즉
일본의 시원의 벚꽃으로 산벚꽃을 재발견하는 것으로 이어진다. 그리
고 벚꽃다움은 일본미의 정수가 되었으며, 고대 일본의 정신인 야마토
大和 정신의 상징이 되었다.

이 논리는 교과서를 통해 일반국민에게 파급되었다. 1900년 간행된
『고등국어독본』에는 "야마토 정신이란 우리 국민 대대로 전해져온 단
하나의 진심이다. 이 진심은 아름다운 벚꽃이 외국에는 없고 오로지 우
리나라에만 있는 것처럼, 이 마음에 의해 나라의 아름다움이 더하여 빛
을 발했다. 그리고 그 아름다운 마음으로 충효를 실천하라"고 가르치
고 있다. 같은 해 간행된 『국어독본 고등소학교용』에는 "잘못하여 악
한 일을 했다면 벚꽃이 지는 것처럼 깨끗하게 고쳐야 한다. 마음은 항
상 벚꽃처럼 투명하게 하여 남에게 보이는 것을 두려워하지 말아야 한
다"며 지는 벚꽃의 이미지를 자신의 잘못을 깨끗이 인정하고 뉘우쳐야
한다는 교설에 사용하고 있다.

나아가 벚꽃은 정치적 내셔널리즘을 상징하게 된다. 태평양 전쟁 시
벚꽃은 전쟁 혹은 전사를 시각적, 관념적으로 미화하는 데 이용되었다.
군부는 피어 있는 벚꽃을 병사와 동일시하며 병사의 혼과 아름다움을
나타내는 한편으로 천황을 위해 희생하는 병사들을 지는 벚꽃으로 표
상하였다. 군국화가 가속화됨에 따라 야스쿠니 신사靖國神社에 피는 벚

봄

꽃은 국가와 천황을 위해 희생한 병사의 화신으로 여겨지기도 하였다.

벚꽃은 실생활에서도 문예에서도 일본인에게 가장 사랑받아온 꽃이다. 그 애정을 증명하듯이 벚꽃의 아름다움에 민속학적 의미에서의 생명력에서부터 사랑, 허무함, 죽음 나아가 일본 정신이라고 하는 무사도, 천황에 대한 충성에 이르기까지 다양한 의미가 부여되었다. 해마다 벚꽃은 피고 질 것이다. 우리는 벚꽃을 어떻게 바라보아야 할까. 소박하게 꽃이 지닌 아름다움만을 즐기기에는 너무 많은 의미를 품은 꽃이다.

참고문헌

배관문(2014) 「일본정신으로서의 벚꽃 표상의 성립」(『동아시아문화연구』제58집, 한양대학교 동아시아문학연구소)

남이숙(2014) 「일본고전시가에 나타난 벚꽃 표현의 양상」(『동아시아고대학』제33집, 동아시아고대학회)

水原紫苑(2014)『桜は本当に美しいのか』平凡社

김병숙(2012)『源氏物語の感覚表現研究』인문사

有岡利幸(2007)『桜 I 』法政大學出版局

NHK名古屋「よみがえる源氏物語絵巻」取材班(2006)『よみがえる源氏物語絵巻』 日本放送出版協会

大貫惠美子(2003)『ねじ曲げられた桜』岩波書店

鈴木一雄 監修・伊藤博 編集(2002)『源氏物語の鑑賞と基礎知識No.22 紅葉賀・花宴』至文堂

小川和佑(1998)『桜誌』原書房

시대에 따라 바뀌는 황매화의 이미지

이 현 영

● ● ● ●

　요즘 교정 안은 말 그대로 꽃들의 향연이 펼쳐지고 있다. 노란색 영
춘화가 꽃망울을 터트리고 나니, 노란 개나리와 분홍빛 진달래도 이에
질세라 얼굴을 내민다. 이어서 백목련과 자목련이 고고한 자태를 드러
내고, 수줍은 듯 복사꽃, 새하얀 오얏꽃, 진홍색 선명한 홍매화와 더불
어 구름이 내려앉은 듯 벚꽃이 절정을 이룬다. 벚꽃을 시샘하듯 봄비가
한차례 내리고 나면, 벚꽃의 꽃잎은 소리 없이 떨어져 소복이 쌓인다.
벚꽃을 아쉬워할 새도 없이 라일락과 황매화가 오밀조밀 얼굴을 내민
다. '오밀조밀'이라고 하는 표현은 진한 향기를 지닌 라일락꽃에 어울
린다. 황매화는 부드럽게 휘어진 초록 줄기와 초록색 잎 사이사이에 진

311

노란색 꽃잎을 활짝 펼치고 덤불 속에 피어 있다. 후미진 곳도 아랑곳
하지 않는 모습이 청초하기만 하다. 바로 이 '황매화'는 장미과의 속씨
식물로 아시아가 원산지이다. 습기가 많은 곳에서 자란다. 꽃잎은 황색
이고 매화 꽃잎처럼 5장이다. 홑꽃이 피는 것을 가리켜 황매화라고 하
고, 겹꽃이 피는 것은 죽단화, 겹황매화, 혹은 죽도화라고 부른다. 그 외
에 흰 색 꽃을 피우는 것은 꽃잎이 4장이다. 황매화 꽃이 떨어지기 시작
하고 녹음이 한층 짙어지면 계절은 어느새 초여름으로 들어선다. 꽃말
은 '숭고함과 고귀함'이다.

이 글에서는 늦은 봄 우리 주변에서 쉽게 찾아볼 수 있는 '황매화'가
일본 고전문학 속에는 어떤 모습으로 그려지고 있는지에 관해서 조사
해보고자 한다. 또한 각 시대에 따라 그 성격과 이미지는 어떻게 변화
하는지 와카, 모노가타리, 그리고 하이카이 작품을 통해서 살펴보기로
한다.

『만요슈』속의 황매화

8세기 후반(759년 이후)에 성립한 『만요슈万葉集』는 일본의 현존하는
최고最古의 가집이다. 총 20권으로 구성된 가집에는 4500여 수의 노래
가 잡가雜歌, 소몬相聞, 반카挽歌로 나뉘어 수록되어 있다. 2권의 반카를
모아놓은 작품 중, 황매화를 읊은 158번은 679년 덴무 천황天武天皇의 장
녀인 도치노히메미코十市皇女가 세상을 떠났을 때, 연인관계였다고 하는
이복형제 다케치노미코高市皇子가 남긴 노래이다.

158　황매화가 향기롭게 피어있는 산 속으로
　　　샘물 뜨러가고 싶지만 길을 알 수가 없구나

위 노래에서는, 예로부터 죽은 사람이 간다고 하는 황천黃泉이라는 어휘로부터 늦은 봄 피는 샛노란 황매화黃와 맑은 샘물泉을 연상하고 있다. 샘물을 뜨러 간다고 하는 표현은 죽은 사람을 만나러 가고 싶다는 의미인데, 그 길을 알 수 없어 슬퍼하는 다케치노미코의 심경을 엿볼 수 있다. 황매화의 노란색과 그 꽃이 피어있는 산속으로 샘물을 뜨러 간다는 발상은, 지하에 사자死者의 세계가 있고 그곳에 샘이 있다고 믿던 고대 중국인의 영향이라 할 수 있다. 황색은 오행설에서 흙土을 상징하는 것처럼 본래부터 사후세계를 의미한 것은 아니지만, 후에 사후의 세계라는 의미로 사용된다. 이처럼『만요슈』에 처음으로 등장한 '황매화'는 황천이라고 하는 사후의 세계를 상징하는 소재로 사용되고 있다.

다음은 8권 봄 잡가春雜歌 속의 1435번 아쓰미노오키미厚見王의 노래이다.

1435　개구리 울고 있는 간나비 강에 그 자태를 비추며
　　　지금쯤 피어 있겠지 황매화 꽃

나라 시대 황족이면서 가인인 아쓰미노오키미는『만요슈』에 총 3수의 노래를 수록하고 있다. 위 노래 속의 간나비神奈備라고 하는 단어는 '신이 깃들어 있는 곳'이라는 의미이다. 즉 아쓰미노오키미가 나라奈良로 천도하기 전에 살았던 고향인 아스카飛鳥 지방의 가무나비カムナビ 주변을 흐르는 아스카 강飛鳥川을 가리킨다. '늦은 봄, 개구리 우는 아스카

봄

강가에 지금쯤 황매화 꽃이 피어 물속에도 황매화의 자태가 드리워져 있겠지'라고 회상하는 노래이다. 개구리, 간나비 강, 그리고 물속에 비친 황매화 꽃이라고 하는 청각과 시각이 유기적으로 연결되어 아스라한 추억이 담긴 아스카 강가의 봄날을 연상하게 한다.

다음은 17권에 수록되어 있는 오토모 이케누시大伴池主와 오토모 야카모치大伴家持의 증답가이다.

(오토모 이케누시)

3968   꾀꼬리 찾아와 노래하는 황매화지만

당신 손길 닿지 않고 어찌 질 수 있겠습니까

(오토모 야카모치)

3971   황매화 꽃 무성한 곳으로 날아든 꾀꼬리

우는 소리를 들을 수 있다니 당신이 부러울 뿐입니다

(오토모 야카모치)

3972   외출할 기운이 없어 방안에 틀어박혀

당신을 그리자니 마음이 편치 않습니다

(오토모 이케누시)

3974   황매화 꽃은 연일 활짝 피어있습니다

훌륭한 분이라고 생각하는 당신이 더 더욱 그립습니다

먼저, 3968번 노래에는 야카모치가 황매화 꽃을 보러 와줬으면 하는 이케누시의 바람이 담겨져 있다. 이에 야카모치는 3971번 노래에서 황매화 꽃 속에서 노니는 꾀꼬리 소리를 들을 수 있는 이케누시가 부럽다고 화답함과 동시에, 3972번 노래에서는 건강이 좋지 않아 찾아가보지 못하는 안타까운 심경을 토로한다. 황매화가 활짝 핀 늦은 봄날의 정경을 보여주고 싶어 하는 이케누시와 건강이 여의치 않은 야카모치의 안타까운 마음이 교차한다. 결국, 이케누시는 3974번 노래에서 무심하게 활짝 핀 황매화 꽃을 바라보며 함께 즐기지 못하는 야카모치에 대한 애석한 마음을 담아 보낸다. 위 증답가를 통해서 만요 시대의 사람들은 늦은 봄 '황매화'가 피면 지인을 초대하여 꽃구경을 즐겼던 것을 알 수 있다. 한편『만요슈』에는 두 사람이 증답한 노래가 다수 수록되어 있는데, 야카모치가 엣추 지방越中国의 수령으로 부임했을 때, 영지의 관인 중에 이케누시가 있었다고 한다. 둘은 젊은 시절, 나라 시대의 황족인 다치바나 모로에橘諸兄(684~757년)의 저택에서 열린 연회에 동석했다는 기록이 남아 있는 것으로 보아 엣추 지방에서 만나기 전부터 서로 아는 사이였던 것이다. 먼 임지에 홀로 부임한 야카모치는 이케누시와의 일상의 교류를 통해서 타지에서의 외로움을 달랬을 것으로 생각된다.

이처럼 만요 시대의 황매화는 죽은 사람이 간다는 황천을 떠올리게 하는 소재이기도 하고, 봄날 개구리 우는 물가에 피어 물속에 드리워진 모습이 감상의 대상이 되기도 한다. 뿐만 아니라, 활짝 핀 황매화에 꾀꼬리가 와서 노래하면 지인을 초대하여 꽃구경을 하는 등, 당시 '황매화'에 담겨진 만요 시대 사람들의 다양한 일상을 엿볼 수 있다.

『고킨와카슈』, 『슈이와카슈』, 『신코킨와카슈』 속의 황매화

그렇다면, 헤이안 시대平安時代(794~1192년)에는 '황매화'를 어떻게 표현하게 되는지 궁금하지 않을 수 없다. 먼저 『고킨와카슈古今和歌集』에 나타난 '황매화'에 관해서 살펴보기로 한다. 『고킨와카슈』는 905년 다이고 천황醍醐天皇의 명령에 의해서 만들어진 최초의 칙찬집勅撰集으로, 천황은 당대 가인 중에서 가장 뛰어난 6명을 뽑아 가집을 편찬하게 한다. 총 1100여 수의 노래는 봄, 여름, 가을, 겨울, 축하의 노래, 여행의 노래, 사물의 이름을 읊은 노래 등으로 분류되어, 총 20권에 수록되어 있다. 그중에서 2권 봄노래 하春歌下 121번부터 125번까지는 '황매화'를 읊은 노래이다.

> 121 지금쯤 향기롭게 피어 있을 다치바나
>
>   고지마 곳의 황매화 꽃
>
> 122 봄비에 젖어 한층 선명해진 노란 빛만으로 충분하지만
>
>   향기로도 사로잡는 황매화 꽃
>
> 123 황매화 꽃아 함부로 펴서는 안 된다
>
>   꽃 피면 함께 보자며 심던 내 님이 오늘 밤은 오시지 않으니
>
> 124 요시노 강가 황매화 꽃 부는 바람에
>
>   물속에 비친 꽃조차 져버렸구나
>
> 125 개구리 우는 이데의 황매화 꽃 져버렸구나
>
>   한창때 가서 봤으면 좋을 것을

위 121번과 122번은 황매화의 향기에 주목하고 있다. 123번은 한창

피려고 하는 황매화를, 124번과 125번은 져버린 황매화를 읊고 있다. 5수의 배열을 살펴보며, 향기로운 황매화를 회상하는 노래부터 봄비에 한층 선명해진 황매화 꽃향기를 읊은 노래, 함께 심은 그 분이 찾아올 때까지 더 이상 피지 말았으면 하는 바람을 담은 노래, 물가의 황매화 꽃이 떨어져 안타까워하는 마음을 읊은 노래까지 시간적인 흐름에 따르고 있다. 또한 각 노래에는 황매화의 향기와 색깔뿐 아니라, 요시노 강吉野河, 물속, 개구리, 이데 지방 등 다양한 소재와 어우러져 이미지를 한층 풍부하게 하고 있다. 특히 124번의 나라 현奈良県 요시노 산吉野山 기슭을 흐르는 요시노 강은 벚꽃의 명소로 알려져 있지만, 기 쓰라유키紀貫之는 요시노 강가에 핀 황매화 꽃을 읊고 있다. 또한 125번 노래의 교토 부京都府 쓰즈키 군綴喜郡 이데초井手町의 이데 강井手河·다마 강가玉川는 앞서 등장한 다치바나 모로에가 별장을 짓고 황매화를 심었다고 전해지는 곳이다. 이처럼 황매화는 주로 물가에 피는 꽃으로 그 물속에 비친 자태에 주목한 노래가 많다. 따라서 물속에서 우는 개구리와 함께 읊는 노래가 눈에 띈다. 특히 124번과 125번은 개구리, 간나비 강, 물속에 비친 황매화 꽃을 읊은『만요슈』1435번의 취향을 잇고 있다.

한편 19권의 잡체가雜躰歌에는 엔고緣語, 가케코토바掛詞, 비속어, 의인법 등을 의식적으로 사용한 하이카이카誹諧歌가 수록되어 있는데, 그 속에도 '황매화'를 읊은 노래가 있다.

1012　황매화 색의 옷 주인은 누구십니까 물어봐도
　　　입이 없는지 대답해 주지 않네

위 노래는 소세이 법사素性法師의 작품이다. 예로부터 황매화의 진한 노란색으로 물들일 때는 '치자くちなし·梔子' 열매를 사용했는데, 이 치자와 동음이의어가 '입이 없다·말이 없다'는 의미의 구치나시口無し'이다. 이렇게 동음이의어를 이용해 "황매화 색의 옷 주인은 누구십니까?"라고 물어도 답해주지 않는다고 하는 재치 있는 작품이다. 소재가 된 어휘를 중층적으로 이용해서 재미를 살리고 있다. 즉 황매화 꽃 색깔에 주목하여 전통적인 시가의 세계에서 벗어난 가볍고 경쾌한 터치를 보여준다.

헤이안 시대의 3번째 칙찬집『슈이와카슈拾遺和歌集』는 1006년에 이치조 천황一条天皇의 명령에 의해서 편찬되었다. 총 1350수에 이르는 작품은 각 20권에 수록되어 있다. 잡봄雑春, 잡추雑秋, 잡하雑賀, 잡연雑恋의 권이 신설되어, 앞서 편찬된『고킨와카슈』의 분류방법과는 차이를 보인다. 봄의 68번부터 72번까지 황매화를 읊은 노래가 수록되어 있다.

68 봄이 깊어 이데 강 파도 넘실대듯 몇 번이고

    다시 찾아 찬찬히 봐야지 황매화 꽃

69 황매화 꽃 한창 피었을 때 이데로 와서

    이 마을 사람이 되어야 하겠다

70 아무 말 없이 바라다보고 있다가 황매화 꽃

    노란색에 물들어 말을 잃게 되는구나

71 골짜기 물속에서 개구리 울고 있네 황매화 꽃

    지는 모습 물위에 비치니 그것을 바라보며

72 우리집에 핀 겹황매화 꽃잎 한 겹만이라도

    남아줬으면 하네 봄날의 증표로

먼저 68번과 69번은 『고킨와카슈』에도 등장한 이데의 황매화를 읊고 있다. 당시 가인들은 황매화 꽃이 필 무렵 몇 번이고 이데 강가를 찾아가 꽃구경을 하고, 그것도 모자라 이데 마을에서 살고 싶어 할 정도로 황매화의 매력에 빠져 있었던 듯하다. 70번에서도 앞의 『고킨와카슈』 1012번 노래에서처럼 진노랑으로 물들일 때 쓰이는 '치자'라고 하는 어휘의 동음이의어적 성격을 이용해, '말없이' 황매화 꽃을 바라보다 자신도 샛노랗게 물이 들어버렸다고 읊고 있다. 71번과 72번에서는 지는 황매화가 아쉬워 개구리는 울고, 사람들은 겹황매화八重山吹 꽃잎 한 장만이라도 남았으면 하는 바람을 담고 있다. 지는 황매화 꽃과 저물어가는 봄을 아쉬워하는 마음이 잘 드러나 있다. 노래의 배열 또한 꽃이 피고 지는 시간적인 흐름에 따르고 있다. 72번은 겹으로 피는 황매화 꽃인 죽단화를 소재로 하고 있는데, 죽단화를 읊은 노래는 일찍이 『만요슈』에서도 찾아볼 수 있다. 10권의 1860번은 "꽃만 피고 열매도 맺지 못하는데도 기다려지는구나 황매화 꽃"이라고 읊은 것으로 보아 겹황매화를 소재로 한 것이다. 실제로 홑겹의 황매화는 꽃이 지고 나면 검은색 작은 열매가 맺히는데, 겹꽃이 피는 죽단화는 암술과 수술의 변이에 의해서 생겨난 식물이기 때문에 꽃이 져도 열매를 맺지 못한다. 가인들은 설령 열매를 맺지 않는 꽃일지라도 개화를 기다리고, 꽃이 질 무렵이 되면 겹꽃잎이 한 장이라도 남았으면 하는 바람으로 죽단화를 바라보았던 것이다. 이처럼 『슈이와카슈』에서는 『고킨와카슈』의 전통을 이어받아 황매화 꽃과 이데, 수면, 개구리, 치자 등의 소재를 활용해서 황매화의 그윽한 자태와 그 정경을 강조하고 있다. 하지만 『고킨와카슈』의 121번과 122번과 같이 '황매화 꽃향기'를 읊은 노래는 찾아볼 수 없다.

마지막으로 가마쿠라 시대 초기에 고토바인後鳥羽院의 원선院宣에 의해서 편찬된『신코킨와카슈新古今和歌集』는 8번째 칙찬 가집이다. 총 20권으로 이루어진 가집은 후지와라 데이카藤原定家를 포함한 6명의 찬자撰者에 의해서 편찬되었다. 권2의 봄노래 하春歌下에는 황매화 꽃을 읊은 5수가 수록되어 있다. 그 중 161번은『만요슈』1435번의 아쓰미노오키미의 노래를 재록한 것이다.

  158　요시노 강가의 황매화 꽃 피어 있구나

　　　　산속의 벚꽃은 이미 져버렸겠지

  159　말을 멈춰 세워 물 좀 더 마시게 하자 황매화 꽃에

　　　　맺힌 이슬 떨어진 이데의 다마 강

  160　바위를 넘어 흐르는 세타키 강의 세찬 물살

　　　　파도치며 갔다가는 돌아오네 물가의 황매화 꽃

  161　개구리 울고 있는 간나비 강에 그 자태를 비추며

　　　　지금쯤 피어있겠지 황매화 꽃

  162　황매화 꽃이 져버렸구나 이데 강의

　　　　개구리는 지금쯤 울고 있겠지

먼저, 158번은 황매화 꽃이 핀 것을 보고 요시노 산에 핀 벚꽃이 졌음을 가늠하고, 159번은 황매화에 맺혔던 고귀한 이슬이 떨어진 이데 강에 다시 멈춰선 가인의 모습을 그린다. 160번과 161번은 세타키 강의 세찬 물보라를 맞으며 피어 있는 황매화 꽃과 간나비 강에 핀 황매화 꽃을 회상하는 내용이다. 마지막 162번은 황매화 꽃이 져서, 이데 강의 개구리도 울고 있을 거라는 회상의 노래이다. 이처럼 158번부터

162번까지의 배열은, 황매화 꽃이 피기 시작할 무렵부터 물가에 한창 피어있는 모습, 그리고 꽃이 지는 모습까지 시간적인 흐름에 따르고 있다. 특이한 점은 5수 모두 요시노 강, 이데의 다마 강, 세타키 강, 간나비 강, 그리고 이데 강에 핀 황매화 꽃을 읊고 있다는 것이다. 이 무렵 황매화 꽃은 전통적으로 황매화의 명소인 이데의 다마 강과 요시노 강뿐 아니라, 늦은 봄 물가에 피는 꽃으로 정형화된 듯하다. 또한 158, 161, 162번처럼 활짝 피거나 지는 황매화 꽃을 보며, 벚꽃이 지거나 개구리가 우는 등의 시절을 짐작하는 작품도 눈에 띈다. 하지만, 159번의 슌제이俊成는 '말'과 '이슬'이라고 하는 새로운 소재를 가져와 한층 그윽한 장면을 연출한다는 점에서 주목된다.

이상 『고킨와카슈』, 『슈이와카슈』, 그리고 『신코킨와카슈』에 이르기까지 황매화 꽃을 읊은 작품을 살펴보았다. '황매화'는 크게 2가지 유형으로 읊어지고 있는데, 첫째는 늦은 봄 물가에 피는 꽃으로 이데 강, 수면, 물속, 개구리 등의 소재와 어우러진 노래, 둘째는 황매화의 꽃잎에 비유한 진노란색 의복, 노란 물을 들일 때 사용하는 '치자 열매'와 동음이의어인 '말이 없다', '대답이 없다'를 이용해 황매화 꽃구경에 주목하는 노래로 나눠볼 수 있다. 그러나 일찍이 『만요슈』에 등장했던 '황천'이나 황매화에 노니는 '꾀꼬리'라고 하는 소재는 그후의 작품에서는 찾아볼 수 없다. 또한 황매화의 향기를 노래한 작품도 『고킨와카슈』 이후 찾아볼 수 없는데, '황매화의 향기'보다는 수면에 비친 '황매화의 자태'에 주목했던 것을 알 수 있다.

321

『야마토 이야기』와 『겐지 이야기』속의 황매화

다음은 헤이안 시대 중기의 우타 모노가타리歌物語인 『야마토 이야기 大和物語』와 일본의 모노가타리 문학의 최고봉이라 할 수 있는 『겐지 이야기源氏物語』속에 등장하는 '황매화'에 관해서 살펴보기로 한다. 『야마토 이야기』는 작자와 성립연대는 알 수 없지만, 총173단 300여 수의 와카로 구성되어 있고 각각의 단은 독립적인 스토리를 가지고 있다. 그중 58단에는 헤이안 중기의 귀족인 다이라 가네모리平兼盛가 등장한다. 그는 동북 지방의 깊은 산속 구로즈카黑塚에 살고 있는 지인의 딸에게 "미치노쿠니 아다치 벌판 구로즈카라는 곳에는 도깨비가 살고 있다던데 그게 사실입니까?"라고 하는 노래를 보내고, 지인에게는 딸을 달라고 한다. 그러자 지인은 "아직 어리니까 좀 더 크면 그 때나"라고 하며 거절한다. 가네모리는 교토로 돌아가면서 "한창 때를 놓치지나 않을까 개구리 우는 이데의 황매화 꽃처럼 걱정스럽구나"라는 노래와 함께 '황매화'를 보낸다. 가네모리는 지인의 딸을 '황매화 꽃'에 비유하면서, 이데의 황매화 꽃처럼 아무리 아름다운 여성이라도 한창때가 지나면 찾는 사람이 없다고 아쉬워한다. 그 후 여성이 다른 남성과 결혼하여 교토로 올라오게 되었다는 소식을 들은 가네모리는 아직도 미련이 남아 있었는지, "교토에 오셨다고 그러던데, 미리 알리시지 않고요"라고 안부를 묻는다. 여성은 "이데의 황매화 꽃처럼 걱정스럽구나"라고 보냈던 서간에 "이것은 미치노쿠니에서의 추억이라 생각하세요"라고 써서 돌려보냈다. 가네모리는 여성의 부친뿐 아니라 여성으로부터도 냉정히 거절당해 주체할 수 없을 만큼 괴로워했다고 한다. 이처럼 개구리 우는 이데의 명소에 피어난 '황매화 꽃'은 한창때의 아리따운 여성을 비유하는 소재로 사용되고 있다. 이 외에도 100단에는 '냇가의 황매화'에 관한 이야기가 담겨 있다. 매사냥의 명인인 후지와라 스에나와藤原季縄가 오이大井에 살고 있을 때, 다이고 천황醍醐天皇이 '꽃이 한창일 때 반드시 보러 오겠다'라고 했는데 잊어버리고 오지 않았다. 스에나와가 "다 져버리면 너무나도 아쉬울 텐데 오이 강가에 핀 황매화 꽃은 지금이 한창입니다"라는 노래를 보내자, 서둘러 찾아와 한창인 황매화 꽃을 감상했다는 내용이다. 만요 이후, 황매화는 벚꽃구경을 하는 것처럼 꽃구경의 대상이었음을 엿볼 수 있다. 마지막으로 113단 '이데의 황매화'는 효에노조 모로타다兵衛の尉庶正에 관한 이야기이다. 모로타다와 소원해진 여성이 가모賀茂의 임시 축제에서 그와 조우한 후, 괴롭고 안타까운 심정을 노래로 적어 보낸다. 그러자 모로타다는 '황매화 꽃'에 노래를 묶어서 답가를 보낸다.

당신과 함께했던 이데 마을이 그립기만 합니다
저 혼자서 쓸쓸히 황매화 꽃

모로타다 또한 황매화의 명소인 이데에서 사랑하는 당신과 함께했던 시간이 그립다고 회상하며, 헤어지고 난 후 이데의 황매화 꽃을 혼자서 보고 있다고 전한다. 늦은 봄 사랑하는 사람과 이데 물가에 흐드러지게 핀 황매화 꽃을 구경하던 그 시절, 이제는 아무도 찾아오지 않는 황매화 꽃처럼 자신도 혼자임을 강조하고 있다. 이렇게 서로가 혼자임을 확인한 두 사람은 그 후 어떻게 되었는지는 알 수 없지만, 황매화 꽃은 둘만의 행복했던 시간을 회상하게 해주는 소재로 사용되고 있다. 이처럼 『야마토 이야기』에 등장하는 '황매화 꽃'은 전통적인 와카에서처럼 '한창 때, 우는 개구리, 물가, 이데' 등의 소재와 함께 읊어, 미모가 무르익는 한창때의 여성이나 아무도 찾지 않은 이데의 쓸쓸한 모습에 자신의 처지를 비유하고 있다. 또한 한창 핀 황매화 꽃을 구경하거나 노래에 황매화를 묶어 보내는 그윽한 행동이 참으로 멋스럽게 느껴진다.

그렇다면, 『겐지 이야기』 속에서 '황매화'는 어떻게 그려지고 있는지 살펴보기로 한다. 먼저 『겐지 이야기』 속에서 '황매화'라는 단어는 총 25번 등장한다. 그중에서 「고초胡蝶」 권에서는 7번으로 가장 많이 사용되고 있다.

겐지 나이 35세, 8월에 네 개로 구획한 곳에 사계절의 특징을 살린 로쿠조인六条院을 만든다. 각각의 저택에는 각 계절에 어울리는 4명의 온나기미女君를 살게 한다. 「오토메少女」 권에는 사계절의 저택 중 봄의 저택에 만들어진 정원에 관해서 '동남쪽에 있는 저택에는 산을 높이 쌓아올려서, 봄에 피는 모든 종류의 꽃나무를 모아서 심고, 연못의 정취도 각별하게 만들고, 근처에 있는 정원에는 소나무, 홍매화, 벚나무, 등나무, 황매화, 철쭉 등과 같은 봄에 관상할 수 있는 초목만 심은 것이 아니라, 거기에 가을의 초목을 군데군데 자연스럽게 심어놓았다'고 설명하고 있다. 봄이 되면 이러한 꽃나무들이 순차적으로 피어 잠시도 지루할 틈이 없었을 것이다. 이러한 봄의 저택 주인은 다름 아닌 무라사키노우에紫の上이다. 다음해 봄이 되자, 봄의 저택에서는 연못에 배를 띄우고 뱃놀이를 한다. 「고초」 권에는 '황매화 꽃'에 관해서 '다른 곳에서는 이미 떨어져버린 벚꽃도, 여기서는 지금 한창 미소를 머금고 있고, 회랑을 따라 보랏빛 등나무 꽃이 차례로 피기 시작한다. 거기에 앞서, 연못에 자태를 비추고 있는 황매화는 연못가를 뒤덮을 정도로 한창이다'라고 써내려가고 있다. 이어지는 궁녀들의 노래를 통해서 가어로서의 황매화의 이미지를 짐작할 수 있다.

(궁녀)

바람이 불면 파도 꽃조차 황매화 색으로 변해

유명한 황매화 언덕이 된다네

(궁녀)

봄 연못은 이데의 강가와 이어져 있나보다

연못가 황매화는 물속까지 피어 향기롭다

늦은 봄, 벚꽃이 지고 등나무 꽃이 피기 시작할 무렵, 한창때를 맞이하는 황매화는 두 와카에서처럼 물가를 배경으로 핀다. 샛노란 황매화가 수면에 비친 모습이 눈앞에 보이는 듯 선명하다. 『만요슈』 이래 칙찬 가집 속에 수록되어 있는 전통적인 와카의 세계와 다르지 않다. 이밖에도 궁에서는 봄, 가을 두 차례 독경 행사를 하는데, 봄의 독경을 하는 장면에서도 황매화가 등장한다.

봄 저택의 주인인 무라사키노우께서게 공양의 뜻을 담아 부처님에게 꽃을 올리시게 되었다. 새의 장속과 나비의 장속을 갖춰 입은 8명의 여동女童, 뛰어난 용모의 소녀들로 준비시켜, 새 쪽에는 은으로 만든 화병에 벚꽃을 꽂은 것을, 나비 쪽에는 금으로 만든 화병에 황매화를 꽂아 들게 했는데, 같은 꽃이라도 꽃송이가 훌륭한 것을 골라서 최고로 아름다운 것을 준비하셨다. …… 명랑한 꾀꼬리 소리에 섞여 새 쪽의 여동 주악奏樂이 화사하게 들어오고, 연못의 물새도 여기저기서 노래하고 있는 사이에, 빠른 연주로 바뀌더니 주악이

325

끝났는데 아쉬움이 남은 즐거움이었다. 나비 쪽 여동들은 새 쪽 여동보다 더 가벼운 모습으로 날아올라, 황매화 울타리 아래, 흐드러지게 핀 꽃그늘로 춤 추며 사라졌다. 중궁의 차관을 비롯해, 지체 높은 귀족들은 여동들에게 차례로 선물을 내렸다. 새의 여동에게는 벚꽃 색 겹옷인 호소나가細長를, 나비의 여동에게는 황매화 색 겹옷인 호소나가를 하사하셨다.　　　　　　　　　(「고초」권)

이처럼 봄날 치러진 법회에서도 봄을 대표하는 벚꽃과 나란히 황매화가 등장한다. 연한 분홍빛 벚꽃은 은 화병에, 진한 노란색의 황매화는 금 화병에 꽂아 새 모양의 장속을 갖춘 무동과 나비 모양의 장속을 갖춘 무동의 손에 들려 바쳐지고, 그들의 춤과 연주는 흐드러지게 핀 봄꽃들과 어우러진다. 중궁은 무라사키노우에가 보낸 새의 무동에게는 진분홍과 흰색을 배색해 만든 의복을, 나비의 무동에게 적갈색과 노란색을 배색해 만든 봄의 의복을 하사한다. 화사한 봄날 벚꽃과 황매화, 새와 나비로 분한 무동들을 통해서 헤이안 시대 귀족들의 화려하면서도 섬세한 봄날의 한 장면을 엿볼 수 있다.

하이카이 속의 황매화 꽃

그렇다면 근세 시대 운문문학의 대표적인 장르인 하이카이 문학에서 '황매화'는 어떤 이미지로 그려지고 있을까? 먼저 하이카이 문예가 성립하기 직전의 하이카이렌가俳諧連歌 작품을 살펴보기로 한다. 1540년에 성립한 아라키타 모리타케荒木田守竹의 하이카이렌가를 모은 『모리타케센쿠『犬竹千句』에는 다음과 같은 '황매화 꽃' 작품이 수록되어 있다.

82 밟으려고 하니 개구리 우는 소리

83 황매화 색으로 물들인 옷을 들어올려서   (「2권」)

40 꽃으로 물든 옷이여, 향기는 내지 말아다오

41 황매화에 빠졌다 소문나면 부끄러우니까   (「4권」)

59 물에 비친 건 꽃 색깔의 삼각 모양

60 거기에 뱀이 사네 물가의 황매화 꽃   (「4권」)

　첫 번째 작품은 와카의 전통을 그대로 이은 것으로 마에쿠前句의 '개구리 우는 소리'를 받아서 쓰케쿠付句에 '황매화 꽃'을 붙이고 있다. 하지만 그 속에는 하이카이렌가 특유의 유머와 골계미가 담겨져 있다. 즉 개구리를 유인해 잡으려고 황매화 색의 의복을 들어 올린다고 하는 발상은 전통적인 와카에서는 그 누구도 생각할 수도 시도하지도 않았던 해괴한 것이다.『만요슈』이래 황매화와 개구리는『고킨와카슈』,『신코킨와카슈』에 이르기까지 세트로 읊어지면서 황매화 꽃이 피면 개구리가 운다고 하는 전통이 그대로 이어져왔다. 이러한 정형화된 발상은 하이카이에 이르러 깨지게 되고, 이러한 시도를 통해서 웃음을 자아내는 것이 초기 하이카이 문학이 추구했던 바이다. 두 번째 작품을 살펴보기로 하자. 마에쿠의 진한 황매화 색으로 물들인 옷과 향기를 받아, 쓰케쿠에서는 황매화에 빠졌다고 소문나면 어쩌지 하는 소심한 마음을 내비친다. 하지만 황매화 색으로 물들인 옷을 입었다고 해서 향기가 날 리 만무하기 때문에 소문날 이유는 전혀 없다. 그럼에도 '부끄러우니까'라고 하는 표현을 들으면 누구나 피식 웃어버릴 것이다. 조금은

유치하면서도 엉뚱한 발상에 의해 재미를 더하는 작품이라 하겠다. 마지막 작품은 전통적으로 황매화 꽃은 물가에 펴서 수면 위에 비춰진 모습이 자주 읊어졌는데, '물속에 비친 것이 삼각형 모양いろこがた·鱗うろこ'이라고 의문을 제기한다. 쓰케구에서는 그것이 다름 아닌 '뱀'이고 그곳에 '황매화 꽃'이 피어 있다고 하는 다소 황당한 설정이다. 마에쿠의 삼각형 모양은 물고기나 뱀의 비늘을 상징하는 단어로, 전통적으로 황매화 꽃과 세트로 읊어지는 개구리가 아니라 모두가 혐오하고 싫어하는 '뱀'이기에 한 발짝 물러나게 만든다. 물가의 황매화 꽃과 물속에 '뱀'이라고 하는 조합은 그 누구도 예상치 못한 발상이다.

이후 하이카이렌가는 하이카이라고 하는 장르로 독립하게 되는데, 초기 하이카이를 이끈 대표적인 유파가 데이몬貞門이다. 데이몬 하이카이의 지도자 중의 한 사람인 기타무라 기긴北村季吟은 1647년에 계절을 나타내는 어휘인 기고季語의 사용 방법을 기록한 『야마노이山之井』를 저술한다. 기긴은 '황매화'에 관해서 다음과 같이 설명하고 있다.

> 황매화는 꽃봉오리를 사금주머니砂金袋, 활짝 피었을 때는 금봉산金峰山, 꽃잎이 떨어지는 것을 금박이 흩날린다고 표현하는데, 대부분 황금黃金이라고들 부른다. 황매화 옷이라고 하면, 천황의 고귀한 모습을 떠올리고, 상급귀족을 가리킨다. 또한, 치자색くちなしの色이라고 하면 '말이 없는 꽃物いはぬ花'이라고 읽고, '열매 맺지 않음実のなき'이라는 문구도 노래歌에 보인다. (『야마노이』)

위 설명은 당시 '황매화 꽃'을 읊을 때, 알아둬야 할 하이카이 기본지식이다. 이전의 와카의 전통과는 사뭇 다른 내용으로, 꽃의 색깔이나 모양에서 연상되는 즉흥적이면서 단순한 발상의 표현이 많다. 사금주머니, 금봉산, 그리고 금박이 흩날린다고 하는 비유는 꽃의 피고 지는 과정에서 보이는 꽃의 색깔과 모양을 본뜨고 있다. 중요한 것은 모두 다 '황금', 즉 '돈'으로 생각했다는 점이다. 이전 시대까지는 찾아볼 수 없는 발상이다.

그러면 데이몬 하이카이의 대표적인 지도자 마쓰나가 데이토쿠松永貞德가 1659년에 선정하고 야스하라 데이시쓰安原貞室가 증보한 『곳카이슈玉海集』에 수록된 '황매화 꽃'에 관한 작품을 살펴보자.

황매화 꽃의 옷은 황금 빛깔의 속옷이구나	기긴
황매화는 황금으로 장식한 늘어진 가지로다	유키쓰구
황매화여 주목받고 싶어 하는 톱처럼 생긴 잎	이치뉴
황금 방인가 황매화 꽃 둘러친 꽃의 정원	유키나오

첫 번째 기긴의 작품은 황매화 꽃, 노란색, 황금빛깔, 홑겹이니 속옷이라고 발상을 이어가고 있다. 두 번째 작품 역시 '황금'으로 장식한 가지라고 즉흥적으로 표현하고 있다. 앞의 『야마노이』의 설명처럼 두 작품 모두 황매화 꽃을 '황금'에 비유하고 있다. 세 번째 작품은 황매화의 잎사귀에 주목하고 있다. 꽃잎과 달리 잎사귀는 전체가 톱날처럼 뾰족뾰족하다. 다른 잎사귀와 달리 톱날 같은 모양을 하고 있는 것을 의인화해 주목받고 싶어서라고 표현한 점이 웃음을 자아낸다. 다른 홋쿠發句에서 주목하지 않았던 황매화의 잎사귀에 착목한 점이 단순한 비유이기는 하지만 신선하다. 마지막 작품은 흐드러지게 핀 황매화 꽃 정원을 황금 방으로 비유하고 있는데, 이 또한 『야마노이』의 설명에서 벗어나지 않는다. 네 개의 작품 중 세 개의 작품이 황매화 꽃을 '황금'에 비유

329

봄

하고 있는 점으로 볼 때, 당시 황매화 꽃은 '황금'을 상징하는 기고로, 전통적인 와카의 이미지와는 큰 차이를 보이고 있다.

　그렇다면 하이카이 문학을 완성시킨 마쓰오 바쇼松尾芭蕉는 황매화를 어떻게 그리고 있을까? 초기의 바쇼의 작품에는 '황매화 꽃'과 '유채 꽃'이 함께 등장한다.

　　황매화 꽃에 맺힌 이슬 유채꽃은 불만스런 표정이네　　　　　도세이桃青

　똑같이 봄에 피는 노란색 꽃인데, 예로부터 황매화 꽃은 아주 귀하게 여겨 와카에 다수 읊어졌다. 하지만 유채꽃은 볼품없는 촌스러운 꽃으로 취급되어 아무도 와카의 소재로 사용하려 하지 않았다. 이런 사정을 유채꽃이 불만스럽게 생각한다는 내용의 위 작품은, 『신코킨와카슈』 159번의 '황매화 꽃에 맺힌 이슬山吹の花露'이라고 하는 표현을 그대로 차용하고 있다. 하지만 바쇼의 홋쿠는 황매화 꽃이 아닌 의인화한 유채 꽃의 심경에 중점을 두고 있다. 전통적인 기고인 황매화 꽃이 아니라 그 동안 주목받지 못했던 유채꽃에 시선을 돌리려고 한 점이 신선하다.

　다음으로 바쇼의 대표적인 홋쿠라고 하면 누구나 '오래된 연못, 개구리 뛰어드는 물소리古池や蛙飛こむ水のおと'라는 작품을 떠올릴 것이다. 그런데 이 홋쿠에 '황매화 꽃'이 등장한다는 사실을 아는 사람은 그리 많지 않다. 이 홋쿠가 완성되기까지의 과정을 살펴보면, 바쇼가 추구하고자 했던 진정한 의미의 하이카이가 어떠한 것인지 조금은 이해할 수 있을 것이다. 1686년 센카仙化에 의해 편찬된 『가와즈아와세蛙合』에 수록된 이 작품은 호잔方山이 1699년에 편찬한 『교잔슈曉山集』에 '황매화 꽃, 개구리 뛰어드는 물소리山吹や蛙飛こむ水のおと'라는 형태로 전해진다. 1692

년에 바쇼의 제자인 시코支考가 쓴 하이카이 논서俳諧論書인『구즈노마쓰바라葛の松原』에는 애초에 바쇼는 '개구리 뛰어드는 물소리'라고 하는 중간과 마지막에 해당하는 7·5를 얻었는데, 이를 제자들에게 제시하면서 초구初句를 생각하게 했다고 한다. 이에 제자인 기카쿠其角는 '황매화 꽃이여山吹や'라고 초구를 제일 먼저 제안한다. 하지만 바쇼는 '황매화 꽃'을 그대로 받아들이지 않고 '오래된 연못古池や'으로 바꿔서 작품을 완성한다. 그렇다면 바쇼는 왜 '황매화 꽃'을 '오래된 연못'으로 바꾸게 되었을까? '황매화 꽃'은 앞서 만요 시대부터 헤이안 시대의 노래를 통해서 살펴보았듯이 와카의 전통을 잇는 소재로 주로 물가에서 우는 '개구리'와 함께 읊어진다. 기카쿠는 '개구리'라는 기고를 보자마자 늘 세트로 읊어지는 소재 '황매화 꽃'을 떠올렸을 것이다. 하지만 바쇼는 식상하게 느껴지는 '개구리와 황매화 꽃'이라고 하는 전통의 한계를 넘어 새로운 세계를 만들고, 그것을 하이카이 전통으로 만들어 나가고 싶었을 것이다. 한편 와카나 렌가 작품 중에는 개구리를 읊은 작품이 많지는 않지만, 개구리의 울음소리에 초점을 맞추는 것이 일반적이었다. 하이카이에서도 '우는 개구리'가 대부분이고, 때로는 '뛰는 개구리'를 소재로 한 작품도 있다. 하지만 '뛰어드는 개구리 뛰어들었을 때 나는 물소리'에 주목한 작품은 바쇼가 처음이다. 그리하여 '오래된 연못 개구리 뛰어드는 물소리'라는 홋쿠가 세상에 나오게 된 것이다. 다른 어떤 누구도 시도하지 않았던 도전을 통해서 전통적인 문학에 버금가는 새로운 장르를 완성하고자 하는 바쇼의 노력이 결실을 맺은 작품이라 평가할 수 있다.

그 후 바쇼는 3구의 '황매화 꽃'에 관한 홋쿠를 읊는다. 먼저 첫 번째 작품은 1687년 10월 요시노吉野에서 꽃구경을 하고 스마須磨·아카시明石

를 유람하면서 기록한 하이카이 기행문인 『오이노고부미笈の小文』에 수록되어 있는 '황매화 꽃'이다.

니짓코西河

팔랑 팔랑 끊임없이 황매화 꽃잎 떨어지네 폭포 물소리　　　　　　바쇼

　위 작품의 배경인 요시노 군吉野郡 가와가미 마을川上村은 요시노 강의 상류를 깊숙이 들어간 매우 한적한 계곡에 위치하고 있다. 그곳에서 바쇼는 웅장한 폭포와 바위를 온통 뒤덮을 정도로 흐드러지게 피어 있는 황매화 꽃을 발견한다. 바쇼는 바람도 없는 깊은 산속에서, 수면위로 끊임없이 떨어지는 황매화 꽃잎과 굉음을 내며 떨어지는 물소리를 들으며 무념무상에 빠진다. 바쇼의 『진적자화찬真蹟自画讃』 마에가키前書에는 "강가의 황매화 꽃이라고 읊은 요시노 강의 상류야말로 온통 황매화 꽃이로다. 때마침 흐드러지게 피어 참으로 그윽하기만 하구나. 벚꽃에도 전혀 지지 않는 장면이다"라고 쓰여 있다. '강가의 황매화 꽃'이란 문구는 앞서 살펴본 『고킨와카슈』124번의 "요시노 강가 황매화 꽃 부는 바람에 물속에 비친 꽃마저 져버렸구나"라고 읊은 쓰라유키의 노래를 가리키는 것으로, 그 옛날 쓰라유키가 보았던 황매화 꽃을 마주한 바쇼 자신의 감회를 기록하고 있다. 벚꽃에도 전혀 뒤지지 않는 아름다운 황매화 꽃을 발견한 바쇼는 바람도 없이 '팔랑 팔랑' 끊임없이 떨어지는 꽃잎과 힘찬 폭포 소리에 한동안 자리를 뜨지 못했을 것이다.

　마지막으로 황매화 꽃을 읊은 바쇼의 2구를 살펴보기로 한다.

황매화 꽃 삿갓에 꽂기 제격인 늘어진 가지　　　　　　　　　　바쇼

황매화 꽃 우지의 차 화로에서 차 향기 날 때   바쇼

첫 번째 작품은 황매화 가지가 부드럽게 휘어서 늘어져 있는 모습에
착목하여, 눈이나 비가 올 때 머리에 쓰는 삿갓에 장식하면 제격이라는
의미로 단순하면서도 즉흥적이다. 바쇼가 고향인 이가 우에노伊賀上野에
서 지인들과 만났을 때 읊은 작품으로, 삿갓에 황매화 꽃가지를 장식한
다고 하는 여유와 흥이 배어난다. 두 번째 작품은 황매화 꽃과 차의 산
지로 유명한 교토 시京都市 우지宇治를 배경으로 와카에서 주목한 황매화
꽃의 향기를 우지 차의 향기로 바꾸어 읊고 있다. 3월 말 황매화 꽃이
필 때, 우지에서는 차를 볶는 향이 난다고 하는 구체적이면서 감각적인
내용으로 생동감 있게 표현하고 있다. 진노랑 황매화 꽃과 차를 볶는
향기라고 하는 시각과 후각이 교차하고 있다. 두 작품은 전통적인 와카
에서는 전혀 주목하지 않았던 휘어진 황매화 가지와 황매화 필 무렵 생
산되는 우지 차의 향기에 초점을 맞춰, 황매화라고 하는 기고의 세계를
넓혀가고 있다. 바쇼는 1689년 오쿠노호소미치奥のほそみち 기행을 통해
서 깨닫게 된 쇼후하이카이蕉風俳諧의 기본이념인 후에키류코不易流行를
그 해 겨울부터 제자들에게 설파한다. 여기서 후에키不易라고 하는 것
은 영원히 변하지 않는 것을 의미하고, 류코流行라고 하는 것은 시시각
각 변화하는 것을 의미하는데, 둘은 동일한 것이고 이것은 후가노마코
토風雅の誠(자신의 마음속에 있는 시정을 우주의 근본적인 진실과 통하
도록 하는 것)를 기반으로 하고 있다. 즉 하이카이라고 하는 것은 끊임
없이 새롭게 변화하는 곳에 불변의 본질이 있다고 하는 문학관과 하이
카이의 영원불변의 가치는 후가노마코토를 추구하고자 하는 끊임없
는 자기탈피에서 생겨난다고 하는 실천론을 포함하고 있다. 바쇼는

봄

'황매화'라고 하는 기고를 통해서 이를 실천했던 것은 아닐까 생각하
게 된다.

참고문헌

小島憲之他2人校注・訳(2004)『万葉集』1-4(「新編日本古典文学全集」, 小学館)
阿部秋生他3人校注・訳(2004)『源氏物語』3(「新編日本古典文学全集」, 小学館)
片桐洋一(2004)『歌枕歌ことば辞典』笠間書院
井本農一・堀信夫注解(2003)『松尾芭蕉集』1(「新日本古典文学全集」, 小学館)
峯村文人校注・訳(2003)『新古今和歌集』(「新編日本古典文学全集」, 小学館)
松尾聰・永井和子校注・訳(2002)『枕草子』(「新編日本古典文学全集」, 小学館)
片桐洋一他3人校注・訳(1999)『大和物語』(「新編日本古典文学全集」, 小学館)
小沢正夫・松田成穂校注・訳(1994)『古今和歌集』(「新編日本古典文学全集」, 小学館)
小町谷照彦校注(1990)『拾遺和歌集』(「新日本古典文学大系」, 岩波書房)
水原秋桜子他2人(1984)『図説日本大歳時記』講談社
神田豊穂(1926)『貞門俳諧集6』(「日本俳書大系刊行会」, 春秋社)
『風俗博物館』 http://www.iz2.or.jp/fukushoku/

동식물로 읽는
일 본 문 화
창포

단오절 창포물에 몀을 감고

박 지 은

● ● ● ●

　우리나라를 비롯해 매년 동아시아 지역과 일본의 전역에는 5월부터 6월에 걸쳐 토란과의 '쇼부(창포)'와 아야메과의 다년초인 '아야메', '가키쓰바타', '하나쇼부(꽃창포)'의 계절이 돌아온다.

　아야메는 우리말로 '붓꽃' 서양에서는 '아이리스'라 불리는 꽃으로 여러 종류가 있지만 청초함과 고귀한 아름다운 자태로, 꽃 피는 5월과 6월 사이에는 일본 각지의 창포원이나 창포의 명소에 꽃을 보기 위한 사람들로 크게 붐빈다. 도쿄에는 호리키리 창포원, 미즈모토 공원 등이 꽃창포의 명소로 유명하다

　'아야메菖蒲', '가키쓰바타杜若', '쇼부菖蒲', '하나쇼부'는 저마다 다른

꽃이지만 어느 꽃도 아야메라 불리며 혼동되는 경우가 종종 있다. 간단한 일본어 사전의 경우에도 아야메·쇼부·가키쓰바타·꽃창포 등을 모두 아야메라고 총칭하는 경우가 있고, 더구나 아야메와 쇼부는 둘 다같은 한자 '창포菖蒲'를 쓰기에 두 종을 혼동하는 경우가 적지 않다.

같은 한자라고는 하지만 창포 목욕의 '쇼부'는 토란과의 식물로, 아야메 과의 아야메·가키쓰바타·꽃창포와는 칼 모양의 잎이 비슷하다는 점 이외에는 전혀 다른 종이다.

아야메·가키쓰바타·꽃창포는 식물학적으로 모두 아야메 과의 꽃으로 청초하고 예쁜 꽃을 피우는 반면 '쇼부', 우리말 이름 창포는 꽃을 피우기는 하지만 일반적인 꽃잎의 개념보다는 비엔나소시지 모양의 부들의 이삭 같은 황갈색의 꽃을 피운다.

보통 단옷날 창포물에 목욕을 하고 머리를 감는다고 할 때의 창포는 예쁜 아야메꽃 창포가 아닌 토란과의 '쇼부' 창포인 것 이다.

아야메菖蒲

일본에서는 "어느 쪽이 아야메고 어느 쪽이 가키쓰바타인지"라는 속담이 있는데 아야메와 가키쓰바타는 그 꽃의 모습과 형태가 몹시 닮아 있어 구분이 어려워 생긴 말이다.

붓꽃과의 식물로 우리말로는 꽃창포, 붓꽃, 범부채로 불리며 서양에서는 아이리스라 불리는 이 꽃의 자태는 몹시 청초하고 아름답다. 그래서인지 두 종류가 단순히 비슷하여 구분이 되지 않는 상황에 쓰는 말이

【그림 1】 아야메(牧野富太郞(1969)『新日本植図鑑』北
隆館)

아닌, 어느 쪽도 훌륭하고 아름다워 우열을 좀처럼 가리기 곤란한 경우
흔히 쓰는 말이다.

이 속담의 유래는 『겐페이조스이키源平盛衰記』라는 군기 이야기軍記物語
속의 사랑의 이야기라고 알려져 있는데, 어느 날 미나모토 요리마사源
賴政가 아야메노마에菖蒲の前 라는 여인을 사랑했다고 한다. 하지만 그녀
는 이미 도바인鳥羽院을 섬기는 궁녀의 신분이었다. 그 사실을 안 도바인
은 요리마사를 시험해 보기로 한다. 키나 몸집이 비슷한 미녀 세 명을
나란히 세운 뒤 누가 아야메노마에인지 요리마사에게 택하도록 한 것
이었다.

사랑하는 상대라고는 하지만 넘볼 수 없는 천황의 여인이었기에 아
야메노마에의 모습을 멀리서 바라볼 수밖에 없었던 요리마사는 옷차
림이 비슷한 세 명 가운데 누가 아야메노마에인지 알 수가 없었다. 그
래서 할 수 없이 대답 대신

오월 장마에 늪가 둑 물이 넘쳐

337

어느 게 아야메인지 알 수 없네

라고 노래를 읊었다고 한다. 그러자 도바인은 매우 감동하여 요리마사에게 야야메노마에를 섬기게 했다고 한다.

아야메는 '꽃 아야메'라고도 부르고 일본, 동아시아의 초원지역에 널리 자생하며 5·6월경 보라에 흰빛의 얼룩무늬 꽃을 피운다. 아야메로부터 개량되어 현재 일본 전역에서 흔히 볼 수 있는 꽃창포는 야생의 아야메가 원종原種으로 에도江戸 시대(1603~1867년) 중엽 무렵 각지에 자생하는 야생의 아야메를 개량 발전시킨 꽃으로 그 종류가 다양하고 아름다워 일본이 자랑하는 전통 원예식물이다. 잎이 칼 모양인 창포와 비슷한 것 외에는 꽃의 모습은 제일 화려하고 크며 개화는 5월 하순에서 6월까지 제일 늦게 핀다.

아야메 과의 식물들은 날카로운 칼 모양의 잎과 꽃의 모습이 서로 비슷한 듯 하지만 자세히 들여다보면 아야메의 꽃잎에는 그물 모양의 무늬가 있고, 가키쓰바타에는 흰 선이, 꽃창포에는 노란 선이 들어 있어 구별할 수 있다. 무엇보다도 아야메는 마른땅에서 생장하고 가키쓰바타는 늪이나 물가에서, 꽃창포는 초원이나 습지 모두에서 자란다는 차이점이 있다.

선명한 녹색의 곧게 자란 잎 사이로 꽃대를 길게 뻗어 남보라빛의 선명한 꽃을 피우는 아야메는 5월부터 6월에 개화한다. 날카로운 칼 모양의 잎들이 하늘로 향해 나란히 병렬해 선 모습이 아름다운 무늬를 이룬다는 의미로 아야메라 이름 지어진 듯 하다고 한다. 꽃의 형태는 약간 독특해서 3장의 큰 꽃잎이 아래로 드리우고 다른 3장의 꽃잎이 위로 치솟은 모습을 하고 있다. 아래로 세 갈래로 갈라져 옆으로 뻗은 꽃잎과 같은 암술이 있고 그 밑에 수술이 붙어 있다.

예로부터 아야메가 피면 장마에 접어든다는 자연력自然曆이 전해져 오는데 암술의 꽃대가 우산 역할을 해서 수술이 비에 젖지 않는 형태는 장마철에 피는 꽃의 타고난 자연에 순응하는 지혜라 여겨진다. 6월 하순, 절기로 치면 '하지' 장마 즈음이 아야메 꽃이 피는 시기이다.

옛날 와카에 등장하는 아야메는 일반적으로 현재 지금의 창포이며, 헤이안平安 시대(794~1192년)의 '쇼부', 즉 창포라고 명명했던 것이 지금의 아야메 꽃이다. 아야메, 창포 두 종류의 초목명은 예로부터 이러한 반대의 인지 상황에 착각하기 일쑤였다.

한자의 표기도 같은 '菖蒲'였으니 더욱 혼란스러운 것이 사실이다.

쇼부와 단오절

'쇼부' 우리말 역시 한자음 그대로 '창포'라 부른다. 아야메菖蒲와 쇼부菖蒲 한자는 같지만 엄연히 다른 종이다. 창포 목욕의 쇼부는 현재의 정확한 식물명은 석창石菖이고 잎이 아야메와 닮아 있을 뿐, 토란과의 다른 종으로 꽃이 핀다. 하지만 아야메와 같은 관상용의 예쁜 꽃이 아닌 비엔나소시지 형태의 황갈색 열매 같은 꽃이다. 그것도 무성한 잎의 아랫부분에서 피기에 거의 눈에 잘 띄지 않는다.

창포가 가키쓰바타·아야메·꽃창포와 형태가 닮은 것은 긴 칼 모양의 잎뿐이다. 하지만 옛날에는 아야메라고 하면 단오절에 목욕물에 잎을 넣어 창포 목욕을 즐긴다는 토란과의 창포를 말하고 향기가 나쁜 기

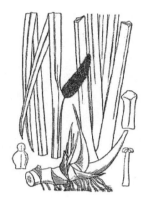

【그림 2】 쇼부(牧野富太郎(1969) 『新日本植図鑑』 北
隆館)

운을 쫓아버린다 하여 창포 목욕으로 몸을 씻고 '창포 잇기'라 하여 처
마에 창포 잎을 꽂아 늘어뜨리는 풍습이 있었다.

이렇듯 음력 5월 5일 단오절 즈음에는 창포가 없어서는 안 되는 소
중한 식물이었다. 원래 창포 탕이라 하여 창포 뿌리를 달여 끓인 물을
마신게 시초였는데, 창포의 강한 해독작용이 전염병과 해충의 피해로
부터 사람의 몸을 보호하여 세월이 지나면서 나중에는 목욕탕 뜨거운
물속에 창포 잎을 넣게 된 형태로 바뀐 것이다.

옛날의 5월은 지금의 양력 6월, '쓰유이리梅雨'라는 장마의 시작으로
거의 한 달 동안 사방이 무더운 습기로 가득찬다. 음식물이 부패하기
쉽고 벌레나 해충이 끓어 전염병이 발생하기 쉽다. 그래서 옛날에는 장
마가 시작되면 전염병 예방을 위해 집 안팎으로 생활의식을 다시금 정
비하고 정리정돈하는 중요한 시점이었다.

창포에는 약용효과가 있어 강한 향기가 역병을 불러일으키는 모기
나 해충을 막았기에 음력 5월 4일이나 5월 5일에는 사람들이 일제히
늪지로 나가 창포를 꺾었던 것이다.

『이세 이야기伊勢物語』 52단의 '창포 꺾으러 당신은 늪에 들어'란 노래
가 있다.

> 창포 꺾으러 당신은 늪에 들어 헤매이셨네
> 나는 들에 나와서 사냥하기 외로워라

이는 여성으로부터 가자리치마키를 받고 답가로 부른 노래로, 지마키
는 원래 띠 풀로 찹쌀 찐 것을 싼 것으로 오색실이나 꽃으로 장식된다. 여
기서는 끈으로 사용할 창포를 꺾기 위해 늪으로 들어간 노고를 치하한 것
이다. 이렇듯 와카和歌에 읊어진 아야메는 일반적으로 현재의 창포를 말
하는 것이다.

옛날 음력 5월 4일에는 모내기를 준비하는 젊은 여성들의 외출도 금
하며 하룻밤 집에서 몸을 정결히 하는 날이었다. 모내기는 벼농사의 시
작임과 동시에 한해의 풍년을 기원하는 염원이 담긴 신성한 의식이었
기 때문이다. 그런 중요한 날에 몸의 부정을 씻는 데 사용되는 창포는
신성한 식물로 여겨졌던 것이다.

특히 모내기 하는 여성들은 창포를 머리에 덩굴처럼 말아 부정을 피
하는 액막이로 사용했다고도 한다. 이런 시기에는 자연스레 남녀의 만
남이 금지되어 창포를 꺾는 5월이면 사랑하는 남녀가 만날 수 없는 외
로운 시기였다. 서로가 그리워하는 마음을 점점 와카나 문학으로 승화
시킨 것은 아닌가 싶다.

> 두견새 우는 오월의 창포여
> 내 마음 나도 몰래 사랑에 빠져 버렸네   (연가 469)

341

『고킨와카슈古今和歌集』 작자미상의 노래로 여기서 읊어진 아야메도 토란과의 창포인 것이다.

아야메도 창포도 이름의 유래는 칼 모양의 잎이 죽 늘어서 교차하며 무리진 모습이 문양(あやめ)을 이룬다 하여 아야메라 지었다는 설과, 늘어진 큰 꽃잎 중앙에 그물 모양이 새겨져 있다 하여 아야메라 이름 지어졌다는 설이 있다.

헤이안平安 시대에는 창포 뿌리의 길이를 경쟁하는 '뿌리 경합'이 음력 5월5일에 행해졌는데 귀족들이 와카를 읊으며 서로의 창포 뿌리의 길이의 장단長短도 같이 대결하는 유희의 일종이었다. 이 뿌리 경합은 후대의 에도 시대로 내려가면서 민중 속으로 전파되지만 헤이안의 귀족들처럼 와카를 읊는 경우는 거의 없었다. 단지 부채 위에 창포 뿌리를 올려서 그 길이만으로 승부를 결정하는 것이다.

창포 뿌리의 길이를 걸고 그 집주인의 수명장수를 기원하는 노래로 『쓰쓰미추나곤 이야기堤中納言物語』의 「사랑하는 여인을 얻지 못하는 권중납언」에서는 창포 뿌리의 길이를 경합한 뒤 노래 경합이 이루어진다.

좌편
당신 분의 수명이 긴 것을 증명하기 위해
천 길이 넘는 창포 뿌리를 뽑아왔답니다

우편
보통의 창포라면 누구도 볼 리가 없어요
이 창포는 저 유명한 아사카 늪의 뿌리인걸요

아사카浅香 늪은 창포의 명소였지만 중납언이 손질한 좌편의 창포 뿌리가 좀 더 훌륭했던 탓인지 좌편의 승리로 돌아갔다. 아야메와 창포는 원래도 다르지만 헤이안 시대의 뿌리 경합의 아야메는 현재의 창포로, 더 정확한 이름은 '석창'이다.

귀족들 사이의 뿌리 경합의 행사는 남몰래 연모하는 상대에게 말을 걸 수 있는 좋은 기회였는지 아야메를 소재로 하는 사랑의 노래가 많다. 권중납언은 창포 경합 다음 날 연모하는 여성에게 노래를 보낸다.

어제는 창포 겨루기에 진정 외로웠다네 아야메 풀이여
깊은 사랑의 미로에 빠져 버렸네

창포 뿌리 경합은 5월의 아야메의 효용效用을 유희적으로 행한 것으로 헤이안 시대 중기를 지나 현저해졌고, 음력 5월 5일 단오절에 없어서는 안 될 중요한 식물이었다.

『마쿠라노소시枕草子』의 단오절 예찬에서

절기는 5월 단오보다 더 나은 것이 없다. 창포나 쑥이 모두 진한 향기를 뿜어내는 것이 좋다. 구중궁궐 큰 전각 처마부터 다 쓰러져가는 오두막에 이르기까지, 마치 경쟁이라도 하듯이 창포나 쑥을 엮어서 지붕에 올리려고 하는 것은 보통 때는 볼 수 없는 볼거리다.

중궁께 단오 상을 차려 올리고 나서 젊은 궁인들은 창포잎 빗에 액막이 헝겊을 붙여 꽂거나, 저마다 한껏 멋을 부려 긴 창포 뿌리에 보라색 흰색을 섞어 꼰 실로 나뭇가지를 엮어서 당의나 홑옷에 붙이고 다닌다. 매년 보는 것이지만 매우 풍류 있는 모습이다.

이날은 편지 보낼 때 보라색 종이에 백단향 꽃을 싸서 보내거나, 푸른 종이에 창포잎을 가늘게 말아 묶어서 보내거나, 아니면 흰 종이를 창포의 하얀 뿌리로 묶어서 보내는 것이 풍류 있다.

세이쇼나곤淸少納言은 절기 중 으뜸은 단오고, 식물이라면 단오절에 쓰이는 창포가 제일 먼저 떠오른다고 했다.

또 다른 그녀의 창포에 대한 묘사를 보자면, 단오 즈음 지금의 나라奈良 현에 있는 하세데라長谷寺에 참배하고 돌아오는 길에 비가 흩뿌리는 궂은 날씨 속에서도 삿갓 쓴 남자 아이들이 종아리 높이 바지를 걷어 올리고 단오절을 대비해 창포를 베는 풍경을 묘사했는데 마치 병풍 속 그림을 보는 듯 하다고 했다.

노래나 병풍 그림에서나 알던 물가의 풍경을 단오 가까운 때에 배로 건너며 풍속의 정취를 한껏 느끼는 장면은 지금의 사람들도 빗속에 창포를 가득 베어 실은 배가 단오절을 준비하는 듯한 착각이 들 정도다.

이와 같이 옛날의 아야메, 지금의 창포는 음력 5월 5일 단오절에는 없어서는 안 되는 유용한 식물이었다.

가키쓰바타와 사랑의 노래

'가키쓰바타' 우리말 꽃 이름 '제비붓꽃'은 보통 중국의 한자음을 따

'두약杜若', '연자화燕子花'로 표기하는데 실제로 중국에서의 두약杜若은 일본의 가키쓰바타와는 다른 종의 달개비과의 식물 '명아'이며 연자화는 미나리아재비과의 '참제비 고깔'을 지칭한다고 한다. 가키쓰바타의 짙은 남보라색 꽃잎이 날고 있는 제비를 연상시킨다 하여 연자화라 표기했다고 한다.

하지만 만주, 시베리아 등 야생에서 자라는 여러해살이 덩굴풀로, 가늘고 약한 줄기에 일고여덟 송이 피는 연자화는 붓꽃과 붓꽃 속에 속하는 물풀인 가키쓰바타와는 보랏빛 꽃잎 이외에는 어떤 공통점도 없기에 현재의 식물도감에서는 잘못된 한자명이라 간주한다.

약 10세기에 만들어진 일본 최초의 초목서인『혼조와묘本草和名』와 최초의 한화漢和 사전인『와묘루이주쇼倭名類聚抄』에는 가키쓰바타를 극초劇草·마린자馬藺子·마린馬藺 등으로 표기했는데 이는 같은 종의 '네지 아야메', 우리말로는 '타래붓꽃'을 지칭하며 가키쓰바타, 제비붓꽃과는 비슷하지만 이 역시 다른 꽃으로 정확한 이름은 아니라고 한다.

가키쓰바타는 아야메 과의 다년초로 수중이나 물가에 자생하고, 정원의 연못에서 관상용으로 재배된다. 5~6월경 60센티미터 정도의 칼모양의 부드러운 잎 사이로 진한 남보라나 연한 자주색의 꽃을 피우고 드물게 백색의 꽃도 있다. 아야메 과 특유의 고깔 모양으로 개화하고 백색이나 황백색의 가는 선이 중앙에 있어 선명하게 보인다. 꽃은 꽃대 끝에 보통 3개가 달리고 하루에 한 송이씩만 핀다고 한다.

계절감이 넘치는 초록의 싱싱한 잎의 색상과 아름다운 꽃은 전통적인 꽃꽂이 재료로 사랑받아 일본 독자적인 꽃꽂이로 현재까지 전승되고 있다.

가키쓰바타는 아야메나 꽃창포와 종종 혼동되기도 하지만, 물가의

345

봄

군생群生식물이고 아야메는 마른땅에서도 잘 자란다. 그리고 가키쓰바타는 본 줄기로부터 꽃대가 하나로 꽃이 잎보다 낮게 피는 것이 특징인데 비해, 꽃창포는 2~3개의 꽃대이며 잎보다 꽃이 높게 피므로 구분이어렵지 않다.

하지만 최근에는 애석하게도 개발이나 자연환경의 변화에 의해 한정된 장소에서만 자생하고 가키쓰바타가 자생하는 군락지를 보기 어렵게 되었다.

대표적인 가키쓰바타의 군락지로는 교토京都 가미가모上賀茂 신사의 경외境外. 오타大田 신사의 '오타의 습지'로 일본 천연기념물로 지정된 야생의 가키쓰바타가 군생하고 있다. 아오이 축제葵祭 때 일제히 군락을 이루며 피어 있는 모습은 기품이 있어 참배자의 눈을 즐겁게 하기도 한다.

가키쓰바타 사키佐紀 늪에 자라네 사초 뿌리가 끊어졌나

당신은 요즈음에 보이지 않는구려　　　　　　　(『만요슈』3052)

남자가 여자에게 다니러 가던 옛 일본의 혼인풍습에서 남자의 발길이 끊어짐에 불안감을 나타낸 여자의 마음을 나타낸 노래이다. 노래에서의 사키 늪은 그 옛날 헤이조 경平城京 지금의 나라奈良 지방 서쪽에 위치했는데 노래가 읊어진 만요萬葉 시대에 이 일대는 가키쓰바타의 명소로 유명했다고 한다. 가키쓰바타에 관한 노래 7수 중 2수에 사키 늪이 일컬어졌을 정도니 유명한 장소였음을 미루어 짐작할 수 있다.

지금도 나라 지방의 사키초佐紀町부터 나라야마奈良山 일대는 자생의 가키쓰바타가 연못 주변으로 군락을 이루며 핀다고 한다.

아야메 과의 꽃으로 그 청초한 모습이 사랑스런 여성을 연상시켜 아야메도 가키쓰바타도 사랑 노래에 종종 등장한다.

> 스미노에 작은 연못 오노의 가키쓰바타
>
> 옷에 물들여 입을 날을 알지 못하네   (『만요슈』1361)

> 나만이 이렇게도 사랑하고 있는 건가
>
> 가키쓰바타처럼 아름다운 볼이 붉은 저 여인은 어떤 마음인가
>
>   (『만요슈』1986)

가키쓰바타 꽃잎으로 옷에 물들여 입을 날이 대체 언제가 될는지라는, 연인을 배우자로 맞을 날을 고대하는 남성의 마음을 읊은 노래와 자신의 격렬한 사랑에 빗대어 상대의 마음을 가늠해보는 두 노래 모두 연가이다.

나리히라와 가키쓰바타

옛날 한 남자의 이야기로 시작되는 『이세 이야기』 9단 아즈마 하향 길東下り에서 아리와라 나리히라在原業平는 미카와 지방三河国의 야쓰하시 八橋에 아름답게 피어 있는 가키쓰바타를 보고 감동하여 가·키·쓰·바· 타 다섯 글자로 유명한 노래를 읊는다.

옛날 한 남자가 있었다. 그 남자는 자기 자신을 세상에 쓸모없는 사람이라고

347

단정짓고는 '교토에서는 살지 않겠다 동쪽에서 살 만한 곳을 찾겠다.' 해서 떠났다. 그는 이전부터 친구로 지내던 사람 한두 명과 함께 길을 나섰다. 길을 아는 사람도 없어서 이리저리 헤매며 갔다. 그렇게 가다가 미카와 지방의 야쓰하시라고 하는 곳에 이르렀다. 그 곳을 야쓰하시라고 부르는 이유는 물이 팔방으로 흘러 다리를 여덟 갈래로 걸어 놓았기 때문이다. 남자들은 말에서 내려 그 습지 한쪽의 나무 그늘 아래에 앉아 주먹밥을 먹었다. 그 습지에는 가키쓰바타가 매우 운치 있게 피어 있었다.

그것을 보고 어느 사람이 "'가키쓰바타'라는 다섯 글자를 각 구의 머리에 두고 여정을 읊어라"라고 말하자 남자가 이렇게 읊었다.

> 가라고로모 입고서 친숙해진 아내가 있어서
> 멀리멀리 떠나온 여행을 되돌아본다

이 노래를 듣고 모든 사람이 주먹밥 위에 눈물을 떨어뜨려 마른밥이 불어 버렸다.

각 구의 첫 문자를 살펴보면 가·키·쓰·하·타 다섯 문자를 집어넣어 멋진 언어의 기교를 구사한 점이 오늘날에도 가키쓰바타의 대표적인 노래로 손꼽힌다. 지금도 옛날의 미카와 지방, 현재의 아이치愛知 현에서는 향토의 꽃으로 가키쓰바타를 채택하고 있다고 한다.

후세에도 이 지방을 지나가는 사람들은 야쓰하시의 가키쓰바타를 기억하며 흔적을 찾고자 했던지 여기저기 기행문이나 수필집에도 그 기록이 남아 있다.

다카스에의 딸이 쓴 『사라시나 일기更級日記』의 헤이안 경으로 향하는

귀경길 부분의 묘사를 보면

> 그 유명한 야쓰하시 다리는 이름만 남아 있지 다리는 흔적조차 없어서 허무
> 하기 그지없었다.

라고 서술되어 있다. 나리히라의 가키쓰바타 와카로 유명한 미카와지
방의 야쓰하시는 헤이안 시대 이후로 일본인의 뇌리에 각인되어 내려
온 듯하다.

  근세로부터 현재에 이르기까지 일본인들의 하이쿠俳句 사랑은 각별
한데, 그중에서도 일본 식물학의 아버지라 불리며 평생 식물학자로 살
아온 마키노 도미타로牧野富太郎(1862~1957년)는 히로시마 현의 산중에
서 야생의 아름다운 가키쓰바타를 발견하고 흥미로운 하이쿠를 지어
『가키쓰바타 일가언一家言』에 기록했다.

> 이 산중에 나리히라 왔더라면 여기서도 시를 읊었겠지

> 어딘가 부족하네 제아무리 유명한 고린光琳의 병풍도라도

  이 산중의 가키쓰바타를 보았다면 『이세 이야기』의 아리와라 나리
히라도 미카와三河 지방에서처럼 시를 읊었을 것이라는, 가키쓰바타를
보면 나리히라의 노래가 연상된다는 재미난 하이쿠이다.

  두 번째는 에도 시대의 가키쓰바타의 그림으로 유명한 화가 오가타
고린尾形光琳의 병풍화도 이 아름다운 자연의 꽃 앞에서는 부족하기만
하다는 가키쓰바타의 아름다움을 잘 표현한 시다.

349

【그림 3】 오가타 고린의 「연자화도병풍」(조정육(2009) 『그림공부, 사람공부』 앨리스)

　식물학자인 마키노 도미타로의 눈에는 살아 있는 자연 그대로인 식물의 아름다움이 인간의 손으로 그린 초목의 그림과는 애초 비교가 되지 않았는지 모를 일이다. 또한 그의 『식물기植物記』에는 꽃 즙을 천에 비벼 문질러 염료로 물들여 입는 것으로부터 가키쓰케하나書き付け花의 이름이 가키쓰바타로 변했다는 설을 확인하고자 실험을 했다고도 한다.

　동서양을 막론하고 예로부터 보랏빛은 고귀한 색깔로 여겨졌기에 염료가 발달치 못한 옛날에는 보랏빛 고운 꽃잎에서 염료를 얻었다는 것은 미루어 짐작이 가능하다.

　『마쿠라노소시』에서 가키쓰바타의 보랏빛에 대해 서술한 부분을 보자면

　　　고귀한 것으로는 …… 보라색인 것은 무엇이든 고귀하다. 꽃도 실도 종이도
　　　다 그렇다. 보랏빛 꽃 중에서 가키쓰바타는 모양새는 좀 멋이 없지만 보라색
　　　만큼은 훌륭하다.

군락을 이루고 있는 가키쓰바타는 누구에게나 감탄과 탄성을 자아 내게 아름답지만 꽃모양을 자세히 들여다보면 개개인의 호불호가 나 뉘기 마련이다. 세이쇼나곤에게는 꽃잎이 세 갈래로 나뉜 듯 보이는 가 키쓰바타가 그다지 예뻐 보이지 않았던 탓인지 멋이 없다고 서술하고 있다.

계절별로 와카를 분류한 가집歌集에서는 보통 절기의 '입하'에 앞서 피는 꽃, 저물어 가는 봄의 꽃으로 가키쓰바타를 읊었다. 그 이유로는 세 갈래의 선두 꽃망울이 먼저 피고 시간차를 두고 또 피어나는 꽃의 특성과 정취를 아름답다고 생각하는 가인이 많아서였다고 한다.

『고센와카슈後撰和歌集』에서는 가키쓰바타를 여름의 노래로 분류하였 다. 입하를 지나서 만개한 가키쓰바타의 아름다움을 시로 읊었다면 여 름의 노래로 여겨도 무방하다. 가키쓰바타를 봄과 여름의 경계 시점의 꽃으로 판단한 듯하다.

> 단오절 창포 꺾으러 늪지에 사람들이 모였네
> 앞세워 불러 세웠나 가키쓰바타   (후지와라 이에타카藤原家隆)

음력 5월 5일은 단오절이다. 평소에는 잊고 지내던 늪가에 창포 꺾 으러 사람들이 모이는게 당연한데 그 늪가에 핀 가키쓰바타가 사람들 을 불러 모은 듯 아름답게 피어 있다는 와카다.

가키쓰바타 꽃을 감상함에 절기가 거의 입하에 가까워졌음에도 발 음의 '가키'가 울타리의 의미인 가키垣와 비슷하여 가인들은 이 꽃이 봄 과 여름 사이를 막고 있다고 생각했다.

봄

늪 언저리 만개한 가키쓰바타

오늘만은 봄이라 돌아가누나   (후지와라 데이카藤原定家)

'가키'라는 같은 음 다른 의미의 단어로 가키쓰바타가 가는 봄을 부여잡고 여름을 더디게 한다는, 절기의 변화를 식물의 생장으로 연관시킨 재치 있는 와카로 후대의 사람들에게 신선한 충격을 선사한다.

이렇듯 군락을 이룬 남보랏빛 가키쓰바타의 아름다운 자태는 예로부터 많은 사람들의 사랑을 받아 와카의 소재로 다루어지거나 아름다운 가인佳人에 자주 비유되곤 했다.

나가며

'아야메', '가키쓰바타', '쇼부', '꽃창포' 이 4종의 초목이 하늘로 뻗은 칼 모양의 잎과 꽃모양이 비슷하고 심지어 '창포菖蒲'라는 한자어마저 같기에 예로부터지금까지 많은 이의 혼돈을 불러일으킨 것도 사실이다.

하지만 단옷날 없어서는 안될 '쇼부'를 비롯하여 '가키쓰바타'는 연못가나 늪지에서, '아야메'는 들판에서, '꽃창포'는 습지나 마른땅에서 자라며 가장 크고 아름다운 아야메 과 꽃이라는 각각의 특징으로 접근하여 본다면 크게 구별의 어려움은 없으리라 본다.

본래 단오절 풍습은 오래전 일본도 한국과 마찬가지로 중국으로부터 전해졌다. 우리는 단오절 행사라면 조선 시대 단원 신윤복의 그림을 떠올릴 정도로 지나간 옛날 풍습 정도로만 생각하는 것과는 달리 일본에서는 아직 창포 목욕이나 나쁜 기운을 물리치는 액막이용으로 단옷날 채소 가게에서 창포를 판다고 한다. 이런 점을 미루어보면 옛사람에 대한 정취나 풍류에 대한 관심은 아무래도 한국보다 일본이 더한 듯하다.

옛 풍습의 자취가 남아 있는 오뉴월의 좋은 계절에 보랏빛 아름다운 붓꽃과 화려한 꽃창포의 향연 속을 가인佳人과 같이 거닌다면⋯⋯. 정말 생각만 해도 기분 좋은 일이다.

참고문헌

牧野富太郎 안은미 역(2016)『하루 한 식물』한빛비즈
白井明大(2014)『季節を知らせる花』山川出版社
松本章男(2014)『和歌で感じる日本の春夏』新潮社
임성철(2002)『일본고전 시가문학에 나타난 자연』보고사
片桐洋一 外 校注(1997)『伊勢物語』(新編日本古典文學全集 12, 小学館)
松尾總 外 校注(1997)『枕草子』(新編日本古典文學全集 18, 小學館)
稲賀敬二 外 校注(1997)『堤中納言物語』(新編日本古典文學全集 17, 小学館)
井口樹生(1990)『古典の中の植物誌』三省堂選書
樋口清之(1982)『医術と日本人』(日本人の歴史』第5巻, 講談社)
牧野富太郎(1965)『新日本植物圖鑑』金羊社

동식물로 읽는
일 본 문 화

여름 그리고
가을·겨울

동식물로 읽는
일 본 문 화

꽃처럼 아름다운 그녀들의 사랑

이 부 용

● ◑ ● ◐

   서울에 남아 있는 고궁에 가면 건물과 자연이 조화를 이루고 있음에
놀라고, 도시 한복판에 이렇게 큰 나무들이 남아 있다는 점에 놀랄 때
가 있다. 궁궐의 정원이었던 창덕궁에 가면 푸른 배경들 속의 한편에
애련정愛蓮亭이라는 정자가 연못에 두 발을 깊숙이 담그고 있는 것을 볼
수 있다. 정자에서 바라보면 그 이름처럼 사랑스럽고 아름다운 연꽃이
그 연못에 가득 핀다. 이렇게 우리 옛 건축에는 식물과 관련해서 이름
을 붙이는 예를 볼 수 있다.

   식물의 이름을 건축에 붙이거나 문학작품 속에서 차용하는 경우는
일본문학에서도 낯설지 않다. 교토의 옛 천황이 살았던 어소御所의 각

건물은 그 정전에 심은 나무 이름을 따서 지칭하기도 하고, 문학작품 속의 주인공이 식물이름으로 통용되기도 한다. 특히 일본 헤이안 시대 平安時代(794~1192년)의 장편 모노가타리物語인 『겐지 이야기源氏物語』에는 식물과 관련된 다양한 명칭이 나온다. 어소의 숙경사淑景舍의 별칭은 기리쓰보桐壺인데 이것은 정원의 오동나무와 관련되어 있으며 비향사飛香舍의 별칭은 후지쓰보藤壺로 그 앞에 심었던 등나무에서 따온 말이다. 이야기 속 기리쓰보, 후지쓰보는 등장인물을 나타내기도 한다.

오동꽃, 등꽃, 접시꽃은 한국에서도 볼 수 있는 식물들이다. 한국과 일본은 위도, 경도 상의 지리적 위치 및 기후가 다르지만 자연환경에 공통점이 많이 있고 분포하는 동식물 또한 겹치는 부분이 꽤 보인다. 그런데 자연환경이 공통되더라도 그것과 관계 맺고 살아가는 인간의 문화는 다양한 모습으로 전개되어 가는 것 같다. 옛 일본인들의 미의식이 담겨 있는 『겐지 이야기』에서 오동꽃, 등꽃, 접시꽃은 어떤 이야기를 만들어갈까. 벌과 나비가 된 기분으로 꽃들의 빛깔과 향기를 길잡이 삼아 일본문학의 숲을 탐험해보자.

그리운 어머니, 기리쓰보 갱의

54권에 이르는 장편 『겐지 이야기』의 첫 권은 「기리쓰보桐壺」권이다. 그 시작은 "어느 천황의 치세 때였는지, 여어女御와 갱의更衣 등이 여럿 계실 때 특별히 높은 신분은 아니면서 대단히 총애를 받으시는 분이 계셨다"로 시작한다. 장편 이야기의 첫 부분에 소개되는 인물은 바로 겐지의 어머니 기리쓰보 갱의이다. 기리쓰보는 오동나무가 있는 숙경사의 별칭으로 갱의는 이곳 별채에서 지냈다. 갱의에게는 오동꽃의 보랏빛이 겹쳐진다.

기리쓰보 천황은 당대의 최고 권력가인 우대신 집안의 고키덴弘徽殿 여어 사이에 이미 황자를 두고 있었지만 귀엽고 사랑스러운 기리쓰보 갱의와 사랑에 빠진다. 행복한 생활도 잠시, 갱의는 궁중의 뭇 여성들의 질투를 받고 점차 쇠약해져 갔다. 그녀는 천황과의 사이에서 아름다운 옥구슬 같은 남자아이를 하나 남긴 채 결국 병으로 세상을 떠나고 만다. 천황은 그녀를 잊지 못하고 연기가 되어 하늘로 올라간 갱의를 그리워하며 당나라 현종과 양귀비의 사랑을 그린 '장한가' 그림을 보며 슬픔을 달랜다.

혼백을 찾는 환술사가 있다면 전해 듣고파
그녀가 있는 곳이 어딘지 알았으면

현종이 방사方士에게 부탁해 양귀비의 혼백을 만나듯이 기리쓰보 천황도 갱의의 혼백이라도 만나고 싶은 마음을 투영하고 있다. 그녀를 못 잊고 시름에 겨워하던 천황에게 전시典侍의 추천으로 갱의와 용모가 닮은 후지쓰보藤壺가 입궐하게 된다.

어린 황자 겐지는 세 살 때까지 외할머니 댁에서 자라다가 마침내 입궐하여 기리쓰보 천황 슬하에서 교육을 받게 된다. 겐지의 외할머니는 남편과 사별하고 그 유언을 가슴에 품고 딸을 정성껏 길러서 궁중에 입궐시켰는데 그 딸이 먼저 죽자 한탄에 빠진다. 손자마저 궁중으로 들어가자 그로부터 삼 년 정도 후에 역시 세상을 떠났다. 어린 겐지에게는 따뜻한 어머니의 손길을 대신해주던 사람이 없어진 것이다. 천황은 후지쓰보에게 겐지를 잘 보살펴줄 것을 부탁하고 그도 어린 마음에 정을 붙이고 친근하게 지낸다. 어머니의 얼굴이 기억나지 않는 겐지에게 전시가 살짝 전한 친어머니와 후지쓰보가 닮았다는 말도 그의 마음 깊이 새겨졌을 것이다.

작품 속에는 '보랏빛 인연紫のゆかり'이라는 표현이 보이는데 기리쓰보갱의, 후지쓰보, 무라사키노우에는 보라색 이미지로 이어져 있다. 오동을 뜻하는 기리桐와 등꽃의 후지藤, 일본어로 보라색을 의미하는 무라사키紫는 모두 보라색이라는 점에서 공통된다. 『겐지 이야기』에서 보라색은 어머니에 대한 그리움으로부터 등꽃의 보랏빛으로 연결되어 가며 '보랏빛 인연'이라는 말은 겐지가 평생 마음에 담고 사랑하는 여성들을 지칭하는 말이 되어간다. 이에 관해 다음 장에서 계속해서 알아보기로 한다.

보랏빛 아련한 사랑, 후지쓰보

어머니를 향한 그리움은 구체적인 대상, 후지쓰보로 옮아간다. 당시에 남자아이는 열한 살에서 열일곱 살 사이에, 여자아이는 열두 살에서 열네 살 사이에 성인식을 올리는 경우가 많았는데, 성인식을 치르는 것은 동시에 결혼 가능한 연령이 되었음을 의미하기도 했다. 헤이안 시대에 여성은 웬만해서는 남성에게 얼굴을 보이지 않았다. 부부 또는 성년 이전의 어린 남매 정도만 같은 공간에서 격의 없이 지냈다. 겐지는 어린 시절에는 후지쓰보가 거처하는 방의 발 안쪽까지 자연스럽게 들어갔지만 성인식을 올린 이후 겐지는 더 이상 후지쓰보와 같은 공간에서 얼굴을 드러내놓고 지낼 수 없게 된다. 마치 다 커버린 남자아이는 더 이상 여자 목욕탕에 들어갈 수 없듯이 말이다.

겐지는 성인식 이후 좌대신 가의 아오이노우에葵の上를 아내로 맞이했지만 부부사이는 냉랭하고 그는 쉽게 정을 붙이지 못한다. 결혼은 했지만 청년 겐지는 여전히 후지쓰보를 그리워한다. 결국 그는 그녀가 궁중에서 나와 친정에 내려가 있을 때 그녀의 집에 숨어들어가 관계를 맺고 만다. 그 후 이야기 속에는 겐지와 후지쓰보의 마음의 번민과 고민들이 와카和歌 등을 통해 표현되어 있다. 가령 후지쓰보를 향한 연모의 감정을 억제할 수 없는 겐지의 심정과 그와 관계를 맺어버린 두려움과 후회로 번민하는 후지쓰보의 마음이 이야기에 흐르는 아련한 감정의 원천이 되어 흐르고 있다.

둘 사이의 밀통으로 후지쓰보는 임신하게 되는데 기리쓰보 천황은 그녀가 아이를 낳자 진심으로 기뻐하며 그 아기를 동궁으로 지명한다. 그는 나중에 천황에 오르게 되는 레이제이冷泉다. 이제 어머니가 된 후지쓰보는 아들을 보호하는 데에 최선을 다하게 되고, 레이제이의 재위에 해가 되지 않도록 최선을 다한다. 겐지가 그녀에 대한 집념을 여전히 억제하지 못하자 그녀는 곤혹스러워하다가 출가해 버린다. 당시의 출가는 집안의 불당 등에서 수행하는 것으로 산속의 절에 들어가는 것은 아니지만 부부 관계를 끝내고 정진하는 삶을 의미했다. 후지쓰보는 강한 각오로 불제자가 되어 서로의 육체적 집념으로부터 벗어난 것이다.

후지쓰보는 출가해서 조용히 지내다가 37세가 되던 해에 그 목숨을 다하게 되는데, 겐지에게는 영원한 사랑의 대상이자 아들 레이제이에게는 좋은 어머니로 남는다. 하지만 아련한 보랏빛으로 표상되는 여인

361

후지쓰보는 사후에 겐지의 꿈에 나타나서 그를 원망한다. 겐지가 무라사키노우에에게 그녀에 대한 이야기를 살짝 흘렸기 때문이다. 이 부분을 통해 후지쓰보가 번뇌로 인하여 왕생하지 못했을 가능성이 암시된다. 생전에는 출가 생활을 통해 열심히 근행하고 극락정토를 염원했지만 세상에 남겨둔 미혹이 너무 컸던 것일까. 겐지와 후지쓰보는 덧없는 인생사와 후손들을 남기고 이야기의 저편으로 사라져간다.

사랑이 무르익는 등꽃 연회

한편 『겐지 이야기』는 등꽃을 배경으로 펼쳐지는 세 쌍의 연인의 이야기를 풀어낸다. 탐스러운 등꽃이 주렁주렁 매달리는 계절을 배경으로 사랑 이야기가 펼쳐진다. 첫 번째 등꽃 연회는 「하나노엔花宴」권에 나타나 있는데 우대신 가의 두 딸의 성인식이 열리는 때를 배경으로 한다. 일전에 벚꽃 연회 때 우대신의 딸 오보로즈키요朧月夜를 만나 밀회를 즐긴 겐지는 등꽃 연회에 초대받고 그녀와 두 번째 밀회를 하게 된다. 그녀는 우대신 집안에서 궁중에 입내시키기 위해 소중히 키워 온 아름다운 딸이었다. 처녀의 방에 몰래 숨어들어가 밀회를 거듭하던 겐지는 태풍이 치던 어느 날 밤 딸의 방을 방문한 우대신에게 발각된다. 병풍 뒤에 숨었지만 풀어 놓은 오비帯를 미처 숨기지 못했기 때문이다. 귀여운 딸의 방에서 남자의 오비를 발견한 우대신의 충격과 노여움을 짐작할 수 있다. 밀통이 발단이 되어 겐지는 정치적으로 위기를 겪고 스마須磨로 퇴거하는 일생 최대의 위기를 맞게 된다. 이 부분의 등꽃 연회는 위험한 사랑의 배경이 되고 있다고 하겠다.

두 번째 등꽃 연회는 「후지노우라바藤裏葉」권에 나타나 있다. 겐지의 아들 유기리夕霧가 내대신 저택에서 열리는 등꽃 축제에 초대받는 내용이다. 겐지의 아들 유기리는 어려서 어머니 아오이노우에葵の上를 잃고 할머니 오미야大宮 슬하에서 자랐다. 그의 사촌인 구모이노카리雲居雁 역시 어머니를 잃고, 아버지 내대신에게는 본처가 있었기에 할머니 오미야 품에서 어린 시절을 보냈다. 어린 시절부터 자연스럽게 친해진 소꿉친구인 두 사람은 어느새 서로를 남녀로 의식하게 되고 연인이 된다. 주위에 소문이 나서 딸을 시집보내기 어렵게 되었음을 알게 된 내대신은 크게 화를 내며 딸을 자택으로 데리고 가서 유기리와의 사이를 떼어놓는다.

유기리는 겐지의 아들로 신분은 높지만, 아버지 겐지의 교육 방침에 따라 대학료大学寮에 입학하여 차근차근 학문을 배운다. 학생으로 지내는 동안에는 낮은 관직을 참고 지내야 했다. 그 바람에 구모이노카리의 유모로부터 '6위 숙세'라는 야유를 들은 적도 있다. 평생 낮은 관직에 머무를 운명이라는 것이다. 그러나 유기리는 공부해야 하는 현실을 가혹하게 생각하면서도 성실히 노력해서 진사進士가 된다. 그가 어엿한 어른이 되자 구모이노카리의 아버지 내대신은 생각을 바꾸게 된다. 그는 이제 더 이상 딸을 궁중에 출사시킬 희망도 없고, 둘 사이의 관계를 아는 사람들도 많은 상황에서 유기리와 결혼시키는 것이 가장 적당하다고 판단한 것이다.

그런데 둘 사이를 엄격하게 반대했던 내대신이기에 어느 날 갑자기 결혼을 추진하기에는 겸연쩍다. 유기리에게 화해의 말을 건네고 딸을 부탁할 계기가 필요하다. 이 때 개최되는 것이 내대신 저택에서의 등꽃 연회이다. 유기리를 초대한 내대신은 "등꽃 속잎의"이라는 옛 노래의

일부분을 읊조린다. 이 노래는『고센와카슈後撰和歌集』봄 하권의 노래를
인용한 것이다.

> 봄빛 비치니 등꽃 속잎의 속도 원망이 녹아
>
> 당신 마음 주시면 나도 부탁하지요

즉, 등꽃 속잎에 빗대어 유기리의 의향을 넌지시 물어보며 딸을 허락
하겠다는 내용이다. 그러자 옆에 있던 구모이노카리의 오빠이자 유기
리의 친구인 가시와기柏木는 얼른 탐스러운 등꽃이 달린 가지 하나를
꺾어 유기리의 술잔에 곁들여 준다. 아버지의 뜻을 간파하고는 마치 여
동생을 친구에게 허락한다는 듯이 말이다.

연회는 밤늦도록 계속되는데, 유기리가 하룻밤 묵고 싶다고 청하자,
내대신은 모르는 척 허락한다. 여기서 구모이노카리는 등꽃에 비유되고
있으며 가족들의 허락 하에 그녀의 방에서 밤을 보냄으로써 유기리와
구모이노카리의 결혼이 성립하게 된다. 약 7년 세월을 기다린 두 남녀
의 염원이 등꽃 연회를 계기로 가족의 동의를 얻어 드디어 이루어졌다.

『겐지 이야기』에서 등꽃 연회가 묘사되는 세 번째 부분은 「야도리기
宿木」권으로 겐지의 아들이자 실제로는 가시와기柏木와 온나산노미야女
三宮의 밀통으로 태어난 가오루薫가 등꽃 축제에 초대받는 내용이다. 이
부분은 가오루와 온나니노미야女二宮와의 결혼을 배경으로 하고 있다.
가오루가 온나니노미야를 산조노미야三條宮로 맞아들이기 전날, 금상천
황은 비향사에서 등꽃 연회를 개최한다.

해가 질 무렵에 연회가 개최되는데 연회가 무르익어 어두워졌을 무
렵, 가오루는 등꽃 한 가지를 꺾어 천황에게 바치며 와카를 읊는다.

【사진 1】 등꽃(필자촬영)

　(가오루)

　주상전하께 드리려고 꺾었네 등나무 꽃을

　닿기 힘든 가지에 소매를 걸쳤지요

　천황의 둘째 딸과 결혼하게 되는 자신의 입장을 표현한 와카이다.
이에 천황 또한 답을 하고, 유기리와 대납언의 창화가가 이어지게
된다.

　(천황)

　천세만세를 지나도 영원하리 등꽃 향기는

　오늘도 변함없는 색 보여주고 있네

(유기리)

주상을 위해 꺾어 둔 등꽃나무 가지 하나는

보라빛 등꽃 구름 극락정토 같아라

(대납언)

세상의 보통 색은 아닌 듯하네 궁중 안까지

차오르는 그대는 등꽃 물결 같군요

    젊은 시절 구모이노카리와 결혼할 때 등꽃 가지를 받았던 유기리는 이제는 점잖은 우대신이 되어 천황과 가오루 사이를 중개하고 있다. 그때 어색하게 있던 유기리를 도와주었던 절친한 친구 가시와기는 이 시점에서는 저세상 사람이다. 가오루의 어머니인 온나산노미야와의 밀통이 그 남편인 겐지에게 알려져 괴로워하다가 병사했기 때문이다. 아내와 가시와기의 밀통을 알고 괴로워하던 로쿠조인六条院의 주인 겐지도 없다. 한 세대가 지났다. 실제로는 혈연관계가 없지만 세간의 눈으로는 본인으로서도 가오루를 이복동생으로 알고 있으며, 가오루가 막 태어나 기어 다닐 때부터 그를 지켜봐왔던 유기리에게 가오루와 황녀의 결혼은 감회가 새롭고 정말로 경사스럽게 느껴졌을 것이다. 그는 아름다운 등꽃을 보고 향기로운 내음을 맡으며 그 순간만큼은 극락이 따로 없다고 생각했을 것이다.

    바람에 날리는 아름다운 등꽃송이의 모습에서 일본 고대인들은 극락정토를 떠올렸다. 유기리의 와카에 보이는 발상은 이후의 중세문학 작품에도 나타나 있는데, 출가 수행자로 수필을 남긴 가모 조메이鴨長明는 『호조키方丈記』에서 "봄에는 등꽃의 물결을 본다. 보랏빛 구름처럼 서방정토의 향기를 피운다. 여름에는 두견새를 듣는다. 울 때마다 죽음으로의 여정을 약속한다. 가을은 쓰르라미의 울음소리가 귀에 가득찬다. 마치 세상의 허무함을 한탄하는 매미허물처럼 들려온다. 겨울은 눈을 감상한다. 쌓이고 녹아 사라지는 모습에서 죄장罪障에 비유해야 할 것 같다"라고 했다. 등꽃이 바람에 흔들리는 아름다움은 극락정토를 떠올리게 할 정도였다는 것이다. 등꽃에서 서방정토의 구름을 떠올리는 조메이에게는 암자에서 수행을 하는 수도승의 모습이 겹쳐지는데, 서방정토로 인도하는 구름을 보랏빛으로 상상했다는 점은 보라색의 신비한 이미지를 더해준다.

접시꽃 아내, 아오이

『겐지 이야기』에서 오동꽃, 등꽃, 접시꽃은 각각 겐지의 생모, 겐지의 영원한 연모의 대상, 겐지의 아내와 관계가 있다. 앞에서는 오동나무와 오동꽃, 등꽃에 대해 살펴보았는데, 여기서는 접시꽃과 관련해서 겐지의 첫 번째 정실부인이자 아들 유기리를 낳은 아오이노우에葵の上의 이야기에 귀기울여보자.

한국의 어느 시인이 "접시꽃 당신"이라고 사별한 아내를 그리워하며 시를 엮은 적이 있는데 『겐지 이야기』의 주인공으로 후대에 '접시꽃'이라는 이름으로 불린 겐지의 아내 역시 겐지보다 일찍 세상을 떠난다.

아오이노우에는 좌대신의 딸로 세상이 부러워하는 히카루겐지의 아내이지만 막상 그녀는 신하의 지위에 있는 남편을 못마땅해한다. 어린 시절부터 그녀는 황실에 입내할 것을 교육받아 왔으니 그녀가 생각하는 이상적인 남편은 천황의 지위를 가져야 하는 것이 당연했을 것이다. 게다가 젊은 남편 겐지는 다른 여성들에게 관심이 많아 다른 여성들과 만나는 소문이 종종 들려온다. 당시의 혼인 형태의 하나인 방처혼訪妻婚은 남편이 아내의 집을 방문해서 사는 형태였는데, 겐지의 경우 막상 본처인 그녀의 집에는 잘 찾아오지 않으니 그녀의 겐지에 대한 서운함도 점점 커졌을 것이다.

접시꽃은 교토京都의 가모 축제賀茂祭 때 우차牛車에 장식하는 꽃이기도 하다. 접시꽃 장식이 유명하기 때문에 가모 축제는 다른 말로 아오이 축제葵祭라고도 불린다. 『겐지 이야기』의 등장인물 이름은 후대에 붙여진 것이 많고 언제 붙여졌는지 명확하지는 않지만, 겐지의 아내는 후대의 독자들에 의해 아오이노우에로 통칭되고 있다. 거기에는 가모 축제가 있던 날, 로쿠조미야스도코로六条御息所와의 사이에서 벌어진 우차 싸움과 깊은 관련이 있다.

아오이노우에는 가모 축제 때 재원斎院이 재계를 하는 의식을 보기 위해 나선다. 게다가 남편 겐지도 멋있는 모습으로 행렬에 참가한다. 겐지의 정인情人이었던 로쿠조미야스도코로 또한 행렬을 보려고 나와 있었는데 양쪽의 수행원들 사이에서 자리다툼으로 말싸움이 일어나게 된다. 그 과정에서 로쿠조미야스도코로가 탄 가마는 떠밀려 바퀴를 겨우 고정시켜야 할 정도로 망가졌다. 게다가 아오이노우에의 수행원들의 무시하는 말은 로쿠조미야스도코로의 마음에 상처가 되었다.

겐지와 아오이노우에는 마음을 터놓은 부부 사이는 아니었지만, 그녀는 임신하게 된다. 냉정한 태도를 유지하던 그녀도 유기리를 낳게 되었을 때만큼은 남편 겐지에게 의지하는 모습이 보인다. 그런데 결국 그녀는 겐지의 애인이었던 로쿠조미야스도코로를 연상하게 하는 원

[사진 2] 우차의 바퀴(필자촬영)

령에 의해서 죽음을 맞이하게 된다. 아마도 가모 축제의 수레 싸움에
서 분한 일을 당한 로쿠조미야스도코로의 원념이 원령의 형태로 아오
이노우에에게 나타난 것 같다.『겐지 이야기』전체를 생각하면 아오이
노우에가 이야기 속에서 등장하는 세월은 짧지만, 그녀가 남기고 간
아들 유기리를 통해서 좌대신 가 사람들의 이야기는 계속해서 전개되
어 나간다.

　여기서 잠깐 접시꽃과 가모 축제의 연관에 대해 살펴보자.『후도키風土記』
일문逸文의 '야마시로 지방山城国' 부분 및『넨추교지히쇼年中行事秘抄』등에는
가모賀茂 지방의 신 가모타케쓰누미노미코토賀茂建角身命의 딸 다마요리히메
玉依日売와 그 아들에 관한 일화가 전한다. 다마요리히메는 가모 강 상류에
서 놀다가 떠내려오는 빨간 화살을 주워 가지고 돌아와 침상에 꽂아두었
는데 갑자기 잉태하여 아들을 낳았다. 아들은 아버지가 누구인지 모른 채

자랐는데, 아이가 성장하자 외할아버지는 큰 연회를 베풀어 귀족들을 모이게 하고는 손자에게 아버지라고 생각되는 사람에게 술을 바치라고 명했다. 그러자 아이는 술잔을 하늘을 향해 들어 올리더니 승천해 버렸다. 아이는 신의 아들이었던 것이다. 이후 아이가 꿈에 나타나 날개옷이나 창을 만들고 불을 피워서 자신을 맞아줄 것을 청하고, 또한 달리는 말을 장식하고 비단으로 장식한 비쭈기나무를 세우고 접시꽃을 장식해달라고 청했다. 이후 가모 축제에는 접시꽃을 장식하게 되었다는 것이다.

접시꽃은 일본 현대어에서는 '葵'라고 쓰고 '아오이ぁぉぃ'라고 읽는데 고어에서는 '아후히ぁふひ'라고 표기했다. '아후히'는 '만나는 날逢ふ日'이라는 단어와 동음이의어가 된다. 꽃 이름이면서 동시에 '남녀가 만난다'는 의미를 담고 있는 것이다. 그런데 재미있는 것은 고대 일본어의 '만나다逢ふ'에는 단순한 만남이 아니라 '남녀의 만남', '남녀의 깊은 관계'의 뜻이 있다는 점이다.

영원한 사랑, 무라사키노우에

『겐지 이야기』의 제1부 「와카무라사키」권에서 겐지는 무라사키노우에와 가모 행렬을 보러 간다. 그 때의 모습은 겐지의 옆에 탄 여성이 누구인지 궁금해 하는 다른 사람들의 시선을 통해서 그려져 있다. 세 명의 여성이 가모 축제와 관련되는데, 먼저 앞에서 이야기한 겐지의 정실부인 아오이노우에, 겐지의 연인이었던 로쿠조미야스도코로, 그리고 겐지가 평생 사랑한 아내인 무라사키노우에이다. 무라사키노우에는 겐지가 그녀의 어린 시절에 데리고 와서 보살피고 이상적인 모습으로 키워서 아내로 맞은 여성이다. 아오이노우에와 로쿠조미야스도코로가 우차의 자리다툼으로 한바탕 싸우고 난 후, 본격적으로 행사가 시작되는 날, 겐지는 무라사키노우에와 동승하여 행렬을 보러 간다. 아직 그녀는 겐지와 부부 관계를 맺기 전으로 두 여인의 질투로 인한 싸움과 대조적으로 순수하고 천진난만한 어린 소녀이다.

그런데 가모 행사는 단순한 배경이 아니라, 가모 축제에 얽힌 이야기들은 겐지와 무라사키노우에의 앞으로의 관계를 암시하는 복선이 된다. 수레 싸움 이후 아오이노우에는 아들 유기리를 낳고 죽었다. 정실부인의 상을 치루고 근신의 날들을 지낸 후, 작품의 분위기는 조금 바뀐다. 오랜만에 자신의 거처인 니조인에 돌아온 겐지는 무라사키노우에를 보며 "만나지 못한 사이에 정말로 어른스러워지셨군요"라며 무라사키노우에의 성장을 눈치챈다. 그녀는 월경을 시작하여 소녀에서 성인이 된 것이다. 이제 아내를 잃고 혼자가 된 겐지는 무라사키노우에와 첫날밤을 보낸다. 가모 축제를 함께 구경한 무라사키노우에가 겐지의 일생에서 그와 가장 오랜 시간을 함께하는 아내가 되는 것이다.

이렇게 가모 축제는 남녀의 결합의 배경으로 설정되어 있는 한편, 세월이 지나 『겐지 이야기』의 제1부가 마무리되는 「후지노우라바藤裏葉」권에도 함께 가모 신사로 향하는 두 사람의 모습이 보인다. 무라사키노우에가 양녀로 키워 온 겐지의 딸 아카시노히메기미明石の姫君의 입내 직전에 가모 신사를 방문한 것이다. 후견인 역할을 맡은 그녀는 아카시 아가씨가 무사히 궁중에 입내할 수 있도록 기원의 마음을 담았을 것이다.

새벽같이 신사를 방문한 후 돌아오는 길에 가모 축제 행렬을 구경하며 겐지는 그녀에게 그 옛날 아오이노우에와 로쿠조미야스도코로의 둘 사이의 질투와 수레 싸움을 회상하는 말을 건넨다. 그리고 하나뿐인 딸을 곧 천황에게 출가시키게 된 겐지는 이런저런 생각을 떠올린 것인지, 자신이 먼저 세상을 뜨면 남겨질 당신이 걱정이라며 무라사키노우에에게 마음을 쓰기도 한다. 행렬을 보며 겐지는 마음속 생각들을 친밀하게 털어놓는 것이다. 이처럼 작품 속에서 가모 축제는 겐지와 무라사키노우에가 나란히 했던 시간들을 담고 있다.

그러나 겐지가 쉰 한 살 무렵, 그의 예상과 다르게 그가 평생 사랑한 무라사키노우에가 먼저 세상을 뜬다. 제2부의 결말인 「마보로시幻」 권은 무라사키노우에를 잃은 겐지가 그녀와의 추억을 정리하고, 편지에 남아 있는 그녀의 필적을 태우면서 삶을 정리하는 모습을 담는다. 또다시 가모 축제의 계절이 되자 겐지는 그녀를 잃은 후 축제 행렬을 보는 일의 허망함에 대해 이야기한다. 「마보로시」 권에서 겐지와 주조노키미中将の君가 와카를 증답하는 장면이다.

(주조노키미)
신성한 물이 오래 고여 있더니 풀이 나버려
오늘의 장식이여 이름조차 잊겠네

(겐지)
세상의 욕심 버려버린 나지만 역시 한 번 더
접시꽃을 따보고 싶어 죄스럽지만

주조노키미는 겐지를 모시던 시녀로 그가 스마로 퇴거한 이후에는

무라사키노우에를 모셔 왔다. 이야기의 앞부분에는 무라사키노우에와
첫날밤을 치루기 전에 겐지의 발을 주무르는 모습이 그려져 있어 그녀
는 잠자리 시중을 들었던 시첩侍妾으로 보인다. 이런 여성을 당대에는
'메시우도召人'라고 불렀다. 사랑하는 사이라기보다는 단순히 주인과
시종의 관계에 가깝다. 겐지는 옆에 놓여 있던 접시꽃을 집어 들고 이
제는 그 이름도 잊어버리겠다며 세상 사람들이 떠들썩하게 화려한 가
모 축제를 즐기는 중에 아내 없이 홀로 고독하게 지내는 자신의 심정을
이야기한다.

그 말을 들은 주조노키미는 겐지가 그 동안 자신을 찾아주지 않아 고
인 물에 풀이 자라날 정도라며 약간의 원망이 섞인 와카를 보낸다. 여
기서 '고인 물'이나 '풀'에는 성적인 의미가 있다. 그러자 겐지는 죄를
짓게 되더라도 한 번 더 당신과 관계를 맺고 싶다며 접시꽃에 만나는
날이라는 의미를 중첩시킨 와카로 응답한다. 오랫동안 친근하게 지내
온 여인과 성적 농담을 주고받으며 친근감을 표시하는 것이다.

주조노키미는 무라사키노우에와 겐지의 첫날밤 직전에, 그리고 무
라사키노우에의 죽음 후 인생을 관조하며 정리하려는 겐지 앞에 또 한
번 나타나 겐지에게 무라사키노우에를 떠올리게 하는 조연의 역할을
한다. 이제 노인이 된 겐지에게는 어린 소녀였던 아내와 함께 했던 가
모 축제가 떠올랐을 것이다. 주조노키미와 해학적인 와카를 주고받지
만 '접시꽃의 이름조차 잊어버린 것 같다'는 겐지의 말에서는 허망한
인생의 시간의 흐름이 드러난다.

나가며

꽃을 피우는 나무는 굳건하게 오랜 세월을 견디지만 나무의 일생에서 꽃이 피는 시간은 찰나에 지나지 않는다. 꽃은 열매나 씨앗이 되어 온 힘을 다해 생명력을 전하고 스러지고 또 다른 꽃이 다음 계절을 이어 나간다. 『겐지 이야기』의 오동꽃은 등꽃과 함께 보랏빛으로 연결된다. 겐지의 생모 기리쓰보, 그와 닮은 등꽃으로 표상되는 후지쓰보, 그리고 또 한 명의 보랏빛 여인인 무라사키노우에는 겐지가 평생 그리워하는 여성들이다. 또한 겐지의 첫 번째 아내였던 아오이노우에는 그와 가장 가까운 사람이었지만 죽기 직전에서야 서로의 정을 확인하게 된다. 본처의 죽음은 무라사키노우에의 등장으로 이어지고, 겐지는 또 다시 보랏빛 여인인 무라사키노우에 쪽으로 기울게 된다.

오동꽃 같은 기리쓰보 갱의는 겐지를 남기고 저 세상으로 떠났다. 등꽃 같은 후지쓰보는 냉정하게 겐지와의 관계를 끊고 아들 레이제이가 천황으로 즉위하는 데에 문제가 없도록 성의를 다한다. 접시꽃 같은 아오이노우에는 젊어서 세상을 떠났지만 겐지의 유일한 아들인 유기리를 남긴다. 무라사키노우에는 스스로 아이를 낳지는 않지만 양모로서 아카시노히메기미를 정성껏 키운다. 그리고 아카시노히메기미가 입궐할 때 후견인이 되어 궁중생활에 잘 적응하도록 돕는다.

한 세대를 살다가는 꽃 이름으로 각인된 그녀들의 삶은 피고 지는 꽃처럼 인생의 유한함을 보여주지만, 그녀들의 인생은 작품 속에 분명하게 각인되어 있다. 그리고 독자들에게 그 자손들을 통해 끝없이 이어져 가는 사람들의 인생 이야기를 상상하게 해준다.

참고문헌

강용자 역(2012)『풍토기』지만지
高嶋和子 (2006)『源氏物語植物考』国研出版
鈴木日出男(1995)『源氏物語歳時記』ちくま学芸文庫
広川勝美編(1978)『源氏物語の植物』笠間書院

동식물로 읽는
일본문화

동식물로 읽는
일 본 문 화
잇꽃

잇꽃으로 물들인 전통의 색

권 도 영

● ● ● ●

『추억은 방울방울』의 잇꽃

　스튜디오 지브리에서 1991년 제작한 애니메이션『오모이데포로포
로おもいでぽろぽろ』에는 홍남화, 홍화, 잇꽃 등으로 불리는 꽃이 등장한다.
1987년에 발행된 도네 유우코刀根夕子와 오카모토 호타루岡本螢의 동명
만화를 원작으로 한 이 애니메이션은 2006년에『추억은 방울방울』이
라는 제목으로 우리나라에서 개봉되었다.
　『추억은 방울방울』은 어려서부터 시골을 동경해온 오카지마 다에코
岡島夕工子라는 인물이 농촌체험을 하며 유년기를 회상하는 내용을 다루

고 있다. 다에코의 농촌체험은, 언니 시댁의 친척이 있다는 인연으로 일본 동북 지방의 야마가타 현山形県에서 이루어진다. 이 야마가타 현에서 다에코가 경험하는 농사일 중 하나가 잇꽃의 꽃잎을 따는 것이다. 그런데 야마가타 현과 잇꽃의 관련성은 단지 애니메이션의 상상력에서 기인하는 설정만은 아니다. 야마가타 현은 에도 시대江戸時代에 유명한 잇꽃의 산지 중 하나였는데, 이런 역사적 사실은『추억은 방울방울』에서도 "(잇꽃은)벌써 옛날에 쇠퇴한 특산품"이라거나 "에도 시대에는 (잇꽃 재배가)대단했었죠?"라고 언급되고 있다. 이런 역사적 사실은 잇꽃이 현재 야마가타 현을 상징하는 꽃으로 지정되어 있는 것과도 연관이 있는데,『추억은 방울방울』에서는 이런 역사적 사실뿐만 아니라 잇꽃이 염색과 화장에 사용된다는 것 또한 살필 수 있다.

잇꽃이 예로부터 염료로 사용되어온 것은 헤이안 시대 중엽에 후카네 스케히토深根輔仁라는 의관醫官이 쓴『혼소와묘本草和名』(918년경)를 통해서도 확인할 수 있다. 제목에서도 살필 수 있듯이 이 책은 한자어의 일본식 발음을 한자의 음을 빌려 표기한 책인데, 여기에 홍남화라는 표제어에 '구레노아이'라는 일본어 발음과 함께 연지를 만든다는 쓰임이 적혀 있다. 또한 잇꽃이 염색에 사용되었다는 것은 927년에 완성된『엔기시키延喜式』를 통해서도 확인할 수 있다.『엔기시키』는 당시 사회의 법규에 해당하는 율령律令을 보완하는 격格과 실제 실행하는 데 필요한 세부규칙인 식式을 적은 것으로 당시 사회를 연구하는 중요한 자료이다. 여기에 염색의 재료로 잇꽃이 언급되어 있다.

또한 다에코가 잇꽃의 꽃잎을 따는 장면에서는 "앞날의 끝에서는 누구 살에 닿으려나 잇꽃"이라는 하이쿠俳句가 마쓰오 바쇼松尾芭蕉의 작품으로 소개되고 있는데, 바쇼의 제자 가가미 시코各務支考가 편집한『세이카슈西華

【그림 1】 잇꽃(http://kobe.
travel.coocan.jp/tatsuno
/urabe_benibana.htm)

集』에 따르면, 이 하이쿠가 마쓰오 바쇼의 작품이라는 것은 전해 들은 이
야기이며 마쓰오 바쇼가 언제 읊은 작품인지 알려지지 않는다고 한다. 여
하튼 『추억은 방울방울』에서는 잇꽃으로 만든 연지를 바르게 될 사람을
상상하는 하이쿠가 잇꽃의 꽃잎을 따는 여인들이 평생 연지를 바르지 못
했다는 이야기와 더불어 언급되는데, 이는 이후에 펼쳐질 내용을 암시하
는 설정이다. 농촌의 삶을 경험한 다에코는 이후에 도시에서의 삶과 농촌
에서의 삶을 선택해야 하는 기로에 놓이는데, 연지를 바르는 우아한 삶과
잇꽃의 가시에 찔려가며 꽃잎을 따는 고된 삶에 관한 언급을 통해 도시의
생활과 농촌생활을 대조적으로 제시하고 있는 것이다.

잇꽃으로 염색한 색을 향한 열망

잇꽃은 1미터 내외의 한해살이 식물로 7~8월에 꽃을 피운다. 꽃은

379

처음에는 노란색이었다가 차츰 붉은색으로 변한다. 1697년에 출판된
일본 최초의 농업서인 『노교젠쇼農業全書』에 따르면 꽃잎의 채취는 음력
4~5월 이른 아침에 옆으로 처진 꽃잎을 따는 것이 좋다고 한다. 이 책
에는 채취한 꽃잎을 가공하는 방법에 관한 설명도 있는데, 꽃잎을 절구
에 찧어서 물에 담근 다음 물기를 짜서 말린 후에 떡처럼 뭉쳐서 보관
하는 방법과, 절구에 찧지 않고 물에 담갔다 말린 후에 꽃잎을 뭉치지
않고 보관하는 방법이 있다. 이렇게 가공한 잇꽃의 꽃잎을 사용해 진홍
이나 다홍, 분홍 등의 색을 만든 것이다.

 이런 잇꽃이 고대 일본에 존재했다는 사실은 6세기 후반에 만들어진
후지노키藤ノ木 고분에서 대량의 잇꽃 화분이 발견된 것을 통해 확인할
수 있다. 하지만 이 잇꽃은 일본에서 자생한 식물이 아니라 실크로드를
통해 서역에서 전래된 식물로 여겨진다. 잇꽃의 존재를 확인할 수 있는
가장 오래된 흔적은 이집트의 미이라를 감싼 천인데, 잇꽃으로 염색한
이 천으로부터 그 기원을 이집트 부근으로 추정하고 있다. 이 잇꽃이
일본으로 전래되기까지는 중국 혹은 한반도를 거친 것으로 여겨지고
있다. 서진西晉의 장화張華가 쓴 『박물지博物誌』에 보면 한漢의 모험가 장
건張騫이 서역에서 홍남화, 즉 잇꽃의 씨를 구했다는 기술이 있다. 이를
통해 잇꽃이 서역에서 중국으로 전래되었다는 것과 그 시기를 추정할
수 있지만, 잇꽃이 어떤 경로를 통해 일본에까지 전해지게 되었는지는
명확하지 않다. 다만 잇꽃으로 물들인 다홍색을 뜻하는 '구레나이'가
중국이나 한반도를 의미하는 '가라唐·韓'와 더불어 사용된 '가라쿠레나
이'라는 말로부터 그 전래 경로를 추정할 뿐이다.

 잇꽃이 염색에 사용된 것을 확인할 수 있는 기록이 10세기경에 존재
한 것을 앞서 확인했다. 그런데 7세기에서 8세기에 걸쳐 편찬된 『만요

슈萬葉集』라는 최초의 가집에서도 잇꽃을 염색에 이용한 흔적을 찾아볼
수 있다. 『만요슈』권11에는 문답가問答歌라는, 묻고 답하는 형식으로
이루어진 와카들이 있는데, 그중에는 "이렇게 계속 마음 달래며 구슬
펜 실처럼 끊어져 헤어지면 어찌할 도리가 없지요"라는 와카와, 이에
대해 "(당신이)다홍색 잇꽃이라면 옷소매에 물들여서 가지고 갈 수 있
으리라 여겨집니다"라고 답한 와카가 있다. 언제 헤어질지 모를 관계
의 불안에 대한 여인의 호소에 남자가 여인을 곁에 두고 싶어 하는 마
음을 드러내 답한 것이다. 여인을 곁에 두고 싶어 하는 마음을 잇꽃을
이용한 염색을 통해 드러낸 남자의 답가에서 잇꽃이 염색에 사용되었
다는 것을 확인할 수 있다.

또한 905년에 편찬된 최초의 칙찬 가집 『고킨와카슈古今和歌集』에도
'다홍색 처음 핀 잇꽃으로 물들인 색 짙도록 사모했던 마음 내 잊을 수
있을쏘냐'라는 와카가 있어, 잇꽃을 사용해 염색이 이루어졌다는 사실
을 확인할 수 있다.

그런데 이런 잇꽃을 사용한 염색은 상당히 고가의 물품이었다. 헤이
안 시대의 정무운영에 관한 사례를 모아둔 『세이지요랴쿠政事要略』라는
책에는 헤이안 중기의 관료이자 문인인 미요시 기요유키三善清行라는 인물
이 올린 상소문이 있다. 짙은 다홍색 사용을 금지할 것을 요구하고 있는
이 상소문에 따르면, 히이로火色 또는 고게이로焦色로도 불린 짙은 다홍색
을 내기 위해 918년경에는 잇꽃 스무 근으로 비단 한 필을 염색했으며,
이 때 사용된 잇꽃 스무 근의 비용은 중산층 두 집의 재산과 맞먹는다고
한다. 사치를 금하기 위한 조치를 촉구하는 미요시 기요유키의 주장에서
는 헤이안 시대 사람들이 갖고 있던 짙은 다홍색을 향한 열망을 살필 수
있을 것이다. 참고로 미요시 기요유키의 상소를 받아들인 조정에서는 몇

달 후에 짙은 다홍색의 사용을 강하게 제지하게 되었다.

『만요슈』의 다홍색

앞서 헤이안 시대를 산 사람들이 가졌던 잇꽃으로 물들인 색을 향한
열망에 관한 이야기를 하며 『만요슈』를 잠시 언급했는데, 이 최초의 가
집에는 헤이안 시대 이전을 산 사람들의 작품이 실려 있다. 다시 말해,
이 『만요슈』를 살피는 것을 통해 잇꽃을 이용해 만들어낸 색에 대해 헤
이안 시대 이전의 사람들이 어떤 생각을 가지고 있었는지를 확인할 수
있는 것이다.

『만요슈』에서는 남녀 관계를 중심으로 사적인 감정을 다룬 와카를
상문가相聞歌로 분류하고 있는데, 『만요슈』 권4에는 이 상문가에 속하는
와카들이 실려 있다. 이 와카들 중에는 남녀 관계를 소재로 한 와카를
주로 읊은 여류가인인 오토모 사카노우에노이라쓰메大伴坂上郎女의 "쏟
아낸 말이 무서운 나라요 다홍빛깔로 드러나지 마오 연모해 죽는다 하
여도"라는 와카가 있다. 소문을 타고 전해지는 것을 두려워하여 이성
을 흠모하는 마음을 숨기고자 하는 바람을 읊은 와카로 여기에서는 드
러나기 쉬운 연모의 감정을 다홍색으로 표현하고 있다. 잇꽃으로 물들
인 다홍색이 쉽게 눈에 띄는 색으로 여겨졌다는 것을 추측할 수 있는
데, 비슷한 발상은 "다홍색으로 옷을 물들이고자 해도 입고 도드라져
서일까 누구나 알아채겠지"라는 『만요슈』 권7에 있는 와카에서도 확
인할 수 있다. 이 와카는 사물에 빗대어 연애의 감정을 드러낸 비유가譬

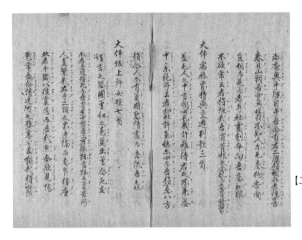

【그림 2】『만요슈』
(https://edb.kulib.ky
oto-u.ac.jp/exhibit/k
61/k61cont.html)

喩歌라는 형식의 와카로 여기에서도 이성을 향한 연모의 감정이 쉽게 드러남을 다홍색을 사용해 나타내고 있다.

감추려고 해도 이성에 끌리는 마음이 쉽게 드러나는 것을 표현한 와카를 통해서도 잇꽃으로 물들인 다홍색 특유의 도드라진 존재감을 엿볼 수 있는데, 이런 특유의 존재감 때문인지 『만요슈』에서는 아름다움을 찬미하는 표현으로 다홍색이 사용되기도 하였다.

앞서 언급한 상문가 이외에 『만요슈』의 분류를 살펴보면 죽음을 애도하는 만가挽歌와, 상문가와 만가에 속하지 않는 잡가雜歌가 있다. 잡가에는 공적인 자리에서 읊은 노래나 여행을 하며 읊은 노래, 자연을 찬미하는 노래 등이 있는데, 『만요슈』 권5에는 이 잡가에 속하는 와카들이 실려 있다. 그중에는 앞에서 이야기한 오토모 사카노우에노이라쓰메의 이복 오빠인 오토모 다비토大伴旅人가 읊었다고 추정되는 "마쓰라 강의 여울물이 빨라서 다홍색 치맛자락 적시고 은어라도 잡는 걸까"라는 와카가 있는데, 이 와카의 서문에 해당하는 글에는 물고기를 잡는 다홍색 치마를 입은 소녀들의 모습을 "꽃과 같은 용모 견줄 이가 없고, 빛나는 모양새 비할 바가 없네. 버드나무 잎을 눈썹 속에 달고, 복사꽃을 볼 위에서 피우네. 뜀뜀이는 구름을 뛰어넘고, 풍류는 세상에 없는 것이었도다"라고 표현하고 있다. 오토모 다비토가 소녀들의 아름다움을 함축한 표현으로 다홍색 치맛자락을 사용했다고 할 수 있을 것이다. 이런 찬미의 표현은 오토모 사카노우에노이라쓰메의 조카이자 사위인 오토모 야카모치大伴家持의 와카에서도 확인할 수 있다.『만요슈』권18에는 유녀에게 빠져 처를 돌보지 않는 부하 관리 오와리 오쿠이尾張咋를 훈계하는 오토모 야카모치의 와카, "다홍색은 변하는 것이라오 상수리로 물들인 익숙해진 옷에 그래도 여전히 견줄 터인가"가 있다. 오토모 야카모치는 언젠가는 변해버릴 잇꽃으로 염색한 옷보다 상수리나무 열매로 물들인, 수수하지만 익숙한 옷이 낫다는 것을 주장하고 있다. 언뜻 생각하면 수수한 상수리나무 열매로 물들인 색보다 잇꽃으로 염색한 화려한 색이 못하다고 이야기하는 듯 보이지만, 오토모 야카모치가 폄하한 것은 잇꽃으로 만들어낸 화려한 색이 아니라 물이 빠져서 색이 변하는 것이다. 오토모 야카모치는 오히려 화려한 다홍색과 같은 유녀의 아름다움에 이끌린 오하리 오쿠이를 이해하면서도 수수하지만 변치 않는 아내를 돌볼 것을 권하고 있는 것이다.

또한『만요슈』권11과 권12에는 "다홍색 염색물 짙게 들인 옷 색이 깊이 스며들었기 때문이려나 잊을 수가 없네"와 "다홍색 옅게 물든 옷 얕은 마음으로 만난 사람이 그리워지는 이 나날들이어라"라는 와카가 있는데, 이들 와카에서 잇꽃에 물든 색은 이성을 사모하게 된 마음에 새겨진 여운을 빗댄 표현으로 사용되었다.

이상에서『만요슈』를 통해 헤이안 시대 이전의 사람들이 잇꽃으로 물들인 다홍색에 관해 어떻게 생각하는지를 살펴보았다.『만요슈』에

【그림 3】『고킨와카슈』 (http://www.gotoh-museum.or.jp/collection/col_04/08002_001.html)

서 잇꽃으로 물들인 다홍색은 화려한 아름다움으로 짙은 여운을 남기는, 강렬한 인상을 주는 색으로 여겨졌던 것이다. 잇꽃으로 물들인 색은 『고킨와카슈』에 이르러 "다홍색 물들이며 목청껏 울어 흘린 눈물에는 소매 끝자락만이 색을 더하누나"나 "백옥으로 보이던 눈물도 세월이 지나니 잇꽃 물들인 다홍빛으로 변하는구나" 등과 같이 또 다른 표현의 전통을 갖는 피눈물이라는 소재를 연상시키는 표현으로 사용되기도 하였지만, 『만요슈』를 통해서 확인한 다홍색의 이미지는 헤이안 시대에도 여전히 견지되고 있었다.

팔대집의 새로운 다홍색

가집은 칙찬집勅撰集, 사찬집私撰集, 사가집私家集으로 분류된다. 이는 편찬의 주체에 따른 분류인데, 천황의 명을 받들어 편찬하면 칙찬집, 천황의 명령과는 무관하게 편찬하면 사찬집, 그리고 한 개인이 읊은 와카를 중심으로 편집하면 사가집으로 불리게 되는 것이다. 앞서『고킨와카슈』를 최초의 칙찬 가집이라고 한 것은 이런 분류에 의한 것인데, 이 "최초의 칙찬"이라는 말에는 특별한 의미가 숨어 있다.『고킨와카슈』의 편찬은 와카라는 일본 고유의 운문 형식을 조정에서 공식적으로 인정했다는 것을 의미하는 것이다.

『고킨와카슈』이후에『고센와카슈後撰和歌集』,『슈이와카슈拾遺和歌集』,『고슈이와카슈後拾遺和歌集』,『긴요와카슈金葉和歌集』,『시카와카슈詞花和歌集』,『센자이와카슈千載和歌集』,『신코킨와카슈新古今和歌集』등 21번에 걸쳐 칙찬집을 편찬하는데, 소제목에 있는 팔대집八代集은 여기에서 언급한 여덟 편의 칙찬집을 가리키는 말이다. 이 팔대집의 편찬 시기는 가마쿠라시대鎌倉時代 초기에 만들어진『신코킨와카슈』를 제외하면 모두 헤이안시대이다. 즉, 이 팔대집을 살핌으로써 헤이안 시대의 와카에서 잇꽃으로 염색한 다홍색의 쓰임이 어떻게 변화하였는지를 개괄할 수 있는 것이다.

팔대집을 구체적으로 살펴보기에 앞서 잇꽃으로 염색한 다홍색의 쓰임에 관한 전체적인 동향을 이야기하자면, 헤이안 시대를 지나는 동안 다홍색은 잇꽃으로부터 얻은 색이라는 이미지가 옅어졌다고 할 수 있다. 팔대집에서는 다홍색이 피눈물을 연상시키는 표현, 혹은 홍매화나 철쭉, 색이 옅은 벚꽃을 수식하는 표현 등『만요슈』에서 찾아 볼 수 없었던 새로운 쓰임새를 갖게 된다. 물론『만요슈』에서도 다홍색이 잇꽃 외에도 복사꽃이나 가을단풍을 수식한 예는 찾아볼 수 있다. 하지만『만요슈』에서 사용되는 다홍색은 의복이나 염색과 함께 사용되는 예가 압도적으로 많다. 다시 말하자면, 『만요슈』에서는 다홍색으로 잇꽃 이외의 식물을 수식하기보다는 잇꽃에서 얻은 색 자체에 초점을 맞춘 쓰임이 많다는 것이다.

『고킨와카슈』 연가戀歌 3에는 앞에서 예를 든 오토모 사카노우에노 이라쓰메의 와카와 비슷한 "다홍빛 색으로는 드러내지 말아야지 수풀 덮인 늪처럼 보이지 않게 다녀 연모해 죽더라도"라는 와카가 있다. 타인에게 사랑의 감정을 들키지 않겠다는 의지를 읊은 이 와카는 『만요슈』에 있는 오토모 사카노우에노이라쓰메의 와카가 그랬던 것처럼, 잇꽃으로 물들인 다홍색의 강렬함을 주요 소재로 하고 있는 것이다. 『고킨와카슈』에는 이미 언급했듯이 피눈물을 연상시키는 새로운 표현도 있지만, 『만요슈』에서 확인한 것과 같은 잇꽃으로 물들인 색 자체에 대한 관심이 여전히 존재하고 있었다고 할 수 있는 것이다.

『고킨와카슈』 이후의 헤이안 시대의 칙찬 가집 중, 잇꽃으로 물들인 다홍빛이라는 색 자체에 대한 관심은 세 번째 칙찬집인 『슈이와카슈』에 있는 "다홍빛깔 몇 번이고 물들인 옷 이럴 바에는 연모하게 되지 않았다면 좋았을 것을"이나, "한없이 연모하게 된 다홍빛깔의 그 이를 (잿물에 색이 옅어지지 않듯)싫증이 나도 맘 변하게 되지 않는구나"와 같은 와카를 통해서도 살필 수 있다. 하지만 이들 외의 칙찬 가집에서 잇꽃으로 물들인 다홍색은 앞서 언급한 것과 같이 피눈물을 연상시키는 색, 홍매화나 철쭉, 옅은 벚꽃의 아름다움을 수식하는 표현이 대부분이다.

다홍색이 피눈물을 연상시키는 표현으로 사용된 예로는 두 번째로 편찬된 칙찬집 『고센와카슈』의 "다홍색으로 소매만을 물들이게 되었구나 그대를 원망하는 눈물이 떨어져서", 다섯 번째 칙찬집 『긴요와카

슈』의 "숨기었더니 눈물은 또렷한 다홍빛깔로 근심서린 소매는 물들
게 마련이구나", 여섯 번째 칙찬집 『시카와카슈』의 "다홍빛깔로 색 짙
게 물들인 옷 덧입으리 연모해서 흘린 눈물 색 숨겨질까 하고", 일곱 번
째 칙찬집 『센자이와카슈』의 "숨기어도 이 이별의 길을 생각하면 가라
쿠레나이 다홍색 눈물은 흐르누나", 여덟 번째 칙찬집 『신코킨와카슈』
의 "다홍으로 눈물 색은 변해 가는데 몇 번 물들일 때까지냐고 그대에
게 물었으면" 등의 와카를 들 수 있다. 이들 중에 『시카와카슈』와 『센
자이와카슈』에서 감출 수 없는 존재감을 드러내는 표현으로 사용된 다
홍색은, 한편으로 생각하면 『만요슈』의 표현을 계승하고 있다고 볼 수
있을 것이다. 하지만 이 두 편의 와카에서 강조하는 것이 잇꽃으로 물
들인 옷의 색이 아니라 흐르는 눈물의 색이라는 것을 생각하면, 다홍색
은 『고킨와카슈』에서 확인할 수 있었던 피눈물이 물들인 색이라는 표
현에 보다 가깝다 할 것이다.

　『만요슈』에서는 볼 수 없던 새로운 다홍색의 쓰임새는 앞서 이야기
한 것과 같이 다홍색이 잇꽃이나 복사꽃, 낙엽 이외의 식물을 수식하는
것을 통해서도 확인할 수 있다. 『고센와카슈』에는 오시코치 미쓰네凡河
内躬恒의 "다홍빛으로 색일랑 바꾸고 매화꽃 향기야말로 제각각으로 뽐
내지 않는구나"라는 와카가 있는데, 이 와카에서 다홍색은 백매화와
향기는 같지만 색이 다른 홍매화의 특징을 나타내는 표현으로 사용되
었다. 또한 다홍색은 『고슈이와카슈』에 이르러서는 "바위에 핀 철쭉
꺾어 들고서 보네 낭군이 입었던 다홍으로 물들인 색과 닮아서"라는
이즈미시키부和泉式部가 읊은 와카와 같이 철쭉의 색을 드러내는 표현으
로도 사용된다. 이 이즈미시키부의 와카에서는 철쭉을 수식하는 다홍
색이 '옷'을 매개로 하고 있어서 『만요슈』의 표현을 연상시키는 측면이

없지는 않지만, 『긴요와카슈』에서 미카와參河라는 여성이 "지는 해 드는 저녁 다홍빛깔 색 선명하고 산 아래 비추는 바위에 핀 철쭉이어라" 라고 읊은 와카를 감안하면, 다홍색이 차츰 『만요슈』의 영향을 벗어나서 독자적인 수식어로 자리 잡고 있다고 할 수 있을 것이다. 이런 경향은 『시카와가슈』에 실린 시조노미야노치쿠젠四条宮筑前 또는 야스스케오노하하康資王母로 불린 여류가인이 읊은 "다홍색 옅은 벚꽃으로 드러나지 않았다면 모두 흰 구름으로 보고 지나칠 것을"이라는 와카를 통해서도 확인할 수 있다. 이 와카에서 벚꽃을 수식하는 표현으로 다홍색이 사용되었는데, 이는 전에 없던 표현 방식이다. 팔대집에서는 다홍색 자체에 주목한 와카의 수가 줄고 있는 반면, 전에 없던 새로운 표현을 사용한 와카의 수록이 차츰 늘고 있는 것이다. 이를 통해 새로운 표현을 모색하려는 움직임을 살필 수 있는데, 여기에서는 다홍색을 이용한 새로운 수식의 방법이 잇꽃으로 물들인 아름다운 색이라는 이미지를 기반으로 한다는 사실에 주목하고자 한다. 언뜻 생각하면 앞에서 언급한 오시코우치 미쓰네의 와카는 다홍색의 아름다움을 드러내는 범주에 속하지 않는 것처럼 보이지만, 실은 이 와카에서도 다홍빛은 백매화와는 다른 홍매화의 향기를 기대하게 만드는 효과가 있다. 이런 전통의 계승은 앞서 살펴본 피눈물을 연상시키는 다홍색에서도 살펴볼 수 있다. 피눈물에 관한 표현까지 시야에 넣어 생각하면 전통의 계승이 새로운 표현의 근간을 이룬다는 생각을 더욱 효율적으로 전달할 수 있겠지만, 여기에서는 숨기고자 하는 사랑과 이별의 마음을 드러내는 표현 '다홍색 눈물'이 감출 수 없는 감정을 다홍색으로 나타낸 『만요슈』를 연상시킨다.

헤이안 시대 산문에 나타난 다홍색

이상에서는 일본 고유의 운문인 와카를 중심으로 잇꽃으로 물들인 색을 의미하는 다홍색이 어떻게 사용되었는가를 살펴보았다. 계속해서 일본 고유의 문자인 가나仮名로 쓰인 산문을 중심으로 헤이안 시대를 산 사람들이 가지고 있던 다홍색에 관한 이미지를 확인하고자 한다.

우선 10세기 말에서 11세기 초를 살았던 세이쇼나곤淸少納言이 남긴 『마쿠라노소시枕草子』라는 수필을 통해 잇꽃으로 물들인 다홍색에 관한 생각을 확인할 수 있을 것이다. 세이쇼나곤은 이치조一條 천황의 중궁이었던 데이시定子가 각별히 아꼈던 시녀로 한학漢學에도 조예가 깊은 인물이었다. 『마쿠라노소시』는 세이쇼나곤이 데이시의 시녀로 생활한 경험을 적은 단락과 일상생활에서 떠오른 생각을 적은 단락, 그리고 이런저런 생각에 따라 대상을 분류하여 기술한 단락들로 이루어져, 현재에는 300 내외의 단락이 전해진다. 이 중 '어울리지 않는 것'이라는 단락이 있는데, 거기에는 나이든 여자가 젊은 남편에게 다른 여성이 생긴 것을 질투하는 것, 늙은 남자가 잠에 취에 있는 것, 긴 수염을 한 늙은 남자가 모밀잣밤을 앞니로 까먹는 것 등과 함께 "아랫것들이 다홍색 하카마를 입은 것. 요즘은 그런 것들뿐이다"라는 기술이 있다. 하의 위에 덧입는 주름 잡힌 옷을 가리키는 '하카마'에 성별이나 신분에 따른 제약이 있었다고 볼 수 없으므로, 이 기술에서는 신분이 낮은 사람이 다홍색을 사용하는 것을 못마땅하게 여기는 세이쇼나곤의 생각을 살필 수 있는 것이다. 또한 757년에 실행된 요로養老 율령에서 정한 금색禁色 중에 다홍색이 있었다는 것과 그 금색에 관한 규정이 세이쇼나곤이 살던 시대의 남성들 사이에서 여전히 유효했다는 것을 고려하면, 여성들에게는 금색이 엄격하게 적용되지 않았다는 당시의 실상을 살필 수도 있다. 바꿔 말하면 금색이 엄격하게 적용되지 않았기 때문에 신분이 낮은 여성들이 다홍색에 대한 열망을 드러낼 수 있었고, 세이쇼나곤은 다홍색에 대한 애착으로 인해 신분이 낮은 여성들이 다홍색 하카마를 입은 것을 못마땅하게 생각했다고도 할 수 있는 것이다.

헤이안 시대를 산 여성들이 다홍색에 대한 열망을 가진 이유는 『도사 일기土佐日記』를 통해서 추측할 수 있다. 『도사 일기』는 『고킨와카슈』의 가나 서문을 쓴 인물로도 유명한 기 쓰라유키紀貫之가 여성인 척하며 적은 것으로 허구를 가미한 작품이다. 현재의 고치 현高知県에 해당하는 지역의 지방관 임기를 채우고 교토京都로 돌아오는 여정을 적은 이 일기에는 "그런데 열흘 남짓이어서 달이 곱다. 배를 타기 시작한 날부터 배에서는 다홍색 짙은 좋은 옷을 입지 않는다. 그것은 '바다의 신에 겁먹어서'라며 아무렇지도 않은 듯 허름한 갈대 옷이라는 핑계로 멍게 배필인 홍합·전복 절임을 뜻밖에도 정강이 위까지 올려서 보였다"라는 기술이 있다. 바다의 신이 다홍빛 짙은 옷을 입은 아름다움에 홀려서 물속으로 데려가는 것이 두렵기 때문에 허름한 옷을 입는다고 하면서도 성기까지 아무렇지 않게 드러내는 여성들의 모순된 행동을 이야기한 부분으로, 여기에서는 다홍빛 짙은 색을 여성의 아름다움을 돋보이게 하는 색으로 여기고 있다고 할 수 있을 것이다.

아름다운 여성과 다홍색의 관계는 『겐지 이야기源氏物語』라는 작품에서도 확인할 수 있다. 『겐지 이야기』는 이치조 천황의 또 다른 중궁이었던 쇼시彰子를 모시던 시녀 무라사키시키부紫式部가 쓴 허구의 서사문학으로 54권에 이르는 장편이다. 이 작품은 주인공 히카루겐지光源氏의 사랑과 영화를 다룬 정편과 그 자손들의 사랑 이야기를 적은 속편으로 구성되어 있는데, 아름다운 여성과 다홍색의 관계를 살펴보기 위해서 우선 속편에 등장하는 우키후네浮舟라는 인물에 관해 간단히 언급해 두고자 한다.

하치노미야八の宮의 딸로 등장하는 우키후네는 속편의 주인공인 가오루薫와 맺어지는 인물이다. 하지만 우키후네는 가오루와 맺어진 이후에 니오노미야匂宮라는 인물과도 부적절한 관계를 맺게 된다. 가오루가 히카루겐지의 처 온나산노미야女三の宮와 가시와기柏木의 밀통에 의해 태어나 겐지의 아들로서 자랐다는 사실을 염두에 두면, 히카루겐지의 외손자인 니오노미야에게 가오루가 우키후네를 빼앗기는 전개는 모노가타리의 관심이 부조리의 굴레를 벗어날 수 없는 인간의 삶에 있는 듯 여겨지기도 한다. 어쨌든 가오루에게 니오노미야와의 부적절한 관계가 발각되었다는 사실을 알게 된 우키후네는 두 명의 남성 사이에서 괴로워하며 자살을 결심하는데, 이 결심은 결국 실패로 끝나고 우키후네는 정신을 잃은 채 승려인 요카와노소즈横川の僧都에게 발견된다. 정신을 차린 이후 요카와노소즈의 도움을 받아 출가한 우키후네는 자신을 딸처럼 여기는 요카와노소즈의 여동생, 오노노이모토아마小野の妹尼와 함께 생활하게 된다. 한편 가오루를 필두로 하는 속세의 사람들은 우키후네가 죽었다고만 생각하고 일주기를 준비하는데, 이 일주기에 사용되는 의복을 오노노이모토아마가 준비하게 된다. 우키후네는 오노노이모토아마가 자신의 일주기를 위해 천을 염색하고 옷을 재단하는 것을 곁에서 지켜보며 기묘한 감정에 사로잡히고, 이런 우키후네의 심경을 알지 못하는 사람 중에는 '다홍색 홑옷에 벚꽃색으로 짠 겉옷'을 겹쳐놓고 "아가씨께는 이런 걸 드려야 하는데. 보기 흉한 치의緇衣가 아닐 수 없네"라고 이야기하는 이가 있다. 여기에서 '다홍색 홑옷에 벚꽃색

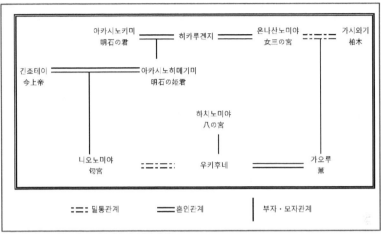

【그림 4】 우키후네 등장 부분의 인물관계도

으로 짠 겉옷'은 출가자가 입는 회색 빛깔 치의와 대비되는 의복으로 우키후네의 젊음과 아름다움을 상징한다. 이런 상징성은 정신을 잃고 요카와노소즈에게 발견되어 오노노이모토아마에게 실려 온 우키후네를 "아주 젊고 아름다워 보이는 여인이 흰 비단 옷 한 겹, 다홍색 하카마를 입은 채 냄새는 매우 향기로워서 고귀한 분위기가 더할 나위 없다"로 묘사하는 부분에서도 확인할 수 있는데, 『겐지 이야기』에서는 반복해서 사용되는 다홍색을 이용해 우키후네가 젊고 아름답다는 사실을 강조하고 있는 것이다. 일주기에 사용할 의복을 준비하는 과정에서 살필 수 있는 우키후네의 젊음과 아름다움에 관한 환기를 통해, 『겐지 이야기』는 자살을 결심하고 출가를 실행에 옮긴 우키후네의 마음 한구석에 젊은 여성의 감정이 남아 있을 가능성을 시사하며 긴장감 있는 전개를 유지하는 것이다.

이상에서 살펴본 바와 같이 헤이안 산문에서 사용된 다홍색 또한 앞서 확인한 운문의 다홍색과 마찬가지로『만요슈』이래로 계승되어온 전통에 입각한 표현이라 할 수 있을 것이다. 물론 잇꽃으로 물들인 다홍색의 쓰임 중에는 다음에서 보는 것과 같은 예외적인 쓰임도 있지만, 이 또한 추함이 만들어내는 강렬한 인상이라는 측면에서 생각하면 기존에 있던 표현의 계승으로 생각할 수도 있을 것이다.

『겐지 이야기』의 잇꽃

『겐지 이야기』「스에쓰무하나末摘花」권에서는 젊고 매력적인 히카루겐지가 자신과 어울리지 않는 추녀를 얻게 되는 이야기가 펼쳐지는데, 이 '스에쓰무하나'는 권에 붙여진 명칭인 동시에 겐지가 관계를 맺는 심지가 굳은 추녀를 지칭하는 말이기도 하다. 끄트머리를 따는 꽃이라는 의미의 스에쓰무하나는 잇꽃을 가르키는 예스러운 명칭인데, 이는 잇꽃을 채취할 때에 줄기의 말단 부분에 있는 꽃잎을 따기 때문에 붙여진 이름이다. 이 권의 내용을 간단히 확인하면 다음과 같다.

집안이 몰락해 황폐한 집에 홀로 남겨져 있는 귀족여성에 대한 동경에 사로잡힌 히카루겐지는 우연한 기회에 유모의 딸로부터 왕손王孫인 히타치노미야常陸の宮가 늘그막에 얻은 딸, 스에쓰무하나에 관한 이야기를 듣게 된다. 죽은 히타치노미야가 귀하게 여겼던 딸이 홀로 남겨져 칠현금七絃琴을 가까이하며 지내고 있다는 이야기를 들은 히카루겐지는 유모의 딸에게 스에쓰무하나의 연주를 듣게 해 달라고 요청한다. 히카루겐지는 그 실력을 판가름하지 못할 정도로 짧은 연주를 듣게 되는데,

히카루겐지의 친구이자 연적이기도 한 두중장頭中將도 이 연주를 듣고 스에쓰무하나에게 관심을 보이게 된다. 두중장과의 경쟁관계로 인해서 히카루겐지는 썩 내키지 않음에도 불구하고 스에쓰무하나와의 관계에 적극적인 태도를 보이게 되어, 결국 스에쓰무하나를 자신의 여인으로 만드는 데 성공한다. 하지만 스에쓰무하나의 모습을 보지 못한 히카루겐지는 어딘지 모를 위화감을 느끼고, 그 위화감의 정체를 확인하기 위해 다시 그녀의 거처를 찾는다. 거기에서 히카루겐지는 추위에 괴로워하는 나이든 시녀들의 모습과 쓰에쓰무하나의 추한 용모를 남김없이 확인하는데, 히카루겐지의 눈에 비친 스에쓰무하나의 모습은 다음과 같이 묘사되어 있다.

> 우선 앉은키가 크고 등이 굽어 보이시니, (히카루겐지는)역시나 하고 마음이 찢어졌다. 계속해서 저런 흉물이라 여겨지는 것은 코였다. 언뜻 눈이 멈춘다. 보현보살의 탈것이라 생각된다. 어처구니없이 높고 길게 늘어져 끝부분이 조금 처져서 물든 것이 무엇보다 끔찍하다. 낯빛은 눈雪이 부끄러울 만큼 희고 파리하며 이마는 각별하게 넓으며 게다가 아래쪽이 긴 얼굴 생김은 전체적으로 염려스러우리만치 긴 것이리라. 마르신 것은 안쓰럽게 뼈가 튀어나와 어깨 쪽 등은 딱하게도 옷 위까지 드러나 보인다. 무엇하러 남김없이 봐버렸을까 하고 생각하면서도 희귀한 모습을 하고 있기에 계속 바라보게 되신다. 머리 모양, 머리카락이 드리워져 있는 상태만은 아름다운 모양으로 바람직하다고 여겨지시는 분들에게 좀처럼 뒤지지 않을 테고 겉옷의 옷자락 위에 모여서 남아 끌리는 부분이 한 척을 넘은 듯 보인다.

위의 묘사에 따르면 구부정하게 앉아 있는 스에쓰무하나는 비쩍 말

395

라서 길고 파리한 얼굴을 한 인물이다. 무엇보다 흉물스러운 것은 끄트머리가 붉은 코인데, 이 붉은 코로 인해 이 인물은 잇꽃의 다른 이름인 스에쓰무하나라는 명칭을 얻게 된 것이다. 잇꽃과 붉은 코를 가리키는 말이 '구레나이노 하나'로 발음이 같기 때문인데, 이 관계는 그녀에게서 신년선물로 '유행하는 색의 용납할 수 없을 정도로 광택도 없이 오래된' 옷을 받고 지은 히카루겐지의 와카를 통해 확인할 수 있다. '유행하는 색' 즉, 옅은 다홍색 옷을 받은 히카루겐지는 스에쓰무하나와의 관계를 후회하며 "그리운 색도 아닌데 무엇 때문에 이 스에쓰무하나를 소매로 건드렸던 것일까"라는 와카를 짓는다. 여기에서 '스에쓰무하나'는 옅은 다홍색의 원료인 잇꽃을 가리키는 표현이자 동시에 코끝이 붉게 물들어 있는 인물, 스에쓰무하나를 가리키는 표현이다. 즉, 히카루겐지의 눈앞에 놓인 옅은 다홍색 옷은 염료를 채취하는 잇꽃인 '구레나이노 하나'와 스에쓰무하나의 코를 물들인 색을 떠올리게 하는 매개인 것이다. 여기에서는 언어유희를 이용한 골계미를 찾을 수 있는데, 이런 언어유희를 기반으로 한 「쓰에쓰무하나」권의 다홍색에 주목하면 전통에 대한 『겐지 이야기』의 태도를 읽어낼 수 있다.

앞에서 『겐지 이야기』의 속편에 등장하는 우키후네를 언급하며 『겐지 이야기』가 다홍색의 전통적인 이미지를 계승하고 있다는 것을 살펴보았다. 하지만 스에쓰무하나라는 인물의 조형에서 살펴본 다홍색은 그런 전통적인 이미지에서는 벗어난, 붉은 코의 흉측함을 상징하는 색으로 사용되고 있었다. 언뜻 생각하면 『겐지 이야기』에는 전통의 계승과 파괴가 혼재하는 듯 여겨지지만, 『겐지 이야기』에서 부정적으로 다뤄지는 것이 예스러움을 고집하는 스에쓰무하나를 둘러싼 다홍색에 한정되어 있다는 것을 염두에 두면, 『겐지 이야기』에서 부정되는 것이 무비판적인 전통 숭배라는 것을 읽어낼 수 있을 것이다.

앞서 히카루겐지가 옅은 다홍색 옷을 선물 받고 스에쓰무하나와의 관계를 후회하는 것을 확인했는데, 이 후회는 스에쓰무하나의 추한 외모뿐만 아니라 '유행하는 색의 용납할 수 없을 정도로 광택도 없이 오래된' 옷을 선물로 보내는 안목의 영향도 받았다. 히카루겐지는 스에쓰무하나가 생김이 흉측할 뿐만 아니라 아무런 재능도 없다는 것을 확인하고 스에쓰무하나와의 관계를 후회하게 된 것이다. 한편 스에쓰무하나의 나이든 시녀들은 옷을 선물 받은 히카루겐지의 실망을 눈치챘음에도 불구하고 "그것 또한 다홍색으로 위엄 있는 것이 아니었나요. 그래도 다른 것에 뒤떨어지지 않을 테지요"라며 스에쓰무하나가 보낸 옷의 가치를 과대평가하고 있다. 다홍색이라는 이유로 '광택도 없이 오래된' 옷의 가치를 추켜세우는 스에쓰무하나의 나이든 시녀들의 모습에서 다홍색의 가치에 대한 신뢰를 엿볼 수 있는데, 여기에서 전통적인 가치에 대한 맹신을 읽어낼 수 있다. 즉, 행동거지나 와카의 작법에 있어서 예스러운 것을 고집하는 인물 스에쓰무하나에게 있어서 다홍색이 전통적인 미적 가치를 의미하는 색으로 맹신되고 있다는 것이다. 이런 스에쓰무하나와의 관계를 후회하는 히카루겐지의 모습에서 무비판적으로 다홍색의 가치를 숭상하는 태도를 부정하는 『겐지 이야기』의 자세를 읽을 수 있다. 여기에서 주의할 것은 앞서 언급했듯이 다홍색에 대한 히카루겐지의 혐오가 스에쓰무하나와의 관계에 한정된다는 것이다.

「스에쓰무하나」권의 말미에는 신년을 맞이해 스에쓰무하나를 방문한 히카루겐지가 자택인 니조인二条院으로 돌아오는 장면이 있다. 니조인에는 『겐지 이야기』 정편의 여주인공이자 히카루겐지가 몰래 맞아들인 소녀, 무라사키노우에紫の上가 함께 생활하고 있었는데, 스에쓰무

하나의 거처에서 돌아온 히카루겐지의 눈에 비친 어린 무라사키노우에가 다음과 같이 묘사되어 있다.

> 니조인에 오시니 어린 무라사키노우에 아기씨, 아주 아름다운 어린 모습으로, 다홍색은 이렇게 마음 끌리기도 하는구나라고 여겨지니, 문양 없는 벗꽃색 호소나가細長를 낭창낭창하게 입고 무심하게 있는 모습이 매우 귀엽다. 예스러운 조모님의 영향으로 이를 아직 검게 칠하지 않은 데다, (히카루겐지가)단정히 차려 입히셨기 때문에 눈썹이 뚜렷해진 것도 아름답고 정갈하다. 자처한 것이지만 어째서 이렇게 덧없는 세상의 곤란을 겪는 것일까? 이렇게 애잔한 것을 돌보지 않고라고 (히카루겐지는)생각하시며 언제나 그랬듯 함께 인형놀이를 하신다.

위의 '호소나가'는 아이들이 입는 옷으로 아직 무라사키노우에가 어리다는 것을 보여주는 장치라 할 수 있는데, 이 호소나가를 물들인 벗꽃색 또한 잇꽃으로 염색한 다홍색 계열의 색이다. 무라사키노우에가 입은 호소나가의 색을 본 히카루겐지가 '다홍색은 이렇게 마음 끌리기도 하는구나'라고 생각하는 모습에서 스에쓰무하나를 둘러싼 다홍색과는 다른 반응을 살필 수 있는 것이다. 이런 히카루겐지의 모습에서 『겐지 이야기』에서는 다홍색에 대해 이중적인 태도를 취하고 있다는 것을 알 수 있는데, 히카루겐지가 어린 무라사키노우에를 '아름답고 정갈하'게 여겨지는 원인으로 '예스러운 조모님의 영향'을 들고 있는 것 또한 상징적이다. 스에쓰무하나의 경우에는 혐오의 대상이었던 다홍색과 예스러움을 들어 어린 무라사키노우에의 아름다움을 드러낸 것을 통해 『겐지 이야기』가 다홍색과 예스러움을 무조건적으로 부정하고 있지 않다는 것을 확인할 수 있다.

이상에서 잇꽃으로 물들인 다홍색이 헤이안 시대의 문학작품 속에서 어떻게 사용되었는가를 확인하고, 전통에 대한 고대 일본 사람들의 생각을 살펴보았다. 결론적으로 잇꽃으로 물들인 다홍색을 향한 동경이 미적 가치를 지닌 표현 속에서 계승되고 있다는 것과, 그런 계승이 무조건적인 전통의 숭상이 아닌 새로운 표현의 재생산 속에서 이루어져왔다고 이야기할 수 있을 것이다.

참고문헌

小曽戸洋(2007)「『日本薬局方』(15改正)収載漢薬の来源」(『生薬学雑誌』61-2, 日本生薬学会)
阿部秋生 外 校注(1994~1998)『源氏物語 ①~⑥』(新編日本古典文學全集, 小学館)
菊池靖彦 外 校注(1993)『土佐日記・蜻蛉日記』(新編日本古典文学全集, 小学館)
新編国歌大観編纂委員会(1983)『新編国歌大観 第1巻』角川書店
中西進(1978~1983)『万葉集 全訳注原文付(一)~(四)』講談社
萩谷朴校注(1977)『枕草子上・下』(新潮日本古典集成, 新潮社)

동식물로 읽는
일본문화

눈물을 머금은 가을 들꽃

이 신 혜

● ● ● ●

황순원의 『소나기』(1953년)에 주인공 소녀와 소년이 가을 산을 넘어가면서 꽃들에게 눈길을 주는 장면이 나오는데, 여러 꽃 중에서 특별히 들국화, 싸리꽃, 보랏빛 도라지꽃, 양산 같이 생긴 노란 마타리꽃이 등장한다. 이는 산과 들에 피어 있는 가을을 대표하는 꽃들이다. 이 소설의 시간적 배경은 한여름부터 시작되지만 극적인 일은 가을에 일어난다. 들국화를 뺀 나머지 세 꽃은 이웃나라 일본에서도 가을을 대표하는 일곱 가지 꽃에 속하는데, 지리적으로 가깝고 자연환경이 비슷한 일본의 가을 들판에도 예로부터 위와 같은 꽃들이 아름답게 피어 사람들의 주목을 끌었던 것이다.

일본에서는 고대로부터 새해가 밝으면 쌓인 눈 속에서 싹을 틔우는 풀을 뜯기도 하고, 인일人日에 일곱 가지 야채죽七草がゆ을 끓여 먹으면서 무병을 기원하는 등 봄의 일곱 가지 풀春の七草을 둘러싼 몇몇 관습이 있었다. 이렇듯 오랫동안 일본인에게 있어서 익숙한 식물은 봄뿐만 아니라 가을에도 있었으니, 바로 가을의 일곱 가지 풀秋の七草이다. 봄의 일곱 가지 풀은 뜯기도 하고 끓여 먹기도 하는 등 다양하게 활용되는 데 비해 가을 풀은 특별한 행사나 관습 없이 주로 감상용으로 여겨져 왔다.

이 글에서는 일본의 가을을 빛내주는 아름다운 일곱 가지 들꽃에 대해 살펴보고자 한다. 일곱 가지 가을 풀에 어떤 꽃이 피는지 그 빛깔과 모양의 특색을 알아보고, 일본 고전문학 작품 속에서 그 가을꽃이 어떻게 묘사되고 비유되고 있는지, 그 꽃들이 가지는 이미지의 표상에 대해 살펴보면서 일본의 가을풍경 혹은 자연에 대한 이해를 넓히고자 한다. 여러 가집에 들어있는 와카和歌를 중심으로 하여, 수필, 모노가타리 『겐지 이야기源氏物語』와 이후에 만들어진 모노가타리 등을 참고하기로 한다.

가을의 일곱 가지 들풀이란?

『만요슈萬葉集』에 야마노우에 오쿠라山上憶良가 가을꽃을 읊은 노래 2수가 전한다.

가을 들녘에 핀 꽃을 손으로 꺾어 세어보면 일곱 가지 꽃   (권8 1537)

싸리꽃, 억새꽃, 칡꽃, 패랭이꽃, 마타리꽃, 그리고 등골나무꽃, 도라지꽃

(권8 1538)

위의 노래에 등장하는 일곱 꽃이 바로 일본의 가을을 대표하는 들꽃
이다. 여기서 가을이란 음력 7~9월까지이므로 현재의 양력으로 하면
8~10월이 되겠다. 특별히 하나노花野라고 해서 가을 들꽃이 핀 들판을
가리키는 말이 있는데, 봄의 화려한 들판과는 달리 가을바람이 부는 가
운데 피어있는 가을 들꽃들은 애처로운 분위기를 자아낸다.

이들 꽃들은 식용, 약용으로 유용하게 사용된 한편, 그 색깔과 모습,
향기 등이 관상용으로 많은 사랑을 받았다. 저마다 특징이 있어 문학작
품 속에서도 각각 구별되어 사용되었기에, 그 일곱 개의 들꽃을 하나하
나 살펴보고자 한다.

싸리꽃

싸리꽃은 가지마다 나비 모양의 자줏빛 꽃송이가 가득 피어나 있는
꽃이며, 빗자루를 만들어 쓸어낸다고 해서 싸리라는 이름이 붙었다고
한다. 우리나라 고대 시가에는 별로 등장하지 않지만, 일본에서는
『만요슈』에서 읊어진 식물 중에서는 141수로 가장 많이 등장하고 있
다. 2위의 매화 110수, 3위의 소나무 70수와도 현저한 차이를 보인다.
한자를 보더라도 초두변++에 가을秋이라고 쓰기 때문에 진정으로 가을
을 대표하는 꽃임을 알 수 있다.

403

고전문학에서 싸리꽃은 흔히 암사슴을 찾아 소리 높여 울어대는 수
사슴이나 이슬, 바람과 함께 와카에 등장하는데, 『고킨와카슈古今和歌集』
(905년)에서 유명한 노래는 다음 노래이다.

> 싸리꽃의 명소인 센다이仙台의 미야기 들판宮城野에 핀 싸리꽃은 무거운 이슬
> 을 걷어내어 줄 바람이 불기만 기다리고, 그와 같이 제가 기다리고 있는 것
> 은 바로 당신입니다   (작자미상)

이슬의 무게 때문에 축 늘어져 있는 싸리의 모습에 임을 만나지 못해
눈물에 젖어있는 자신의 모습에 빗대면서, 싸리는 바람을 기다리지만
나는 바로 당신을 기다리고 있다고 당당하게 말하는 모습이 멋진 노래
이다.

『마쿠라노소시枕草子』(11세기 초) 64단에는 "싸리꽃은 아주 짙은 색
이며 부드럽게 늘어진 가지에 핀 꽃이 이슬에 젖어 가냘프게 축 쳐진
모습이 예쁘고, 수사슴이 자주 찾아오는 점에 있어서도 다른 꽃과 확연
히 구별이 된다"며 꽃의 모습에 대한 예찬과 수사슴에 대한 언급을 하
고 있다.

『겐지 이야기』에서는 천황이 어머니를 여의고 외할머니 댁에서 지
내고 있는 아들 히카루겐지光源氏의 안부를 묻는 노래 속에 싸리꽃이 등
장한다.

> 궁중에도 그 미야기 들판처럼 싸리꽃이 만발한 가운데 꽃잎 위의 이슬을 걷
> 어낼 바람소리를 듣고 있자니 어린 싸리꽃처럼 가련한 우리 아들이 안쓰럽
> 기만 하다

즉 아버지가 어머니를 잃은 불쌍한 아들을 생각하면서 안쓰러워하는 마음이 전해진다. 『겐지 이야기』 이후의 많은 모노가타리들은 『겐지 이야기』의 아름다운 문장을 답습하기도 하고 변용하기도 했는데, 중세 왕조 모노가타리에 보면 아버지 혹은 어머니를 잃고 후견인 없이 쓸쓸히 지내는 여주인공을 묘사할 때 자주 '어린 싸리꽃小萩'이 등장한다.

『스미요시 이야기住吉物語』(1221년경)에서 황녀였지만 몰락하여 어머니를 여의고 외딴곳에서 쓸쓸히 지내는 여주인공이 비탄에 빠진 모습을 묘사할 때 "마치 두 잎의 어린 싸리꽃이 이슬을 몹시 싫어할 수가 없는 모습"이라고 한다. 왜냐하면 어머니에 대한 그리움으로 눈물이 마르지 않기 때문이다. 즉 이슬(눈물)을 걷어내 줄 바람을 기다리는 싸리꽃의 이미지가 바로 슬픔의 눈물이 흘러넘쳐 그 이슬을 그대로 담아둘 수밖에 없는 여주인공의 가엾은 처지를 나타내는 표현으로 정착했음을 알 수 있다. 물론 가을 정원의 아름다운 꽃을 소개할 때 등장하기도 하지만, 눈물에 젖어 있는 어린 여주인공을 묘사하는 상투표현으로 이후의 모노가타리에서 쓰인 것이다.

억새꽃

현재 일본에서 억새는 음력 8월 15일 중추절에 달구경할 때 떡과 함께 장식용으로 익숙한 식물이다. 모양이 비슷하여 갈대와 자주 혼동이 되는 억새는, 습지나 갯가에서 자라는 갈대와는 달리 볕이 잘 드는 산

【그림 1】 억새꽃(江馬 務外(1985)『新修国語総覧』京都
書房)

과 들에서 자란다. 억새는 갈색에서 은색으로 변한 뒤 새하얀 꽃을 피
우는데, 끝이 길게 늘어진 모습이 동물의 꼬리와 비슷하다 하여 꼬리꽃
尾花이라고 부르기도 했다. 우리나라에서는 풀이 억세다고 하여 억새라
고 부른다고 한다.

억새의 이삭이 바람에 흔들리는 모습이 마치 이리로 오라고 손짓하
며 부르는 것 같아서, 『고킨와카슈』의 아리와라 무네하리在原棟梁는

가을 들판의 소매인가 억새꽃은
그 이삭의 몸짓으로 나를 부르는 소매와 같다

라는 노래에서 억새의 흔들리는 모습을 사람의 팔 혹은 소매로 의인화
했다.

『마쿠라노소시』에서는 "억새꽃이 이슬에 젖어 바람에 나부끼는 들
판의 정경만큼 아름다운 것은 없으며, 가을이 끝날 무렵 다른 가을꽃들
이 형체도 없이 사라진 후 새하얗게 변한 억새가 옛 생각을 하면서 바

람에 산들산들 흔들리는 모습은 정말로 인간의 인생과 닮았다"고 했으며, "그러한 모습에 우리가 공감하기 때문에 억새를 보면서 정취를 느낀다"고 소감을 밝혔다.

이처럼 바람에 흔들리는 이미지의 억새꽃은 슬퍼하는 여인을 나타내기도 했다. 『쓰쓰미추나곤 이야기堤中納言物語』(13세기경)의 「하나다노뇨고はなだの女御」에서 레이케이덴麗景殿에 대해서 억새꽃 같다고 하면서

천황의 총애가 없어져 가을 들녘에서 번민하며 흔들리는 억새꽃은

마음 가는 쪽으로 어찌 나부끼지 않을 수 있으랴!

라며 더 이상 천황의 총애를 받지 못하는 레이케이덴이 다른 남성과 밀통을 하고 말았음을 암시하는 노래가 등장하기도 한다. 베르디의 유명한 오페라 〈리골레토〉의 아리아를 우리나라에서는 "여자의 마음은 갈대와 같아서"라고 번역했다. 사실 갈대는 깃털의 오역이라고는 하지만, 갈대, 억새 등의 길게 늘어진 풀꽃의 움직임은 갈피를 잡지 못하고 흔들리는 마음을 표현하기에 안성맞춤이다.

『고와타노시구레木幡の時雨』(1185~1333년 사이)에서 행방불명이 된 여자주인공을 그리워하는 황자의 노래에도 억새꽃이 등장하는데

억새꽃 만발한 사가노嵯峨野의 가을 해질녘에 우는 벌레보다

그 소리를 듣는 내가 더 슬프구나

라는 노래로 사랑하는 여인을 만날 수 없는 슬픈 감정을 표현하고 있다. 이는 『고킨와카슈』에서 다이라 사다후미平貞文가 부른

앞으로는 심어서까지 보고 싶은 생각은 안 들어요

억새꽃 피는 가을이 너무 슬퍼서

라는 노래의 영향을 받은 것인데, 고요한 가운데 벌레 소리만 울려 퍼지는 가을 저녁의 쓸쓸함과 그로 인한 슬픔이 일맥상통한다. 이 장면은 궁중에서 5명의 여성을 품평하는 자리에서 제일 마지막에 여주인공을 생각하며 황자가 읊은 노래이기 때문에 모든 참석자들의 주목을 받게 되는 클라이맥스의 노래인데, 의지할 데 없이 떠돌며 불안한 시기를 겪고 있는 여주인공을 생각하며 슬픔에 잠긴 상황을 억새꽃으로 잘 표현하고 있다.

이와 같이 억새꽃은 바람에 흔들리는 모습이 사람을 그리워하는 인간의 모습으로 묘사되는가 하면, 또 한편으로는 바람 가는 대로 흔들리기만 하여 갈피를 잡지 못하는 불안한 모습, 그로 인해 슬퍼하는 모습 등으로 그려지고 있음을 알 수 있다.

칡꽃

칡꽃은 앞서 소개한 『소나기』에도 자주 등장한다. 소년 소녀가 칡꽃을 따며 놀다가 갑자기 소나기를 만나기도 하고, 소녀가 칡꽃을 꺾으려다가 다리에 생채기가 생기기도 한다. 흔히 칡은 식용, 약용, 소품 재료로 널리 쓰이는 아주 번식력이 좋고 유용한 식물로 알려져 있으며, 그에 못지않게 보라색 꽃 또한 멀리서도 알 수 있을 정도로 아주 좋은 향기가 나고 관상용으로도 뛰어나다고 한다.

『고킨와카슈』의 다이라 사다후미가 읊은 노래는 칡의 특성을 잘 설명한 노래로 유명하다.

가을바람이 불어와 뒤집어지는 칡잎이 잇따라 뒷면을 보이듯이

원망하고 원망해도 또 원망스럽구나

즉 칡잎은 앞면이 녹색이고 뒷면은 흰색인데, 바람이 불어 칡잎이 뒤집어지면 뒷면의 하얀 잎이 눈에 띄어 뒷면裏見과 동음이의어인 원망恨み이 생기게 된다는 것이다. 그래서 칡을 우라미구사裏見草 즉 원망초라고 부르기도 한다. 사다후미가 가을秋 바람에 자신에게 싫증난飽き 여성을 원망하고 또 원망하고 있는 심정을 표현한 노래인 것이다.

『겐지 이야기』속에서는 단순한 가을 풍경 묘사 부분에 등장하고,『쓰레즈레구사徒然草』(1331년경)에서는 '칡은 별로 높지 않고 조그마한 울타리에 별로 무성하지 않은 게 좋다'고 했다.

패랭이꽃

패랭이꽃은 산과 들의 건조한 곳에서 잘 자라며 담홍색 혹은 흰색 꽃이 핀다. 아담하지만 우아하며 향기가 좋아서 꽃이 활짝 필 때 바람 부는 방향에 있으면 은은한 향이 전해온다. 우리나라의 패랭이꽃이라는 이름은 생김이 옛날 서민들이 쓰던 대나무로 만든 모자인 패랭이와 닮

409

【그림 2】 패랭이꽃(江馬 務外(1985)『新修国語総覧』京都
書房)

아서 붙여진 이름인 데 비해, 일본의 나데시코撫子는 나데타이撫でたい 즉
쓰다듬어주고 싶도록 아름다운 꽃이라는 의미에서 붙여진 이름이다.

패랭이꽃은 고대로부터 많은 사랑을 받았으며, 『만요슈』에 26수가
수록되어 있다. 문득 쓰다듬어주고 싶도록 아름다운 꽃이라는 의미에
서 사랑스러운 아이, 쓰다듬어주고 싶은 귀여운 아이, 사랑스러운 여성
등의 비유표현으로 쓰이는데, 청순가련형 여성이 주된 이미지이다.

그 출발은 『만요슈』의 오토모 야카모치大伴家持의 노래이다.

　너무나 어여쁜 내 님을 아름다운 패랭이꽃에 비기면

　아무리 봐도 질리지 않는다

이 노래는 이후의 와카는 물론 산문에도 많은 영향을 끼쳤다.

『고킨와카슈』에서 가장 유명한 패랭이꽃 노래는 다음 노래이다.

아아 그립구나 당장 만나고 싶구나 산속 집
울타리에 피어있는 패랭이꽃처럼 사랑스러운 그녀를   (작자미상)

여기에는 일본 토종 패랭이꽃이라 명기되어 있는데, 9세기부터는 중
국에서 들어온 패랭이꽃이 토종과 더불어 일본의 정원과 들을 더욱더
화려하게 수놓았다고 한다.

이즈미시키부和泉式部는 『센자이와카슈千載和歌集』(1188년경)에서

보면 볼수록 이 세상 것이라고 여겨지지 않는 것은
중국 패랭이꽃이로구나

라며 중국 패랭이꽃의 아름다움을 노래했으며, 『마쿠라노소시』의 65
단 첫머리에 "들풀의 꽃 하면 패랭이꽃이다. 중국 것은 물론이거니와
일본 것도 좋다"며 패랭이꽃을 제일 먼저 제시하고 있는 것으로 보아
그 인기를 알 수 있다.

『겐지 이야기』에서는 다마카즈라玉鬘의 방 앞에 어여쁜 색깔의 중국
패랭이꽃과 일본 패랭이꽃만을 심어 아름답게 꾸몄다고 할 정도로 단
연 눈에 띄는 꽃이었다. 이 장면에 이어지는 와카는 다음과 같다.

패랭이꽃처럼 아름다운 색깔을 보면
원래 울타리가 어디인지 그가 묻겠지요

이는 "아름다운 당신의 모습을 보면 내대신內大臣은 아마 당신의 어머
니인 유가오夕顔에 대해서 묻겠지요"라는 뜻의 노래이다. 여기서 패랭

411

이꽃은 내대신의 딸인 다마카즈라를 뜻하므로 즉 자식을 가리키는 말로 쓰였다.

『고케노코로모昔の衣』(1271년경)에는 남자주인공이 딸을 생각하며 부른 노래와 그 답가가 나온다.

심어둔 울타리가 황폐해져버린 패랭이꽃을
그 누가 불쌍히 여겨 돌봐줄까

라는 노래에서 남자주인공이 불우한 상황에 처해 있는 자신의 딸을 돌봐줄 이가 없어서 불쌍하다고 한탄하자, 딸은 다음과 같은 답가를 보낸다.

울타리가 황폐해져서 찾아오는 이 없는 패랭이꽃에는
아침저녁으로 이슬이 흘러넘칩니다

즉 "어머니가 돌아가셔서 돌봐주는 이 없는 저는 밤낮으로 눈물만 흘리고 있습니다"라는 뜻이며, 여기서도 패랭이꽃은 자식을 나타낸다.

하지만 단순히 자식이라는 뜻뿐만 아니라, 중세 왕조 모노가타리에서는 종종 불우한 여자주인공으로 묘사되기도 한다. 즉 여자주인공들은 대부분이 고귀한 핏줄이지만 모노가타리의 시작 시점에서는 몰락했거나 주변의 도움을 받지 못하는 어려운 상황에 처한 경우가 많다. 『고와타노시구레』 서두에서 여자주인공을 소개하면서 "귀엽고 고귀한 모습은 실로 마타리꽃이 바람에 나부끼고 패랭이꽃이 이슬에 젖은 것보다도 아름다워 보였다"고 한다. 그리고 『이와데시노부いはでしのぶ』(1271년 이전), 『사요고로모小夜衣』(1271년 이후) 등의 많은 작품 속에

서 슬픔의 눈물에 젖어 있는 아름다운 여주인공에 대한 상투표현으로 "패랭이꽃에 이슬이 무겁게 내린 것 같은 모습"이 등장한다.

　이 패랭이꽃의 비유는 『겐지 이야기』의 「기리쓰보桐壺」권에서 천황이 기리쓰보 갱의桐壺更衣를 그리워하며 "마타리꽃이 바람에 나부끼는 것보다 부드럽고, 패랭이꽃이 이슬에 젖은 것보다 아름답다"고 표현한 장면, 또는 『무묘조시無名草子』(1202년경)의 '겐지 이야기 평'에서 천황이 안타깝게 죽어버린 기리쓰보를 떠올리며 그녀에 대해 "바람에 나부끼는 억새보다도 부드럽고 이슬에 젖은 패랭이꽃보다 귀엽고 정이 많았다"고 한 부분의 영향이라고 할 수 있다.

　'야마토 나데시코大和撫子'라는 말은 일본의 이상적인 여성상을 가리키는 말이다. 이는 재색을 겸비하고 심지가 굳은 일본적 정서를 가진 여성이라는 뜻으로 신붓감을 언급할 때 쓰이곤 한다. 바람에 살살 흔들리는 청초한 모습의 패랭이꽃과, 약하고 소극적이지만 맑고 씩씩하고 아름다운 일본여성의 이상적인 모습을 동일시하여 붙인 이름인 것 같다. 다마카즈라 중세 왕조 모노가타리의 여주인공을 보면, 초반의 어려움을 잘 이겨내고 결국에는 자신만의 행복을 쟁취하는 씩씩한 모습을 볼 수 있는데, 이러한 여성이 바로 '야마토 나데시코'라고 볼 수도 있을 것이다. 실제로 전국戰國 시대에는 그저 아름답기만 한 부인보다는 집을 돌보고 보호할 수 있는 부인이 필요했다. 남편이 전쟁에 나가면 안주인이 씩씩하고 용맹한 모습으로 집안을 다스리고 지켜야 했기 때문이다.

　그리고 일본 여자축구 대표팀의 애칭이 "나데시코 저팬"이라는 것도 청초하고 가녀린 모습의 여성이 축구로 전 세계를 향해 씩씩하고 끈기 있게 도전하기를 바라는 의미에서 지어진 이름이라면 납득할 만한 명명이라 하겠다.

413

【그림 3】마타리꽃(江馬 務外(1985)『新修国語総覧』
京都書房)

마타리꽃

『소나기』에서 양산같이 생긴 노란 꽃이라는 설명이 나오는 마타리
꽃은 길게 뻗은 줄기 끝에 아주 작은 노란색 꽃을 피우는데, 햇볕이 잘
드는 낮은 지대에서 잘 자란다.

우리나라의 마타리라는 이름에는 몇 가지 어원이 있다. 첫 번째는 크
다는 뜻을 가진 '말'이라는 접두어와 길다는 뜻을 가진 '다리'가 합쳐진
'말다리'가 발음과정에서 '마타리'가 되었다는 것이며, 두 번째는 꽃의
줄기가 가늘고 길어 훤칠한 '말'의 다리를 닮았다고 해서 '마(馬)다리',
마지막으로 뿌리에서 된장 썩는 냄새가 난다하여 똥을 뜻하는 고어인
'말'에 줄기가 긴 '다리' 같다 하여 '말+다리'가 되었다는 것이다. 결국
이름으로 봤을 때 키가 크고 길쭉하게 생겼으며, 약간 안좋은 냄새가
나는 꽃임을 알 수 있다. 꽃차례가 가지런하고 여성스러운 느낌을 주는
산뜻한 노란색 꽃 때문에 젊은 여성, 여성, 미인을 빗대는 표현으로 자

주 쓰인다.

『만요슈』에 마타리꽃 노래는 14수가 있는데, 오토모 이케누시大伴池主의 노래를 보면

마타리꽃이 잔뜩 피어 있는 들판을 정처 없이 걸어 다니는 중에

당신 생각이 나서 이렇게 멀리 돌아와 버렸습니다

한 남자가 마타리꽃을 보고 여인을 떠올리며 먼 길을 돌아왔다고 하는데, 참 느긋하고 편안하고 낭만적인 느낌이 드는 노래이다.

마타리꽃은 주로 여성에 비유되는데, 줄기가 길쭉한 노란색 꽃이 가을바람에 산들산들 흔들리는 모습이 당시의 아름다운 여성을 떠올리게 한 것 같다.

『고킨와카슈』에는 후지와라 도키히라藤原時平가 부른 다음과 같은 노래가 있다.

마타리꽃은 가을 들판에 부는 바람에 날리며

한결같이 누구에게 마음을 주고 있는 걸까

이 노래는 898년 우다 상황宇多上皇이 주최한 '마타리꽃 시합女郎花合'에서 부른 노래인데, 마타리꽃 시합이란 마타리꽃과 와카로 승부를 겨루는 놀이이다. 이와 같은 기록을 볼 때 당시에 마타리꽃이 귀족들에게 얼마나 많은 사랑을 받았는지 알 수 있다. 이 노래는 "바람이 불어 한쪽으로만 날리고 있는 마타리꽃은 어느 누구에게 그렇게 깊은 사랑을 주고 있는지 궁금하다"는 메시지를 담고 있는데, 바로 모임의 주최자인

415

상황의 부인이 도키히라의 여동생이었기에, 여동생의 상황에 대한 한결같은 애정을 표현한 노래였던 것이다.

『겐지 이야기』에서 이치조미야스도코로一条御息所가 자신의 딸 오치바노미야落葉の宮를 위해 유기리夕霧에게

> 마타리꽃이 시든 들판을 어딘 줄 알고
> 하룻밤만 묵으셨나요

라는 노래를 보냈다. 이는 "마타리꽃(오치바노미야)이 눈물에 젖어 있는 들판을 어딘 줄 알고 단 하룻밤만 묵으셨는지?(3일 동안 계속 오셔야죠)"라며, 자신의 딸을 진정 원한다면 통상 3일을 방문해서 정식 혼인관계를 맺어야 하지 않겠냐고 따지는 노래인데, 이치조미야스도코로의 오해로 지어진 이 노래가 발단이 되어 유기리의 부인이 친정으로 가버리고, 이치조미야스도코로가 죽음에 이르는 등, 이야기가 극적으로 진행되기 때문에 아주 중요한 역할을 하는 노래이다. 마타리꽃은 그 길쭉한 줄기가 바람에 날리거나 처져 있거나 시든 모습이 강한 인상을 주기 때문에 이러한 모습이 자주 묘사되는 것 같다.

앞서 패랭이꽃에서도 나왔지만, 중세 왕조 모노가타리의 여주인공 묘사에서 꼭 등장하는 표현이 바로 "패랭이꽃이 바람에 흔들리고 마타리꽃이 이슬에 젖어 있는 모습보다도 아름답다"(『고와타노시구레』), "마타리꽃에 이슬이 무겁게 앉은 모습으로 울타리에 나부끼는 것 같다"(『스미요시 이야기』), "마타리꽃에 이슬이 무겁게 앉은 모습으로 산속에 숨어 지내는 그 아름다운 모습"(『사요고로모』)이다. 이처럼 마타리꽃은 가을 들판, 바람, 이슬, 안개와 자주 병용되고 있음을 알 수 있다.

등골나무꽃

등골나무꽃은 나라奈良 시대(710-794년)에 중국에서 들어왔는데, 건조시키면 독특한 향이 나 중국에서는 목욕물에 넣거나 향료로 쓰였고, 일본에서는 방충제나 방향제, 차로 이용되거나, 여성들이 머리를 감을 때 즐겨 썼다고 한다. 안타깝게도 지금 현재는 거의 멸종위기에 처해 있다고 한다.

등골나무는 산과 들의 초원이나 하천 주변에서 자라며, 연한 자주색 꽃이 핀다. 한국에서는 등꽃과 같은 향이 난다고 해서 등골나무라고 하는 데 비해, 일본에서는 등꽃과 같은 색깔이고 또 꽃잎이 일본 전통의 하의인 하카마袴와 모양이 닮았다고 해서 후지바카마藤袴라고 부른다. 향기는 좋지만 하카마를 연상시키는 수수한 꽃모양으로 인해 예로부터 친근감을 불러일으키는 꽃이었다.

『고킨와카슈』에서 소세이 법사素性法師는 등골나무의 특징을 잘 노래했다.

> 누구 것인지는 모르겠지만 멋진 향기가 나는구나
> 가을 들판에 누가 벗으려 한 하카마인가

가을 들판에 아름답게 핀 등골나무의 모양에 착안하여, 꽃잎이 꼭 일본전통 의상의 하의인 하카마를 벗어놓은 것 같다고 노래했다.

『겐지 이야기』에서 등골나무藤袴는 가오루薫와 니오노미야匂宮의 옷향기를 나타내는 표현으로 쓰이기도 하지만, 「후지바카마藤袴」권에서는 상복을 의미하는 후지고로모藤衣의 뜻으로 읊어져서 권명이 되기도

417

한다. 유기리가 다마카즈라에게 등골나무꽃과 와카를 전하는 장면에서 명명된 것이다.

다마카즈라가 자신의 친누나가 아니라 사촌지간이라는 사실을 알게된 유기리는 구애를 결심하는데, 마침 할머니가 돌아가셔서 상중이라둘 다 상복을 입고 있었다. 수수한 연한 쥐색 상복 때문에 오히려 다마카즈라의 모습이 더 아름답게 빛나고 있어서, 유기리는 예쁜 등골나무꽃을 발 안으로 건네면서 다음과 같은 와카를 전한다.

> 당신과 같은 들판의 이슬 때문에 시들어있는 등골나무꽃에게
> 자비의 사랑을 부어주세요 명색뿐이라도

즉 "당신과 똑같이 할머니를 잃고 상복을 입고 눈물로 지새우고 있는저에게 혈연관계도 있고 하니까 조금이라도 사랑을 부어달라"고 하는구애의 노래이다. 여기서 등골나무꽃은 상복을 나타내기도 하고, 혈연관계를 나타내는 보라색紫色을 나타내기도 한다. 하지만 다마카즈라는 답가에서 유기리의 구애를 완고하게 거절한다. 이 장면은 쥐색과 보라색의조화가 고상한 분위기를 연출하는, 색상이 아름다운 장면이라 하겠다.

도라지꽃

야마노우에 오쿠라가 읊은 가을의 일곱 가지 풀 중에 아사가오朝顔가들어 있는데, 이 아사가오가 지금의 나팔꽃인지, 아니면 무궁화, 메꽃,

도라지꽃 중의 어느 하나인지 명확하지 않은 가운데, 『만요슈』의 다음 와카 때문에 도라지꽃이 가장 유력해졌다.

> 아사가오는 아침이슬을 먹고 핀다고 하지만
> 석양 아래 피는 모습이 가장 뛰어나다   (작자미상)

즉 아사가오는 석양이 질 무렵에 가장 아름다운 모습을 하고 있다고 하는데, 나팔꽃은 헤이안平安 시대에 중국에서 들어왔고, 또 메꽃과 마찬가지로 저녁이 되기 전에 시들어버린다. 그에 반해 도라지꽃은 석양 아래에서도 보랏빛 멋진 모습을 뽐내고, 헤이안 시대의 가장 오래된 한자사전에도 '기쿄桔梗 아사가호阿佐可保'라고 나와 있기 때문에 위의 노래에서 말하는 꽃에 해당한다고 볼 수 있다.

우리나라에서 도라지꽃은 꽃봉오리가 풍선처럼 생겨서 풍선꽃이라고도 하고, 활짝 핀 모습이 별처럼 생겨서 별꽃이라고도 하는데, 일본에서도 이와 비슷하게 받아들여지고 있다. 일본에서 도라지는 식용, 약용으로도 쓰였지만, 특히 꽃은 가문의 문양, 즉 가문家紋으로 많이 그려졌다. 전국 시대 혼노지本能寺에서 오다 노부나가織田信長에 대적해 모반 사건(1582년)을 일으킨 아케치 미쓰히데明智光秀 가문의 도라지꽃 문양은 아주 유명하다. 그리고 도라지꽃은 가을꽃으로 분류되기는 하지만, 다른 꽃들보다 일찍 여름부터 꽃을 피우기 때문에 여름 이미지가 강하여, 일본의 여름 기모노著物나 유카타浴衣에 자주 그려지기도 한다.

작품 속에 나타난 도라지꽃은 가을풍경 묘사의 일부분, 혹은 기모노의 색깔 표현 등으로 잠시 등장할 뿐, 다른 꽃들에 비해 그다지 사용되지 않는 편이다. 『겐지 이야기』에서 한군데만 나오는데, 바로 「데나라

이「手習」권에서 우키후네浮舟가 머문 히에이 산比叡山의 어느 산장에 대한 묘사에서 "울타리에 심은 패랭이꽃도 멋지고, 마타리, 도라지꽃 등이 피기 시작하여"라는 부분으로, 가을을 대표하는 꽃들과 함께 나란히 등장하고 있다.

나가며

이상으로 가을의 일곱 가지 들꽃을 하나하나 살펴보았다. 싸리꽃, 패랭이꽃, 마타리꽃이 이슬을 머금은 모습을 아름다운 아가씨가 슬픔의 눈물을 흘리는 것으로 묘사하였고, 억새꽃과 마타리꽃이 바람에 흔들리는 모습을 갈피를 잡지 못하고 불안해하고 슬퍼하는 모습으로 표현하였음을 알 수 있다. 음력 9월 9일은 흰 이슬이 맺힌다는 백로白露이듯이, 가을이 되면 기온이 내려가 꽃잎과 가지에 이슬이 많이 맺히게 된다. 이러한 계절상을 반영하여 가을 들꽃은 거의 대부분 이슬과 함께 등장하며, 이는 바로 눈물과 연결이 되어 눈물에 젖어 있는 아가씨를 연상하게 되는 것이다.

현재 일본에서 싸리꽃, 억새꽃, 칡꽃은 어디서나 볼 수 있지만, 등골나무꽃과 도라지꽃은 거의 멸종위기에 처해 있고, 패랭이꽃도 태평양전쟁을 계기로 품종이 거의 없어지고, 마타리꽃도 자생지가 점점 줄어들고 있다고 한다. 제반사항은 우리나라도 크게 다르지는 않을 것이다.

『만요슈』가 만들어진 고대로부터 많은 세월이 지나 자연계와 지대가 변하여 가을 들판의 모습도 완전히 바뀌어버렸다. 이제 꽃을 볼 수 있는 들판도 줄어들고 꽃을 보러 다니는 사람도 거의 없어 고대의 정서를 이해하거나 자연을 만끽하기는 어려워졌지만, 그나마 간접적으로나마 가을을 음미하며 옛 문화와 향기를 접할 수 있음은 천 년을 뛰어넘어 전해져 내려온 고전 덕분이라고 생각할 때 새삼 고전문학의 위대함을 느낀다. 국경을 초월하여 오래된 꽃들의 이미지와 활용상을 살펴봄으로써 자연 속의 꽃과 옛 사람들의 마음과 생각을 조금이나마 이해할 수 있을 것 같다.

참고문헌

阿部秋生 外(1998)『源氏物語 ①~⑥』(新編日本古典文学全集 20~25, 小学館)
小島憲之 外(1996)『万葉集 ①~④』(新編日本古典文学全集 6~9, 小学館)
室城秀之 外(1995)『雫ににごる 住吉物語』(中世王朝物語全集 11, 笠間書院)
小沢正夫 外(1994)『古今和歌集』(新編日本古典文学全集 11, 小学館)
大槻修(1991)「草花に表象される王朝の姫君―『堤中納言物語』はなだの女御と「こわ
　　たの時雨」―」(『日本文学の視点と諸相』, 汲古書院)

동식물로 읽는
일 본 문 화

초록빛 그리움의 향기와 풍경

이 경 화

● ● ● ●

　어디선가 바람결에 실려 온 향기가 옛사람의 기억을 일깨운 적이 있
는가? 아득한 시간의 저편, 삶의 한 순간을 생생히 되살아나게 하는 향
기들이 있다. 어린 시절 좋아했던 어머니의 화장품 내음처럼 그리운 향
기도 있을 것이고, 청춘의 한 자락에 잠들어있던 감각을 일깨우며 아릿
한 통증으로 기억되는 향기도 있으리라.

　일본 고전문학 속에서 이런 순간이면 으레 기호처럼 등장하는 향기
로운 꽃이 있다. 초록빛 청신한 잎사귀 사이에 단아하고 희디흰 꽃을
피우는 하나타치바나花橘, 바로 귤꽃이다. 특유의 보송보송함과 상쾌한
향기로 꿉꿉한 장마철의 울적함을 날려주는 귤꽃은 대표적인 여름 꽃

423

이다. 섬세한 계절감각의 묘사는 일본 고전문학의 큰 특징 중의 하나라
할 수 있는데, 그중에서도 각 계절의 식물들을 통해 그려내는 풍경과
정서는 시공을 초월하는 공감과 울림으로 다가온다.

일본에서 가장 오래된 시가집인 『만요슈萬葉集』을 비롯해, 『고킨와카
슈古今和歌集』, 『이세 이야기伊勢物語』, 『겐지 이야기源氏物語』 『신코킨와카슈
新古今和歌集』 등의 문학작품 안에서 귤꽃은 주로 '향기', 특히 '옛사람의
향기'로 언급된다. 요시다 겐코吉田兼好처럼 때로는 이 우아한 약속에 반
론을 제기하는 이도 있었지만, 귤꽃 향기는 여러 작품과 시대 안에서
다양하게 변주되면서도 일관된 의미를 잃지 않는다.

한편, 각양각색의 아름다움을 겨루는 꽃들 사이에서 이렇다 할 인상
깊은 꽃도 향기도 없이, 멀리 찾아 나서지 않아도 어렵지 않게 눈에 띄
는 나무가 있다. 평범하지만 고운 이웃집 처자 같고, 연약해 보이지만
꺾이지 않는 강인한 생명력을 지닌 버드나무이다. 봄이 오면 연둣빛 안
개처럼 화사한 꽃들을 돋보이게 해주고, 여름에는 물가에 시원한 그늘
을 드리워주는가 하면, 생활에 필요한 온갖 도구들로 변신해 사람들 곁
에 머무르는 버들은 친근한 나무이다. 꽃 자체의 아름다움보다 옛 추억
을 상기시키는 향기로 기억되는 귤꽃, 돋보이지는 않지만 잔잔한 편안
함으로 일상에 스며드는 버드나무, 둘 다 꽃이 주인공은 아니지만 일본
고전문학 속에서 이 두 식물이 그려내는 조금 다른 시선의 풍경을 소개
하고자 한다.

【그림 1】 귤꽃(週刊朝日百科(1999)『萬葉
集』世界の文學22 朝日新聞社)

그녀의 소맷자락에 배어 있던 귤꽃 향기

일찍이 고대 가요에서부터 '향기로움'으로 주목받았던 귤나무는 나라 시대奈良時代(710-794년)에 성립된 『만요슈』에도 관련된 노래가 69수 가량 실려 있다. 싸리, 매화, 소나무 다음으로 자주 등장해 벚꽃보다 많이 읊어졌다는 점이 놀랍다. 이 당시만 해도 귤나무에 대해서는 그 꽃향기는 물론 황금빛으로 익어가는 열매와 늘 푸르른 잎사귀 등을 예찬하는 노래도 적지 않았다. 상록수로서 사시사철 빛깔이 퇴색하지 않는 귤나무를 『고지키古事記』에서는 '도코요노쿠니常世國의 언제나 변함없이 빛나는 나무'와 동일한 것으로 간주한다. 도코요노쿠니는 일본 신화에서 불로불사의 이상향으로 그려지는 타계他界 중 한 곳이다. 천 년 넘게 일본의 수도였던 헤이안의 황궁 정전正殿 자신전紫宸殿 좌우에 '우근의 귤나무右近橘', '좌근의 벚나무左近桜'라 하여 벚꽃과 함께 이 나무를 심었던 것도 그 상서로움을 잘 보여준다. 그런 이미지 때문인지 귤꽃은 종종 '이승과 저승을 오가는 천년千年의 새'라 일컬어지는 두견새와 함께 거론되는 경우가 많다. 둘 다 여름의 시작을 알리는 전령이자 '영원성'이라는 이미지가 상통하기 때문인 듯하다.

> 귤꽃 나무여 너의 꽃도 열매도 아름답구나
> 언제나 그 자리에 내 앞에 있어주련 　　　　　　(『만요슈』권18-4112)
> 숨결 가득히 풍겨오는 귤 향기 두견새 우는
> 밤비 속에 흔적도 없이 사라져가나 　　　　　　(『만요슈』권17-3916)
> 귤꽃 저무는 마을 외로이 앉은 두견새 홀로
> 애태우는 마음에 날로 울며 지새네 　　　　　　(『만요슈』권8-1473)

그러나 헤이안 시대平安時代(794~1192년)로 접어들면서부터 노래의 제재로서의 귤은 귤꽃 향기에 초점이 맞춰지며 이미지가 정형화되어 간다. 그 시작으로 거슬러 올라가면 『고킨와카슈』의 "오월이 오면 스치는 귤꽃 향기, 나의 옛사람 소맷자락 감돌던 그 향기 아니런가"(여름 139)라는 노래가 있다. 귤꽃 향기에 더해진 '옛사람'이라는 가어가 노래의 세계에 풍취를 더해주며 깊은 인상을 남기게 된 것이리라. 옛사람이란 표현은 예전에 정들었던 사람, 헤어진 연인, 사별한 가족이나 벗 등 다양한 상념을 불러일으킨다. 상상력을 자극하는 이 노래에 낭만적이고 극적인 스토리가 가미된 형태가 『이세 이야기』의 다음 부분이다.

　옛날 한 남자가 있었다. 궁정 근무를 하느라 일이 바빠서 집에 있는 아내에게 온전히 마음을 써주지 못했다. 그 아내에게 당신만 생각하며 알뜰하게 챙

기겠다고 나서는 다른 남자가 있었다. 아내는 그를 따라 다른 지역으로 떠났다. 그 후 원래의 남자는 우사 신궁宇佐神宮에 폐백을 바치는 봉폐사奉幣使로 임명되었다. 그 곳으로 내려가는 도중, 그녀가 어떤 고장에 봉폐사를 접대하는 관리의 아내가 되어 살고 있다는 소식을 듣게 되었다. 남자는 그 관리에게 "당신 부인에게 술잔을 바치라 하시오. 그리하지 않으면 마시지 않겠소"라고 요구했다. 여자가 술잔을 받쳐 들고 들어오자 남자는 안주로 나온 귤을 집어든 채 이렇게 읊조렸다. "오월이 오면 스치는 귤꽃 향기, 나의 옛사람 소맷자락 감돌던 그 향기 아니런가." 옛일을 떠올린 여자는 비구니가 되어 산으로 들어가버렸다. (『이세 이야기』 60단)

여기에서 오월은 음력 5월을 가리키기 때문에 양력으로는 일본의 초여름 장마철에 해당되는 6월경이다. 인생에도 계절이 있다면 불안정한 청춘시절은 장마철 하늘처럼 변덕스러운 여름의 초입쯤이라 볼 수 있지 않을까? 열정적이지만 미숙한 까닭에 서로를 상처 내며 방황하는 남녀에게 풋풋한 여름의 귤꽃 향기만큼 어울리는 제재도 드물 것이다.

이 이야기의 무대는 시대와 공간, 결혼제도 등 여러 면에서 지금과 상황이 다르지만, 남편의 소홀함에 아내가 떠나게 되는 결별과정은 아직도 무수한 남녀가 되풀이하는 보편적인 방식이다. 옛 연인과의 해후, 특히 싫어져서라기보다 어쩔 수 없는 상황으로 인해 이별한 남녀의 재회는 서로에게 이런저런 회한을 자아내게 할 것이다. 간혹 회한을 넘어 그 이상의 결과를 가져올 수도 있는 것이 추억의 힘인데, 일본의 고전문학 안에서 귤꽃은 바로 이 추억을 일깨우는 장치인 것이다. 이야기 속 남자가 자신을 떠난 아내를 찾아내어 굳이 이런 장면을 연출한 까닭

427

은 무엇일까? 후회나 미련 때문이었는지 알 수는 없다. 또 전 남편과 뜻
밖의 상황에서 마주친 아내가 왜 출가를 했는지도 마찬가지이다. 아내
도 전 남편을 잊지 못하고 그리워하고 있었는지, 남루한 삶이며 남녀
간의 사랑이 모두 부질없다고 생각했는지, 해석은 각자 독자들의 몫이
다. 다만 이 이야기와 노래를 통해 확립된 이래 후대의 문학에 두고두
고 영향을 끼치게 된 하나의 공식을 정리해보면 '초여름 장마철+귤꽃
향기(+두견새)=옛사람의 추억'이라 할 수 있다.『만요슈』시대부터 자
주 조합을 이루었던 귤꽃과 두견새는 헤이안 시대 이후에는 더 긴밀하
게 결부되어 작품에 깊이와 풍부함을 더해주고 있다.

귤꽃 지는 마을에 두견새 날아들고

왕조 문학의 정수를 보여주는『겐지 이야기』에도 귤꽃은 스무 번이
넘게 등장하며 다채로운 남녀관계와 복잡한 삶의 모습을 보여준다. 우
선 '꽃 지는 마을'이라는 뜻의「하나치루사토花散里」권은 그 이름부터
귤꽃과 관련이 깊어 주목을 끈다. 주인공 히카루겐지光源氏는 아버지 기
리쓰보桐壺 천황의 사후 급변한 정세 속에 위기를 맞는다. 당대의 권력
자 우대신右大臣의 딸이자 동궁의 여어女御로 입궐이 예정되어 있던 오보
로즈키요朧月夜와의 밀회가 발각되며 겐지는 불안하고 심란한 나날을
보낸다. 장맛비 사이로 오랜만에 맑은 하늘이 드러난 어느 날, 그는 어
지러운 세상에도 한결같은 마음으로 자신을 기다려주는 하나치루사토
를 찾는다. 기리쓰보 천황의 후궁이었던 여경전麗景殿 여어와 그 여동생

하나치루사토가 지내고 있는 쓸쓸한 집에서는 귤꽃 향기가 풍겨온다. 여어와 담소를 나누던 겐지는 돌아가신 아버지를 회상하며 눈물을 쏟고 만다. 때마침 들려오는 두견새 울음소리에 그는 나지막이 노래를 읊는다.

그리운 귤꽃 그 향기 찾아 왔나 꽃 지는 마을
두견새 헤매이다 예까지 찾아 왔네

여기에서 귤꽃 향기는 돌아가신 아버지를 향한 추모와 더불어, 한 동안 잊고 지내던 하나치루사토에 대한 그리움이라는 이중적 의미를 지닌다. 귤꽃 향기를 따라 꽃 지는 마을을 찾아온 두견새는 갈 길을 잃고 헤매다 꽃 지는 마을이라 불리는 여자를 찾아온 겐지 그 자체이다. 죽은 자와 산 자 모두를 떠올리게 하는 귤꽃 향기는 변함없이 푸른 그늘을 내어주는 상록수처럼 늘 조건 없이 겐지를 품어주는 편안한 이들에게로 이끈다. 자신이 총애했던 중궁 후지쓰보藤壺와 밀통해 자식까지 낳게 한 아들 겐지의 패륜을 알면서도 눈감아주었던 기리쓰보 천황. 온갖 염문을 일으키며 자신을 찾지도 않고 제대로 대우해주지도 않는 연인으로 인해 번민하면서도 원망이나 불평을 드러내지 않았던 하나치루사토. 이 둘은 장차 휘몰아칠 폭풍 전야에 겐지가 잠시나마 기대어 쉬고픈 마음의 고향 같은 존재들이라 할 수 있다.

「고초胡蝶」권에서도 귤꽃은 겐지가 옛 연인 유가오夕顔를 회상하는 대목에서 어김없이 등장한다. 유가오는 원래 겐지와 여러모로 경쟁 관계에 있던 좌대신의 아들 두중장頭中將의 측실이었다. 그녀는 두중장과의 사이에 어린 딸도 있었지만 정실부인의 질투를 피해 은거하다 겐지와

429

인연을 맺는다. 박꽃처럼 희고 가련한 모습이었던 유가오는 젊은 나이에 덧없이 짧은 생을 마감한다. 유모 부부에게 맡겨져 성장한 그녀의 딸 다마카즈라玉鬘를 겐지는 양녀로 받아들여 세심히 돌봐준다. 안타깝게 요절한 옛 연인 유가오를 떠오르게 하는 다마카즈라의 싱그러운 아름다움에 겐지는 양부로서의 입장도 져버린 채 연심을 품게 된다. 비가 한 차례 지나간 어느 저녁, 다마카즈라를 찾아간 겐지는 마침 과일 그릇에 놓여 있던 귤을 만지작거리며 노래한다.

아련한 귤꽃 향기 감돌던 소매 그대 그윽한 향기는
고운 옛 임 모습 그대로인가

결국 중년의 겐지는 자신의 위태로운 욕망을 자제하지만, 귤꽃 향기로 촉발된 옛 추억이 자칫 현실을 전복시킬 수도 있는 파괴력을 감추고 있음은 앞에서 다룬 『이세 이야기』와도 어느 정도 중첩된다.

장마구름 사이로 달빛 아래 떠오르는 천년의 꽃은

『겐지 이야기』의 귤꽃 장면 가운데 단연 압권은 히카루겐지의 마지막 모습이 담겨 있는 「마보로시幻」권이라 할 수 있다. 여기에는 무라사키노우에紫の上와 사별한 겐지의 끝없는 슬픔, 그 무엇으로도 채워지지 않는 상실감과 가슴을 치는 회한, 마르지 않는 눈물로 점철된 1년간의 모습이 담겨 있다. 이 권의 이름도 겐지가 그녀를 그리워하며 읊은 다음 노래에서 유래한다.

> 창공을 날아 환영처럼 오가는 이여 묻노니
> 꿈에도 자취 없는 내 님 넋은 어딘가

　이 노래는 당나라 현종과 양귀비의 사랑을 노래한 백거이白居易의 『장한가長恨歌』에 토대를 두고 있다. 양귀비를 잃고 회한과 그리움에 사무친 현종이 환술幻術을 부리는 도사의 신통력을 빌려 그녀의 영혼을 찾는다는 후반부의 내용이 겐지의 상황과 뚜렷이 중첩된다. 무수한 여성들과 다양한 빛깔의 사랑을 나누었던 겐지이지만, 그가 가장 사랑했던 사람이 무라사키노우에라는 것은 자타가 공인하는 바일 것이다. 그럼에도 불구하고 뭇 여성들과의 부질없는 관계로 그녀를 아프게 했던 겐지의 때늦은 탄식에 무라사키노우에는 꿈에서도 대답이 없다.

　오월 장맛비가 내릴 무렵 비탄에 빠져 니조인二條院에 칩거한 채 '점점 더 멍하니 상념에만 빠져 지내는' 겐지를 유기리는 안타깝고 착잡한 마음으로 지켜본다. 무라사키노우에가 타계한 니조인은 겐지의 어머니 기리쓰보 갱의桐壺更衣의 사가私家이자, 겐지가 어린 소녀였던 무라사키노우에를 외할머니에게서 거두어 손수 키운 곳이기도 하다. 일본어로 '장마'와 '물끄러미 생각에 잠기어 바라봄'은 발음이 같아 노래에서는 한 단어로 두 가지 의미를 다 표현하는 기법으로 자주 사용된다. 하염없이 내리는 빗소리를 들으며 멍하니 상념에 잠겨 있는 겐지의 마음속 풍경에도 비가 내리고 있을 것만 같다. 어느 날 밤 모처럼 찌푸린 하늘에 달이 화사하게 떠오르자 유기리는 겐지를 찾아간다.

431

굴꽃이 달빛에 또렷이 떠오르고 바람에 실려 온 향기도 그리운 느낌이어서 "천년을 함께 해온 소리도 듣고 싶구나"라고 생각하며 기다렸다.

잠시 갠 하늘에 구름 사이로 달이 뜨고 그 아래 선연히 모습을 드러낸 굴꽃, 비를 머금은 바람에 더욱 짙어진 향기까지도 전해질 것 같은 풍경 묘사이다. '천년을 함께 해온 소리'란 항상 청신함을 잃지 않는 굴꽃나무와 오랜 세월 짝을 이뤄온 두견새 소리를 의미한다. 그 무엇을 하든 무라사키노우에가 생각나서 견딜 수 없는 마음을 주위 사람들에게 보이지 않으려 애썼지만 몰려온 먹구름에 소나기가 한차례 지난 후, 듣고 싶어 하던 두견새 소리가 정말로 들려오자 겐지는 평정을 잃는다.

"가버린 이를 그리는 이 밤하늘 소낙비 사이 젖은 몸 부여안고 두견새 찾아 왔나"라고 읊으시고 더욱 하늘만 바라보신다. 유기리는 "이승과 저승 오가는 두견새여 저 세상 계신 그 분께 전해다오 굴꽃 한창이라고"라고 답가를 했다.

"먼 옛이야기 들려오는 곳이면 옛적 두견새 어찌 알고 우는지 그 옛 노래 들리네"(『고킨로쿠조古今六帖』)라는 시처럼 밤하늘 빗속을 뚫고 날아든 두견새는 겐지의 소리 없는 통곡을 해제하고 무라사키노우에와의 추억을 소환해낸다. 그런데 이 굴꽃 향기에 너무도 아름다웠던 사람을 떠올리는 것은 겐지만이 아니었다. 아버지의 여자를 사랑한 적이 있는 겐지는 자신의 아름다운 연인들과 아들이 대면할 기회를 절대로 만들지 않았다. 하지만 어느 해 가을 태풍이 휘몰아치던 날, 아버지에게 문안을 갔던 유기리는 우연히 주렴 너머로 무라사키노우에의 모습을 훔쳐보게 된다. 당시 상류 귀족사회의 귀공자로서는 드물게 일부일처에 가까운 생활을 하던 얌전한 유기리도 무라사키노우에의 찬란한 미모에는 넋을 빼앗기고 한동안은 잠도 이루지 못할 만큼 마음이 흔들린다. 바람결에 단 한 번 엿본 무라사키노우에의 '기품 있고 깨끗하며 향기가 감도는' 듯한 모습을, '봄날 새벽안개 사이로 화사하게 피어 있는 아름다운 벚꽃 같다'고 느꼈던 유기리의 뇌리에 그녀는 이제껏 본 적 없는 최고의 가인佳人으로 깊게 아로새겨진 존재였다. 타고난 곧은 성품으로 인해 아버지가 가장 사랑하는 사람을 감히 부적절한 대상으로 여기지는 못하면서도, 그녀를 본 이후 그 잔영을 떨치지 못한 유기리는 번민과 두려움에 가슴앓이를 했었다. 그런 무라사키노우에를 유기리가 다시 보게 된 것은 「미노리御法」권에 그려진 그녀의 임종 직후였다. 망연자실해 있던 겐지는 유기리가 무라사키노우에의 시신을 훔쳐보는 것을 알면서도 더 이상 가로막을 마음도 들지 않았다. 자연스럽게 흘러내린 청결하고 풍성한 머리카락, 눈부시게 빛나는 흰 얼굴, 무라사키노우에는 숨을 거둔 후에도 여전히 비할 바 없이 아름다운 모습이었다. 저물어가는 인생의 길목에서 만난 이 귤꽃 향기는 겐지로 하여금 퇴색하지 않는 영원한 아름다움으로 기억된 채 세상을 떠난 무라사키노우에의 추억과 정면으로 마주하게 한다. 그리고 이 향기는 분명 모든 추억들을 넘어 겐지를 가장 특별한 시간으로 이끌어주었으리라.

귤꽃 향기는 왜 추억인가

『만요슈』, 『고킨와카슈』의 노래에서 출발해 『이세 이야기』와 『겐지 이야기』 등을 거쳐 중세의 노래들에 이르기까지 귤꽃 향기는 수많은 작품들 속에서 다양한 인물들의 여러 가지 상황을 그려낸다. 그리운 옛 사람을 떠오르게 하는 향기라는 이미지는 공통적이었지만, 각 작품마다 귤꽃 향기가 자아내는 그리움의 속성과 빛깔, 무게는 각양각색이었다. 그런데 귤꽃 향기가 일본의 고전문학 안에서 이렇게 추억과 그리움의 대명사가 된 이유는 무엇일까? 거기에는 여러 답이 있겠지만, 여기서는 두 가지 측면을 생각해보고자 한다. 먼저 귤꽃이 피는 시기이다. 이 꽃이 피는 여름은 청춘과 환희의 계절이다. 자연의 순환에 있어서나 자연을 닮은 인간에게 있어서나 여름은 가장 뜨겁고 생명력이 넘치는 시절이자 아름다운 계절이다. 그러나 이 시기를 통과하고 있는 당사자는 정작 그 가치를 잘 모른다. 타오르는 태양이 있어 오곡이 무르익듯, 모든 결실은 이 뜨거움이 있기에 가능한 것이다. 그러나 인간은 이 열기로 인해 외려 고통을 당하기도 하고, 때로는 고통에 압도되어 스스로를 망가뜨리기도 한다. 그리고 언제나 그 시절이 다 지난 후에야 그리워하는 하는 것이 여름이고 청춘이다. 그런 여름의 시작을 알리는 귤꽃에 추억과 회상, 그리움이라는 지위를 부여한 일본의 고전문학은 그야말로 절묘한 계절 감각의 진수를 보여주는 세계이다.

한편, 초록빛 잎과 향기로운 흰 꽃을 지닌 상록수라고 하는 귤나무 자체의 특성도 그 이미지 형성에 어느 정도 일조한다고 볼 수 있다. 녹색과 흰색은 각각 영원함과 순수성을 상징한다고 볼 수 있다. 인간은 반드시 신화나 종교의 세계에만 영원성을 추구하는 존재가 아니다. 귤꽃이 일본 신화에서 말하는 불로불사의 영약이나 복福과 부富를 가져다 준다는 상서로운 그 꽃이 아니라 해도 상관없다. 종교학자 엘리아데는 아무리 비종교적이고 속된 사람이라 할지라도 인간에게는 각자 다른 시간이나 공간과는 질적으로 구별되는 예외적이고 특별한 시간과 장소가 존재한다고 보았고, 그곳을 개인적인 우주의 '성지聖地'라 표현했다. 예컨대 고향이라든가 첫사랑의 추억이 깃든 특정 장소나 시간, 젊은 시절 처음으로 방문한 외국 도시의 어떤 장소 등이 그것이다. 어쩌면 귤꽃 향기는 이렇듯 저마다 지니고 있을 자신만의 '순수하고 영원한 성지'로 이끌어주는 묘약이 아닐까?

연둣빛 일상의 풍경, 버드나무

귤꽃이 상서로움과 그리움의 향기로 쟁쟁한 꽃들 속에서 존재감을 이어왔다면, 버드나무는 그 멋진 꽃들 틈에서 담담한 바탕이 되어 나름의 자리를 찾는다. 대륙에서 여러 문물들과 함께 들어와 그윽한 향기로 꽃의 대명사처럼 여겨지던 매화와, 신화의 시대부터 아름다움과 번영을 상징하다 차츰 일본을 대표하는 꽃이 된 벚꽃. 이 꽃들 사이에 향기도 없고 별로 눈에 띄지는 않지만, 나서지 않고 가만히 물러나 주인공을 더욱 돋보이게 하고 전체와 어우러져 조화를 이루는 존재가 버드나무가 아닐까 싶다.

버드나무라고 하면 사람들이 먼저 떠올리는 것은 대부분 가지가 낭창 늘어진 수양버들일 것이다. 대륙에서 도래했다고 전해지는 이 수양

버들은 보통 '유柳'로, 가지가 아래로 쳐지지 않는 재래종은 '양楊'으로 구분해서 표기하기도 하지만, 둘 다 일본어로는 '야나기'라고 읽으며 이 글에서도 구별 없이 함께 다루겠다. 때로는 왕성한 생명력으로 신성시되기도 하고, 미인의 눈썹과 허리에 비유되는가 하면, 찬란했던 옛 도읍의 시가지를 장식하는 풍물이 되기도 하며 버드나무는 오랜 세월 동안 일본인의 생활 가까이에 자리해온 식물이었다. 친숙한 만큼 일본 고전문학 안에 그려진 버드나무의 모습을 한 마디로 정의하기 어렵지만, 여기에서는 고전 속에 드러난 버드나무의 평범하지만 잔잔한 아름다움을 들여다보고자 한다.

좋아한다, 안 좋아한다

버드나무는 일찍부터 만물이 약동하는 봄을 알리는 존재로 휘파람새와 함께 자주 노래되었고 그 왕성한 생명력을 구가하는 경우도 많았다.

거슬러 오른 사호 강변 즐비한 푸른 버들은
지금 봄이라 하네 봄이 한창이라네   (『만요슈』권8-1433)

봄 안개 피어 흘러가는 길 따라 연둣빛 연한
버들가지 물고서 휘파람새 우는가   (『만요슈』권10-1821)

이른 봄의 시작과 함께 싹이 트는 식물이 버드나무만은 아니지만, 이 나무가 특히 봄의 활기찬 생명력을 대표하는 존재가 된 이유는 베어내고 베어내도 또 싹터 나오는 강인한 생명력 때문일 것이다. 버드나무는 가지를 잘라 땅에 꽂기만 해도 새 나무가 생겨난다고 한다. 그 누구도 죽을 운명을 벗어날 수 없는 인간의 유한한 삶과는 대조되는 버드나무의 이런 특성에 옛날 사람들은 일찌감치 주목했던 모양이다.

> 버들가지야 베어내도 새순이 돋는다지만
> 사랑에 죽을듯한 이내 몸 어찌하리   (『만요슈』권14-3491)

그런데 흥미로운 것은 사랑 때문에 죽을 것 같은 마음을 호소하는 이 노래에서는 버드나무에 대한 경외감보다는 친숙함이 느껴진다는 점이다. 버드나무가 사람들 손에 닿지 않는 초월적인 존재가 아니라, 오히려 언제나 손을 내밀면 닿을 듯이 삶 가까이에 있는 존재로 그려지고 있는 것이다. '좋아한다, 안 좋아한다'라고 주문을 외며 꽃점을 치듯이, 버드나무 삽목揷木이 성공하느냐의 여부로 사랑의 성취를 점치는 다음 시도 마찬가지이다.

> 오야마다의 연못 제방에 꽂은 버들가지가
> 나무가 되든 말든 너와 나 하나 되리   (『만요슈』권14-3492)

고대인들은 농경에 필요한 물을 대기 위해 마련한 연못 제방에 버드나무 가지를 꽂아두어 나무가 무성하게 자라면 그 풍성한 가지를 타고 신이 강림해 풍요를 가져다주리라 믿었다. 농사의 풍흉뿐 아니라 사랑도 버드나무가 뿌리를 잘 내려 나무가 되느냐 마느냐에 달려 있다고 믿었던 당시 사람들의 소박한 믿음이 엿보인다. 물론 이 시 속의 화자는 버드나무와 상관없이 자신은 사랑을 이루고야 말겠다는 굳은 의지를 보여주고 있는데, 그 결연함에도 불구하고 버드나무는 정겹고 친근한 대상으로 느껴진다. 비바람에 휘고 늘어져도 절대 꺾이지 않는 버드나무 뿌리와 농사도 사랑도 쉽게 포기하지 않으려는 옛 사람들의 모습이 어딘가 닮았다.

여신이 물들인 푸른 실이런가

이렇듯 친근한 버드나무가 가진 아름다움은 너무 높고 귀해서 손에 닿을 수 없는 아름다움이라기보다는 순하고 고운 이웃집 처자 같이 편안한 아름다움이라 할 수 있다. 특히 버드나무 새순의 여리고 가냘픈 아름다움은 여신이 물들인 푸른 실에 비유되기도 한다.

> 사호히메님 푸른 실 물들여서 걸어놓았나
> 멈춰라 버들가지 헝크는 봄 산바람   (『시카와카슈詞花和歌集』권1-12)

사호히메佐保姬는 나라奈良 동쪽 사호 산佐保山에 사는 봄의 여신이다. 봄을 의미하는 동쪽에 위치한 사호 산과 그 주변 나라 분지를 흐르는 사호 강佐保川은 봄맞이나 봄놀이의 무대로 종종 노래된다. 봄 산에 피어오르는 안개를 사호히메가 짜낸 얇은 천이라고 생각하고, 가늘고 여린

【그림 2】 실버들 (필자 촬영)

연둣빛 버들가지를 사호히메가 물들인 실에 비유한 옛 사람의 상상력이 섬세하고 아름답다.

> 매화꽃 꺾어 가만히 바라보니 내 집 마당의
> 어린 버들 순 같은 고운 눈썹 비치네 　　　　　　　(『만요슈』권10-1853)

봄을 대표하는 매화꽃을 앞에 두고 꽃도 아닌, 자기 집에 있는 버드나무를 떠올리는 사람의 마음은 어떤 것일까? 매화의 입장에서는 자존심이 상하는 이야기지만, 버드나무가 집에 두고 온 아내의 고운 눈썹을 떠오르게 했다면 이해가 될 것도 같다. 꽃은 아니라 해도 버드나무의 유연한 가지와 날렵한 잎은 가느다랗고 아름다운 여성의 눈썹이나 낭창낭창 나긋한 허리를 연상케 한다. 세상에 아름다운 꽃이 제아무리 많다 해도 동네 어디나 있는 버드나무처럼 우리 집에 있는 평범한 내 아내가 어여쁘고 보고 싶다는 그 마음이 순박하다.

꽃들 사이사이 버드나무

버드나무가 널리 보급되기 전, 이 나무도 한때는 화려한 도읍의 풍경을 장식하는 풍물로 인식되었던 시절이 있었던 듯하다. 나라 시대의 귀족 관인이자 가인歌人이었던 오토모 야카모치大伴家持는 지방관으로 머나먼 부임지에 내려가 있던 당시, 움트는 버드나무 새순을 보자 문득 도읍의 대로변에 가로수로 심어져 있던 버드나무를 떠올린다.

> 봄날 부풀 듯 싹틔운 버드나무 손 내어 보니
>
> 머나먼 도읍 너른 길가 눈에 어리네 　　　　　　　　　(『만요슈』권19-4141)

도읍을 그리워하는 이에게 버드나무는 아름다운 수도의 봄 풍경으로 기억되었던 모양인데, 시대는 약간 다르지만 비슷한 취향의 노래가 있다. 소세이 법사素性法師가 꽃이 한창인 도읍 헤이안(지금의 교토京都)을 바라보며 읊었다는 다음 노래에서도 버드나무는 도읍의 풍경을 수놓는 하나의 배경이다.

> 바라다보면 멀리 버들과 벚꽃 아로새기듯
>
> 도읍은 곱디고운 봄빛 비단 둘렀네 　　　　　　　　　(『고킨와카슈』 56)

비단을 두른 듯 눈부시게 화사한 도읍의 아름다운 풍경 속에 버드나무는 빠지지 않고 등장한다. 다만 순하고 잔잔한 매력을 지닌 버드나무는 홀로 주목받기보다는 이렇게 매화나 벚꽃 같은 다른 봄꽃들과 함께 노래되는 경우가 많다. 이 노래에서도 버드나무의 연두색은 벚꽃의 화사함을 한층 돋보이게 하는 역할을 한다. 벚꽃을 유난히 사랑한 것으로 유명한 가인 사이교西行도 가던 발길을 멈추게 하는 버드나무의 편안함을 이렇게 묘사한다.

길가 흐르는 맑은 물 버들아래 발길 잠시만
머물려 하였건만 그만 멈춰버렸네   (『신코킨와카슈』 262)

휘파람새 날갯짓에도 헝클어질까

『겐지 이야기』「와카나 하若菜下」권에서 겐지가 온나산노미야女三宮의 모습을 버드나무 새순에 빗대어 묘사한 대목은 어찌 보면 지금까지 앞에서 언급한 버드나무의 이미지가 집약된 심화편이라 할 수 있다. 작고 한 기리쓰보 천황의 장남이자 겐지의 배다른 형인 스자쿠인朱雀院은 겐지와 후지쓰보 사이에서 밀통으로 태어난 레이제이 천황冷泉帝에게 황위를 물려준 상태이다. 병든 몸으로 출가를 앞둔 스자쿠인은 자신이 가장 아끼는 셋째 황녀 온나산노미야의 결혼상대로 겐지를 점찍는다. 마흔이 되던 해, 겐지는 가장 사랑하는 아내 무라사키노우에를 제쳐놓고 황녀를 정실로 맞이한다. 나이에 비해 어린 온나산노미야의 유치함은 겐지로 하여금 이내 무라사키노우에를 더욱 생각나게 하지만, 무라사키노우에가 받은 상처는 이미 돌이킬 수 없어 견고해 보였던 부부 관계에도 변화를 초래한다.

몇 년 후 다시 새 천황이 등극하고 정월을 맞이한 겐지의 대저택에서 여성들의 악기연주가 이루어지는데, 겐지는 이 합주에 참석한 여성들을 꽃에 비유한다. 무라사키노우에는 벚꽃, 아카시 부인明石御方은 귤꽃, 아카시 부인과 겐지 사이에서 태어나 훗날 중궁이 되는 아카시 여어明石女御는 등꽃에 각각 비유된다. 그러나 온나산노미야만은 다른 여성들과 달리 꽃이 아니라 '이월 스무날 즈음의 연푸른 버들이 드디어 가지를 늘어뜨리기 시작한 듯 휘파람새 날갯짓에도 헝클어져 버릴 것처럼' 연약하게 보이는 버드나무의 새순에 비유된다. 황녀로 태어난 온나산노미야는 귀족여성으로서의 기품과 한창때의 젊은 여성에게서 볼 수 있는 가녀린 아름다움은 갖추었다. 하지만 그것은 겐지나 무라사키노우에 같은 이상적인 인물들이 지닌 비범한 아름다움과는 다르다. '사르르 떨어지는 맑고 청결한 머리카락', '세상에 다시없을 아름다운 모습', '주위 사방에 향기가 퍼질 것 같은 빼어난 미색' 등으로 표현되는 무라사키노우에 대한 묘사와 비교하면 그 차이는 뚜렷하다.

하지만 너무도 작고 연약해 보였던 이 황녀의 이후의 행보는 의외로 굳세고 꿋꿋하다. 비록 온나산노미야는 자신을 흠모해왔던 가시와기柏木와의 밀통으로 아들 가오루薫를 낳아 정말로 바람에 헝클어진 푸른 실이 되어버렸지만, 그녀는 자신의 행동에 책임을 진다. 애정 없는 결혼생활을 미련 없이 정리하고 출가를 통해 자신의 길을 꿋꿋이 걸어간 온나산노미야의 모습은 겐지나 무라사키노우에보다 결코 약하지 않다.

출가문제를 두고 복잡한 심경으로 끊임없이 고민했던 겐지는 불도에만 전념하는 온나산노미야에 대해 심지어 부럽고 분한 마음까지 품는다. 겐지의 눈에 그녀는 대단한 신앙심도 없이 얕은 동기로 불제자가 된 사람으로 비친다. 그런 그녀가 흔들림 없이 자신의 길을 갈 수 있는 것은 인생에 아무런 불안도 느끼지 않고, 모든 일에 일체 무심하게 있을 수 있는 처지이기 때문이라 생각한다. 정념이 깊을수록 슬픔도 깊고, 삶의 본질을 꿰뚫고 있을수록 고통도 커지는 것일까? 주인공 겐지는 고귀한 혈통과 눈부신 외모, 다방면에 출중한 자질과 섬세한 감성까지, 모든 것을 갖춘 인물로 묘사된다. 그런 그가 인생의 막바지에서 자괴감에 시달리며 평소 자신보다 못하다 여겼던 단순하고 평범한 이를 질투하는 모습은 아이러니라고밖에 할 수 없다.

온나산노미야는 비록 『겐지 이야기』의 주인공은 아니지만, 아름다운 꽃들을 돋보이게 해주는 푸른 버드나무처럼, 주인공들을 돋보이게 하는 인물이라 할 수 있다. 무라사키노우에처럼 이상적인 미와 비범한 자질을 갖춘 여주인공이 아니어도, 푸르고 여린 버드나무 새순 같았던 그녀를 사랑스럽게 여긴 가시와기 같은 남성도 있다. 겐지에게 가장 큰 사랑을 받았지만 한 명의 자식도 낳지 못한 채 벚꽃처럼 져버린 무라사키노우에와 달리, 온나산노미야가 낳은 가오루는 겐지의 아들로서 가문의 번영을 이어간다. 여렸던 새순이 점점 풍성한 가지가 되고, 강인한 뿌리를 내려 어지간한 비바람에는 쉽게 뽑히지 않는 왕성한 생명력의 버드나무처럼.

참고문헌

무라사키시키부 지음, 이미숙 주해(2014) 『겐지 모노가타리 1』(문명텍스트 22, 서울대학교출판문화원)
有岡利幸 (2013) 『柳』(ものと人間の文化史 162, 法政大学出版局)
林田孝和 他 編(2002) 『源氏物語事典』 大和書房
미르치아 엘리아데, 이은봉 옮김(1998) 『성과 속』 한길사

동식물로 읽는
일본문화

아침저녁 아름다운 얼굴로 피어나다

이 미 령

● ● ● ●

　여기 두 꽃이 있다. 새벽녘 촉촉이 이슬을 머금고 피어나는 아사가오
朝顔. 반대로 어스름한 저녁 무렵이 돼서야 하얀 얼굴을 드러내는 유가
오夕顔. 아마도 대개의 일본인은 이 두 꽃의 이름을 들으면 헤이안 시대
(794~1185년)의 대표적 고전작품인 『겐지 이야기源氏物語』에 등장하는
아사가오와 유가오라는 두 여성을 떠올릴 것이다. 그만큼 작품 내에 묘
사되는 두 여성의 이미지가 실제 꽃이 가지고 있는 이미지와 잘 맞아떨
어져 깊은 인상을 남기기 때문이다.

　아사가오는 한자로 '朝顔'이라 표기되는데, 우리가 흔히 나팔꽃이라
부르는 식물이다. 메꽃과의 일년생 덩굴식물로, 한여름 동틀 무렵 꼭

【그림 1】 아사가오 꽃(湯原公浩 編(2006) 『王朝の雅 源氏物語の世界』 平凡社)

다문 봉우리를 살짝 열고 울타리나 버팀목에 기대어 피어나는 가녀린 꽃이다. 이 꽃은 나라 시대(710~794년) 말기 일본에 전래되었는데, 처음에는 약용식물로서 수입되었다. 아사가오의 종자種子를 '겐고시牽牛子'라고 부르는데, 이는 중국에서 소를 끌고 가서 사례할 정도로 귀한 약재였다는 데서 유래한 명칭이다. 이후 아사가오는 관상용으로 품종이 개량되어 지금까지 일본의 대표적 원예식물로 많이 사랑받고 있다.

반면 유가오는 한자로 '夕顔'으로 표기되는데, 우리나라의 박꽃에 해당한다. 여름철 해질 무렵 시골 초가집 지붕 위에 환하게 피어나던 하얀 꽃, 우리 옛이야기 속 흥부가 심었다던 박씨에서 피어난 꽃이 바로 유가오다. 가을이 되면 큼지막한 열매를 맺기 때문에 주로 열매의 속은 파내어 먹고, 남은 겉껍질은 단단하게 말려서 용기로 사용하는 매우 실용적인 식물이다. 일본인들이 즐겨 먹는 김초밥에 들어가는 재료인 '간표かんぴょう'가 바로 이 유가오의 열매를 말려 양념한 것이다.

이처럼 아사가오와 유가오는 이름만 놓고 보면 같은 종류의 꽃처럼

【그림 2】 유가오 꽃(湯原公浩 編(2006) 『王朝の
雅 源氏物語の世界』 平凡社)

느껴지지만, 실상 꽃이 피는 시간대도, 사용되는 용도도, 식물학적인
분류도 다르다. 비슷하면서도 상반된 이미지를 지닌 아가사오와 유가
오라는 꽃을 과연 일본의 문학작품에서는 어떻게 그리고 있을까? 지금
부터 일본의 전통시인 와카和歌와 고소설 『겐지 이야기』를 중심으로 살
펴보고자 한다.

덧없는 사랑, 허무한 세상이여

아사가오 꽃의 색깔은 하양을 비롯하여 진한 보라, 파랑, 빨강, 분홍
등 매우 다양해서 꽃이 활짝 피었을 때 보면 화려하고 아름답기 그지없
다. 그렇지만 고작 하루 만에 피고 지는 꽃이다 보니 옛 사람들은 기쁨
과 더불어 아쉬움과 허무함도 느꼈던 모양이다. 그래서 풋사랑, 덧없는
사랑이라는 아사가오의 꽃말은 어찌 보면 당연하게 느껴진다.

　헤이안 시대 최고의 풍류남 아리와라 나리히라在原業平가 주인공으로 등장하는 『이세 이야기伊勢物語』에는 125편에 달하는 와카와 그 와카에 얽힌 사랑이야기가 수록되어 있다. 여기에 아사가오를 시제詩題로 삼은 와카가 한 수 보인다.

> 나 아니면 허리끈 풀지 마시게나 아사가오 꽃처럼
>
> 저녁을 기다리지 못하는 꽃이라 할지라도

　정 많고 호색적인 여인과 사귀던 남자는 자신의 연인이 행여 다른 남자와 만나고 있는 건 아닐까 불안한 마음이 가득하다. 당시 아사가오는 이른 아침에 파란색 꽃을 피웠다가 햇살이 강해지는 낮이 되면 붉은 색으로 금방 시들어 버렸다. 그러면 여기서 상상해보자. 꿈같은 밤을 함께 보내고 아침 일찍 여자의 집을 나서던 남자는 울타리 가득 화려하게 피어 있는 아사가오 꽃을 발견한다. 아름다움에 취해 꽃을 바라보던 남자의 머릿속에 불현듯 떠오른 생각 하나. 설마 나 아닌 다른 남자와도? 혹여나 바람기 많은 여자가 변심할까 볼멘소리로 와카를 읊는 남자의 모습이 애잔하다.

　그런데 사실 이 와카는 남자가 여자의 집에서 첫날밤을 보내고 난 다음날 아침 자신의 집으로 돌아가 여자에게 보내는 노래다. 일본어로 '기누기누노 우타後朝の歌'라고 하는데, 일종의 연서戀書인 셈이다. 실제로는 동 트기 전 주변이 아직 어둑어둑할 때 연인의 집에서 나와야 하는 것이 당시의 법도라서 남자는 활짝 핀 나팔꽃을 직접 보지는 못했을 것이다. 하지만 저녁이 되어서야 다시 만날 수 있는 연인에 대한 그리움과 안타까움, 그리고 '나만큼 당신도 나를 보고 싶어 하나요'라는 가

벼운 투정을 담아 로맨틱하게 읊은 것이다.

이에 질세라 여자도 와카로 답한다.

> 우리 둘이서 묶은 끈을 어찌 혼자 풀까요
> 다시 만날 때까지 풀지 않으려 합니다

투정 섞인 남자의 사랑 고백에 여자는 둘이서 맺은 인연을 어찌 저버리겠냐며 불안한 남자의 마음을 토닥인다. 요즘 우리가 흔히 말하는 남녀사이의 '밀고 당기는' 연애기술의 은근하면서 세련된, 그리고 교양 넘치는 옛 버전이라 생각하면 되겠다.

또 일본 가마쿠라 시대(1192~1333년)에 천황의 칙명을 받아 편찬된 가집인 『신코킨와카슈新古今和歌集』에는 헤이안 시대 36명의 가선歌仙 중한 사람이었던 소네 요시타다曾禰好忠의 와카가 남아 있다.

> 일어나 보고자 생각했던 사이에 시들었구나
> 이슬보다 한층 더 덧없는 아사가오 꽃이여

덧없고 허무함을 상징하는 시어詩語 중에 어디 이슬만한 것이 있으랴. 이른 아침 풀잎 끝에 간신히 매달려 있다가 해가 뜨면 곧바로 사라져버리는 이슬의 허망함. 그런데 이 와카를 읊은 작자의 눈에는 그러한 이슬보다 아사가오 꽃이 더욱 허무하게 느껴진다.

이렇게 아사가오 꽃에 덧없음을 빗댄 심상은 헤이안 시대 최고의 스캔들 메이커였던 이즈미시키부和泉式部의 와카에서도 고스란히 드러난다.

449

살아 있다 기대해도 될는지 덧없는 세상

알게 해주는 것은 아사가오 꽃이거늘

지금 이렇게 살아있다고 해서 내일도 아무 일 없이 잘 살아가리라 단정할 수 없는 것이 바로 인생, 저 아사가오 꽃을 보면 알 수 있지 않은가라는 뜻이다. 타고난 재능을 바탕으로 1,500수에 이르는 뛰어난 와카를 남긴 이즈미시키부는 평생 불꽃같은 사랑 속에 살다간 여성이다. 그녀의 남다른 재능에 관해서는 중세의 모노가타리 평론서인 『무묘조시無名草子』에 "여성으로서 그녀만큼 많은 와카를 읊은 사람도 없으며, 성품이나 행동거지는 그리 품위 있고 그윽하지는 않았지만 전세의 공덕인지 매우 뛰어난 와카를 남겼다"고 언급되어 있다. 와카에 있어서만큼은 누구나 극찬하는 천부적인 재능을 지닌 인물이었던 것이다.

그런데 재능도 재능이지만, 이즈미시키부는 파란만장한 연애사로 더욱 유명하다. 귀족 남성과 결혼하여 딸까지 낳았던 그녀는 지방관으로 발령받은 남편의 부재중에 어린 시절부터 친구였던 다메타카爲尊 황자와 사랑에 빠진다. 불행히도 그 사랑은 오래가지 못했는데, 황자가 역병에 걸려 죽고 만 것이다. 사랑하는 이를 떠나보내고 남편과 가족들에게까지 버림받은 그녀는 외롭고 공허한 삶을 살아간다. 그러던 중 그녀의 안부를 묻는 다메타카의 동생 아쓰미치敦道 황자의 편지를 계기로 또 다시 그와 사랑에 빠지고 만다. 요즘 말로 '금방 사랑에 빠지는' 열정적인 여성이었던 모양이다. 하지만 그 행복도 잠시, 아쓰미치 황자가 요절한다. 이 얼마나 기구한 운명인가. 사랑하는 이를 연이어 떠나보내고 홀로 남은 그녀가 세상의 무상함, 인생의 공허함을 와카에 담아 이야기한다. 아이러니하게도 비극적 사랑으로 점철된 인생사가 그녀의 문학세계를 더욱 풍성하게 만든 것이리라.

마지막으로 『이즈미시키부슈和泉式部集』 속편에 실린, 죽은 연인이 남긴 유품 속에서 우연히 발견한 말린 아사가오 꽃을 보고 읊은 그녀의 와카를 통해 아사가오의 이미지를 가늠해보자.

아사가오 꽃 꺾어 줄곧 보려 했던 걸까
덧없는 아사가오의 이슬보다 먼저 사라진 몸이거늘

꽃보다 『겐지 이야기』

일본 고전 수필의 대표작인 세이쇼나곤清少納言의 『마쿠라노소시枕草子』에는 유가오 꽃에 대한 짤막한 평이 남아 있다. 이런저런 풀꽃에 대한 자신의 감상을 적은 글에서 "유가오는 꽃 모양도 아사가오 꽃과 비슷하고 아사가오, 유가오라고 나란히 불러봐도 전혀 이상하지 않은데 열매 모양이 좀 한심하게 생겼다. 왜 그렇게 이상하게 생긴 열매가 열릴까. 적어도 수선국 정도는 생겼어야지. 그래도 이름은 멋지다"라 말한다. 결국 작자는 유가오 꽃의 아름다움은 인정하고 있지만 볼품없는 열매를 가졌다며 폄하한다.

유가오를 바라보는 이러한 시각은 옛 사람들의 공통적인 생각이었던 듯하다. 그러다보니 아사가오 꽃을 노래한 와카는 많이 남아 있는 데 비해 유가오 꽃과 관련한 와카는 그다지 많지 않다. 아마도 이는 자연을 아름답게 묘사하고, 그 정취를 즐기는 것을 필수 교양의 하나로

생각하던 당시 귀족들에게 두 꽃의 역할이 전혀 달랐기 때문으로 보인
다. 앞서 살펴본 대로 아사가오는 귀족들의 정원에서 관상용으로, 유가
오는 서민의 집에서 식용으로 키웠다는 점을 생각하면 충분히 납득이
가리라.

그렇다면 유가오에 대한 와카는 어떤 것이 남아 있을까? 일본에서는
헤이안 시대부터 가마쿠라 시대 초기까지 천황의 명에 의해 편찬된 8
권의 칙찬 가집을 팔대집八代集이라 부르는데, 그 중 8번째 칙찬집인
『신코킨와카슈』에 유일하게 한 수가 실려 있다. 전 태정대신 후지와라
요리사다藤原賴實의 와카가 그것이다.

> 하얀 이슬이 애정의 말 남겨놓은 노래이련가
>
> 은은하게 보였던 저녁에 핀 흰 유가오 꽃

이 와카는 작자가 실제 유가오 꽃이 핀 정경을 보고 감상을 읊은 노
래가 아니다. 『겐지 이야기』에 등장하는 주인공 히카루겐지光源氏와 유
가오라는 여성이 와카를 주고받는 장면을 연상하며 읊은 것이다. 다시
말해 한여름 저녁 무렵 하얀 꽃을 피운 유가오 꽃에 대한 정취를 담은
노래가 아니라 『겐지 이야기』「유가오」권에서 남녀주인공이 주고받은
와카를 주제로 읊은 노래인 것이다. '하얀 이슬'은 유가오가 히카루겐
지에게 보낸 와카 중에서 히카루겐지를 지칭하는 시어다. 또 '애정의
말'이란 그 다음에 이어지는 '은은하게 보였던 저녁에 핀 흰 유가오 꽃'
을 가리키는 것으로 히카루겐지가 유가오에게 보낸 와카의 한 구절이
다. 이것은 일종의 히키우타引歌라 할 수 있는데, 유명한 옛 와카를 자신
의 문장이나 시에 인용하여 정취를 더욱 깊게 하는 표현방식이다. 이렇

게 작품에 수록된 와카의 일부분을 가지고 노래를 읊어도 '아하~! 그 유가오!'라고 알아차릴 수 있을 정도로 당시대인들에게 『겐지 이야기』 는 상당한 영향력을 가진 작품이었다. 『겐지 이야기』에 대한 보다 구체 적인 내용은 다음 장에서 살펴보기로 하자.

한편 헤이안 시대 말에 무사이자 가인歌人으로 활동한 사이교 법사西 行法師도 유가오에 대한 와카를 남기고 있다. 사이교는 후지와라 순제이 藤原俊成와 함께 『신코킨와카슈』의 가풍歌風 형성에 지대한 영향을 끼친 인물로 유명하다. 그는 실제 『신코킨와카슈』의 여러 가인들 중에서도 가장 많은 94수의 와카를 싣고 있다. 스물세 살의 나이에 출가한 그는 평생 은둔과 전국 각지로 떠도는 방랑을 거듭하며 무려 2,000여 수에 이르는 와카를 남겼다. 특히 꽃과 달을 각별히 사랑하여 그와 관련한 와카가 많이 전해진다. 또한 그의 작품에서 느낄 수 있는 적요寂寥와 한 적閑寂의 정서는 이후 중세 문학의 주요한 흐름으로 자리 잡는다. 이렇 게 와카의 역사에 큰 발자취를 남긴 사이교는 그의 가집 『산카슈山家集』 에서 유가오 꽃을 둘러싼 풍정을 솔직하고 담백하게 표현한다.

산사람이 만든 울타리 너머로
이웃집까지 뻗어 핀 유가오 꽃

삼베옷 말리는 비천한 집 바지랑대
휘감아 피는 유가오 꽃

두 노래에 묘사된 유가오 꽃은 화려한 귀족의 저택과는 거리가 먼 비 천한 산사람의 울타리나 거친 삼베옷 말리는 바지랑대에 의지해 피어

453

난다. 궁정을 무대로 활동했던 가인들과는 달리 산리山里의 암자에 은둔하며 살았던 사이교였기에 가난한 서민들의 삶을 보다 가까이서 관찰할 수 있었으리라. 그는 유가오가 핀 시골 마을의 정경을 어떠한 상징적 가어歌語나 옛 와카를 인용하는 등의 기교를 부리지 않고 있는 그대로 소박하게 읊는다. 역시 유가오는 감상을 위해 공들여 키우는 귀족적인 이미지의 꽃이 아니라 특별히 보살피지 않아도 어디서나 피고 잘 자라는 서민적 이미지의 꽃인 듯하다.

고결한 아가씨 아사가오와 환상의 여인 유가오

일본이 '세계 최고世界最古의 장편소설'이라 자랑하는 『겐지 이야기』는 헤이안 시대 여성작가 무라사키시키부紫式部에 의해 창작된 작품이다. 주인공 히카루겐지의 탄생에서 시작하여 그의 전 생애와 다음 세대, 약 75년간의 세월을 54권에 걸쳐 이야기한다. 또한 작품 내에 등장하는 인물은 단역을 포함해 무려 500여 명에 이른다. 천황의 아들이라는 높은 신분에다 범접할 수 없을 정도로 뛰어난 외모와 능력을 지닌 히카루겐지는 작품에서 여러 여성과 연애관계를 맺는데, 그중에 우리가 지금부터 살펴볼 아사가오와 유가오가 있다.

아사가오는 히카루겐지의 아버지 기리쓰보桐壺 천황의 동생 식부경궁式部卿宮의 여식으로 히카루겐지의 사촌누이에 해당한다. 그녀는 황손이라는 고귀한 신분과 사려 깊은 품성을 지닌 이상적인 여성으로 그려진다. 당연히 주인공 히카루겐지의 열렬한 구애를 받는다. 하지만 그녀는 한결같이 그의 사랑을 거부한다. 그러면 여기서 도대체 '왜?'라는 의문이 생겨난다. 누구나 칭송하는 외모와 품성, 게다가 천황의 아들이라는 높은 신분을 지닌 남성이 자신에게 그토록 열렬히 사랑을 호소하는데, 그녀는 왜 끝까지 거부할까? 더욱이 황녀라는 자신의 신분을 고려한다면 히카루겐지만큼 자신에게 걸맞은 결혼상대자도 구할 수 없을 터인데도 말이다. 이러한 의문을 해소하기 위해서는 그녀의 행적을 차근차근 살펴볼 필요가 있다.

아사가오의 첫 등장은 최상류층의 이상적인 여성이라는 이야기상의 설정에 비해 그리 인상적이지 않다. 그저 히카루겐지가 아사가오 꽃과 함께 그녀에게 와카를 보내 구애했다고 여인들이 소곤거리는 입방아 속에 잠시 언급될 뿐이다. 이후 7년 정도 언급이 없다가 아오이葵 축제일에 모습을 드러낸다. 축제 행렬 속 히카루겐지의 행차 장면을 보며 생각에 잠기는 그녀의 모습이 그려지는 것이다. 아사가오는 변함없이 소식을 전해오는 히카루겐지의 진실한 마음과 멋진 모습에 마음이 끌린다. 하지만 이런 마음도 잠시, 그를 더 이상 가까이 하지 않기로 결심한다. 이미 그녀는 로쿠조미야스도코로六條御息所의 일을 전해 듣고 같은 실수를 저지르지 않으리라 굳게 마음먹었기 때문이다.

로쿠조미야스도코로는 전 동궁의 비妃이자 히카루겐지의 연상의 애인으로 고귀한 신분에 자존심이 강한 여성이었다. 하지만 아오이 축제일에 벌어진 수레 자리싸움으로 인해 그녀의 자존심은 땅에 떨어진다. 간단히 말해 본처와 애인을 섬기는 시종들의 대리전代理戰 양상을 보였던 그 소동에서 씻을 수 없는 모욕감을 느낀 것이다. 급기야 그녀는 살아 있는 상태에서 영혼이 몸을 빠져나가고 원령怨靈이 되어 본처를 공격한다. 이러한 전대미문의 엽기적인 사건은 세상 사람들의 가십 거리

455

가 되어 그녀를 더욱 나락에 빠트리고, 더 이상 히카루겐지의 사랑에
기댈 수 없게 된 그녀는 재궁齋宮으로 임명된 딸을 따라 이세伊勢로 낙향
한다.

　히카루겐지와의 사랑으로 엄청난 고통을 받는 로쿠조미야스도코로
의 참담한 모습은 아사가오에게 타산지석이 되어 스스로를 경계하도
록 한다. 하지만 그렇다고 해서 그와의 관계를 완전히 끊어내지도 않는
다. 부인과 사별하고 난 뒤 상심에 빠진 히카루겐지가 편지를 보내오자
그의 슬픔에 공감하며 위로하는 답장을 보내거나 재원齋院으로 임명된
뒤에도 간간히 서신을 교환하고 있기 때문이다.

　9년여의 세월이 흐른 뒤 히카루겐지는 재원의 직에서 물러난 아사가
오에게 또다시 구애하지만 거부당한다. 부끄러움과 아쉬움을 뒤로 한
채 집으로 돌아온 그의 눈에 아침 안개 속 아스라하게 피어 있는 아사
가오 꽃이 들어온다.

　　(히카루겐지)
　전에 보았던 그때 모습 조금도 잊히지 않네
　아사가오 꽃 한창때는 지나가 버렸나요

　　(아사가오)
　가을 저물어 안개 낀 울타리에 휘감긴 채로
　있는 듯 없는 듯 색이 바랜 아사가오 꽃

　오랜 세월 품어온 연모의 정을 거부하는 그녀에게 그는 서운함과 원
망을 담아 와카를 보낸다. 하지만 역시나 돌아오는 것은 의례적인 답가

【그림 3】 유가오 집 앞(財団法人日本古
典文学会(1988)『絵本 源氏物
語』貴重本刊行会)

뿐. 마지막까지 아사가오는 사랑에 빠져 자신을 망치는 일 없이, 남자
의 구애를 거절하면서도 또 박정하게 대하지 않으며 관계를 이어나가
는 절제되고 품위 있는 태도를 유지한다. 그녀는 금방 시들어버리는
남자의 사랑에 휘둘리지 않고 스스로의 가치를 지키는 쪽을 선택한 것
이다.

이에 비하면 유가오는 아사가오와는 여러 면에서 정반대에 위치한
여성이라 할 수 있다. 황녀이자 재원으로 평생 히카루겐지의 구애를 거
부하는 고결한 아사가오와는 달리 유가오는 이미 다른 남자와의 사이
에 세 살 된 딸까지 둔 중류층 여인이다. 그녀의 정체는 죽고 난 뒤에야
확실하게 밝혀지는데, 히카루겐지의 절친한 벗이자 처남인 두중장頭中
将의 여인으로 본처의 질투와 해코지를 견디지 못하고 몸을 피하고 있
던 차에 그를 만나 사랑에 빠진 인물이다.

그녀는 등장부터 기존에 히카루겐지가 사귀던 여성들과 차별화된 모습을 보인다. 헤이안 시대 남녀의 연애과정에서 와카는 반드시 갖추어야 할 교양의 하나로, 대개 남성이 먼저 여성에게 와카를 보내고 이에 대해 여성이 답가를 보내는 것이 관례였다. 그런데 유가오는 자신이 먼저 히카루겐지에게 와카를 보낸다. 당시로서는 상당히 파격적인 행동이라 하겠다.

(유가오)

어림짐작에 그분이 아닐런가 생각하누나

흰 이슬 빛 더해져 유가오 꽃 더욱 빛나네

(히카루겐지)

좀 더 가까이 다가가 또렷하게 봤으면 하네

어스름 녘에 설핏 본 유가오 꽃 모습을

유가오 꽃을 얹은 향기 나는 쥘부채에 와카를 적어 보내온 미지의 여성에 대한 호기심에 히카루겐지는 보다 가까이에서 당신을 보고 싶다는 적극적인 의사를 담아 답을 보낸다. 이어 두 사람은 서로에게 정체를 숨긴 채 사랑에 빠진다.

사실 그에게 중류층 여성과의 사랑은 이번이 처음이 아니었다. 어느 비 오는 날 밤, "중류 계층의 여성이야말로 본래의 성정이나 제각각 지닌 개성도 드러나서 차별되는 점이 여러 방면에 걸쳐 많겠지요"라는 두중장의 말에 흥미를 느낀 이후, 우연한 기회에 지방관의 처인 우쓰세미空蝉와 연을 맺은 경험이 있기 때문이다. 하지만 우쓰세미와의 인연은 유부녀라는 자신의 처지를 각성한 그녀의 계속된 거부로 아쉬움만 남긴 채 미완으로 끝났다. 그러던 차에 새로운 인연이 나타난 것이다.

히카루겐지는 유가오와 헤어진 지 얼마 지나지도 않았는데 이상하다 싶을 정도로 보고 싶어 견딜 수 없고, 그렇게까지 마음을 빼앗길 사람은 아니라며 이성을 찾으려 하지만 마음대로 되지 않는다. 유순하고 느긋한 성품을 가졌는가 싶다가도 사려 깊고 진중한 면은 부족한 듯하고, 그래서 어리기만 한가 하고 보면 그렇다고 남녀 사이를 모르는 것도 아니다. 도무지 알 수 없는 유가오의 묘한 매력에 그는 걷잡을 수 없이 빠져든다. 귀족사회라는 틀 속에서 자란 전형적인 상류층 여성만을 상대해왔던 히카루겐지는 이제껏 경험해보지 못한 유가오라는 여성에게 사로잡히고 만다.

보름달이 뜬 팔월 중추절날 밤, 유가오의 집을 찾은 히카루겐지는 새벽녘 디딜방아 소리, 다듬이질 소리, 고달픈 세상살이에 대한 푸념을 늘어놓는 주변의 소란함을 피해 근처에 있는 폐원廢院을 찾는다. 호젓한 곳에서 마음을 터놓고 이야기를 나누자며 불안해하는 유가오를 데리고 나온 참이다. 사람의 손길이 닿지 않아 황폐해진 뜰을 내다보며 서로의 정체를 파악하려 애쓰는 두 사람. 서로에게 투정을 부리기도 다정한 이야기를 나누기도 하면서 그들은 종일 그곳에서 지낸다. 세상 사람들의 눈을 피해 일종의 사랑의 도피를 결행한 셈이다.

한밤중 깜빡 잠이 든 히카루겐지의 머리맡에 아름다운 여인의 모습을 한 원령이 나타나 "내가 너무 멋진 분이라고 흠모해 왔거늘 찾아오려고 생각지 않으시고, 이렇게 특별한 구석도 없는 사람을 데려오셔서 총애하시니, 참으로 천만뜻밖이고 원망스럽습니다"라는 말을 쏟아낸다. 이 원령의 정체에 대해 전부터 그 폐원에 살고 있던 존재라든가 로

459

【그림 4】 모노노케가 유가오를 괴롭히는
장면(財団法人日本古典文学会
(1988)『絵本 源氏物語』貴重
本刊行会)

쿠조미야스도코로의 생령生霊이라든가, 학자마다 의견이 분분하지만
이야기에 확실하게 언급이 되어 있지는 않다. 하여튼 그가 당황하여 어
찌할 바를 모르고 있는 사이 공포에 휩싸인 유가오는 황망하게도 숨이
끊어진다. 히카루겐지는 사랑하는 여인을 죽게 만들었다는 죄책감과
이 사실이 세상에 알려져 오명을 쓸까 하는 두려움에 결국 앓아눕는다.
열일곱의 청년이 감당하기에는 너무나 큰 충격이었으리라. 유가오가
죽고 난 후 우쓰세미도 남편을 따라 지방으로 이주하며 그에게 이별을
고한다. 중류층 여성과의 사랑이야기는 여기서 막을 내리고, 곧이어 히
카루겐지가 평생에 걸쳐 가장 사랑했던 여인 무라사키노우에紫上가 등
장한다. 유가오와의 불같은 사랑은 어찌 보면 어리고 철없던 청년 겐지
가 성인이 되어가는 과정에서 겪게 되는 일종의 성장통成長痛이었을지
도 모른다.

이처럼 유가오라는 여성은 그 등장에서부터 죽음에 이르기까지 『겐지 이야기』속 다른 여성들과는 상당히 이질적이다. 특히 앞서 살펴본 아사가오와 비교하면 더욱 그러하다. 황가의 자손으로 재원이라는 신성한 직책에 오르며 평생 독신을 고집한 아사가오는 손도 댈 수 없는 높은 곳에 있는 고결한 존재다. 반면 유가오는 신분이 낮은 중류층 여성인 데다 다른 남자와의 사이에 자식까지 둔 여인이다. 하지만 끝까지 고고한 자세로 히카루겐지를 거부하는 아사가오에 비해 남자에게 먼저 와카를 건네며 유혹하거나 솔직하고 순진하게 남자에게 모든 것을 내맡기고, 그러면서도 끝까지 자신의 정체를 숨기며 긴장을 늦추게 하지 않는 유가오의 모습은 그를 매혹시키기에 충분했다. 그녀의 갑작스런 죽음에 말 위에서 떨어질 정도로 이성을 잃거나 심하게 병을 앓는 점 등을 생각하면 그가 얼마나 그녀에게 빠졌는지 가늠할 수 있다. 결국 유가오는 히카루겐지를 환상적이고 비일상적인 사랑의 공간으로 유혹하는 마성魔性의 존재였던 것이다. 어찌 보면 귀족에게 각광받던 아사가오 꽃보다 정취가 부족하여 관심을 받지 못하던 유가오 꽃이 『겐지 이야기』라는 작품을 통해 더 매력적인 캐릭터로 이미지가 역전된 것은 아닐까 하는 생각이 든다.

일본의 미의식은 헤이안 시대에 완성되었다는 나카무라 신이치로中村眞一郎의 말처럼, 지금까지 살펴본 아사가오 꽃과 유가오 꽃에 대한 일반적인 이미지도 상당 부분 그 시대의 문학작품에 기인하고 있다. 이제 한여름 아침나절, 그리고 해가 지고 난 뒤 아름답고 말간 얼굴을 내미는 나팔꽃과 박꽃을 보면 먼 옛날 이국異國의 땅에서 그 시대 사람들의 심금을 울렸던 애절하고 안타까운 사랑이야기를 떠올리게 될지도 모르겠다.

참고문헌

기타무라 기킨 외 지음, 김병숙·배관문·이미령 편역(2017)『모노가타리는 어떻게 읽혔을까』도서출판모시는사람들

무라사키시키부 지음, 이미숙 주해(2017)『겐지 노모가타리 2』서울대학교출판문화원

기노 쓰라유키 외 지음, 구정호 역주(2016)『신코킨와카슈 상』삼화

김종덕(2015)『헤이안 시대의 연애와 생활』제이앤씨

무라사키시키부 지음, 이미숙 주해(2014)『겐지 노모가타리 1』서울대학교출판문화원

湯原公浩 編(2006)『王朝の雅 源氏物語の世界』平凡社

세이쇼나곤 지음, 정순분 옮김(2004)『마쿠라노소시』갑인공방

原岡文子(2004)「夕顔─遊女と巫女と─」(『國文學解釋と鑑賞』69-8, 至文堂)

林田孝和·原岡文子 他 編集(2002)『源氏物語事典』大和書房

管野洋一·仁平道明 編(1998)『古今歌ことば辞典』新潮社

財団法人日本古典文学会(1988)『絵本 源氏物語』貴重本刊行会

秋山虔·小町谷照彦 編(1997)『源氏物語図典』小学館

山中裕·鈴木一雄 編(1994)『平安時代の信仰と生活』至文堂

동식물로 읽는
일 본 문 화
철쭉

철쭉을 노래하다

강 운 경

● ● ● ●

꽃을 노래하다

오래된 일본의 가집『만요슈萬葉集』의 노래에는 매화, 소나무, 억새, 갈대, 두견새, 기러기, 말, 사슴, 구름, 바람, 달 등 다양한 자연물이 시어로 사용되었다. 식물 중에는 싸리가 가장 많고, 그 다음은 매화이다. 이 밖에 수국, 지치, 마타리, 닭의장풀까지 다양한 나무와 꽃, 풀이 노래에 나온다. 사시사철 사람은 자연을 떠나 살 수 없으므로 당연한 것인지도 모르겠다.

누카타노오키미額田王의 노래

천황이 내대신 후지와라 아손에게 분부하여 봄 산에 만발한 수많은 꽃들의
화려함과 가을 산 울긋불긋 물든 단풍잎의 아름다움을 겨루게 했을 때, 누카
타노오키미가 노래로 판정했다.

겨울 잠 자던 봄이 찾아오면 그동안 울지 않던 새도 날아와 울고 피지 않던
꽃도 피지만, 나무가 무성하여 들어가 꺾을 수도 없고 풀이 무성해 꺾어서
손에 들고 볼 수도 없다. 가을 산 나뭇잎을 볼 때는 울긋불긋한 단풍잎을 손
에 들어 상미하며 물들지 않은 푸른 잎 그대로 놓고 탄식한다. 이 점이 애석
하니, 나는 역시 가을 산이 좋다.   (만요슈 권1-16)

를 가져오지 않더라도 봄에는 여러 꽃들이 핀다. 덴지 천황天智天皇(626~
627년)이 봄가을의 우열에 대해 시를 지어보게 하였는데, 그 때의 노래
이다. 봄과 가을의 우열을 경연하는 것은 중국 풍습을 따른 것이라고
한다. 봄과 가을 중 누카타노오키미는 자신은 가을이 좋다고 노래하였
다. 이 노래로 누카타노오키미는 가을을 좋아했다는 것을 알 수 있지
만, 그 시절 다른 사람들은 어떻게 생각했는지 알 수 없어 아쉬움이 남
는다. 내대신 후지와라 아손은 다이카 개신大化改新의 공신인 나카토미
가마타리中臣鎌足이다.

봄에는 많은 꽃이 꽃망울을 터뜨린다. 늦은 봄부터 초여름에 걸쳐 붉
은 철쭉, 흰철쭉 등 다양한 철쭉꽃이 피어난다. 철쭉은 우리 주변에
서 흔히 볼 수 있는 식물이다. 철쭉은 산철쭉, 영산홍, 구루메 철쭉, 기
리시마 철쭉, 사쓰기 철쭉 등 그 종류가 다양한데, 『만요슈』의 노래에
는 니쓰쓰지(산철쭉), 시라쓰쓰지(흰철쭉), 이와쓰쓰지(바위철쭉) 등
이 나온다.

일본에서 철쭉은 북쪽 홋카이도에서 남쪽 오키나와에 이르기까지

【그림 1】 철쭉(필자 촬영)

일본 전역에 걸쳐 자라며, 관상용으로도 재배된다. 『만요슈』에 철쭉이
라는 말이 사용된 노래는 9수가 수록되어 있다.

척촉, 철쭉, 쓰쓰지

꽃이나 풀에는 이름이 잘 알려져 있는 것과 그렇지 않은 것들이 있
다. 꽃이나 풀이 자신의 이름을 지은 것이 아니므로, 이름을 지어준 것
은 사람이다. 누군가가 풀이나 꽃에 이름을 붙이고, 그 이름이 널리 알
려지게 되면, 그 이름으로 부르는 것이다. 이름 모를 꽃, 이름 없는 풀이
라고 말한다면, 그 이름이 잘 알려지지 않았거나 아직 그에 알맞은 이
름을 지어준 사람이 없다는 뜻일 것이다.

철쭉의 또 하나의 이름은 산객山客인데, 한국어 '철쭉'은 한자 이름인
'척촉躑躅'의 발음이 변화된 것이라고 한다. '머뭇거릴 척躑', '머뭇거릴
촉躅', 철쭉꽃 앞에서 걸음을 머뭇거리게 된다는 의미일까? 물론 躑과
躅에는 철쭉이라는 자해도 있다. 철쭉꽃에는 유독성분이 있어, '양이
철쭉을 잘못 먹으면 죽기 때문에 양척촉洋躑躅'이라는 이름이 있다고 한

다. '양척촉'이라는 말에서 양들이 꽃을 먹기를 꺼려 걸음을 머뭇거리
는 모습도 상상해 볼 수 있을 것이다.

철쭉을 일본어로는 '쓰쓰지'라고 한다. 한국어와 마찬가지로 한자로
척촉躑躅이라고 쓰고 '쓰쓰지'라고 읽는다. 일본 최초의 분류체 한화 사
전인 『와묘쇼和名抄』와 일본의 가장 오래된 본초서 『혼조와묘本草和名』에
도 양척촉洋躑躅, 이와쓰쓰지(바위철쭉)라고 기술되어 있다. 『만요슈』에
는 '쓰쓰지'를 '이와쓰쓰지石上乍自', '시라쓰쓰지白管仕', '쓰쓰지하나茵花',
'니쓰쓰지丹管土', '이와쓰쓰지石菅自', '시라쓰쓰지白菅自', '쓰쓰지하나都追
慈花'로 한자의 음과 뜻을 빌어 표기하고 있다.

일본의 『만요슈』에는 철쭉이라는 말이 쓰인 노래가 9수 있는데, 『삼
국유사』에도 철쭉에 얽힌 이야기와 노래가 수록되어 있다. 그 이야기
와 노래를 잠깐 살펴보면 다음과 같다.

신라 성덕왕 때 순정공이 강릉 태수로 부임해 가다가 바닷가에서 점
심을 먹었다. 곁에 바위 절벽이 병풍 같이 바다를 보고 서있는데 높이
가 천 길이나 되었다. 그 위에는 철쭉이 활짝 피어 있었다. 공의 부인인
수로는 용모와 자색이 뛰어나 깊은 산이나 큰 못을 지날 때 여러 번 용
이나 귀신에게 붙들려 간 적이 있다고 한다. 대단한 미모를 지닌 공의
부인은 그 꽃을 보고 주위 사람들에게 꺾어다 줄 사람이 없는지 묻는
다. 그러나 모두 사람의 발길이 닿기 어려운 곳이라며 꺼려한다. 그때
소를 몰고 가던 한 노인이 꽃을 꺾어와 노래까지 지어 바쳤다.

자줏빛 바위 가에 잡은 암소 놓게 하시고
나를 아니 부끄러워하시면 꽃을 꺾어 바치오리다

바로 '헌화가'이다. 미모가 뛰어났던 수로 부인도 가지고 싶어 할 만큼 철쭉이 아름다웠던 것일까? 철쭉에 대해 조선의 강희안은 화훼서 『양화소록』에서 세종 23년(1441) 일본국에서 보내온 일본 철쭉의 아름다움을 미녀 서시와 같다고 칭찬하며, 우리나라의 철쭉은 고대 중국의 추녀 모모嫫母에 비유하였다. 그동안 보아왔던 천엽千葉인 우리나라 철쭉을 아름답지 않다고 평하였다. 일본 철쭉은 꽃송이가 크고 빛깔이 아름답다며 중국 춘추전국 시대의 미녀 서시와 같다고 한 것이다. 새로운 것에 이끌린 비유일 것이라고 짐작해보지만, 재래의 철쭉과 일본 철쭉의 아름다움의 차이를 모모와 서시의 미모 차이만큼이라고 하였으니, 강희안은 일본 철쭉을 무척 아름답다고 여겼음에는 틀림이 없을 것이다.

여러 꽃 중 아름답다고 생각하는 꽃은 사람마다 다르겠지만, 아름다운 것의 대표로 꽃을 떠올리는 사람이 적지 않을 것이다. 2007년 NHK 방송문화연구소가 실시한 '일본인이 좋아하는 것'에 따르면 일본인이 가장 좋아하는 꽃은 벚꽃이다. 1983년 실시한 조사에서도 일본인 가장 좋아한다고 답한 꽃은 벚꽃이었다. 좋다고 여기는 것을 반드시 아름답다고 생각하는 것은 아니지만, 예쁘지 않다고 생각하는 것을 좋아한다고 하기는 어려울 것이다. 현대 일본인이 좋아하는 꽃인 벚꽃은 『만요슈』의 노래에도 나온다. 소녀를 벚꽃과 철쭉에 비유한 노래이다.

> 아무 걱정 없이 길을 걸어가며 푸른 산을 우러러보면 보이는 **철쭉**처럼 아름다운 소녀. 벚꽃처럼 밝게 빛나는 소녀야. 그 아름다운 너를 세상에선 나와 특별한 사정이 있는 듯 말하는구나. 거친 산마저 남의 입에 올려 말하면 흔들린단다. 그대의 마음 절대 흔들리지 않았으면.　　　(만요슈 권13-3305)

467

아무 걱정 없이 길을 걸어가며 푸른 산을 우러러보면 보이는 **철쭉**처럼 아름
다운 소녀. 벚꽃처럼 빛나는 소녀야. 그 아름다운 너를 세상에선 나와 특별한
사정이 있는 듯 말하는구나. 그대는 어떻게 생각하는가? 생각하기에 8년 동
안이나 단발머리 동갑내기를 지나, 굴나무 윗가지를 지나도, 이 강처럼 오래
도록 그대의 마음을 기다려   (만요슈 권13- 3309)

아름다운 소녀를 철쭉꽃과 벚꽃에 비유하였다. 이 노래가 지어진 연
대는 정확히 알 수 없지만, 철쭉은 벚꽃과 더불어 꽃이 아름다워 주목
받아 왔다는 것을 말해주고 있다고 할 수 있을 것이다.

이별 노래와 철쭉

지토 천황持統天皇 3년(689) 4월 구사카베 황자草壁皇子가 28세로 세상
을 떠났을 때 황자를 모시던 도네리舍人(궁중 호위, 잡무, 숙직 등을 하
는 하급관리)들이 애통해 하며 지은 노래 중에 다음과 같은 만가挽歌가
있다. 만개한 철쭉을 보며 읊은 노래이다.

물 흐르는 연못가의 **바위철쭉** 활짝 피어 있는 길을 다시 볼 수 있을 것인가
                                                    (만요슈 권2-185)

바위철쭉이 아름답게 피어 있는 길을 보며, 그 정경을 다시는 보지
못할 것이라며 섭섭해 하는 마음을 읊은 노래이다. 상상 속의 철쭉이

아닌 실제로 피어 있는 꽃을 보고 그 꽃을 노래 소재로 사용하여 죽은 사람을 애도한 것이다. 죽은 이를 애도하는 노래에 철쭉이라는 말을 사용한 다음과 같은 노래도 있다.

덴표天平 원년(729) 셋쓰 지방摂津国의 관리로 파견되었던 하세쓰카베 다쓰마로丈部竜麻呂가 스스로 목을 매 세상을 떠났을 때 오토모스쿠네 미나카大伴宿禰三中가 지은 노래이다.

하늘 구름 드리워진 고을의 대장부라고 불리던 사람은 천황 궁전 밖에서는 서서 지키고, 궁전 안에서는 옆에서 모시고, 아름다운 칡처럼 점점 길게 이어질, 조상의 이름도 이어갈 것이라고, 부모 처자들에게 말하고 떠난 날부터, 어머니는 신에게 바치는 술병을 앞에 놓고, 한 손에는 닥섬유를 들고, 한손에는 발 고운 천을 받쳐 들고 내 아들 무사하고 건강하라고 천지의 신에게 빌어 몇 년 몇 월 며칠에 **철쭉꽃**처럼 밝은 얼굴로 논병아리가 물결을 넘어오듯이 돌아오는가 하고 서다가 앉았다가 하면서 어머니가 기다리고 있었을 사람은 천황의 명령을 따라 나니와 고장에서 해가 바뀔 때까지 흰색 옷도 빨지 않고 밤낮 없이 바쁘게 지내던 그 사람이 어떻게 생각한 것인가. 아까운 이 세상을 서리 이슬처럼 떠나버렸다. 죽을 만한 때도 아닌데.　　　　(만요슈 권3-443)

세상을 등진 사람의 얼굴을 수식하기 위한 마쿠라코토바枕詞(특정한 말을 수식하는 수식어)로 철쭉을 사용하였다. 생전에 활약하던 모습과, 그가 무사하기를 기원하는 어머니의 모습, 그리고 화사하게 핀 철쭉꽃과 하세쓰카베 다쓰마로의 죽음이 대비를 이루고 있다. 앞서 보았던 노래와 마찬가지로 살아 있는 자의 아름다움과 밝은 모습의 상징으로 철쭉이 사용되고 있다고 해도 좋을 것이다.

와도和銅 4년(711) 가와베 미나카히토河辺宮人가 히메시마姫島의 해변 소나무 밭에서 미인의 유해를 보고 슬퍼하며 지었다는 만가에는 아름다운 흰 철쭉을 봐도 기쁘지 않다고 읊조린다.

바람이 거센 미호 해변 **하얀 철쭉**은

봐도 기쁘지 않네 없는 이 생각하니   (만요슈 권3-434)

이 노래 속의 흰 철쭉은 바다에 빠진 처녀가 흰 철쭉으로 변했다는 전설을 배경에 둔 표현으로, 흰 철쭉에서 흰 피부의 처녀의 유해를 상상하고 있다고 한다면, 제목과 노래가 이치에 맞는 것이 된다. 아름다운 처녀의 죽음을 슬퍼하는 노래이다. 바람 속에서도 활짝 피어 생명을 자랑하는 흰 철쭉은 이제는 이 세상에 없는 아름다웠던 사람을 떠올리게 한다. 평소라면 기뻐하며 바라보았을 철쭉이지만, 죽은 사람이 떠올라 기쁘지 않다는 것이다. 아름다운 것을 보고도 기뻐하지 못하는 슬픔을 읊었다고 할 수 있을 것이다.

죽음으로 헤어지는 것은 아니지만 부임지로 떠나는 사람과 이별할 때 부른 다음과 같은 노래도 있다.

덴표 4년(732) 후지와라 우마가이藤原宇合가 사이카이도西海道 절도사로 파견될 때 다카하시무라지 무시마로高橋連虫麻呂가 지은 노래

흰 구름이 피어오르는 다쓰다 산竜田山이 이슬과 서리로 물들 때 이 산을 넘어, 먼 여행 떠나는 당신은, 몇 겹이나 겹쳐진 산들을 헤치며 나아가 외적을 감시하는 쓰쿠시筑紫에 도착하여 산 끝, 들판 끝을 단단히 감

시하라고 병사들을 여기저기 배치하고 메아리가 울려 퍼지는 한 두꺼비 기어 돌아다니는 땅끝까지라도 나라의 형편을 보시고 겨울 잠자던 봄이 찾아오면 나는 새처럼 빨리 돌아오세요 다쓰다竜田 길 언덕길에 **붉은 철쭉**이 아름답게 빛나고 벚꽃이 필 때에는 인동 덩굴처럼 마중 갈게요 당신이 돌아오시면   (만요슈 권6-971)

헤어지는 아쉬움과 함께 돌아올 날의 영화로운 모습을 하나의 노래에 담고 있다. 가을에 길을 떠나는 우마가이가 언제 돌아올지 알 수 없는 상황이다. 그러나 재회를 기대할 수 있는 이별인 것이다. 임무를 마치고 돌아오는 길은 영광된 길이 될 것이라고 노래하고 있다. 경사스러운 귀환을 붉은 철쭉과 벚꽃의 이미지를 빌려 나타낸 노래이다.

꽃과 꽃봉오리

꽃망울이 맺히고, 꽃이 피기를 기다리고, 활짝 핀 꽃을 감상하는 것은 즐거운 일이다. 꽃봉오리는 현대 일본어로는 '쓰보미つぼみ'이다. 『만요슈』에 꽃봉오리는 주로 '후후무ふふむ'라는 말로 표현되어 있다. '후후무'는 입속에 무엇인가를 머금고 있는 상태를 표현한 것이다. 입 안에 무언가가 들어 있어, 부풀어 있을 때 볼의 모양과 꽃봉오리의 볼록한 모양은 비슷하다. 꽃이 개화하기 전 부풀어 있는 모양을 볼록한 볼모양으로 표현한 것은 재미있다.

『만요슈』에는 꽃봉오리라는 말을 사용한 노래가 여러 수 있다.

471

봄비를 기다리겠지 뜰 앞 어린 매화도 아직은 꽃봉오리인 채

(만요슈 권4-792)

위의 노래는 봄비가 내리면 뜰의 매화도 활짝 필 것이라고 기대하는 내용으로 읽을 수 있다. 그러나 이 노래 앞에 나오는 구즈마로久須麻呂의 노래를 야카모치의 딸에 대한 구혼의 노래로 해석한다면, 이 노래에서 봉오리는 아직 성인이 되지 않았음을 상징하는 표현으로 사용되었다고 할 수 있을 것이다.

가스가 들판에 피어 있는 싸리 한쪽 가지만은

아직 봉오리인 채 소식만은 끊기지 않게 해줘요   (만요슈 권7-1363)

이 노래에서도 아직 다 자라지 않은 어린 여자아이를 봉오리로 표현하였다.

다음은 철쭉에게 피지 말고 꽃봉오리인 채로 기다리라고 부탁하는 노래다. 이 노래도 언제 지어졌는지는 알 수 없다.

산을 넘어 도오쓰 바닷가의 **바위철쭉**이여

내가 돌아올 때까지 꽃봉오리인 채로 기다리고 있어주렴 (만요슈 권7-1188)

이 노래는 여정을 읊은 노래이다. 앞의 매화 노래처럼 바위철쭉을 아가씨로 해석해보자. 아가씨여, 꽃봉오리인 채로 기다려줘요. 꽃봉오리 즉, 다른 사람의 연인이 되지 말고 여행에서 돌아올 때까지 기다려달라고 노래한 것으로 해석해볼 수 있다.

기 오시카노이라쓰메紀小鹿女郞가 매화를 읊은 노래

12월에는 자국눈이 내린다는 것을 몰라서인지

매화꽃이 피어 있네 꽃봉오리인 채로 있지 않고　　(만요슈 권8-1648)

이 노래에는 이미 피어버려서 꽃봉오리가 아닌 매화꽃을 읊었다. 매
화를 여성에 비유한 것으로 읽는다면 여기에서는 성숙한 여성으로 해
석할 수 있을 것이다. 꽃봉오리를 이와 같이 성숙하기 전의 여자 아이
로 비유한 노래는 적지 않다.

벚꽃의 꽃봉오리를 읊은 노래도 있는데 그 노래는 다음과 같다.

당신 옛 집에 벚꽃은 아직 꽃봉오리인 채입니다 한번 보러 오세요

(만요슈 권18-4077)

위의 노래처럼 아름다운 것을 보면 여럿이 나누고 싶어 하는 것은 보
통 사람이 가지는 마음일 것이다.

꽃과 염색

『만요슈』에는 실제 의복을 물들이는 법을 읊은 노래도 수록되어 있
다. 의복을 물들이는 데에는 '문지르다(스루摺る)'나 '물들이다(시무·소
무染む)'라는 말을 사용한다. '스루'는 풀이나 나무 물을 옷에 문질러 염

색하는 것을 나타내는 말이다. 『만요슈』의 노래에는 오리나무나 달맞
이꽃, 산쪽풀 등이 염료로 나와 있는데, 주로 남녀 관계를 비유적으로
표현한 것이다. 닭의장풀로 염색하는 법이 노래에 나와 있다.

> 닭의장풀로 옷은 문질러 염색하자
> 아침이슬에 젖은 다음에는 바라더라도 　　　　　　　(만요슈 권7-1351)

닭의장풀 염색은 물이 쉽게 빠지기 때문에 변하기 쉬운 마음을 빗대
어 읊은 노래이다.

> 잇꽃으로 물들인 옷처럼 짙게
> 마음에 물 든 것인가 잊을 수 없네 　　　　　　　(만요슈 권11-2624)

잇꽃으로 염색한(시무) 옷을 마음에 비유한 노래이다.

몬무文武 천황 3년(699) 때의 작품으로, 사기사카 산鷺坂山에 피어 있
는 흰 철쭉을 보고, 그 색을 자신에게 물들여 아내에게 보여주고 싶다
고 읊은 노래가 있다. 꽃을 꺾어가서 보여주는 것이 아니라 옷에 꽃물
을 들게 해서 그것을 꽃 대신 보여주고 싶다고 노래한 것이다.

> 사기사카에서 지은 노래 1수

> 고운 천 걸친 사기사카 산의 하얀 철쭉꽃
> 내게 물들어주게 돌아가 아내에게 보여주게 　　　　(만요슈 권9-1694)

‘내게 물들여我ににほはね’라고 ‘니오우にほふ’라는 용어를 사용하였다. ‘니오우’는 색이나 향이 발산하는 것을 나타내는 말이다. ‘니오우’는『만요슈』에서는 주로 시각에 사용하였다. ‘하얀 철쭉꽃 물들어 주게’는 사기사카의 새하얀 철쭉꽃을 보고, 눈부시게 아름다운 흰색을 자신의 옷에 물들여 아내에게 보여주고 싶다고 노래하였다.

꽃을 꺾거나 따지 않고 물들여서 보여주고 싶다고 읊었는데,『만요슈』의 다른 노래에는

봄 들녘에 제비꽃을 **따러** 온 나인데
들판이 사랑스러워 자버렸네   (만요슈 권8-1424)

라고 하여 제비꽃을 따보려 하거나,

멋진 지팡이 지닌 당신의 심부름꾼이 **꺾어** 가져온
이 가을 싸리꽃은 아무리 봐도 싫어지지 않네   (만요슈 권10-2111)

와 같이 싸리꽃을 꺾어 보냈다는 표현도 볼 수 있다.

눈 위에 달빛이 비치는 밤 매화꽃을 **꺾어**
보내줄 것 같은 사랑스러운 이가 있다면   (만요슈 권18-4134)

위의 노래에서처럼 사랑스러운 사람에게 꽃을 꺾어 보내는 것은 자연스러운 일로 생각된다.

철쭉꽃의 경우는 이를 소재로 한 노래가『만요슈』에 9수뿐이기 때문

475

일 수도 있지만, '철쭉을 꺾는다'는 표현이 사용된 노래는 없다. 아름다운 꽃을 보여주고 싶어 물이 들기를 바란다고 노래한 것은 철쭉의 꽃 색깔을 두드러지게 나타내기 위한 표현이라고 해석할 수 있을 것이다.

다이호大寶 2년(702) 지토 천황이 미카와 지방三河国에 행차했을 때의 노래에도 '니오우'라는 표현이 나온다.

히쿠마 들에 물든にほふ 개암나무 들판 헤치고
가서 옷을 물들여 보자にほはせ 여행 표시로　　　　　　　(만요슈 권1-57)

이 노래에서도 '니오우'는 물들인다는 시각적 이미지로 사용되고 있다.
이외에도『만요슈』에 '니오우'는 붉은색이나 흰색, 노란색이 다른 것에 옮겨져 물드는 시각적인 아름다움을 나타낼 때 사용되고 있다.

지지 않는 꽃 철쭉?

『만요슈』에 가장 많이 등장하는 식물이 싸리라면,『고킨와카슈古今和歌集』에는 벚꽃이 73여 수로 가장 많이 나온다. 그 다음은 매화, 소나무, 마타리이다. 노래의 소재가 된 식물은『만요슈』에는 168종,『고킨와카슈』에는 79종 등장한다.『고킨와카슈』에 철쭉꽃이 나오는 노래는 1수이다. 노래 수는『만요슈』의 1/4이고, 철쭉 노래는『만요슈』의 1/9인 것이다.

그 사람 생각날 때 나는 도키와 산의 **바위철쭉** 같다. 말하지 않기에 다른 사람이 몰라 괴롭지만 사랑스러워 어쩌지 못하네 (고킨와카슈 495)

이 노래의 바위 철쭉은 바위 철쭉(이와쓰쓰지)의 '이와'와 발음이 동일한 말하지 않는(이와네바)의 '이와'를 이끌어 내기 위한 수단으로 사용한 것이다.

『만요슈』의 모르는(시라나이)를 이끌어 내기 위한 흰 철쭉(시라쓰쓰지)과 유사한 표현 방법이라 할 수 있다. 『만요슈』의 노래는 다음과 같다.

마타리 꽃 아름답게 핀다는 그 사기 들녘에 자라난 무성한 **흰 철쭉꽃**은 아니지만, 모르는 일로 소문난 그대 (만요슈 권10-1905)

흰 철쭉은 늦은 봄에 피는 꽃이다. 마타리가 피는 것은 가을이다. 봄과 가을처럼 서로 만나지 못하는 사이라는 것을 나타내고 있다고 할 수 있다.

새싹이 나고 꽃이 피고 난 후에는 꽃은 지기 마련이다. 매화나 벚꽃은 꽃봉오리일 때를 부른 노래도 있고, 만개한 모습을 읊은 노래도 있다. 매화와 벚꽃이 지는 것을 아쉬워한 노래는 다음과 같다.

우리 마당에 매화꽃이 진다
하늘에서 눈이 내리는 것인가 (만요슈 권5-822)

벚나무 꽃은 벚꽃 계절 지나지 않았는데

보는 사람이 아까워할 때에 지금 지는 것인가   (만요슈 권10-1855)

『만요슈』에는 활짝 핀 철쭉을 읊은 노래도 있고, 철쭉 꽃봉오리를 읊은 노래도 있다. 꽃은 봉오리였다가 만개하고 나면 시들어 떨어진다. 오오카 마코토大岡信는 『만요슈』 시대에는 꽃이 떨어지는 것에 대해 시인들은 관심이 없었다고 지적하며, 그에 비해 헤이안 시대의 꽃은 지는 것이라는 사상이 나왔다고 하였다. 『신코킨와카슈新古今和歌集』에는 꽃은 지기 위해 피는 것이라고 해도 좋을 정도로 꽃이 지는 모습에 대단한 관심을 보였다고 하였다.

『만요슈』에도 지는 꽃을 노래한 것이 전혀 없는 것은 아니나, 철쭉꽃이 지는 모습이 나오는 노래는 수록되어 있지 않다. 매화가 나오는 노래보다 수가 현저히 적다는 것을 이유로 생각할 수 있을 것이다. 그러나 철쭉처럼 『만요슈』에 9수가 수록되어 있는 닭의장풀의 경우는 다르다. '시드는 닭의장풀처럼'이라고 표현한 노래가 『만요슈』에 수록되어 있다.

아침에 피어 저녁에 시드는 닭의장풀처럼

없어질 사랑을 나는 하고 있는 것인가   (만요슈 권10-2291)

철쭉은 꽃이 시든 다음 마른 꽃잎이 떨어지지 않고 가지에 달라붙어 있다. 마른 채로 끈질기게 붙어 있는 모습을 조선의 신경준은 '영산홍은 매우 화려한 품종이지만 시들 때에는 잘 날려 떨어지려 하지 않고, 마른 채로 가지에 붙어 있는 모습이 매우 더럽고, 손으로 쳐도 잘 떨어지지 않는다'고 하였다. 철쭉이 지는 모습은 봄날 눈처럼 아름답게 지

【그림 2】 시든 철쭉(필자 촬영)

는 매화나 벚꽃과는 다르다. 오오카 마코토는『신코킨와카슈』시대의
가인들은 지는 꽃에 자신을 동화하여 꽃이 떨어질 때의 멋진 모습에 관
심을 보였다고 하였다.『만요슈』시대의 가인들이 지는 꽃에 자신을 동
화하지는 않았다고 하더라도, 철쭉이 지는 모습을 보고 꽃이 진다는 것
을 아쉬워하기는 어려웠을 것이다. 시든 철쭉의 이런 모습 때문에 시든
철쭉을 소재로 한 노래를 지은 사람이 없는 것일까?

참고문헌

松岡文 外(2015)『よみたい万葉集』西日本出版社
일연 저, 최광식 외 옮김(2014)『삼국유사1』고려대학교출판부
上野誠(2013)『万葉集の心を読む』角川文庫
이연숙(2012)『한국어역 만엽집1』박이정
강희안 저, 이종묵 역해(2012)『양화소록』아카넷
임성철(2005)『만요슈와 고시조의 화조풍월』제이앤씨
小島憲之 外 校注·訳(2004)『萬葉集 ①~④』(新編日本古典文学全集 6~9, 小学館)
小沢正夫 外 校注·訳(2004)『古今和歌集』(新編日本古典文学全集 11, 小学館)
青木生子 監修(2001)『万葉ことば事典』大和書房
伊藤博(1997)『萬葉集釋注』一~十 集英社
大岡信(1986)『日本詩歌読本』講談社
http://www.nhk.or.jp/bunken/summary/yoron/social/024.html

찾아보기

집필진

강운경 한국외국어대학교 일본어대학 강사
　　　공역 『햐쿠닌잇슈의 작품세계』, 제이앤씨, 2011

고선윤 백석예술대학교 외국어학부 겸임교수
　　　저서 『토끼가 새라고?』, 안목, 2016
　　　　　『헤이안의 사랑과 풍류』, 제이앤씨, 2014
　　　논문 「센류를 통해서 본 『이세모노가타리』」(『일본학연구』40, 단국대
　　　　　학교 일본연구소, 2013.9)
　　　　　「『이세모노가타리』의 동쪽지방」(『일본언어문화』22, 한국일본언
　　　　　어문화학회, 2012.9)

권도영 한국외국어대학교 일본어대학 강사
　　　저서 『키워드로 읽는 겐지 이야기』, 제이앤씨, 2013
　　　논문 「玉鬘十帖の意義」(『東京大学国文学論集』12号,　東京大学国文学
　　　　　論集, 2017.3)
　　　　　「頭中将の視線－源氏の「隠ろへごと」に関連づけて－」(『東京大学
　　　　　国文学論集』11号, 東京大学国文学論集, 2016.3)

김경희 한국외국어대학교 미네르바 교양대학 조교수
　　　공저 『공간으로 읽는 일본 고전문학』, 제이앤씨, 2013
　　　논문 「문학적 주술과 욕망 서사－「뱀 여인의 애욕」을 중심으로」(『외국
　　　　　문학연구』65, 한국외국어대학교 외국문학연구소, 2017.02)
　　　　　「동아시아 애정 전기소설 서사비교－욕망과 해원(解寃)을 중심
　　　　　으로－」(『비교일본학』32, 일본학국제비교연구소, 2014.12)

485

김미진 한국외국어대학교 박사후연구원
저서 『柳亭種彦の合巻の世界－過去を蘇らせる力『考証』－』, 若草書房, 2017
논문 「『修紫田舎源氏』における作者の言辞」(『일본학연구』50, 단국대학교 일본연구소, 2017.1)
「『修紫田舎源氏』と『柳亭雑集』」(『近世文藝』102, 일본근세문학회, 2015.7)

김병숙 한국외국어대학교 일본어대학 강사
공역 『모노가타리는 어떻게 읽혔을까』, 모시는 사람들, 2017
논문 「에도 시대의 『겐지 모노가타리』 수용」(『일어일문학연구』97-2, 한국일어일문학회, 2016.5)
「『겐지 모노가타리』 세계의 루머와 모노가타리」(『일본문화연구』53, 동아시아일본학회, 2015.1)

김영호 도호쿠가쿠인 대학교 언어문화학과 준교수
저서 『아사이 료이 문학의 성립과 성격』, 제이앤씨, 2012
역서 『일본 에도시대에 펼쳐진 중국 백화소설의 세계－『하나부사소시 英草紙』－』, 제이앤씨, 2016
논문 「『미데라 모노가타리(三井寺物語)』고찰－요쿄쿠(謡曲)「미데라(三井寺)」와의 비교를 통하여－」(『일어일문학연구』78-2, 한국일어일문학회, 2016.8)

김유천 상명대학교 글로벌지역학부 교수
논문 「『源氏物語』における＜孝＞」(『일본언어문화』33, 한국일본언어문화학회, 2015.12)
「『源氏物語』における「命」の表現性」(『일어일문학연구』92, 한국일어일문학회, 2015.2)
「『源氏物語』朧月夜物語と和歌表現」(『일본연구』57, 한국외국어대학교 일본연구소, 2013.9)

김정희 단국대학교 HK연구교수
논문 「1960년대 신우익의 사상과 고전(古典)－『고킨슈(古今集)』서문에서 「문화방위론(文化防衛論)」으로－」(『일어일문학연구』99-2, 한

국일어일문학회, 2016.11)
「1950년대 시극(詩劇) 운동과 전통극−근대 이후 서양문화 수용에
대한 반성−」(『일본학연구』45, 단국대학교 일본연구소, 2015.5)

김정희 성신여자대학교 일본어문·문화학과 강사
논문 「古代史研究方法論の見直し」(『日本文化研究』54, 동아시아일본학
회, 2015. 4)
「『古事記』の世界観がつくるアメノヒボコ物語−『日本書紀』との比較
を通して」(『日本學報』98, 한국일본학회, 2014.2)
「『日本書紀』の中の任那−任那という国号をめぐって」(『日本學報』
95, 한국일본학회, 2013. 5)

김종덕 한국외국어대학교 일본어대학 교수
공저 『東アジアの文学圏』, 笠間書院, 2017
번역 『겐지 이야기』, 지만지, 2017
저서 『헤이안 시대의 연애와 생활』, 제이앤씨, 2015
『겐지 이야기의 전승과 작의』, 제이앤씨, 2014

노선숙 부산대학교 인문대학 일어일문학과 교수
저서 『이즈미시키부 와카 표현론』, 제이앤씨, 2016
논문 「사키모리 노래防人歌에 관한 연구」(『외국문학연구』 67, 한국외
국어대학교 외국문학연구소, 2017.8)
「삼대집三代集 계절가에 관한 小考−가을과 봄의 노래를 중심으
로−」(『한국일본어문학회』31, 한국일본어문학회, 2006.12)

류정선 인하공업전문대학 항공운항과 부교수
공저 『공간으로 읽는 일본고전문학』, 제이앤씨, 2013
논문 「중국 예악사상과 고대 일본의 유예(遊藝)문화」(『일본언어문화』
37, 한국일본언어문화학회, 2016.12)
「일본고전문학에 나타난 당대 전기소설『유선굴(遊仙窟)』의 수용
과 재창조성−헤이안(平安)시대 모노가타리(物語)를 중심으로−」
(『일본언어문화』29, 한국일본언어문화학회, 2014.12)

문인숙 인천대학교 일어일문학과 강사

공저 『키워드로 읽는 겐지 이야기』, 제이앤씨, 2013

『공간으로 읽는 일본고전문학』, 제이앤씨, 2013

논문 「일본 고전에 나타난 뱀의 상징성 고찰」(『한림일본학』제29집, 한림대학교 일본학 연구소, 2017.5)

박지은 경상대학교 일어교육과 강사

논문 「『겐지모노가타리』와 『삼국유사』의 불교사상」(동아시아일본학회, 2013. 1)

「紫式部における人間と仏教」(大阪女子大学文学研究科, 1990.3)

신미진 한국외국어대학교 일본어대학 강사

공저 『키워드로 읽는 겐지 이야기』, 제이앤씨, 2013

논문 「일본 헤이안 시대의 작품에 나타난 '게가레(穢れ)' 연구−생사의 례와 관련하여−」(『일본연구』63, 한국외국어대학교 일본연구소, 2015.3)

「일본 헤이안 시대의 모노가타리 작품에 나타난 출생의 의례문화 연구−그 신앙적 요소를 근저로 하여−」(『일어일문학연구』89-2, 한국일어일문학회, 2014.5)

윤승민 한국외국어대학교 일본어통번역학과 강사

논문 「平安朝文学における桃・梨のイメージ」(『일본어문학』79, 일본어문학회, 2017.11)

「『源氏物語』の巻頭表現「そのころ」について−宇治十帖における意義をめぐって−」(『일어일문학연구』97-2, 한국일어일문학회, 2016.5)

「『原氏物語』手習巻の「袖ふれし人」歌考察−多義性という観点に着目して−」(『일본연구』60, 한국외국어대학교 일본연구소, 2014. 6)

이경화 한국외국어대학교 일본어대학 강사

논문 「신공황후 전승에 있어서의 물과 돌」(『일본학연구』50, 단국대학교 일본연구소, 2017.01)

「'추격하는 여신' 전승의 계보−이자나미・히나가히메・기요히메를 중심으로−」(『일본사상』28, 한국일본사상사학회, 2015.06)

이미령 한국외국어대학교 일본어대학 강사

저서 『겐지 모노가타리 불교적 세계관 연구』, 인문사, 2012

논문 「『겐지 모노가타리』의 현대적 변용 양상 고찰」(『외국문학연구』 60, 한국외국어대학교 외국문학연구소, 2015.11)

「『겐지 모노가타리』의 계절독경(季の御讀經) 고찰」(『일어일문학연구』91-2, 한국일어일문학회, 2014.11)

이미숙 서울대학교 인문학연구원 객원연구원

논저 무라사키시키부 지음, 이미숙 주해 『겐지 모노가타리 1·2』, 서울대학교출판문화원, 2014·2017

이미숙 지음 『나는 뭐란 말인가:『가게로 일기』의 세계』, 서울대학교출판문화원, 2016

미치쓰나의 어머니 지음, 이미숙 주해 『가게로 일기』, 한길사, 2011

이부용 강원대학교 강원문화연구소 전임연구원

공저 『비교문학과 텍스트의 이해』, 소명출판, 2016

논문 「하기노 요시유키(萩野由之)의 「한국여행담」연구」(『일본연구』 74, 한국외국어대학교 일본연구소, 2017.12)

「『종교에 관한 잡건철』고려촌 성천원에 관한 연구」(『원불교사상과 종교문화』72, 원광대학교 원불교사상연구원, 2017.6)

이신혜 한국외국어대학교 일본어대학 강사

공저 『키워드로 읽는 겐지 이야기』, 제이앤씨, 2013

논문 「『바람에 단풍(風に紅葉)』의 성애 연구」(『일어일문학연구』93-2, 한국일어일문학회, 2015.5)

「중세 왕조모노가타리와 오토기조시의 영향관계에 관한 일고찰 -계모담을 중심으로」(『중앙대학교 일본연구』37, 중앙대학교 일본연구소, 2014.8)

이용미 명지전문대학 일본어과 교수

저서 『에로티시즘으로 읽는 일본문화』, 제이앤씨, 2013

역서 『오토기보코』, 세창출판사, 2013

논문 「영화에 드러난 여성원형의 표상과 젠더-'혐오스러운 마츠코의

일생'을 중심으로 - 」(『일어일문학연구』2017.11)

「여성소설로서의 『고야이야기』고찰」(『일어일문학연구』2016.9)

이현영   건국대학교 일어교육과 교수

공저   『国際歳時記における比較研究』, 笠間書院, 2012.

논문   「근세시대 에도명소의 경계와 확장에 관한 고찰 1 - 『에도명소기』를
중심으로 - 」(『일본연구』71, 한국외국어대학교 일본연구소, 2017.3)

「근세후기, 일본의 연중행사에 관한 고찰 - 에도와 오사카의 풍속
을 중심으로 - 」(『일어일문학연구』94-2, 한국일어일문학회, 2015.8)

「에도의 가이초(開帳)에 관한 소고 - 『동도세사기』를 중심으로 - 」
(『일본어문학』64, 한국일어문학회, 2015.3)